ro
ro
ro

rororo

Astrid Fritz studierte Germanistik und Romanistik in München, Avignon und Freiburg. Mit ihrer Familie zog sie anschließend für mehrere Jahre nach Chile. Heute lebt sie in der Nähe von Stuttgart. Ihre historischen Romane sind große Erfolge. Im Rowohlt Taschenbuch Verlag sind bereits erschienen: «Die Hexe von Freiburg» (rororo 23517), «Die Tochter der Hexe» (rororo 23652), «Das Mädchen und die Herzogin» (rororo 24405) und «Der Ruf des Kondors» (rororo 24511). 2009 erschien ihr neuester Roman, «Die Vagabundin», im Kindler Verlag.

«30 Jahre Leben im Krieg – Astrid Fritz' neuer Roman *Die Gauklerin* ist ihr bester. Fritz gelingt hier die Annäherung an die Lebensumstände jener Zeit, sie schildert diese europäische Katastrophe aus der Sicht der Opfer wie der Täter.» (*Badische Zeitung*)

Mehr über die Autorin erfährt man auf *www.Astrid-Fritz.de* oder *www.astridfritz.de*

Astrid Fritz

Die Gauklerin

Historischer Roman

Rowohlt Taschenbuch Verlag

3. Auflage Oktober 2020

Neuausgabe März 2009
Originalausgabe veröffentlicht im Rowohlt Taschenbuch Verlag,
Reinbek bei Hamburg, Oktober 2005

Umschlaggestaltung any.way, Barbara Hanke/Cordula Schmidt
(Bildnachweis: Collection of the Earl of Pembroke,
Wilton House, UK/Bridgeman Berlin; neuebildanstalt; Corbis)
Satz Adobe Garamond PostScript bei
Pinkuin Satz und Datentechnik, Berlin
Druck und Bindung CPI books GmbH, Leck, Germany
ISBN 978 3 499 25213 6

Astrid Fritz • Die Gauklerin

ERSTES BUCH

Flucht ins Ungewisse
(August 1620 – April 1626)

I

Der Feierabend, den der Turmbläser soeben verkündet hatte, versprach keine Abkühlung. Bleigrau lastete der Himmel über der Stadt, die ungewöhnliche Hitze an diesem Spätsommernachmittag machte die Menschen reizbar.

Agnes stellte ihren Einkaufskorb auf den Boden und wischte sich den Schweiß von der Stirn. Den Weg zum Schuhmacher oben im Gänsbühl würde sie morgen früh erledigen, jetzt zog es sie nur noch nach Hause. Ein Trommelwirbel ließ sie aufhorchen: Vor dem Rathaus tänzelte ein prächtig geschmückter Schimmel unter seinem Reiter, der die scharlachrote Schärpe eines Offiziers trug.

Neugierig trat sie näher. Das Gesicht war unter dem breitkrempigen Hut nicht auszumachen, doch die beiden Trommler rechts und links des Reiters wirkten blutjung. Jetzt ließen sie ihre Schlegel schneller und schneller über das Fell wirbeln, und binnen kurzem füllte sich der Platz vor dem Rathaus mit Neugierigen: mit Lehrlingen und Gesellen, Gesinde und Knechten, mit Schulbuben, Tagedieben und Taugenichtsen. Kaufleute, Bürgersfrauen und andere Leute, die Besseres zu tun hatten, ließen sich wenige blicken – schließlich wusste jeder, was es mit dem verwegen aussehenden Reiter auf sich hatte: Er war gekommen im

Auftrag des Generalleutnants in bayerischen Diensten, Johann Tserclaes Freiherr von Tilly, und hatte die bedeutsame Aufgabe, ein Regiment Knechte aufzurichten. Auf ein Zeichen hin hielten die Trommlerbuben inne, und der Reiter ließ seinen dröhnenden Bass erschallen:

«Bürger der Stadt Ravensburg, Männer und Burschen!»

Weiter kam er nicht. Zwei riesige Köter waren mit dem tiefen Knurren hungriger Wölfe in die Menge gerast: Vorneweg ein heller mit langem, struppigem Fell und einem Schweinskopf zwischen den Lefzen, ihm dicht auf den Fersen der andere, schwarz und nicht weniger groß. Genau vor dem Reiter kamen sie zum Stehen. Mit glühendem Blick, das Fell gesträubt, verteidigte der Helle seine Beute. Sein Angreifer fletschte nur kurz die Zähne, dann warf er sich auf ihn. Im nächsten Augenblick hatten sich die beiden zu einem Knäuel verbissen und wälzten sich unter hässlichem Gekläffe im Dreck. Der Schimmel stieg steil in die Luft, erschreckt wichen die Umstehenden zurück, irgendwer schrie nach einem Knüppel. Schon färbte sich der Nacken des hellhaarigen Hundes blutrot unter den Bissen des schwarzen, sein Jaulen gellte über den Platz. Immer wieder schnappte er nach der Kehle des anderen, doch er schien hoffnungslos unterlegen.

«Wenn Ihr Soldat seid, warum schießt Ihr nicht auf die Scheißtölen?», brüllte einer der Burschen dem Werber zu, der vergeblich versuchte, sein Pferd zu beruhigen. Endlich erschienen im Laufschritt zwei Stadtwächter und schlugen mit ihren Stöcken auf die Tiere ein, bis sie voneinander abließen und sich winselnd aus dem Staub machten – der eine blutüberströmt, der andere mit gebrochenem Hinterlauf. Zurück blieb der zerbissene Schweinskopf, der aus leeren Augenhöhlen in den grauen Himmel stierte.

Laute Trommelschläge ließen die aufgeregte Menge verstummen.

«Nun denn», der Offizier räusperte sich, um seiner Stimme wieder Nachdruck zu verleihen. «Ihr wisst, dass in Böhmen die gottlosen und rebellischen Stände unsere christliche Ordnung mit Füßen treten und ihr Land von einem unrechtmäßig gewählten König, dem Ketzer Friedrich von der Pfalz, regieren lassen. Nun, da das hochherzige Angebot unserer Majestät des Kaisers, die böhmische Krone freiwillig zurückzugeben, ausgeschlagen wurde, muss die Ordnung mit Waffen wiederhergestellt werden. Wer also Manns genug ist, mit Leib und Seele für Gott, die Christenheit und unseren Kaiser zu kämpfen, der möge sich in den nächsten Stunden auf der Kuppelnau zum Eintragen in die Musterrolle einfinden. Als heldenmütige Herausforderung, als Christenpflicht –»

In diesem Moment entdeckte Agnes in der Menschenmenge ihren jüngeren Bruder Matthes. Ihre Blicke trafen sich für einen Sekundenbruchteil, dann senkte Matthes verlegen den Kopf und trat einen Schritt zurück, um sich hinter ein paar hoch gewachsenen Burschen zu verbergen.

Sie hatte genug gesehen. Energisch nahm sie ihren Korb unter den Arm und eilte in Richtung Liebfrauen. Vor dem Elternhaus, einem schmalen dreistöckigen Steinbau hinter der Kirche, traf sie auf ihren Vater. Missmutig erwiderte der Ravensburger Schulmeister Jonas Marx den Gruß seiner Tochter, öffnete die Haustür und ließ sie vorangehen in den angenehm kühlen Flur. In der Stube wartete bereits die Mutter mit Jakob, dem Jüngsten, am gedeckten Tisch.

»Was ist mit dir? Du schaust so finster.» Prüfend betrachtete Marthe-Marie Mangoltin ihren Mann.

«Diese gottverdammten Rattenfänger! Selbst Kinder machen sie verrückt mit ihrem Gefasel von Ruhm und Ehre. Meine Schulbuben haben heute über nichts anderes geschwatzt als über das Soldatenleben. Als ob sie mit ihren zwölf, dreizehn Jahren alt genug wären, um auf dem Schlachtfeld zu krepieren.» Jonas Marx blickte missmutig zur Tür. «Wo bleibt Matthes? Muss dieser Bengel fortwährend zu spät zum Essen kommen?»

Mit rotem Gesicht stürzte der Gescholtene in die Stube, murmelte eine Entschuldigung und setzte sich an seinen Platz.

«Können wir jetzt endlich anfangen zu essen?», herrschte Jonas den Jungen an.

Agnes warf ihrem Vater einen Seitenblick zu. Der Werber, der seit gestern für den Prager Feldzug die Trommeln rührte, schien ihm vollkommen die Laune verdorben zu haben. Schweigend löffelten alle ihre Suppe.

Jakob hob den Kopf.

«Der Stadtarzt hat gesagt, ich darf ihn sonntags bei den Krankenbesuchen begleiten.»

Jonas' Miene hellte sich auf. «Soso, mit dem Herrn Stadtarzt. Ich hoffe, du vernachlässigst darüber nicht deine Studien.»

Agnes wusste, wie stolz ihr Vater auf Jakob war, dem das Lernen so leicht fiel wie einem Vogel das Fliegen und der mit seinen dreizehn Jahren bereits eine Klassenstufe der Lateinschule übersprungen hatte. Jeder in der Familie bewunderte Jakob für diese Fähigkeit; Jakob selbst hingegen, in fast kindlicher Einfalt, schien dies gar nicht zu bemerken. Zumal ihr Vater seit jeher bemüht war, keines seiner drei Kinder zu bevorzugen – auch wenn ihm dies in letzter Zeit sichtlich schwer fiel. Matthes nämlich wurde zunehmend störrischer, brachte seinen Lehrherrn gegen sich auf oder ließ sich auf Händel mit irgendwelchen Gassenbuben ein.

Verstohlen musterte Agnes ihre beiden ungleichen Brüder. Matthes, dunkel wie sie selbst und wie die Mutter, war im letzten halben Jahr unerwartet schnell in die Höhe geschossen. Der Flaum auf seiner Oberlippe verriet, dass er zu einem jungen Mann wurde. Das Ungestüme, fast Leichtsinnige, das ihn schon als kleines Kind in haarsträubende Situationen gebracht hatte, schien sich jetzt noch zu verstärken. Es war, als suche er täglich aufs Neue eine Herausforderung. Jakob hingegen, der Schmächtige, Nachdenkliche mit seinem strohblonden Haar, ging jedem Streit aus dem Weg und hatte dafür ein unendlich großes Herz für alles Schwache und Hilflose. Sie konnte sich nicht erinnern, dass er je einen anderen Wunsch geäußert hatte als den, Medicus zu werden. Und zwar studierter Arzt. Jonas Marx hatte dazu bisher weder ja noch nein gesagt. Jakob solle zunächst seine Lateinschule absolvieren, dann werde man weitersehen.

Unterschiedlicher konnten zwei Brüder nicht sein. Und doch liebte Agnes beide gleichermaßen, jeden auf seine Art. Fast fühlte sie sich verantwortlich für sie, als Schwester, die um etliche Jahre älter war. Oder besser gesagt: als Halbschwester. Ihr eigener, leiblicher Vater war schon bald nach Agnes' Geburt am hitzigen Fieber gestorben.

«Gibt es heute kein Brot zur Suppe?»

«Herrje! Das Brot hab ich ganz vergessen. Es liegt noch im Korb.»

Agnes sprang auf und holte den Laib Weißbrot, schnitt erst ihrem Vater, dann ihrer Mutter ein Stück ab.

Jonas lächelte sie an. Sein Ärger war offensichtlich verflogen – dem Himmel sei Dank, denn Agnes hatte noch etwas auf dem Herzen.

«Danke, meine Kleine.»

Meine Kleine! Wann würde ihr Vater endlich einsehen, dass sie kein Kind mehr war? Sie war fast neunzehn! Andere hatten in diesem Alter bereits einen Ehemann, ihre eigene Haushaltung. Agnes holte tief Luft.

«Erlaubt ihr mir, nach dem Essen noch auf den Marienplatz zu gehen? Nur für eine Stunde.»

Jonas' Miene verfinsterte sich erneut.

«Zu den Komödianten? Wir haben doch erst vorgestern diese alberne Aufführung gesehen.»

«Bitte!»

Agnes sah zu ihrer Mutter. Für einen kurzen Moment glaubte sie so etwas wie Misstrauen in ihrem erstaunten Blick zu lesen.

«Nun, weltbewegend fand ich diese Truppe zwar wirklich

nicht.» Jonas strich sich das noch immer volle Haar aus der Stirn. «Aber wenn's sein muss. Der Jakob geht mit. Und ihr seid gleich nach der Vorstellung wieder hier.»

Agnes zog eine Grimasse. «Mein kleiner Bruder als Aufpasser!»

«Du hast gehört, was Vater gesagt hat.» Marthe-Marie erhob sich und stapelte geräuschvoll die leeren Teller ineinander. «Entweder nimmst du Jakob mit, oder du bleibst zu Hause. Und jetzt geh mir in der Küche zur Hand.»

Als sie wenig später das saubere Geschirr auf die Regalbretter räumten, hörten sie aus dem Erdgeschoss, wie mit plötzlichem Krachen eine Tür ins Schloss fiel, dann erscholl die laute Stimme von Jonas Marx. Kurz darauf zerrte er, das Gesicht hochrot vor Zorn, Matthes hinter sich her in die Küche.

«Heimlich hinausschleichen wollte er sich, durch die Hintertür. In seinem besten Sonntagsstaat. Und den Knappsack hat er auch schon gepackt. Jetzt sag endlich, wohin du wolltest.»

Trotzig biss sich Matthes auf die Lippen. Dabei warf er Agnes einen flehenden Blick zu.

Ach Matthes, dachte sie, warum soll ich verraten, dass ich dich bei dem Werber gesehen habe? In diesem Aufzug verrätst du dich doch selbst.

«Also?» Marthe-Marie musterte ihren Sohn von oben bis unten. Ganz blass sah sie plötzlich aus.

«Wenn du den Mund nicht aufmachst, sage ich es.» Jonas riss ihm den Ranzen aus der Hand. «Du wolltest auf die Kuppelnau, dich zur Musterung eintragen lassen. Habe ich Recht?»

Matthes schwieg.

«Antworte mir gefälligst! Oder ist dir dein Soldatenherz schon vor der großen Schlacht in die Hose gerutscht?»

Da ballte Matthes die Fäuste. «Gar nichts kannst du mir vorschreiben. Lieber will ich bei den Soldaten kämpfen, als weiter vor diesem Menschenschinder in der Werkstatt zu katzbuckeln.»

Jonas holte aus und versetzte ihm eine schallende Ohrfeige.

«Habe ich richtig gehört?», brüllte er. «Mein Sohn, den ich nach Luthers Lehren zu einem friedfertigen Menschen erzogen habe, will sich für diese katholischen Kriegstreiber abschlachten lassen? Will mit nicht mal fünfzehn Jahren den Helden spielen? Und ob ich das verhindern kann – zur Not sperr ich dich ein, bis du wieder zu Verstand gekommen bist!»

Noch nie hatte Agnes ihren Vater so wütend gesehen. Marthe-Marie strich ihm über den Arm, eine flüchtige Geste der Beruhigung und Zärtlichkeit zugleich.

«Lass gut sein, Jonas. Ich bringe Matthes auf seine Kammer, und ihr sprecht morgen in aller Ruhe miteinander.»

«Da gibt es nichts zu reden.» In den Augen des Schulmeisters blitzte noch immer der Zorn. «Dieser widerliche Krieg in Böhmen ist ein Krieg der Mächtigen, die nichts als Geld und Blut begehren. Niemals wird einer meiner Söhne zu dieser schmutzigen Schlächterei ausziehen. Nicht, solange ich lebe. Geht das in dein Hirn?» Er packte Matthes hart bei den Schultern. «Morgen werde ich ein Wörtchen mit deinem Meister reden, damit deine Schludrigkeiten ein Ende nehmen. Jetzt los auf eure Zimmer, aber sofort – auch du, Agnes.»

Agnes stockte der Atem. «Aber du hast mir doch –»

«Du bleibst heute Abend im Haus.»

Mit zusammengekniffenen Lippen folgte sie ihrem Bruder zur Küche hinaus, hörte eben noch, wie ihr Vater sagte: «Der Junge braucht eine härtere Hand!», dann stapfte sie hinauf in ihre kleine Dachkammer.

Die harte Hand würde er beim Heer haben, dachte sie, und ihr Mitleid mit Matthes schlug in Groll um. Nur seinetwegen durfte sie nicht hinaus! Dabei hatte sie Kaspar treu und fest versprochen zu kommen. Und sie war es gewohnt, ihren Kopf durchzusetzen – zumindest, was ihren Vater betraf. Sie trat mit dem Fuß die Tür hinter sich zu und starrte wütend aus der Luke über die Dächer der Stadt. Über den Hügeln im Osten begann es zu wetterleuchten.

Aus der Kammer unter ihr hörte sie die Mutter auf Matthes einreden. Im Grunde konnte Agnes ihren Bruder verstehen. Ihn trieb es hinaus aus der Enge der Stadt, weg von seinem jähzornigen Meister, bei dem er das Horndrechseln lernen sollte. Finster lauschte Agnes den wehleidig-trotzigen Widerworten ihres Bruders. Es war so ungerecht: Natürlich war Matthes viel zu jung, um auf eigene Faust in die Fremde zu ziehen oder sich gar als Söldner zu bewerben. Doch in zwei, drei Jahren, wenn er sich ein wenig am Riemen riss, würde er die Gesellenprüfung ablegen und auf Wanderschaft gehen. Würde fremde Städte und Landschaften kennen lernen.

Wie oft hatte sie sich gewünscht, als Junge geboren zu sein. Selbst um seine Lehre als Horndrechsler beneidete sie Matthes – doch als Mädchen eine Lehre zu beginnen, daran war nicht einmal zu denken. Auch wenn das in längst vergangenen Zeiten wohl nichts Ungewöhnliches gewesen war. Was konnte ihr das Schicksal als Frau schon anderes bieten als eine Anstellung in einem Bürgerhaushalt oder die Ehe mit einem Mann, dem sie für den Rest des Lebens Ehrfurcht und Respekt zollen musste. Nur selten, das wusste sie, traf es eine so glücklich wie ihre Mutter mit Jonas Marx, der seine Frau verehrte und liebte. Gut, in vielen Häusern hatten heimlich die Frauen die Hosen an, hielten sie selbst den Söhnen gegenüber die Zügel in der Hand. Doch kaum gab es weiterreichende Entscheidungen, galt man als Frau nicht viel mehr als ein unmündiges Kind.

Agnes lehnte sich weit hinaus in die Abendluft, deren Wärme ihr nach diesem entsetzlich kalten Sommer wie eine Verheißung erschien. In der Kammer unten war es still geworden. Offenbar hatte die Mutter in ihrer so liebevollen wie unnachgiebigen Art Matthes zur Vernunft gebracht. Vom Marienplatz her drang Gelächter, dann Musik herauf. Mit einem Ruck schloss Agnes die

Luke und trat mit geballten Händen an den Waschtisch. Nein, sie würde sich nicht einsperren lassen wie ein Stück Vieh. Sie hatte Kaspar versprochen zu kommen, und niemand würde sie zurückhalten.

Nachdem sie sich gewaschen und ihr neues Leinenkleid angelegt hatte, flocht sie sich bunte Bänder in die widerspenstigen dunklen Locken, nahm ihre Schuhe in die Hand und tappte barfuß, so lautlos wie möglich, die Stiege hinunter zur Kammer ihrer Brüder. Ohne anzuklopfen trat sie ein.

Jakob saß mit einem Buch in der Hand auf seinem zerschlissenen Lehnstuhl am Fenster, Matthes kauerte auf dem Bett und starrte an die Wand.

«Und? Hast du deine dummen Soldatenträume begraben?»

«Nein!»

«Und warum bist du dann noch hier?»

«Rutsch mir doch den Buckel runter.»

«Hör zu, du großer Feldherr: Eine Hand wäscht die andere. Ich hab nicht verraten, dass du bei dem Werber warst, und ihr wisst nicht, dass ich jetzt noch nach draußen gehe. Und zwar ohne meine Brüder.»

Jakob sah erstaunt von seinem Buch auf. «Du willst heimlich gehen? Wie willst du an der Stube vorbei, ohne dass dich jemand hört?»

«Ach Jakob, mein Unschuldslämmchen. Als ob ihr beiden diesen Weg nicht bestens kennen würdet.»

Durch ein schmales Türchen schlüpfte sie hinaus auf den Altan, auf dem die Wäsche trocknete. Sie knotete das Ende einer der Leinen auf und warf das freie Ende über die Brüstung. Jakob steckte den Kopf zum Fenster heraus.

«Du bist verrückt geworden», sagte er.

«Und wenn schon?» Sie warf ihre Schuhe in den Hof hinunter. «Bis später. Und lasst das Türchen offen.»

Es ging leichter, als sie gedacht hatte. Vorsichtig seilte sie sich entlang dem breiten Pfeiler ab. Angst, dass das dünne Hanfseil ihr Gewicht nicht halten würde, brauchte sie nicht zu haben. Sie war viel zierlicher als Matthes, der schon oft auf diesem Weg dem elterlichen Haus entflohen war. Für sie bedeutete es das erste Mal, und sie grinste vor Stolz.

Gebückt huschte sie durch den Gemüsegarten, stieg über die halbhohe Mauer zum Nachbargrundstück, dann über eine weitere Mauer, bei der sie erst auf ein Regenfass klettern musste, und stand schließlich im Kirchhof von Liebfrauen. Sie hatte es geschafft. Nur eine gute Stunde blieb ihr noch bis Einbruch der Dunkelheit, dann musste sie wieder im Hause sein, wollte sie nicht dem Nachtwächter oder der Stadtwache in die Arme laufen. Aber eine Stunde war besser als nichts.

Auf der Bühne, die nichts weiter war als ein umgebautes Fuhrwerk mit Himmel aus verblichenem blauen Tuch und einem Vorhang im Hintergrund, sprach einer der Komödianten eben seine Schlussworte: «In Summa: Unsre Lebenszeit – ist lauter Traum und Eitelkeit!», dann fiel Trommelwirbel in den nicht eben leidenschaftlichen Beifall, und zwei Artisten machten ihre Faxen und Luftsprünge über die knarrenden Bretter. Agnes wusste: Als Nächstes würde der Höhepunkt folgen – der Auftritt des Lautenspielers und Zeitungssingers Kaspar Goldkehl.

Sie bedauerte kaum, dass sie das Spiel der Komödianten verpasst hatte, denn ihr Stück frei nach der berühmten Tragödie *Cenodoxus* des Jesuiten Jacob Bidermann hatte vor zwei Tagen weder sie noch die anderen Zuschauer so recht begeistert. Die Geschichte des heuchlerischen Medicus von Paris, die die Zuschauer in Angst und Schrecken hätte versetzen sollen, war zu einer faden Posse heruntergekommen, lustlos gespielt und ohne jeden Aufwand in Szene gesetzt. Überhaupt schien es Agnes, dass diese Truppe ihre beste Zeit längst hinter sich hatte, mit ihren zerschlissenen Kostümen und spärlichen Requisiten.

Doch dann betrat Kaspar die Bühne, mit strahlendem Lächeln,

die Arme zum Gruß erhoben. Und prompt schwoll der Applaus an, den er sichtlich zu genießen schien. Es waren, wie Agnes missmutig wahrnahm, vor allem die Frauen und Mädchen, die da so hingerissen in die Hände klatschten. Denn Kaspar war ein ausnehmend schöner Mann. Das dichte braune Haar, unterhalb der Ohren und im Nacken sorgfältig gestutzt, umrahmte sein bartloses Gesicht mit der geraden Nase und dem etwas kantigen Kinn. Sehr männlich wirkten Kaspars Züge, gleichzeitig hatten sie etwas Weiches, beinahe Mädchenhaftes durch die hellbraunen, leicht vorstehenden Augen unter fein geschwungenen Brauen und seinen schönen Mund mit den vollen Lippen. Dazu war er hoch gewachsen und von aufrechter, muskulöser Statur.

Während im Hintergrund ein Bub das Dreigestänge mit den Bildtafeln aufstellte, stimmte Kaspar seine Laute, nicht ohne hin und wieder ein verschmitztes Lächeln ins Publikum zu werfen. Dabei entdeckte er Agnes. Sofort schlug er eine kleine Melodie an und sang, ohne den Blick von ihr zu wenden:

«Königin Sonne, du leuchtest so!
Ich und der Sommer, wir brennen lichterloh!»

Obwohl immer noch drückende Schwüle über dem Platz lag, lief Agnes ein Schauer über den Rücken. Kaspar ließ eine schnelle Akkordfolge anklingen, und der Junge deutete mit einem Stock auf das erste Bild. In grellen Farben zeigte es einen Tumult zwischen mehreren Männern, die sich inmitten umgestürzter Möbel vor einem weit geöffneten Fenster drängten.

«Ihr Leute, höret die Geschichte,
Die vor zwei Jahren ist geschehn,
Die treulich ich euch nun berichte,
Drum lasst uns dran ein Beispiel sehn.»

Agnes nahm die Bilder nicht wahr, hörte nicht die Worte. Nur Kaspars schönes Gesicht hatte sie vor Augen, die Melodie seiner warmen tiefen Stimme im Ohr. Die kündete von dem bösen Streit zwischen den kaiserlichen Statthaltern Prags und den lutherischen Ständevertretern, der für Böhmen so schlimme Folgen gezeitigt hatte.

«Die Statthalter, die Kaisertreuen,
Die stritten laut um Wort und Sinn
Mit den Calvinern, Lutheranern,
Was in des Kaisers Brief stand drin.
Zum Fenster hat man sie gezogen,
Den Slavata und Martinitz,
Und rausgehaun in hohem Bogen
Gradwegs auf einen Haufen Mist.
Der Schreiberling Fabricius,
Der flog gleich hintendrein.
Sie fielen tief, sie fielen weich,
Auf Dreck von Rind und Schwein.
Bald kündt von Pein und großer Not
Ein Stern am Himmelsrand,
Und seither schlagen sie sich tot
Im schönen Böhmerland.
Doch Martinitz und Slavata
Samt Secretarius –
Für sie war Glück und Ruhm nun da
Mit Adelstitel und Genuss.
So macht man aus 'nem armen Schreiber
Fabricius von Hohenfall.
Die andern massakrieren sich die Leiber
Mit Spieß und Büchsenknall.
Von der Geschicht so hört nun die Moral:
Des einen Glück den andern wird zur Qual.»

Agnes hatte kaum zugehört. Ungeduldig wartete sie darauf, dass Kaspar sein nächstes Stück beendete, ein rührseliges Schäferlied, für das er eigens Schlapphut und Schaffell angelegt hatte. Ein rothaariges Mädchen von vielleicht fünfzehn Jahren drängte sich neben sie. «Na, wartest du auf deinen Liebsten?»

Es schien nicht böse gemeint, denn auf dem sommersprossigen Gesicht der Rothaarigen erschien ein freches Grinsen. Es war die Tochter des Prinzipals, das wusste Agnes inzwischen. Seit Kaspar seinen Weggefährten erzählt hatte, dass Agnes als Kind selbst mit Gauklern gezogen war, begegneten ihr die Leute von der Truppe zwar nicht immer freundlich, aber doch ohne Misstrauen.

Endlich verschwand Kaspar nach einer knappen Zugabe hinter dem Vorhang. Kurz darauf stand er neben ihr.

«Mein Goldschatz!»

Er zog sie in den Schatten des Requisitenwagens, wo er sie zärtlich umarmte. Wieder wurde ihr heiß und kalt zugleich, doch diesmal kämpfte sie dagegen an, denn sie wollte nicht wie eine dumme Jungfer vor ihm stehen. Sie war nicht ganz so unerfahren, was immer Kaspar von ihr denken mochte.

«Ich hab schon gemeint», er küsste ihre Lippen, «du lässt mich sitzen.»

«Es gab Streit mit meinen Eltern», flüsterte sie. «Lass uns woanders hingehen. Vielleicht im Hirschgraben spazieren.»

«Wohin du willst. Und danach –» Er strich über den Ansatz ihrer Brüste.

«He, Kaspar, Schluss mit den Tändeleien! Los, hilf abbauen!» Ein vierschrötiger Mann mit wilder grauer Mähne stand plötzlich direkt neben ihnen. Agnes machte sich hastig von Kaspar los; sie spürte, wie das Blut ihr in die Wangen schoss.

«Nicht heute, Meister! Lass mir diesen letzten Abend mit meinem Schatz.»

Er hakte sich bei Agnes unter und schob sie, ohne auf die Verwünschungen des Grauhaarigen zu achten, in eine schmale Seitengasse, die zu einem Durchlass in der Stadtmauer führte. Dort, geschützt vor den Blicken der heimkehrenden Bürger, beugte er sich wieder über sie. Doch Agnes schüttelte seinen Arm ab. Ihre dunkelblauen Augen funkelten.

«Was soll das heißen – letzter Abend? Zieht ihr etwa weiter?»

«Hatte ich dir das gestern nicht gesagt?» Elegant zog er die geschwungenen Brauen in die Höhe.

«Nein, hast du nicht!» Sie verschränkte die Arme. «Und wahrscheinlich hättest du es mir auch heute Abend verschwiegen. Wärst morgen früh sang- und klanglos verschwunden.»

«Ach, Unsinn. Es ist nur –», er geriet ins Stottern, «der Prinzipal hat es heute erst entschieden.»

Er nahm ihre Hand, und sie traten durch die Pforte auf den Hirschgraben hinaus. «Du hast doch selbst gesehen, dass wir kaum noch einen Hund hinter dem Ofen vorlocken. Kann ich sogar verstehen. Diese entsetzlich plumpen Moralitäten, ohne Witz und Attraktion. Und meine neckisch-verlogenen Schäferliedchen stehen mir selbst schon bis zum Hals.» Er lächelte sie an. «Aber ich verspreche dir: Spätestens zum Martinimarkt bin ich wieder in Ravensburg. Und in der Zwischenzeit werde ich keine andere Frau auch nur eines Blickes würdigen.»

Vergebens suchte sie ihre Enttäuschung zu überspielen. Viel zu kurz war er in Ravensburg gewesen, fünf Tage nur, an denen sie sich heimlich vormittags vor der Stadt getroffen hatten. Wie schwer war es ihr gefallen, bei der Aufführung vorgestern, ihren Eltern gegenüber zu verbergen, dass sie den Sänger kannte. Dass sie ihn liebte, seit er sie beim Frühjahrsmarkt keck und unverhohlen angesprochen hatte, in Gegenwart all ihrer Freundinnen. Und jetzt sollte sie schon wieder viele, viele Wochen warten, bis sie wieder zusammen sein konnten?

«Nun sieh mich nicht so an, Prinzessin. Nur du bist mir wichtig in dieser heillosen Welt.» Er bedeckte ihren Hals und ihre Schultern mit Küssen. «Weißt du, in was ich mich damals zuerst verliebt habe? In deine Augen. Sie haben das Blau eines wolkenlosen Sommertages, eines im Wind wogenden Kornblumenfeldes –»

«Es wird gleich dunkel», unterbrach sie ihn. «Ich muss nach Hause.»

Unvermittelt ließ er sie los und kniete jetzt tatsächlich vor ihr nieder, mit glühendem Blick, die Arme ihr theatralisch entgegengereckt.

«Komm mit zum Fluss, in unser Lager. Ich flehe dich an: Lass uns diese letzte Nacht zusammen verbringen.»

Ihr schwindelte. Dieser Gedanke war ungeheuerlich. Sie wusste, was eine Nacht mit Kaspar bedeutete. Er war keiner der Nachbarburschen, die sie seit einigen Jahren umschwärmten und mit denen sie spielen konnte, wie es ihr gefiel. Die sie nach Belieben an sich heranlassen und wieder abweisen konnte. Kaspar war ein Mann, und er wollte sie als Frau. Sie wusste genau Bescheid um diese Dinge, hatte oft genug von sich aus die Burschen gedrängt, weiter zu gehen, als es schicklich war. Doch bis zu dem, was der Pfarrer in der Kirche mit hochrotem Kopf «Kopulation» nannte, hatte sie es niemals kommen lassen.

Und dann – ihre Eltern! Vielleicht hatten die längst entdeckt, dass sie verschwunden war, und erwarteten sie nun voller Zorn zu Hause. Nicht auszudenken, wenn sie die ganze Nacht fortbliebe. Umbringen würden ihre Eltern sie.

Ein mächtiger Donnerschlag ließ sie zusammenzucken. Gleich darauf begann es zu regnen. Beherzt zog sie Kaspar zu sich heran.

«Gehen wir.»

2

«Wie konntest du so etwas Schamloses tun?» Aus Marthe-Maries Lippen war alle Farbe verschwunden.

Agnes hob den Kopf. Ihre Wange brannte noch immer. Zwar war ihre Mutter mit Maulschellen stets schneller zur Hand gewesen als ihr Vater, doch es war Jahre her, dass sie zuletzt eine gefangen hatte.

«Was hätte ich tun sollen?» Agnes' Stimme zitterte. Der

Schreck saß ihr noch in den Gliedern, seit sie bei Morgengrauen heimgeschlichen war, über den Altan zurück in das Zimmer der Brüder – und dort auf ihren Vater gestoßen war. Im Lehnstuhl hatte er gesessen, hellwach, mit rotgeränderten Augen, und auf sie gewartet.

«Es ist, wie ich's sage. Die Leute von der Theatertruppe wollten mir das Lager zeigen, und dann kam dieses Unwetter dazwischen.»

Jonas schlug die Faust auf den Küchentisch, dass es krachte. «Hör endlich auf! Darum geht es gar nicht. Du hast uns belogen und betrogen. Einfach nachts davonschleichen, sich einem hergelaufenen Landstreicher an den Hals werfen! Bist du überhaupt noch ganz bei Sinnen?»

«Kaspar ist kein Landstreicher. Er ist Sänger! Und er weiß ganz genau, was er will.»

«Oh, das kann ich mir denken. Dummen jungen Gänsen den Kopf verdrehen, um sie dann aufs Kreuz zu legen.» Jonas war aufgesprungen und lief erregt in der Küche auf und ab. «Ich hab ihn doch gesehen, ihn und diese elende Vagantentruppe. Ein ausgekochter Hallodri ist das, nichts weiter.»

«Nein!» Agnes sprang vom Stuhl auf. «Er meint es ernst mit mir.»

«Ein Komödiant meint es niemals ernst», entgegnete ihre Mutter tonlos. Sie wirkte plötzlich alt, wie sie da mit gesenkten Schultern hinter der Stuhllehne stand. «Wir können alle nur bei Gott hoffen, dass du in dieser einen Nacht nicht dein ganzes Leben verpfuscht hast. Du wirst ihn nie wieder sehen. Du wirst seinen Namen in diesem Haus nie wieder erwähnen. Hast du verstanden?»

In einem Sturm der Wut und Enttäuschung sah Agnes ihrer Mutter in die Augen. «Wie kannst du nur so reden? Hast du vergessen, dass du selbst einst bei Gauklern gelebt hast? Dass ich bei diesen Leuten aufgewachsen bin? Hast du das alles vergessen?»

«Auf deine Kammer!» Jetzt war es Marthe-Maries Stimme, die bebte. «Sofort! Und für den Rest der Woche verlässt du nicht mehr das Haus.»

Hilfesuchend sah Agnes zu ihrem Vater. Doch auch dessen Blick war starr und abweisend. So verkniff sie sich jedes weitere Wort und ging stumm zur Tür. Ihr Vater fasste sie bei der Schulter.

«Nächsten Sonntag sind wir bei Ulrichs Eltern zum Essen eingeladen. Ich hoffe, du weißt, wie du dich dort zu benehmen hast.»

Ulrich Nägli! Sie musste an sich halten, dass sie nicht hinter sich die Tür ins Schloss krachen ließ. Dann hatten sich die Eltern also schon abgesprochen, war die Heiratsabrede beschlossene Sache. Aber nicht mit ihr. Lieber würde sie konvertieren und zu den Franziskanerinnen ins Kloster gehen.

Agnes kannte Ulrich, den Kaufmannssohn aus der Nachbargasse, seit Kindertagen, und im Grunde mochte sie ihn. Die ersten unbeholfenen Zärtlichkeiten hatte sie mit ihm ausgetauscht, sogar den ersten richtigen Kuss gewagt. Aber er war ein Langweiler, gutmütig, blass und etwas dicklich, der seine Nase nur zum Essen und Schlafen aus dem Kontor seines Vaters steckte. Kein Vergleich mit einem Mann wie Kaspar!

Sie verriegelte die Kammertür und warf sich auf ihr Bett. Wie scheinheilig ihre Eltern waren, scheinheilig und dünkelhaft. Stellten Kaspar als Landstreicher hin. Dabei hatte ihre Mutter selbst einmal in höchster Gefahr Zuflucht gefunden bei einer Komödiantentruppe! Sie war von diesen Menschen aufgenommen worden, als wäre sie eine von ihnen. Agnes selbst konnte sich nicht mehr daran erinnern; sie war ja erst zwei, drei Jahre alt gewesen. Doch Marthe-Marie hatte ihr eines Tages davon erzählt: Wie sie mit ihr aus Freiburg hatte fliehen müssen, als dort einmal mehr der Hexenwahn aufloderte, dieser entsetzliche Wahn, der Marthe-Maries Mutter auf den Scheiterhaufen gebracht hatte.

Wie sie außerdem von einem Wahnsinnigen verfolgt worden war, der ihr, der vermeintlichen Hexentochter, nach dem Leben trachtete. Wie sie dann zwei Jahre lang im Schutze von Leonhard Sonntags Compagnie durch die Lande gezogen waren, immer tiefer in Hunger und Elend gerieten, bis Marthe-Marie beinahe vergessen hatte, dass sie eigentlich einer angesehenen Familie entstammte, und sich selbst zu den Unehrlichen, zu den Rechtlosen zählte. Es musste eine schlimme Zeit für ihre Mutter gewesen sein, und doch war es die Zeit, die ihrem Leben schließlich die glückliche Wende gebracht hatte: Hier in Ravensburg war Marthe-Marie überraschend auf ihren verloren gewähnten Vater gestoßen. Und sie hatte auf ihrer Flucht Jonas Marx kennen gelernt.

Agnes schnaubte. Selbst das schienen ihre scheinheiligen Eltern vergessen zu haben: dass auch der Vater eine Zeit lang bei den Gauklern gelebt hatte, aus lauter Liebe zu ihrer Mutter. Und noch etwas wusste Agnes: Beinahe hätte Marthe-Marie ihr Herz an einen echten Gaukler verloren, einen Komödianten namens Diego. Das allerdings hatte sie nicht von ihrer Mutter erfahren, sondern von Lisbeth, Leonhard Sonntags Tochter. Vorletzten Sommer nämlich hatte Sonntags Truppe nach vielen, vielen Jahren wieder in Ravensburg gastiert, und es war zu einem ergreifenden Wiedersehen gekommen. Als Agnes und die gleichaltrige Lisbeth einander als Freundinnen aus frühesten Kindertagen vorgestellt wurden, war der erste Augenblick der Verlegenheit rasch verflogen. Denn zwischen ihr und dem Mädchen mit den kräftigen dunkelroten Haaren und den Sommersprossen auf der spitzen Nase schien eine Art Seelenverwandtschaft zu bestehen – sie lachten über dieselben Dinge, machten sich über dieselben Leute lustig und waren gleichermaßen neugierig auf alles, was sie nichts anging. Es waren herrliche Tage damals, jede freie Minute verbrachte sie mit Lisbeth. Sie lernte die anderen Gaukler kennen, erfuhr alles über den Alltag der Fahrenden, hörte von der unglücklichen Liebe Diegos zu ihrer Mutter und von so manchem Abenteuer aus ihrer eigenen Kindheit, an das sie selbst sich nicht mehr erinnern konnte. Als sie nach zwei aufregenden Wochen Abschied nehmen mussten, war es Agnes, als verliere sie zum ersten Mal in ihrem Leben einen geliebten Menschen. Was blieb, war ein heimliches Fernweh, eine unbestimmte Sehnsucht nach einem anderen Leben.

Vielleicht war es das – vielleicht wussten ihre Eltern um diese Unruhe und wollten sie gerade deshalb in den Käfig eines wohlanständigen Lebens sperren. Aber an diesen Stubenhocker Ulrich würde sie sich nie und nimmer ketten lassen, das war so sicher wie das Amen in der Kirche.

Sie vergrub den Kopf in ihrem weichen Daunenkissen und versuchte, den herben Duft von Kaspars Haut nachzuspüren. Ihr schwindelte. Wie zärtlich und voller Liebe er sie letzte Nacht berührt hatte. Als es dann tatsächlich zu jenem bang erwarteten Moment gekommen war, hatte sie statt der erhofften Lust nur einen kurzen Schmerz verspürt. Doch der Stolz darüber, dass ihr Geliebter sie zur Frau gemacht hatte, ließ sie diesen kurzen Augenblick der Enttäuschung schnell vergessen. Sie und Kaspar gehörten jetzt zusammen. Für immer.

Den Gedanken an die möglichen Folgen ihrer Liebesnacht hatte sie verdrängt. Zumal Kaspar ihr versprochen hatte, er werde schon Acht geben, was auch immer er darunter verstand. Doch war ihr das in dieser wundervollen Nacht ohnehin gleich, sie würde bei ihm bleiben, da konnten ihre Eltern noch so zetern und zürnen. Schließlich hatte Marthe-Marie ihre Entscheidungen dazumal auch allein getroffen, hatte weder Vater noch Mutter um Einverständnis bitten müssen.

Jetzt galt es nur noch, die Zeit bis November hinter sich zu bringen – vielleicht konnte sie bis dahin ein paar Schillinge zusammensparen, indem sie öfter als bisher für die alte Grete aus dem Nachbarhaus Botengänge und Einkäufe erledigte. Das musste natürlich heimlich geschehen, denn für die Haustochter eines Schulmeisters schickte es sich nicht, Geld für Gefälligkeiten anzunehmen. Doch sie war fest entschlossen, Kaspar bei seinen Zukunftsplänen zu unterstützen. Sie zweifelte keine Sekunde an seinen Worten: Noch vor dem ersten Schneefall werde er eine feste Stellung an der herzoglichen Residenz in Stuttgart antreten, hatte er gesagt. Der Siegeszug der italienischen Oper an den Fürstenhöfen sei unaufhaltsam, und er habe fast ein Jahr bei einem Chor- und Kapellmeister in Mantua gelernt. Nur aus der Not habe er sich dieser Gauklertruppe angeschlossen, doch jetzt sei seine Zeit gekommen. «Nie wieder will ich auf einem verlotterten Bühnenkarren von diesen albernen Zeitungen singen oder mich in Schäferlumpen zum Hanswurst machen. Ich bin kein Gaukler, Agnes, ich bin ein Mann der Kunst.»

Das waren seine Worte gewesen. Agnes lächelte versonnen. Bei Hofe würde er zu den geachteten Leuten gehören, mit festem Einkommen und frei vom Makel der Rechtlosigkeit und Unehrlichkeit. Dann würden nicht einmal mehr ihre Eltern etwas gegen eine Heirat einzuwenden haben.

«Und du willst wirklich, dass ich mit dir komme?», hatte sie ihn am Vorabend gefragt. Nassgeregnet bis auf die Haut standen sie vor seinem Wagen am Ufer der Schussen, und Agnes hatte ein letztes Mal gezögert, ob sie tatsächlich das Nachtlager mit ihm teilen sollte.

«Aber ja, meine Prinzessin. Du musst! Du wirst mir Glück bringen.»

«Warum ziehst du dann erst mit den anderen weiter? Warum gehst du nicht gleich nach Stuttgart und sprichst bei Hofe vor?»

«Ach Agnes, das weißt du doch! Ich habe mit dem Prinzipal einen Kontrakt bis Martini, und es würde mich meinen letzten Heller kosten, wenn ich den breche.»

Bis Martini! Agnes seufzte. Und wenn ihn nun seine Reisen ganz woanders hinführten? Oder er bis dahin eine andere Frau kennen lernte? Ach was – sie musste Kaspar vertrauen. Er meinte es ernst. Warum sonst hätte er sein Vorhaben bis ins Kleinste mit ihr besprochen? Ihr ein ums andere Mal versichert, dass er den Neubeginn nur mit ihr wagen wolle? Hatte er nicht sogar, als es endlich soweit war und sie eins mit ihm wurde, geflüstert: Ich liebe dich? Und hatte ihr die Wahrsagerin nicht neulich aus der Hand gelesen, ihr sei Eheglück und Kindersegen in einer fernen Stadt beschieden?

Sie sprang vom Bett auf und ging zum Waschtisch, um sich zu kämmen und zurecht zu machen. Aus der Küche hörte sie das Klappern der Töpfe. Ihre Mutter begann das Mittagsmahl vorzubereiten, und es war Agnes' Aufgabe, dabei zu helfen. Trotzig verzog sie das Gesicht. O ja, sie würde ihren Pflichten nachkommen, ganz die folgsame Tochter, und Kaspar nie wieder erwähnen. Denn nur eines zählte: An Martini würde sie ihren Geliebten wiedersehen.

Der Sommer hatte dieses Jahr nur ein kurzes Gastspiel gegeben. Auf den heftigen Gewittersturm Ende August war ein kühler September gefolgt, mit einer kraftlosen Sonne am dunstigen Himmel, und hernach ein feuchter, nebliger Oktober. Auch jetzt, an diesem Sonntagvormittag, zeigte sich die Welt grau in grau.

Matthes trat vom Fenster zurück und setzte sich in Jakobs alten Lehnstuhl. Er war gerade mit der Familie vom Gottesdienst zurückgekehrt. Keiner hatte ein Wort gesprochen, als sie den Marienplatz überquerten, auf dem seit gestern die Stände und Lauben für den Martinimarkt aufgebaut waren. Er fragte sich, was wohl in seiner Schwester vorgegangen sein mochte, als sie am Bühnenwagen der Gaukler vorbeikamen. Von der Truppe war niemand zu sehen gewesen, doch Agnes war ohnehin mit erhobenem Kopf, ohne nach rechts und links zu blicken, daran vorbeimarschiert.

Seit jenem schlimmen Streit mit den Eltern war seine Schwester eine andere. Ihr Gesicht war zu einer Maske erstarrt, ihr Blick abwesend und ernst. Sie kam nicht mehr vor dem Schlafengehen zu ihm und Jakob herunter, wie sie es sonst getan hatte, um mit ihnen eine halbe Stunde zu würfeln oder Karten zu spielen, beteiligte sich kaum noch an den Tischgesprächen und stürzte sich stattdessen verbissen in ihre Haus- und Flickarbeiten. Und bei den wechselseitigen Sonntagsbesuchen mit der Familie Nägli benahm sich Agnes wie eine mustergültige junge Dame. Wahrscheinlich sah sich der dicke Ulrich schon als ihr Gatte.

Matthes hatte längst begonnen, Agnes' frechen Spott und ihre Neckereien zu vermissen, von ihrem lauten, fröhlichen Lachen ganz zu schweigen. Manchmal fragte er sich, ob sie was im Schilde führte.

Anfangs war ihm dieser Streit gerade recht gekommen – schienen doch seine Eltern über jene unerhörte Geschichte mit Agnes und diesem singenden Possenreißer den Ärger über ihn vollkommen vergessen zu haben. Niemand hatte mehr auf ihn geachtet, weder hatte der Vater das Gespräch mit seinem Meister gesucht noch den angedrohten Hausarrest wahr gemacht. Matthes zog ein finsteres Gesicht. Wenn er, Matthes, anstelle seines Vaters gewesen wäre, er wäre noch am selben Morgen zum Gauklerlager hinaus und hätte Kaspar die Seele aus dem Leib geprügelt. Er war sich sicher, dass dieser Hundsfott jede Nacht über ein anderes Weib stieg.

Doch ihn hatte niemand gefragt, und sich einzumischen hätte er nicht gewagt. So ging der Alltag für ihn bald wieder seinen gewohnten Gang: Frühmorgens verließ er das Haus, um in die ungeliebte Werkstatt zu trotten, wo er bis zum Feierabend nichts anderes tat, als Rinder- und Ziegenhörner zu entschlauchen und zuzurichten und die Hohlstücke aufzuschneiden. Nicht ein einziges Mal hatte ihn der Meister bisher an die Drehbank gelassen, obwohl er bereits seit einem Jahr in Lehre war. Stattdessen fluchte der Alte über sein Ungeschick und seinen Widerwillen bei der Arbeit und prophezeite ihm ein ums andere Mal, aus ihm werde nie ein ordentlicher Handwerker. Womit er nicht falsch lag, denn Matthes hatte längst andere Pläne. Mit diesem weibischen Kram wie Frisier- und Zierkämmen, Haarnadeln, Knöpfen, Spielmarken und anderem Schnickschnack hatte er ohnehin nichts am Hut. Wenn schon jahrelang als Lehrbub ochsen, dann wollte er wenigstens einen Beruf für richtige Männer erlernen.

Er beugte sich über die Armlehne und tastete unter sich über die Dielenbretter, bis er die lose Stelle fand. Vorsichtig zog er den Stapel Flugblätter hervor. Plötzlich stand Jakob hinter ihm.

«Was schleichst du dich herein wie ein Strauchdieb?», herrschte Matthes seinen jüngeren Bruder an.

«Vielleicht hast du vergessen, dass das auch meine Kammer ist? Los, zeig schon her.»

Mit einem Ruck entriss Jakob ihm das oberste Blatt. *Glorreicher Sieg der Bayerisch-Kaiserlichen über die calvinischen Ketzer* prangte fett über einem Bildnis des so genannten Winterkönigs Friedrich. In frechem Strich hatte der Zeichner den Pfälzer barfuß, in Lumpen und mit zerbrochener Wenzelskrone auf dem lockigen Haupt dargestellt.

«In der Nacht vom siebenten zum achten November – die Böhmischen vernichtend geschlagen – Schlacht am Weißen Berge –», murmelte Jakob halblaut vor sich hin. «Kühn und voller Wagemut – Tillys tapfere Mannen – Prag vom Joch der Ketzer befreit.» Er sah auf. «Ich dachte, der Mansfelder hätte die Bayern bei Pilsen zurückgeschlagen?»

«Seit wann interessiert dich der Krieg?»

Jakob zuckte die Achseln. «Das tut er nicht, aber ich habe halt Augen und Ohren. Was mich interessiert, sind die Menschen.» Er gab ihm die Flugschrift zurück. «Von wem hast du das?»

«Von Gottfried. Hat er mir heute in der Kirche zugesteckt.»

«Der großgoscherte, aufgeblasene Gottfried Gessler? Das

scheint ja dein neuester Spezi zu sein. Und woher hat der die Blätter?»

«Sein Vater lässt sie sich kommen.»

Auf Jakobs schmalem Gesicht breitete sich ein Grinsen aus. «Büchsenmacher Gessler, der brave Lutheraner. Hält Ausschau, an wen er seine Feuerrohre verscherbeln kann. Und wenn's an die Katholischen ist, die damit seine Glaubensbrüder über den Haufen schießen.»

«Du kleiner Klugscheißer! Wehe, du verpfeifst mich bei Vater.»

Jakob schüttelte den Kopf. «Keine Sorge. Ich frag mich bloß, ob du immer noch abhauen willst. Aber wie du siehst, gewinnt der große Tilly seine Schlachten auch ohne dich.»

«Halt's Maul. Du redest schon so blöd daher wie Agnes.»

Sein Bruder brauchte ja nicht zu wissen, wie froh er im Nachhinein war, dass der Vater ihn an jenem Sommerabend erwischt hatte. Damit hatte er sich eine Blamage vor all den anderen Burschen der Stadt erspart. Denn als sein Freund Gottfried Gessler, mit dem er auf der Kuppelnau verabredet gewesen war, vor den Musterschreiber getreten war, hatte der ihn als Erstes nach seinem Alter gefragt. Achtzehn, hatte Gottfried gesagt. Da war der Mann in schallendes Gelächter ausgebrochen und hatte ihm mit den Worten «Da hast du dein Handgeld» vor allen anderen kräftig eins hinter die Ohren gegeben. Unter einem Schwall von Spott und Häme hatte er den Heimweg antreten müssen.

Matthes verstaute die Blätter wieder in ihrem Versteck.

«Hör zu, Jakob: Bevor du dich vielleicht doch vor deiner geliebten Schwester verschwatzt – ich will bloß auf dem Laufenden sein. Mehr noch als der Krieg interessiert mich das Büchsenmachen. Mit ein wenig Glück werde ich bei Gessler nächstes Jahr die Lehre beginnen.»

Jakob sah ihn aus seinen hellen Augen erstaunt an. «Du willst schon wieder eine neue Lehre anfangen?»

«Was heißt schon wieder? In der Kunstschlosserei unseres Oheims war ich nur zu einer Probezeit.»

Jakob grinste spöttisch und schwieg.

«Denk doch, was du willst. Der alte Gessler jedenfalls meint, die Zeiten seien formidabel. Die Büchsenmacherzunft wird bald die Königin der Zünfte sein.»

3

Seit Kaspar wieder in der Stadt war, fand Agnes nachts keinen Schlaf. Ihre Eltern ließen sie nicht aus den Augen, und wenn Agnes außer Haus ging, schickten sie Jakob mit, dem die Eltern wohl mehr Familien- und Verantwortungssinn zutrauten als dem Älteren.

Als Agnes am vierten Tag seit Beginn des Jahrmarkts noch eben zu den Brot- und Fleischbänken im Waaghaus eilte und sich in die Schlange einreihte, zupfte sie jemand am Ärmel.

«Von deinem Schatz», flüsterte die Tochter des Prinzipals, drückte ihr einen Zettel in die Hand und verschwand. Agnes hielt die Luft an. Kaspar hatte sie nicht vergessen! Rasch warf sie einen Blick auf Jakob, der vor der Stadtwaage auf sie wartete, doch der schien nichts bemerkt zu haben. Oder er tat zumindest so, denn jetzt winkte er ihr freundlich zu.

Die Minuten dehnten sich zu Stunden. Endlich hatte sie die Einkäufe hinter sich gebracht und stand bei ihrer Mutter in der Küche.

«Ich gehe nur eben meine Schürze holen», murmelte sie und rannte die Stiege hinauf in ihre Kammer. Ihr Herz raste, als sie das Papier auseinander faltete und die ungelenken Buchstaben wieder und wieder las:

Herzallerliebste Agnes! Meine Prinzessin!
Es ist so weit. Wenn du mich noch immer liebst, komm morgen früh zur achten Stunde ans Frauentor. Nimm nur das Notwendigste mit dir, sodass wir gleich nach Stuttgart aufbrechen können.
Dein Kaspar, der dich innig und über alles liebt.

Ihre Finger verkrampften sich. Seit sie denken konnte, war sie nie weiter aus der Gegend herausgekommen als bis Buchhorn am Bodensee oder bis Waldsee im Norden. Wo lag Stuttgart überhaupt? Wie viele Tage würde die Reise dauern? Wo würden sie übernachten in diesen kalten Herbstnächten?

Was sie am meisten verwirrte, war der plötzliche Schmerz, der in ihrem Inneren aufflammte – der Schmerz, dass sie mit dieser Flucht ihrer Mutter so unsägliches Leid zufügen würde. Dass sie mit Kaspar fortgehen würde, stand für sie dennoch außer Frage.

Zugleich erkannte sie, dass sie all die Tage, all die Wochen darauf gehofft hatte, Marthe-Marie würde sie noch einmal auf ihre Liebe zu Kaspar ansprechen. Ihr war längst deutlich geworden, welche Sorgen ihre Eltern gequält haben mochten bei dem Gedanken, ihre Tochter würde mit einem Gaukler davonziehen. Es war ja nicht nur die Schande, die Ungeheuerlichkeit, die bürgerliche Ehre wegzuwerfen wie einen alten Lumpen. Ihre Eltern kannten die schrecklichen Gefahren und Nöte des Wanderlebens zur Genüge. Gleichwohl: Hätte ihre Mutter auch nur ein einziges Mal das Wort an sie gerichtet, so hätte Agnes ihr alle Zweifel an der tiefen und ehrlichen Verbundenheit zwischen ihr und Kaspar genommen. Hätte sie überzeugt, dass Kaspars einziges Ziel es war, sesshaft und ehrbar zu werden.

Stattdessen hatte man sie behandelt wie ein kleines Kind, das sich verbotenerweise an Naschwerk vergriffen hatte. Oder, noch schlimmer, und sie wagte es kaum zu denken, wie eine leichtfertige Metze, die nur ihr Vergnügen im Sinn gehabt hatte. Aber die anderen mochten denken, was sie wollten; niemals würde sie Kaspar gehen lassen und sich stattdessen in eine Ehe mit Ulrich fügen. Niemals. Sie wischte sich die Tränen aus den Augen, band sich die frisch gewaschene Schürze vor und ging nach unten.

Im Treppenhaus traf sie auf Jakob.

«Mein Gott, Agnes, was ist mit dir?» Fast erschrocken sah er sie an.

«Nichts. Was sollte sein?»

«Ich weiß nicht. Du wirkst so – so verzweifelt.»

«Was für ein Firlefanz», fauchte sie. Dann nahm sie seine Hand, drückte den kleinen Bruder fest an sich und strich durch sein strohblondes Haar. Wieder musste sie gegen die aufsteigenden Tränen ankämpfen.

«Ist es wegen diesem Kaspar?», flüsterte er.

«Glaubst du auch, dass ich eine Dirne bin?», fragte sie mit erstickter Stimme zurück.

«So was würde ich nie von dir denken.» Er machte sich los. «Bitte, Agnes, geh nicht fort.»

Dichter Nebel stand in den Gassen, als Agnes mit ihrem Bündel unter dem Arm das kurze Wegstück zum Frauentor rannte, als sei der Leibhaftige hinter ihr her. Zu ihrer Erleichterung war der Wächter in ein Gespräch mit Passanten vertieft, sodass er nicht einmal bemerkte, wie sie das offene Tor passierte. Hinter dem aufgeschütteten Stadtgraben sah sie die schlanke Gestalt Kaspars stehen. Er hob den Arm zum Gruß, aber noch bevor sie ihn erreicht hatte, eilte er los, einen schmalen Pfad hügelaufwärts.

«Kaspar, was soll das? So warte doch.» Endlich hatte sie ihn eingeholt. Warum nahm er sie nicht in die Arme?

«Gleich, meine Liebe. Gleich sind wir da.»

Unruhig blickte er sich um, dann zog er sie hinter sich her bis zu einem Buchengehölz. Das war nicht Kaspars Wagen, der da stand, das war ein zweirädriger Maultierkarren, notdürftig mit einer Plane überspannt.

«Was soll das, Kaspar? Und was ist mit deiner Stirn? Du blutest ja.»

Statt einer Antwort schob er sie hastig auf den Kutschbock, der kaum Platz bot für zwei. «Meine Prinzessin, meine Liebste. Fast hatte ich geglaubt, du würdest nicht die Courage aufbringen.»

Vom Stadttor her war Pferdegetrappel zu hören, das rasch näher kam.

«Schnell, wir haben keine Zeit zu verlieren.»

Der Nebel legte sich wie ein nasses Tuch auf Haut und Kleidung. Agnes hätte losheulen können vor Enttäuschung. Wo waren das Glücksgefühl und die Wiedersehensfreude, die sie so lange ersehnt hatte?

«Warum dieser Karren?», fragte sie mit heiserer Stimme.

«Du willst doch wohl nicht zu Fuß nach Stuttgart.» Kaspar lächelte breit und trieb das Maultier in Trab. «Den Wagen habe ich im Lager gelassen. Es soll schließlich niemand von unserer Reise erfahren.»

Agnes sah ihn misstrauisch an. «Hattest du Ärger mit dem Prinzipal? Stammt daher deine Schramme?»

«Aber nein. Ich hab mich heute Morgen gestoßen. Weil ich es so eilig hatte, zu dir zu kommen.»

Etwas in seiner unverdrossenen Fröhlichkeit ließ sie aufhorchen. Doch ein Blick in seine hellbraunen Augen zerstreute Agnes' Zweifel. Zärtlich schaute er sie an: «Vertrau mir. Eine wunderbare Zukunft liegt vor uns, und wir sind zusammen. Allein das zählt. Aber du zitterst ja!»

Er nahm die Zügel in eine Hand und legte ihr eine schwere Decke um die Schultern. Sie schloss die Augen. Jetzt erst spürte sie die Erschöpfung der vielen ruhelosen Nächte. Sie ließ sich an Kaspars Schulter sinken, spürte das unregelmäßige Rumpeln des Wagens, sah das kindliche Gesicht Jakobs vor sich, wie er sie anflehte, nicht fortzugehen, dann schob sich das ihrer Mutter dazwischen, vorwurfsvoll und aufgelöst vor Schmerz. Du hast Schande über uns gebracht, waren ihre lautlosen Worte, wieder und wieder hallten die stummen Klagen Agnes im Kopf. Endlich fiel sie in tiefen, traumlosen Schlaf.

Als sie erwachte, holperte der Karren durch eine karge Moor- und Riedlandschaft. Zwischen mannshohen Gräsern hingen Nebelfetzen, hier und da erhob sich eine Birke gegen den grauen Himmel, Heidekraut stand in seiner letzten fahlen Blüte.

Agnes streckte sich. In östlicher Richtung glaubte sie die Türme einer Stadt zu erkennen. «Wo sind wir?»

«Dicht bei Waldsee.» Kaspar strich ihr über die kalte Wange, dann zog er sie an sich. «Wir müssen eine Unterkunft suchen, es wird bald dunkel.»

«Dann muss ich ja stundenlang geschlafen haben.»

«Das hast du tatsächlich. Wie ein Stein. Hinter dir liegt ein Beutel mit Brot und Käse, du wirst hungrig sein.»

Agnes schüttelte den Kopf. Ihr Magen zog sich zusammen, wenn sie nur an ihre Familie dachte. Ihre Brüder hatten inzwischen gewiss die ganze Stadt nach ihr abgesucht, und ihre Eltern waren von Sinnen vor Sorge. Vielleicht hatte Jakob bereits die Botschaft unter seiner Bettdecke entdeckt – doch die, da machte sie sich nichts vor, würde ihre Eltern kaum beruhigen. Sie hatte geschrieben, dass sie Ulrich niemals heiraten könne und dass sie ihnen, sobald sie an ihrem Ziel angelangt sei, einen Brief senden würde. Weiter nichts. Nur noch den Zusatz, dass sie sie alle von Herzen liebe.

Verstohlen wischte sich Agnes die Tränen aus dem Gesicht.

«Weinst du?» Auf Kaspars schönem Gesicht zeigte sich eine Mischung aus Ratlosigkeit und Verwunderung.

«Unsinn – das ist nur diese Kälte, die Erschöpfung.» Sie schämte sich plötzlich maßlos vor ihm. Schließlich war sie kein

Kind mehr. Sie war eine erwachsene Frau, Kaspars Frau, und in Stuttgart würden sie ein neues, gemeinsames Leben beginnen.

Mit einem trotzigen Lächeln legte sie ihre Hand auf seinen Arm. «Erzähl mir von Stuttgart.»

«Es wird dir gefallen. Die Stadt ist sehr anmutig gelegen, inmitten von Bergen, Wiesen und Wäldern. Dazu ein gesundes Klima, in dem Früchte und Wein gedeihen wie fast nirgendwo sonst. Und vor dem Schloss erstreckt sich ein einzigartiger Lustgarten. Mit Wasserspielen, Orangerie und Blumenrabatten, soweit das Auge reicht. Weißt du, wie die Schwaben Stuttgart nennen? Das Paradies der Erde!»

Sie kreuzten einen Feldweg, der nach rechts in Richtung der Stadt führte. Doch zu ihrer Überraschung lenkte Kaspar den Karren weiter geradeaus.

«Fahren wir denn nicht nach Waldsee?»

«Nein. Noch ein Stück weiter liegen große Schafweiden. Da findet sich immer ein leerer Stall zum Übernachten.»

Agnes starrte ihn an. «Wir übernachten hier? In dieser Ödnis?»

Kaspar lachte sein breites, betörendes Lachen. «Wir müssen unser Geld zusammenhalten. Und du glaubst gar nicht, wie gemütlich es in einem Schafstall sein kann. Frieren wirst du ganz bestimmt nicht.»

Er begann von der herzoglichen Residenz zu schwärmen, von ihren prunkvollen Festen mit Tausenden von Gästen aus den Fürstenhäusern ganz Deutschlands, von ihrem Reichtum, von dem auch bald sie ihr Scherflein abbekommen würden.

«Der Herzog ist ein Förderer der Künste. Seine Musiker erhalten ein stattliches Salär und sind bei der Bevölkerung hoch geschätzt. Du wirst sehen – wenn ich erst eine Anstellung bei der herzoglichen Hofkapelle habe, suchen wir uns ein respektables Häuschen und heiraten. Und dann schicken wir einen Geldboten nach Ravensburg, damit deine Familie in einer bequemen Reisekutsche zu unserem Hochzeitsfest kommen kann.»

«Und wo werden wir zu Anfang wohnen?»

«Bei guten Freunden. Ich kenne zwei Brüder, Melchert und Lienhard Steiger, bei denen bin ich bisher immer untergekommen. Ihre Behausung ist vielleicht nicht jedermanns Geschmack, ein wenig eng und recht einfach, aber es ist ja nur vorübergehend. Der eine, Lienhard, kennt den Hofkapellmeister Salomo. Über Lienhard ist es sicher ein Leichtes, bei Salomo vorstellig zu werden. Und dann –» Er zügelte das Maultier vor einem Schuppen. «Nun, das sieht mir doch nach einem passablen Quartier aus.»

Er reichte Agnes die Zügel und sprang vom Karren. Dann zog er unter der Plane einen furchteinflößenden Vorderlader hervor.

«Man weiß nie, was für Gesindel sich an solchen Orten rumtreibt.»

Als er ihr erschrockenes Gesicht sah, grinste er. «Das Ding ist nur ein Requisit», flüsterte er, nachdem er sich nach allen Seiten umgeblickt hatte. «Ich weiß doch nicht mal, wie man mit einer Büchse umgeht.»

Wie beruhigend, dachte Agnes, während Kaspar wie ein Heckenkrieger auf Beutezug zu dem windschiefen Schuppen schlich. Die Tür war aus den Angeln gerissen, an einigen Stellen hingen Bretter lose herunter. Beklommen sah sie ihm nach. Worauf hatte sie sich nur eingelassen?

Ein Schrei entfuhr ihr, als ein plötzlicher Schlag, dann ein Fluch aus dem Schafsstall drangen. Doch es war nur ein Wildkaninchen, das mit angelegten Ohren zur Tür herausraste und im Zickzack das Weite suchte. Kurz darauf erschien Kaspar.

«Niemand da. Wir können es uns kommod machen.»

Sie schleppten ihre Decken und das Gepäck ins Halbdunkel des Schuppens. Während Kaspar das Maultier ausspannte, klaubte Agnes halbwegs sauberes Stroh zusammen und richtete das Nachtlager. Sie mochte kaum Luft holen, so scharf stank es nach altem Schafs- und Ziegenmist. Ein Rascheln und das hohe Pfeifen von Ratten ließen sie zusammenfahren.

«Beim besten Willen – aber hier kann ich nicht schlafen», sagte sie, als Kaspar zurück war und sie mit sich auf das Lager ziehen wollte. «Lass uns in die Stadt fahren. Ich habe Geld dabei.»

«Dazu ist es zu spät.»

Er küsste sie zärtlich auf die Lippen. Dann hakte er ihren Umhang auf, öffnete ihr Mieder, ihr Hemd. «Wie schön du bist!»

Ein wohliger Schauer erfasste Agnes, als seine Finger über ihre bloßen Brüste strichen. Sie hielt seine Hand fest.

«Wie viele Nächte sind wir noch unterwegs?», fragte sie und versuchte streng zu klingen.

«Schwer zu sagen. Wir müssen über Biberach, Ehingen, dann über die Alb, Urach, Nürtingen, Esslingen – sechs, sieben Nächte werden es schon sein.»

«Versprich mir, dass wir künftig in Herbergen absteigen. Ich gebe auch von meinem Geld dazu.»

«Verschwendung.» Er versuchte sein Handgelenk freizubekommen, doch ihr Griff war fest. «Und außerdem: Die Liebe in einem überfüllten Schlafsaal hat so gar nichts Berauschendes.»

«Versprich es. Sonst halte ich die ganze Nacht über deine Hand fest.»

«Was habe ich mir da nur für einen Dickschädel zur Frau erwählt! Na gut – ich verspreche es. Bei meiner Ehre als Gaukler.»

Mochte diese Ehrbeteuerung für einen Fahrenden auch recht fragwürdig erscheinen – keinen Zweifel gab es für Agnes darüber, dass Kaspar sie liebte. Noch nie hatte ein Mann sie so zärtlich, so leidenschaftlich geküsst und berührt. Es schien, als habe er ein Feuer in ihr entfacht, wo bislang nur schwache Glut geschwelt hatte.

Dennoch fand sie bis tief in die Nacht keinen Schlaf. Jedes Knacken, jedes Rascheln schreckte sie auf. Sie, die sonst über jeden Hasenfuß ihren Spott ausgoss, hatte Angst. Angst vor den Ratten, Angst vor den Gefahren, die auf einer so langen Reise drohten, Angst vor der fremden großen Stadt. Und am meisten Angst vor dem Augenblick, wo sie erstmals wieder ihren Eltern gegenübertreten würde.

4

Die freie Reichsstadt Esslingen lag hinter ihnen. Sie hatten in einer Fremdenherberge unterhalb des Zollbergs genächtigt, in einem heruntergekommenen Fachwerkbau nahe der mächtigen steinernen Neckarbrücke. Nun reihten sie sich ein in den Zug der Kaufleute, Kleinkrämer und Handwerksgesellen, die auf dieser bedeutenden Fernstraße im Herzen Württembergs immer zahlreicher wurden und den Neckar entlang in Richtung Residenz marschierten oder noch weiter, bis an den Rhein oder gar bis Flandern.

Kaspar hatte sein Versprechen tatsächlich gehalten. Außer auf der Alb, wo sie in einer Scheune hatten nächtigen müssen und vor Morgengrauen von aufgebrachten Bauern verjagt worden waren, hatten sie jeden Abend eine Herberge aufgesucht. Zu Agnes' Enttäuschung indes keines der schmucken Gasthäuser an den Marktplätzen, vielmehr einfache Unterkünfte mit Schlafsaal oder Strohsäcken in der Schankstube, die wohlfeil waren und auch noch zu später Stunde den Reisenden offen standen. Sie fanden sich überall in den Vorstädten oder entlang der Landstraßen. Meist waren die Stuben schmutzig und überfüllt, doch nach jener ersten Nacht im Schafstall hatte sich Agnes an Gestank und Kakerlaken kaum noch gestört. Wenigstens lagen sie warm und trocken und waren vor Wegelagerern geschützt. Ohnehin hatten die Ausgaben für Brücken- und Wegezoll, für Ufer-, Grenz- und Pflastermaut den Inhalt ihrer Reisekasse empfindlich geschmälert, und so war Agnes für dieses Mal beinahe froh, dass sie ihren Kopf nicht durchgesetzt hatte.

Jetzt, da sie nahezu am Ziel ihrer Reise waren, dankte sie Gott, dass er sie vor Heimsuchungen wie Unwetter, Überfällen oder durchziehenden Kriegsvölkern bewahrt hatte. Selbst das Wetter hatte sich zusehends zum Besseren gewandt: Nach zwei trüben, regnerischen Tagen war es endlich trocken, wenngleich kälter geworden, und heute Morgen schien sogar die Sonne auf die Weingärten, die sich hier überall die Hügel hinauf zogen.

Agnes schlang sich die Reisedecke fester um die Schultern und dachte daran, wie sie sich am Vortage auf einer dieser Terrassen, mitten zwischen den kahlen Rebstöcken, geliebt hatten. Sie musste lächeln und warf einen Seitenblick auf Kaspar. Zum ersten Mal nahm sie so etwas wie Anspannung in seinem Gesicht wahr. Gewiss drehten sich seine Gedanken um die Audienz beim herzoglichen Kapellmeister.

Am Rande eines hübschen Weingärtnerdorfs machten sie Rast. Vor ihnen, am jenseitigen Ufer, erhob sich die Ruine der Burg Württemberg hoch über dem Neckartal.

«Noch drei oder vier Wegstunden, und wir sind da», sagte Kaspar, während er das Maultier zum Grasen ausspannte. Dann hielt er inne. «Die Steiger-Brüder – ihre Eltern waren Spielleute wie die meinen. Ich kenne sie seit meiner Kindheit.» Er räusperte sich. «Weißt du, sie sind aus grobem Holz geschnitzt, vielleicht etwas ungehobelt, aber sie haben einen guten Kern.»

Agnes musste lachen. «Schaust du deshalb so gramvoll? Was kümmern mich diese Brüder. Ich hatte schon gefürchtet, du bereust es, mich mitgenommen zu haben.»

«Aber du bist doch meine Glücksgöttin, meine Fortuna.» Er ließ das Maultier stehen, wo es stand, noch halb im Geschirr, und riss sie stürmisch in seine Arme, bedeckte ihren Hals, ihren Nacken mit Küssen, bis Agnes ihn schließlich von sich schob.

«Siehst du nicht die Frauen dort hinten am Brunnen? Wie sie sich die Augen ausstieren nach uns. Lass uns rasch etwas essen und dann weiterfahren.»

Noch vor der Abenddämmerung erreichten sie von Norden her die Residenz, die zu drei Seiten von Weinbergen und Waldstücken überragt wurde. Das trutzige Schloss des Herzogs mit seinen mächtigen Rundtürmen beherrschte die Stadtsilhouette. Ihr Weg führte am Bachufer entlang bis zu einer hohen, weiß gekalkten Mauer. Dahinter verbarg sich der fürstliche Lustgarten, erklärte Kaspar ihr. Zu sehen von der Pracht war nur das kahle Geäst riesiger Pappeln und Platanen, die hier und da über die Mauer ragten.

Die Esslinger Vorstadt, in der die Gebrüder Steiger wohnten, zeigte wenig vom Glanz einer Residenzstadt. Zwischen niedrigen, nicht gerade ansehnlichen Holzhäusern führten Gassen ohne Pflaster, eng, krumm und holprig. An den Ecken häufte sich Mist, in dem frei laufende Schweine wühlten. Agnes rümpfte die Nase.

«Wart nur, wenn an heißen Tagen der Nesenbach zu stinken beginnt.» Kaspar lenkte den Karren in eine finstere Sackgasse, die so eng war, dass kein Kind mehr zwischen Radnabe und Häuserwand gepasst hätte. «Die Stuttgarter nennen ihn ‹Wälzimdreck›. Aber keine Sorge, wir werden bald oben in der Liebfrauenvorstadt wohnen. Da ist die Luft rein, und die Gassen werden jeden Tag zweimal gekehrt. So, da wären wir.»

Sie hielten vor einem verwitterten Lattenzaun, der nur noch durch Brombeergestrüpp zusammengehalten schien. Dahinter drängten sich fünf, sechs Häuschen und Schuppen um einen mit Unkraut überwucherten Hof, wobei kaum auszumachen war, was davon Schuppen, was Wohnhaus war. Neben einem Haufen altem Gerümpel und Gerätschaften nahm eine Frau in fleckigem Kittel und Kopftuch gerade die Wäsche von der Leine.

«Warte hier.» Kaspar sprang vom Karren. «Ich will unseren Besuch erst anmelden.»

Das sollte indes nicht nötig sein. Die hagere Frau hatte sich umgedreht und sah sie misstrauisch an. Dann stieß sie einen

Schrei aus. «Jesses! Dass mich der Donner und Hagel erschlag – der Gaukler-Kaspar!»

Sie kam zum Zaun geschlurft und stemmte die Arme in die Hüfte. Ihr Gesicht war faltig wie ein alter Mostapfel, dabei von ungesunder grauer Farbe. Unterhalb ihrer langen Nase prangte eine Warze, die sich wohl durch häufiges Kratzen entzündet hatte. Agnes kauerte sich auf dem Kutschbock zusammen, als hätte ein Flurschütz sie beim Äpfelklau erwischt.

«Jetzt sag bloß», begann die Alte zu meckern, «du willst dich wieder mal bei uns einquartieren. Das kannst du dir gleich aus dem verlausten Hirn schlagen. Wir haben kein Fleckchen mehr frei. Und wer ist die da?» Sie wies mit dem Kopf zu Agnes. «Noch eine Gauklerin? Was bringst du diesmal – eine Tierbändigerin? Eine Wahrsagerin?»

Kaspar duckte sich wie unter einem Schlag, sein Lächeln gefror.

«Jetzt hör auf, Else. Agnes ist meine künftige Frau.»

Die Alte lachte höhnisch auf. «Deine künftige Frau. Und dazu eine Bürgerstochter, wenn ich mir das hübsche Gewand und die feinen Schuhe recht besehe. Einen sauberen Fang hast du da gemacht.»

«He, Weib, was zeterst du so herum?» Im Türrahmen einer der Hütten erschien ein untersetzter Kerl, kaum jünger als Else, barhäuptig, mit ungekämmtem langen Haar und Vollbart und der roten großporigen Nase eines Trinkers. Wie es schien, war er eben erst aus dem Bett gestiegen.

Kaspar stieß die Gartenpforte auf und lief auf ihn zu, ohne sich weiter um die Alte zu kümmern.

«Melchert!»

«Ja, Sackerment – Kaspar! Alter Fatzvogel! Endlich mal ein Lichtblick in unserer trübseligen Hütte.»

Der Mann breitete die Arme aus und zog Kaspar an sich. Er schien sich aufrichtig zu freuen, und Agnes entspannte sich ein wenig. Trotzdem hätte sie am liebsten die Zügel aufgenommen und wäre auf und davon. Was für ein Rattenloch!

Kaspar und Melchert schlenderten Arm in Arm heran.

«Das ist Agnes, meine Braut.»

Während Kaspar ihr galant vom Wagen half, flüsterte er ihr ins Ohr: «Mach ein freundliches Gesicht, Prinzessin, sonst müssen wir heute Nacht im Stadtgraben schlafen.»

«Willkommen im Hause Steiger. Das müssen wir feiern.» Melchert schüttelte ihr die Hand. «Kommet no rei!»

Er schob seine Frau zur Seite und ging voraus in eine düstere Stube, die offensichtlich die gesamte Grundfläche des Hauses ausmachte und in der der Dunst von Kohlsuppe hing, vermischt mit dem Geruch nach billigem Fusel.

Agnes war entsetzt: Durch das einzige Fensterchen mit seiner verdreckten Glasscheibe drangen kaum Tageslicht und Luft, der Boden bestand aus gestampftem Lehm. Lediglich unter Tisch und Eckbank waren nachlässig ein paar Dielenbretter verlegt. Links von der Eingangstür trennte ein Vorhang von unbestimmter Farbe den Raum ab – jetzt war er halb zurückgezogen und gab den Blick auf eine unordentliche Bettstatt frei. Der Schlafstelle gegenüber, dicht beim Esstisch, befand sich die Küchenecke mit einem rußgeschwärzten Herd, der immerhin ein Rohr zur Außenwand besaß. So würden sie wenigstens nicht ersticken müssen, dachte Agnes grimmig, falls sie es überhaupt länger als eine Nacht hier aushielt. Dann entdeckte sie die Holzstiege, die steil nach oben führte. Vielleicht gab es dort ja einen annehmbaren Schlafraum für sie.

Kaspar zog einen schmalen Lederschlauch unter seinem Reisemantel hervor. «Tiroler Zwetschgenwasser. Für euch.»

«Worauf warten wir? Kommet no, setzt euch.» Melcherts Äuglein über den schweren Tränensäcken strahlten. «Else, mach Feuer, hier friert einem ja der Arsch ab.»

«Wenn du deinen Arsch mal bewegen würdest, würde er auch nicht abfrieren.»

Mit grimmigem Gesicht scheuchte die Alte zwei Hennen aus der Stube, legte einen Kanten Brot auf die Tischplatte und brummelte: «Mehr hab ich nicht im Haus.» Dann machte sie sich am Ofen zu schaffen. Agnes fiel auf, dass sie beim Gehen den linken Fuß nachzog.

«Und jetzt erzähl, was dich diesmal in unser schönes Stuegert verschlagen hat.» Melchert nahm einen tiefen Schluck, rülpste und reichte dann den Schlauch an Kaspar weiter.

«Die Sehnsucht nach euch, was sonst.» Kaspar trank. «Doch im Ernst: Ich hab dieses Wanderleben bei Wind und Wetter gründlich satt, du magst dich ja vielleicht noch erinnern an jene Zeit. Ich bin Sänger, ich will Kunst machen und nicht diesen Klamauk auf den Marktplätzen. Eines Tages dann», er warf Agnes einen innigen Blick zu, «bin ich diesem schönen Mädchen begegnet und habe beschlossen, ein neues Leben zu beginnen. Wir wollen hier sesshaft werden und heiraten.»

Melchert klatschte in die Hände. «Hört, hört!»

«Sesshaft!» Mit verächtlichem Schnauben richtete sich Else auf. «Wohl hoffentlich nicht bei uns.»

«Heilige Cäcilia, was denkst du? Ich werde mir mein Auskommen als Sänger oder Lautenist suchen und dann ein dreistöckiges Steinhaus beziehen, oben in der Vorstadt der Reichen. Also lass dir nicht noch mehr graue Haare wachsen, Else. In ein paar Tagen seid ihr uns los. Außerdem werde ich meinen Teil zum Unterhalt beitragen.»

«Pah! Du magst das Kätzlein schmücken, wie du willst – wir haben keinen Platz mehr für Gäste. Oder», fauchte sie ihren Mann an, «hast du die Scherereien mit der Stadtwache schon vergessen?»

Agnes sprang auf. «Es reicht, Kaspar. Ich will gehen.»

Sie hatte die Nase gestrichen voll. Lieber würde sie ihren letzten Heller für eine Herberge ausgeben, als sich von dieser Vettel weiterhin ein dummes Maul anhängen zu lassen.

«Ein wenig zartbesaitet, die Kleine, was?» Melchert nickte Kaspar zu und wandte sich dann an Agnes. «Setz dich wieder auf deinen Hintern und trink endlich einen Schluck mit uns. Die gute Else meint das nicht so. Und außerdem bin immer noch ich der Herr im Haus. Bleibt, solange ihr wollt. Ihr könnt oben auf der Bühne schlafen, Lienhard muss halt in die Stube ausweichen.»

«Wo steckt der Bursche eigentlich?»

Melchert zuckte die Schultern. «Was weiß ich. Er schneit herein, wie es ihm passt, kennst ihn doch.» Die Worte gingen ihm inzwischen schwer von der Zunge. «Aber er ist nie länger als ein, zwei Tage fort.»

«Und wie ist es ihm ergangen in den letzten Jahren? Hat er endlich eine Frau gefunden?»

«Eine?» Melchert lachte schallend. «Er schleppt jede Woche eine andere an, manchmal auch zwei, und zwar nicht die schlechtesten.» Er zwinkerte Kaspar zu und senkte die Stimme. «Ich lass mir diese Besuche ja gern gefallen, so richtig was fürs Auge – und für was anderes auch.» Sein Lachen ging in bellenden Husten über.

Agnes verzog angewidert das Gesicht.

«Verzeiht, Gnädigste.» Melchert grinste schief. «Hatte ganz vergessen, dass wir eine vornehme Dame bei Tisch haben.»

Er beugte sich zu Kaspar. «Ist die eine Katholische?»

«Ihr dürft mich ruhig selbst fragen, ich bin ja nicht taubstumm», versetzte Agnes schnippisch. «Im Übrigen bin ich lutherisch erzogen.»

«Sehr gut, sehr gut. Den Katholiken darf man nicht trauen, die sind boshaft und schadenfroh.»

«Vorsicht, alter Freund.» Kaspar nahm ihm den Branntwein aus der Hand. «Ich bin selbst katholisch getauft.»

«Schwätz nix daher. Ihr Gaukler und Fahrende seid doch weder petrisch noch paulisch.»

«Gib nur acht, Kaspar», mischte sich Else ein. «Falls du dich mit deinen Gesangskünsten drüben im Schloss vorstellen willst, halt lieber den Mund von deiner papistischen Vergangenheit. In der Hofkapelle werden seit der Schlacht bei Prag keine Katholischen mehr geduldet.»

Zu Agnes' Überraschung stellte sie ihr und sich selbst einen Krug Bier hin. «Hier, Gauklerin. Ich seh doch, du magst keinen Branntwein.»

Ihr verknittertes Gesicht wirkte mit einem Mal freundlicher. Dankbar nahm Agnes einen kräftigen Schluck.

«Und das ist auch recht und billig so.» Melchert donnerte die Faust auf den Tisch. «Man muss diese Ablassprediger hauen und stechen, wo man sie trifft.»

«Du faselst daher wie der neue Pfarrer von Sankt Leonhard.» Else nahm ihm den Branntwein aus der Hand. «Hör lieber auf zu saufen, ich kann dieses Mönchsgezänk nimmer hören.»

«Dann halt dir die Ohren zu, Weiber verstehen davon ohnehin nix. Anstelle des Herzogs hätte ich längst die württembergischen Truppen nach Böhmen und in die Pfalz geschickt und den Kaiserlichen ordentlich eins über die Mütze gegeben. Stattdessen lässt er im Norden Wälle und Landgräben ausheben wie ein ängstliches Waschweib, wegen einer Handvoll Spanier in der Pfalz. Hätte er die lieber rechtzeitig niedermetzeln lassen.»

«Würdest wohl selbst gern Krieg spielen?» Kaspar schlug ihm gegen die Schulter. «Aber so einen Schlappsack wie dich tät eh keiner anwerben, glaub mir.»

«Jetzt hört doch auf.» Agnes brach ihr Schweigen. «Wir können froh sein, dass der Krieg so fern ist.»

«So fern ist er gar nicht», entgegnete Else mürrisch und kratzte an ihrer Warze. «Um ein Haar hätten diese verfluchten Spanier nicht nur die Pfalz, sondern auch unser Herzogtum besetzt. Dafür fallen sie jetzt an der Grenze über unsere Dörfer her und plündern sie und brennen sie nieder. Ich sag euch, das wird noch alles übel ausgehen.»

Als Agnes am nächsten Morgen erwachte, lag das Haus totenstill. Nur Kaspars regelmäßige Atemzüge waren zu hören. Sie hatte wider Erwarten tief und fest geschlafen und nicht einmal mitbekommen, wann Kaspar zu Bett gegangen war. Vorsichtig, um ihn nicht zu wecken, erhob sie sich von ihrem Strohlager und kleidete sich an. Jetzt erst, im Dämmerlicht des Morgens, sah sie, was für eine heillose Unordnung auf dem kleinen Dachboden herrschte. Allenthalben lagen Kisten und altes Gerümpel unter einer dicken Staubschicht, von den Dachsparren hingen Spinnweben wie graue Schleier, mehrere Eimer standen an Stellen, wo das Dach offensichtlich undicht war. Nach dem Morgenessen würde sie hier erst einmal Ordnung schaffen.

Leise kletterte sie die Holzstiege nach unten. Der Vorhang der Schlafkammer war zurückgezogen, die Bettstatt von Else und Melchert leer. Sie schlüpfte in ein Paar Holzpantinen, die an der Türschwelle standen, und ging zum Hof hinaus. Da entdeckte sie Else vor einem der Schuppen.

«Guten Morgen, Else.»

Statt eines Grußes drückte Else ihr einen Sack mit Körnern in die Hand.

«Bist du endlich auf? Drei Hand voll für die Hühner in unserem Schuppen, danach suchst du die Eier zusammen. Sechs müssen es mindestens sein. Und dann kannst du zum Essen kommen.»

«Schon recht. Warte mal – wo finde ich hier Reitende Boten, die Nachrichten überbringen?»

Else sah sie verständnislos an. «Nachrichten überbringen? Wir schwätzen mit den Leuten, wenn wir was wollen.»

«Ich meine Briefe – nach Ravensburg.»

Else zuckte die Schultern. «Vielleicht am Rotebildtor. Beeil dich, ich muss zur Arbeit. Wegen euch bin ich viel zu spät dran.»

«Du bist Köchin im Schloss, nicht wahr?»

«Wer hat dir denn den Bären aufgebunden? Ich spüle das dreckige Geschirr der hohen Herrschaften, nichts weiter.»

Dieser Schwindler, dachte Agnes und betrat den niedrigen Schuppen. Dann hatte ihr Kaspar damit ebenso ein Märchen aufgetischt wie mit der Behauptung, Melchert sei Winzer. Dass Elses Mann sich als einfacher Taglöhner bei verschiedenen Weinbauern verdingte, hatte sie bereits am Vorabend erfahren.

Während sie in dem bestialischen Gestank des Stalls die Hühner fütterte und immerhin sieben Eier zusammenklaubte, schrieb sie in Gedanken an ihre Eltern: Dass sie mit Kaspar auf dem besten Wege sei, in Stuttgart Fuß zu fassen, und sie sich keine Sorgen machen sollten. Dass sie bei ehrbaren Leuten untergekommen seien und ihr künftiger Ehemann bald seine Stellung als Sänger und Musiker in der Hofkapelle antreten werde.

Ich verbreite schon dieselben Lügen wie Kaspar, dachte sie kopfschüttelnd. Doch um nichts in der Welt hätte sie zugegeben, in was für ein elendes Loch sie hier geraten war. Es war schließlich nur eine Frage der Zeit, bis sich das Blatt zum Besseren wenden würde. Das Einzige, was zählte: Kaspar und sie waren füreinander da.

Als Agnes ins Haus zurückkehrte, löffelte ihr Geliebter mit verquollenem Gesicht seinen Milchbrei.

«Guten Morgen, Prinzessin», flüsterte er heiser und blinzelte ihr zu.

Else reichte ihr ein volles Schälchen. «Mach nachher das Geschirr sauber und räum auf. Bin schließlich nicht eure Dienstmagd.»

Agnes nickte widerwillig und setzte sich neben Kaspar.

«Wirst du dich heute bei diesem Hofkapellmeister vorstellen?», fragte sie.

«Ich denke schon. Das heißt – vorher sollte ich mich mit Lienhard besprechen, schließlich ist er mit Salomo bekannt.»

«Spielt Lienhard auch in der herzoglichen Kapelle mit?»

Elses lautes Lachen ließ Agnes zusammenzucken. «Lienhard spielt vielleicht mit Weibern, aber nicht auf Instrumenten.»

«Was soll das heißen?»

Kaspar verdrehte gequält die Augen. «Nun ja, er ist nicht direkt in der Kapelle. Er hält die Instrumente sauber. So eine Art Knecht des Hofkapellmeisters eben.»

«Das war er, mein Lieber.» Else wickelte sich in ihren Umhang und ging zur Tür. «Salomo hat ihm den Laufpass gegeben, weil er nie zur Stelle war, wenn es Arbeit gab. Geschieht ihm recht, diesem Nichtsnutz. Falls Salomo dich also jemals empfangen sollte, erwähne Lienhards Namen besser nicht. Sonst bist du mit einem Tritt im Arsch gleich wieder draußen.»

Agnes fluchte lauthals vor sich hin, während sie mit den Fingernägeln den Hühnerkot aus den Dielenbrettern kratzte. Sie war an die mitunter harte Arbeit im Haus gewöhnt, schließlich konnte sich eine Schulmeisterfamilie in Zeiten wie diesen weder Köchin noch Dienstmagd leisten. Was sie aber hier in diesem Drecksloch jeden Tag schuftete, glich einem Frondienst. Sie wettete, dass Else seit Monaten weder Schrubber noch Besen angerührt hatte.

Die Alte hatte keine Scheu, ihr alle möglichen Pflichten aufzubürden. Vor dem Morgenessen solle sie die Hühner und die Mastsau füttern, danach, wenn alle aus dem Haus waren, die Böden und den Herd schrubben. Die Bühne oben müsse auch endlich gründlich gesäubert werden, das könne sie aber nach und nach erledigen; wichtiger sei das Waschen und Ausbessern der Wäsche. Mit dem Brunnenwasser sei sparsam umzugehen, die Betten müssten nach Ungeziefer abgesucht und der zu ihrem Haus gehörige Teil des Hofes von Müll und Unrat gereinigt werden – und so fort.

«Wenn wir mit euch schon zwei hungrige Mäuler mehr stopfen, kannst du dich wenigstens im Haus nützlich machen», waren Elses barsche Worte gewesen, als sie sich am zweiten Abend zu murren erdreistet hatte.

Dabei hatte Else die Vorratskammer abgeschlossen, und Agnes

musste bis zum Abendessen mit trocken Brot und Wasser vorlieb nehmen. Den täglichen Einkauf verrichtete selbstredend Else, auf ihrem Heimweg, um zu vermeiden, dass «unnützer Kruscht» gekauft würde, wie sie es nannte. Nach dem Abendessen rechnete sie dann peinlich genau Kaspars und Agnes' Anteil heraus.

Agnes biss die Zähne zusammen, als sie sich mit der Bürste über den speckigen Lehmboden hermachte. Anschließend sammelte sie die Nachttöpfe ein. Da ihr Else keine Anweisung gegeben hatte, wohin sie die nächtliche Notdurft zu entsorgen hatte, kippte sie deren Inhalt kurzerhand über den Gartenzaun.

Den fünften Tag waren sie nun schon in Stuttgart. Aus der Vorstadt war sie bislang keinen Schritt herausgekommen, und Kaspar hatte beim Hofkapellmeister noch immer keine Audienz erwirken können. Als sie ihn am Vorabend gefragt hatte, wo er denn den ganzen Tag unterwegs sei, hatte er ihr einen Kuss auf die Wange gehaucht und geantwortet: «Man muss auf zwei Beinen stehen, und deswegen sehe ich mich nach weiteren Möglichkeiten um, zu Lohn und Brot zu kommen.»

Ein Gutes hatte ihre tägliche Schufterei: Sie fühlte sich jetzt, wo sie dem ärgsten Dreck zu Leibe gerückt war, wesentlich wohler in dem Haus. Fast zufrieden betrachtete sie den Wohnraum, in den durch die frisch geputzten Fenster tatsächlich die Nachmittagssonne schien. Morgen würde sie noch den Vorhang zur Schlafecke ausbürsten – dann sah das hier endlich nach einer menschlichen Behausung aus und nicht mehr wie ein Ziegenstall.

Sie hörte die Gartenpforte quietschen. Hoffentlich war das nicht Lienhard, der vor den anderen heimkehrte. Sie mochte Melcherts jüngeren Bruder nicht, vom ersten Augenblick an war er ihr zuwider gewesen. Dabei war er mit seinem kräftigen Wuchs, den welligen blonden Haaren und dem sorgfältig gestutzten Backenbart ein durchaus gut aussehender Mann, der noch mehr als Kaspar Wert auf sein Äußeres legte. Aber er war schmierig und aalglatt, aus seinem Mund troffen Höflichkeitsfloskeln und Komplimente wie Öl aus der Presse, während seine grauen Augen eiskalt blieben.

Einmal hatte er eine Frau mit karottenrotem Haar mitgebracht, ganz offensichtlich eine Hübschlerin. Ohne ein weiteres Wort, nur mit einem breiten Grinsen in Agnes' Richtung, war er mit ihr die Stiege hinauf verschwunden. Dann hörte man Gekicher und Geflüster, das rasch überging in unterdrücktes Stöhnen. Als die beiden fertig waren, kam Lienhard auf einen Krug Bier wieder herunter und flüsterte Kaspar ins Ohr, so laut, dass es Agnes hören musste: «Keine Sorge – euer Lager ist unberührt. Der Roten besorg ich es immer im Stehen.»

Zu Agnes' Erleichterung war es Kaspar, der die Haustür öffnete und einen Schwall eiskalter Luft mit hereinbrachte. Er strahlte.

«Ich habe gute Neuigkeiten für uns. Der Schellenwirt will sich durch den Kopf gehen lassen, ob er mich singen und spielen lässt. Ist das nicht wunderbar? Drück mir beide Daumen, Liebes. Ich muss nur noch eine Lizenz beim Rat der Stadt erlangen, aber das wird wohl das Geringste sein.»

Agnes musste ihre Enttäuschung herunterschlucken. Im ersten Moment hatte sie geglaubt, Kaspar sei endlich von diesem Hofkapellmeister empfangen worden. Stattdessen würde er nun für ein paar Batzen in irgendwelchen Kaschemmen und Beizen aufspielen, seine Künste an eine Hand voll besoffener Zechkumpane verschwenden. Aber sie wollte nicht undankbar sein: Kaspar hatte sich seit Tagen die Hacken abgerannt; das mit dem Schellenwirt war immerhin ein Anfang.

An diesem Abend konnte Kaspar das Kostgeld nicht mehr bezahlen, und auch Agnes hatte ihre restlichen Ersparnisse für den Boten nach Ravensburg ausgegeben.

«Jetzt wart halt noch zwei, drei Tage, liebe Else.» Kaspar strich der Alten über den runzligen Arm. «Dann hab ich mein erstes Geld im Sack, und du kriegst deinen Anteil.»

«Das ist mir einen Hennenfurz wert, ob du irgendwann mal Geld haben wirst. Ich will mein Kostgeld jetzt. Und wenn ihr nichts habt, packt ihr morgen halt euer Bündel.»

»Was bist du für ein undankbares altes Weib.» Agnes wäre der Alten am liebsten an die Gurgel gefahren. «Von früh bis spät rackere ich mich ab und mach euren Dreck weg. Das ist zehnmal mehr wert als dieser Fraß, den du uns hier vorsetzt. Schlechterdings sind wir dir überhaupt kein Kostgeld schuldig.»

«Das schlägt ja dem Fass den Boden aus! Du kannst dich auf der Stelle vom Acker machen, du aufgeblasene Wachtel. Dir heul ich keine Träne nach.»

«Jetzt hört schon auf mit eurem Gezänk.» Kaspar schob sich zwischen die beiden. «Hör zu, Else, ich geb euch das Maultier in Zahlung. Falls ich nächste Woche das Kostgeld immer noch nicht parat habe, verkaufen wir's, und ihr bekommt den halben Erlös.»

5

Zum ersten Mal seit Monaten sah Matthes seine Mutter wieder lächeln. Das Wiedersehen mit ihrer alten Gauklersfreundin Marusch hatte ihr offenbar gut getan. Bis zum Abendessen war sie mit ihr zusammengewesen, morgen würde Leonhard Sonntags Truppe, die eigens wegen Marthe-Marie über Ravensburg gereist war, weiterziehen zum Bodensee.

«Euch alle soll ich recht herzlich grüßen.» Marthe-Marie schöpfte erst ihrem Mann, dann ihren Söhnen die Teller randvoll mit Suppe. Es roch köstlich nach Gemüse und Rindfleisch.

«Wie geht es dem alten Leonhard?», fragte Jonas, nachdem sie das Tischgebet gesprochen hatten.

«Ach Gott – seitdem ihn die Gicht so plagt, steht er nicht

mehr auf der Bühne. Dafür sind seine beiden Söhne umso erfolgreicher. Sie spielen jetzt Stücke von diesem Shakespeare. Sie haben jetzt sogar einen neuen Bühnenwagen, wie die englischen Theatertruppen: Mit Vorder- und Hinterbühne und einer Versenkung im Boden.»

Matthes hörte die begeisterte Schilderung seiner Mutter mit gemischten Gefühlen. Er musste an Agnes' Wut denken, damals, nach dem unseligen Streit letzten Sommer. Mutter sei scheinheilig mit ihrer Verurteilung eines Menschen, den sie nicht einmal kenne, auch nicht kennen lernen wolle, nur weil er zu den Spielleuten gehöre. Irgendwie, fand er, hatte Agnes nicht ganz Unrecht. Hätten die Eltern nicht so unnachgiebig die Verlobung mit dem dicken Ulrich vorangetrieben, vielleicht wäre alles anders gekommen. Vielleicht wäre Agnes dann gar nicht auf und davon mit diesem Possenreißer.

Sie waren alle wie gelähmt gewesen vor Entsetzen, als Agnes an jenem Novembermorgen verschwunden war. Lediglich Jakob schien etwas zu ahnen. Er war es auch, der schließlich das Schreiben unter seiner Bettdecke fand. Mutter war schluchzend zusammengebrochen, Jakob totenblass für den Rest des Tages in seiner Kammer verschwunden, und er selbst, Matthes, hatte Vater zu den Gauklern begleiten müssen. Dort fanden sie einen tobenden und geifernden Prinzipal vor, denn wie erwartet war auch sein Sänger verschwunden, der mit zig Gulden bei ihm in der Kreide stand.

Von jenem Tag an hatte sich ein düsterer Schleier über das Haus gelegt. Daran änderte auch die Nachricht nicht viel, die sechs Wochen später eingetroffen war. Zwar wussten sie nun, dass Agnes wohlauf war und in der Residenzstadt Stuttgart lebte, doch für die Eltern blieb sie eine verlorene Seele. Als Jakob irgendwann vorgeschlagen hatte, sie sollten doch gemeinsam einen Brief aufsetzen und nach Stuttgart bringen lassen, war Vater in böses Lachen ausgebrochen:

«Und an wen soll der Bote das Schreiben überbringen? An Agnes Marxin, heimliche Dirne des berühmten Zeitungssingers und Betrügers Kaspar Goldkehl? Wohnhaft in unbekanntem Unterschlupf zu Stuttgart? Agnes hat das Band zu ihrer Familie willentlich zerschnitten. Keiner von uns wird es wieder zusammenfügen. Hast du verstanden, Jakob? Keiner!»

Wenn Matthes ehrlich war – er vermisste Agnes nicht weniger, als sein Bruder es tat. Im Grunde waren seine Schwester und er sich sehr ähnlich. Sie hatten beide ihren eigenen Kopf, konnten von einem Moment zum andern in Harnisch geraten, wenn ihnen etwas quer kam, und vor allem: Sie litten unter der Enge in dieser braven Stadt, in dieser braven Schulmeisterfamilie, zu der sie ein scheinbar unabänderliches Schicksal bestimmt hatte.

Das Einzige, was er aufrichtig bedauerte: dass Agnes ausgerechnet in Stuttgart gelandet war. Denn Herzog Johann Friedrich war ein Feind des deutschen Kaisers. Nach der Befreiung Prags von den Aufständischen hatte der Württemberger die Familie des unrechtmäßigen böhmischen Königs in einem seiner Schlösser aufgenommen und damit Kaiser Ferdinand den Fehdehandschuh vor die Füße geworfen.

Jonas Marx riss Matthes aus seinen Gedanken. «Was ist? Hast du keinen Hunger?»

Die Frage klang beinahe fürsorglich. Seitdem Matthes in der Werkstatt des Büchsenmachers angefangen hatte, war sein Vater wie umgewandelt. Denn von Meister Gessler gab es keine Klagen. Matthes ging jeden Morgen pünktlich zur Arbeit, verrichtete ohne Murren auch die dümmste Plackerei, und seine Freundschaft mit Gesslers Sohn, der ebenfalls dort in die Lehre ging, wurde gern gesehen. Die wahren Gründe für seinen Wechsel der Lehrstelle hatte Matthes den Eltern wohlweislich verschwiegen. Er konnte es sich ja selbst nicht erklären, weshalb er sich so vehement für das Kriegshandwerk begeisterte. Die Aussicht, eines Tages selbst Handfeuerwaffen zu fertigen, diese Wunderwerke an

Technik, ließ ihn vergessen, dass er bei Gessler genau wie in seiner früheren Werkstatt nur die ewig gleichen Handlangerarbeiten verrichten durfte und es schon eine Abwechslung bedeutete, wenn ihn der Meister zum Bohren und Schleifen an die Läufe ließ. Doch Matthes hielt Augen und Ohren offen, wenn die älteren Gesellen sich über die Fertigung der Feuerschlösser austauschten, und verweilte sogar freiwillig länger in der Werkstatt, nur um beim Verzieren der fertigen Büchsen zuzusehen.

Dank Gottfried und dessen Vater war er auch genauestens im Bilde über den Verlauf des böhmischen Krieges. Er hatte den glanzvollen Einmarsch der bayerisch-kaiserlichen Truppen in Prag vor Augen, als sei er dabei gewesen. Dass der bayerische Herzog Maximilian die Stadt zur Plünderung freigegeben haben sollte, dass etliche Bürger und Adlige ihrer Anwesen und Ländereien beraubt und anschließend öffentlich gevierteilt worden seien, hielt er für ein übles Gerücht der Calviner und Protestanten. Nur gerecht hingegen fand er das Blutgericht, das im März die über dreißig Aufständischen zum Tode verurteilte, denn in seinen Augen waren sie nichts als Hochverräter, getrieben von dem Vorsatz, ihre Standesprivilegien immer weiter zu mehren und das Heilige Römische Reich zu zerstören. Und gestern dann hatte er von Gottfried erfahren, dass man siebenundzwanzig von ihnen vor den Augen der Prager Bürger erst gemartert, dann hingerichtet und ihre Köpfe an den Altstädter Brückenturm genagelt habe.

Über die Ereignisse in Prag war er mit Jakob in erbitterten Streit geraten. «Was für ein unseliger Krieg», hatte sein Bruder gescholten, als der ihn eines Abends mit einem Flugblatt in der Hand überrascht hatte. «Dabei ist nicht mal geklärt, ob Böhmen überhaupt zum Kaiserreich gehört. Seit Urzeiten ist das Land ein Wahlkönigreich. Da kann man es doch verstehen, wenn sich das Volk gegen einen Habsburger auf dem Thron zur Wehr setzt.»

«Von wem hast du denn diesen ausgemachten Blödsinn? Von Vater?» Matthes verzog verächtlich die Lippen. «Außerdem: In

Böhmen ging es niemals ums Volk, sondern um ein paar raffgierige Adlige und neureiche Bürger, die eine gottgegebene Ordnung umstoßen wollen.»

«Ich begreife nicht, wie du als Lutheraner für die Katholischen Partei ergreifen kannst.»

«Nein? Dann frage ich dich, wie du einem calvinischen Schelm wie dem Pfälzer das Wort reden kannst. Sagt nicht selbst unser Pfarrer, dass die Calviner Erzketzer sind, schlimmer als die Papisten? Dass sie an eine heidnische Fatalität glauben und kein Haupt anerkennen? Im Übrigen: Hätte dieser falsche böhmische König das Knie vor dem Kaiser gebeugt und Abbitte geleistet – dann wäre längst Friede in Böhmen.»

O ja – er, Matthes, war überzeugt davon: Hätten die Rebellen ihre Waffen niedergelegt, ihren Irrtum bekannt, sich der von Gott gesetzten Obrigkeit unterworfen, dann hätten sie auch auf Gnade rechnen können. Denn der Kaiser war milde, und nichts war ihm mehr zuwider als all dieses Blutvergießen. Letztendlich ging es in diesem Krieg keinen Deut um Religion, sondern um weltlichen Aufruhr wider den Kaiser.

Abermals fuhr Matthes aus seinen Grübeleien auf. Sein Vater hatte geräuschvoll den Teller zurückgeschoben, jetzt legte er die Hand auf Marthe-Maries Arm. «Setzen wir uns noch ein wenig in die Stube? Ich würde eine gute Flasche Meersburger Roten aufmachen.»

Matthes blickte ihn erstaunt an. Wie lange schon waren sie am Feierabend nicht mehr beieinander gesessen. Zwar wäre ihm an diesem warmen Sommerabend mehr nach einer Runde durch die Gassen gewesen, doch der erwartungsvolle Blick seines Vaters veranlasste ihn, zu nicken. Er war gottfroh, dass seine Eltern den ersten großen Schmerz über Agnes' Flucht überwunden zu haben schienen. Wie er die beiden so vor sich sah, wie sie da Hand in Hand bei Tisch saßen, war er sich sicher: Alles würde sich zum Guten wenden.

Vom Nesenbach her und aus den Winkeln, wie hier die Abortgruben genannt wurden, stank es tatsächlich bestialisch, und das schon seit Wochen. Zwar beherzigten die Bürger die monatliche Kehrwoche und reinigten, wie es die herzogliche Verordnung vorgab, vor ihren Häusern die Straße, doch statt Müll und Mist alle acht Wochen aus der Stadt zu fahren, kippten nicht wenige diesen Unrat kurzerhand auf die Nachbargassen oder in den Bach. Hinzu kam, dass der Nesenbach jetzt im Hochsommer nur spärlich Wasser führte – nicht der Trockenheit wegen, sondern weil, wie böse Zungen behaupteten, zu viel Wasser für die Hofgärten abgezweigt würde.

Agnes hielt sich ihr Schultertuch vor Mund und Nase, als sie den Straßenmarkt vor dem Hauptstätter Tor durchquerte. Auch hier lagen überall Abfälle zwischen den Lauben und Ständen, festgetreten in das löchrige Pflaster. Was für ein Unterschied zum Marktplatz innen in der Stadt, der jeden Abend wie aus dem Ei gepellt zwischen den herrschaftlichen Häusern der Stuttgarter Ehrbarkeit glänzte – sommers wurde dort von den Gassenkehrern sogar nass gewischt! Hier hingegen, in der Vorstadt, mochte man an heißen Tagen wie diesem kaum Luft holen.

Agnes spürte, wie sich ihr Magen hob und senkte, und sie beeilte sich, nach Hause zu kommen. Sie schaffte es gerade noch bis in eine Sackgasse mit winzigen Bohnengärten, dann erbrach sie sich über einen Zaun. Als sie sich wieder aufrichtete, zitterte sie am ganzen Leib, während ihr der Schweiß auf der Stirn stand. Sie betete, nicht das Sommerfieber erwischt zu haben, von dem Else eben erst genesen war.

Ihr Kopf schmerzte, als sie endlich das schmale Haus an der äußeren Ringmauer erreichte. Mühsam schleppte sie sich die Treppe zu ihrer Dachkammer hinauf, in der heiß und stickig die Luft stand. Sie ließ die Einkäufe mitten im Zimmer stehen, legte sich auf das Bett und versuchte ruhig durchzuatmen. Jetzt nur nicht krank werden, ihre Lage war schon elend genug.

Kurz nach Fasching waren sie hierher gezogen, in diese zugige Dachkammer, in der einem in der Sommerhitze das Hemd am Leib klebte und in kalten Winternächten sicher der Atem zu Eiskristallen gefrieren würde. Und doch: Es war ihr eigenes kleines Reich, wo sie Ruhe hatte vor Else, vor dem ewig betrunkenen Melchert und vor allem vor Lienhard. Der hatte immer häufiger Kumpane oder irgendwelche losen Frauenzimmer mitgebracht oder beides. Besonders übel war es dann in der Faschingswoche gewesen. Der neuen Landesverordnung zum Trotz, die es verbot, mit Peitschenknall und Kuhschellengebimmel durch die Gassen zu krakeelen und um Fastnachtsküchlein zu betteln oder am Aschermittwoch in Mummenschanz zu feiern und der unseligen Sitte des Brunnenwerfens nachzugehen, war Lienhard mit einem Dutzend Männer und Frauen ins Haus eingefallen wie ein Donnerwetter.

Schon von weitem war der Radau zu hören gewesen. Dann waren sie hereingestürmt, grell geschminkt und mit Masken die Weiber, angetrunken und nach Schweiß und Fusel stinkend die Männer. Mitgebracht hatten sie zwei Fässchen Bier, die sie neben den Esstisch rollten, sowie etliche Schläuche mit Branntwein. Melchert half ihnen, die Strohsäcke aus der Schlafkammer zu schleifen, Tisch und Bänke wurden an die Wand gerückt, um Platz zum Tanzen zu schaffen. Dann ging es los. Drei ganze Tage, bis Aschermittwoch, dauerte das Gelage, zeitweise beherbergte die armselige Hütte dreißig Leute und mehr. Die Fideln und Sackpfeifen jaulten Tag und Nacht – während die einen noch tanzten oder soffen, lagen die anderen auf den Strohsäcken und schnarchten oder kotzten sich im Hof die Seele aus dem Leib. Hin und wieder verschwanden welche hinter dem Vorhang, stöhnten hemmungslos bei ihrem wüsten Treiben und kamen halbnackt wieder hervor, um sich zu stärken.

Zu Agnes' Erstaunen hatte sich Else all dem mit angewiderter Miene fern gehalten und Agnes am zweiten Tag beschieden, dass sie oben bei ihnen Quartier nehmen würde, bis der Hexentanz vorüber sei. Das gereichte Agnes insofern zum Vorteil, als sich keiner der Gäste mehr erkühnte, die Stiege zur Bühne hinaufzusteigen, nachdem Else einmal einem der Burschen den Nachttopf über den Kopf geleert hatte. So folgte sie Else hinauf ins Obergeschoss und hatte für den Rest der Tage ihre Ruhe, von dem ewigen Gejohle und Gekreische und der Gesellschaft der schlecht gelaunten Alten einmal abgesehen. Einmal war Lienhard heraufgekommen, voll wie eine Haubitze, hatte sich neben Agnes gelegt, mit beiden Händen ihre Brüste umfasst und versucht, sie zu küssen. Noch bevor sie sich recht wehren konnte, hatte Else schon einen Besenstiel gepackt und ihrem Schwager einen kräftigen Schlag gegen den Nacken versetzt.

Da hatte sich Agnes geschworen, gleich nach den Faschingstagen hier auszuziehen, und zwar endgültig. Schließlich konnte sie sich auch als Dienstmagd drinnen in der Stadt verdingen, irgendeine Bürgersfrau würde sie ganz gewiss einstellen. Kaspar würde schon sehen – sie war nicht das hübsche Dummchen, das alles mit sich machen ließ, während er nur ans Vergnügen dachte, statt endlich seine Ziele in Angriff zu nehmen. Wie konnte er bei diesen schrecklichen Besäufnissen überhaupt mitziehen? Auf Dauer würde er sich mit Melchert Steiger um den Verstand saufen.

Am Nachmittag des Aschermittwochs hatte dann plötzlich ein Steckenknecht mitten in der Stube gestanden und versucht sich Gehör zu verschaffen. Er habe Order, diesem sündhaften Treiben ein Ende zu bereiten und die Gesellschaft aufzulösen. Weiter kam er nicht, denn unter großem Gelächter wurde er hinaus auf die Gasse gezerrt. Und so geschah, was geschehen musste. Eine Stunde später war die Scharwache erschienen, zehn Mann hoch, mit Piken und Helmen bewehrt. Alle in der Stube Anwesenden wurden mehr oder weniger gewaltsam zum Narrenhäuslein am Marktplatz gebracht und für drei Tage gefänglich eingezogen.

Auch Lienhard und Melchert. Die beiden Frauen oben auf der Bühne hatten die Scharwächter gnädigerweise unbehelligt gelassen.

«Jetzt hat die liebe Seele endlich Ruh», hatte Else trocken kommentiert, als der Spuk vorüber war. Kaspar hatte sich rechtzeitig im Saustall verstecken können und war so der Verhaftung entkommen, die ihn seine Lizenz zum abendlichen Lautenspiel gekostet hätte.

«So wie du stinkst, würde ich dich lieber im Gefängnisturm sehen», war Agnes' einziger Kommentar gewesen, als er Stunden später die Stiege heraufgeklettert kam. Danach hatte sie zwei Tage kein Wort mehr mit ihm gesprochen, auch wenn es ihr schwer fiel. Denn Kaspar tat alles, um sie zum Lächeln zu bringen.

Seit März wohnten sie nun schon hier, und im Grunde hatten sie es fast noch armseliger als bei den Brüdern Steiger. Die Kammer war winzig, der nächste Brunnen erst hinten beim Schellenturm, und es gab weder Ofen noch Herd. Wollte Agnes etwas kochen, musste sie in die Küche eine Treppe tiefer, die sie mit drei Winzermägden teilten.

Auch diesmal beteuerte Kaspar, es sei nur vorübergehend, er habe bereits die Zusage des Kapellmeisters, bei Hofe vorzusingen, es handle sich nur noch um eine Frage des Zeitpunkts. Aber Agnes wusste nicht mehr, was sie ihm glauben sollte. Wenigstens besaß er inzwischen die Erlaubnis des Magistrats, in den Vorstadtschenken aufzuspielen bis zum ersten Ruf der Nachtwächter. Dazu musste er allerdings allwöchentlich seine Lizenz erneuern lassen und durfte sich nichts zuschulden kommen lassen. Auf ihn, den Gaukler zweifelhafter Herkunft, hatte man wohl ein besonders strenges Auge geworfen.

Obwohl er also jeden Abend mit seiner Laute unterwegs war, brachte er herzlich wenig mit nach Hause, eine Handvoll Groschen und Kreuzer nur, und Agnes war sich sicher, das er einen beträchtlichen Teil seiner Einnahmen an Ort und Stelle in Wein umsetzte. Und mehr als einmal kam ihr, beim Schwatz am Brunnen oder beim Einkauf, zu Ohren, ihr schöner Bräutigam sei der Liebling des hiesigen Weibervolks. Aber mochte in diesem Tratsch auch ein Körnchen Wahrheit stecken – sie konnte Kaspar nicht lange gram sein. Denn in den Stunden, in denen sie tagsüber beisammen waren, verzauberte er sie mit seinem Lachen und seinen Scherzen, seinem Lautenspiel und seinen Zärtlichkeiten, sodass sie allen Ärger darüber vergaß.

Inzwischen schien auch der Friede in greifbare Nähe gerückt, zumindest für die Württemberger. Herzog Johann Friedrich hatte seine Söldnertruppen aufgelöst und sich zu Neutralität verpflichtet, auf Druck seiner Landstände. Von den Kanzeln der Kirchen priesen die Pfarrer in endlosen Dankgebeten den Frieden im Land, die Gläubigen sangen bewegt ihr «Herr, wir loben dich», und die Menschen schöpften wieder Hoffnung.

Dann verstarb unerwartet der Hofkapellmeister Tobias Salomo, und Agnes' Zuversicht auf eine baldige Wende in ihrem Leben schwand. Allerdings gelang es Kaspar diesmal wesentlich schneller, zu Basilius Froberger, dem Nachfolger Salomos, vorzudringen, denn er kannte inzwischen Gott und die Welt.

Heute nun schien Kaspars großer Tag gekommen: Am frühen Vormittag war er in die Residenz geladen. Agnes zählte jeden Glockenschlag der nahen Kirche, lauschte auf jeden Schritt im Treppenhaus, bis endlich die Türe aufsprang und Kaspar eintrat, niedergeschlagen und mit hängenden Schultern.

«Es tut mir Leid», murmelte er, ließ sich aufs Bett sinken und vergrub den Kopf in den Händen.

Nach und nach erfuhr Agnes, dass Froberger zwar Kaspars Vortrag bis zu Ende gehört und ihm durchaus Talent bescheinigt hatte, indes nur, um ihm anschließend mitzuteilen, dass für die Hofkapelle aus der herzoglichen Schatulle nichts mehr zu holen sei, nicht zuletzt wegen der unerhörten Kriegs- und Söldnerkosten der letzten zwei Jahre.

«Froberger hat sogar Anweisung, ausscheidende Musiker nicht mehr zu ersetzen, da nunmehr lediglich bei Gottesdiensten, Hochzeiten und Beerdigungen aufgespielt werden soll.»

Kaspars Gesicht wirkte plötzlich grau, all sein Zauber war daraus verschwunden. Vergebens suchte Agnes nach ermutigenden Worten.

«Könnte ich nur ein paar Brocken Englisch – dann hätte er versucht, mich bei John Price und seiner Engländischen Compania zu empfehlen, die Kammermusik für den Herzog macht.» Er erhob sich und trat an das winzige Dachfenster. «Dabei ist Froberger ein wunderbarer Mensch, und ich glaube fast, er mochte mich. Die Zeit der Lustbarkeiten bei Hofe sei nun wohl vorbei, hat er mir zum Abschied gesagt und dabei tatsächlich Tränen in den Augen gehabt. Doch er will meine Kunst im Gedächtnis behalten. Falls die Umstände wieder günstiger werden.»

«Warte.» Agnes hielt Kaspar am Arm fest. «Geh noch nicht.»

«Bitte, Agnes, es ist bereits dunkel. Ich muss los.»

«Ich bekomme ein Kind!»

«Wie – ein Kind? Was soll das heißen?»

Kaspars fassungsloser Gesichtsausdruck machte sie wütend. «Was heißt da: wie?», spottete sie. «Weißt du nicht, wie eine Frau schwanger wird? Oder bin ich die Jungfrau Maria?»

Sie hatte lange gezögert, mit Kaspar darüber zu sprechen, doch jetzt, wo ihre Regel zum zweiten Mal ausgeblieben war, wo sich ihr fast jeden Morgen der Magen umdrehte, war die Ahnung zur Gewissheit geworden. Und sie wusste nicht, ob sie glücklich oder verzweifelt sein sollte.

«Warum sagst du nichts?»

Kaspar stand noch immer wie erstarrt.

«War es nicht das, was du wolltest? Mich heiraten, sesshaft werden, eine Familie gründen?»

«Aber nicht – nicht in dieser Reihenfolge, in dieser – dieser elenden Dachkammer», stotterte er. Dann nahm er ihre Hand. «Verzeih mir, meine kleine Prinzessin. Ich bin ein Hornochse. Wir werden heiraten, und ich werde alles dafür tun, unserem Kind ein behagliches Nest zu schaffen.» Er lächelte. «Glaub mir, ich habe die Hoffnung auf Froberger noch nicht aufgegeben.»

Doch die Glanzzeit der herzoglichen Musikkapelle schien endgültig vorbei. Wochenlang hörten sie nichts mehr von Froberger, und so lauerte Kaspar ihm eines Tages kurzerhand vor seinem stattlichen Haus in der reichen Vorstadt auf. Er schilderte ihm seine Lage, flehte ihn an, ihn wenigstens in Aushilfsdienste zu nehmen, doch der Kapellmeister bedeutete ihm, er könne nichts für ihn tun. Er habe inzwischen sogar Musiker entlassen müssen, keiner denke mehr an die Kunst in diesen unsicheren Zeiten. Dann drückte er Kaspar einen Silbergroschen in die Hand. «Gott segne und behüte Euch und Eure Familie.»

Agnes zerriss es schier das Herz: Ihr Wunschtraum, sich mit den Eltern anlässlich ihres Hochzeitsfestes zu versöhnen, war ein für alle Mal zerplatzt. Denn sie wäre vor Scham im Boden versunken, hätte sie ihre Eltern in diese Kammer führen, ihnen Else und die Steigerbrüder als ihre einzigen Freunde vorstellen müssen. Was für eine Schmach, wenn sie erführen, dass es Kaspar zu nichts anderem gebracht hatte als zum Possenreißer und Lautenschläger, der abends durch irgendwelche Spelunken zog, und dass sie selbst, Agnes Marxin, hier im Viertel den Beinamen ‹Gauklerin› trug.

So heirateten sie an einem sonnigen Septembertag in kleinem Kreise. Der Pfarrer zu Sankt Leonhard trug ihre Namen in das schwere Kirchenbuch ein, nicht ohne seine Befriedigung zu äußern, dass der Sänger Kaspar Schwenk, genannt Goldkehl, vom papistischen Irrglauben zur reinen lutherischen Lehre gefunden habe. Dann gab er die Brautleute auf immer zusammen, ohne zu ahnen, dass die Braut die Frucht ihrer Liebe längst im Leib trug.

Den Weg zum Rathaus der Stadt konnten sie sich sparen, da sie beide keinen Bürgerbrief besaßen, was Agnes wiederum schmerzlich berührte. Dafür hatte der Schellenwirt eine kleine Feier ausgerichtet, mit Freibier, Kesselfleisch und Laubgirlanden, die sein Weib überall im Schankraum aufgehängt hatte. Eingeladen hatten sie, außer Else und den beiden Brüdern, nur noch ein paar von Kaspars Musikantenkumpanen sowie die Wallnerin, eine der Mägde, die die Dachkammer neben ihnen bewohnte. Doch nach und nach strömten immer mehr Gäste in die Stube, bis der Wirt Tür und Fensterläden verriegelte, um der Stadtwache keinen Anlass zu Strafgeldern zu geben.

An diesem Abend spielte und sang Kaspar nur für seine Frau. Er ließ Agnes nicht aus den Augen, und wenn er die Laute zur Seite legte, um zu tanzen, dann nur mit ihr. Es schien, als wolle er an diesem einen Abend alles ins Lot rücken, was er verkehrt gemacht hatte.

«Du bist die schönste Braut Stuttgarts», sagte er und strich ihr über die dichten schwarzen Locken, die sie heute zum letzten Mal offen tragen würde. «Für dich gehe ich durchs Feuer.»

Agnes glaubte ihm aufs Wort.

6

Zu Agnes' Erstaunen mangelte es ihnen im folgenden Winter an nichts. Und das, obwohl in jenen Monaten das Geld immer wertloser wurde, denn allerorts in Deutschland begann man neue Münzen zu prägen. Die Glanzzeit der Kipper und Wipper, der Geldfälscher und Wechsler, brach an. Auf den Märkten drängten sich die Menschen vor den Wechselbuden, langbärtige Männer riefen lauthals zur Waage und lockten mit den silberglänzenden, nagelneuen Münzen, die die Obrigkeit als gültig verordnet hatte.

Das gute alte Geld wurde gegen das neue gewogen und prasselte dann mit Getöse in die bereitstehenden Säcke, die zur Schmelze gebracht wurden. In den Beuteln der Bürger aber verloren die neuen Münzen immer häufiger wie durch Zauberkraft langsam ihren Silberglanz, der rötliche Schimmer verriet, dass sie im Wesentlichen nur billiges Kupfer enthielten. Und ihre Besitzer mussten einmal mehr erkennen, dass sie einem Kipper aufgesessen waren, der wertlose Kupfermünzen mit Weinsteinsäure weißgesotten hatte.

Es ging sogar das Gerücht, der Landesherr selbst habe seine Hirschgulden mit nur einem zehnten Teil Silbergehalt prägen lassen, um seine Ausgaben zu decken. Die Säckel der Bürger füllten sich zwar, doch bald taugten die Münzen nur noch den Kindern auf der Gasse zum Wett- und Wurfspiel. Die Preise für Brot und Salz, Schmalz oder Mehl stiegen in nie gekannte Höhen, der Reichstaler kam zum Jahresende auf zehn Gulden statt wie im Vorjahr auf drei, ein Achtpfünderbrot kostete inzwischen neun Batzen; dabei verdiente ein Taglöhner wie Melchert Steiger nur sechs. Das zum Leben Notwendige ließ sich bald nur noch durch Tausch erwerben. Wer es durchsetzen konnte, ließ sich mit Naturalien entlohnen, wer nicht, wie all die Taglöhner, Knechte und Mägde, hatte bald sonntags kein Fleisch mehr im Topf und werktags zu wenig Brot, um satt zu werden.

Um Agnes in ihrem Zustand zu schonen, übernahm Kaspar die täglichen Besorgungen. Er brachte Kohl und Erbsen, fette Milch und getrocknete Äpfel nach Hause, mitunter sogar Salzfleisch und Rotwein. Wenn sie sich wunderte, wovon er all diese Schätze bezahlte, lachte er nur.

«Ich singe halt abends drei Lieder mehr und lasse mir vom Wirt statt Bier Wasser aus der Küche reichen. Du sollst doch nicht darben müssen, jetzt, wo du für zwei essen musst.»

Außer am Sonntag verließ er jeden Mittag mit seiner Laute unterm Arm das Haus. Dann begannen für Agnes die schlechten Stunden, wie sie es insgeheim nannte, und sie versuchte jeden

Tag aufs Neue, sie mit zusammengebissenen Zähnen hinter sich zu bringen, ohne zu klagen. Fast beneidete sie Kaspar um seinen Rundgang durch die beheizten Wirtsstuben, denn trotz Umhang, Mantel und wollenen Socken fror sie jämmerlich in ihrer Kammer. Hinzu kamen die Einsamkeit und die Trostlosigkeit der langen Winterabende. Sie hatte sich angewöhnt, kaum dass Kaspar fort war und sie die Kammer blitzblank aufgeräumt hatte, sich an den Tisch zu setzen, mit den Füßen dicht am Kohlebecken, und im Schein der Tranlampe in der Lutherbibel zu lesen – mehr aus Langeweile allerdings als aus Verlangen nach religiöser Erbauung. Die Bibel war das einzige Buch, das sie besaß. Neuerdings kam hin und wieder die Wallnerin herüber, diese dralle, blondlockige junge Frau, die sich wohl recht allein fühlte, seit ihr Bräutigam sie verlassen hatte. Sie war nicht die Hellste, spekulierte wohl auch ein wenig auf Agnes' üppige Vorräte, doch in ihrer unbekümmerten, drolligen Art brachte sie immerhin etwas Abwechslung in die langen Abende.

Von ihrer Nachbarin erfuhr Agnes auch, was in der Stadt getratscht und geredet wurde. So hörte sie zum ersten Mal von dem bösen Schicksal der alten Keplerin aus dem nahen Leonberg, der Mutter des kaiserlichen Astronomen und Mathematikers. Als wahrhaftige Unholdin war sie verrufen, die ihre Mitmenschen krank gehext habe und durch geschlossene Türen gehen könne. Nur die zahllosen Eingaben und Gnadengesuche ihres Sohnes hätten verhindern können, dass man sie auf dem Scheiterhaufen zu Asche verbrannte. Und jetzt, nach vierzehn Monaten Kerkerhaft zu Güglingen, habe sie trotz drohender Folter eisern ihre Unschuld beteuert und sei tatsächlich freigekommen.

«Wenn du mich fragst», die Wallnerin verzog das Gesicht, «wäre die Alte nicht die Mutter eines so berühmten Mannes, hätte sie sich längst in Flammen und Rauch aufgelöst. Schließlich ist sie von etlichen ehrenwerten Leuten bezichtigt worden. Aber so ungerecht ist die Welt.»

Agnes wäre ihr am liebsten übers Maul gefahren, hätte ihr entgegengehalten, dass solche Anschuldigungen auf dem Bodensatz von Neid und Missgunst gedeihen, doch stattdessen lenkte sie das Gespräch, wie stets, wenn es um Hexen und Zauberei ging, in eine andere Richtung. Denn Agnes wusste es besser als die Menschen auf der Straße, doch hütete sie sich, darüber zu sprechen. Schließlich war ihre eigene Ahn als eine ehrenwerte Magistratswitwe vor über zwanzig Jahren unschuldig als Hexe verbrannt worden. War ihre eigene Mutter nur um ein Haar den Folgen hasserfüllter Anschuldigungen entkommen. Wie schnell die Boshaftigkeit der einen, die Leichtgläubigkeit der anderen einem unbescholtenen Menschen zum Verhängnis werden konnten, hatte Agnes von ihrer Mutter schon als junges Mädchen erfahren.

Nur drei Tage später kam die Wallnerin mit einer weiteren unerhörten Zeitung hereingeschneit: «Denk dir, der Pfandleiher aus dem Nebenhaus sitzt im Turm. Betrügerischer Schwarzhandel. Es heißt, dass ihm der Tod am Galgen droht.»

Um diesen widerlichen alten Kerl, der nach jedem Weiberrock grabschte, war es Agnes nicht leid. Doch sie fragte sich mit Bangen, ob Kaspar wohl auch mit solchen Geschäften zu tun habe. Wie sonst trieb er in diesen knappen Zeiten all diese Köstlichkeiten auf? Sie nahm sich vor, ihn bei nächster Gelegenheit freiweg zu fragen. Kaum aber war sie mit ihm zusammen, verwarf sie ihre Verdächtigungen und schämte sich dafür.

Der Sorge ums tägliche Brot nicht genug, hatten die Württemberger auch noch unter den Einquartierungen der durchs Land ziehenden Heerhaufen zu leiden. Denn trotz seiner Neutralität war das Herzogtum mit seiner Nähe zu Rhein und Donau, seiner Lage zwischen den katholischen Territorien und der besetzten calvinistischen Kurpfalz wichtiges Durchzugsgebiet feindlicher wie verbündeter Truppen. Gegen die Übergriffe der Söldnerscharen nutzten auch Wälle und Redouten wenig, es fehlte einfach an Waffen und Ausrüstung. Nur notdürftig konnten wehrfähige

Männer zur Verteidigung ausgestattet werden. Bald jede Woche ging es wie ein Lauffeuer durch die Gassen, dass sich Heeresverbände der Residenz näherten, und auch wenn sich diese Gerüchte meist als haltlos erwiesen, so versetzte die Vorstellung die Bevölkerung jedes Mal in Angst und Schrecken. Bislang waren Agnes und Kaspar von Söldnern, die in der Esslinger Vorstadt immer wieder mit Gewalt Einlass begehrten, verschont geblieben, dennoch verriegelte Agnes an solchen Tagen die Tür, schob zusätzlich ihre Vorratstruhe dagegen und ließ Kaspar nur auf ein verabredetes Klopfzeichen ein.

Einmal, Agnes konnte sich noch gut erinnern, hatte es Else erwischt. Es war im November, als überall in Deutschland die Truppen in ihre Winterquartiere zogen und in Stuttgart eine Kompanie Infanteristen Station machte.

An jenem Sonntagmorgen hatte Agnes beschlossen, nach dem Kirchgang endlich einmal wieder bei ihrer ehemaligen Quartiergeberin vorbeizuschauen. Es war nicht gerade Freundschaft, was sie mit der Alten verband. Aber immerhin hatte man ihr, einer Fremden, im Hause Steiger Gastrecht gewährt, und an Elses schroffe, bärbeißige Art hatte sie sich längst gewöhnt.

So nutzte Agnes das schöne Wetter und den Umstand, dass die Soldaten bereits nach zwei Tagen weitergezogen waren, für einen Spaziergang. Als sie die schäbigen Häuschen am Ende der Sackgasse erreichte, traf sie beinahe der Schlag: Die Gartenpforte war niedergerissen, im Hof lagen zerschlagene Möbelstücke und leere Bierfässer herum. Aus einem der Fenster hörte sie lautes Wehklagen. Um ein Haar hätte sie kehrtgemacht, doch dann siegte die Neugier über die Furcht. Beherzt klopfte sie an die Tür, deren Riegel zerbrochen auf der Schwelle lag. Elses schlurfende Schritte waren zu hören, dann öffnete sich die Tür einen Spalt. Das Gesicht der Alten erschien, unter den Augen zeichneten sich dunkle Ringe ab. Als sie den mit Gemüse gefüllten Korb erblickte, hellte sich ihre Miene auf.

«Agnes! Dich schickt der Himmel! Rasch, herein mit dir.»

In der Stube sah es nicht besser aus als draußen. Der Vorhang zur Schlafkammer hing in Fetzen, der Boden war mit Unrat und Essenresten bedeckt, Stühle und Eckbank fehlten, nur der Tisch stand unversehrt.

«O mein Gott!», entfuhr es Agnes.

«Sie haben gehaust wie die Krabaten.» Müde lehnte sich Else gegen den Tisch. «Dabei waren es unsere so genannten Verbündeten, welche von den Mansfeldischen. Aber wenn sie sich so aufführen, dann ist es mir gleich, ob es Katholische oder Lutheraner sind. Hast du Brot dabei? Ich sterbe vor Hunger.»

Agnes zog einen Kanten Schwarzbrot aus dem Korb. «Wo sind Melchert und Lienhard?»

Else kicherte schrill, und Agnes fürchtete einen Augenblick, die Alte könne den Verstand verloren haben.

«Melchert ist beim Bader, lässt sich seinen malträtierten Schädel behandeln. Mein großgoscherter Mann hat sich für einen Löwen gehalten und dabei ordentlich eins übers Hirn gekriegt.» Ihre Augen schimmerten plötzlich feucht. «Und sein Bruder, dieser elende Bettseicher, ist über die Dachluke auf und davon.»

Während Agnes ihr beim Aufräumen half, erfuhr sie, dass über ein gutes Dutzend Pikeniere mit ihrem Corporal hier gehaust hatten. Erst hatten sie die Vorräte niedergemacht, sich dann einen Rausch angesoffen und schließlich mit ihren Piken die Einrichtung kurz und klein gehauen.

«Nichts haben sie uns gelassen, alle Hühner sind geschlachtet. Nur die Sau ist gerettet, weil der Viehhirt sie rechtzeitig zum Austrieb abgeholt hat. Hat sie mit dem andern Vieh der Nachbarn im Wald versteckt. Und das da», sie wies auf einen zerkratzten Brustharnisch unter dem Tisch, «hat einer von den Saukerlen vergessen. Vielleicht kann ich das gegen Mehl und Brot eintauschen.»

Nach kurzem Zögern stellte Agnes die Frage, die ihr von Anfang an auf der Zunge gelegen hatte: «Haben die Männer dir Leid angetan?»

«O nein! Sie haben uns zwar ordentlich geschurigelt, aber an mich alte Vettel wagt sich kein Mann mehr ran! Obwohl» – jetzt grinste sie tatsächlich übers ganze Gesicht – «der Corporal hätt mir schon gefallen können. Ein schneidiger Bursche, mit breiten Schultern, und auch nicht so ungewaschen wie die andern.»

Bald zogen erneut Truppen durch Stuttgart – für Agnes sollte das eine entscheidende Wende im Leben bedeuten. Es war Mitte Februar, das Frostwetter hatte überraschend umgeschlagen in milde Frühlingsluft, und Agnes konnte man ihre Schwangerschaft mit einem Mal deutlich ansehen.

Seit einigen Tagen schon wirkte Kaspar bedrückt. Auch brachte er immer weniger von seinem Marktgang nach Hause. Die Vorräte in der Kiste neigten sich bedrohlich dem Ende zu.

Als Agnes ihn fragte, ob er Sorgen habe, winkte Kaspar nur ab. «Ein wenig müde bin ich, mehr nicht. Und du weißt ja selbst: Am Ende des Winters schwindet das Angebot auf dem Markt wie Schnee in der Sonne. Bis Ostern, wenn unser Kleines auf der Welt ist» – zärtlich strich er über Agnes' runden Bauch –, «ist alles wieder im Lot. Du wirst sehen.»

Und dann brach jener Morgen an, den Agnes nie vergessen würde. Zum ersten Mal hatten die Spatzen und Amseln unter dem Dachfenster die Sonne mit ihrem Konzert begrüßt. Agnes streckte sich, dann schlüpfte sie aus dem Bett, ganz leise, um Kaspar nicht zu wecken. Er hatte die Nacht über schlecht geschlafen, sich gedreht und gewälzt, und plötzlich erinnerte sich Agnes mit Beklemmung an das Gespräch, das sie zu später Stunde noch geführt hatten. Wirres Zeug hatte er geredet: Ihr Kind solle nicht in Armut geboren werden, ein schlechter Vater sei, wer seinem Kind kein Vorbild sein könne, und so fort. Schließlich war er sogar in Schluchzen ausgebrochen.

Verstört betrachtete sie jetzt Kaspars schönes Gesicht, das auf seinem Oberarm ruhte. Entspannt, mit halb geöffnetem Mund lag er da, mit der Zufriedenheit eines schlafenden Kindes. Was hatte ihn so aus der Fassung gebracht? Sie zögerte einen Moment, ihn allein zu lassen, dann nahm sie ihren Umhang und ging hinüber in die Nachbarkammer. Die Wallnerin lag mit Fieber und Schüttelfrost im Bett, und sie hatte ihr versprochen, nach ihr zu sehen.

Nachdem sie der Kranken den Strohsack aufgeschüttelt und frische Luft ins Zimmer gelassen hatte, ging sie in die Küche hinunter, um ihr einen warmen Hirsebrei zu bereiten. In der Kammer über ihr war alles still, Kaspar schien noch zu schlafen.

Ihre Nachbarin war offensichtlich auf dem Wege der Besserung, denn sie schlang den Brei mit Heißhunger in sich hinein.

«Geh noch nicht», bat sie Agnes, als sie ihr Morgenmahl beendet hatte. «Ich möchte versuchen aufzustehen.»

So blieb Agnes noch eine weitere Stunde bei der Wallnerin, ließ sie an ihrem Arm durchs Zimmer wandern, ertrug geistesabwesend deren Geplapper und versprach brav, zum Weingarten ihres Brotherrn zu gehen und Bescheid zu geben, dass die Wallnerin morgen wieder arbeiten könne.

Als Agnes in ihre eigene Kammer zurückkehrte, war diese leer. Auf dem Tisch lag ein Bogen Papier mit Kaspars unsicherer Handschrift. Eine eisige Faust schloss sich um ihr Herz, als sie nach dem Blatt griff.

Mein herzallerliebstes Weib!
Es gibt keinen anderen Weg. Als Spielmann vor den Soldaten verdiene ich ein Vielfaches von dem, was ich hier jede Woche heimbringe. In die Kiste habe ich ein wenig Geld gelegt, ich hoffe von Herzen, dass es ausreicht. Noch vor Ostern bin ich wieder bei dir. Bis dahin wirst du mir stets vor Augen sein, meine Prinzessin. Ich küsse dich tausendmal in Gedanken und bin von ganzem Herzen dein.
In Liebe, dein Kaspar.

Sie musste sich an der Tischkante festhalten, um nicht zu Boden zu sinken. Dann stieg eine gewaltige Welle der Wut in ihr auf. Sie packte den hübschen Trinkbecher, den Kaspar ihr zur Hochzeit geschenkt hatte, und zerschmetterte ihn an der Wand. Schrie dabei ihren Zorn heraus, während ihr die Tränen über das Gesicht strömten, ihr Zorn über diesen hinterhältigen Schweinehund, diesen Verräter ihrer Liebe. Aber so leicht, nein, so leicht würde er sich nicht aus dem Staub machen können, er würde schon sehen.

Hastig kleidete sie sich an, warf sich den Umhang über die Schultern und stürzte hinunter auf die Gasse. Jetzt, wo sich die Truppen samt ihrem gewaltigem Tross auf den Weg gemacht hatten, schien die ganze Stadt in Aufruhr; alles drängte und wogte zu den Toren hin. Verzweifelt fragte Agnes nach Kaspar, genannt Goldkehl, doch jeder schüttelte den Kopf. Einmal mehr fiel ihr auf, wie wenig Menschen sie in dieser Stadt kannte. Vor den Toren dann strömten Hunderte und Aberhunderte durch die sumpfigen Niederungen des Nesenbachtals dem Neckar zu, auf Eseln, zu Fuß oder mit klapprigen Karren, auf denen der gesamte Hausrat verschnürt war. Männer jeden Alters, die meisten in abgerissenen Kleidern, dazwischen Höker und Marketenderinnen, Artisten und Musikanten, Viehhirten, die Rinder und Ziegen vor sich her trieben, vereinzelte Gruppen von Söldnern, die es besonders wichtig und besonders eilig hatten, immer wieder auch Weiber mit zerlumpten Kindern.

Agnes hatte Mühe, in diesem Pulk Schritt zu halten, das rasche Gehen fiel ihr seit einiger Zeit ohnehin schwer. Irgendwo dort vorn war Kaspar, ihr Ehemann, der sie so elend belogen und betrogen hatte, der sie sitzen ließ mit einem Kind im Leib, der mit diesem Haufen Söldnern und seinem verwahrlosten Tross dem Krieg hinterherzog. Jetzt war ihr alles klar: Nicht aus Liebe zu ihr hatte er sich auf den Weg gemacht, sondern weil er nichts war als ein Glücksritter, ein Spieler – ein Gaukler eben. Wahrscheinlich hatte er auch irgendein Weibsbild kennen gelernt. Sie würde ihn jedenfalls zur Rede stellen, irgendwo dort vorn, am Neckar, wo sich der Tross sammelte.

Jemand stieß sie grob in die Seite, und sie strauchelte. Mühsam richtete sie sich wieder auf. In ihren Ohren begann es zu rauschen, vor ihren Augen zu flimmern. Sie schaffte es noch bis zu den Berger Mühlen, dann gaben die Knie unter ihr nach, und sie fiel zu Boden. Um sie herum versank alles in dunkelgrauem Nebel, undeutlich hörte sie noch die Worte ‹Goldkehls Frau›, jemand rief: «Das ist die Gauklerin!», dann umfing sie eine feierliche Stille.

Als sie wieder zu sich kam, lag sie auf Elses Strohsack.

«Mädle, was machst du denn für Sachen? Hier, trink einen Schluck.»

Agnes richtete sich auf. Ihr Kopf schmerzte, als habe man ihr einen Keulenschlag versetzt.

«Warum bin ich hier?»

«Zwei Kumpane von Melchert haben dich am Wegrand aufgelesen und hierher gebracht. Zum Glück haben sie dich erkannt. Sonst würdest du noch immer dort im Dreck liegen.»

Jetzt erst kam die Erinnerung zurück. Sie war nahe daran loszuheulen.

«Kaspar», stammelte sie. «Er ist fort. Ich muss nach Cannstatt, ihn zurückholen.»

«Du gehst nirgendwohin, du musst dich jetzt schonen.» Unbeholfen berührte Else die Rundung unter Agnes' Schürze. «Warum hast du mir niemals gesagt, dass du ein Kind erwartest?»

«Ich weiß nicht – wir haben uns lange nicht gesehen.» Agnes versuchte aufzustehen, doch sogleich kehrte das Schwindelgefühl zurück. «Verstehst du nicht? Kaspar ist fort. Er will mit den Truppen in die Pfalz ziehen. Als Gaukler.»

«Bist du dir sicher?»

«Er hat mir eine Nachricht hinterlassen.»

«Dieses ausgestrichene Schlitzohr! Lässt dich mit dem Braten im Ofen sitzen, ohne Schutz und Geld.»

«So darfst du nicht reden.» Agnes hatte plötzlich das Bedürfnis, Kaspar zu verteidigen. «Fünf Gulden und eine Hand voll Kreuzer hat er in unsere Kiste gelegt.»

Else pfiff durch die Zähne. «Das ist ja mehr, als ich im halben Jahr Lohn bekomme.»

«Und er will vor Ostern zurück sein, noch bevor unser Kind zur Welt kommt.»

Elses Augen verengten sich zu Schlitzen. «Woher soll Kaspar plötzlich fünf Gulden haben? Von seiner Lautenkratzerei? Da stimmt was nicht – Lienhard ist nämlich auch verschwunden, samt seinem Reisesack und fast allen unseren Vorräten.»

Die letzten Wochen vor Ostern verbrachte Agnes tagsüber bei Else, auf deren ausdrücklichen Befehl. «So bist du in meiner Nähe, wenn es los geht. Und die alte Wehmutter wohnt gleich um die Ecke.»

Während Else tagsüber in der Schlossküche arbeitete, machte Agnes, so gut es in ihrem Zustand noch ging, den Haushalt. Wenn die Alte zurück war, legte sie eine Fürsorge an den Tag, die Agnes beinahe rührend fand. Else schien sich auf die Geburt des Kindes zu freuen, und jetzt erst fiel Agnes auf, dass dieses Haus ein Haus ohne Kinder war.

«Uns ist da wenig Glück beschieden gewesen», hatte Else auf ihre Frage geantwortet. «Vier sind tot, gleich nach der Geburt gestorben oder bald danach. Unser Großer ist vor drei Jahren schon in den Krieg gezogen, an der Seite Mansfelds; wir wissen nicht mal, ob er noch lebt. Und Maria, unsre einzige Tochter», Else zog geräuschvoll die Nase hoch, «hat rüber nach Esslingen geheiratet, einen Amtmann, und trägt jetzt die Nase hoch. Will sagen: Sie kennt uns nicht mehr.»

An Gründonnerstag verspürte Agnes zum ersten Mal leichte

Wehen. Sie saß mit Melchert und Else beim Abendessen. Else betrachtete sie aufmerksam.

«Noch zwei, drei Tage, und es geht los. Ab heute übernachtest du bei uns, du kannst bei mir schlafen. Melchert geht nach oben.»

«Lass nur, Else, ich mag euch nicht zur Last fallen.»

«Nix da, du bleibst hier. Eine Geburt ist kein Muckenschiss.»

Unwillkürlich blickte sich Agnes um. In dieser ärmlichen Hütte also sollte ihr Kind zur Welt kommen. Wie tief war sie gesunken. Plötzlich schossen ihr Tränen in die Augen.

«Du wartest auf Kaspar, gelt?» Else seufzte. «Er wäre ein Dummkopf, wenn er jetzt schon zurückkäme. Er soll den Brei nur erst mal abdampfen lassen.»

«Wie meinst du das?»

Else warf einen Seitenblick auf ihren Mann. «Agnes, ich will dir reinen Wein einschenken, sonst erfährst du es doch nur von den Klatschmäulern auf der Gasse. Ich weiß jetzt, dass gegen Lienhard und Kaspar eine Anzeige vorliegt. Wegen Betrugs und Schwarzhandels.»

«Das ist nicht wahr!»

Else lachte trocken. «Was glaubst du, wie er den Winter über zu all den Leckereien gekommen ist? Jetzt schau mich nicht so überzwerch an. Dein Kaspar ist kein schlechter Kerl, jedenfalls nicht besser oder schlechter als jeder andere. Er hat es wenigstens für dich getan, während mein sauberer Schwager alles in den eigenen Sack gewirtschaftet hat. Kein Gran Mehl hat er hier abgegeben.»

Am nächsten Morgen erwachte Agnes von Elses Schrei. Im selben Moment vernahm sie das dumpfe Grollen, das aus der Tiefe des Erdreichs zu dringen schien, sah sie mit Entsetzen, wie die Becher auf dem Tisch zu hüpfen begannen und sich der Türrahmen ächzend verzog.

«Gott im Himmel, verschone uns», keuchte Else, die zusammengekauert in der Ecke hockte. Dann war der Höllenspuk auch schon vorüber.

«Was war das?» Agnes konnte vor Angst kaum sprechen, ihre Glieder zitterten wie Espenlaub.

«Ein Erdbeben – wie dazumal, vor bald zwanzig Jahren.» Else holte Luft, lauschte, sprach dann weiter. «Da ist unser Häuschen zusammengestürzt, beim großen Beben. Wir konnten dem Himmel danken, dass uns nichts geschehen war, uns und den beiden kleinen Kindern. O Gott, o Gott, wenn das nur nicht ein böses Zeichen ist!»

Sie rappelte sich auf und tappte zur Steige. «Melchert? Melchert! Sakra – so antworte doch!»

«Potz hundert Gift! Was kreischst du so?», kam es von oben zurück. «Lass mich weiterschlafen.»

In diesem Augenblick ergoss sich unter Agnes eine riesige Lache auf das Leintuch.

«Else!»

Mit vor Schreck geweiteten Augen starrte Agnes auf das befleckte Tuch.

«Das ist nur das Fruchtwasser», murmelte die Alte. Dann brüllte sie abermals: «Melchert! Erheb auf der Stelle deinen fetten Hintern und gib der Wehmutter Bescheid.»

Die Schmerzen, die nun folgten, waren nur der Anfang. Die schrecklichen Krämpfe raubten Agnes schier die Besinnung, in immer kürzeren Abständen schienen sie ihr den Unterleib zerreißen zu wollen. In den wenigen Augenblicken der Ruhe haderte sie mit Gott und der Natur, die dem weiblichen Geschlecht solch eine Tortur auferlegt hatten.

Als endlich, nach vierundzwanzig Stunden, eine letzte Woge des Schmerzes sie heimgesucht hatte, als ihr Körper mit letzter Kraft die Frucht nach außen getrieben hatte, war Agnes kaum noch bei Bewusstsein. Erst ein dünner Schrei brachte sie zurück in die Wirklichkeit. Sie öffnete die Augen und hob den Kopf.

Hinten am Herd stand die Hebamme, eine kleine, vierschrötige Frau, und hielt ein in helles Tuch gewickeltes Bündel im Arm. Else schleppte gerade zwei Eimer herein. Es war gänzlich still im Raum.

«Else?» Agnes Stimme klang heiser. «Was ist mit dem Kind? Ist es – ist es –»

Erschöpft sank sie auf ihr Lager zurück.

«Keine Sorge, Marxin. Ihr habt den schönsten Burschen in der ganzen Esslinger Vorstadt zur Welt gebracht. Der wird den Mädchen in zwanzig Jahren wahrlich den Kopf verdrehen.»

Mit zufriedenem Lächeln, wie ein Bauer, der die Ernte eingebracht hat, beugte sich die Wehmutter zu Agnes herunter und legte ihr das Bündel in den Arm. Agnes durchfuhr von Kopf bis Fuß ein Freudenschauer, als sie zum ersten Mal ihrem Kind ins Gesicht blickte: Die Augen hielt es geschlossen, auf der glatten Stirn lag nass eine dünne Haarsträhne, das Näschen zitterte beim Atemholen. Dann schlug es die Augen auf und sah ihr erstaunt ins Gesicht.

«Es hat dieselben dunkelblauen Augen wie ich!»

«Alle Neugeborenen haben blaue Augen», lachte die Hebamme. «Und jetzt, Steigerin, gib mir einen Happen zu essen, bevor die Nachgeburt kommt.»

Vorsichtig küsste Agnes den Jungen auf die Wange. Unter dem weichen Tuch spürte sie seinen zerbrechlichen kleinen Körper. Sie war nicht mehr allein. Doch sofort überkam sie eine unermessliche Traurigkeit. All ihre Träume lagen vor ihr wie ein Scherbenhaufen. Kaspar hatte sie sitzen lassen, ganz wie es ihre Mutter prophezeit hatte, sie lebte übler als eine Dienstmagd, die wenigstens den Schutz ihres Hausherrn besaß. Niemals würde sie den Eltern von ihrem Enkel berichten, ihnen das Kind zeigen können. Um wie viel besser wäre sie gestellt, wäre Kaspar tot. Dann könnte sie wenigstens als ehrbare Witwe in ihr Elternhaus zurückkehren.

Else kniete neben ihr. «Das hast du meisterhaft gemacht. Wie eine erfahrene alte Milchkuh.»

«Kaspar wird nicht zurückkehren.»

«Red keinen Unsinn. Mit dir hat er es ernst gemeint, nicht so wie mit den Weibern, die er früher angeschleppt hat.»

Agnes betrachtete das winzige Wesen in ihrem Arm. Sie würde ihn auf den Namen David taufen, der Geliebte. Und sie dachte zurück an die Mädchenschule, wo sie der Geschichte gelauscht hatte von dem Knaben, der nur mit einer Steinschleuder in der Hand den Riesen Goliath niederzustrecken vermochte.

7

«Der Krieg ist damit wohl vorbei.» Gottfried kickte mit der Fußspitze einen Stein übers Pflaster. Sein bubenhaftes Gesicht mit der stumpfen Nase und dem struppigen braunen Haar über der Stirn wirkte missmutig.

Matthes nickte. «Was wirst du tun, wenn du deine Gesellenprüfung schaffst?»

Gottfried zuckte die Schultern. «Erst nach Augsburg, dann vielleicht nach Nürnberg. Eigentlich graut mir davor, fremde Meister um Arbeit anzubetteln. Aber immer noch besser, als hier in Ravensburg zu versauern.»

Matthes nickte wieder. Er dachte ähnlich wie sein Freund.

Sie standen vor dem Langhaus des Karmeliterklosters. Die Kirchgänger begannen sich zu zerstreuen, die Frauen gingen heim an den Herd, die Männer zu ihrem Frühschoppen in die Wirtsstuben. Dort hatten die Katholischen bereits einen Krug Vorsprung, und man würde sich wie jeden Sonntagmorgen das Hirn heiß reden über die Lage in Deutschland. Ansonsten war in der freien Reichsstadt Ravensburg wenig zu spüren von religiösen Feindseligkeiten. Seit etlichen Generationen bestand Parität zwischen den Konfessionen, jegliches städtische Amt musste zweifach besetzt werden, und bei allen Festen und Gastmahlen herrschte die schönste Eintracht. Vielleicht hatte der friedfertige Umgang der beiden Parteien seine Ursache darin, dass den Bürgern Fleiß und Erfolg in Handel und Handwerk mehr bedeuteten als Gezänk um die wahre Religion – was in diesen Zeitläuften einem wahren Wunder gleichkam. Allein der Umstand, dass die Reformierten das Karmeliterkloster ihre Pfarrkirche nannten und das Kirchenschiff für ihren Gottesdienst nutzten, während der Chor den katholischen Mönchen vorbehalten und der Chorbogen daher zugemauert war, erntete bei Fremden jedes Mal ungläubiges Kopfschütteln.

Gottfried schlug ihm auf die Schulter. «Kommst du noch auf einen Schoppen mit?»

«Ich weiß nicht.» Matthes blinzelte in die Märzsonne.

Heute würden sich die Leute, wenn sie nur reichlich genug getrunken hatten, vielleicht doch die Köpfe einschlagen über den Umstand, dass die katholische Liga den böhmisch-pfälzischen Krieg gewonnen hatte. Friedrich, der vom Kaiser geächtete und nach Den Haag entflohene falsche böhmische König, hatte sich in des Kaisers Gnade ergeben und damit sein Leben gerettet, die Kurpfalz wurde von Bayern und Spaniern besetzt. Die Führer der protestantischen Union hatten sich als weibische Feiglinge erwiesen, die Freibeuter Mansfeld und Bethlen waren endgültig geschlagen. Die Autorität des Kaisers schien wiederhergestellt, und eigentlich hätte sich Matthes freuen sollen, dass alles wieder ins Lot gerückt war. Stattdessen war er enttäuscht.

Der tugendhafte Reichsgraf von Tilly, der im Ruf stand, unbesiegbar zu sein, weil er sich nie berausche und nie ein Weib anrühre, dessen gewaltige Kanonen die Namen von Aposteln trugen – der große Tilly hatte nach der entscheidenden Schlacht bei Wimpfen für seinen Kaiser einen glorreichen Sieg nach dem anderen errungen. Jede Etappe seiner Feldzüge hatte Matthes mitverfolgt und die Einzelheiten aus den Flugschriften in sich aufgesogen wie ein Schwamm. Nun war Tilly mit seinem Regiment hoch in den Norden gezogen, und die Werbungen hier im Süden Deutschlands hatte man eingestellt. Seinen Traum, für diesen Mann die Fahne durch die Schlachten zu tragen, konnte Matthes nun wohl endgültig begraben.

«Und? Kommst du nun mit?»

Matthes warf einen Blick auf die Gruppe um seinen Vater, die sich anschickte loszugehen.

«Einverstanden. Aber nicht in den ‹Löwen›. Mir steht nicht der Sinn nach einem Disput mit meinem Vater und meinem altklugen kleinen Bruder.»

In diesem Moment kam Jakob auf ihn zu.

«Ich muss mit dir sprechen. Allein.»

Gottfried knuffte ihn in die Seite. «Oh, Geheimnisse. Klingt ja sehr wichtig. Na, dann will ich nicht weiter stören. Vielleicht sehen wir uns nach dem Mittagessen.»

«Was willst du?», fragte Matthes mürrisch, nachdem sein Freund gegangen war.

«Ich habe gestern Abend einen Boten am Haustor abgefangen. Mit einer Nachricht von Agnes. Die ganze Nacht habe ich gegrübelt, ob ich sie den Eltern weitergeben soll, aber dann dachte ich, ich bespreche es erst mit dir.»

«Jetzt sag endlich, was sie schreibt.»

«Sie bittet Vater und Mutter um Verzeihung. Sie bittet sie, ihr Schweigen zu brechen und ihr ein einziges Mal wenigstens zu schreiben. Der Brief ist an Heiligabend verfasst – ich glaube, Agnes hat furchtbares Heimweh.»

Matthes dachte daran, wie sie am vorletzten Weihnachten von Agnes' Hochzeit erfahren hatten und ihre Mutter das Schreiben mit versteinerter Miene in den Ofen geworfen hatte. Das Weihnachtsfest war selbstredend verdorben gewesen, und seither hatte

Mutter den Namen ihrer Tochter nie wieder erwähnt. Matthes vermutete, dass die Eltern bis zu diesem Zeitpunkt auf Agnes' Rückkehr gehofft hatten, doch dann, mit der Hochzeit, die recht erbärmlich gewesen sein musste, die familiären Bande endgültig zerschnitten sahen.

Er bemerkte, wie Jakobs Mundwinkel zitterten. «Das ist noch nicht alles, hab ich Recht?»

«Sie hat ein Kind. Einen Sohn, und noch vor der Geburt ist dieser Dreckskerl auf und davon.»

«O mein Gott», entfuhr es Matthes. «Wo ist der Brief?»

«Ich habe ihn in unserem Zimmer versteckt.»

«Gut so. Wir zeigen ihn Mutter erst, wenn sie wieder ganz bei Kräften ist. Dieser Katarrh hat sie ziemlich gebeutelt.»

«Vielleicht sollten wir es ganz anders angehen. Du weißt doch, bald ist Ostern, und da habe ich zwei Wochen Ferien.»

«Du vielleicht – ich nicht.»

Jakob senkte die Stimme. «Ich dachte, wir beide reisen nach Stuttgart und holen Agnes zurück.»

«Du hast doch einen Sparren zu viel! Was meinst du, was mir der Meister erzählen würde.»

«Gottfried könnte ihn überreden, dich freizustellen. Er ist doch dein Freund.»

Aber Matthes dachte nicht daran, seine Lehrstelle aufs Spiel zu setzen. Zum ersten Mal hatte er etwas, das er zu Ende bringen wollte, zumindest bis zur Gesellenprüfung. Inzwischen konnte ihm nicht mal mehr sein Vater die Anerkennung verweigern, denn was er bei Meister Gessler leistete, was er dort an Fertigkeiten erlernt hatte, stand den Leistungen seines kleinen Bruders in nichts nach.

«Nein», sagte er. «Schlag dir diesen Furz aus dem Kopf. Und wenn du unsere Schwester unbedingt retten willst, musst du eben allein nach Stuttgart.»

«Aber das ist viel zu gefährlich.»

«Gefährlich, pah! Du Hasenfuß!»

«Selber!» Jakob ballte die Fäuste. «Traust dich nicht mal deinen Meister um ein paar dienstfreie Tage zu bitten. Warum nicht, wenn der doch so große Stücke auf dich hält?»

«Meine Gründe gehen dich einen Dreck an. Und jetzt lass mich in Ruhe, ich hab noch was andres vor an meinem freien Sonntag.»

Agnes entzündete die weiße Kerze, die sie für die Unsumme von zwanzig Kreuzern erstanden hatte. Dann holte sie drei Becher vom Küchenbord und stellte sie zu dem Krug Rotwein und dem Brotkorb auf den Tisch, neben eine Hand voll abgegriffener kleiner Holzfiguren. Energisch versuchte sie die düsteren Gedanken, die sie schon den ganzen Tag bedrängten, fortzuwischen. Ihr Sohn hatte ein Recht darauf, dass dieser Tag mit Freude begangen wurde, auch wenn sein Vater ihn im Stich gelassen hatte. Und sie selbst musste endlich aufhören, auf Kaspars Rückkehr zu hoffen.

Sie nahm David aus seiner Wiege und stellte ihn auf den Boden. Auf seinen dicken krummen Beinchen, beide Hände an ihre geklammert, machte er seine wackligen Gehversuche und jauchzte dabei vor Vergnügen. Agnes drückte ihn an sich.

«Viel Glück und Gottes Segen zu deinem ersten Geburtstag, mein Schatz. Und das hier ist für dich.»

Sie gab ihm eine der Holzfiguren in die Hand.

«Damit hab ich schon als kleines Mädchen gespielt. Meine Gauklersfreunde haben sie mir geschnitzt, die hübschen Figuren.»

«Herrje, was bin ich für ein Esel.» Else stand im Türrahmen. «Letzte Woche noch hab ich mit Melchert darüber geredet, dass unser Kleiner heute Geburtstag hat, und jetzt hab ich nicht mal eine Leckerei für ihn.»

Ohne den Umhang abzulegen, humpelte sie zu Agnes und nahm ihr den Jungen aus dem Arm, herzte und küsste ihn.

Agnes lachte. «Man könnte meinen, er sei dein Enkelkind.» Sie nahm ihr den Umhang von den Schultern.

«Ist er auch. Das einzige Enkelchen, dass ich habe. Jetzt schenk mir endlich einen Schluck ein, auf meinen Alten brauchen wir nicht zu warten.»

Agnes setzte sich ihr gegenüber und betrachtete die alte Frau mit dem Jungen auf dem Schoß. Wie sehr hatte sich Else verändert, seit sie und David hier lebten. Die ehedem so streitsüchtige, abweisende Frau mit der spitzen Zunge legte nun eine Mütterlichkeit an den Tag, die Agnes ihr niemals zugetraut hätte. Zwar lag Else nach wie vor nichts an ordentlicher Haushaltsführung, doch seit Agnes diesen Part übernommen hatte und Lienhard fort war, hatten sie es sauber und einigermaßen behaglich in dem bescheidenen Häuschen der beiden Alten.

Und dennoch – sie sorgte sich um Else. Obwohl Agnes die schweren Arbeiten wie Böden schrubben und Holz hacken übernommen hatte, sah Else von Tag zu Tag erschöpfter aus. Auch hinkte sie seit diesem Winter stärker.

David begann erst zu jammern, dann zu brüllen, und Else legte ihn Agnes behutsam in die Arme. «Das arme Bubele hat Hunger. Bekommt er tagsüber nur die Brust?»

Agnes schüttelte den Kopf. «Das reicht ihm längst nicht mehr. Ich gebe ihm zweimal am Tag Dinkelmus.» Im selben Moment schoss ihr durch den Kopf, dass sie Else niemals danach gefragt hatte, ob es rechtens sei, wenn sie sich nun auch für den Kleinen an den Vorräten bediente. Denn sie trug längst nichts mehr zu den Kosten bei. Kaspars Gulden waren schon wenige Monate nach seiner Flucht aufgebraucht gewesen, auch wenn sie gleich nach Davids Geburt die Dachkammer aufgegeben hatte. Seither war sie ein zusätzlicher Esser im Haus, Schmalhans war längst Küchenmeister geworden. Und jetzt auch noch David.

Zwei Wochen zuvor hatte sie sich aus diesem Grund sogar überwunden, im Spital nachzufragen, ob sie als Mutter, die gleichsam als Witwe lebte, Anspruch auf Zuwendungen aus der Almosenkammer habe. Doch der Spitalmeister hatte nur gelacht – da müsse sie schon den Leichnam ihres Gatten präsentieren, um als Witwe anerkannt zu werden. Ansonsten könne sie ja dorthin zurück, wo sie her sei. Und was ihr Ehemann für ein Schelm sei, wisse ohnehin jeder in der Stadt.

Verunsichert beobachtete sie Else, die sich mit zittriger Hand nachschenkte und sie dann anlächelte. Doch ihre Augen blickten müde.

«Das habe ich mir fast gedacht, meine liebe Agnes. Ich meine, dass da keine Maus am Dinkelsack nascht.»

«Ich bin euch eine Last!»

«Nun – reicher hast du uns nicht grad gemacht. Und David wird größer und hungriger. Ich fürchte, du wirst dir über kurz oder lang eine Arbeit suchen müssen.»

«Wie soll ich das anstellen? David kann noch nicht mal laufen. Sonst hätte ich doch längst bei den Weingärtnern nachgefragt. Und Dienstmädchenstellen sind rar.» Als Else schwieg, setzte sie nach: «Sag es freiheraus – du willst, dass wir gehen!»

Jetzt ging Elses Lächeln in ein breites Grinsen über. «Dummes Zeug! Meinen kleinen Wurm würd ich gar nicht hergeben. Hör zu: Morgen früh wirst du mit mir ins Schloss gehen, und wenn du dich nicht hanebüchen dumm anstellst, wirst du in der Küche meine Arbeit übernehmen. Es ist schon alles ausgehandelt.»

Es dauerte einen Augenblick, ehe Agnes begriff. «Deine Arbeit als Spülmagd? Und du? Und was ist mit dem Buben?»

«Wir drehen den Spieß um. Du gehst zur Arbeit, und ich hüte das Kind. Außer an den Sonn- und Festtagen, da werde weiterhin ich gehen. Ich hab dich schon angepriesen wie Zuckerwerk: als jung, tüchtig und gesund – und damit gleich einen viertel Gulden mehr in der Woche ausgehandelt. Wir schlagen also drei Fliegen auf einen Streich: Es kommt mehr Geld ins Haus, du kriegst endlich Fleisch auf die Rippen, denn was da an Resten vom fürstlichen Tisch abfällt, reicht für eine halbe Kompanie. Und ich kann kürzer treten. Das ewige Stehen und Gehen den ganzen Tag hätte ich kein Jahr länger ausgehalten. Jetzt red schon: Willst du oder willst du nicht?»

«Aber ja. Das ist – das ist wunderbar!» Agnes lächelte dankbar und konnte doch nicht umhin, sich insgeheim zu fragen, was ihre Eltern von einer Anstellung als Spülmagd gehalten hätten.

«Na also. Aber ich sag dir gleich: Es ist eine Schinderei. Von früh bis spät in diesem Qualm, der Küchenmeister ist ein fettes Scheusal, deine Hände werden aussehen wie Reibeisen. Und um die Essenreste haut ihr euch dann jeden Abend die Köpfe blutig.»

«Gleich morgen kann ich anfangen?»

«Gleich morgen.»

Schinderei war noch ein harmloses Wort für das, was Agnes von nun an jeden Morgen erwartete. Die Alte hatte ihr wohlweislich verschwiegen, dass sie auf der Hühnerleiter des fürstlichen Küchengesindes auf der untersten Sprosse stand – beinahe jedenfalls. Nur Franz, der schmächtige Küchenjunge, wurde noch mehr getriezt.

An jenem ersten Morgen erlebte Agnes bereits eine Enttäuschung, hatte sie doch gehofft, endlich mehr von der im ganzen Land gerühmten Pracht der herzoglichen Residenz entdecken zu dürfen. Der staubige Weg entlang der Mauer, die den so genannten ‹Garten der Herzogin› vor fremden Blicken verbarg, führte sie vor den Neuen Bau, den Baumeister Schickhardt ganz nach der italienischen Mode entworfen hatte und der bald noch prächtiger anzusehen war als das benachbarte Schloss. Er beherbergte den großen neuen Marstall, darüber den zweigeschossigen Festsaal und unter dem Dach des Herzogs Waffen- und Rüstkammer. Als Agnes neugierig und voller Bewunderung stehen blieb, wurde sie spornstreichs von einem herzoglichen Lakaien angepfiffen, sie solle sich aus dem Weg schaffen und weitergehen. Da hörte sie auch schon das Hufgetrappel: Eine Abteilung Reiter auf edlen Hengsten kam durch das Haupttor getrabt. Agnes konnte gerade noch zur Seite springen.

Vor dem Schloss angelangt, legte sie den Kopf in den Nacken und sah an den mit Erkern und Türmchen besetzten wuchtigen Mauern empor, bis ihr schwindelte. Derweil hatte Else an eine schmale Eichenholztür geklopft. «Jetzt komm endlich», zischte sie, als sich eine Luke öffnete und kurz darauf auch die Tür. Von nun an bekam Agnes nur noch steile Stiegen und düstere Gänge zu Gesicht. Zweimal hinunter, zweimal hinauf, einmal rechts um die Ecke, einmal links und wieder rechts, Gänge ohne Tageslicht, von Tranlampen nur notdürftig erhellt, ohne jeden Schmuck und dabei feucht und modrig.

Durch einen Vorraum, in dem die fertigen Platten und Schüsseln für die Morgenmahlzeit bereitstanden, gelangten sie in die Gesindeküche, ein riesiger Raum, dessen hohes Gewölbe auf breiten Steinsäulen ruhte und der gewiss dreimal so groß war wie Steigers Hütte. Spärliches Licht drang durch eine Reihe schmaler Fenster an der Außenwand, die so weit oben angesetzt waren, dass nicht einmal eine herkömmliche Leiter herangereicht hätte. So war auch hier der Blick nach außen verwehrt. Agnes wusste von Else, dass die Küchen zu ebener Erde untergebracht und dem herzoglichen Lustgarten zugewandt waren – doch ebenso gut hätten sie in einem Keller liegen können. Ebenfalls an der Außenwand befanden sich die zahlreichen Öfen und offenen Herdstellen, deren Abzüge in die fünfzehn Mann hohen Zwillingskamine mündeten. An klaren Tagen waren sie mit ihrer Rauchmütze bis ins Neckartal sichtbar.

Else führte sie zwischen den lang gestreckten Tischen hindurch, an denen geschnitten und gehobelt, geraspelt und gehackt wurde. An den Wasserbecken, die sich entlang der gesamten Rückwand erstreckten, standen zwei Frauen, die beide um die fünfzig Jahre zählen mochten, und schrubbten Töpfe.

«Das ist dein Reich. Und von Luise und Gerlind lass dich nicht ins Bockshorn jagen. Sie sehen grimmiger aus, als sie sind.»

Die eine namens Luise nickte ihr kurz zu, die andere murmelte so etwas wie: «Aha, die Gauklerin.» Damit schien für die beiden die Begrüßung beendet.

«Das Wasser im rechten Becken muss stets klar sein. Luise wird dir zeigen, wo der Brunnen ist. Sobald du mit dem dreckigen Geschirr fertig bist, holst du dir die nächste Ladung aus dem Vorraum. Das muss wie am Schnürchen laufen, sonst reißt dir die Obermagd den Kopf ab.»

Else musste nahezu schreien, um den Lärm rundum zu übertönen. Das Scheppern der Töpfe und Pfannen, der harte, schnelle Schlag von Messerschneiden auf Holz, das Zischen der Fettspritzer im Feuer, Anweisungen, die irgendwer an irgendwen weiterbrüllte – dass alles fügte sich zu einem geradezu infernalischen Spektakel. Dazu wirbelten mindestens drei Dutzend Bediensteter zwischen den Tischen und Herdstellen umher. Unwillkürlich musste Agnes an einen Ameisenhaufen denken, in dem ohne erkennbaren Plan alles kreuz und quer ging und doch jedes Tier seinen Weg und seine Aufgabe hatte. Sie wischte sich mit dem Ärmel den Schweiß von der Stirn. Bereits jetzt, am frühen Morgen, standen Hitze und Qualm in Schwaden unter der Decke. Agnes ahnte: Das würde ein harter Broterwerb werden.

«Und jetzt schwenk recht auffällig deinen Arsch – wir gehen zum Küchenmeister. Der liebt hübsche Jungfern.»

Durch einen Rundbogen gelangten sie in die Hauptküche, wo Wild, Fisch und Geflügel zubereitet wurden. An einem Spieß drehten sich mindestens zwanzig Hühner über dem Feuer. Hier war also das Reich des Hofküchenmeisters mit seinen Köchen: dem Soßenkoch, dem Suppenkoch, dem Süßspeisenmeister, dem Pastetenkoch, dem Bratmeister, dem Salzkoch und den Gesindeköchen. Auf einer Empore stand der Meister, an ein Pult gelehnt, und diktierte dem Küchenschreiber die Einkäufe.

Else wartete stumm, bis der untersetzte Mann mit der hohen blütenweißen Haube aufsah. Seine Gesichtszüge waren so schwammig und grob wie sein Leib, die hängende Unterlippe hätte einem Habsburger zur Ehre gereicht.

«Ist sie das?», fragte er Else.

«Jawohl, Meister.»

Der Dicke musterte Agnes von oben bis unten. Dabei verweilte sein Blick deutlich länger auf ihrem Busen und auf ihren Hüften.

«Name?» Er nickte dem Schreiber zu, der ein neues Blatt nahm.

«Agnes Marxin, verheiratete Schwenkin.»

«Herkunft?»

«Ravensburg. Seit eineinhalb Jahren in Stuttgart.»

«Kinder?»

«Einen Sohn, ein Jahr alt.»

Der Küchenmeister runzelte die Stirn. «Dass du dich unterstehst, ihn mitzubringen. Kinder haben in der Küche keinen Zutritt.»

Agnes warf einen Blick auf die Schar Kinder, die gerade quer durch die Küche tobte, dann nickte sie.

«Und du wohnst bei der Steigerin?»

Sie hörte das Abfällige in seiner Frage deutlich heraus.

«Ja.» Dir Schnauzhahn werd ich's schon zeigen, dachte sie und straffte die Schultern.

«Nun denn – die beiden Spülmägde sollen dich gleich einweisen. Und du», wandte er sich an Else, «kannst gehen. Ich sehe dich dann nächsten Sonntag.»

«Viel Glück», flüsterte die Alte Agnes ins Ohr und machte sich aus dem Staub, so rasch es ihr schlimmes Bein erlaubte.

Luise und Gerlind sprachen indessen kein Wort zu viel mit der Neuen. Nachdem Agnes den Abwasch der vergangenen Nacht blitzblank gespült, abgetrocknet, poliert und an seinen Platz zurückgestellt hatte, holte sie eimerweise frisches Wasser für die Bottiche. Der Brunnen lag in einem winzigen Innenhof, in den den ganzen Tag kein Sonnenstrahl fiel. Ein verwinkelter Gang, der von der Gesindeküche aus über ein sehr enges Treppenhaus zu erreichen war, führte dorthin. Überhaupt schien es hier im Schloss von steilen Treppen, geheimnisvollen Türen und Gängen nur zu wimmeln.

Sie hatte noch nicht den letzten Eimer Frischwasser ins Becken geleert, da brüllte auch schon die Obermagd in ihre Richtung, ob sie wohl schlafe; draußen im Vorraum bögen sich die Bretter unter den dreckigen Tellern. Und so ging es in einem fort. Kaum hatte Agnes das Geschirr einer Mahlzeit gesäubert und das Wasser erneuert, warteten Berge von neuem Schmutzgeschirr auf sie. Konnte es denn sein, dass bei Hofe von morgens bis in die Nacht unablässig gegessen und getrunken wurde?

Schließlich fand auch dieser Tag sein Ende. Doch als der Küchenmeister, nachdem er seine Anweisungen an die Nachtköche ausgegeben hatte, zum Feierabend rief und die Knechte und Mägde ihre Schürzen und Kittel an die Haken hängen durften, wurde Agnes zurückgepfiffen: Gemeinsam mit Franz musste sie noch die mit Ziegeln gepflasterten Böden kehren und nass auswischen, dann erst wurde ihnen erlaubt zu gehen – der Junge auf seine Gesindestube, sie selbst in die einbrechende Dämmerung.

An diesem ersten Abend fand sie nicht einmal mehr die Kraft, ihren Sohn auf den Arm zu nehmen, so schmerzhaft spürte sie jeden einzelnen Knochen. Ärger noch allerdings nagte in ihr die Wut darüber, dass sie von allen gescheucht worden war wie ein Maulesel und bereits nach wenigen Stunden rundum ‹Gauklerin› gerufen worden war. Wie sie diesen Spottnamen inzwischen hasste! Sie würde es diesem Volk schon noch zeigen.

So biss sie die nächsten Tage die Zähne zusammen, ließ sich ihren Ärger nicht anmerken, obgleich sie öfters nahe daran war, den Bettel hinzuschmeißen. Und sie hielt durch. Der Stolz am

Ende der Woche, als sie ihren ersten Lohn in Händen hielt, machte denn auch alles wieder wett.

Der zwölfjährige Küchenjunge mit seinen dürren Ärmchen und dem für sein Alter viel zu ernsten Gesicht war zunächst der Einzige, mit dem sie hin und wieder ein paar Worte wechselte. Wenn er nicht gerade die bleischweren Körbe voller Buchenholz aus dem Holzmagazin heranschleppte, war Franz für das Drehen der Spieße und den Holzkohlevorrat für die offenen Feuerstellen verantwortlich. Ein wenig erinnerte er Agnes an Jakob, und ab und an überfiel sie aus diesem Grunde heftiges Heimweh.

Ansonsten schien das Küchengesinde ein recht eingeschworener Haufen zu sein, dessen Rangordnung sie anfangs nicht durchschaute, da sie vom üblichen Tratsch und Geschwätz ausgeschlossen blieb. Doch in dem Maße, in dem ihr die Arbeit leichter und rascher von der Hand ging, die täglich gleichen Abläufe ihr zur Gewohnheit wurden, fand sie immer häufiger Gelegenheit für erhellende Beobachtungen und Einblicke in die neue Umgebung. Gezänk und Eifersüchteleien waren hier an der Tagesordnung, man suchte seine Vorteile an Land zu ziehen, kämpfte hartnäckig um seine angestammten Privilegien. Am deutlichsten kam dies jedes Mal zum Ausdruck, wenn aus den herrschaftlichen Kemenaten und Speisesälen die Essensreste zurückgetragen wurden. Der Speisenmeister nahm von den Platten, was für den weiteren Speiseplan noch zu verwenden war, dann waren die Köche an der Reihe, den Rest überließ man der Obermagd, vor der sich das Gesinde drängte wie eine Meute hungriger Wölfe. Es sollte noch Wochen dauern, bis auch Agnes ihre Bissen abbekam.

Dass der Hofküchenmeister, ganz wie Else es prophezeit hatte, ihr begehrliche Blicke zuwarf, hatte sie schnell bemerkt, und sie nutzte das weidlich aus, indem sie diese Blicke mal mit der Andeutung eines Lächelns erwiderte, mal mit kalter Schulter übersah. Dieses Spiel, das manche Mannsbilder bis zur Verzweiflung treiben konnte, beherrschte sie seit ihrer Mädchenzeit zur

Genüge. Sie hatte nie begriffen, was die Burschen an ihr fanden: Ihr Gesicht war zu schmal, ihre Nase eine Spur zu lang, und ihre widerborstigen Locken ließen sich nie so kämmen, wie sie es wollte. Dennoch zog sie die Blicke der Männer auf sich wie ein Magnet das Eisengespän.

Alsbald stellte sie fest, dass Luise eine Schwatzbase war, und nahm auch dieses Feld in Angriff. Bei passender Gelegenheit ließ sie sie wissen, ihr Gatte sei der persönliche Quartiermeister eines Obristen, der im Norden für die Sache der Protestanten kämpfe. Im Übrigen trage ihr Mann den Scherznamen Gaukler, weil er einer berühmten Familie englischer Schauspieler entstamme, die schon unter Herzog Friedrich am Stuttgarter Hof rauschende Erfolge gefeiert hätten. Sie wunderte sich selbst, wie leicht ihr das Lügen fiel.

Der einzige Lichtblick der tristen Arbeitstage war die warme Mahlzeit am Nachmittag, wenn die herzogliche Familie mit ihrem Hofstaat versorgt war: Dann kam ein kräftiger Eintopf mit Graupen und Gemüse auf den Tisch, der jedes Mal ein wenig Speck oder gar Stücke von Schweinefleisch oder Geflügel enthielt. Mit dem Sommer, der früh Einzug hielt, hatte Agnes tatsächlich ihre Magerkeit verloren. Sie genoss ihre freien Sonntage mit David, marschierte mit ihm nach dem Kirchgang hinauf in die warmen Weinberge oder spielte mit ihm Murmeln im Hof. Von den Nachbarn und den Leuten auf der Gasse wurde sie freundlich gegrüßt, die Wallnerin nahm wieder ihre Gewohnheit auf, bei ihr vorbeizuschauen, Else und Melchert waren zu ihrer Familie geworden.

Ihre eigene Familie hingegen war in unerreichbare Ferne gerückt. Als schließlich im September der Tag kam, an dem sich ihre verfluchte Hochzeit zum zweiten Mal jährte, öffnete sie am Morgen ihre Truhe, holte Kaspars Abschiedsschreiben hervor und warf es ins Herdfeuer.

Am selben Abend überbrachte ein Sendbote ein versiegeltes

Schreiben für Agnes. Es war der erste Brief, den sie je geschickt bekommen hatte. Ihr Herz schlug heftiger, als sie die Rolle entgegennahm und dem Boten einen Groschen in die ausgestreckte Hand legte.

«Öffne du ihn», bat sie Else. «Wenn er von Kaspar ist, kannst du ihn gleich ins Feuer werfen.»

«Na, na! Nicht gleich so hitzig. Außerdem kann ich doch gar nicht lesen, Melchert auch nicht. Stell dich nicht so an.»

Agnes zögerte einen Moment, dann ging sie hinüber zum Fenster und entrollte das Papier. Als sie Jakobs aufrechte, sorgfältig gesetzte Buchstaben sah, schossen ihr die Tränen in die Augen. Zum ersten Mal, nach zweieinhalb langen Jahren, hielt sie eine Nachricht aus ihrer Heimat in den Händen.

Ravensburg, 1. August
anno Domini 1623

Geliebte Schwester!
Es ist kein Tag vergangen, an dem ich nicht wenigstens einmal an dich gedacht hätte. In all meine Gebete schließe ich dich mit ein. Viel zu spät habe ich den Mut gefunden, mich über Vaters Verbot hinwegzusetzen und dir zu schreiben. Weiß ich doch nicht einmal, ob du noch in Stuttgart lebst. Zweimal hast du uns bereits geschrieben, in deiner letzten Post endlich deine Wohnstatt angegeben – doch ist das unendlich lange her. Du hattest den Brief letztes Weihnachten verfasst, und stell dir vor, erst im März kam er in Ravensburg an. Deine Nachrichten haben mich tief betrübt, aber zugleich erfüllte mich eine solche Freude, dass du nun einen Sohn hast. Ich hoffe inständig, dass ihr beide gesund und wohlauf seid.
Mutter lag vergangenen Winter zweimal darnieder. Es vergingen Monate, bis sie wieder richtig bei Kräften war. Neuerdings führt sie einen Teil des Mädchenunterrichts, sie gibt Lesen, Schreiben und Rechnen, und seither ist sie nahezu wieder wie früher. Dies

ist vielleicht ist auch der Grund, warum ich dir jetzt erst schreibe: Bis vor kurzem durften wir deinen Namen vor den Eltern nicht einmal erwähnen, so verstockt waren sie, und Vater hatte mir tatsächlich streng verboten, dir zu schreiben. Ich hätte mich darüber hinwegsetzen können, aber was hätte ich dir auch schon mitteilen können? Viel Erbauliches wäre dabei nicht herausgekommen. Dafür hatte es mich mehr und mehr gedrängt, während meiner Schulferien einmal heimlich zu dir nach Stuttgart zu kommen! Aber zu meiner Schande muss ich gestehen, dass ich zu feige bin, in solch unsicheren Zeiten alleine zu reisen.
Doch nun stell dir vor: Vor zwei Tagen, endlich, habe ich mit unserer Mutter ein langes Gespräch geführt über dich, und ich weiß jetzt gewiss, dass die Ungeheuerlichkeit deiner Flucht langsam verblasst. Stattdessen nagt in Mutter die Sorge, wie du allein zurechtkommen mögest. Ich bitte dich also von ganzem Herzen: Kehre mit deinem Kind zu uns zurück!
Glaube mir, Mutter hat dir deine Flucht längst verziehen. Dass sie nicht den ersten Schritt zu eurer Versöhnung machen kann, schmerzt sie selbst am allermeisten. Und was Vater betrifft – du weißt ja selbst, dass er seine Strenge dir gegenüber auch früher schon nie lange aufrechtzuhalten vermochte. Ich bin mir sicher: Du würdest unseren Eltern kein schöneres Geschenk machen, als wenn du so bald als möglich zurückkehrtest! Matthes und ich würden, sofern du dich dazu entscheidest, sofort nach Stuttgart reisen, um dich heimzuholen.
Im Augenblick sind gerade Ernteferien, und ich gehe an den meisten Tagen unserem Stadtarzt zur Hand. Vom Doctor Majolis habe ich übrigens auch das Geld für den Postkurier. Mein Wunschtraum ist noch immer, an einer medizinischen Fakultät zu studieren – in Straßburg oder Basel, wo der große Paracelsus gelehrt hat, oder in Tübingen, ganz in deiner Nähe. Am liebsten wäre mir die Kurfürstliche Hochschule in Heidelberg. Doch es steht ja schlimm um die Kurpfalz, seitdem die Spanier und Bayern dort eingefallen

sind. Der Lehrbetrieb ist ausgesetzt, man hat die weltberühmte Bibliotheca Palatina nach Rom verschleppt. Und das ist sicherlich noch das geringste Übel angesichts der Not der Menschen dort. Was für ein grausamer, was für ein unnützer Krieg! Jetzt, wo der böhmische Aufruhr im Blut erstickt, Friedrich von der Pfalz und der brave Markgraf von Baden aus ihren Ländern vertrieben sind, könnte das Morden doch ein Ende haben. Aber nein, die Kaiserlich-Bayerischen müssen nun auch noch den Norden unterjochen. Nun ja, dich beschäftigen gewiss ganz andere Sorgen.

Matthes scheint seine Berufung gefunden zu haben, seitdem er als Lehrbub bei Gessler angefangen hat, dem Büchsenmacher, und er setzt alles daran, in zwei Jahren seine Gesellenprüfung zu machen. Er merkt nicht einmal, dass ihn bald alle Jungfern in der Stadt anhimmeln. So ist der Hausfrieden zwischen Vater und ihm wieder hergestellt. Aber der Krieg spukt noch immer in seinem Kopf – er hat inzwischen eine ganze Bibliothek von Flugschriften gesammelt, und wir geraten uns oft in die Haare über diese Dinge. Immerzu schwatzt er von der gottgegebenen Ordnung im Kaiserreich – ich glaube fast, der alte Habsburger ist ihm selbst so etwas wie ein Gott. Außerdem macht er mir liebend gern meinen Wunschtraum madig. Auf der Universität lerne man doch nichts als hohles Silbenstechen und Disputieren, ich solle mir lieber die Wundarznei von Doctor Majolis beibringen lassen.

Ach Agnes, meine liebe Schwester – ich möchte Stunde um Stunde weiterschreiben, nur um die Verbindung zu dir nicht abreißen zu lassen. Doch die Finger schmerzen schon, und so komme ich zum Schluss. Gib doch bitte ganz rasch Antwort, damit wir dich holen kommen. Ich wäre der glücklichste Bruder der Welt!

Gott schütze dich, dein Jakob.

Agnes starrte Else an, als könne die Alte den Sturm, der in ihrem Innern tobte, bändigen.

«Wer schreibt?», fragte Else.

«Jakob», flüsterte Agnes. «Mein jüngerer Bruder.»

«Potz Strahl – du bist ja totenbleich. Ist deiner Familie etwas zugestoßen?»

Agnes schüttelte den Kopf. «Ich soll nach Hause kommen.»

8

Das Jahr 1624 war ein Friedensjahr, und die Stuttgarter hegten bald die Hoffnung, dass der Krieg niemals mehr in den Süden Deutschlands zurückkehren würde. Er hatte doch wahrlich schon genug Opfer von ihrem Herzogtum gefordert, nicht zuletzt mit dem Tod des jungen Herzogsbruders Magnus, der auf dem Schlachtfeld bei Wimpfen qualvoll gestorben war und für dessen zerschossenen Leichnam der Herzog auch noch ein hohes Lösegeld hatte zahlen müssen.

Zwar gab es nach wie vor Übergriffe auf die Grenzdörfer zum besetzten Baden und zur Pfalz hin, zwar hatte der Kaiser Quartier und Musterplätze im schwäbischen und fränkischen Kreis für über vierzigtausend Mann verlangt, doch blieb die Residenzstadt selbst von Söldnerscharen verschont. Der württembergische Herzog hielt sich weiterhin neutral, auch wenn es ihn manches Mal hart ankam, wie bei dem grausigen Vorfall im nahen Leonberg: Ein Aufgebot von über sechzig tapferen Bürgern hatte eine Quartiernahme in ihrer Stadt verhindern wollen, fast sämtlich wurden sie von Tillys Truppen hingemetzelt.

Über all das disputierte man lebhaft in den Gassen und Weinbergen, in den Werkstätten und Krämerlauben. Doch je näher das Jahresende rückte, desto mehr trat der Krieg in den Hintergrund. Die Menschen erfüllte nur noch eine Sorge: die einsetzende Teuerung. Nach einem harten, eisigen Winter war es im Februar mit einem Schlage so warm geworden, dass allerorten die Veilchen blühten. Kurz darauf hatte die Schneeschmelze im Neckartal und im Stuttgarter Talkessel für Überschwemmungen gesorgt. Dann erfror die Obstblüte unter einem späten Frost, dem unmittelbar ein solch heißer und trockener Sommer folgte, dass das Getreide auf dem Halm verdorrte. Damit nicht genug, hatte ein einziges Hagelwetter auf Stuttgarter Gemarkung fast die gesamte Rebfläche, an die neunhundert Morgen, vernichtet. Dabei war schon im Vorjahr die Weinernte missraten. So lag die Wirtschaft im Land bald überall im Argen, eine Teuerung drohte, übler als alle vorigen.

Zu jedermanns Erstaunen hörte man von dieser verkehrten Witterung aus dem ganzen süddeutschen Land, und in einigen Herrschaftsgebieten wusste man auch, wo die Schuldigen zu finden waren. So ließen die Bischöfe von Bamberg und Würzburg unzählige Hexen und Zauberer gefangen setzen und verbrennen, darunter auch den Bamberger Bürgermeister.

Je mehr die Leute jammerten, desto gnädiger zeigte sich das Schicksal Agnes gegenüber. Seit weit über einem Jahr arbeitete sie nun schon in der Schlossküche, und dass sich etwas verändert hatte, bemerkte sie spätestens, als jeder sie mit ihrem Vornamen oder Vatersnamen ansprach. «Gauklerin» kam höchstens ab und an der ruppigen Gerlind über die Lippen. Doch der nahm es Agnes nicht einmal übel, schließlich war diese hünenhafte, rotgesichtige Frau mindestens ebenso scharfzüngig wie ihre alte Freundin Else und dabei von ähnlich gutmütiger Art.

Einmal – es war noch vor der glühenden Hitze des Sommers gewesen – hatte Agnes in der Hauptküche zu tun, da kamen drei Knaben hereingestürmt. Der Älteste, vielleicht neun, höchstens zehn Jahre alt, rannte vorweg, geradewegs in das Reich des Süßspeisenkochs. Es war ein stämmiger Bursche mit rundem, vom Laufen erhitzten Gesicht. Ihm hinterher kam ein zierlicherer Junge, etwa ein Jahr jünger, und schließlich, weit hintendran und mit weinerlicher Miene, ein Knirps von sechs oder sieben Jahren.

Obwohl sie aussahen, als hätten sie auf der Miste gespielt, und auch ihre Haare vor Staub und Dreck starrten, erkannte Agnes sofort, dass diese Bengel keine Gesindekinder waren. Gehört hatte sie ihr lautes Geschrei allerdings schon des Öfteren.

«Eberhard! Friedrich! Mögen Sie wohl die Finger von der Mandelpastete lassen!» Der Küchenmeister drohte ihnen scherzhaft mit dem Zeigefinger.

Die Obermagd winkte sie heran. «Kommet no, i hab was Feines.»

Sie drückte den Buben eine Schüssel mit Fettgebackenem und Zuckerkringeln in die Hand. Artig bedankte sich der Mittlere, während der stämmige Junge mit dem runden Gesicht Agnes anstarrte.

«Wer ist sie?», fragte er in Richtung des Meisters.

«Das ist Agnes aus Ravensburg, Euer Liebden.»

Jetzt erst durchfuhr Agnes die Erkenntnis, wer da vor ihr stand, wie ein Blitzschlag: Es war der junge Thronfolger, Kronprinz Eberhard, mit seinen beiden Brüdern. Sie senkte den Kopf und deutete einen Hofknicks an, dann lächelte sie dem Jungen geradewegs ins Gesicht.

«Du bist schön!» Eberhards Gesicht war ernst, während er dies sagte, und Agnes vernahm das Raunen, das durch die Versammlung der Bediensteten ging. Nur von Gerlind glaubte sie ein unterdrücktes Kichern zu hören.

«Euer Wohlgeboren haben vielen Dank. Aber ich bin nicht schön.»

«Doch. Wenn ich das sage.» Dann grinste der Kronprinz und rannte mit der Schüssel unter dem Arm davon, verfolgt von seinen johlenden Brüdern.

Agnes sandte ein Stoßgebet zum Himmel, dass sie nicht vor aller Welt rot angelaufen war, und schickte sich an, die silbernen Vorlegeplatten einzusammeln, um sie in die Gesindeküche zu bringen. Da hielt sie der Küchenmeister bei der Schulter fest.

«Der junge Kronprinz hat Recht», flüsterte er.

Spätestens von diesem Tag an wagte keiner mehr, sie wie einen Maulesel herumzuscheuchen. Der Küchenmeister stellte ihr eine der Jungmägde zur Seite, die ihr das frische Wasser vom Brunnen heranschleppen musste, und erhöhte ihren Wochenlohn um einen halben Gulden. Da beschloss Agnes, sich ein neues Leinenkleid zu kaufen samt seidenem Brusttuch, was auch nur angemessen war für die Gattin eines Unteroffiziers, der ihr hin und wieder einen Teil seines Soldes zukommen ließ. Endlich war die Zeit gekommen, den anderen zu zeigen, wo der Bartel den Most holt.

Dass sie in Stuttgart geblieben war, hatte sich also doch bezahlt gemacht. Auch wenn ihr diese Entscheidung unendlich schwer gefallen war, nach Jakobs Brief. Sie hatte sich oben auf ihrem Dachboden nächtelang in den Schlaf geweint, wie damals, als Kaspar sie verlassen hatte. Hatte in ihrem Innern nichts als diesen bohrenden Schmerz gefühlt, diesen Abgrund an Heimweh und Einsamkeit. Und dennoch hätte sie niemals nach Ravensburg zurückkehren können. Zu groß wäre die Scham gewesen. Hinzu kam, dass der Kleine in jenen Wochen an Bauchkrämpfen und immer wieder an Durchfall gelitten hatte und sie ihm die weite Reise niemals hätte zumuten können.

Jetzt wusste sie, sie hatte recht entschieden. Gewiss würde sie sich nicht mehr lange als Spülmagd ihre Hände und ihren Rücken martern müssen. Nun hieß es geduldig den eingeschlagenen Weg weitergehen, und eines nicht zu fernen Tages würde sie aufrecht und in Ehren, statt gesenkten Hauptes, vor ihre Eltern treten können.

Im Herbst gab es einen weiteren Vorfall, der darauf hinwies, dass man ihr einen gewissen Respekt entgegenbrachte. Immer häufiger trieb der Schürknecht seinen Scherz mit dem Küchenjungen, wenn der mit den beiden voll gepackten Körben aus dem Holzmagazin kam: Das Holz sei viel zu feucht, brüllte er Franz an und scheuchte ihn den ganzen weiten Weg zurück. Dabei war es nicht Franz, der die Scheite aussuchte, sondern der Knecht im Holzmagazin. Als Agnes dieses Spiel durchschaute, nahm sie dem Jungen kurzerhand die beiden Körbe ab und kippte dem Schürknecht die gesamte Ladung vor die Füße.

«Ihr wollt uns wohl zum Narren halten? Richtet Eurem Freund im Holzschuppen aus, dass der Spaß ein Ende hat. Oder wollt Ihr, dass ich melde, wie Franz durch unnütze Gänge seine Zeit vertrödelt?»

Die Umstehenden stießen sich in die Seite, und der Schürknecht, der nicht sonderlich beliebt war, zog den Kopf zwischen den Schultern ein. Ohne ein weiteres Wort las er die Scheite auf und stapelte sie neben den Herdstellen zum Trocknen.

Nur wenige Tage später ließ der Küchenmeister sie an sein Pult holen.

«Mir ist nicht entgangen, dass du neulich unserem Schreiber über die Schulter gespickt und an seinen Rechnungen herumkorrigiert hast. Er war ziemlich ungehalten über deine Impertinenz.»

«Das tut mir Leid. Aber mir ging es keineswegs darum, den Schreiber ins Unrecht zu setzen, mir ging es nur um die richtige Summe.» Sie konnte den schnippischen Unterton in ihrer Stimme nicht ganz unterdrücken.

Er lachte. «Das denke ich mir.» Sein Blick wanderte über ihren Hals zum Ausschnitt, den sie wegen der Hitze in der Küche längst mit keinem Brusttuch mehr bedeckte.

«Er wird nachlässig, der Bursche. Das Beste ist, du wirst ihn und die Obermagd künftig bei den Marktgängen begleiten.»

«Wenn Ihr das wünscht.» Agnes verzog keine Miene, doch innerlich jubilierte sie. Der Gang auf den Markt jeden Mittwoch und jeden Samstag kam einer Beförderung gleich: Man entkam für zwei oder drei Stunden der verqualmten Küche und ihrem

Lärm, war unterwegs an der frischen Luft, im schönsten Teil der Stadt, ließ sich Zeit zum Plaudern und Tratschen. Je nachdem, was der herzogliche Garten gerade hergab und was hinzugekauft werden musste, zog ein Trupp von zehn, fünfzehn Mägden und Knechten mit Obermagd und Schreiber zum Marktplatz. Jeder hier riss sich um diese ehrenvolle Aufgabe, auch sie hatte schon wenige Male mitgehen dürfen. Ab jetzt würde sie immer mit von der Partie sein.

Agnes genoss diese Stunden des Einkaufs von ganzem Herzen. Sie war zwar schon öfter über den Schlossplatz und den Marktplatz geschlendert, aber stets in dem Gefühl, es stünde ihr nicht zu, zwischen diesen Palästen bürgerlicher Wohlständigkeit zu wandeln, da ihr angestammter Platz die Gassen der Esslinger Vorstadt waren. Jetzt hingegen trat man zur Seite, wenn sich der herzogliche Küchentross dem Markt näherte, die Bauern und Metzger legten nur die beste Ware, die Händler die erlesensten Spezereien vor.

Fortan wurde Agnes auch bei ihrem täglichen Weg durchs Schloss mutiger und neugieriger. Sie betrat unbekannte Gänge, stieg heimlich eine Treppe hinunter zum Weinkeller, warf Blicke durch halb geöffnete Türen, entdeckte die mit Zinn getäfelte Badestube unweit der Hauptküche, den großen Tanzsaal über den Hofküchen. Dabei wurde der eine Wunsch immer heftiger: Einmal nur den fürstlichen Lustgarten zu besichtigen.

Es war ein frostiger, klarer Morgen Anfang März, und sie hatte sich früher als sonst auf den Weg zur Arbeit gemacht. Im Osten begann der Himmel eben erst rosig aufzuhellen.

Am Vorabend hatte sie endlich den Eltern einen viele Seiten langen Brief geschrieben und ihnen am Ende mitgeteilt, dass sie mit David noch dieses Frühjahr heimkehren werde. Vielleicht hatte dies heute Morgen zu ihrem Entschluss beigetragen, noch vor der Arbeit den berühmten, den verbotenen Garten zu erkunden.

Kurz vor dem Eingang zur Gesindeküche versteckte sie sich in einer Nische, um Luise und Gerlind unbemerkt an sich vorbeizulassen. Dann nahm sie den Weg zu dem kleinen Innenhof, in dem sich der Brunnen befand. Von dort, dass wusste sie, gab es einen Gang mit einer Nebenpforte, die direkt auf die überdachte Brücke des Schlossgrabens führte. Würde sie zu so früher Stunde und bei dieser Kälte jemandem begegnen? Wohl kaum. Entschlossen drückte sie das Türchen auf und schlich so geräuschlos wie möglich über den Bretterboden der Brücke, bis sie endlich auf einem breiten Kiesweg stand, der am Schlossgraben entlang lief. Womit sie nicht gerechnet hatte: Auf der anderen Seite des Weges verwehrte eine weitere Mauer mit mehreren Toren den Blick auf den Lustgarten. Zögernd näherte sie sich dem Tor, das unmittelbar vor ihr lag. Zu ihrer Überraschung war einer der beiden Türflügel nur angelehnt. Sie gab sich einen Ruck und schlüpfte hindurch.

So unermesslich groß hatte selbst sie sich die Anlage nicht gedacht. Die Mauer, die das Gelände gegen die Außenwelt abschirmte, war weit entfernt und nur an wenigen Stellen zu erkennen, so dicht hatte man die Ränder des Gartens mit Bäumen und Sträuchern bepflanzt.

Ihr Blick schweifte über die großzügig angelegten Blumenrabatten, die von niedrigem Buchs gegliedert waren und durch die in harmonischer Symmetrie Wege aus buntem Kies führten. Selbst zu dieser Jahreszeit wirkte alles weder kahl noch trostlos. Überall entdeckte sie immergrünes Strauchwerk und Büsche, die von weißen Blüten oder leuchtenden Beeren geschmückt waren. Zwischen den Beeten lagen weitläufige Rechtecke aus hellem, glatt gezogenen Sand, der im Morgenlicht schimmerte, in ihrer Mitte und an den Rändern erhoben sich schlanke Säulen. Ob diese Plätze wohl dem Ballspiel oder dem Kunstreiten dienten? Dazu fanden sich die schönsten Springbrunnen, Skulpturen aus Erz und Stein, kunstvoll bemalte Pavillons aus geschnitztem Holz, auch mehrstöckige Gebäude, deren beiden größte die berühmten Lusthäuser sein mussten. Das hintere, das sich etwa in der Mitte des Gartens erhob, war für sich genommen schon ein Schloss, mit hoch aufragenden Giebeln, die reich verziert waren, und mächtigen, frei stehenden Rundtürmen an jeder Ecke, zu denen eine Arkadengalerie führte.

Halbrechts entdeckte sie einen Kreis aus hohen immergrünen Hecken. Das musste einer der Irrgärten sein. Bedächtig, als fürchte sie, aus einem Traum zu erwachen, ging sie auf das dunkle Grün zu, machte an einer Felsengruppe halt, in die Muscheln, Schnecken und Seesterne gehauen waren. Die Feuchtigkeit der Nacht war in den Furchen und Rinnen zu Eis gefroren, jetzt ließen die ersten Sonnenstrahlen des Tages die vereisten Stellen Saphiren und Diamanten gleich glitzern.

Agnes stand wie verzaubert, als sie plötzlich hinter sich ein Knacken hörte.

«Wer bist du denn?»

Agnes fuhr herum. Ein Mädchen stand vor ihr, in hellblauem Wollmantel, Ärmel und Kragen mit Pelz besetzt. Es mochte zehn, elf Jahre zählen. Das etwas großflächige Gesicht war nicht über die Maßen hübsch, doch der fein geschnittene Mund und die schmale Nase verliehen ihm etwas Zartes, Nachdenkliches. Die dunkelbraunen Augen unter der breiten Stirn betrachteten Agnes aufmerksam.

«Du musst Agnes aus Ravensburg sein.»

«Ja.» Agnes blickte das Kind erstaunt an. Der Schreck, der ihr in die Glieder gefahren war, ließ nach. «Und wer seid Ihr?»

«Weißt du das denn nicht? Ich bin Prinzessin Antonia.»

«Wie soll ich das denn wissen? Wir Mägde bekommen ja niemanden zu sehen in der Gesindeküche.» Sie biss sich auf die Lippen. Das war wahrscheinlich nicht die richtige Art, mit einer Prinzessin zu reden. Gleichzeitig glaubte sie sich zu erinnern, das Mädchen zwei- oder dreimal in der Hauptküche gesehen zu haben, wie sie mit den Köchen beim Morgenmahl saß.

«Mein Bruder, der Kronprinz, hat mir von dir erzählt. Du bist tatsächlich sehr schön.»

Jetzt spürte Agnes deutlich, dass sie rot wurde. Zugleich wurde ihr bewusst, wie schäbig sie mit ihrem geflickten Umhang in dieser Pracht rundum wirken musste.

«Wie gern hätte ich auch so kräftiges, dunkles Haar, solche Locken», fuhr die Prinzessin fort. «Dazu diese dunkelblauen Augen.»

Sie warf den Kopf in den Nacken und fragte mit der ganzen Strenge ihrer fürstlichen Autorität: «Was hast du hier zu schaffen?»

Agnes suchte fieberhaft nach einer Ausrede, doch es wollte ihr nichts einfallen. Also sagte sie die Wahrheit. «Ich wollte mir den Garten ansehen», murmelte sie mit gesenktem Blick.

«Du weißt doch, dass es der Dienerschaft verboten ist, ohne Erlaubnis auf dem Schlossgelände herumzuwandern.» Ein Funken Misstrauen glomm in den Augen der Prinzessin auf. «Oder bist du etwa auf Diebesgut aus, im Harnischhaus drüben oder im Neuen Lusthaus?»

«Um Gottes willen, nein!»

Sie schwiegen beide. Mit einem Mal wirkte die Prinzessin verlegen, fast schüchtern. «Isch scho recht», sagte sie und klang nun ein wenig wie eines der Küchenmädchen, «wie eine Diebin siehsch eigentlich net aus. Was hast du für Aufgaben im Schloss?»

«Ich spüle das dreckige Geschirr Euer Durchlauchtigsten Hochgeborenen Gnädigen Prinzessin.» Herr im Himmel, dachte Agnes zum zweiten Mal an diesem Morgen. Mit meinem Mundwerk bring ich mich noch in Teufels Küche. Dann musste sie plötzlich lachen.

«Euer fürstliche Gnaden mögen mir vielmals verzeihen – ich bin es nicht gewohnt, mit Prinzessinnen zu sprechen. Bitte glaubt mir: Ich wollte niemandem schaden noch stehlen, sondern nur ein einziges Mal die berühmte Pracht dieses Gartens mit eigenen

Augen sehen. Und er ist noch herrlicher, als ich gedacht hatte», setzte sie leise hinzu.

Ein Anflug von einem Lächeln erschien auf dem ernsten Gesicht des Mädchens. «Solltest ihn mal im späten Frühjahr sehen. Dann leuchten die Rabatten in Gelb, Orange und Rot, grad als ob die Sonne selbst aus den Blumen scheint. Und dort hinten gibt es Beete, die nur in Blau und Weiß blühen, wie der Sommerhimmel, über den weiße Wolken ziehen.»

«Das muss wunderbar aussehen. In meines Vaters Haus in Ravensburg hatte ich auch einen Blumengarten. Der war natürlich schon etwas kleiner, aber ich hatte die Reseden und Nelken auch nach Farben gepflanzt, und an den Mauern rankten weiße und rote Kletterrosen. Vom Duft im Juni konnte einem schwindlig werden.»

Prinzessin Antonia nickte. «Blumen sind mit das Schönste in der Natur. Jetzt komm aber.»

Energisch nahm sie Agnes beim Arm, was beinahe etwas Komisches an sich hatte, da das Mädchen ihr nur bis zur Schulter reichte, und zerrte sie in Richtung Schlossbrücke.

«Was hat Euer Wohlgeboren mit mir vor?»

Die Prinzessin zog die schmale Nase kraus. «Ich bringe dich zu meiner Mutter. Ich muss melden, dass du in den Garten eingedrungen bist.»

9

Matthes saß in einem Nebenraum der Werkstatt und arbeitete verbissen am Radschloss seines Karabiners. Bis auf Meister Gessler und einen Knecht hatten alle längst den Feierabend eingeläutet. Er aber ließ sich davon nicht beirren, denn er wollte sein Gesellenstück bis nächste Woche fertig haben.

Leise öffnete sich die Tür zur Werkstatt hin, und Gottfried schlüpfte herein.

«Bist du noch dabei?», flüsterte er, damit die Männer nebenan ihn nicht hören konnten.

«Dabei?»

«Bekommst wohl gar nichts mehr mit von der Welt? Überall in der Gegend wird für das neue kaiserliche Heer geworben. Sie sind schon in Wurzach, in Waldsee, sogar drüben in Altdorf.»

Natürlich hatte Matthes davon gehört. Schließlich sammelte der alte Gessler sämtliche Flugblätter über die «gewaltigste Armierung aller Zeiten» und rieb sich die Hände ob der künftig blühenden Geschäfte.

Ein neues Kapitel im Krieg gegen die rebellischen Reichsstände hatte begonnen. England, Dänemark und die niederländischen Generalstaaten hatten sich, auf Betreiben des Franzosenkardinals Richelieu, wider den Habsburger Kaiser verbündet. Daraufhin hatte Albrecht Wenzel Eusebius von Wallenstein, Herr über Friedland und reichster Fürst ganz Böhmens, dem Kaiser angeboten, dieser gefährlichen Allianz mit einem Heer von fünfzigtausend Mann entgegenzutreten. Hatte versprochen, damit den protestantischen Eindringlingen im Norden kräftig aufs Haupt zu schlagen.

Der eigenwillige Friedländer, der sich bereits im Türkenkrieg und im Kampf gegen die Republik Venedig ruhmreich hervorgetan hatte, fühlte sich berufen, aus Deutschland einen einzigen Staat katholischen Glaubens zu schaffen. Seinen Söldnern versprach er ein freies Leben mit hohem Sold, er nahm jeden auf, gleich welchen Standes, gleich welcher Herkunft. Nicht einmal nach der Religion fragte er – nur die Bravour zähle und der Gehorsam gegen den Kaiser.

All das wusste Matthes nur allzu gut. Es hatte ihn die letzten Wochen umgetrieben und ihm schlaflose Nächte beschert. Der neue Aufruhr, der ganz Deutschland ergriffen hatte, hatte auch in seinem Inneren die leise Glut wieder zu einem Feuer entfacht. Nichts wünschte er sich brennender, als an der Seite von Männern wie Tilly oder Wallenstein für ein geeintes Land zu kämpfen. Nur – warum musste das gerade in diesen Tagen sein, wo er so kurz vor dem Ziel stand? Wo ihm der Meister nur noch Lob zollte für seine Arbeit und ihm selbst sein Vater fast täglich wohlwollend auf die Schulter klopfte? Warum gerade jetzt, wo er erstmals in seinem Leben dabei war, etwas zu Ende zu führen? Unwillig legte er seine Büchse zur Seite.

«Du solltest dich auch lieber in die Arbeit stürzen, nachdem du deine Gesellenprüfung das letzte Mal so gottserbärmlich verpatzt hast. Es bleibt dir nicht mehr viel Zeit.»

Gottfried lachte höhnisch.

«Damit ich vor meinem Vater wieder da stehe wie ein geprügelter Hund? Nein, danke. Da ziehe ich das freie Soldatenleben vor. Was ist, kommst du mit? Gleich morgen früh will ich nach Altdorf.»

«Nein.» Matthes nahm das Poliertuch in die Hand. «Ich geh hier nicht weg.»

In den nächsten Tagen belauerte ihn Gottfried wie die Katz das Mäuseloch. Ganz offensichtlich reichte die Courage seines Freundes nicht aus, den Schritt vor den Werbetisch allein zu wagen, obgleich sich Gelegenheiten genug geboten hätten. Zwei Tage lang waren die kaiserlichen Werber im benachbarten Flecken Altdorf gewesen, dann drüben vor der Waldburg und sogar einen Tag vor dem Ravensburger Waaghaus, obwohl sich der protestantische Part des Magistrats heftig dagegen gewehrt hatte. Als freie Reichsstadt war Ravensburg indes dem Kaiser verpflichtet, und so hatten die Protestanten nach lautstarken Wortgefechten lediglich erwirken können, dass die kaiserlichen Hauptleute für nur einen Tag statt für zwei ihre Trommeln rühren durften.

Matthes sorgte sich um seinen Vater, der wie viele andere in diesen Wochen über heftige Kopf- und Gliederschmerzen klagte. Bereits im zweiten Jahr setzte diese launische Witterung den Menschen zu. Matthes konnte sich nicht erinnern, jemals einen so feuchtkalten Mai erlebt zu haben, dabei war der Winter derart mild gewesen, dass die Kirschbäume geblüht hatten, bis eisige Fröste alles zunichte gemacht hatten. Noch keinen einzigen warmen Tag hatte es seither gegeben, und auf den Feldern drohte die zweite schlechte Ernte in Folge. Die Menschen begannen dies als ein Zeichen zu sehen. Hatte nicht im Bistum Bamberg die Erde gebebt, sich ein ganzer Berg erhoben und an anderer Stelle niedergelassen? War nicht in Hamburg eine Springflut über Schiffe und Häuser hinweggerast, um Mensch und Vieh in den Tod zu reißen?

Auch Matthes sah darin so etwas wie die Vorboten einer schlimmen Zeit, was seine innere Unruhe nur noch verstärkte. Er dachte an seine Schwester Agnes, wie so häufig, seitdem sie Nachricht gegeben hatte, sie wolle in diesem Frühjahr heimkehren, und damit die ganze Familie in Aufregung und nicht zuletzt in ungeduldige Freude versetzt hatte. Was hinderte sie nun? Der Mai war bald vorüber, und er begann sich ernsthaft Sorgen zu machen. Ob ihr unterwegs etwas zugestoßen war? Sie hatte versprochen, sich einer großen Reisegesellschaft anzuschließen, doch selbst das gab in diesen Zeiten, wo ganze Kompanien von Kriegsvölkern durch die Lande zogen, keine allzu große Sicherheit mehr.

Matthes warf einen Blick zum Fenster. Stürmische Schauer klatschten gegen die Scheiben der Werkstatt. Er beschloss, an diesem Abend eher als sonst nach Hause zu gehen, um nach seinem Vater zu sehen. Seit gestern peinigten Jonas Marx auch noch Schüttelfrost und hohes Fieber.

Als Matthes die Schwelle seines Elternhauses betrat, stieß er mit dem Stadtarzt Majolis zusammen.

«Dich wollte ich gerade holen gehen.» Der hagere, grauhaarige

Mann blickte ihn ernst an, dann nahm er Matthes' Hände in die seinen. «Es tut mir von Herzen Leid, Matthes – der Herrgott hat deinen Vater zu sich genommen.»

«Name, Alter, Herkunft?»

«Matthes Marx, zwanzig Jahre, aus Ravensburg.»

«Beruf?»

«Geselle der Büchsenmacherkunst.»

Die Miene des Schreibers hellte sich auf. «Na, da haben wir ja endlich was Profundes für unser Fähnlein. Nach all den entlaufenen Knechten und Taglöhnern heute. Waffen?»

«Einen Karabiner.» Nicht ohne Stolz zog Matthes sein Gesellenstück aus der Lederhülle.

«Dann willst du wohl zu den reitenden Jägern oder den Scharfschützen? Da wollen alle hin.» Der Schreiber grinste. Vor dem Gasthaus Bären, auf einem hübschen Platz im Herzen des Städtchens Tettnang, eben dort, wo sich die Straßen von Ravensburg nach Lindau, von Buchhorn nach Wangen kreuzten, stand sein Schragentisch aufgebaut, und immer noch mehr Burschen und Männer reihten sich ein in die Schlange der Wartenden.

«Hier, dein Handgeld.» Er reichte Matthes einen Gulden. «Und jetzt abtreten, zum Sammeln.»

Matthes ging hinüber zu der Gruppe um den Leutnant, der sie zum Musterungsplatz bringen sollte und dessen feuerroter Federbusch am Hut wie ein Signal nach allen Seiten leuchtete. Gottfried stieß ihn in die Seite.

«Hast du doch tatsächlich die Büchse mitgehen lassen. Wenn das mein Vater wüsste.»

«Lass mich in Ruhe.» Matthes ließ sich auf das feuchte Kopfsteinpflaster sinken. Ihm schwindelte. Gestern Nachmittag hatten sie den Vater unter die Erde gebracht – noch in derselben Nacht hatte er sein Bündel gepackt, die Gesellenprüfung ein für alle Mal in den Wind geschrieben und war im Morgengrauen zusammen mit Gottfried aus der Stadt geschlichen, ohne von seiner Mutter Abschied zu nehmen. Nur einen langen Brief hatte er ihr hinterlassen, er, dem es sonst so unendlich schwer fiel, eine Feder in die Hand zu nehmen und seine Gedanken in Worte zu fassen.

Jakob hatte ihn die ganze Nacht angefleht zu bleiben, nach Agnes dürfe nicht auch noch er die Familie im Stich lassen, ihre Mutter würde das nicht überleben. Und dann noch in diesen schmutzigen Krieg, wo er gegen seinesgleichen zu Felde ziehen würde.

Entrüstet hatte Matthes sich verteidigt, während ihn insgeheim sein schlechtes Gewissen plagte. Das Geschwätz von Anschlägen der Kaiserlichen gegen Glauben und Libertät sei nichts als hinterlistige Verleumdung, ausgestreut von Unruhestiftern und Ausländern, die das stolze Reich plündern wollten. Er sei willens, den Kaiser zu verteidigen, denn wenn das uralte Heilige Reich einstürze, werde es sie alle unter seinen Trümmern begraben. Er war selbst erstaunt über seine flammenden Worte. Vielleicht war es ja doch nicht allein Abenteuerlust, die ihn forttrieb aus diesem engen, vorbestimmten Lebensplan.

Was er da für hohle Phrasen nachplappere, hatte Jakob ihn angebrüllt und war vollends in Zorn geraten: Wo denn das alte Reich noch heilig sei? Er, Jakob, sehe überall nur Lügen, Falschheit und Dummheit. Und wenn es einstürze, dann möge aus dem Moder endlich etwas Besseres erwachsen!

Im Morgengrauen schließlich hatte Jakob ihn mit tränennassem Gesicht umarmt und ihm zum Abschied ein Amulett mit einem Marderzahn um den Hals gelegt.

«Trag es immer bei dir. Es soll dir helfen, fest zu sein gegen Schuss, Hieb und Feuer. Gott schütze dich.»

Matthes war sich mit einem Mal vorgekommen wie ein Haderlump. Doch wie hätte er dem Bruder die wahren Gründe seines plötzlichen Entschlusses erklären sollen, wo er sie selbst nicht genau kannte? Er wusste nur eins: Wo sein Vater ihm endlich ein Freund geworden war, hatte der Tod ihn entrissen.

Jetzt tastete Matthes nach dem Amulett unter seinem Lederwams und warf einen verstohlenen Blick auf Gottfried, der munter seine Scherze mit den anderen trieb. Wie etliche der jüngeren Burschen trug er die als verwegen geltenden knielangen Hosen, die weit waren wie ein Weiberrock und mit bunten Bändern versehen, dazu einen breitkrempigen Federhut und ein Paar Stulpenstiefel, für die er sein letztes Geld ausgegeben hatte.

Matthes fühlte sich müde und erschöpft. Dabei waren die drei Wegstunden von Ravensburg hierher eine Lappalie gewesen im Vergleich zu dem, was ihnen noch bevorstand: Bis ins Fränkische sollten sie noch marschieren, ohne Rast am Tage, unter den Argusaugen ihres Leutnants und einiger Aufpasser, damit sich ja keiner mit dem Anlaufgeld aus dem Staub mache. Dort dann würde die eigentliche Musterung stattfinden.

Zur Mittagszeit setzte sich der Haufen aus rund fünfzig Männern endlich in Marsch, vorweg der Leutnant mit zwei Feldweybeln auf kräftigen Rössern, hintenan der Schreiber, die Trommler und ein Wachmann. Mit fröhlichen Liedern auf den Lippen schritten sie voran, zunächst hinüber nach Wangen, wo sich ihnen nochmal drei Dutzend frisch gebackener Söldner anschlossen, dann weiter, unter endlosem Nieselregen, das Tal der Iller hinauf bis kurz vor die Mauern der Reichsstadt Ulm. Das breite Tal der Donau empfing sie mit Nebel, dem sie erst entkamen, als sie hinter Donauwörth die Fränkische Alb erstiegen. Sie marschierten auf den breiten Landstraßen der Fernhändler und auf den holprigen Pfaden der Viehhirten und Waldarbeiter, vorbei an Dörfern, die wie ausgestorben schienen, mit verriegelten Toren und geschlossenen Fensterläden, durch Hofstätten hindurch, die nicht von einem einzigen Stück Federvieh bevölkert waren. Die wenigen Bauern auf den Feldern blickten misstrauisch, nur die Kinder winkten ihnen zu.

Vom Stadtpfarrer wie auch aus den Hetzschriften, die einige Kriegsgegner in Umlauf gebracht hatten, wusste Matthes um die Angst der Landbewohner vor den Soldatenvölkern, vor Plünderungen und Übergriffen. Zu seiner Erleichterung jedoch ging die Beschaffung des Proviants ihren geregelten Gang: Allabendlich richtete der Großteil der Truppe das Nachtlager, während die Feldweybel mit einigen auserwählten Männern in die Dörfer zogen, um Brot und Mehl, Käse und Eier einzutreiben. Bei diesem Geschäft – an einem Abend war Matthes dieser Gruppe zugeteilt gewesen – zeigten sich ihre Anführer von der höflichsten Seite. Es brauchte nur wenige Worte und die Ankündigung, dass mit Heller und Pfennig bezahlt werde, damit sich Riegel und Läden der Häuser öffneten und die braven Bauern von ihren Vorräten abgaben. So war das also, hatte Matthes bei sich gedacht. Das Schreckensbild einer plündernden, mordbrennenden Soldateska erwies sich als Lügengespinst, von böswilligen Geistern in die Welt gesetzt.

Marschiert wurde fürwahr in zügigem Schritt, vom Morgen bis zum späten Nachmittag ohne Rast. Satt zu essen gab es nur am Abend, und des Nachts schliefen sie meist unter Planen auf dem harten Boden. Mehr als einer von ihnen machte sich, trotz der strengen Bewachung, schließlich aus dem Staub.

Bettseicher, dachte Matthes verächtlich. Er selbst wurde, je weiter sie sich von seiner Heimat entfernten, umso wacher, und der Schmerz darüber, dass er seinem Vater in dessen letzten Stunden nicht zur Seite gestanden hatte, schwand. Gleichermaßen lockerte sich allmählich der böse Stachel in seinem Gewissen, er habe seine Mutter schmählich im Stich gelassen.

Nach neun Tagen gelangten sie an ihr Ziel. Schon von weitem sahen sie die vielen Rauchsäulen, die sich in den erstmals blauen Himmel kräuselten. Nachdem sie einen letzten Hügel erklommen hatten, lag vor ihnen, unweit eines kleinen Landstädtchens, der Musterplatz. Zelt reihte sich an Zelt, Gespann an Gespann, dazwischen wimmelte es von Männern jeglichen Alters: die einen halb in Lumpen, mit ausgemergelten Gesichtern, andere à la mode gekleidet, stolz und aufgeblasen wie adlige Gecken. Hier und da schlenderten Offiziere durch die Menge, leicht zu erkennen an Schärpe, Federbusch am Hut und dem fast immer strammen Bauch unter modisch-elegantem Rock.

«Unser neues Leben beginnt.» Gottfried strahlte. Auch Matthes spürte, wie die Aufbruchsstimmung ihm die Brust frei machte. Blieb nur noch zu hoffen, dass sein Freund und er derselben Kompanie zugeteilt wurden. Denn zum Freund war Gottfried ihm in diesen Tagen endgültig geworden. Ohne dessen Sorglosigkeit und Frohnatur wäre der Marsch unerträglich gewesen.

Ihr Leutnant aus Tettnang hieß sie in Viererreihen antreten, dann führte er sie in die Mitte des Lagers vor ein prächtiges, mit den Fahnen und Insignien des Kaisers geschmücktes Zelt, das die Musterkommission beherbergte.

«Je vier von euch treten vor, sobald ihr Befehl dazu habt. Ihr werdet jetzt offiziell in den Dienst Seiner Kaiserlichen Majestät genommen. Macht mir keine Schande!»

Matthes verbarg seine schweißnassen Hände hinter dem Rücken, als er mit Gottfried und zwei blutjungen Kerlen aus Wangen vor den Musterkommissär trat. Nachdem ein weiteres Mal ihre Angaben zu Herkunft, Alter und bisherigem Broterwerb in eine Liste übertragen worden waren, mussten sie sich splitternackt ausziehen. Unter dem aufmerksamen Blick des Kommissärs untersuchte der Feldscher jeden Muskel, jedes Gelenk ihres Körpers. Matthes empfand diese Prozedur als überaus entehrend, und wie zum Trotz reckte er, als die Reihe an ihm war, das Kinn in die Luft.

«Da haben wir ja einen strammen Burschen.» Der Feldscher blinzelte dem Kommissär zu. «Hoch gewachsen, lange Beine, breite Schultern, dazu dies kräftige schwarze Haar – wie geschaffen für den ehrenvollen Dienst des Fähnrichs.»

Matthes konnte nicht verhindern, dass er rot anlief, was die beiden Männer in lautes Gelächter ausbrechen ließ.

«Schamhaft wie eine Jungfrau!» Der Kommissär wurde wieder ernst. «Aber gräm dich nicht, mein Junge – dieser Krieg wird noch lange währen, und irgendwann wird er auch dich zum Mann machen. Vielleicht wirst du dann tatsächlich die Fahne tragen dürfen.»

Als sie sich wieder ankleideten, flüsterte ihm Gottfried zu: «Du hättest dein Gesicht sehen sollen – rot wie ein Paradiesapfel.»

«Bist ja nur neidisch, mit deinen krummen Beinen.»

Ihnen wurde beschieden, dass sie alle vier als gemeine Fußknechte der fünften Rotte im zweiten Fähnlein zugeteilt seien. Sie fragten sich zu ihrem Standort durch, bis sie zu einem Geviert aus einigen Dutzend Erdhütten gelangten, mit Stroh bestückte Gruben, die eine Zeltplane überspannte. Im Schatten eines Holderstrauchs döste ein dicker älterer Mann, der sich als Feldweybel ihres Fähnleins herausstellte. Mürrisch wies er ihnen zwei Gruben als Schlafplatz zu.

«Was hast du da?» Er zeigte auf das Lederetui an Matthes' Seite.

«Mein Gesellenstück. Ein Karabiner.»

«Ja Sakra, bin i hier im Tollhaus?», brüllte der Dicke. «Du bist Gemeiner und kein Offizier, der nach Belieben sein Waffenarsenal spazieren trägt. Her damit. Das Ding kommt zum Zeugwart. Falls du mal bis zur Reiterei aufsteigst, kannst du es dir ja zurückholen.»

«Aber –»

«Hältst du wohl ungefragt dein Maul? Pünktlich zum Abendappell steht ihr vor dem Zelt, und zwar stramm. Dann beginnt euer Dienst in der kaiserlichen Armee. Und jetzt», sein feistes Gesicht entspannte sich, «ab mit euch zum Pfennigmeister.»

Kurz darauf hielten sie ihren ersten Monatssold in den Händen – stattliche sechs Gulden! Dennoch zog Gottfried ein Gesicht.

«Ein kometenhafter Aufstieg ist das ja nicht. Vor ein paar Tagen noch standen wir kurz vor der Gesellenprüfung der angesehenen Büchsenmacherzunft, und jetzt sind wir elende Knechte in einer Kompanie Fußvolk und hausen unter der Erde wie die Maulwürfe.»

«Was hast du erwartet? Dass du aus dem Stand zum Rittmeister der Kürassiere ernannt wirst? Du kannst ja nicht mal gescheit reiten.»

«Und ob ich reiten kann! Ich werd es dir schon noch beweisen.»

Vom Pfennigmeister waren sie angewiesen worden, sich umgehend das Nötigste für ihre Ausrüstung zu beschaffen, und so schlenderten die beiden durch das Getümmel des Lagers. Nicht wenige der Männer waren bereits jetzt, am helllichten Nachmittag, betrunken. Am Rande des Lagers, inmitten eines Rübenfeldes, hatten Handwerker und Höker ihre Trödelbuden aufgeschlagen. Die Kleidungsstücke sollten warm sein und wenig Fell und Nähte aufweisen, um Ungeziefer keinen Unterschlupf zu bieten, hatte ihnen der Zahlmeister geraten, dazu derbes Schuhwerk und dicke Strümpfe, sonst würde ihnen das Leben schon nach zwei Wochen zur Hölle.

Matthes und Gottfried kauften sich Leinenhemd und Lederwams sowie einen weiten, dicken Umhang und einen Filzhut, die sie gegen Kälte und Regen schützen würden. Von dem übrigen Krimskrams wie Alraunmännchen, Heiligenbildchen, Spitzenkragen oder bunten Hutfedern, der ihnen allenthalben angeboten wurde, nahmen sie Abstand, da sie ihr restliches Geld zusammenhalten wollten und ohnehin alles überteuert schien. Dafür gönnten sie sich einen Krug Bier, um den Abschied von ihrem Bürgersleben gehörig zu feiern.

Kurze Trommelschläge verkündeten viel zu bald den Abendappell, und sie beeilten sich, zu ihrer Mannschaft zu kommen. Mit bellender Stimme ließ der Feldweybel seine Rekruten antreten, dann marschierten sie Schulter an Schulter zu einem freien Platz, wo bereits Hunderte von Fußknechten in Reih und Glied standen. Der Hauptmann ihres Fähnleins war ein gedrungener Italiener aus Neapel namens Batista de Parada. Sein Gesicht hatte etwas Melancholisches, es schien gerade so, als zweifle er nicht nur an den Fähigkeiten der Rekruten, sondern überhaupt an dem Sinn seiner Mission. Während er das Fähnlein Mann für Mann abschritt, schweifte sein Blick in die Ferne. Dann straffte sich seine Brust hinter der roten Schärpe. Er stellte sich zu den anderen Hauptleuten, und die Fähnriche der einzelnen Fähnlein mussten vortreten. Zu den Worten ‹Als eine Braut, als eine Tochter – von der rechten Hand in die linke Hand› nahmen sie ihre blau-goldene Fahne entgegen, entrollten sie unter dem dumpfen Schlag der Trommeln und schwenkten sie in den Abendwind. In fünffacher Ausführung lächelte die Mutter Gottes mit ihrem Kind im Arm huldvoll auf die gut fünfhundert Infanteristen hernieder.

Der Himmel hinter den Hügeln begann sich rot zu verfärben, und Matthes kämpfte gegen die Ergriffenheit an, die ihm ganz unvermutet in die Kehle fuhr. Nun war er Teil eines auserwählten Ganzen – hier zählten nicht mehr Stammbaum und Katechismus, nur noch, wohin sie gemeinsam marschierten. Längst war ihm aufgefallen, dass die Männer im Lager alle erdenklichen Mundarten sprachen, ja selbst Dänen, Wallonen, Lombarden oder andere Welsche fanden sich hier und da. Und trotzdem waren sie alle gleich, zusammengeschmiedet zu einem einzigen Stück.

Die Trommeln verstummten, und mit klarer Stimme sprach Matthes im Gleichklang mit den anderen den Eid nach, schwor, dem Fähnrich in den Tod zu folgen, solange die Fahne wehe, und dass des Todes sei, wer im Kampf von der Fahne fliehe. Nachdem Hauptmann de Parada die Artikel des Kriegsrechts verlesen hatte, erhielten sie ihre Arm- und Hutbänder, die sie von den Feinden unterscheiden würden. Dann kam der Befehl zum Abtreten.

Die folgenden zwei Wochen vergingen mit Waffen- und Leibesübungen, dem Formieren und Ausbilden der Einheiten. Matthes und Gottfried waren den Pikenieren zugeteilt. Sie lernten ihre Spieße handhaben, mit den Handschützen zur Seite unterschiedliche Gefechtsstellungen einzunehmen und in der spanischen Formation des Terzio, einem fünfzig Mann breiten, zwanzig Mann tiefen Geviert, Scheinangriffe gegen unsichtbare Truppen zu führen. Dabei jagten Feldweybel und Corporale sie über die umliegenden Felder, bis in weitem Umkreis alles zerstampft und brach darniederlag. Der Feldweybel ihres Fähnleins, der in der Kompanie als scharfer Hund verschrien war und wie zum Hohn den Namen Sanftleben trug, brachte mehr als einmal mit der Fuhrmannspeitsche Ordnung in ihre Reihen. In den späten Nachmittagsstunden dann kam Hauptmann de Parada mit seinem Leutnant angeritten und postierte sich auf einem der Hügel, um mit unbewegter Miene seine exerzierenden Soldaten zu beobachten. Von dort oben, dachte sich Matthes, mussten die mehr oder weniger quadratischen Gevierthaufen der Pikeniere aussehen wie viereckige Nadelkissen.

Nach Ablauf der zweiten Woche schien der Hauptmann zufrieden, denn nachdem er sie zum Abendappell hatte antreten lassen, spendierte er ein Fass Bier.

«Vergesst niemals, was ihr in diesen Tagen gelernt habt, vergesst niemals, wofür ihr kämpft. Und jetzt esst und trinkt, morgen wird das Lager aufgelöst, dann ziehen wir nach Eger, um uns dem neuen Heer von General Wallenstein anzuschließen, dem Herzog von Friedland.»

«David! Komm auf der Stelle da heraus!»

Wiederwillig kletterte der Dreijährige aus dem sammetroten Himmelbett. Agnes gab ihm einen Klaps aufs Hinterteil. «Untersteh dich – das ist das Bett der Prinzessin, hast du verstanden? Und jetzt setz dich wieder an den Tisch und mal weiter.»

Nachdem Agnes notgedrungen ein zweites Mal an diesem Morgen Prinzessin Antonias Bett gemacht hatte, trat sie ans Fenster und sah hinaus. Seit gestern regnete es, davor hatte es gestürmt. Was war das nur für ein Sommer: Sturm wechselte mit Regen, Regen mit Sturm. Dabei war der Juni schon zur Hälfte vorüber und noch kein einziger warmer Sommertag übers Land gekommen.

Sie betrachtete den ‹Garten der Herzogin› unter sich, der sich neben dem prächtigen Lustgarten geradezu winzig und bescheiden ausmachte und ihr dennoch fast ebenso lieb war. In seiner Mitte, wo sich die hellen Kieswege kreuzten, erhob sich ein hübscher achteckiger Pavillon, der eine Sammlung von aus Stein gehauenen Tierskulpturen barg. Die strenge Symmetrie der Wege und der von Buchs gesäumten Beetflächen sah jetzt, hinter dem nassen Fensterglas, verwischt und verwackelt aus, gerade als habe ein Künstler das Bild mit zitternder Hand gemalt. Blass lagen die Blumenbeete, sonst für ihre Farbenpracht und Leuchtkraft in der ganzen Residenz gerühmt, unter grauem Himmel. Die Oleanderstöcke rund um den Pavillon hatten die Blüte verweigert, die Pomeranzen und Zitronenbäumchen waren erst gar nicht aus ihrem Winterquartier in den Feigenhäusern geholt worden.

An manchen Tagen erschien Agnes all das wie ein Traum. Jener frostige Tag, an dem das Fräulein von Württemberg sie im Lustgarten ertappt hatte, hatte ihrem Leben eine wundersame Wendung gegeben. Voll böser Ahnungen war sie Antonia ins Schloss gefolgt, geradewegs ins Ankleidezimmer der Herzogin Barbara Sophia. Sie hatte erwartet, bestraft zu werden oder doch zumindest ihre Stellung zu verlieren. Stattdessen hatte Antonia ihrer Mutter erklärt, sie bitte inständig um ein eigenes Zimmer und ein eigenes Kinderfräulein, und Agnes scheine ihr dazu mehr als geeignet. Bei ihren jüngsten Geschwistern und deren schwatzhaften Kinderfrauen finde sie nämlich durchaus keine Ruhe zum Lesen. Mit müden Augen hatte die Herzogin Agnes gemustert.

Ihr breites, ein wenig aufgeschwemmtes Gesicht mit den nach unten gezogenen Mundwinkeln wirkte kränklich. Auf ihre Frage, woher ihre Tochter diese Jungfer kenne, hatte Antonia erwidert, Agnes sei Magd in der Küche, und mit einem Ausdruck des Entsetzens auf ihrem weiß gepuderten Gesicht hatte Barbara Sophia gerufen: «Eine Küchenmagd? Zu uns ins herzogliche Frauenzimmer?» Agnes hatte nicht gewagt, das Wort zu ergreifen, zudem war sie noch immer vollkommen entgeistert von Prinzessin Antonias Wunsch, sie zum Kammerfräulein zu machen. Doch nun geschah etwas noch Erstaunlicheres – die Prinzessin überzeugte ihre Mutter mit wenigen Sätzen, indem sie Dinge vorbrachte, die sie wer weiß wo in Erfahrung gebracht hatte: Agnes sei die Tochter eines Ravensburger Schulmeisters, brav lutherisch, und verdinge sich als Küchenmagd nur, um ihren kleinen Sohn durchzubringen, da ihr Mann im Krieg verschollen sei. Sie sei des Lesens und Schreibens kundig und rechne schneller als Wilhelm Schickhardts neumodische Rechenmaschine. Und – dabei hatte sie Agnes verschmitzt angelächelt – Agnes liebe Blumen ebenso wie sie selbst.

Gleich am nächsten Morgen war sie mit David in den Gesindetrakt des Schlosses eingezogen, in ein schmuckloses, jedoch helles und geräumiges Zimmer, dass sie mit drei weiteren Bediensteten teilte. Der Abschied von Else war sie härter angekommen, als sie gedacht hatte, und der Alten waren die Augen übergelaufen, während sie dem kleinen David nachwinkte. Das war nicht der einzige Wermutstropfen, der sich in ihr Glück mischte. Weitaus schmerzhafter war, dass sie nun nicht nach Ravensburg zurückkehren konnte, zumindest in nächster Zeit nicht, denn was ihr geschehen war, war ein Geschenk des Himmels, das sie nicht aus den Händen geben durfte.

Agnes trat vom Fenster zurück und musste lächeln. Sie begriff bis heute nicht, warum Prinzessin Antonia gerade an ihr solch einen Narren gefressen hatte. Nach den ganzen Jahren voll Elend lebte sie jetzt fast wie die Made im Speck. Ihre Aufgabe bestand in nichts weiter als darin, Antonia beim An- und Auskleiden zu helfen, des Morgens ihr Zimmer zu richten, hin und wieder mit ihr Rechnen zu üben oder ihr anderweitig Gesellschaft zu leisten und vor dem Schlafengehen gemeinsam mit ihr zu lesen.

Dabei staunte Agnes jedes Mal, mit welch hochfahrenden Dingen sich dieses Mädchen beschäftigte. Gegenwärtig bestand Prinzessin Antonia darauf, dass sie sich abwechselnd aus einem Buch vorlasen, von dem Agnes zuvor noch nie gehört hatte: Das in Kalbsleder gebundene Werk trug den Titel «Christianopolis», was wohl so viel wie «Stadt der Christen» hieß, und stammte aus der Feder eines gewissen Johann Valentin Andreä, Stadtpfarrer und Dekan in Calw. Die Prinzessin kannte ihn persönlich und verehrte ihn in schwärmerischer Hingabe. Fiel es Agnes anfangs schwer, den Sinn der gelehrten Sätze zu erfassen, so war sie, je weiter sie vorankamen, umso gefesselter von den Gedankengängen dieses Mannes. Er hatte in seinem Buch einen Traum ausgesponnen, den Traum einer auf christliches Leben ausgerichteten Stadt, in der wahrhaft unerhörte Dinge eine Selbstverständlichkeit waren – so etwa, dass den Mädchen die gleiche Bildung zukam wie den Knaben. Das gefiel der Prinzessin ganz besonders, denn sie hatte schon oft darüber geklagt, dass ihre Brüder, obgleich allesamt jünger, von einer Hofmeisterin sowie zwei Präzeptoren in Latein, Deutsch und Rechnen unterrichtet wurden, sie selbst dagegen bei diesen Lektionen allenfalls geduldet wurde.

Agnes nahm Antonias Kleidungsstücke von Stuhl und Frisiertisch und legte sie in den Korb, den sie später zu den Waschfrauen bringen wollte. Noch nie war ihr solch ein Kind begegnet. Aufgeweckt und neugierig, wenn es darum ging, etwas zu lernen oder zu erfahren, dann wieder beinahe schüchtern. Sie wusste inzwischen, dass Prinzessin Antonia zwölf Jahre zählte, auch wenn sie jünger aussah, doch was hinter ihrer breiten Stirn an Wissen und Kenntnissen steckte, übertraf die Gelehrtheit der meisten Erwachsenen.

In diesem Augenblick kam das Mädchen hereingestürmt.

«Begleitest du mich in den Garten und hältst mir den schweren Schirm?» Antonia setzte sich ihre dunkelblaue Samtkappe auf das streng zurückgekämmte, aschblonde Haar. «Ich muss ins Freie. Seit Tagen schon sitze ich nur im Haus herum. David soll mitkommen. Dann zeige ich euch das Modell von Jerusalem im Gartenturm – es wird dem Kleinen gefallen.»

«Gern.» Es war nicht das erste Mal, dass Agnes die Prinzessin bei ihren Spaziergängen begleitete, und so hatte sie nach und nach die entlegensten Winkel des Lustgartens kennen gelernt – das Falken- und das Reiherhaus, die Pferdeplätze und Irrgärten, die Orangerie und das Jägerhaus mit seinen Hunderten von Jagdhunden im Gehege. Antonia, die gerne ihr Wissen ausbreitete, hatte ihr erzählt, dass der Garten auf den sumpfigen Wiesen des Nesenbachs, den einstigen Weiden eines uralten Gestüts, errichtet worden war und dass ihr Großvater im Alten Lusthaus ein alchemistisches Labor unterhalten hatte. An den wenigen trockenen Tagen hatten sie zusammen Fangball auf dem Ballonenplatz gespielt und Bärenzwinger und Hirschgarten besichtigt, die im aufgeschütteten Teil des Schlossgrabens angelegt waren.

David hüpfte vor Aufregung auf der Stelle, als die Prinzessin ihn bei der Hand nahm und ihm zudem versprach, auf dem Rückweg in der Hofbäckerei nach Zuckerkringeln zu schauen. Im Türrahmen stießen sie fast mit einem Lakaien zusammen. Hinter seinem Rücken erkannte Agnes zu ihrer großen Überraschung Else. Sie war aschfahl im Gesicht.

«Ihre Durchlaucht verzeihen», stotterte der Mann sichtlich verlegen. «Ich konnte diese Frau nicht davon abbringen, hier einzudringen. Sie behauptet partout, sie müsse dem Kammerfräulein Ihrer Durchlaucht eine Botschaft überbringen.»

«Schon recht, Rudolf. Lasst sie vortreten.»

David warf sich der alten Frau in die Arme, doch Else drückte ihn nur kurz und mit abwesender Miene an sich. Vor Antonia machte sie einen tiefen Knicks, dann überreichte sie Agnes mit zitternder Hand einen Brief.

«Den hat ein Sendbote für dich gebracht. Ich hab ihn mir vorlesen lassen, da ich nicht wusste, wie wichtig er ist.» Ihre Stimme war rau. «Er ist von –» Sie verstummte.

Agnes entrollte den Brief. Er stammte von Jakob. Bereits im zweiten Satz las sie: *«Du musst nach Hause zurückkehren. Nach einem schweren Anfall von Fieber ist unser Vater gestern an der ungarischen Krankheit gestorben.»*

So anstrengend die Reise war, Agnes dankte Gott, dass der Süden Deutschlands von Mordbrennern und Marodeuren bisher verschont geblieben war. Gerade von den Mansfeldischen Truppen hörte man da immer wieder grauenvolle Dinge. Sie hätten Erlaubnis zu stehlen, was sie brauchten, da sie keinen Sold zu Gesicht bekämen, und überfielen daher jedes Dorf am Wegesrand, um gnadenlos zu sengen und zu brennen. *Gott helfe denen, wo Mansfeld hinkommt* – das war selbst im Württembergischen zu einem geflügelten Wort geworden. Im Stift Köln, hieß es, hätten seine Söldner den Bauern, die nichts mehr zu geben hatten, Nasen und Ohren abgeschnitten und zu Wurst verhackt. Einen anderen hätten sie auf einen Spieß gebunden und über dem Feuer langsam wie ein Kalb rösten lassen, unter den Augen von Frau und Kindern.

Von all diesen Gräueln war auf ihrer Reise nichts zu sehen gewesen. Zwar war ihr aufgefallen, wie misstrauisch die Menschen inzwischen Fremden gegenüber auftraten, hin und wieder waren sie vorsichtshalber durchziehenden Soldaten ausgewichen. Doch nun waren sie fast am Ziel angelangt, gesund und unbehelligt. Natürlich taten ihr von dem tagelangen Ritt alle Knochen weh, aber insgesamt hatte sie sich erstaunlich gut gehalten. Dass sie in ihrer Kindheit bei den Gauklern schon früh ans Reiten gewöhnt worden war, trug also immer noch Früchte.

In der Ferne erkannte sie die Benediktinerabtei Weingarten. Noch ein, zwei Wegstunden, und sie würde zum ersten Mal seit über vier Jahren wieder ihre Heimatstadt betreten. Agnes blickte auf ihren wortkargen Begleiter neben sich, einen Hünen aus Mömpelgard, der kaum zu verstehen war. Er gehörte zu den herzoglichen Jägern und konnte dem Vernehmen nach mit der Büchse umgehen wie kaum ein anderer. Neben dem Seitengewehr hingen an seinem Bandelier noch Pulverhorn und Kugelbeutel, Haudegen, Dolch und eine Terzerole, eine kleine Vorderladerpistole mit zwei Läufen. Allein der waffenstarrende Anblick des Jägers, dazu sein finsteres, vollbärtiges Gesicht ließen wohl jeden Schnapphahn von vornherein vor einem Überfall zurückschrecken.

Agnes dachte an das Versprechen, das sie der Prinzessin gegeben hatte. Nachdem ihr Else die schlimme Nachricht vom Tod des Vaters überbracht hatte, war sie eine halbe Ewigkeit lang wie erstarrt mitten im Zimmer stehen geblieben. Dann, ganz plötzlich, war ihr ein Bild vor Augen getreten: wie ihr Vater sie einmal, nach einem Sturz von der Kirchentreppe, auf dem Rücken nach Hause getragen und ihr dabei die ganze Zeit das Lied vom tapferen Reitersmann vorgesungen hatte. Mit dieser Erinnerung hatte sie endlich zu weinen vermocht.

«Du musst nach Ravensburg, heute noch», hatte Antonia daraufhin beschieden. «Deine Mutter braucht dich.»

«Aber Ihre Durchlaucht, die Herzogin, wird das nicht erlauben. Jetzt, wo ich gerade erst meine Dienste bei Euch angetreten habe.»

«Du gehst!»

Wenn Antonia ihrem starken Willen Ausdruck gab, wirkte sie wie eine Erwachsene. «Und ich werde meinen Vater bitten, dir einen Trabanten aus seiner Leibgarde zum Schutz mitzugeben.»

Agnes wischte sich die Tränen aus dem Gesicht. «Sie meint es von Herzen gut, Prinzessin, aber ich bin doch gar nicht von Stand, dass man so viel Aufhebens um mich machen soll. Ich möchte nicht, dass seine Durchlaucht, der Herzog, davon erfährt.»

«Nun gut. Dann werden wir das unter Frauen ausmachen», erwiderte Antonia mit der ganzen Altklugheit einer Zwölfjährigen. «Suchen wir meine Tante auf, Herzogin Anna. Sie hat stets die besten Einfälle. Denn Reisen kannst du auf keinen Fall allein, das ist zu gefährlich. Es wimmelt im Land von Soldaten. Mein Vater hat erst kürzlich auf Befehl des Kaisers Quartier und Musterplätze für über vierzigtausend Mann bereitstellen müssen – was hat er geflucht!»

Dann legte sie die Stirn in Falten.

«Kommst du wieder?»

«Ganz gewiss.»

Antonias Gesicht hellte sich auf. «Dann ist es das Beste, du lässt David in meiner Obhut.» Sie strich dem Jungen über den hellbraunen Haarschopf.

Ihr Herz zog sich zusammen, als sie vor dem Frauentor absaßen und sich beim Torwächter meldeten. Als der Mann ihren Namen erfuhr, drückte er ihr mit umständlichen Worten sein Beileid über den Tod des Schulmeisters aus. Agnes fragte sich, was er wohl über sie wusste und ob ihre Flucht damals zum Stadtgespräch geworden war. Dann übergab sie ihrem Begleiter das Pferd, erklärte ihm den Weg zum Gasthaus, wo er sich und die Pferde einquartieren konnte, und schritt auf unsicheren Beinen das kurze Stück hinüber zu Liebfrauen. Die Häuser, die Straßenzüge, auch einige Gesichter kamen ihr bekannt vor, doch sie selbst fühlte sich fremd.

Erst nach mehrmaligem Klopfen öffnete sich die Haustür. Die Mutter stand vor ihr. Agnes starrte sie an. Sie sah um Jahrzehnte gealtert aus.

«Mutter», murmelte sie, und im selben Augenblick schossen ihr die Tränen in die Augen.

Marthe-Marie blieb stumm. In ihrem Blick lag weder Überraschung noch Freude. Sie trat zur Seite und ließ ihre Tochter eintreten.

Beklommen stieg Agnes die Treppe hinauf, gefolgt von ihrer Mutter wie von einem düsteren Schatten. Sie hatte dieses Haus ganz anders in Erinnerung, heller, freundlicher, angefüllt mit bunten Kleinigkeiten, mit blühenden Zweigen, ausgefallenen Steinen oder Hölzern – lauter Dingen, die sie und ihre Brüder früher ständig angeschleppt hatten. Das alles war verschwunden, und dumpfe Trostlosigkeit schwebte über jedem Winkel.

Agnes legte ihren Reisesack auf die Bank in der Stube und setzte sich daneben, während ihre Mutter mitten im Raum stehen blieb.

«Wie lange wirst du bleiben?» Marthe-Maries Stimme klang brüchig, grau wie ihr hochgestecktes Haar.

«Zwei Tage und zwei Nächte.»

Agnes wollte ihr sagen, wie unendlich Leid es ihr tat, dass sie ihren Eltern so viel Sorge bereitet hatte, wie heftig es sie jetzt schmerzte, ihren Vater nie wieder sehen zu dürfen, auch dass sie nicht anders handeln zu können geglaubt hatte, als sie damals der Stimme ihres Herzens gefolgt war. Vor allem aber, wie sehr sie sich nach ihrer Mutter, nach ihrem Vater und nach ihrem Elternhaus gesehnt hatte. Doch die Worte wollten nicht heraus.

Marthe-Marie ließ sich auf einen Stuhl sinken. «Dann wärest du besser gar nicht gekommen.»

«Bitte, Mutter!» Agnes sprang auf, kniete vor ihr nieder und umklammerte ihre Hände. «Ich möchte dich mitnehmen. Du musst mit mir nach Stuttgart kommen. Mein Leben hat sich von Grund auf geändert, ich will für dich sorgen, jetzt, wo Vater tot ist. Du sollst bei mir und meinem Sohn leben, bei deinem Enkelkind.» Nun sprudelte es nur so aus ihr heraus. «Ich bin schon lange nicht mehr Küchenmagd, ich bin Kammerfräulein bei der Prinzessin, es mangelt mir an nichts, und mein Lohn reicht allemal für uns drei. Du könntest ein hübsches Zimmer anmieten, gleich neben dem Schloss, es ist bereits alles in die Wege geleitet. Bitte, Mutter, komm mit mir. Ich will alles wieder gutmachen.» Sie legte den Kopf in Marthe-Maries Schoß. «Ich will alles wieder gutmachen», wiederholte sie.

Marthe-Marie antwortete nicht. Endlich spürte Agnes, wie sich eine Hand auf ihr Haar legte. Wie aus weiter Ferne hörte sie die Stimme ihrer Mutter: «Meine Kleine.»

Lange Zeit verharrten sie so. Irgendwann klappte eine Tür.

«Agnes!»

Jakob stürzte herein, umarmte seine Schwester und barg sein Gesicht an ihrem Hals, wie er es als kleiner Junge immer getan hatte, wenn sie ihn trösten musste.

«Dann hast du meine Post also bekommen», flüsterte er.

Marthe-Marie erhob sich. Sie hatte geweint.

«Ich bin müde, geh mich ein wenig ausruhen. Jakob soll dir zu essen geben.»

Dann verließ sie die Stube. Jakob sah ihr nach.

«Habt ihr euch versöhnt?»

«Ich weiß es nicht.»

Agnes betrachtete liebevoll ihren kleinen Bruder. Er war zu einem jungen Mann geworden, dabei schmal, nicht allzu groß. Das einst strohblonde Haar wirkte dunkler, seine Hände sahen kräftig aus. Doch in den hellblauen Augen stand noch immer der Ausdruck kindlichen Erstaunens.

«Wann kommt Matthes nach Hause?»

In Jakobs Augen blitzte plötzlich der Zorn. «Der hat sich davongemacht. Gleich nach Vaters Beerdigung. Hat sich anwerben lassen für das neue Heer des Wallensteiners.»

«Mein Gott!», entfuhr es Agnes. Wie viel Entsetzliches ihre Mutter durchgemacht haben musste – erst ihre Flucht, dann Vaters Tod und jetzt Matthes. Dabei hatte sich Marthe-Marie als einzigen und größten Herzenswunsch immer einen behaglichen Lebensabend im Kreis ihrer Familie ausgemalt.

«Führst du mich an Vaters Grab?», fragte sie.

Jakob nickte.

Auf dem Weg zu dem kleinen Friedhof vor der Stadt erfuhr sie, dass er kurz nach Vaters Tod bei Doctor Majolis eine Lehre als Wundarzt begonnen hatte. Er lerne jeden Tag Neues, über Anatomie, chirurgische Eingriffe und die Zubereitung von Arzneien. Der alte Stadtarzt sei ihm fast schon ein väterlicher Freund geworden, und so trauere er dem entgangenen Studium der Medizin nicht weiter nach. Sorgen mache er sich nur um die Gesundheit des Doctors, denn der leide immer häufiger an Chiagra in den Händen.

Die Erde auf ihres Vaters Grab glänzte so frisch und schwarz, als habe man ihn gestern erst bestattet. Agnes beugte sich nieder und ließ die Krume durch ihre Finger gleiten. Dann faltete sie die Hände und sprach ein stilles Gebet. Ein Zaunkönig ließ sich auf der Grabstätte nieder, legte das Köpfchen schief und schien sie zu beobachten.

«Er hatte keine Angst zu sterben», sagte Jakob leise, als sie ihr Gebet beendet hatte. «Mutter und ich hielten seine Hand, und er lächelte, als er ging. Sein letzter Wunsch auf dem Sterbebett war, dass Mutter Frieden mit dir machen möge. Vielleicht wäre ihr das auch leichter gelungen, hätte Matthes sich nicht in der Stunde tiefster Trauer ohne ein Wort aus dem Staub gemacht.»

Als sie ins Haus zurückkehrten, hatte Marthe-Marie bereits das Abendessen aufgetragen. Sie sprachen nicht viel, doch Agnes konnte die Blicke ihrer Mutter spüren.

Jakob schob den Stuhl zurück. «Ich muss noch einmal zu Majolis. Aber ich werde mich beeilen zurückzukommen.»

Als er fort war, sah Agnes ihre Mutter unsicher an. «Jakob hat mir von Matthes erzählt.»

Marthe-Marie nickte. Einen Moment lang fürchtete Agnes, sie könne wieder zu weinen anfangen, doch dann sagte sie mit fester Stimme: «Er hat in seinem Abschiedsbrief geschrieben, dass er dich gut verstehen könne, dass ihr beide, du und er, aus dem gleichen Holz geschnitzt seien, mit dieser Unrast im Blut. Und dass er vergeblich versucht habe, diese Unrast zu bekämpfen. Seither frage und frage ich mich: Was davon habe ich euch beiden in die Wiege gelegt? Ist es, weil ich selbst so lange herumgezogen bin mit den Gauklern, ist damit die Saat gelegt worden, die bei euch beiden nur aufging?»

Es tat Agnes in der Seele weh. «Glaub mir, Mutter, ich habe meinen Platz gefunden. Und ich wünsche mir nichts sehnlicher, als dass du mit mir kommst. Jakob ist alt genug, um allein zurechtzukommen. Und wenn er erst Geselle ist, wird auch er dich verlassen, um sich irgendwo sein Auskommen zu suchen. Dann wärst du ganz allein.»

Zum ersten Mal, seitdem Agnes ihr Elternhaus betreten hatte, wurde der Blick ihrer Mutter klar und warm, als habe jemand den Schleier der Melancholie von ihr genommen.

«Jakob braucht mich. Er ist noch ein halbes Kind mit seinen achtzehn Jahren. Ich kann nicht mit dir gehen, aber ich bin glücklich, dass ich dich wiederhabe.»

10

In den letzten Julitagen des Jahres 1625 näherten sie sich über Moorwiesen und dunkle Wälder der böhmischen Grenzstadt Eger, um sich dort mit den übrigen Regimentern von Wallensteins Heer zu vereinigen. Ihr Ziel würde das Niedersächsische sein, wo der bayerisch-kaiserliche Generalleutnant Tilly bereits unerbittlich und siegreich wider die aufständischen Protestanten vorging, gegen die Horden von Mansfeld, dem Tollen Halberstädter und dem böhmischen Großmaul Graf Thurn. Dennoch bedurfte der altgediente Feldherr ihrer Unterstützung, denn ein neuer, mächtiger Feind war auf der Bühne des Großen Krieges erschienen, den es von deutschem Boden zu verjagen galt: König Christian von Dänemark.

Matthes und Gottfried konnten es kaum fassen: Was hier, entlang der Biegung des Flusses, als Lager aufgebaut war, stellte eine ganze Welt für sich dar! Dagegen war ihr Musterplatz im Fränkischen ein Dorf gewesen. Achtzehntausend Fußknechte und sechstausend Reiter sei das Heer jetzt stark, hatte ihr Feldweybel stolz erklärt, und in Bälde würde es das Doppelte umfassen. Und dieses mächtige, dieses unschlagbare Heer habe der Friedländer aus eigener Schatulle geschaffen und mit Waffen und Kleidung vorzüglich ausgestattet.

Immer noch größer wurde das Lager. Von allen Seiten trafen Viehherden ein, Ochsengespanne mit Kartaunen und Feldschlangen, Marketenderinnen mit ihrem Kram, allerlei fahrendes Volk. Hunderte Bagage- und Proviantkarren, Kugel- und Pulverwagen hatten sich bereits in leidlicher Ordnung inmitten des Lagers aufgereiht, und es wurden stündlich mehr. Worte in allen Sprachen und Mundarten schwirrten durch die Luft. Unter dem Reitervolk entdeckte Matthes ungarische Husaren, kroatische Arkebusiere und polnische Ulanen. Zwischen den unzähligen Zelten und Laubhütten hängten Frauen ihre Wäsche auf, tobten Kinder um die Wette. Zunächst war Matthes dies ein befremdlicher Anblick. Aber ein alter Landsknecht, mit dem er sich vor einem provisorischen Ausschank bei einem Krug Bier darüber unterhielt, versicherte ihm glaubhaft, dass im Tross der Mansfeldischen jeden Tag drei Kinder geboren würden. Bagage und Tross schienen umfangreicher als die Truppen selbst, und Matthes schätzte, dass hier ein Mehrfaches an Menschen versammelt war, als Ravensburg Bewohner hatte.

«Ich fürchte, wir werden uns hier mehr als einmal verirren», sagte er zu Gottfried, als sie nach einem ersten Rundgang vergeblich die Hütten ihres Fähnleins suchten.

Gottfried lachte nur. «Und wenn schon. Bei den vielen hübschen Mädels hier wüsste ich mir die Zeit schon zu vertreiben. Hast du die dralle Blonde eben gesehen? Ich wette, die ist noch Jungfer.»

Indes sollte ihnen schon vom nächsten Morgen an kaum noch Zeit bleiben, im Lager herumzustreunen. Waffen, Kleidung und Ausrüstung mussten auf Hochglanz gebracht werden, die Ankunft des Generalissimus stand unmittelbar bevor. Es hieß, er werde mit seinem Hofstaat in dem vor der Stadt gelegenen Schloss Großlahnstein weilen, wo er die Stille haben konnte, nach der er verlangte. Matthes war mehr als enttäuscht. Es hatte doch geheißen, der Wallensteiner liebe den gemeinen Soldaten mehr als jeden Offizier, als jede Hofschranze. Und nun verbarg er sich hinter dicken Mauern, fern von seinen Leuten.

Drei Tage später war es so weit: Fanfarenstöße verkündeten, dass General Wallenstein, von Kaiser Ferdinand nunmehr zum Herzog von Friedland erhoben, aus Prag eingetroffen sei und die Truppen zu inspizieren wünsche. Matthes drängte sich in die vorderste Reihe, ohne auf die erbosten Knüffe seiner Kameraden zu achten, dann kam der Befehl zur Aufstellung im Geviert. Matthes hielt seine blank polierte, achtzehn Fuß hohe Pike in der Faust und zwang sich, den Blick geradeaus zu halten, wie de Parada es ihnen eingeschärft hatte.

Endlich kam der Augenblick, den Matthes seit Wochen ersehnt hatte. Aus den Augenwinkeln sah er den berühmten Feldherrn heranreiten, auf einem glänzenden, hochbeinigen Rappen, von einer Kompanie Leibkürassieren flankiert. Er trug ein Gewand aus schwarz-goldenem Samt mit Spitzenkragen und roter Schärpe, das goldene Wehrgehänge war mit Edelsteinen besetzt. Der scharlachrote Umhang reichte bis zu den kniehohen Stulpenstiefeln, auch die Straußenfedern am Hut waren scharlachrot eingefärbt.

Matthes suchte den Blick des Generalissimus, doch Wallensteins dunkle Augen wanderten mit gespannter Aufmerksamkeit über ihre Köpfe hinweg. Sein Gesicht war blass, der Kinnbart nach spanischer Art sorgfältig gestutzt und schwarz wie das kurz geschnittene Haar, wenngleich mit einem Stich ins Rötliche. Sein aufrechter Sitz, die schlanke, hochgewachsene Statur, der stolze Ausdruck seines Gesichts – all das verriet Wagemut und Kühnheit. In diesem Moment hätte Matthes sonst etwas darum gegeben, als Leibkürassier an seiner Seite zu reiten. Aber nun – er gehörte zu seinen Leuten, zu seinem Volk, und das musste fürs Erste genügen. Vorerst war dies auch die letzte Gelegenheit, den Friedländer zu Gesicht zu bekommen. Ob sich Wallenstein im Lager aufhielt, war fortan nur an seiner Leibwache erkennbar, die dann den Platz rund um die Zelte der Heeresleitung weitläufig abschirmte.

Für die einfachen Fußknechte waren die nächsten Tage und Wochen angefüllt mit Waffen- und Leibesübungen, und ihre Ungeduld, endlich in den Norden zu ziehen und sich dem Feind entgegenzuwerfen, wuchs. Was Matthes in diesen Wochen ganz nebenbei lernte, war das Zutrinken, das mitunter bis zur Besinnungslosigkeit ging. Denn nach und nach blieb ihnen immer mehr freie Zeit, die sie anfangs an den Würfeltischen vor der Hauptwache, dann bei einer der Marketenderinnen verbrachten, einem unflätigen Weib, das indessen eine bildschöne blondgelockte Tochter hatte. Auf die nun hatte Gottfried ein Auge geworfen, und so zogen sie fast täglich vor den Ausschank der Alten, wo Gottfried mit anderen Söldnern um die Gunst der Schönen buhlte und Bier um Bier in sich hineinschüttete. Auch auf Matthes' Kerbholz fügte sich ein Strich zum nächsten; schon zum Monatsende war sein halber Sold weg. Er, der in seinem Leben nie mehr als ein, zwei Schoppen Wein oder einen Krug

Dünnbier getrunken hatte, kotzte sich anfangs schier die Seele aus dem Leib, bis er schließlich bei diesen Saufgelagen so gut mithalten konnte wie ein Altgedienter.

Weiber gab es mehr als genug im Tross, alte und junge, die sich gegen ein kleines Geschenk den Soldaten anboten. Weil Matthes diese Art von Diensten stets zurückwies, musste er nicht wenig Spott von Seiten seines Freundes ertragen. Lediglich eine kleine Schwarzhaarige namens Josefa hatte es ihm angetan, die, wie es Mode unter den Mädchen hier im Lager war, einen breitkrempigen Männerhut mit bunten Federn auf dem Kopf trug. Ihre kecke und vorwitzige Art erinnerte ihn an Agnes, und so lud er sie hin und wieder auf einen Krug Bier ein. Doch über Scherzworte und unbeholfene Umarmungen gingen seine Tändeleien niemals hinaus, denn er fürchtete, sich bei der Liebe als der kindische Trottel zu entlarven, der er war. Zwar hatte er in Ravensburg ein Mädchen gehabt, doch aus ihm unerfindlichen Gründen war er vor dem Äußersten stets zurückgeschreckt wie ein verängstigter Hund.

Es war ein kühler Abend Ende August, als Josefa schließlich das Ruder in die Hand nahm. Matthes war bereits beim vierten Krug Bier angelangt, und in seinem Kopf begann es sich angenehm zu drehen.

«Bist du unter die Knickstiefel gegangen, dass du dein Bier heute allein trinkst?» Aus dem Dunkel der Nacht trat Josefa in den Schein des Feuers und stemmte die Arme in die Hüfte.

«Ich – ich hab dich nicht gesehen», stotterte Matthes. «Warte hier, ich fülle den Krug auf.»

Als er zurückkam und sich neben sie auf die Bank setzte, zog sie ihn an sich. «Ist es wahr, was deine Freunde über dich erzählen?»

«Wie meinst du das?»

«Dass du unschuldig bist wie eine Klosterfrau, die keinen Pfaffen abbekommen hat?» Sie ließ ihre Hand seinen Oberschenkel hinaufwandern.

Sofort spürte er, wie ihm die Erregung in den Leib fuhr.

«Dass ich nicht lache. Die Weiber in Ravensburg haben sich um mich gerissen.» Seine Stimme war ihm selbst ganz fremd, und er küsste sie forsch mitten auf den Mund.

«Und wenn ich dir nicht glaube?» Ihre Hand lag im Schritt seiner Hose, unter deren Stoff sein Glied inzwischen mächtig angeschwollen war.

«Dann werde ich es dir beweisen.»

Was nun folgte, war der Absturz aus einem glückseligen Paradies schnurstracks in die Hölle. Sie nahm ihn bei der Hand, erhob sich und zog ihn in den Schatten eines Karrens.

«Hier sind wir ungestört», flüsterte sie. Mit zitternder Hand griff Matthes in ihr Mieder, er fühlte die warme Haut ihrer Brust und zog sie zu Boden. Das Gras war feucht, doch er spürte nur die Hitze seines Körpers. Seine Hand ruhte noch immer auf ihrer Brust, während Josefa sich den Rocksaum bis zur Hüfte hochschob. Selbst im Dunkel der Nacht sah er ihre Schenkel wie weißen Marmor schimmern. Brennend gern hätte er diese Schenkel berührt, doch wieder kam diese Lähmung über ihn wie eine von außen auferlegte Fessel.

«Nun komm schon!»

Ungeduldig öffnete ihm Josefa Gürtel und Hosenlatz. In diesem Moment brach der Mond durch das zerrissene Gewölk und leuchtete auf sein Geschlechtsteil, das binnen Sekunden zu einem winzigen, schlaffen Wurm zusammenschrumpfte. Zugleich hörte er ein unterdrücktes Kichern hinter sich. Er warf den Kopf zurück: Hinter einem Busch erkannte er die feixenden Gesichter eines guten Dutzends seiner Kameraden.

«Ihr Arschlöcher!», brüllte er und zerrte sich die Hosen über die Hüfte. «Das werdet ihr mir büßen.»

Dann sprang er auf und rannte in die Nacht. Tränen der Wut liefen ihm über die Wangen, als er an dem verdutzten Wachtposten vorbei in seine Laubhütte stürzte und sich aufs Stroh warf.

Nie wieder würde er Josefa unter die Augen treten können. Er hatte sich zum Gespött der ganzen Kompanie gemacht.

Diese Schmach, die er am liebsten auf ewig aus seinem Gedächtnis getilgt hätte, wurde indessen schon anderntags von einem weit unerhörteren Ereignis überdeckt. Selbstredend weigerte sich Matthes, sein Bier am gewohnten Ort zu trinken, erst recht, nachdem er erfahren hatte, dass Gottfried Josefa mit einem halben Gulden angestachelt hatte.

«Glaub mir, ich wollte dir nur einen Gefallen tun», hatte sich Gottfried noch in derselben Nacht flehentlich entschuldigt. «Ich konnte doch nicht wissen, dass Josefa das Ganze bei den anderen als großes Spektakel angekündigt hatte. Dafür hab ich ihr auch kräftig eine hinter die Ohren gegeben.»

Schließlich ließ sich Matthes zu einem Versöhnungstrunk überreden. Sie suchten einen Bierwagen am anderen Ende des Lagers, wo sich eher die Älteren und Männer mit Weib und Kind einfanden, und Matthes war das gerade recht. Ihm bebte immer noch sein Herz vor Scham und Zorn, wenn er an den Vorabend dachte. Auch wenn Gottfried ihn damit zu beruhigen suchte, dass solcherlei Späße im Soldatenvolk wohl durchaus üblich seien.

«Komm, gehen wir rüber ans Feuer und singen mit», schlug Gottfried vor, nachdem sie sich ihren Krug zum dritten Mal aufgefüllt hatten. Sie gesellten sich zu den Männern und Frauen, die zum Lautenklang gerade ein sehnsuchtsvolles Liebeslied schmetterten. Matthes hatte schon den Mund geöffnet, um mitzusingen, da traf es ihn wie ein Keulenschlag: Der da die Laute schlug, war kein anderer als Kaspar Goldkehl. Der Erzschelm, der Schweinehund, der seine Schwester sitzen gelassen hatte!

Ohne auch nur einen Atemzug lang nachzudenken, stürzte sich Matthes auf ihn, entriss ihm die Laute und schlug ihm seine Faust ins Gesicht. Der Lautenspieler fiel mit einem erstickten Aufschrei hintenüber, und Matthes hätte weiter auf ihn eingedroschen, hätten die Umstehenden ihn nicht an beiden Armen festgehalten.

«Ich schlag dich tot, du Dreckskerl!», brüllte Matthes. Dabei zappelte er und hieb um sich wie ein Veitstänzer. Er riss sich los, doch ein derber Tritt in die Kniekehlen ließ ihn niederstürzen.

«Holt die Steckenknechte! Zum Profos mit diesem Verrückten!», ertönte es aus der Menge. Ein Feldweybel bahnte sich den Weg und drehte Matthes den Arm auf den Rücken.

«Schluss mit dem Radau. Wer bist du überhaupt?»

«Matthes Marx, zweites Fähnlein, zweites Regiment.» Matthes hatte Mühe, einigermaßen ruhig zu antworten. «Und dieser Possenreißer da heißt Kaspar und nennt sich Goldkehl, falls er nicht schon wieder einen neuen Namen erfunden hat.»

«Was hast du mit ihm zu schaffen, dass du dich aufführst wie ein Tollhäusler?»

Voller Hass sah Matthes auf den Mann, der sich mühsam aufrappelte und sich die blutende Nase rieb. Ein zwei- oder dreijähriges Kind in geflicktem Rock drängte sich angstvoll an ihn. Jetzt erst entdeckte Matthes auch die junge Frau mit dem Neugeborenen auf dem Arm, die ihn am Arm hielt, und er wurde unsicher. Hatte er sich getäuscht?

«Er hat meine Schwester ins Elend gestürzt. Er hat sie sitzen lassen, kurz vor ihrer Niederkunft», antwortete Matthes, im eisernen Griff des Feldweybels. Ein ungläubiges Murmeln ging durch die Menge. «Zumindest glaube ich, dass er es ist.»

«Glauben kannst du in der Kirche, Bürschchen. Und jetzt gehen wir Meldung erstatten.»

«Ihr könnt den Mann loslassen.» Der Sänger humpelte auf sie zu. «Ich kenne ihn. Ein Missverständnis.»

Fluchend gab der Feldweybel ihn frei und ging seiner Wege.

«Du bist also Matthes.»

Das Gesicht des Sängers wirkte müde und abgezehrt, auf seiner Stirn prangte eine fingerlange Narbe. Er fasste Matthes beim Arm. «Lass uns ein Stück gehen, ich will dir alles erklären.»

Der entzog sich dem Griff des anderen mit einer heftigen Bewegung. «Es gibt nichts zu erklären. Du bist ein Schelm, ein beschissener Ehebrecher.»

«Bitte!» Kaspar sah ihn flehentlich an, warf einen Seitenblick auf die junge Frau, die jetzt beide Kinder auf dem Arm hielt und sie voller Unruhe beobachtete, und sagte zu ihr: «Gleich, meine Liebe. Ein Bekannter aus Stuttgarter Tagen.»

Matthes zitterte immer noch vor Wut, als er neben Kaspar den Weg zwischen Karren und Zelten entlangschritt. Er war gezwungen, langsam zu gehen, da der Sänger noch stark humpelte.

«Hör zu, Matthes. Ich habe vieles verkehrt gemacht in meinem Leben», begann Kaspar, «doch am meisten, das musst du mir glauben, am meisten bedaure ich, dass ich Agnes so viel Leid zugefügt habe.»

«Du hast ihr Leben zerstört und das unserer ganzen Familie, und jetzt denkst du, es wär mit ein paar milden Worten getan?», brauste Matthes auf.

«Glaub mir, ich habe das niemals gewollt. Ich geb zu, ich war ein Taugenichts, ich habe Agnes vielleicht sogar benutzt, um von meiner Truppe wegzukommen, weil ich doch so hoch in der Schuld stand beim Prinzipal. Aber dann, in Stuttgart, da habe ich sie wirklich zu lieben begonnen. Und als sie mir eröffnete, dass wir bald ein Kind haben würden, war ich glücklich wie nie.» Er schwieg einen Moment lang. «Ich wollte ihr und unserem Kind etwas anderes bieten, als ewig von der Hand in den Mund zu leben – so fing das mit dem unglückseligen Schwarzhandel an. Alles war gut, bis man uns, meinen Freund Lienhard und mich, eines Tages anzeigte. Da mussten wir schleunigst verschwinden.»

Eher unwillig hörte Matthes ihm zu, wie er von den weiteren Ereignissen erzählte. Wie er mit den Bayerischen mitgezogen war, in dem Glauben, wieder nach Stuttgart zurückkehren zu können, sobald sich dort die Wogen geglättet hätten. Wie er dann in die grausame Schlacht zwischen Tilly und Mansfeld geraten war, in einem Dorf nicht weit von Wiesloch. Der Tross mit den Marketendern und Spielleuten, mit den Frauen und Kindern hatte Schutz im Dorf gesucht, die Trossbuben und ein paar von Tillys Söldnern waren zu ihrer Verteidigung abgestellt.

«Dreitausend Mann hat Tilly in diesem Gemetzel verloren. Doch was folgte, war noch schlimmer.» Kaspar räusperte sich. «Die Mansfeldischen sind ins Dorf gestürmt, sie haben alle in die Wälder gejagt wie wilde Tiere, und wen sie erwischten, der wurde niedergehauen oder eingesperrt. Dann haben sie die Häuser in Schutt und Asche gelegt. Bis auf die Kirche und ein paar Kellergewölbe war alles niedergebrannt, verbrannt mit samt den Menschen drin. Auch mein Freund Lienhard. Ich habe ihn nur an seinem Amulett erkannt.»

Kaspar blieb stehen und zog sich den Umhang enger um die Schultern.

Nach einem Moment des Schweigens fragte Matthes: «Und du?»

«Ich war in einem Keller versteckt. Ich hatte Glück, zunächst jedenfalls.» Kaspar stieß ein bitteres Lachen aus. «Viel zu früh bin ich aus meinem Versteck gekrochen, weil ich Lienhard suchen wollte. Da bin ich auf einen Trupp Söldner gestoßen, die bei der Nachlese waren. Sie haben mich gestellt und wollten Rock und Schuhe von mir, nagelneue Lederschuhe. Ich war so dumm, mich zu wehren.»

Der Sänger starrte zu Boden. Da erst entdeckte Matthes zu seinem Entsetzen, dass aus Kaspars linkem Beinkleid ein Holzstumpf ragte. Und er Schafskopf hatte die ganze Zeit geglaubt, Kaspar hinke wegen des Schlags, den er ihm versetzt hatte.

«Sie haben dir – den Fuß abgehackt?»

Kaspar nickte. «Weil ich sie einfach nicht hergeben wollte,

meine neuen Schuhe. Ich war sofort bewusstlos. Eine junge Frau hat mich gefunden, mir das Bein abgebunden und mich mit Hilfe eines Bauern und dessen Esel nach Wiesloch geschleppt. Aufgewacht bin ich erst wieder im Spital.»

«War das die Frau, die eben bei dir stand?»

«Ja. Elisabeth. Sie hat mich gesund gepflegt. Dabei habe ich erfahren, dass sie in dieser Schlacht ihren Mann verloren hatte. Seither sind wir zusammen.»

«Dann sind das deine beiden Kinder?»

«Nur das Kleine. Sie war schon schwanger, damals.» Er sah Matthes ins Gesicht. Der Schein der Fackeln ließ seinen Blick unruhig flackern. «Meine Schuld gegenüber Agnes werde ich niemals tilgen können. Aber vielleicht verstehst du jetzt, warum ich nicht zurückkehren konnte.»

Dann, als Matthes nichts erwiderte, fragte er: «Wie geht es ihr?»

Matthes zuckte die Schultern. «Sie schafft es auch ohne dich. Außerdem – ich hab sie nie wieder gesehen. Im Frühjahr hatte sie nach Ravensburg zurückkehren wollen, doch sie ist nicht gekommen. Ich wünsche mir von Herzen, dass sie einen anständigen Mann gefunden hat, einen Mann von Ehre.» Sofort spürte er wieder den Zorn in sich aufsteigen. «Und du? Wirst du in Wallensteins Tross mitziehen?»

«Ja.»

«Dann rate ich dir, mir aus dem Weg zu gehen.»

Mit diesen Worten wandte er sich um und wollte gehen. Doch Kaspar hielt ihn am Arm.

«Warte noch. Das Kind – ist es gesund?» Kaspars Stimme war nur mehr ein Flüstern.

«Das Kind heißt David und wird mit dem Fluch aufwachsen, niemals einen Vater gehabt zu haben. Besser wäre es, sein Vater wäre tot!»

Draußen tobte der erste Herbststurm, doch im Kamin flackerte ein Feuer und strahlte behagliche Wärme aus. Agnes legte ihren Stickrahmen in den Schoß und sah zum Fenster. Sie musste an Matthes denken, dem sein erster Kriegswinter bevorstand.

«Ich habe gehört, das Heer des Friedländers umfasse inzwischen siebzigtausend Mann», sagte Prinzessin Antonia, als hätte sie Agnes' Gedanken gelesen. Auch sie war mit einer Stickerei beschäftigt, wobei ihre Ranken und Rosen ungleich zierlicher ausfielen als die von Agnes. «Wo sollen nur all die Leute Platz finden bei ihrer Quartiersuche? Allein die Marschkolonne – die wird wohl zwanzig deutsche Meilen lang sein.»

Agnes unterdrückte ein Seufzen. «Ich musste eben an meinen Bruder Matthes denken. Dass er jetzt in Wallensteins Regimentern kämpft.»

«Bestimmt sind sie gerade auf der Suche nach einem Winterquartier.» Es war deutlich, dass die Prinzessin tröstlich klingen wollte: «Es tut mir Leid, dass du dir so große Sorgen um deine Familie machen musst. Und dass deine Mutter nicht mit dir nach Stuttgart kommen wollte. Ich überlege oft, wie ich dir helfen könnte.»

«Ihr habt schon so viel für mich und David getan, Prinzessin.» Antonia hatte lange drängen müssen, bis Agnes sich die honorable Anrede in der dritten Person und das Durchlaucht abgewöhnt hatte. «Ich weiß ohnehin nicht, wie ich Euch dafür danken kann, Euch und Eurer gütigen Tante Anna.»

Agnes wusste: Viele im herzoglichen Haushalt verfolgten mit gehobenen Augenbrauen, dass ihr Junge in den Räumen des Schlosses inzwischen herumtollte, als sei er hier zu Hause, und dass zu seinen Spielkameraden neben den Kindern der Hofbeamten und Kammerjunkern auch die Jüngsten der Herzogfamilie gehörten.

«Ach Unsinn!» Die Prinzessin lächelte schüchtern. «Hör zu, Agnes. Ich mag nicht zusehen, wie du dich um deine Mutter grämst. Wann immer du ihr schreiben möchtest, tu das. Mach dir keine Gedanken um die Kosten. Mein Vater schickt jeden Tag so viele Kuriere, Aktenträger und Novellanten durch die Lande, denen geben wir deine Briefe einfach mit.»

«Ich danke Euch, Prinzessin.»

«Und vielleicht überlegt es sich deine Mutter ja doch einmal anders.» Jetzt ließ auch Antonia ihre Stickarbeit sinken. «Ich denke oft, wie gut es das Schicksal mit mir meint. Dass ich meine Familie um mich haben darf und wir hier in Sicherheit sind. Es ist ein Segen, dass mein Vater sich neutral hält, und wenn es ihm noch so viele Schlaumeier als Feigheit auslegen.»

Agnes nickte. «Er tut gut daran. Wisst Ihr, Prinzessin Antonia, was mich am meisten bekümmert? Dass mein Bruder gegen die Protestanten kämpft, gegen seine eigenen Glaubensbrüder. Dass er auf der falschen Seite steht. Es geht in diesem Krieg doch darum, ob Glaube und Freiheit ausgerottet werden oder bestehen bleiben. Und Matthes kämpft für deren Ausrottung.» Sie seufzte. «Ob Luther seine Reformation durchgeführt hätte, wenn er gewusst hätte, welches Elend er damit übers Land bringt?»

Antonia verzog ihren fein geschnittenen Mund. «Aber Agnes, du glaubst doch nicht wirklich, dass es in diesem Krieg um den rechten Glauben geht? Es geht nur um Macht und um Geld! Die Söldner wollen plündern, die Obristen ihren Ruhm und Reichtum mehren. Und die frechsten Nutznießer sind die Minister und Generäle: War der böhmische Krieg für Wallenstein nicht ein glänzendes Geschäft? Wer ist denn zum reichsten Mann im Land geworden, indem er Güter über Güter erschachert und zusammengeraspelt hat? Wallensteins Herzogtum steht in Blüte; das übrige Böhmen liegt wüst und elend.»

Agnes schwieg verblüfft. Stets aufs Neue erstaunte es sie, worüber sich dieses Mädchen seine Gedanken machte. Es war geradezu unheimlich. Ein zwölfjähriges Mädchen, zumal fürstlichen Standes, sollte sich am Leben freuen und sich mit den schönen

Dingen beschäftigen, mit Musik, Handarbeiten oder erbaulichen Büchern. Stattdessen dachte Antonia über die Weltläufte nach und philosophierte über Wahrheit oder Religion.

«Woher wisst Ihr das alles, Prinzessin?»

Eine leichte Röte huschte über die Wangen des Mädchens. «Aus den Gesprächen im Frauenzimmer. Und – nun ja, aus der Frankfurter Postzeitung, die jede Woche mit dem Postreiter kommt. Wenn mein Vater und der Hofmarschall mit seinen Chargen die Lektüre beendet haben, landen die Novellen in einer kleinen Truhe in Vaters Kabinett. Von dort hole ich sie mir dann. Heimlich», setzte sie leise hinzu. «Das ist, als ob man im Buch der Welt lesen würde: Du erfährst, was in Rom, Wien und Prag geschieht, im Osmanischen Reich und in Persien, ja selbst in Neuspanien und Indien. Und dann natürlich alles über diesen schrecklichen Krieg.»

Agnes lächelte. «Lasst uns über andere Dinge sprechen. Was machen Eure Lateinkenntnisse?»

«Ich bin bald besser als all meine Brüder.» Ihre braunen Augen verengten sich zu lustigen Schlitzen. Dann wurde sie wieder ernst. «Denkst du noch manchmal an deinen Mann?»

«Nein!» Agnes schüttelte heftig den Kopf. «Das heißt – doch. David ähnelt seinem Vater von Tag zu Tag mehr.»

Seit zwei Tagen hielten sie die zum Erzstift Magdeburg gehörige Stadt Halle besetzt, ohne dass Domherren, Magistrat oder Bürger ihnen nennenswerten Widerstand entgegengesetzt hätten. Matthes und Gottfried hatten mit einem Teil ihres Fähnleins Quartier in einem Bürgerhaus bezogen, dessen Bewohner geflohen waren, und sie machten sich nun mit Eifer daran, die zurückgelassenen Vorräte zu vertilgen.

Feldweybel Sanftleben war bester Stimmung. Sie hatten drei Fässchen Rotspon aus dem Keller in die Stube geschafft, zwei davon waren bereits geleert. «Wer kommt mit auf einen Streifzug durch die Gassen? Hierzulande soll es die appetitlichsten Dirnen geben.»

Johlender Beifall ringsumher.

«Auf denn in die Schlacht.» Sanftleben trank seinen Becher in einem Zug leer. «Wie sagt der Bauer? Der Esel will geschlagen, der Nussbaum geschwenkt und das Weib geritten sein.»

«Und was ist mit dir?» Gottfried schlug Matthes herzhaft auf die Schulter.

«Ein andermal. Mir ist's recht, wenn ihr verschwindet. Dann komme ich heute wenigstens in den Genuss eines Bettes.»

«Spielverderber!» Gottfried verzog das Gesicht. Dann setzte er im Flüsterton hinzu: «Vergiss endlich diese Josefa.»

«Halt's Maul!»

Matthes stieß mit dem Fuß seinen Becher zur Seite und schleppte sich in eine der Schlafkammern unterm Dach. Der saure Rotwein hatte ihm zugesetzt, er war hundemüde und erschöpft von ihrem wochenlangen Marsch. Über den fränkischen Kreis, über Schweinfurt und Göttingen hatte sich das Heer, einer Riesenschlange gleich, gen Norden gewälzt, vier alte, drei neue Regimenter zu Fuß, dazu dreiundfünfzig Kompanien Reiter.

Wäre man nur munter vorangeschritten, ohne Unterbrechung und in kleinen Einheiten, Matthes wäre es recht gewesen. Doch diese Art Marschierens war eine Sache für sich und im Grunde eines Soldaten verdammt unwürdig. Mit dem vielhundertköpfigen Anhang von Weibern, Trossbuben und Kindern, den schweren Geschützen in ihrer Mitte und den riesigen Rinder- und Schweineherden für die tägliche Versorgung schafften sie kaum mehr als eine deutsche Meile am Tag. Allein in Göttingen hatte Wallenstein tausend städtische Rinder requirieren lassen. So geriet der Zug ständig ins Stocken: Mal waren Kühe ausgebrochen, mal Dirnen oder Trossknechte in Händel geraten. Oft genug mussten sie auf freiem Feld übernachten, und selbst wenn sich ein Dorf am Wegesrand fand, blieben die Häuser mit ihren Schlafkammern und gedeckten Tischen den Offizieren und deren Dienerschaft und Stab vorbehalten. Die einfachen Fußknechte mussten sich mit Massenlagern in Scheunen, Stallungen oder in der Dorfkirche begnügen und sich mit den Trossweibern um das Wenige raufen, das der Proviantmeister und seine Gehilfen verteilten.

Mehr noch als der zur unüberschaubaren Masse angeschwollene Tross, der sich gleich einem Bremsklotz an die Regimenter gehängt hatte, befremdete Matthes jedoch der Hofstaat des Generals. Wallenstein führte rund vierhundert Pferde und fünfzehn mit rotem Leder bespannte Rüstwagen mit sich, deren einer mit einem zerlegbaren Holzhaus und einer silbernen Badewanne beladen war. Allein die herzogliche Equipage umfasste zwölf Kaleschen, Sechsspänner allesamt. In der schönsten thronte, stets in Lederkoller und scharlachrotem Mantel, der General.

Matthes zog sich die Decke über den Kopf. Er wollte einschlafen, sein Körper verlangte danach, doch die Eindrücke der vergangenen Wochen ließen ihn nicht zur Ruhe kommen. Vor allem ein Bild schob sich ihm fortwährend vor Augen: das von Josefa, mit ihren schwarzen Augen und den halb geöffneten Lippen.

Am Tage nach der Begegnung mit Kaspar hatte er sie aufgesucht, noch immer voller Zorn, hatte sie mit sich in ein nahes Maisfeld gezerrt und mit einer Maulschelle zur Rede gestellt. Mit blöden Worten hatte sie nach Entschuldigungen gesucht, gestottert und um Verzeihung gebettelt, bis er ihr schließlich mit einem wilden Kuss den Mund verschlossen hatte. Dann hatte er sie genommen. Widerstand spürte er keinen, und als es endlich so weit war und er Erleichterung finden sollte, empfand er nichts als Leere und Enttäuschung. Fortan ging er ihr aus dem Weg. Doch nun lief sie ihm merkwürdigerweise nach wie ein Hündchen, und so hatte er sie schließlich auch weggejagt wie einen Hund. Er wollte nichts mehr von Frauen wissen und hielt sich fern von seinen Kameraden, wenn sie auf «Brautschau» gingen. Auf ihrem langen Marsch fand sich ohnehin kaum noch Gelegenheit zu Liebesabenteuern, viel zu viele Mannsbilder kamen auf die paar Weiber. Irgendwann erfuhr Matthes, Josefa sei zu den Truppen Tillys an die Weser gezogen. Ihm war das nur recht. Die Freundschaft zu Gottfried bedeutete ihm ohnehin viel mehr. Fast Tag und Nacht waren sie zusammen, und wenn er, Matthes, einmal mehr ins Grübeln geriet, brachte ihn Gottfried mit seiner unbeschwerten Art schnell auf andere Gedanken.

Auch dem Gaukler und Sänger war er nicht wieder begegnet. Hier in Halle war der Tross angewiesen, vor den Toren der Stadt zu kampieren und den Soldaten die Unterkünfte in den Bürgerhäusern zu überlassen. Es ging die Rede, dass sie sich hier für den Winter einrichten würden. Matthes hatte nichts dagegen. Ein letztes Mal wälzte er sich in seinem weichen, warmen Bett zur Seite, dachte noch einen kurzen Augenblick darüber nach, ob er seiner Schwester nach Stuttgart schreiben und von Kaspar berichten solle, dann fiel er in tiefen Schlaf.

Doch bereits am nächsten Morgen eilte das Gerücht durch die Gassen, für zwei Regimenter stehe der Aufbruch bevor. Im nahen Dessau, dort wo sich die Mulde in die Elbe ergoss, sollten sie sich verschanzen. Es hieß, die Mansfeldischen Truppen rüsteten zu einem Angriff.

II

«Hundertsapperment! So habe ich mir das Soldatenleben wahrlich nicht vorgestellt.» Gottfried stöhnte und rieb sich den schmerzenden Rücken. «Die kujonieren uns ja schlimmer als irgendwelche Arbeitshäusler.»

Ausgerechnet ihr Regiment hatte es getroffen. Schon nach wenigen Tagen der Erholung in Halle waren sie unter dem Kommando des Luxemburgers Johann von Aldringen weitergezogen nach Dessau, wo sie den ganzen Winter über nichts anderes getan hatten, als an den Brücken zur Stadt zu schanzen und zu graben, bis die ganze Gegend in eine unwirkliche Festungslandschaft verwandelt war.

In ihrem Fähnlein wurde bereits gespottet, Wallenstein und seine Obristen hätten wohl die Hosen voll, dass sie in Erwartung Mansfelds, dieses lächerlichen Zwerges, in der Erde buddelten wie Maulwürfe. Matthes verachtete das Affengeschwätz seiner Kameraden, weil er davon überzeugt war, dass Wallensteins Strategie eine tiefere Absicht verfolgte. Aber er musste Gottfried doch Recht geben: Diese Schinderei von Sonnenaufgang bis Sonnenuntergang untergrub jede Moral, jeden Kampfgeist. Allein die Aussicht auf reiche Beute im feindlichen Tross verhinderte, dass sich die Söldner in Scharen davonmachten. Bis auf ein paar kleinere Scharmützel, bei denen er und Gottfried nicht einmal eingesetzt gewesen waren, hatten sie noch kein einziges Gefecht erlebt. Hinzu kam, dass sie mit zur Arbeit gepressten Bauern und Knechten zusammenarbeiten mussten, mit halsstarrigen, verschlossenen Kerlen, was täglich zu Gezänk und Prügeleien führte.

«Der Mansfelder soll mir den Buckel runterrutschen.» Gottfried schleuderte die Hacke zur Seite und zog seinen Wasserbeutel unter dem Mantel hervor. «Mir reicht es für heute. Hier, trink.»

Sie standen schultertief in einem Graben, die Füße im Schlamm, zusammen mit einem mürrischen alten Knecht, den man von seinem Einödhof hierher verschleppt hatte.

Matthes nahm einen tiefen Schluck. Der Branntwein fuhr angenehm warm durch die Kehle und den Bauch, bis hinunter in die eisigen Zehen. Er reichte die Flasche weiter an den Alten, doch der drehte ihm nur stumm den Rücken zu.

«Die Fortifikationen sollen nächste Woche fertig sein.» Matthes schob sich das lange Haar aus der Stirn, auf der trotz des kalten Ostwinds der Schweiß stand. «Das schaffen wir nie. Also komm schon, machen wir weiter.»

Gottfried grinste. «Ich für meinen Teil mache Feierabend. Ich weiß nämlich, dass Verstärkung eingetroffen ist. Rottenweise laufen dem alten Tilly seine Leute davon.»

Matthes hatte auch schon davon gehört, dass immer mehr von Tillys Völkern meuterten oder zu Wallenstein überliefen, wo Sold und Versorgung gesichert waren – in diesen Kriegszeiten eine Rarität. Doch es war nicht allein das, was die Söldner zu Wallenstein zog. Eine Laufbahn unter dem Friedländer verhieß die Erfüllung der Hoffnung, durch militärische Leistungen, Gehorsam und persönlichen Einsatz zu Anerkennung zu gelangen, die unabhängig von Geburt und Titel war. Zwar ging dem Herzog von Friedland der Ruf voraus, gnadenlos bei der Durchsetzung der notwendigen Disziplin vorzugehen, andererseits belohnte er Tatkraft und Mut mit großzügigen Prämien. Böse Zungen behaupteten allerdings, er zwinge Tilly beständig, seine Truppen in den unbequemsten und unergiebigsten Quartieren unterzubringen, wo sie den Winter über hungern mussten. Sogar die Pest wüte unter seinen Söldnern, Tausende seien bereits daran erkrankt.

Der Alte drehte sich um und sah Gottfried abschätzig an. «Auf Verstärkung würde ich mich nicht verlassen. Mansfelds Männer liegen nur wenige Tage elbabwärts. Also grabt lieber weiter, als zu saufen.»

«Ist das wahr?» Matthes' Schultern strafften sich, sein schmerzender Rücken war vergessen. Doch der Alte würdigte ihn keiner Antwort.

Als sie an diesem Abend in ihr Lager zurückkehrten, fühlte Matthes endlich wieder jene Spannung und Entschlusskraft, die ihn einst aus der Enge seiner Heimat gedrängt und die er im dumpfen Alltag der letzten Monate beinahe verloren gewähnt hatte. Bereitwillig ließ er sich, nachdem sie ihren Monatssold abgeholt hatten, von Gottfried überreden, durch die Vorstadtschenken zu ziehen. Er soff und würfelte mit ihm, grölte Soldatenlieder, fand sich in den Armen irgendwelcher Frauen, deren Gesichter keine Bedeutung hatten, tanzte und kokettierte mit ihnen, bis er schließlich einer in die Kammer folgte, trunken und liebestoll, wo er am nächsten Morgen allein und mit schwerem Kopf erwachte, ohne sich an etwas erinnern zu können.

Gleichwohl sollte es noch Tage dauern, bis er endlich in die erste Schlacht ziehen durfte. Zuvor wurde er Zeuge eines hässlichen Vorfalls, in den er beinahe selbst verwickelt gewesen wäre. Sie waren auf dem Weg zur Arbeit, als sie nahe dem Elbufer, wo das Palisadenholz gelagert wurde, den Tumult bemerkten: Ein Haufen aufgebrachter Söldner hatte sich unter einer alten Eiche zusammengerottet, sie schrien und fluchten und stießen ihre Hacken und Spaten in die Luft. Erst beim Näherkommen gewahrte Matthes die vier Männer, die an den Stamm gebunden waren, vor ihnen mit hochrotem Gesicht und gekreuzten Spießen der Stockmeister und seine Steckenknechte. Ganz offensichtlich versuchten sie die Meute daran zu hindern, die vier Gefangenen gewaltsam zu befreien.

Gottfried blieb stehen. «Das ist doch der Bartl aus Wangen, dort am Baum! Und die andern drei sind neulich von Tillys Truppen zu uns gestoßen.»

Jetzt hatte auch Matthes den Jungen erkannt; er war von Beginn an in ihrer Rotte gewesen. Erst gestern Abend hatte er sie beide überreden wollen, mitzukommen zu einem Weiler, wo die Bauern höchst ansehnliche Töchter hätten. Doch sie hatten abgelehnt – Gottfried, weil er zu einem Stelldichein mit seinem neuen Mädchen wollte, Matthes, weil er den tollköpfigen, selbstgefälligen Bartl nicht riechen konnte.

«Was ist hier los?», fragte er einen der Umstehenden.

«Die vier am Baum haben sich gestern Abend an ein paar

Dorfmädchen rangemacht. Wurden dann wohl rabiat, als die Väter ihre Töchter ins Haus einschlossen, und wollten dafür ein Schaf von der Weide klauen. Dann haben sie den Bauern, der sich ihnen in den Weg stellte, über den Haufen geschossen.»

«Mein Gott!»

In diesem Moment sah Matthes keinen Geringeren als Albrecht von Wallenstein herangaloppieren, gefolgt vom Profos ihres Regiments. Seit gestern hielt ihr oberster General sich hier auf. Es hieß, er habe sein Quartier in Aschersleben, von wo er einen Angriff gegen den Dänenkönig vorbereitete, eigens verlassen, um die Fortschritte der Fortifikationen zu inspizieren.

Mit unbewegtem Gesicht preschte der General jetzt mitten in die Menge der Meuternden, die erschreckt auseinander stob. Vor dem Baum brachte er seinen Rappen zum Stehen. In diesem Moment hätte man eine Nadel fallen hören können.

«Kruzitürken!», begann Wallenstein zu brüllen. «Was seid ihr für erbärmliches Soldatengeschmeiß!»

Bis auf den Profos und seine Gehilfen waren alle zurückgewichen, nur Matthes blieb wie gebannt stehen. Deutlich sah er die dunklen Augen seines Feldherrn im Morgenlicht aufblitzen, die edlen Züge waren vor Zorn verzerrt. Jetzt ließ er sein Pferd dicht vor den Gefangenen tänzeln.

«Wer wider die Bauern und Bürger geht, ist schlimmer als die Pest. Von der Erde, von der wir in diesem Jahr leben, müssen wir auch im nächsten Jahr leben. Wer bestellt die Erde, wenn nicht der Bauer? Wer bezahlt die Kontributionen für unser Heer, wenn nicht der Kaufmann und der Handwerker? Wer wider die Bürger und Bauern geht, verdient den Tod. Henkt sie!»

Dann warf er sein Pferd herum und preschte davon.

«Rasch, lass uns weitergehen», drängte Matthes. Als sie am Abend wieder an der Eiche vorbeikamen, schaukelten in den Ästen vier leblose Körper.

«Das hätte nicht sein müssen», sagte Gottfried leise. Auch

Matthes war entsetzt. Und dennoch: Er sah sich in seinem Glauben bestätigt, auf der Seite der Ordnung zu stehen und für die richtige Sache zu kämpfen.

Drei Tage später wurden sie bei Dunkelheit aus dem Schlaf gerissen. Der gellende Ruf der Trompeten verkündete, dass der Feind im Anzug sei. Es galt, keine Zeit zu verlieren.

Matthes war sofort hellwach, riss Gottfried in die Höhe, zerrte Pike, Dolch, Armbinde und Sturmhaube aus ihrem Zelt und rannte in die zu Ende gehende Nacht. Wie ein reißender Strom ergoss sich die Masse der Soldaten aus dem Feldlager und aus den Stadttoren hinunter zu den Ufern von Elbe und Mulde, wo jeder von ihnen, zielbewusst und ohne Zögern, Stellung bezog. Für den Feind musste ihre Zahl deutlich geringer wirken, als sie es tatsächlich war, denn wer nicht in den Festungen an den Flussufern Aufstellung genommen hatte, war in Gräben oder hinter Schanzen verborgen. Auch die Positionen der sechsundachtzig Kartaunen waren auf den ersten Blick nicht auszumachen. Und das war gut so, denn sie zählten nicht mehr als zweitausend Mann, zwei Regimenter nur. Kuriere waren unterwegs zu Wallenstein, Verstärkung holen.

Die Kundschafter hatten berichtet, das Mansfeldische Heer mit seinen Dänen und Schotten, Franzosen und Holländern samt den wenigen Deutschen sei über zwölftausend Mann stark, doch bis jetzt war jenseits des Flusses, wo ihr Regimentsobrist Johann von Aldringen am östlichen Brückenkopf Stellung bezogen hatte, nichts auszumachen.

Die Kälte des Aprilmorgens prallte an Matthes ab, als trage er einen Panzer. Dabei schützte ihn, neben der Sturmhaube, nur noch ein Kettengeflecht, das Hals- und Schulterbereich bedeckte. Doch er verspürte keine Angst. In unzähligen Stunden des Exerzierens hatte man sie auf diesen Augenblick vorbereitet. Ihr Fähnlein war zur Verteidigung und Reserve vorgesehen, man würde den Angriff der Mansfelder abwarten, dann galt es, auf die Trommelsignale und die Schlachtrufe ihres Hauptmanns und dessen Leutnants zu achten. Matthes' Kompanie hatte sich am diesseitigen Brückenkopf verschanzt, zwischen Elbufer und der Stadt. Sanftleben stand unmittelbar vor Matthes, jetzt hielt er sein feistes Gesicht in die Morgendämmerung und lauschte angestrengt. Doch außer einem fernen Wiehern war nichts zu hören.

Dann plötzlich das Signal. Matthes umklammerte seine Pike, jede Faser seiner Muskeln war gespannt. Ein flüchtiger Blick auf Sanftleben verriet ihm, dass ihrem Fähnlein kein Einsatz bevorstand – noch nicht. Im nächsten Moment setzte der Geschützdonner am gegenüberliegenden Elbufer ein, nicht nur von da, wo Aldringen Position bezogen hatte. Der Gegner verfügte also ebenfalls über schweres Geschütz, seine Vorhut musste es in der Nacht unbemerkt herangeschleppt und eingegraben haben. Als sich der erste Pulverdampf verzogen hatte, sah Matthes, dass sich die Protestantischen formiert hatten. Im nächsten Moment blies Mansfeld zum Sturmangriff. Zug um Zug setzten sich die waffenstarrenden Infanterie-Gevierte in Bewegung, von Reiterei flankiert, die Fahnen und Standarten in die Luft gereckt.

Doch was Mansfeld im freien Feld sicher zum Sieg gereicht hätte, wurde ihm hier zur Falle. Salve um Salve krachte ihm entgegen, etliche Fähnlein tauchten scheinbar aus dem Nichts auf und fielen ihm in die Flanke. Dann durchbrachen Aldringens Kürassiere seine Front und schlugen blutige Breschen in die gegnerischen Haufen. Vergeblich versuchte Mansfeld, seine Linien zu schließen, binnen kurzem mussten sich die Angreifer zurückziehen. Überall blieben Tote und Verletzte liegen.

Fast war Matthes enttäuscht, dass alles schon vorbei sein sollte und ihm dabei nur die Rolle des Zuschauers gegeben war. Gottfried, der einen Steinwurf von ihm entfernt stand, stieß seine Pike in die Luft und lachte. «Da hat sich dieser Zwerg anständig vergaloppiert.»

«Noch ist die Schlacht nicht geschlagen», murmelte Sanftleben.

Selbstredend behielt der alte Feldweybel Recht. Drei endlose Wochen noch verharrten sie in ihrer Stellung, drei Wochen, die nur von täglichem Feuerspiel unterbrochen wurden und einigen nächtlichen Ausfällen ins gegnerische Lager. Bei zweien waren auch Matthes und Gottfried dabei, und sie erbeuteten einige Musketen und Sturmbüchsen. Mansfeld wich keine Meile zurück, und für einen Angriff waren die Kaiserlichen zu schwach. Die Zeit schien still zu stehen; zum Schlafen kamen sie dennoch viel zu selten, die Mahlzeiten wurden hastig an der Feldküche eingenommen. Jedermann ahnte: Die entscheidende Schlacht stand noch bevor, denn inzwischen war Wallenstein mit seinen Regimentern eingetroffen.

Was dann am 25. April des Jahres 1626 folgte, würde Matthes nie vergessen. Es verlieh ihm auf ewig die Gewissheit, dass Albrecht von Wallenstein nicht nur der kühnste, sondern auch der klügste Feldherr aller Zeiten war. Und verschaffte ihm selbst, nebenbei, seinen ersten Erfolg.

Es war ein trüber, kühler Morgen. Die letzten Tage schon hatten sich die Mansfeldischen wieder und wieder stark gemacht, doch ihre sämtlichen Angriffe auf die gut befestigten kaiserlichen Stellungen hatten abgeschmettert werden können. Jetzt blies Wallenstein zum Gegenangriff.

Sechs Stunden tobte die Schlacht. Nach dem Ausbruch der kaiserlichen Infanterie aus dem Brückenkopf, dem Vorstoß eines weiteren Infanterieregiments unter Wallensteins persönlichem Kommando über die Brücke, dem gleichzeitigen Beschuss von Mansfelds linkem Flügel durch eine Batterie, die auf dem westlichen Elbufer postiert worden war, blieb Mansfeld kaum noch Gelegenheit zur Gegenwehr. Als ihn schließlich die Kürassiere des Grafen Schlick aus dem Hinterhalt attackierten, setzte ein Teil seiner Regimenter zum Rückzug an.

Matthes' Fähnlein indes war bereits tief hinter die feindlichen Linien vorgedrungen. Schulter an Schulter, Brust an Rücken hatten sie wie eine Horde Ochsen die Gegner einfach überrannt. Die Musketiere fanden nicht einmal mehr die Zeit, ihre Waffen zu laden, während die kaiserlichen Schützen ihrerseits einen Treffer nach dem anderen landeten. Matthes kämpfte in vorderster Reihe, wehrte die vereinzelten Reiter ab, die ihr Fähnlein abzudrängen versuchten, schlug und stach mit seiner Pike, holte die Männer aus dem Sattel, bevor sie ihre Karabiner überhaupt laden konnten.

«Matthes!»

Er fuhr herum. Der Kornett vor ihm auf seinem tänzelnden Schimmel hielt die Pistole im Anschlag, ihre Mündung zielte genau auf seinen Kopf. Blitzschnell rammte Matthes die zweischneidige Spitze seiner Pike in die ungeschützte Kehle des Fähnrichs, ein Schwall Blut schoss hervor, Pistole und Standarte flogen ins Gras, bevor der Reiter langsam und mit erstauntem Blick aus dem Sattel rutschte.

«Gottfried, schnell! Die Fahne!» Schon näherte sich ein zweiter Reiter, Matthes stieß dem Pferd seinen Spieß in die Schulter, dass es aufbrüllte, während Gottfried aus seiner Reihe rannte und die Fahne erbeutete. In diesem Moment entdeckte Matthes im Dunst des Gefechts die Pulverwagen am Ufer. Sie waren nahezu unbewacht. Matthes dachte keinen Augenblick nach. Er drückte seinem Nachbarn die Pike in die freie Hand, rannte zu dem herrenlosen Pferd des Kornetts, das verstört im Kreis trabte, und griff ihm in die Zügel. Dann schwang er sich auf und galoppierte los in Richtung Ufer. Jetzt zeigte sich, was er als Kind gelernt hatte, als er Stunden über Stunden mit dem Sohn des Rosshändlers verbracht und dieser ihm alles über Pferde und die richtige Reitkunst beigebracht hatte.

Er hielt geradewegs auf eines der Lagerfeuer zu, die das Ufer säumten, während in seinen Ohren die Schüsse gellten und die Schreie der Getroffenen, während sein Pferd über Leichen und

Verwundete hinwegsprengte und er selbst wie durch ein Wunder von keiner Kugel getroffen wurde. Verschreckt stoben zwei Trossbuben davon, als er das Feuer erreichte und für einen kurzen Augenblick sein Pferd zügelte, sich aus dem Sattel beugte und blitzschnell einen brennenden Prügel aus der Feuerstelle zog. Schon galoppierte er weiter, ungeachtet der Wachmänner, die unter Gebrüll ihre Handrohre luden und gegen ihn richteten. Er schleuderte seine Fackel in den nächststehenden Pulverwagen, riss das Pferd herum, dass es sich aufbäumte, und raste zurück zum Ufer. Ein Blick über die Schulter: Aus der Tür des Wagens zog tatsächlich eine dicke Rauchwolke! In vollem Galopp stieß er sich vom Sattel ab und rettete sich mit einem Sprung in die eiskalten Fluten.

Wie in einem Traum hörte er unter Wasser die gewaltige Explosion. Als er nach Luft schnappte, flogen gerade ein zweiter, dann ein dritter Wagen in die Luft. Hölzer, Wagenräder, Menschenleiber wirbelten durch den dunklen Rauch, dann brauste ein Flammenmeer über das feindliche Lager. Was nun folgte, war keine kontrollierte Retirade mehr, sondern eine wilde Flucht. Offenbar sahen sich die Mansfeldischen von allen Seiten umzingelt, sie stoben ohne Plan auseinander, hinein in die nahen Wälder oder in den rettenden Fluss, rannten einander dabei über den Haufen oder stolperten in ihre eigenen Waffen.

Matthes beeilte sich, der Gefahrenzone zu entkommen, und schwamm, so schnell er konnte, die Elbe aufwärts. Endlich erreichte er den befestigten Brückenkopf. Mit letzter Kraft hob er seinen Arm mit der roten Binde der Kaiserlichen, krallte sich an einem großen Stein fest und klappte vor Erschöpfung zusammen. Ein junger Feldweybel schleppte ihn die restliche Böschung hinauf, klopfte ihm auf die Wangen, gab ihm zu trinken.

«Danke, es geht schon wieder.» Matthes richtete sich auf. «Ich muss zurück zu meiner Einheit. Zweites Fähnlein, zweites Infanterieregiment. Vorne an der Front.»

Der Feldweybel schüttelte den Kopf. «Es gibt keine Front

mehr. Die Schlacht ist vorbei. Die Explosion eben hat den Mansfeldern den Rest gegeben.»

«Das war ich.» Matthes sagte das ohne jeden Stolz. Er war nur unsagbar müde.

Ungläubig starrte ihn der andere an. «Das glaube ich nicht.»

«Doch.» Er erhob sich. «Wo sammeln sich die Truppen?»

«Vor dem Brückenkopf. Halt, so warte doch. Wie heißt du?»

«Matthes Marx. Ich muss meinen Freund suchen.»

«Das kannst du später noch. Du kommst jetzt mit mir mit.»

Widerwillig folgte Matthes dem Feldweybel durch das Gewühl der Soldaten. Verletzte wurden weggeschleppt, die Toten am Flussufer aufgebahrt. Überall Gestöhn und Geschrei, überall klaffende Wunden. Matthes zwang sich wegzusehen.

An den Palisaden der Befestigung gebot ihm der Feldweybel zu warten. Wenig später kehrte er mit einem Mann zurück, in dem Matthes zu seinem Erstaunen Johann von Aldringen erkannte.

Der Regimentsobrist reichte ihm die Hand, und Matthes nannte Namen, Dienstgrad und sein Fähnlein. Dann musste er berichten, wie er vorgegangen war, wobei ihm zum ersten Mal klar wurde, dass er sich unerlaubt von der Truppe entfernt hatte. Doch das schien für Aldringen nicht von Belang. Im Gegenteil, er legte dies als löblichen Kriegseifer aus.

«Du hast Courage bewiesen, und das soll belohnt werden. Ich erwarte dich morgen in meinem Quartier in der Stadt.»

An diesem Abend wurde Matthes von seinem Fähnlein gefeiert, als habe er die Schlacht allein geschlagen. Sie saßen vor den Mauern der Stadt um ein großes Feuer, über dem sich ein halber Ochse drehte. Hier und da fand sich einer mit Verband um Kopf, Arm oder Bein, doch Schwerverletzte oder Tote hatte es in ihren Reihen keine gegeben.

Der zweite Held des Abends war Gottfried – er hatte immerhin eine feindliche Fahne erbeutet. Und so kamen sie nicht umhin, jedem ihrer Kameraden, jedem ihrer Corporale und Feldweybel zuzutrinken. Sanftleben verpasste Matthes eine Maulschelle, weil er ohne jeden Befehl losgeritten war, dann schloss er ihn unter Tränen der Rührung in die Arme. Später erschien noch de Parada mit seinem Leutnant und sprach dem Fähnlein seinen Stolz aus. Er berichtete, drei- bis viertausend Mansfeldische seien auf dem Felde geblieben, darunter etliche Offiziere. An die tausendfünfhundert Gefangene hätten sie gemacht, die ausnahmslos in Wallensteins Dienste übergetreten seien. Die restlichen Truppenteile würden von Wallenstein und seiner Reiterei in den Norden getrieben. Anschließend mussten Gottfried und Matthes vortreten. Er schüttelte beiden die Hand, versprach ihnen eine besondere Prämie, deren Höhe sie in den nächsten Tagen erfahren würden.

«Und dir, Matthes Marx, wünsche ich Glück.» Er verzog das dunkle Gesicht zu einem Lächeln, doch seine Augen blieben ernst. «Ich denke, du wirst unser Fähnlein bald verlassen.»

Matthes blickte ihn erschrocken an, doch der Hauptmann schien zu keinen weiteren Auskünften bereit. Stattdessen trat er einen Schritt zurück, verkündete, dass sie alle einen zusätzlichen halben Monatssold erhalten würden, und verschwand. Die Männer jubelten, und binnen einer Stunde war auch der Letzte von ihnen sturzbetrunken.

Matthes lehnte an Gottfrieds Seite und betrachtete den Sternenhimmel. Irgendwo dort oben, hinter dem Himmelszelt, schwebte die Seele seines Vaters und blickte auf ihn herab. Vielleicht hatte er ihm bereits verziehen, dass er die Mutter im Stich gelassen hatte.

«Gottfried?» Seine Zunge war schwer.

«Hm?»

«Ich geh nicht fort von dir. Niemals.»

Mit heftigem Schädelweh und bangem Herzen machte sich Matthes anderntags auf den Weg zum Palais der Regimentsobristen. Er hatte keine Vorstellung davon, was ihn erwartete. Am Morgen war ihm zu Ohren gekommen, dass Aldringen, der aus ärmlichstem Luxemburger Adel stammte und seine Laufbahn als Pikenier begonnen hatte, wegen seiner Verdienste in dieser Schlacht zum Freiherrn ernannt worden war, auch dass Wallenstein seinen Gegner Mansfeld bis nach Zerbst gejagt habe.

Nachdem sich Matthes bei der Wache angemeldet hatte, wurde er von einem Diener in einen Saal geführt, dessen Wände mit farbenprächtigen Gobelins behängt waren. Aldringen trat ihm entgegen, Matthes verneigte sich. Dann erst, zu seinem Schrecken, entdeckte er in einem Lehnstuhl Wallenstein.

Unsicher verbeugte er sich ein zweites Mal und blieb stehen.

«Komm doch näher.» Wallenstein erhob sich umständlich. Sein linkes Bein schien ihn zu schmerzen. «Du bist also Matthes Marx, der die Pulverwagen in die Luft gejagt hat.»

«Ja, Durchlauchtigster Fürst.»

«Wie alt bist du?»

«Zwanzig, Seine Durchlaucht.»

«Und du bist Lutheraner?»

Diese Frage hatte Matthes zuallerletzt erwartet, und so nickte er nur stumm.

«Dann erkläre mir, warum du als Lutheraner bei den Kaiserlichen kämpfst.»

Neugierig trat Johann von Aldringen näher, um nichts von der Antwort seines Söldners zu verpassen. Nach kurzem Zögern entgegnete Matthes schließlich: «Ich kämpfe nicht als Lutheraner gegen Lutheraner. Ich kämpfe für den Kaiser und für ein geeintes Reich Deutscher Nation. Und dann, Seine Durchlaucht», er blickte dem Friedländer geradewegs in die Augen und meinte so etwas wie Wohlwollen darin zu erkennen, «bin ich der festen Überzeugung, dass man im protestantischen Glauben leben und dennoch die katholische Kirche, welche die Mutterkirche ist, verehren kann – schließlich gehört auch unser Kaiser ihr an. Nur die Calviner halte ich für gottlos, weil sie weder eine himmlische noch eine irdische Obrigkeit anerkennen.»

Der Generalissimus lachte. «Das gefällt mir, dass muss ich mir merken.»

Dann betrachtete er Matthes eingehend. «Du kannst mit Feuerwaffen umgehen und reitest wie der Teufel, habe ich gehört. Ich möchte, dass du zu meinen Dragonern wechselst. Gleich morgen wird dir der Rittmeister eines der Beutepferde zuteilen.»

«Habe Er vielen Dank, Seine Durchlaucht», stotterte Matthes.

Wallenstein legte die hohe Stirn in Falten. «Freust du dich nicht?»

«Doch, Seine Durchlaucht. Es ist nur –»

«Sprich dich aus, mein Junge. Und lass endlich dieses Durchlaucht, wir sind hier unter Soldaten.»

«Jawohl, mein General.» Matthes überlegte fieberhaft, wie er seine Vorbehalte erklären sollte. Schließlich entschied er sich für die Wahrheit.

«Mein bester Freund ist in meinem Fähnlein, wir haben uns zusammen werben lassen. Und ihn möchte ich nicht verlieren.»

«Da hast du Recht. Gute Freunde sollte man sich bewahren. Und wenn ich dich nun dennoch bei meinen Dragonern will?»

Matthes wusste selbst nicht, woher er plötzlich seinen Mut nahm, denn er war überzeugt, dass Wallenstein, der Fürst und oberste Feldherr des Kaisers, seine Bitte ungeheuer dreist finden musste.

«Dann ersuche ich Euch untertänigst, meinen Freund Gottfried Gessler ebenfalls bei den Dragonern aufzunehmen.»

Wallenstein biss sich auf die Lippen. «Nun – was hätte ich für einen Vorteil davon?»

«Er denkt wie ich und ist ein hervorragender Schütze, ein besserer als ich. Außerdem hat er Schneid – er hat mitten im Kampf eine Standarte der Mansfeldischen erbeutet.»

Der Feldherr verzog seine Lippen zu einem schmalen Lächeln. Matthes war indessen noch nicht fertig. Auf die Gefahr hin, bei seinem General auf ewig in Ungnade zu fallen, fügte er hinzu: «Ohne meinen Freund, verzeiht mir, möchte ich lieber einfacher Fußknecht bleiben.»

«Oder aber» – Wallenstein lachte laut auf – «deiner Laufbahn als Soldat ein Ende setzen.»

ZWEITES BUCH

Schlachtendonner

(August 1628 – November 1631)

12

Unter den getragenen Klängen der Hofkapelle setzte sich die Menschenmasse vor dem Schloss in Bewegung. Angeführt wurde der Trauerzug von den Fahnenträgern, die die Flaggen von Württemberg, Teck und Mömpelgard, das Reichssturmbanner und die Klagefahne empor hielten, dann folgte der mit schwarzem Samt bedeckte Sarg, dem das Herzogsschwert Eberhards im Barte vorangetragen wurde, und die Herzogsfamilie. Dahinter schließlich schritten die geladenen Trauergäste, flankiert von edlen Pferden, die die Wappendecken der jeweiligen Herrschaften trugen.

Agnes und David reihten sich ein in die Schar der Diener, Mägde und Lakaien, dann schlossen sich die Stuttgarter an. Keiner blieb der Prozession zur Stiftskirche fern. Die Werkstätten, Verkaufsbuden und nahezu alle Häuser lagen verlassen, die Stadttore waren geschlossen, die Felder und Weingärten ringsum verwaist. Selbst Else und Melchert zogen gemessenen Schrittes mit, obschon sie sonst für höfische Spektakel nur Spott übrig hatten.

Agnes versuchte zwischen den Menschen um sie herum nach vorne zu spähen. Wie in diesem Moment wohl der Prinzessin zu Mute war, die mit ihren Geschwistern und der Herzogswitwe

Barbara Sophia unmittelbar hinter dem Sarg ging? Hatte sie den Schmerz über den Tod ihres Vaters überwunden, oder würde er sie jetzt mit noch größerer Wucht treffen, wenn sich die Türen der Gruft unter der Stiftskirche endgültig hinter dem Sarg des Herzogs schlossen? Agnes wusste inzwischen, wie innig Antonia ihren Vater geliebt hatte, diesen geselligen und lebenslustigen Mann, dem die Familie über alles gegangen war, der so voller Begeisterung an seinem Hof die Musik und das Theater, die Kunst und die Literatur gefördert hatte. Viele Bürger hatten ihm angesichts der rauschenden Feste im Schloss Verschwendungssucht vorgeworfen, auch, dass er zu schwach gewesen sei, um angesichts der prekären politischen und finanziellen Lage ernsthaft durchzugreifen, und sich stattdessen lieber seiner jährlichen Hirschfeiste und den schönen Dingen des Lebens gewidmet hätte. Prinzessin Antonia hatte diese Vorwürfe niemals gelten lassen, stattdessen seine Güte und Freundlichkeit gegenüber jedermann hervorgehoben.

Seit zwei Jahren schon hatte Johann Friedrichs einst robuste Gesundheit gelitten, da halfen auch die zahlreichen Kuren in Wildbad und Teinach nicht. Immer häufiger hatte ihn Herzrasen gequält, dazu kamen schmerzhafte Gallenkoliken. Doch der Herzog war zuversichtlich geblieben, hatte die Sorge seines Leibarztes heruntergespielt und war auch tatsächlich nach jedem Anfall rasch wieder auf die Beine gekommen. Dann aber war er im Juli aus Göppingen zurückkehrt, von einer überaus fruchtlosen Unterredung mit Albrecht von Wallenstein, der mit Billigung des Kaisers seine Hände nach Württemberg ausstreckte. Schon auf der Rückfahrt, in seiner Kutsche, hatte Johann Friedrich einen Zusammenbruch erlitten; drei Tage später war er tot.

Fünf Wochen war das nun her. So lange hatten die Vorbereitungen für die prunkvolle Beisetzung und Trauerfeier gewährt, zu der Fürsten und Reichsstände aus ganz Deutschland angereist waren. Zugleich bedeutete dies den offiziellen Amtsantritt von

Ludwig Friedrich, dem Bruder des Verstorbenen, der als Herzog-Administrator die Regierungsgeschäfte übernahm, bis Kronprinz Eberhard volljährig sein würde.

Agnes bekam Prinzessin Antonia an diesem Tag nicht mehr zu Gesicht, da fast das gesamte Hofpersonal zur Ausrichtung des Trauerbanketts abkommandiert war. Sie selbst war mit der Aufgabe betraut, den weiblichen Gästen Mantel und Umhang abzunehmen und sie zu Tisch zu führen, sie wieder herauszuführen, wenn sie sich erleichtern mussten oder frische Luft schnappen wollten. Der riesige Saal der Türnitz war voll besetzt, die Tafeln bogen sich unter den Silberplatten mit Fleisch, Fisch und Geflügel, unter den Pyramiden aus erlesenen Früchten und den Etageren mit feinem Gemüse. Wahrscheinlich würde dies auf lange Zeit das letzte prunkvolle Ereignis in der Residenz sein; von Rudolf, dem Lakaien, hatte Agnes erfahren, dass das Land wegen der aufgelaufenen Kriegskontributionen und nicht zuletzt der aufwendigen Hofhaltung hoch verschuldet war. Und neuerdings drohte der Kaiser, sich die ehemaligen Kirchenländereien zurückzuholen. Sie machten einen dritten Teil des gesamten Herzogtums aus.

Erst zur elften Abendstunde durfte sich Agnes zurückziehen, erschöpft und müde, denn sie war ununterbrochen auf den Beinen gewesen. David hatte die späte Stunde genutzt und war in ihr Bett gekrochen. Zusammengerollt lag er quer auf dem Laken, das hellbraune Haar wirr über der glatten Stirn. Sie schob ihn behutsam zur Seite und deckte ihn zu. Wie groß der Junge geworden war! Nächste Woche, wenn die Hoftrauer vorüber war, würde er mit der städtischen Knabenschule beginnen.

Agnes ging hinüber zum Waschtisch und löste ihr Haar. Das Gesicht, das ihr aus dem Spiegel entgegenblickte, war kein Mädchengesicht mehr, es war weicher, voller geworden, sicher auch eine Folge der kräftigen, regelmäßigen Mahlzeiten bei Hofe. Sie war jetzt siebenundzwanzig, eine Frau in den besten Jahren, und um die Augen zeigten sich tatsächlich die ersten Fältchen. Sie grinste ihr Spiegelbild an, die Fältchen vertieften sich. Wenigstens waren ihre Zähne noch weiß und kräftig und obendrein fast vollzählig.

War sie glücklich? Inzwischen bewegte sie sich mit einer Selbstverständlichkeit im Schloss, als habe sie ihr Leben lang in herzoglichen Diensten gestanden. Längst bewohnte sie mit David eine eigene Kammer, ein großes Zimmer im Nordostflügel, das bis dahin leer gestanden war. Prinzessin Antonia hatte dies bei ihrer Mutter durchgesetzt, mit der ihr eigenen Hartnäckigkeit und mit dem Hintergedanken, dass Agnes eines Tages ihre Mutter zu sich nach Stuttgart holen solle.

Der Prinzessin fühlte Agnes sich immer stärker verbunden. Es war eine so gar nicht zu ihrem Stand passende Mischung aus mütterlichen und beinahe freundschaftlichen Gefühlen. Den Hofchargen und Angehörigen der fürstlichen Familie brachte sie die nötige Ehrerbietung entgegen, sie selbst wurde allenthalben freundlich und mit Respekt behandelt. Sie hatte mit Antonias Hilfe sogar erreicht, dass der Küchenjunge Franz in die Hofgärtnerei kam und damit sein größter Wunsch erfüllt wurde.

Etliche Männer hatten ihr in den letzten drei Jahren den Hof gemacht, einige hatte sie schroff abblitzen lassen, von einigen wenigen hatte sie sich eine Zeit lang umwerben lassen, um sie dann letztendlich ebenfalls zurückzuweisen – stets mit der Begründung, sie warte auf die Rückkehr ihres Mannes. Denn alle hier glaubten die Geschichte, an der sie eisern festhielt: Ihr Mann sei Unteroffizier im Dienste Bernhards von Weimar. Nur Antonia kannte die Wahrheit.

Ein Klopfen schreckte sie aus ihren Gedanken. Leise, um David nicht zu wecken, schob sie den Riegel zurück.

«Rudolf! Was willst du denn so spät noch hier?»

«Verzeih. Ich habe eben erst meinen Dienst beendet. Darf ich hineinkommen?»

«David schläft schon, und ich wollte eben zu Bett.»

«Bitte. Nur für einen Augenblick.»

Nicht eben erfreut führte Agnes ihn zur Eckbank. Rudolf warf einen Blick auf den rußgeschwärzten Kamin, der in erbärmlichem Zustand war.

«Den müssen wir bald instand setzen. Es kann schneller Herbst werden, als du denkst.»

Agnes musste lachen. «Deswegen bist du wohl nicht gekommen, oder?»

Rudolf schüttelte den Kopf und ließ sich auf die Bank sinken. Agnes mochte ihn, diesen großen hageren Burschen, der nur um weniges älter war als sie. Stattlich konnte man ihn nicht eben nennen, viel zu lang und schlaksig waren seine Gliedmaßen. Das dünne Haar war von einem fahlen, unbestimmbaren Braunton, über der Adlernase zogen sich die Brauen so schwarz und dicht, als seien sie ihm ins Gesicht gemalt. Alles in allem erinnerte sie Rudolf, sie konnte sich nicht helfen, an einen Storch. Doch hatte er wunderbare grüne Augen und ein geradliniges, aufrichtiges Wesen. Er war es gewesen, der dieses Zimmer hergerichtet und in ein gemütliches Heim verzaubert hatte.

Nur leider, schon bald nach ihrer ersten Begegnung, hatte er sein Herz an sie verloren. Und sie hatte den großen Fehler begangen, zwei Male die Nacht mit ihm zu verbringen. Danach hatte sie ihm zwar unmissverständlich zu verstehen gegeben, dass es nichts würde mit ihnen beiden, dass sie nicht füreinander geschaffen seien. Und reichlich verspätet kam sie auf ihren Mann zu sprechen, auf dessen Rückkehr sie warte. Doch Rudolf, statt sich enttäuscht oder unglücklich zurückzuziehen, gab nicht auf. Anfangs machte sie das wütend, vor allem weil er, wenn auch auf äußerst zurückhaltende Art, beständig in ihrer Nähe weilte. Doch irgendwann gewöhnte sie sich an ihn wie an ihren eigenen Schatten und begann seine Freundschaft zu schätzen.

«Was gibt es denn?»

«Ich mache mir Sorgen.» Er blickte sie an und beugte sich

dann zu ihr vor. «Seit dem Tode unseres Herzogs ist nichts mehr wie zuvor. Der Herzog-Administrator will mit neuen Besen kehren und die Einsparungen bei Hofe, für die die Landstände seit Jahren vergeblich gekämpft haben, nun ohne Rücksicht auf Verluste umsetzen.»

Agnes nickte nachdenklich. Auch wenn Württemberg bis jetzt von Kriegsgeschrei und Schlachtendonner verschont geblieben war, so war das Land doch gezeichnet von wirtschaftlicher Not. Die Landwirtschaft lag im Argen, es gab kaum noch Wein, und vielerorts beherrschte Hunger den Alltag. Nicht nur die Schulden des Herzogs hatten hierzu beigetragen, auch die Missernten und zahlreichen Truppendurchzüge der letzten Jahre hatten das Land geschwächt. Erst vor wenigen Monaten hatte der Herzog wieder einmal Quartier und Verpflegung für zwanzigtausend Kaiserliche stellen müssen. Ganze Städte und Dörfer waren in aller Eile leer gekauft worden, bis kein Scheffel Getreide, kein Ei, kein Schaf mehr aufzutreiben waren. Antonia hatte ihr damals mit bitterem Spott gesagt: «Wo sonst als bei den Neutralen soll man Quartier nehmen, wenn die eigenen Freunde sich weigern und der Boden der Gegner kahl gefressen ist?»

Und dann die schreckliche Pestepidemie vor zwei Jahren. An die dreißigtausend Opfer hatte sie gefordert, hatte in den Klöstern Schussenried und Zwiefalten nahezu den gesamten Konvent dahingerafft und war dann im nahen Esslingen ausgebrochen. Der Stuttgarter Magistrat hatte bereits Anweisung gegeben, jedes Haus mit Rauchpulver und Wacholderholz auszuräuchern, doch wie durch ein Wunder hatte der Schwarze Tod vor den Toren der Residenzstadt Halt gemacht.

«Die ersten Hofmusikanten sind schon entlassen», fuhr Rudolf düster fort. «Als Nächstes soll das Personal der Schlossküche und der Hofgärtnerei verringert werden. Du glaubst nicht, was für eine Stimmung unter dem Gesinde herrscht. Zorn, Missgunst und Angst. Und du – du hattest immer schon Neider, vor allem unter den Mägden der Schlossküche. Da gibt es genug, die nie verstanden haben, warum das Glück ausgerechnet dich getroffen hat.»

Agnes zuckte die Schultern. «Das schert mich nicht!»

«Sollte es aber. Denn jetzt macht ganz böses Geschwätz die Runde. Du seiest gar nicht mit einem Offizier verheiratet, sondern mit einem fahrenden Sänger, der dich in Schande hat sitzen gelassen und obendrein angeklagt ist wegen betrügerischen Schwarzhandels. Die Gauklerin nennen sie dich!»

Agnes' Gesicht war kalt und abweisend geworden.

«Und du? Was glaubst du?»

«Ich weiß es nicht. Es ist mir auch vollkommen gleich. Ich weiß nur eines: Du solltest einen Mann an deiner Seite haben, sonst bist du all dem Gerede schutzlos ausgeliefert. Und wenn ich dir nicht ganz zuwider bin», er ergriff ihre Hände, «dann nimm mich. Ich bitte dich darum.»

Jedem anderen Mann hätte sie bei diesem Ansinnen ins Gesicht gelacht. Doch in Rudolfs flehendem Blick erkannte sie, dass seine Sorge zuallererst ihr galt.

«Es geht nicht; ich bin schon verheiratet.» Sie sah Rudolf offen ins Gesicht. «Die Leute haben Recht. Ich bin die Frau eines Gauklers und Betrügers. Ich frage mich nur, wer darauf gekommen ist.»

«Das war Luise, die Spülmagd. Sie ist vor kurzem umgezogen und wohnt jetzt neben deiner Else. Da hat sie wohl dies und jenes aufgeschnappt. Hör zu, Agnes.» Rudolf flüsterte jetzt. «Dein Mann hat dich und das Kind sitzen lassen. Du bist allen Gerüchten, allen Verleumdungen schutzlos ausgeliefert. Ich könnte dir Papiere besorgen, die bestätigen, dass der Kerl tot ist. Damit wärst du eine ehrbare Witwe, und wir beide könnten heiraten. Und David hätte wieder einen Vater.»

«Nein!»

«Dann hängt dein Herz also noch immer an diesem Gaukler?»

«Das ist es nicht.» Agnes war aufgesprungen. Sie musste sich zwingen, leise zu sprechen. «Aber du und ich – wir sind gute Freunde, sollten gute Freunde bleiben. Außerdem bin ich nicht schutzlos. Vielleicht hast du vergessen, dass ich in den Diensten von Prinzessin Antonia stehe, das ist wohl Schutz genug.»

«Aber sie ist doch nur ein Kind. Außerdem ist sie nicht mehr die Tochter eines Herzogs, sondern nur noch eine von drei Schwestern des künftigen Regenten. Ich bitte dich, denk über meinen Vorschlag nach. Denn es könnte noch übler kommen.»

«Wie meinst du das?»

«Nun –» Rudolf scharrte mit der Fußspitze zwischen den Dielenbrettern. «Heute habe ich im Treppenhaus zwei Mägde über dich reden hören. Dass du von der Spülküche ins herzogliche Frauenzimmer aufgestiegen seiest, ginge nicht mit rechten Dingen zu. Luise habe behauptet, du hättest mit einem geheimen Zauber das Fräulein von Württemberg verblendet. Deinen zauberischen Kräften sei sogar der junge Kronprinz einmal erlegen. Und – wie sonst könne so ein junges Ding klüger sein als jeder erwachsene Gelehrte.»

Zwei Tage später traf Agnes im Ankleidezimmer auf eine äußerst bedrückte Antonia. Ihr sonst so fröhlicher Morgengruß war verhalten, und während ihr Agnes beim Anlegen des Kleides behilflich war, sprach die Prinzessin kein Wort.

Sie traten hinüber ins Schlafgemach, wo sich Antonia an den Frisiertisch setzte und stumm ihr Bildnis im goldgerahmten Spiegel betrachtete.

«Findest du mich eigentlich hässlich?», fragte sie schließlich.

«Aber Prinzessin!» Agnes stellte sich neben sie und betrachtete ebenfalls das Gesicht im blank polierten Glas des Spiegels. Ihr war, als entdecke sie zum ersten Mal, dass aus dem Kind, dem sie im Lustgarten begegnet war, ein junges Mädchen geworden war. Antonia zählte jetzt fünfzehn Jahre. Zwar war sie, im Gegensatz zu ihren beiden jüngeren Schwestern, kräftig, fast stämmig, und die breite Stirn verriet deutlicher denn je die Familie des Vaters, dennoch fügten sich Gestalt und Gesicht zu einem harmonischen Ganzen; das fand zumindest Agnes. Sie mochte vielleicht nicht die Schönste der Herzogstöchter sein, doch mit ihrem glänzenden dunkelblonden Haar, den großen braunen Augen, den zarten Händen, die jeden ihrer Sätze mit feiner Geste unterstrichen, war sie durchaus hübsch anzusehen. Und mit ihrem Lächeln, dem warmen Blick aus ihren Augen, vermochte sie jeden zu bezaubern.

«Nein, was für ein Unfug.» Agnes reichte ihr die Haarbürste. «Wie kommt Ihr denn auf so etwas?»

«Ich wurde gestern Zeuge eines Gesprächs zwischen Mutter und Herzogin Anna, drüben im Musikzimmer. Ich wollte wirklich nicht lauschen, aber die Tür war nur angelehnt. Sie sprachen über uns Mädchen und wie schlecht unsere Aussichten für die Zukunft seien. Dass es angesichts der Kriegswirren und der elenden wirtschaftlichen Lage schwerer und schwerer würde, standesgemäße Heiratsabreden zu treffen.»

Mit einem leisen Seufzer löste Antonia den Blick von ihrem Spiegelbild.

«Sybilla besteche zum Glück noch durch ihre zierliche Schönheit, und sie sei ja noch jung. Für mich aber werde es höchste Zeit, einen Platz an einem Fürstenhof zu finden, sei ich doch wie geschaffen für die Stellung einer Landesmutter. In diesem Moment», die Prinzessin stockte, «in diesem Moment fing Mutter an zu weinen. Und dann berichtete sie von ihrer Unterredung mit dem Herzog-Administrator, der ihr beschieden habe, in diesen Zeiten gebe er keinen Gulden heraus für die Mitgift ihrer Töchter. Mein Vater wäre niemals so hart gewesen.»

Sosehr sich Agnes bemühte – in diese Art Sorgen konnte sie sich kaum hineinfühlen. Zumal Luises Neidgeschwätz sie inzwischen mehr belastete, als sie zugegeben hätte. Dennoch tat ihr Antonia Leid.

«Ihr seid noch so jung, Prinzessin. Und auch dieser Krieg wird eines Tages vorüber sein. Seien wir froh, dass wir hier wie auf einer Insel des Friedens leben.»

Antonia schob den Stuhl zurück und stand auf.

«Seit Vater tot ist, ist nichts mehr wie zuvor.» Ihre Lippen bebten. «Und weißt du, wer Schuld hat? Dieser Friedländer, dieser elende Wallenstein. Er ist schuld an Vaters Tod!»

Erstaunt sah Agnes auf. «Wallenstein?»

«Ja, Wallenstein. Dieser Emporkömmling, dieser falsche Herzog, der ganz Deutschland in Verheerung gestürzt hat und mit seiner Kriegssteuer unser Land auspresst. Sich dafür sein böhmisches Reich zu einem Musterstaat ausbaut und einen Palast in Prag unterhält, mit tausend Bediensteten und Goldtapeten und Teppichen aus dem Morgenland.» Antonia hatte sich in Rage geredet. «Jetzt hat der Kaiser ihm Mecklenburg verpfändet, und alle reden mehr oder minder offen davon, dass er als Nächstes Württemberg an sich reißen will. Nicht etwa für unseren Kaiser, nein, für sich selbst. Vater hat das alles krank gemacht. Und als er ihn dann im Sommer aufgesucht und um Schonung für unser Land gebeten hatte, hat dieser Mann ihn aufs Tiefste gedemütigt. Daran ist Vater gestorben, nur daran.»

In ihren Augen schimmerten Tränen.

«Jetzt sind die Staatssäckel leer, ausgeplündert durch einen Krieg, den Vater niemals wollte. Ach Agnes, ich wünschte, alles wäre nur ein böser Traum. Eigentlich sollte ich es dir nicht sagen, aber –» Sie sah zu Boden. «Der Hofmarschall hat verkünden lassen, dass ein einziges Kammerfräulein für uns Kinder ausreichend sei, und dazu Clara ausersehen, die am längsten bei Hofe ist. Auf gar keinen Fall sollst du in diesem Dienst verbleiben.»

Morgen würde Wallenstein im Feldlager eintreffen, aus seiner neuen Residenz im mecklenburgischen Güstrow. Seine und Tillys Regimenter lagen über halb Deutschland verstreut, der Schlachtendonner war verstummt. Einen einzigen Stachel im Fleisch galt es jetzt noch zu beseitigen: den grobschlächtigen Dänenkönig Christian.

Matthes hustete und beeilte sich, sein grasendes Pferd aus dem Schatten zu führen. Von seiner bösen Krankheit vor zwei Wintern hatte er sich nie wieder richtig erholt, und nun, nach den Strapazen der monatelangen und letztendlich vergeblichen Belagerung Stralsunds hatte ihn wieder dieser hartnäckige Husten befallen.

Matthes hatte nie verstanden, warum Wallenstein den Mansfelder damals, nach ihrem vernichtenden Sieg in Dessau, hatte laufen lassen. Ihn stattdessen im darauf folgenden Sommer bis nach Oberungarn verfolgt hatte, nur weil dieser Zwerg sich dort mit dem ungarischen Freibeuter Gabriel Bethlen vereinigen wollte. In nur zweiundzwanzig Tagen hatte Wallenstein sie bis nach Mähren gejagt, Mansfeld stets etliche Meilen voraus. Dort dann, bei Olmütz kreuzten sich endlich ihre Wege, doch nicht einmal dann kam es zur Schlacht, da der feige Mansfeld sich ihnen entzog. Also ging es weiter, Meile für Meile, durch steiles Gebirg und sumpfige Talauen, bis hinunter nach Levice in Oberungarn. Hunger, Ruhr und die Pest forderten unter Matthes' Kameraden ihren Tribut, während Tilly in Norddeutschland einen Sieg nach dem anderen feierte. Und dann die Enttäuschung: Als Bethlen schließlich vor der Schlacht floh wie ein feiger Schneidergesell, war es schon Herbst, und sie schleppten sich zurück in den Norden, um in Mähren das Winterquartier einzurichten. Von den zwanzigtausend Mann, die aufgebrochen waren, hatten kaum fünftausend den Feldzug überlebt. Da war es ein schwacher Trost, dass auch Bethlen an der Wassersucht erkrankte und Mansfeld in der Nähe von Sarajewo an einem Blutsturz elend verreckte.

Diesen Gewaltmarsch würde Matthes nie vergessen, zumal er auch ihn fast das Leben gekostet hätte, wäre Gottfried nicht an seiner Seite gewesen. Das Fieber hatte ihm schon in den Knochen gesteckt, als er mit letzter Kraft wieder Olmütz erreichte. Den ganzen Winter über hatte er im feuchten, zugigen Trockenraum einer Papiermühle auf seiner Strohschütte gelegen, von Fieberanfällen geschüttelt, bis ihn schließlich auch noch die Ruhr gepackt hatte. Der Feldscher hatte wochenlang seine Kunst versucht, um ihn dann achselzuckend dem Tod zu überlassen. Gottfried aber war nicht von seinem Lager gewichen, war den täglichen Saufgelagen der Kumpane ferngeblieben und hatte Mädchen Mädchen sein lassen. Stattdessen flößte er ihm Abend für Abend Wermutsud ein, erstand Zettel mit Segens- und Bannsprüchen und murmelte, zum ersten Mal wohl seit Jahren, wieder inbrünstige Gebete.

Was auch immer geholfen haben mochte – rechtzeitig zu ihrem Aufbruch im Frühjahr war Matthes wieder halbwegs auf die Beine gekommen. Er schämte sich, dass er sich als so schwach erwiesen hatte, und machte dafür auf ihrem Feldzug durch Deutschlands Norden mit halsbrecherischer Kühnheit alles wett. Einen dänischen Stützpunkt nach dem anderen eroberten sie unter Wallensteins Führung, das Gleiche taten weiter im Osten die Regimenter des Obersten von Arnim und des Grafen Schlick, Tilly hatte derweil die Küste frei gemacht. So war Deutschland, als der Kaisersohn in Prag zum böhmischen König gekrönt wurde, von den Alpen bis ans dänische Festland erobert und gezähmt.

Den Lohn für seinen Kampfesgeist hatte man Matthes nicht vorenthalten: Seit letztem Winter bezog er zwölf Gulden auf den Monat; er konnte sich einen Buben halten. Der reinigte ihm jetzt Waffen und Bandelier, während Matthes selbst hier in der warmen Abendsonne lag und die Ruhe vor dem Sturm genoss.

Hufgetrappel ertönte. Matthes hob den Kopf. Es war Gottfried, der inzwischen recht passabel im Sattel saß. Gleich am Tage nach seiner Unterredung mit Wallenstein, die ganz wider Erwarten erfolgreich war, hatte er dem Freund heimlich Reitunterricht gegeben, und zu seinem Erstaunen hatte sich Gottfried als überaus gelehriger Schüler erwiesen.

«He, du alter Bärenhäuter!»

Gottfried brachte sein Pferd aus dem Galopp zum Stehen und sprang aus dem Sattel.

«Liegst hier faul herum und lässt den Burschen für dich schuften.»

Matthes grinste. «Beschwer dich nicht. Um dein Zeug kümmert er sich genau so gut wie um meins. Wo warst du?»

Jetzt war es an Gottfried zu grinsen. «Beim Profos, du weißt schon.» Er senkte die Stimme zu einem Flüstern. «Ich hab jetzt einen Passauer Zettel, mit echtem Fledermausblut geschrieben. Mein Mädel wird ihn heute Abend in meinen Rock einnähen. Pistole und Muskete habe ich auch weihen lassen.»

«Und damit glaubst du, in der Schlacht gegen die Dänen gefeit zu sein?» Matthes lachte laut auf. «Der Profos ist ein Scharlatan, der euch mit seiner angeblichen Schwarzkunst das Geld aus dem Beutel zieht. Außerdem: Gegen Silberkugeln und die Äxte der Bauern hilft ohnehin kein Zauber, das müsstest du wissen.»

«Klugscheißer. Dir würde ein schützender Zauber auch nicht schaden, so wie du dich hinter die feindlichen Linien wirfst.»

«Wie du siehst, lebe ich noch.» Matthes tastete nach seinem Amulett unter dem Kragen. So streng er es sich verbot, an seine Familie zu denken, so inbrünstig glaubte er doch an Jakobs Vermächtnis, dass der Marderzahn ihn schützen und fest gegen Kugel, Hieb und Stich machen würde.

«In zwei Tagen geht es los.» Gottfried ließ sich neben ihm ins Gras sinken. «Wenn dieser Dänenkönig nicht auf Usedom aufgekreuzt wäre, hätten wir längst Frieden im Land. Glaubst du, dass es zur Schlacht kommt?»

Matthes zuckte die Schultern. «Ich weiß nicht. Dieser Christian soll ein Schlappschwanz und Saufloch sein. Gut möglich, dass er Usedom und die Festung Wolgast aus freien Stücken räumt. Wenn nicht, werden unsere Truppen ihn zerschmettern und Stadt und Insel befreien. Ein Kinderspiel.»

«Ein Kinderspiel? Denk an Stralsund.»

Matthes schwieg. Ein nebensächliches Ärgernis, so hatte es zunächst geschienen, als das pommersche Stralsund sich im Januar als einzige Hafenstadt geweigert hatte, eine kaiserliche Garnison aufzunehmen. Nach wochenlangem diplomatischen Geplänkel hatte sich Wallenstein gezwungen gesehen, fünfundzwanzigtausend Mann vor die Stadt zu schicken. Das Kommando hatte er Oberst Hans Georg von Arnim übergeben, der, obgleich oder gerade weil er als Lutheraner einst den Schwedischen gedient hatte, als besonnen und klug galt.

Auch Matthes' und Gottfrieds Dragonerkompanie war nach Stralsund beordert worden, sie hatten sich in den Teichen und Morasten rings um die Stadt zermürbende Scharmützel mit der Bürgerwehr geliefert. Und die Belagerung wäre erfolgreich verlaufen, hätten die halsstarrigen Pommern sich nicht von den Dänen Sukkurs geholt und sich schließlich sogar den Schweden anheimgegeben. So geriet ihr Festungssturm vor wenigen Wochen zur einer einzigen Niederlage. Zu sehr hatten ihre Truppen in den letzten Monaten gelitten, an Hunger und Pestilenz, und so musste Wallenstein, wollte er nicht Schlimmeres riskieren, nach zwei Tagen und zwei Nächten den Befehl zum Abzug geben. Zwölftausend Mann hatten sie verloren, und Stralsund war zum schwedischen Stützpunkt auf deutschem Boden geworden.

Matthes hatte diese Widerborstigkeit der Stralsunder Bürger nie begriffen, denn hatte sich eine Stadt erst mal gefügt, dann konnte sie sich Wallensteins Fürsorge sicher sein. So wie in Wismar, wo er seinen Marketendern den Handel verbot, um das Soldatengeschäft den einheimischen Krämern zugute kommen zu lassen.

Vom Lager her kündete Trommelschlag den Rundgang des Herolds an, der in Kürze die Befehle für den kommenden Tag ausrufen würde. Als Matthes aufsprang, schüttelte ihn ein heftiger Hustenanfall. Gottfried blickte ihn besorgt an.

«Du solltest dich vom Feldscher untersuchen lassen.»

«Schwätz nicht daher wie ein Weib. Mir fehlt nichts. Und Wolgast kann ich kaum erwarten.»

13

Eine halbe Meile vor Wolgast hatten sie Aufstellung genommen. Den dritten Tag nun schon warteten sie, dass sich der Feind rührte. Sie hatten ihn mit Artilleriebeschuss gegen die Festung und mit kleineren nächtlichen Ausfällen gehörig provoziert, doch alles blieb ruhig. Umso reizbarer machte diese brütende Augusthitze samt den verdammten Stechmücken.

Matthes sah hinüber zum Rittmeister, der sie in drei Mann tiefen Reihen formiert hatte: die vorderen mit geladener Muskete auf der Gabel, die glimmende Lunte eingespannt, die beiden hinteren zu Pferde, mit Pike und Schwert bewaffnet. Matthes stand mit Gottfried in der zweiten Reihe. Sie würden, kaum wäre die erste Salve abgefeuert, lospreschen, mitten hinein in das Geviert der feindlichen Fußknechte, würden vom Pferd springen und ihre Schwerter schwingen. Doch bislang war außer einigen krüppligen Kiefern am Rande eines Morasts nichts zu erkennen.

Nervös ritt der Kompanieführer vor ihnen auf und ab, drei Pferdelängen nach rechts, drei Pferdelängen nach links, immer wieder, und das gerötete Gesicht unter dem schwarzen Vollbart blickte zusehends finsterer. Trotz der Hitze bedeckte eine dicke Pelzkappe sein schwarzgrau gelocktes Haar, die Leinenhosen in den hohen Stiefeln leuchteten grellweiß. Dieser Mann, von allen nur Krabat genannt, da er Kroate war, galt als jähzornig und gefährlich, als Katzbalger und Haudegen. Ohne Zweifel würde er in Kürze explodieren wie ein Pulverfass.

«Wenn es heute nicht zur Schlacht kommt», flüsterte ihm Gottfried zu, «wird der Krabat seine Wut an uns auslassen, da verwette ich meinen Arsch.»

«Ich hab gehört, der Dänenkönig hockt auf seiner Insel und lässt sich voll laufen.»

«Oder er säuft sich Mut an für die Attacke.»

«Maul halten, dahinten», brüllte der Rittmeister.

Matthes biss sich auf die Lippen. Fast mit Wehmut dachte er an de Parada zurück, ihren Hauptmann bei der Infanterie. Was war das für ein feiner Mensch gewesen, verglichen mit diesem aufgeblasenen Prahlhans.

Im selben Moment trabte ein Läufer heran, besprach sich mit dem Kroaten, dann zerriss auch schon das Trompetensignal die Stille.

«Schwenkt nach rechts!»

Eilig packten die vorderen ihre Gabeln und Musketen und rannten dem Rittmeister hinterher, nach rechts, wo der Morast in einen breiten Grasstreifen überging, die Reiter folgten, da krachten auch schon die Geschütze los. Im ersten Moment dachte Matthes, sie wären in eine Falle geraten, da der Artilleriebeschuss von jenseits des Morasts, aus dessen Schutz erfolgte. Wer indes in der Falle saß, waren die Dänen. Geschickt lenkte der Krabat sie über den Grasstreifen, während die dänischen Kanonenkugeln ins Leere donnerten, von der Seite her trafen sie auf den überraschten Gegner, die Fußknechte stürmten mitten in die gegnerische Linie, flankiert von Kürassieren und leichter Reiterei, und binnen kurzem hatten sie die dänische Schlachtordnung durchbrochen und aufgelöst.

Matthes und Gottfried hielten sich dicht hinter ihrem Rittmeister. Sie hieben und schlugen in die Spießhaufen der Fußknechte und ließen den Handschützen keine Gelegenheit zum Nachladen. Wer nicht getroffen zu Boden ging, dem blieb nur die Flucht an die sumpfigen Ufer der Peene. Matthes entdeckte

Wallenstein hoch zu Ross, mit wehendem scharlachroten Mantel über dem Brustharnisch, seinen Kürassieren mannhaft voran. Die schmerzvollen Anfälle von Podagra, die düsteren Melancholien, die den Feldherrn noch ein Jahr zuvor so häufig aufs Krankenlager geworfen hatten, schienen vergessen – kraftvoll und kühn warf er sich in gefährliche Zweikämpfe mit den Anführern der Dänen. Matthes war so gebannt von diesem Anblick, dass ihn ums Haar ein Pikenier getroffen hätte. Das zwang endlich seine Aufmerksamkeit auf die Attacken seiner eigenen Kompanie, denen etliche feindliche Söldner zum Opfer fielen. So ging es weiter bis zum Abend, ein heilloses Metzeln, Hauen und Stechen gegen die Dänen. Nur eine Minderzahl konnte sich in der Nacht auf des Königs Schiffe retten.

Eine Vorhut verschaffte den Kaiserlichen noch in den Abendstunden Zutritt zur Stadt, ohne auf Gegenwehr zu treffen, dann zogen die Regimenter nach: Wallenstein und sein Stab in die Festung der Schlossinsel, die Kompanien und Fähnlein in die Stadt. Währenddessen gingen die Kompanieführer mit einer ausgewählten Mannschaft auf Partei. Zu Matthes' Überraschung hatte der Kroate ihn zu dieser Ehre ausersehen, und so suchten sie das Schlachtfeld im Schein ihrer Fackeln nach Beute ab. Dabei hatten sie Mühe, die Weiber und Trossbuben zu verjagen, die zwischen den Toten und Verwundeten bereits nach allem stöberten, was irgend brauchbar und verwertbar war. Diese gierige Brut hätte auch die Schwerverletzten bis aufs Hemd ausgezogen, ihnen Stiefel und Röcke von den klaffenden Wunden gezerrt, wären der Stockmeister und seine Helfer nicht mit ihren Knüppeln dazwischen gefahren. Denn Wallenstein und seine Obristen hatten strenge Order gegeben, die Verletzten zu schonen und als Gefangene zu bergen. Dabei fragte sich Matthes nicht zum ersten Mal, wie viele dieser armen Seelen man wohl schon vom Leben zum Tod befördert hatte, nur um an ihren billigen Tand oder an ein Paar ausgetretener Schuhe zu kommen.

Neben unzähligen Spießen, Büchsen und Pistolen, Bandelieren und Rüstungen sowie etlichen Fahnen und Standarten erbeuteten sie sämtliche Feldgeschütze und fingen an die dreihundert unverletzte Pferde ein. Es war bereits Mitternacht, als sie alles der Obhut des Hurenweybels übergaben, der die Beute in sein neues Quartier in der Stadt schaffen ließ. Matthes wusste, noch in der nächsten Stunde würden die Obristen und Offiziere die besten Stücke an sich reißen, morgen dann wären die Soldaten an der Reihe – so denn etwas übrig blieb. Doch ein Kompanieführer musste schon dumm wie Stroh sein, ließ er sein Fähnlein ganz leer ausgehen. Besser tat er daran, seine Gaben als Auszeichnung an Einzelne zu überreichen. Und er, Matthes, ahnte, dass sein Rittmeister ihm etwas Besonderes zugedacht hatte.

Am nächsten Tag bildeten sich endlose Schlangen vor den Marketenderwagen, wo die Söldner ihre Beutestücke eintauschten oder zu barer Münze machten. Bald sah man an jedem zweiten Hut neue Federn, andere hatten die begehrten Scharlachhosen mit goldenen Tressen erstanden, hier und da stolzierte ein gemeiner Fußknecht in Zobel und Marder gewandet. Auch Gottfried war nicht leer ausgegangen, er hatte eine fast nagelneue Sturmhaube gegen einen bunten Rock für sein Mädchen eingetauscht. Matthes aber zog den großen Gewinn: Nichts Geringeres als ein zweites Reitpferd vermachte ihm der Krabat in Anerkennung seines Kampfeinsatzes. Dahinter mochte eine gehörige Portion Eigennutz stecken, denn der hübsche polnische Fuchs mit seinen vier weißen Stiefeln und der schmalen Blesse hatte wesentlich mehr Feuer im Blut als Matthes' alte Schimmelstute.

«Los, Gottfried, hol dein Pferd aus dem Stall. Wir machen ein Wettrennen draußen am Fluss.»

Gottfried verdrehte die Augen. «Mit meiner Schindmähre? Das ist doch wahrlich keine Herausforderung für dein neues Pferdchen.»

Eine halbe Stunde später schritten sie unter wolkenlos blauem Himmel nebeneinander her, eine frische Brise von der See hatte die Hitze der letzten Tage gemindert. Sie lenkten ihre Pferde zum Ufer der Peene.

«Willst du dir nicht auch endlich ein Mädel zulegen?», fragte Gottfried. Sein Tonfall war ernst. «Du bist schon ein richtig alter Hagestolz.»

«Hör mir doch auf mit Weibern.»

«Ich meine auch nicht irgendeine hergelaufene Metze, sondern eine Gefährtin, wie meine Mareike.»

Matthes lachte. «Vergebliche Liebesmüh! Schau, was gibt es Schöneres, als an einem Sommertag durch die freie Natur zu galoppieren. Und jetzt los – siehst du da vorn die Weiden am Fluss? Das ist das Ziel. Wer verliert, zahlt heute Abend die Zeche.»

Im selben Augenblick, als sein Fuchs zum ersten Galoppsprung ansetzte, hörte Matthes den kurzen, trockenen Knall. Er war nicht einmal übermäßig laut, und doch zerriss er die Welt: Als er sich zu seinem Freund umwandte, bäumte sich dessen Pferd vor Schreck auf, Gottfrieds Hände umklammerten die Zügel – aber sein Kopf war fort, weggefegt von einem Geschoss aus dem Hinterhalt, über den Kragen ragte nur eine blutige Masse, kein Mund mehr, der sich zum Schrei hätte öffnen können, nichts mehr.

Matthes glitt von seinem bockenden Pferd, stand wie festgewurzelt und starrte auf das, was seine Augen wohl sahen, sein Verstand indes nicht begriff: Ein zweites Mal bäumte sich Gottfrieds Pferd auf, und jetzt erst fiel der zerschossene Körper hintenüber – ganz langsam, denn die Zeit war fast stehen geblieben. Mit ausgebreiteten Armen, die den Sturz auffangen wollten, schwebte Gottfried zu Boden, einem kopflosen Engel gleich.

Schritt für Schritt näherte sich Matthes dem Freund. Er zog seinen Rock aus und legte ihn behutsam über Gottfrieds Schultern. Dorthin, wo nichts mehr war.

Er blickte hinauf in den tiefblauen Himmel. Zwei Lachmöwen zogen über sie hinweg, mit ihrem quärrenden Ruf. Endlich kehrte wieder Ruhe ein. «Gottfried?», flüsterte er, kniete nieder und berührte die leblose Hand. Er lauschte auf den kurzen, trockenen Knall, den er wieder und wieder vernahm, der das Vergangene von der Zukunft trennte, mit scharfem Schnitt, wie ein Schneider seine Stoffbahn.

Da öffnete sich Matthes' Mund und ein markerschütternder Schrei zerriss die Stille, ein Schrei, der nicht enden wollte und bis an die Mauern der Stadt Wolgast drang.

14

«Seine Fürstliche Durchlaucht hat keine Zeit für eine Audienz. Ihr könnt gehen.»

Agnes war wie vor den Kopf geschlagen. Nicht einmal bis zur Antecamera des Herzog-Administrators war sie vorgedrungen. Es wäre ja auch ein Wunder gewesen, wenn sie empfangen worden wäre. Unschlüssig blieb sie in der Eingangshalle der Kanzlei stehen.

«Was glotzt Ihr? Soll ich Euch mit Gewalt hinausschaffen lassen?»

«Nicht nötig», entgegnete sie kühl. «Ihr sollt nicht in Verlegenheit kommen, Euch an einer wehrlosen Frau zu vergreifen.»

Erhobenen Hauptes verließ sie das Kanzleigebäude und überquerte den Schlossplatz. Innerlich kochte sie vor Wut. Nun war es doch so weit gekommen. Morgen sollte sie zum letzten Mal Prinzessin Antonia zu Diensten stehen. Dann würde Clara, als Einzige von ihnen, ihre Arbeit als herzogliches Kinderfräulein weiterführen. Dabei war Clara eine allein stehende alte Jungfer, während sie, Agnes, ein Kind zu versorgen hatte. Seine Fürstliche

Durchlaucht interessierte das freilich nicht. Antonia hatte Recht: Ihr Vater war ein ganz anderer Mensch gewesen.

Oder steckte etwas ganz anderes dahinter? War die Saat dieser widerlichen Gerüchte um sie etwa aufgegangen?

Der Eisregen schlug ihr ins Gesicht, und sie beeilte sich, zurück ins Schloss zu kommen. Auf der Dienstbotentreppe begegnete ihr Luise, diese Schlange, ausgerechnet!

«Sehen wir dich demnächst also wieder am Spülbecken stehen?», fragte Luise mit falschem Lächeln. «Oder wollen sie dich da auch nicht mehr haben?»

«Kümmre dich um deinen eigenen Kehricht!»

Ohne ein weiteres Wort ließ Agnes die Küchenmagd stehen und rannte die Stiegen hinauf in ihr Zimmer, um sich rasch umzuziehen. Die Prinzessin würde gleich von ihrer Lateinlektion zurückkehren, und Agnes hatte versprochen, mit ihr das neue Vokabular zu repetieren. Wahrscheinlich zum letzten Mal, dachte sie bitter.

Als sie nach kurzem Anklopfen in Antonias Zimmer trat, saß diese schon mit Heft und Lehrbuch bereit.

«Verzeiht, wenn ich so spät komme. Ich – ich war eben noch in der Kanzlei.»

«In der Kanzlei?» Antonia runzelte die Stirn. «Doch nicht etwa wegen deiner Entlassung?»

«Ebendeshalb. Doch Seine Durchlaucht hat mich nicht einmal angehört.»

«Das ist auch nicht mehr erforderlich.» Vergnügt klappte Antonia ihr Buch zu. «Du kannst bleiben. Zwar nicht mehr als Kinderfräulein, ich bin ja auch kein Kind mehr, aber als Kammermagd des herzoglichen Frauenzimmers.»

«Als – als Kammermagd?» Agnes hätte das Mädchen vor Erleichterung am liebsten umarmt. Stattdessen deutete sie einen Hofknicks an. «Das habe ich sicher Euch zu verdanken.»

«Nein, Herzogin Anna hat das durchgesetzt. Weißt du, meine Tante sieht in jeder Sparmaßnahme des Herzog-Administrators eine persönliche Kränkung. Als ich ihr von meinem Wunsch erzählte, dich hier zu behalten», sie lachte, «hat sie das sofort zu ihrem eigenen Anliegen gemacht und mit eiserner Dickköpfigkeit ihren Willen durchgesetzt. Dein Lohn wird allerdings etwas geringer ausfallen und deine Arbeit weniger angenehm. Putzen und Reinhalten unserer Zimmer eben. Dafür darfst du weiterhin mit David im Schloss wohnen.»

«Die Arbeit als Kammermagd schreckt mich nicht. Wenn ich nur nicht auf der Straße sitze.»

Oder gar neben Luise Geschirr spülen muss, dachte sie im Stillen. Genau das war es, was sie als Nächstes in Angriff nehmen musste: der boshaften Schlampe das Maul stopfen. Sie traute Luise weniger denn je. Und ihre neue Position würde Luises Geschwätzigkeit frische Nahrung geben.

Prinzessin Antonia zog einen zweiten Stuhl neben sich an den Sekretär und winkte Agnes heran.

«Und? Fangen wir an?»

Agnes nickte und nahm das in Leder gebundene Heft zu sich. Doch war sie heute nicht recht bei der Sache. Ihre Gedanken kreisten um Luise – irgendetwas musste es geben, womit sie diesem missgünstigen Weib an den Karren fahren konnte.

«Die Krankheit?»

«Morbus.»

«Der Tod?»

«Mors. Mit Nebenbedeutung Leiche.»

«Geburt?»

«Natus oder natio.»

Antonias Antworten kamen ohne Zögern.

«Schwanger, trächtig?»

«Praegnans, praegnantis.»

Das war es! Warum war sie nicht eher darauf gekommen? Mit ein wenig Glück würde sie Luises loses Mundwerk dauerhaft zum Schweigen bringen können.

Anderntags, gleich am frühen Morgen, fing Agnes die Spülmagd vor der Gesindeküche ab.

«Eins wollte ich dir schon lange einmal auf den Weg geben», sagte sie freundlich lächelnd. «Anstatt über andere Leute herumzutratschen, solltest du künftig lieber fein deinen Mund halten.»

Luise sah sie geringschätzig an. «Soll das etwa eine Drohung sein?»

«Sagen wir, eine gut gemeinte Warnung – unter Freundinnen sozusagen.»

«An deiner Freundschaft ist mir wenig gelegen.»

«Sollte dir aber. Sonst könnte schnell die Runde machen, warum du letzten Winter unpässlich warst.»

Luise wurde leichenblass. Sie schien ins Schwarze getroffen zu haben.

«Zufällig», setzte Agnes nach, «habe ich die Bekanntschaft eines gewissen Weibes gemacht, das mehr weiß über jene – jene Unpässlichkeit, die dich dazumal geplagt hat.»

Luises Mundwinkel begannen zu zittern, dann stürzte sie stumm davon. Agnes sah ihr nach. Fast tat die andere ihr Leid. Sie hätte es niemals übers Herz gebracht, eine Frau wegen des Abbruchs ihrer ungewollten Schwangerschaft anzuzeigen. Aber das war ja auch gar nicht nötig. Fortan würde Luise sich hüten, Agnes gegen sich aufzubringen.

Der Winter kam übers Land und ließ die Menschen noch hoffnungsloser werden, als sie es bereits waren. In den Mauern der Residenzstadt trieben sich mehr und mehr Bettler und obdachlos gewordenes Landvolk herum. Mancher brave Bürger empörte sich beim Magistrat und beim Herzog-Administrator, dass gegen diese Elemente nicht rigoros vorgegangen werde. Die Nachtruhe werde durch trunkenes Geschrei gestört, selbst während der Gottesdienste werde gezecht, und auf der Straße sei man seines Hab und Gutes, ja seines Lebens nicht mehr sicher.

Und über allem schwebte ein furchtbares Damoklesschwert: das Restitutionsedikt. Seit einiger Zeit schon forderte Kaiser Ferdinand von den protestantischen Landesfürsten die Rückgabe der Klostergüter an ihre alten Besitzer. Bislang hatte das diplomatische Geschick des tüchtigen Doctor Jakob Löffler, des herzoglichen Vizekanzlers, die Katastrophe für Württemberg abwenden können, denn im Herzogtum hätte das den Verlust von nicht weniger als siebzig reichen Klöstern bedeutet, Hauptquelle der herzoglichen Einnahmen, Quelle auch der württembergischen Kultur und Bildung. Doch mit jedem neuen Sieg der Kaiserlichen im protestantischen Norden erscholl diese Forderung nachdrücklicher. Es war nur eine Frage der Zeit, dass sie mit Waffengewalt durchgesetzt würde.

Agnes machte sich zunehmend Sorgen um Jakob und um ihre Mutter. Niemand vermochte ihr zu sagen, wie die Lage in Oberschwaben war. Sie selbst schrieb zwar regelmäßig nach Ravensburg, hatte aber von den beiden seit ewigen Zeiten nichts mehr gehört. Sie versuchte sich damit zu beruhigen, dass die Kurierdienste zwischen den süddeutschen Städten inzwischen alles andere als zuverlässig arbeiteten und viele Nachrichten einfach verloren gingen. Dennoch: Ihre Unruhe wuchs. Nur der arbeitsreiche Alltag und die Stunden mit Antonia vermochten es, sie von ihren Grübeleien abzuhalten. Nachts lag sie oft und lange wach.

Else und Melchert hatten derweil beide ihre Arbeit verloren, und Agnes half ihnen mit dem Nötigsten aus. Doch auch bei Hofe wurde der Riemen spürbar enger geschnallt. Vorbei war die Zeit der Feste und Vergnügungen, die berühmte fürstliche Hofkapelle war auf die jämmerliche Zahl von zwei Dutzend Musikern geschrumpft, die Apanage für den Thronfolger und seine Brüder, die am Tübinger Collegium illustre studierten, wurde empfindlich gekürzt.

Bei den Bediensteten wurde da natürlich erst recht an Lohn

und Brot gespart, doch Agnes fand das Geschrei, das sich hierüber erhob, übertrieben. Hunger musste keiner von ihnen leiden. Was sie, wie auch die Prinzessin, fast mehr schmerzte, war die Verwahrlosung allerorts: Im Nesenbach stand mannshoch der Dreck, aus den Stadtmauern wurden nachts Steine herausgebrochen, der Lustgarten verwilderte. Dessen verfallende Schönheit hatte Antonia fast täglich vor Augen, denn die Gärten waren inzwischen der einzige Ort unter freiem Himmel, wo den Prinzessinnen ein Spaziergang erlaubt war. Überall im Land trieb sich ungehindert Soldateska herum, was Ausflüge in die Umgebung oder Reisen nach den Schlössern von Leonberg oder Böblingen zu einem gefährlichen Wagnis machte.

«Ich komme mir vor wie in einen goldenen Käfig gesperrt», klagte Antonia, als sie wieder einmal über die zugewucherten Kieswege wanderten, kreuz und quer, von der einen Gartenmauer zur anderen. Sie bat Agnes um ihre Begleitung, sooft es deren Arbeit erlaubte.

«Weißt du noch, letztes Frühjahr auf Schloss Nürtingen? Als die Wildhüter uns frühmorgens mit in den Forst genommen haben? Wie David sich zu Tode erschrocken hat, als ganz in seiner Nähe der Hirsch zu brüllen begann?»

«Aber ja.» Agnes lachte. «Vor Angst hat er sich in die Hose gemacht.»

«Oder bei Vaters letzter Badekur, in Wildbad. Wie er sich, als wir alle da waren, das Königreichspiel wünschte: Immer wollte er den Kammerdiener spielen, und du und Rudolf das Herzogspaar. Der arme Rudolf ist bald im Boden versunken, und du hast Mutter so großartig nachgemacht, dass Vater vor Lachen nicht weiterspielen konnte.»

«Und ich musste mich vor Eurer Mutter in aller Form entschuldigen.»

«Ach was, das wäre gar nicht notwendig gewesen. Mutter war nur so ungnädig, weil sie eine Soldatenfrau geben musste. Sie hasst nämlich diese Mummereien.» Antonia seufzte. «Nun ja, wir werden es ohnehin nie wieder spielen, die Zeiten sind vorbei.» Sie hatten die Brücke am Schlossgraben erreicht. «Gehen wir zurück, mir ist kalt.»

Als sie an der Pforte zur Küche vorbeikamen, sagte Antonia leise: «Übrigens hat Luise um ihre Entlassung gebeten. Sie ist wohl in ihr Heimatdorf irgendwo im Remstal zurückgekehrt, und ich bin froh darum. Ich weiß wohl, wie sie gegen dich gehetzt hat. Ums Haar hätte dich der Hofmarschall vorgeladen.»

Vier Wochen später, an einem kühlen Märztag, überbrachte ein Kurier die Nachricht, die die bange Unsicherheit zur Gewissheit werden ließ: Seine Majestät Kaiser Ferdinand habe das Restitutionsedikt verabschiedet, ein kaiserlicher Kommissär werde für die Exekution sorgen, seinen Vorgaben habe das Herzogtum Württemberg unmittelbar Folge zu leisten. Bei Widersetzlichkeit sehe sich Seine Kaiserliche Majestät gezwungen, die Klostergüter mit Heeresgewalt einzuziehen. Im Übrigen verleihe er den angestammten Besitzern der Klöster und Stifte das Recht, in diesen Gebieten ihre Religion wieder einzuführen und alle unbotmäßigen Untertanen davonzujagen. Der Hofstaat zeigte sich zunächst wie gelähmt, dann ließ der Herzog-Administrator das wichtigste Kloster des Landes, Sankt Georgen im Schwarzwald, durch seinen Drillmeister und Major Konrad Widerhold besetzen, während sich Löffler erneut in den zähen Kampf um die Einheit des Landes warf und sich nach Wien begab.

Agnes entging nicht die Beklommenheit, die auch im herzoglichen Frauenzimmer herrschte. Sie selbst verstand zu wenig von diesen Dingen, sah nur die besorgten Gesichter Antonias und der anderen Schwestern und begann schließlich selbst zu fürchten, die Tage des Friedens könnten bald vorbei sein. Sie ertappte sich dabei, wie sie zunehmend ungehalten über Davids derbe Soldatenspiele reagierte. Einmal, als der Junge mit seinen Spielgefährten durch die Gänge tobte und dabei brüllte: «Gleich hab ich dich, Papist! Gleich bist du tot», hielt sie ihn am Arm fest, entriss ihm seine hölzerne Büchse, mit der er wild um sich schoss, und versetzte ihm eine Maulschelle.

«Hier ist kein Krieg, hast du verstanden!»

David sah sie verstört an. Tränen der Wut stiegen ihm in die Augen. «Das sage ich Vater, wenn er zurückkommt. Dass du mich geschlagen hast, weil ich Soldat spiele.»

Er riss sich los und begann zu schluchzen: «Vater kämpft auch gegen die Katholischen, und ich werde dasselbe tun, wenn ich groß bin.»

«Das wirst du nicht!», schrie Agnes ihn an. Dann zog sie den Widerstrebenden in die Arme, herzte und küsste ihn. «Ach David, Gott gebe, dass der Krieg bis dahin vorbei ist!»

Und irgendwann, dachte sie, werde ich ihm die Wahrheit über seinen Vater sagen müssen.

Der Mai brachte warme Vorsommertage und schließlich die erste gute Zeitung seit langem ins Land: Nach zähen Verhandlungen im fernen Lübeck hatte der Kaiser mit Dänemark Frieden geschlossen. Die Bauern und Bürger im Land atmeten auf, bei Hofe durfte wieder gelacht und getanzt werden. Ein Ende der jahrelangen Kriegswirren schien in greifbare Nähe zu rücken, die strikte Neutralität Württembergs hatte Früchte getragen. Und in Sachen Restitution der Klostergüter war außer wortreichen Depeschen vom Kaiserhof nichts weiter in die Wege geleitet worden.

«Lass uns heute draußen studieren, es ist ein so herrlich milder Abend.»

Antonia stand im Türrahmen, ihre Bücher unterm Arm.

«Gern.» Agnes, die gerade dabei war, den mannshohen Ankleidespiegel der Herzogmutter zu polieren, hatte nichts dagegen. «Ich muss aber noch das Schlafgemach auskehren.»

«Das ist ein Befehl.» Die Prinzessin lächelte. «Außerdem: Siehst du hier irgendwo ein Krümchen? Seitdem du Kammermagd bist, könnten wir vom Fußboden essen.»

So verstaute Agnes ihre Utensilien und folgte der Prinzessin in den ‹Garten der Herzogin›, wo sie sich in der warmen Abendsonne auf eine Bank setzten. Vom Ballonenplatz im Lustgarten her vernahmen sie fröhliches Lachen und anfeuernde Rufe, Mädchen- und Jungenstimmen im Wechsel.

«Wollt Ihr nicht lieber mit Euren Schwestern und Freunden Ball spielen?», fragte Agnes.

«Du weißt doch, ich habe gerade mit dem Hebräischen begonnen, das lässt mich nicht los.»

Agnes musste an sich halten, um nicht mit dem Kopf zu schütteln. Sechzehn Jahre zählte die Prinzessin nun und hatte nichts anderes als Lesen und Lernen im Sinn. Ob Antonia sich wohl schon einmal für ein Mannsbild interessiert hatte? Wohl kaum. Sie hatte ihre Nase ja immerzu in Lehrbüchern oder in Andreäs erbaulichen Schriften. Dazu kam neuerdings ihre Liebe zu Kunstwerken! Natürlich bewunderte Agnes Antonia für ihre Klugheit; aber die junge Frau wurde ihr auch immer unheimlicher. Sie hatte manchmal etwas der Welt Entrücktes an sich, etwas nahezu Heiliges. Wie anders waren da doch ihre Schwestern, die die Geselligkeit liebten und das gemeinsame Musizieren. Sybilla hatte sich sogar, wenn auch in kindlicher Schwärmerei, in den Sohn des Kapellmeisters verguckt. Der war dann auch umgehend an den fernen Wiener Kaiserhof verschickt worden, um Schlimmeres zu verhüten.

Ende August, nach hartnäckigen diplomatischen Bemühungen von Seiten Löfflers, verfügte Kaiser Ferdinand für Württemberg tatsächlich die Einstellung der Klosterangelegenheit. Herzogin Barbara Sophia und ihre Schwägerin Anna gaben ein kleines Freudenbankett, in engstem Kreise und wohlweislich hinter des

Herzog-Administrators Rücken. Rudolf und Agnes schleppten mit Hilfe der Küchenmägde Platten über Platten ins Musikzimmer, wo eine festliche kleine Tafel gerichtet war. Nachdem sie aufgetragen hatten, bat Barbara Sophia sie an die freien Plätze am unteren Ende der Tafel.

Rudolf zwinkerte Agnes zu. «Wir rücken zusammen, ist das nicht schön?», flüsterte er so laut, dass es die herzoglichen Damen eben noch hören konnten, und Agnes fragte sich, ob er damit sie beide oder die Tischgesellschaft meinte.

Herzogin Anna lächelte. «Eine treue Dienerschaft darf man sich nicht vergraulen, schon gar nicht in schlechten Zeiten. Und nun erhebt euer Glas, ihr beiden. Auf unser schönes Württemberg!»

«Auf Württemberg!»

Agnes stieg der schwere Rote angenehm zu Kopf. Für diesen einen Nachmittag vergaßen sie alle ihre Sorgen, und selbst Herzogin Anna, die seit dem Tod ihres Bruders ein wenig seltsam und eigenbrötlerisch geworden war, beteiligte sich in fröhlicher Stimmung an den Plaudereien. Dann lauschten sie Sybilla, die sich nach dem Essen ans Clavichord gesetzt hatte und nun hingebungsvoll aus der «Parthenia» spielte, die die Werke berühmter englischer Komponisten enthielt. Irgendwann legte Rudolf den Arm um Agnes' Schultern, und die ließ es sich zur Abwechslung einmal gern gefallen.

Am Abend, als Rudolf sie zu ihrer Kammer brachte, fing ein Sendbote sie ab. Er überbrachte ein Schreiben aus Ravensburg.

Agnes wurde heiß und kalt. Sie gab ihrem Freund einen flüchtigen Kuss auf die Wange, zog die Tür hinter sich zu, erbrach hastig Siegel und Umschlag und begann noch im Stehen zu lesen.

Ravensburg, den 10. Juni
anno Domini 1629

Meine geliebte Tochter!
Wie groß ist jedes Mal meine Freude, von dir und dem kleinen David zu hören und zu wissen, dass ihr gesund und wohlbehalten seid! Besonders freut mich, dass David das Lernen in der Knabenschule so leicht fällt – dein Vater wäre stolz auf ihn. Auch hier in Ravensburg ist das Leben schwieriger geworden, doch ich will nicht klagen, denn Jakob ist fleißig und sparsam, und so kommen wir gut über die Runden. Auch sind wir von Einquartierungen in der Stadt bislang verschont geblieben, und so dürfen wir uns hinter unseren festen Mauern doch recht sicher fühlen.
Du bittest mich in deinen Briefen, nach Stuttgart umzusiedeln. So liebend gern ich deinen Sohn heranwachsen sehen würde, ihn als gute Großmutter umsorgen möchte; es bleibt mir doch nichts anderes, als dies aus der Ferne zu tun. Denn um meine Gesundheit ist es nicht zum Besten bestellt, und einen alten Baum pflanzt man nicht mehr um. Doch vertraue ich auf bessere Zeiten, in denen wir wieder beieinander sein werden.
In deinem letzten Schreiben hast du einen jungen Mann erwähnt, mit Namen Rudolf, und zwischen den Zeilen lese ich, dass du ihm wohl gewogen bist. Liebe Agnes, nimm diesmal wenigstens einen Rat deiner Mutter an: Unsere Kirche lässt Scheidungen zu, in einem Fall wie dem deinen allemal. Wenn dieser Rudolf ein ehrlicher Mensch ist, ein getreulicher Freund, nimm ihn zum Mann. Ich spreche aus eigener Erfahrung als Witwe – wie rasch ist man da Anfeindungen ausgesetzt. Und wenn du keine glühende Liebe zu Rudolf empfindest, so ist doch Freundschaft die weitaus fruchtbarere Grundlage für eine zufriedene Ehe und allemal besser als kindisch unbesonnene Herzensregungen. Wohin die führen, hast du erlebt. Ihr Jungen glaubt, ihr würdet das Leben neu erfinden, doch nicht umsonst steht in der Bibel, man soll den Alten folgen, sowohl im Tod, als wenn sie noch leben.

Das Schreiben fällt mir schwer, da mein Augenlicht schwach geworden ist, und so überlasse ich die weiteren Zeilen deinem Bruder Jakob. Ich umarme dich und den kleinen David mit meinen innigsten Wünschen.
Gott segne dich, deine dich liebende Mutter.

Liebste Agnes!
Wir sind wohlauf und genießen die sommerliche Wärme. Mit der Medizin mache ich rechte Fortschritte. Doctor Majolis lässt mir inzwischen bei den Behandlungen und chirurgischen Eingriffen freie Hand, da ihn die Gicht nunmehr täglich plagt. Er setzt alles daran, mich zu seinem Nachfolger als Stadtarzt zu machen, und so sehe ich der Zukunft zuversichtlich entgegen. Schon im nächsten Sommer soll ich mich zur Meisterprüfung anmelden. Bis dahin muss ich mein Wissen um die menschliche Anatomie allerdings noch gründlich vertiefen. Zwar haben wir seit letzter Woche zwei Patienten mit offenem Bein und einen mit inwendig entzündetem Thorax, indes bleiben meine Kenntnisse leider viel zu oberflächlich, und ich werde wohl nie Gelegenheit haben – verzeih mir die unverblümten Worte –, Leichname zu öffnen. Denn dieser unselige papistische Kirchenbann über die anatomische Forschung behindert jeglichen Fortschritt der Medizin, und so findet sich Gelegenheit zur Obduktion nur an den großen Fakultäten oder auf dem Schlachtfelde.
Doch genug von mir geschwatzt. Hast du jemals von Matthes gehört? Er hat uns vor einiger Zeit aus Pommern geschrieben, das erste und einzige Mal nach seiner Flucht. Der Anlass war sehr traurig: Sein Freund Gottfried Gessler ist aus dem Hinterhalt gemeuchelt worden. Matthes selbst hat nichts Näheres darüber verlauten lassen. Seinem Schreiben lag aber eine Mitteilung der Regimentskommandantur bei, die wir den armen Eltern bringen mussten. Mutter war über diese schreckliche Nachricht so entsetzt, dass sie aus Angst um Matthes kaum noch schlafen konnte. Doch

jetzt, mit dem Lübecker Frieden, hat sie wieder Hoffnung geschöpft und betet jeden Abend mit mir, dass Matthes sein Kriegshandwerk aufgeben und heimkehren möge. Keiner hier versteht, wie er ein so glühender Verehrer dieses Friedländers werden konnte, in dessen Diensten er zum Dragoner aufgestiegen ist, inzwischen sogar zum Corporal. Das war auch alles, was er über sich selbst geschrieben hat. Danach folgten Dutzende und Aberdutzende Zeilen über diesen Wallenstein, der von aller Welt verkannt würde, durch dessen Bemühen allein der Lübecker Friede zustande gekommen sei und für dessen Vision von deutscher Einheit Matthes kämpfen wolle unter Einsatz seines Lebens. Man brauche keine Fürsten und Kurfürsten mehr, und wie in Hispanien und Frankreich ein einziger König herrsche, so solle auch in Deutschland nur ein Herr allein sein. Sein ganzes Schreiben war so eine Predigt! Nichts über sein Tagwerk als Söldner, ob er eine Frau hat, in welcher Herren Länder er war. Mutter hat das alles sehr traurig gestimmt. Aber womöglich hat er ja dir mehr geschrieben, andere Dinge, die man eher einer Schwester mitteilt.

So hoffe ich denn, dass es dir und meinem kleinen Neffen gut geht und dass der Friede sich verfestigt und ein endgültiger wird. Denn dann schwinge ich mich auf ein Ross und komme dich besuchen!

Gib David einen Kuss von mir, in Liebe, dein Jakob.

Von draußen waren kurze, eilige Schritte zu hören, dann flog die Tür auf, und David stürzte herein.

«Wo ist mein Ball? Ich will noch in den Garten.»

«Langsam, mein Wildfang. Zum Ersten wird es gleich dunkel, zum Zweiten soll ich dich von deiner Großmutter und deinem Onkel umarmen. Die haben uns nämlich Post geschickt.»

Mit verkniffenem Gesicht ließ David die Küsse über sich ergehen, dann rief er: «Bitte, *maman*, es ist noch gar nicht dunkel. Nur noch ein Weilchen.»

Agnes lachte. «Na gut. Und sag nicht ständig *maman* zu mir.»

«Die anderen sagen das auch.» Damit war er verschwunden.

Agnes setzte sich an ihren Waschtisch. Sollte sie nicht doch nachgeben? Nein, eine Vermählung mit Rudolf stand außer Frage. Aber sie spürte, dass ihre Mutter ihr längst verziehen hatte. Sollte sie nicht einfach zurückkehren nach Ravensburg, ihr im Alter zur Seite stehen, sie trösten in ihren Ängsten um Matthes? Warum nur hatte er ihr, der eigenen Schwester, niemals geschrieben? Sie hatten sich doch immer so nahe gestanden.

Sie hörte David vom Treppenhaus her lachen. Er schien nichts zu vermissen, weder einen Vater noch eine richtige Familie. Sein Zuhause war die Residenz mit ihren Hunderten verborgenen und geheimnisvollen Winkeln, ihren Gärten, Gehegen und Stallungen, seine Familie waren die Hofdamen, Kammerjunker und Dienstmägde, die Stallknechte und Hundewärter samt deren Kinderschar. Auch ihr selbst war dies alles ans Herz gewachsen, das hatte Agnes an diesem wunderbaren Tag deutlich gespürt.

Mit einem schmerzlichen Lächeln faltete sie den Brief zusammen und beschloss, ihrem Sohn nach draußen zu folgen. Ein wenig frische Luft würde ihr gut tun.

Nur drei Wochen später braute sich das Wetter finsterer denn je über dem Herzogtum zusammen: Die Wiener Kanzlei ließ ganz unvermittelt mitteilen, der Kaiser werde eher Krone und Reich aufs Spiel setzen, als vom publizierten Edikt zu weichen. Zur Erwirkung der Restitution stünde der kaiserliche General Wallenstein mit seinen gesamten Truppen bereit.

15

Matthes beobachtete den Furier, wie der mit grimmigem Gesicht von Rottenmeister zu Rottenmeister schritt und die Messer in seinem Hut auffing. Das Wasser troff dem Alten in den Kragen, von Zeit zu Zeit stieß er böse Flüche aus über den strömenden Regen und die Undankbarkeit der Soldaten.

Sie waren auf halbem Wege nach Halberstadt, ins Hauptquartier von Wallenstein, wohin der Generalissimus sie von Magdeburg zurückbeordert hatte. Zwei Monate lang hatten sie unter dem Oberbefehl des Freiherrn von Aldringen die erzlutherische Stadt an der Elbe belagert, da der Magistrat sich geweigert hatte, eine kaiserliche Garnison aufzunehmen und hundertfünfzigtausend Taler Kontribution zu bezahlen. Dann, gänzlich überraschend, hatte Wallenstein in einem großzügigen Gnadenakt auf Geld und Besatzung verzichtet und sogar versprochen, den Religionsfrieden zu wahren und Handel wie Privilegien der Stadt zu schützen, sofern die Magdeburger Bürger im Gehorsam gegen den Kaiser zu verharren gedächten.

Der plötzliche Wolkenbruch nun hatte sie gezwungen, vorzeitig Quartier zu suchen, und so standen sie hier am Rande dieses elenden Weilers mit seiner Handvoll schäbiger Hütten – zwei Kompanien des Dragonerregiments, knapp zweihundert Mann mitsamt Pferden, Reiterbuben und Ausrüstungen. Was für ein Drecksnest; nicht einmal eine Dorfkirche fand sich hier, die Raum für ein größeres Nachtlager geboten hätte. Der Tross und die anderen Kompanien hatten sich bereits auf den umliegenden Gutshöfen einquartiert, doch ihr Rittmeister hatte gehofft, bis Oschersleben zu gelangen, um die Vorzüge städtischer Bequemlichkeit zu genießen. Nun war kein Fortkommen mehr möglich, und die Soldaten beschwerten sich lautstark über diesen miserablen Ort.

Vor der herbstlichen Kälte hätte sich Matthes gern ins Haus

des Getreidemüllers zurückgezogen, das einzige einigermaßen stattliche Gebäude, wo sich der Krabat und die anderen Offiziere bereits am Ofen wärmten. Doch er sah es als seine Pflicht, die Verteilung der Unterkünfte zu überwachen. Als der letzte Rottenführer sein Messer abgeliefert hatte, ging der Furier von Haus zu Haus und schleuderte die Klingen, wie sie ihm zur Hand kamen, in die Türpfosten. Ihm folgten die einzelnen Rotten auf der Suche nach dem Messer ihres Meisters und dem ihnen damit zugewiesenen Schlafplatz. Ohne Murren ging das nicht ab, doch als das letzte Messer im Pfosten eines verfallenen Schafstalles steckte, kam es zu einem richtigen Tumult.

«In dieses Drecksloch geh ich nicht!» Ein Hüne mit fettigem schwarzen Haar, das ihm auf französisch in zwei langen Zöpfen auf die Schultern fiel, stampfte wütend auf, dass das dreckige Pfützenwasser in alle Richtungen spritzte.

«Halt's Maul, oder du liegst heut Nacht im nassen Gras», zischte der Furier.

«Das werden wir ja sehen.»

Mit einem Ruck zog der Söldner das Messer aus dem Holz und schleuderte es hinter sich auf die Weide.

«Na warte, du Schelm.» Der Alte versetzte ihm einen gut gezielten Faustschlag gegen die Kinnlade, der den Hünen allerdings nur kurz straucheln ließ. Zwei andere stürzten sich auf den Furier, Matthes und der Rottenmeister sprangen dazwischen. Doch es war zu spät. Eine wüste Prügelei geriet in Gange, wild schlugen die Männer um sich und ließen den aufgestauten Grimm über die üble Verpflegung und den seit Wochen ausstehenden Sold hinaus. Vergebens suchte Matthes die Männer zu beruhigen, doch seine Rufe, sie würden ihr Geld im nahen Halberstadt erhalten und sollten jetzt Ruhe geben, brachten ihm selbst heftige Schläge ein. Aus den Augenwinkeln sah er ihren Rittmeister in der Tür zum Müllerhaus stehen, grinsend, den Bierkrug in der Hand.

Du kroatischer Pfefferlecker, dachte Matthes, lässt mich wieder die Drecksarbeit machen. Geschickt wich er einem Faustschlag des Hünen aus, dann brach er eine Latte aus dem Stalltor und ließ sie auf den Schädel seines Gegners krachen. Lautlos sackte der in sich zusammen. Im nächsten Augenblick war Ruhe.

Matthes ließ den Prügel fallen. «Noch eine Widersetzlichkeit, und ich hole den Profos! Keiner von euch verlässt heute Nacht sein Lager.»

Der Rottenmeister beeilte sich, seine Leute in den Stall zu treiben.

«Seid Ihr verletzt?» Matthes half dem Furier auf die Beine.

«Geht schon.» Der Alte rieb sich den Nacken. Dann stieß er mit dem Fuß gegen seinen Angreifer, der mit geschlossenen Augen und blutender Schläfe im Matsch lag. «Aber dem Lumpen da habt Ihr anständig zugesetzt. Der braucht entweder einen Feldscher oder einen Pfarrer.»

«Ach was, der doch nicht.»

Matthes stieß einen grellen Pfiff aus. Aus dem Stall neben der Mühle kam sein Reiterbub angetrabt.

«Los, legen wir ihn in den Schafstall. Und du», wies er den Jungen an, «du verbindest ihn. Dass der Kerl morgen wieder auf den Beinen ist.»

Als er die warme Stube betrat, schmutzig und nass bis auf die Haut, saßen die anderen bei fröhlichem Saufgelage um den Tisch. Der Krabat winkte ihn heran.

«Sauber, Marx. Legst dich ja mächtig ins Zeug für die Disziplin der Truppe. Komm neben den Ofen und trink mit uns. Hast es dir verdient.»

Matthes warf dem Quartiermeister, der feist und behäbig in der Ecke saß, einen finsteren Blick zu. «Eigentlich wäre es deine Aufgabe gewesen, die Quartiernahme zu überwachen. Was ist mit der Furage?»

«Wir haben nur noch Zwieback, und den kriegen die Leute morgen.»

«Derweil du dir hier den Ranzen voll schlägst mit Bier, Brot und Käse.»

Matthes merkte, wie er versucht war, seinen Ärger am Quartiermeister auszulassen, nur weil der im Rang unter ihm stand.

«Oh! Folge der Herr nur seinen Christenpflichten!», brauste der Dicke auf. «Hole Er das Volk doch herein in die gute Stube, alle miteinander.»

«Na, na, wir wollen doch nicht streiten.» Der Krabat drückte Matthes einen Becher Bier in die Hand. «Wo ist dieser Hitzkopf überhaupt? Hast du ihn erschlagen?»

«Natürlich nicht. Er liegt im Schafstall, bei den anderen.»

«Dann lass ihn herholen. Und du», rief er seinem Knecht zu, der unterm Fenster hockte, «bring die Eisen vom Bagagewagen.»

«Was habt Ihr vor?»

«Wirst du schon sehen.»

Kurz darauf war der Anführer in Eisen gelegt und draußen an die Hauswand gekettet, der nasskalten Nacht schutzlos ausgeliefert.

Matthes sah aus dem Fenster. «Er wird sich den Tod holen!»

«Der Scheißkerl hat das Dach überm Kopf nicht verdient. Das war Meuterei, was er getan hat. Dafür gehört er eigentlich an den nächsten Baum geknüpft.»

«Ihr übertreibt. Die Männer sind durch die Belagerung gereizt und ausgehungert, das ist alles. Außerdem ist es Sache des Profos zu strafen.»

«Sitzt hier irgendwo der Profos? Na also. Betrachte es als Vorsichtsmaßnahme. Nicht dass der Bursche noch Schlimmeres anrichtet.»

«Dann gebt ihm wenigstens seinen Mantel.»

«Schluss jetzt!» Der Rittmeister kniff die Augen zusammen, seine schwarzen Brauen wurden zu einem einzigen Strich. «Ich dulde keinen Widerspruch. Oder willst du deinem Freund Gesellschaft leisten?»

Matthes biss sich auf die Lippen. Gegen den Krabat konnte er nichts ausrichten; der Hauptmann war hier, in diesem gottverlassenen Dorf, der höchste Befehlshaber. Hastig trank er sein Bier aus und fragte, welche Schlafplätze im Haus ausgewiesen seien.

«Sucht es Euch aus», entgegnete der Quartiermeister. «Alle Kammern stehen uns offen.»

«Und wo ist der Müller?»

Der Krabat lachte laut auf. «Spurlos verschwunden. Leider, leider – denn er hat zwei bildschöne Töchter, wie ich gerade noch erkennen konnte, bevor die Bande auf und davon ist. Das wäre ein angenehmer Zeitvertreib gewesen.»

Es war stets das Gleiche. Nur selten ließ man den unfreiwilligen Quartiergebern eine Kammer übrig. Meist mussten sie, ob Greise, Kranke oder Kleinkinder, mit Keller und Dachboden vorlieb nehmen und auf dem blanken Boden lagern, bis die kriegerischen Scharen weiterzogen. Im schlimmsten Fall, wenn junge Mädchen im Hause waren wie hier, flüchteten die Bewohner, versteckten sich in nahen Wäldern, Scheunen oder Höhlen. Matthes war das jedes Mal zuwider.

Er nahm eine Tranlampe vom Haken und verabschiedete sich.

«Was soll das, Marx?», rief einer der Feldweybel. «Jetzt kommt das Allerbeste. Eben haben wir ein Fässchen Branntwein entdeckt.»

Matthes schüttelte den Kopf. «Ich bin müde.»

«Das Allerbeste für unseren Hagestolz wär ein Weib», rief ein anderer, und alle lachten.

«Selbst das tät er nicht anrühren. Unser junger Wachtmeister wird von Tag zu Tag wunderlicher.»

«Wahrscheinlich treibt er's am liebsten mit sich selbst. Deshalb geht er jede Nacht als Erster schlafen.»

Der Krabat winkte seinen Burschen zu sich. «Wo wir grad von Weibern reden – geh durchs Dorf und hol uns ein paar Mädel. Aber hübsch müssen sie sein und jung, verstanden?»

Ohne ein weiteres Wort verließ Matthes die Stube und ging einen Stock höher, wo er die erstbeste Zimmertür öffnete. Es war wohl die Kammer der Mädchen, denn es roch frisch und sauber, und an den Wänden hingen hübsche Girlanden aus Strohblumen. Wo in diesem Augenblick die Müllersleute stecken mochten? Er hoffte, dass sie bei Freunden Unterschlupf gefunden hatten und sich nicht in irgendwelchen löchrigen Schuppen aneinander drängen mussten, um nicht zu erfrieren.

Er streifte seine nassen Sachen ab und kroch unter die Daunendecke. Dann löschte er das Licht. Starrte mit weit geöffneten Augen in die Dunkelheit. Über ein Jahr lag das schreckliche Ende seines Freundes nun zurück, und noch immer kämpfte er beim Einschlafen gegen den grauenhaften Anblick des verstümmelten Körpers an. An jenem Tag war die Welt eine andere geworden. Damals hatte er beschlossen, den Kriegsdienst zu quittieren, doch gleich nach Gottfrieds Tod hatte Oberst von Arnim ihn zum Corporal befördert, später sogar zum Wachtmeister. Als Drillmeister war er nun für die Waffen- und Leibesübungen verantwortlich, hatte er für die Aufstellung der Kompanie im Schlachthaufen zu sorgen. In den ersten Wochen nach Wolgast hätte er sich gewünscht, auf dem Schlachtfeld zu sterben. Keiner Gefahr war er ausgewichen, doch er schien unverwundbar. Das musste der schützende Zauber des Marderzahns sein, anders konnte er es sich nicht erklären.

Von unten drang lautes Gelächter herauf. Es war ihm gleich, dass er unter den Offizieren als Sonderling galt. Er legte keinen Wert auf die Gesellschaft dieser Männer mit ihren rohen Späßen und Prahlereien. Bei seinen eigenen Leuten, da war er geachtet, denn als Wachtmeister musste er zwischen Gemeinen und Befehlshabern vermitteln, und er sorgte sich, dieser Aufgabe angemessen und gerecht nachzukommen. Auch wenn ihm das in den Wirren des Kriegsalltags mitunter recht schwer fiel.

Überhaupt sah er den Krieg inzwischen mit anderen Augen.

Immer häufiger hörte man von Plünderungen der Bayerisch-Ligistischen Völker unter Tilly, und der greise Feldherr konnte oder wollte dem Treiben seiner Leute nicht Einhalt gebieten. Kein Wunder, dass darunter die Moral litt. Nicht nur die Soldaten, auch die Offiziere und Obristen wechselten die Fronten, wie es ihnen passte. Sogar Oberst von Arnim, den er fast so sehr verehrt hatte wie Wallenstein, gehörte zu diesen Verrätern. Nach einem siegreichen Scharmützel gegen die Schweden an Deutschlands Nordgrenze hatte Arnim im Frühjahr um seine Entlassung ersucht. Man munkelte, er sei zu den Heringfressern übergelaufen, an die Seite seines früheren Herrn Gustav Adolf. Er, Matthes, würde auf dem Schlachtfeld nicht zögern, ihn zu töten.

Längst hatte ihm der Krieg seine hässliche Seite offenbart und ihn zu einem Heimatlosen gemacht. Die Bande zu seiner Mutter, zu seinen Geschwistern schienen unwiderruflich gekappt. Was ihm blieb, war ein Leben im Wechsel von Ort zu Ort, von wochenlangem Hunger und plötzlichem Überfluss, von ausbleibendem Sold und unverhoffter Beute. Eher selten kam es zum Kampf, stattdessen schanzten, belagerten und marschierten sie, hungerten und froren. Oder starben an Fieber und tückischen Verletzungen. Er fragte sich, warum sie weiter metzelten, wo doch längst Friede hätte sein können.

Auch Wallenstein wollte den Frieden, das hatte er in Lübeck bewiesen. Der Generalissimus trat für die Libertät der Religionen ein, äußerte sich in aller Offenheit wider das kaiserliche Restitutionsedikt, denn er sah blutige Gegenwehr und weiteren Krieg voraus. Es hieß, mit seinen Äußerungen habe er sich am Kaiserhof und unter den katholischen Reichsfürsten viele Feinde gemacht, und Maximilian von Bayern streute das böse Gerücht, Wallenstein wolle sich selbst zum Kaiser machen.

Unruhig wälzte sich Matthes unter seiner schweren Decke. Aus der Stube waren jetzt Mädchenstimmen zu hören, hell und jung, bald ein unaufhörliches Kichern und Gackern, kleine spitze Schreie, die Empörung vortäuschen sollten, wenn die Männer in ihren Annäherungen zu weit gingen. Matthes fragte sich, wie sich so viele Frauen für diese Dinge hergeben konnten, warum sie mit den Offizieren für eine Nacht oder mehr herumpoussierten, nicht selten sogar ihr Herz verloren, nur um dann beim Abschied weggeworfen zu werden wie ein fauliger Apfel. Ausgerechnet dem Krabat flogen die meisten Mädchenherzen zu, und ausgerechnet er stieß die Frauen, wenn alles vorbei war, am unbarmherzigsten von sich. Wollte eine gar mit ihm ziehen, war er imstande, sie sich mit Schlägen vom Leib zu halten.

Endlich schlief Matthes ein. Im Traum erschien ihm seine Mutter, die im Schlachtengetümmel auftauchte und ihn bei der Hand nahm wie ein kleines Kind. Dann träumte er von Kaspar, der mit zerfetztem Bein am Boden lag und ihn um Hilfe anflehte. Dabei war er dem Sänger seit damals in Eger nie wieder begegnet.

Im Morgengrauen erwachte er von Geschrei und Getöse. Neben ihm hatte sich der Quartiermeister im Bett breit gemacht und schnarchte ungerührt weiter. Der Lärm kam von draußen. Holz splitterte, dann ertönte ein unterdrückter Schmerzensschrei. Matthes sprang auf, zog sich rasch etwas über und rannte die Stiege hinab.

Im Morast des Dorfplatzes stand ein Eselskarren, beladen mit Kisten und Fässern. Dutzende von Söldnern liefen zwischen den Hütten der Dorfbewohner hin und her, schleppten hier Brotlaibe, dort flatternde Hühner heraus. Ein alter Mann, der sich schützend vor seine Haustür stellte, wurde mit einem Faustschlag niedergestreckt, ein Junge kauerte weinend am Boden und hielt sich das blutende Knie. Frauen kreischten, Soldaten fluchten. Das Dorf war in heillosem Aufruhr, ein einziges Jammern und Wehklagen. Da entdeckte Matthes hinter dem Eselskarren einen Gefreiten seiner Kompanie, der ein Mädchen im Arm hielt und zum Kuss zwingen wollte. Er rannte hinüber, entriss dem Soldaten das Mädchen und schlug ihm mit der flachen Hand ins Gesicht. In diesem Moment tauchte im Türrahmen der Mühle sein Rittmeister auf. Verschlafen rieb er sich die Augen und gähnte.

«Wollt Ihr nicht einschreiten?», schrie Matthes hinüber.

Der Krabat zuckte die Schultern. «Der Wehrstand soll leben, der Nährstand soll geben! So ist das im Krieg.»

Die kalte Wut packte Matthes. Das Kriegsrecht besagte, dass Frauen, Kinder, Kranke und Greise unter allen Umständen zu schonen seien, selbst wenn sie sich dem Einzug von Furage und kriegsnotwendigen Gerätschaften widersetzten. Und diese armen Leute hatten schon genug geben müssen.

«Das ist Plünderei! Ich werde in Halberstadt Meldung erstatten.»

«Tu, was du nicht lassen kannst.» Der Krabat schnallte sich den Degen um. «Da soll mir bloß einer dumm kommen! Hätte der Friedländer sich mehr ins Zeug gelegt, dass die Proviantlieferung rechtzeitig eintrifft, müssten sich unsere Männer jetzt nicht selbst um ihren Fraß kümmern.»

Ohne Eile schlenderte er zu dem Karren und reckte seinen Degen in die Luft.

«Das reicht!», brüllte er. «Dem Nächsten, der hier noch was anschleppt, steck ich die Klinge in den Hals. Und jetzt fertig machen zum Aufbruch.»

Eine Stunde später rückten sie aus.

«Was ist mit dem Gefangenen? Wollt Ihr ihn nicht vom Eisen nehmen?», fragte Matthes. «Der Mann hat hohes Fieber.»

Der Rittmeister schüttelte den Kopf. «Der bleibt hier. Soll nachkommen, wenn er wieder auf den Beinen ist. Wir haben einen strengen Marsch vor uns und können keinen Kranken brauchen.»

«Die Dorfleute werden ihn erschlagen wie einen Hund.»

«Das ist nicht unser Brot.»

Matthes beschloss, in Halberstadt um Versetzung zu einer anderen Kompanie zu bitten.

Wind und Regen hatten nachgelassen, und so kamen sie zügig voran. Noch vor Sonnenuntergang erreichten sie den alten Bischofssitz am Eingang zum Harz. Der Obristquartiermeister verteilte die Söldner des eingetroffenen Regiments auf die umliegenden Dörfer, Matthes begab sich mit den anderen Wachtmeistern in ein Bürgerhaus am Markt. Gleich am nächsten Morgen schickte er seinen Corporal zu Wallenstein, eine Audienz zu erbitten. Vergeblich.

«Der Generalissimus liegt krank darnieder, mit offenem Bein und Magenschmerzen», berichtete Carl, ein lustiger Bursche aus dem vorderösterreichischen Kenzingen. «Sein Leibdiener hat mich gar nicht erst vorgelassen. Der Alte hat wohl wieder seinen Grant. Ich hab ihn durch die angelehnte Tür toben hören, wegen der ausgebliebenen Proviantlieferungen. Hundsfötter! Bärenhäuter! Kujonen! hatte er gebrüllt und mit der Faust auf seinen schönen Hut eingedroschen. Dann hat mich der Diener weggejagt, wir sollten uns mit unseren Belangen gefälligst an Graf von Isolani wenden, der sei schließlich Obrist der Reiterei.»

Matthes mochte es nicht, wenn in solcher Weise von Wallenstein gesprochen wurde, doch seinem Corporal sah er es nach, war der doch trotz seines losen Mundwerks aufrichtig und loyal.

«Ich danke dir, Carl.»

«Soll ich bei Isolani vorsprechen?»

«Nicht nötig. Warten wir, bis sich die Gemüter beruhigt haben.»

«Das kann dauern. Ich hab nämlich drüben im Palais eine Neuigkeit aufgeschnappt, die gewiss die Ursache ist für die üble Laune des Generalissimus. Der Kaiser hat Truppen angefordert für zwei Feldzüge. Den einen nach den Niederlanden, den anderen nach Italien, gegen den Herzog von Mantua. Und zwar unverzüglich.»

«Das ist doch Irrsinn! Der Winter steht vor der Tür. Schon

jetzt kommt man kaum über den Sankt Gotthard. Spricht man davon, welche Truppen betroffen sind?»

Carl schüttelte seinen blonden Lockenkopf. «Nein.»

«Dann hoffen wir, dass das nur eine dieser dummen Latrinenparolen ist.»

Wenige Tage später indes wurde der Italienfeldzug zur Gewissheit. Da sich Wallensteins Gesundheitszustand nicht besserte und sein Arzt ihm für das Frühjahr dringend eine Kur in Karlsbad anbefahl, übergab er den Oberbefehl widerstrebend seinem Generalleutnant Collalto und beorderte ihn mit den Obristen Aldringen und Gallas gen Mantua, mit einem Heer von achtundzwanzigtausend Fußknechten und siebentausend Reitern.

Matthes atmete auf, als er erfuhr, dass an ihren Dragonern der Kelch noch einmal vorübergegangen war. Er war lange genug Soldat, um zu wissen, welche Verluste eine solche Unternehmung mit sich bringen würde. Und dass die welschen Obristen sich dafür anerboten hatten, wunderte ihn nicht, erhofften sie sich doch fette Beute im Land ihrer Herkunft.

Sein Begehr, unter einen anderen Hauptmann zu wechseln, erfüllte sich dann auf gänzlich unerwartete Weise: Eines Nachts, nach einem Stelldichein mit einer Hübschlerin auf freiem Felde, verirrte sich der sturzbesoffene Rittmeister in der Dunkelheit, stolperte in den Goldbach und wurde von dessen spärlichen Fluten auf Nimmerwiedersehen mitgerissen. Nur ein Stiefel und die rote Schärpe, die sich im Ufergestrüpp verhangen hatten, blieben der Nachwelt erhalten. Matthes weinte dem Krabat keine Träne nach, zumal sich rasch Ersatz für ihn fand – kein Geringerer als Hauptmann Batista de Parada, der Napolitaner mit den traurigen Augen.

Im Spätherbst wurde Matthes' Regiment mit anderen Teilen des kaiserlichen Heeres an die Weser befohlen. Dort würden sie Winterquartier nehmen und bereit stehen für einen gegebenen Nachschub in den Süden oder, sofern es der Kaiser befahl, in die spanischen Niederlande. Doch schon im Februar wurden sie, Figuren auf einem Schachbrett gleich, wieder abgezogen ins Fränkische, um näher an Italien zu stehen, derweil sich Wallenstein mit seinem Hofstaat nach Böhmen zurückgezogen hatte. Es schien, als ob der Fürst von Friedland des Kämpfens müde war.

16

Der Abendwind wehte süßen Rosenduft vom Gartenpavillon herüber. Agnes stellte ihren Korb in die nächste Reihe der Blumenrabatte und richtete sich auf.

«Warte, ich helfe dir.»

Durch die Mauerpforte kam Franz auf sie zu, in der Hand eine Hacke.

«Das ist lieb.»

Gemeinsam lockerten sie die trockene Erde zwischen den reich blühenden Violen, Maßliebchen und Beetrosen und entfernten die verdorrten Blütenblätter. Agnes mochte es, wenn Franz ihr Gesellschaft leistete. Der Junge war stets guter Laune, schwatzte viel, aber nicht zu viel, und er hatte es sich zur Gewohnheit gemacht, ihr nach Feierabend zur Hand zu gehen. Gewöhnlich arbeitete er drüben im Lustgarten, aber der Name passte nicht mehr so recht, da inzwischen nur noch die Gemüse- und Kräuterbeete gepflegt wurden. Als Agnes und die Prinzessin beschlossen hatten, wenigstens den ‹Garten der Herzogin› nicht der Verwahrlosung zu überlassen, und sie sich dort um die Blumen kümmerten, wann immer sie Zeit fanden, hatte er sogleich seine Hilfe angeboten. Er war es auch gewesen, der im Frühjahr die Wasserleitungen wieder instand gesetzt hatte, die jetzt, in diesem trockenen, heißen Frühsommer, den Beeten zu ihrer Blütenpracht verhalfen.

Heute wirkte Franz bedrückt.

«Was ist mit dir?», fragte Agnes, nachdem der Junge eine Weile stumm neben ihr gearbeitet hatte.

«Hast du nicht davon gehört? Wallenstein lässt ein riesiges Heerlager errichten, in Oberschwaben. Er hat wohl Befehl, ins Herzogtum einzurücken, um die Rückgabe unserer Klostergüter mit Waffengewalt durchzuführen.»

«Wallenstein? In Oberschwaben?» Agnes sah ihn erschreckt an. «Weißt du, wo genau?»

«Nein. Ich weiß nur, dass jetzt höchste Zeit ist zu kämpfen. Wir Protestanten dürfen uns nicht länger zur Schlachtbank führen lassen wie die Osterlämmer. Ich begreife nicht», er senkte die Stimme, «warum unser Regent noch immer an der Neutralität festhält.»

«Weil er den Frieden bewahren will, Franz.»

Das schmale, bartlose Gesicht des jungen Gärtnerknechts nahm einen verächtlichen Ausdruck an. «Auf einen Frieden, bei dem uns das halbe Land mit Gewalt genommen wird, pfeife ich. Wenn das stimmt mit Wallensteins Einmarsch, dann halten mich hier keine zehn Pferde mehr.»

«Was willst du damit sagen?»

«Dass ich mich Konrad Widerhold anschließe. Das ist einer der wenigen echten Männer, die wir in Württemberg haben. Oder ich geh gleich zu den Hessischen.»

Agnes schüttelte den Kopf. «Ach Franz. Dass ihr jungen Männer immer dem Krieg hinterher rennt! Warum willst du Hacke mit Muskete tauschen? Wir müssen jetzt erst einmal abwarten und hoffen. Bislang haben sich die Drohungen des Kaisers doch noch jedes Mal als heiße Luft herausgestellt.»

Aber die Unruhe über diese Nachricht, die Furcht, dass die kaiserlichen Söldner womöglich bis Ravensburg vordringen könnten, ließ Agnes nicht los. Und so suchte sie am nächsten Morgen die Prinzessin auf. Ein Blick auf Antonias Miene genügte, um zu erkennen: Die Kunde von Wallensteins Heerlager war kein Gerücht. Doch ein wenig konnte die Prinzessin sie beruhigen: Die feindlichen Truppen sammelten sich in Memmingen, weit genug weg von Ravensburg.

«Diese Schlange Wallenstein brüstet sich neuerdings, für den Frieden einzutreten. Aber wer Frieden in Deutschland will, Landfrieden und Seelenfrieden, darf dieses Edikt nicht wollen. Und wer dieses Edikt will, der sucht Krieg, allen schönen Worten zum Trotz!» Antonia ballte die Fäuste im Schoß, dass die Fingergelenke weiß hervortraten. «Sobald Wallenstein in Memmingen eingetroffen ist, wird unser Doctor Löffler mit seinem Sekretär dorthin aufbrechen und versuchen, das Schlimmste abzuwenden.»

Sie schickten einen Gesandten zu Wallenstein? Agnes durchfuhr ein Gedanke, den zu äußern sie zögerte. Aber durfte sie eine solche Gelegenheit ungenutzt verstreichen lassen?

«Ich weiß, welch ernste Sorgen Euch bedrängen. Ich weiß auch, was Ihr von Wallenstein haltet und von allen, die an seiner Seite kämpfen. Trotzdem – ich hätte eine große Bitte.»

«Du denkst an deinen Bruder?»

Agnes nickte. «Ich würde dem Vizekanzler gern eine Nachricht mitgeben, für den Fall, dass Matthes in Memmingen ist. Jedoch nur, wenn Ihr es für gut heißt.»

«Aber ja. Er ist dein Bruder, und das allein zählt, vor allen Feindseligkeiten.»

Überraschend war Matthes' Regiment im Frühjahr nach Oberschwaben abkommandiert worden, wo der Obrist Rudolf von Ossa das Kommando für den Italiennachschub hielt. Zunächst hatte alles danach ausgesehen, als sollten sie Collalto nach Mantua folgen, dann jedoch sammelten sie sich mit anderen Regimentern in der Reichsstadt Memmingen und den umliegenden Flecken, und es geschah zunächst gar nichts. Es hieß, Memmingen liege strategisch günstig mit seinen guten Verbindungen in die italienischen Reichsprovinzen, nach Frankreich und sogar in die Niederlande, und so ließe sich gegebenenfalls in jede Richtung operieren. Zudem lag Regensburg, wo im Juni der Reichstag zusammentreten würde, nur vier Tagesreisen entfernt. Nun gelte es, die Ankunft des Generalissimus abzuwarten.

Das stolze Handelsstädtchen an der jahrhundertealten Salzstraße verhielt sich, obgleich schon vor etlichen Generationen reformiert und der lutherischen Lehre treu geblieben, äußerst freundlich gegen die Kaiserlich-Katholischen. Ohne Widerstand hatte der Magistrat schon im vergangenen Herbst dem für Italien bestimmten Fähnlein Quartier geboten und die monatlichen Kontributionen von viertausend Gulden beglichen, hatte auf dem Ratzengraben für teures Geld Stallungen wie Unterkünfte errichtet und Lebensmittelvorräte aufgekauft.

Was Matthes am meisten erstaunte: Die Bürger zeigten sich den Söldnern gegenüber alles andere als feindselig. Sie verlangten redliche Preise in den Wirtshäusern und Werkstätten und suchten das Gespräch mit den Fremden. Allerdings hatten sie auch keinen Grund zu klagen. Schließlich durften sie unbehelligt ihrem Gottesdienst in Sankt Martin nachgehen, und der Herzog bezahlte, wo die Kontributionen nicht ausreichten, den Sold und die Verpflegung seiner Leute auf Heller und Pfennig selbst aus den Erträgen seiner florierenden friedländischen Güter. So brachte die Besatzung den Memmingern keine Nachteile, sondern ein gutes Geschäft, und es schien fast, als könnten sie die Ankunft Wallensteins kaum erwarten.

Mundart und Lebensart der Menschen erinnerten Matthes an Ravensburg, und er begann sich beinahe heimisch zu fühlen. Er streifte durch die Gassen oder galoppierte auf seinem Fuchs durch das nahe Ried. Hin und wieder nahm er sich Carl zur Gesellschaft mit, dann nämlich, wenn sich eine leise Wehmut in sein Gemüt schlich, wenn ihm bewusst wurde, wie nahe er doch auf einmal seiner Heimatstadt gekommen war. In solchen

Augenblicken haderte er mit sich, ob er sich nicht für einige Tage freistellen lassen sollte, um nach Ravensburg zu reiten. Doch er brachte es nicht über sich. Stattdessen zog er mit seinem Corporal durch die Schenken der Ulmer Vorstadt und ertränkte sein Heimweh in Starkbier und Branntwein.

Anfang Juni schließlich, die Tage waren bereits ungewöhnlich heiß, kündete eine Depesche aus Nürnberg an, Wallenstein werde mit seinem Hofstaat samt kroatischer Reiterei und siebenhundert Pferden in wenigen Tagen eintreffen. Eilig berief Oberst von Ossa seine Befehlshaber in die Stube des Goldenen Löwen, des Weinhauses der Stadt, um den Empfang gebührend vorzubereiten und die Aufgaben zu verteilen.

«Schafft als Erstes die einfachen Söldner auf die umliegenden Dörfer, ebenso sämtlichen Pferde- und Viehbestand der Stadtbürger. Der Generalissimus wird im Fuggerbau residieren. Der muss hergerichtet werden, und weitere Quartiere sind zu schaffen. Der Magistrat soll die Bürger zur Reinhaltung der Häuser und Gassen zwingen und die üblichen Verhaltensregeln ausrufen lassen. Vor allen Dingen sollen sie sich nicht unnötig in den Gassen drängeln, wenn der Herzog und sein Gefolge ein- und ausfahren.»

De Paradas Kompanie hatte für Ruhe und Ordnung zu sorgen. Matthes oblag dabei die Kontrolle der nächtlichen Ausgangssperre ab der neunten Stunde, von der nur die Offiziere und Wallensteins Gäste ausgenommen waren. Um dem Bedürfnis des Herzogs nach unbedingter Ruhe Rechnung zu tragen, sollten wie üblich die Gassen rund um sein Stadtpalais mit frischem, sauberem Stroh bedeckt sein, die Tor- und Ratsglocken abgestellt und den Nachtwächtern bei Turmstrafe das Ausrufen der Stunden untersagt werden. Westertor und Lindauer Tor hätten während Wallensteins Aufenthalt geschlossen zu bleiben, um den Fuhrverkehr zu unterbinden, desgleichen mussten im Umkreis von Ross- und Weinmarkt sämtliche Hofhunde und Hähne entfernt werden.

Am Abend des 9. Juni rückte der Friedländer von Ulm her an. Der Einzug überstieg alle Erwartungen: Dreißig rotgepolsterte Karossen, vierspännig, sechsspännig, achtspännig, rollten durch das Niederngasserntor, flankiert von der hundertköpfigen Leibgarde unter Piccolomini, silberbestickte Fahnen flatterten im Nachtwind. Am Morgen dann noch einmal siebzehn Staatskarossen, vierundzwanzig Kutschen, sechzig Packwagen und zwei rotgoldene Sänften. Dazwischen das Ulmer Gastgeschenk: zehn ungarische Ochsen, hundert Hammel, zwölf Mastkälber und ein Fuhrwerk voller Rebhühner, der Leibspeise des Feldherrn. Entgegen allen Anweisungen säumten die Memminger die Straßen und Gassen, drängten sich an die Häuserwände, die sie mit Blumengirlanden und grünen Maien zum Willkommen geschmückt hatten.

Es dauerte bis in den späten Nachmittag, bis alles untergebracht, versorgt, verstaut war. Sechshundert Pferde und siebenhundert Mann meldete Oberst von Ossa schließlich dem Magistrat. Unter dem Gefolge befanden sich sechs Fürsten und weit über hundert Edelleute. Die Sonne stand tief, als der Generalissimus sich endlich an einem der Erkerfenster des Fuggerbaus zeigte. Weit lehnte er sich heraus, hob vor den versammelten Ratsherren und Offizieren – gemeines Volk war auf dem Schweizerberg von diesem Tag an nicht mehr zugelassen – die Hand zum Gruße. Krank sieht er aus, dachte Matthes, und abgemagert, die Gesichtsfarbe von ungesundem Gelb.

«Die Kur in Karlsbad scheint nicht viel ausgerichtet zu haben», flüsterte Carl mit unbewegter Miene. Er hatte, wie alle anderen, Haltung angenommen und salutierte. «Ich hab gehört, dass er von Gitschin nach Karlsbad in der Sänfte getragen werden musste.»

Nach dreimaligen Fanfarenstößen und einem kurz gehaltenen Tremolo der Heerpauken war der offizielle Empfang ihres Generalissimus beendet, auf Geschützdonner hatte man wohlweislich verzichtet. Da die herzogliche Leibgarde die Bewachung des Palais übernahm, durfte sich Matthes mit seiner Kompanie zurückziehen.

Wenn Wallenstein nicht gerade hohe Gäste empfing oder einen seiner unzähligen Briefe an Diplomaten, Machthaber oder Regimentsobristen diktierte, ritt er schweigend am Stadtgraben spazieren. Nur der Hufschlag seines edlen Hengstes war dann zu hören, seine Trabanten hüllten sich wie er in Schweigen. Überhaupt war es nahezu eine Friedhofsruhe, die sich mit seiner Ankunft über die Stadt gelegt hatte. Alles ging geregelt und wohl geraten seinen Gang, die Bürger widmeten sich mit stillem Fleiß und in aller Zurückhaltung ihrer täglichen Arbeit, priesen die Milde und Großzügigkeit ihres fremden Stadtherrn. Denn tatsächlich enthielt sich Wallenstein jeglicher Einmischung in die Angelegenheiten der städtischen Verwaltung. Er wies seine Leute zu Ordnung und Anstand an, ja mehr noch: Er ließ sogar Almosen an die Kranken und Bedürftigen verteilen. Doch mit dem einst bunten, lauten Treiben auf Gassen und Märkten verschwand zugleich das Lebenslustige der Memminger. Es war, als würde ein munter plätschernder Bergbach in einen zäh dahin fließenden Festungsgraben verwandelt. Die zunehmend schwüle Hitze tat ihr Übriges.

Eine Woche nach Wallensteins Einzug rollte eine dunkle Kutsche vor das Portal des Fuggerbaus. Auf dem Schlag prangte das viergeteilte Wappen der Württemberger. Im Zunfthaus der Kramer machte flugs die Runde, zwei lutherische Herren aus Stuttgart hätten um Audienz gebeten. Bittsteller des Herzogs, der um Schonung seiner württembergischen Lande flehe.

«Es sieht aus», vermeinte ein älterer Wachtmeister, während sie beim Mittagsmahl saßen, «als würde doch nichts aus unserm Marsch gegen Mantua. Schade eigentlich, Italien soll einem Paradies gleichen.»

«Sehr schade», stimmte ein anderer mit vollem Mund zu.

«Stattdessen müssen wir uns wohl mit diesen aufsässigen Württembergern herumschlagen, die ihre Kirchen und Klöster nicht rausrücken wollen. Hab gehört, die Bauern dort stünden mit solch eisernem Willen hinter ihrem Landesherrn, dass sie die Kirchenportale mit Sensen und Mistgabeln bewachen.»

«Glaubt ihr wirklich, dass Seine Kaiserliche Majestät Befehl gegeben hat, nach Württemberg einzumarschieren, um das Edikt mit roher Gewalt zu erfüllen?» Matthes sah zweifelnd in die Runde.

«Ich hätt nichts dagegen.» Der Kornett, ein hoch gewachsener, strohblonder Bursche, der für seinen Wagemut bekannt war, langte mit fettigen Fingern nach seiner dritten Schweinshaxe. «Seit Wochen sitzen wir hier herum wie der Vogel im goldenen Käfig. Nicht einmal die Mädchen lassen einen ran, weil ihnen die geringste Bandelei mit uns verboten ist. Was für ein ödes Leben, da bleibt einem nur noch das Fressen.»

«Gib Acht, dass du nicht noch fetter wirst. Sonst bist du deinen Rang als Fähnrich schneller los, als du deine Haxen runterschlingst», feixte der Ältere. «Aber im Ernst: Der Kaiser hat wohl tatsächlich Order zum Einmarsch gegeben, und dann ist ja auch bald der Kurfürstentag. Dieser Tage schon soll Seine Majestät in Regensburg eintreffen – ich denke, dann wird sich einiges entscheiden.»

«Bislang», warf ein anderer ein, «hat sich Wallenstein gegen das Edikt ausgesprochen. Er hegt für einen Einmarsch keinerlei Sympathie und behauptet, Kaiser Ferdinand habe zwar Befehl gegeben, jedoch ohne eigenen Willen, sondern getrieben von den Pfaffen am Hofe.»

«Na, auf dem Reichstag werden die Kurfürsten unserem General gehörig den Rost runterkratzen, wenn er sich weiterhin weigert, kaiserliche Befehle auszuführen.»

In diesem Augenblick betrat ein Bote die Stube. «Ist unter den Feldweybeln ein Wachtmeister mit Namen Marx?»

Matthes erhob sich.

«Ein Schreiben für Euch.» Der Kurier überreichte ihm einen versiegelten Brief und drehte sich um.

«Halt, wartet», rief der Kornett. «Wisst Ihr, ob die Audienz der beiden Württemberger beendet ist?»

«Ja. Die Herren haben eben die Stadt verlassen.»

«Und? Habt Ihr sie gesehen? Ich meine, wirkten sie bedrückt?»

«Im Gegenteil. Sie schienen rechtschaffen erleichtert.»

Matthes hatte sich an den Kachelofen im Hintergrund zurückgezogen. Verunsichert erbrach er das Siegel und begann zu lesen:

Zu Stuttgart, den 11. Juno
anno Domini 1630

Geliebter Bruder!

Von ganzem Herzen hoffe ich, dass diese Zeilen dich in Memmingen erreichen. Viele Jahre sind vergangen, in denen ich nie wieder von dir gehört habe. Für dieses eine Mal hoffe ich, dass du noch immer in Wallensteins Diensten stehst, auch wenn mir alles andere lieber wäre. Doch das Wichtigste bleibt, dass du gesund und wohlauf bist.

Nach all den Jahren, die ich fern von zu Hause verbracht habe, wird mir eines immer bedeutsamer – dass wir uns nicht aus den Augen verlieren. Was bleibt uns denn in solch unsicheren Zeiten anderes als unsere Familie? So bitte ich dich inständig: Lass ein Lebenszeichen von dir hören. Oder – das wage ich kaum zu bitten – komm nach Stuttgart, damit wir uns wiedersehen. Ich hab mir sagen lassen, dass der Weg jetzt im Sommer mit einem guten Pferd in zwei, drei Tagen zu schaffen ist. Ich wäre überglücklich.

Gott behüte dich und bleib gesund. Deine Schwester Agnes.

«Nein!», murmelte er. Dabei schüttelte er den Kopf, als würde sie leibhaftig vor ihm stehen.

17

«Meine Tage sind bald abgelaufen, da mag kommen, was will.» Else wischte sich den Schweiß aus ihrem faltigen Gesicht. «Doch was euch Junge betrifft, so bete ich, dass das alles bald ein Ende hat.»

Sie saßen im Hof vor Elses Häuschen, im Schatten zwar, doch selbst hier war die Hitze kaum auszuhalten.

David griff nach einer der glänzenden rotgrünen Julibirnen, und Agnes schlug ihm auf die Finger. «Lass das. Die haben wir der Gevatterin zum Geschenk mitgebracht.»

«Nun sei doch nicht so streng mit dem Büble. Los, mein Junge, such dir die schönste aus. Und dann ab in den Hühnerstall, Eier suchen.»

«Denk dir», fuhr Else fort, nachdem sich der Junge Richtung Schuppen getrollt hatte, «Melchert hat sich freiwillig zum Landesaufgebot gemeldet. Ich hab ihn ausgelacht. Dich alten Stecken jagen sie gleich wieder heim, hab ich ihm gesagt. Aber jetzt hab ich Angst, dass sie den Alten tatsächlich holen.»

«So bös wird es nicht kommen», versuchte Agnes sie zu beruhigen, doch klangen ihr die eigenen Worte falsch und verlogen im Ohr.

Dabei hatte es zunächst durchaus ausgesehen, als hätten Doctor Löfflers diplomatische Bemühungen Früchte getragen. Was hatte der Vizekanzler nicht Tröstliches zu berichten gewusst: Von Wallenstein drohe keine Gefahr, er habe nicht die Absicht, sich für einen Einmarsch gebrauchen zu lassen und seine Soldaten auszuschicken, um die Tore der Klöster zu sprengen. Er wolle keine neuen Feinde schaffen. Doch dann, zu Beginn des Regensburger Reichstags, war der strenge kaiserliche Befehl nach Memmingen gegangen, Wallenstein möge die Klostersache in Württemberg endlich zum Abschluss bringen – sonst könne man das kaiserliche Heereskommando auch einem anderen General übertragen. Eilends war der württembergische Regent nach Heidenheim aufgebrochen zu einer geheimen Unterredung mit dem Feldherrn, doch da war nichts zu retten. Er habe, so ging das Gerücht in Stuttgart, einen lethargischen, gichtkranken Mann angetroffen, der ein ums andre Mal beschied, er sei zwar ein Freund Württembergs, müsse aber geschehen lassen, was geschehen solle.

Und ausgerechnet zu diesem Zeitpunkt traten der siebzehnjährige Thronfolger und seine Brüder ihre Kavalierstour nach Straßburg und Mömpelgard an. «Der Feind kommt, und meine Brüder machen sich aus dem Staub», hatte Antonia anfangs noch gespottet. Doch inzwischen überwog die Sorge um die Prinzen. Würden sie bei ihrer Rückkehr ihr Land unversehrt vorfinden?

Vor drei Tagen nun war von Regensburg Nachricht eingetroffen, seine kaiserliche Majestät sehe sich, da mit einem Einlenken der Württemberger nicht mehr zu rechnen sei, gezwungen, achtundzwanzig Kompanien in die württembergischen Kernlande zu entsenden. Agnes sah noch immer die entsetzten Gesichter im herzoglichen Frauenzimmer vor sich. Dass nicht Wallenstein, sondern ein gewisser Oberst von Ossa an der Spitze marschierte, hatte Prinzessin Antonia zu der bissigen Bemerkung provoziert: Der Friedländer sei nicht nur ein Heuchler, sondern auch ein elender Feigling.

«Weißt du, Else, was ich am meisten fürchte? Dass es nicht dabei bleibt.»

«Wobei?«

«Dass die Katholischen nur die Klosterländereien besetzen, und Schluss. Unser Regent wird sich nicht mehr lange neutral halten. Die jungen Männer im Land gieren doch danach, sich in die Schlacht zu stürzen, und die Landschaft hat längst Gelder bewilligt, um Truppen anzuwerben. Dann tobt der Krieg bald auch bei uns.»

«Nein, nein, nein.» Else schüttelte den Kopf. «So weit darf es nicht kommen.»

«Wird es aber.» Agnes starrte zu Boden. «Dieser Krieg ist wie ein Waldbrand im Hochsommer: Hat man an einer Stelle die Flammen ausgetreten, lodern sie an andrer Stelle wieder auf. Es wird niemals aufhören.»

«Was für ein Mumpitz. Der Krieg hat einen Anfang, also hat er auch ein Ende.»

Die Kunde von ersten Scharmützeln zwischen kaiserlichen Söldnern und braven Bauern und Bürgern ließ nicht lange auf sich warten. Irgendwann hieß es sogar, beim Kampf um die ehrwürdige Klosterschule Blaubeuren habe es Tote gegeben.

Auf den Gassen und in den Wirtshäusern wurde über nichts anderes gesprochen. Diejenigen, die zu Zurückhaltung und Friedfertigkeit mahnten, wurden immer weniger, die Gemüter der Übrigen immer hitziger.

«Gehen wir zurück ins Schloss», schlug Rudolf vor. Agnes nickte. Ein Handgemenge in der Hirschgasse, in das Rudolf ums Haar hineingezogen worden wäre, hatte ihr die Lust am Abendspaziergang vergällt.

Vor der Hofpfisterei kam ihnen Franz entgegen.

«Agnes! Der Torwächter schickt nach dir. Vor dem Esslinger Tor steht ein Fremder und will zu dir. Der Wächter lässt ihn nicht ein, weil er aussieht wie ein Söldner.»

«Matthes!»

«Dein Bruder?» Rudolf runzelte die Stirn.

Agnes sah ihn verwirrt an. «Vielleicht. Ich muss sofort los.»

«Warte. Ich werde dich begleiten. Das könnte auch sonst wer sein.»

«Es ist besser, ich gehe allein.»

Sie schürzte ihren Rock und rannte los, ohne weiter auf Rudolf zu achten. Die Hitze und der Gestank des Unrats raubten ihr schier den Atem, als sie im Laufschritt die Esslinger Vorstadt durchquerte. Vor dem Torhaus stellte sich ihr der Wächter in den Weg. Sie kannte ihn flüchtig.

«Der Bursche da draußen behauptet, Euer Bruder zu sein.»

«Wenn er sich Matthes Marx nennt, ist er es auch.»

Der Wächter zuckte die Schultern. «Ihr wisst, dass ich ohne Legitimation keine Fremden einlassen darf, schon gar nicht, wenn sie bis an die Zähne bewaffnet sind.»

«Dann lasst mich zu ihm.»

«Gut. Auf Eure Verantwortung.»

Agnes drückte sich an ihm vorbei und überquerte den Stadtgraben. Gegen die Abendsonne sah sie auf der Obstwiese die Silhouette eines hoch gewachsenen, breitschultrigen Mannes. Er ließ sein Pferd am langen Zügel grasen. Als sie näher kam, bemerkte sie, dass das Tier schweißüberströmt war.

«Matthes?», rief sie leise.

Der Mann wandte sich um und schritt bedächtig auf sie zu. Es war ihr Bruder, und doch war er es wieder nicht. Zehn Jahre standen dazwischen. Aus dem fünfzehnjährigen Knaben war ein gestandener Mann geworden. Sein Körper wirkte kraftvoll und stark, nur die eingefallenen Wangen in dem schmalen Gesicht verrieten, dass er auch lange Zeiten der Entbehrungen durchgemacht haben mochte. Das dunkle, halblange Haar, das ihm wirr ins Gesicht fiel, und der schwarze Vollbart verliehen ihm etwas Wildes, Verwegenes. Dazu das waffenstarrende Bandelier, das er um den Leib geschnallt trug, und sie konnte verstehen, warum man ihn nicht in die Stadt gelassen hatte.

«Du bist tatsächlich gekommen.»

Er nickte nur und sah verlegen zu Boden. Sie hätte ihn gern umarmt, doch nicht nur das schwere Wehrgehenk hielt sie davon ab.

«Gehen wir ein Stück.» Seine Stimme hatte einen tiefen Klang. «Das Pferd muss trocken geführt werden, sonst wird es krank.»

Sie nahmen einen Pfad stadtauswärts und marschierten schweigend nebeneinander her. Endlich fragte Matthes: «Was weißt du von Mutter und Jakob?»

Agnes berichtete von den Neuigkeiten aus Jakobs letztem Brief, dann blieb sie stehen. «Es ist schrecklich, was mit deinem Freund geschehen ist.»

Wieder nickte er nur. Trauer konnte Agnes in seinen Augen keine entdecken, sie blickten starr, beinahe hart. Das Unbändige, Ungestüme schien aus seinem Wesen gänzlich verschwunden, nichts verriet mehr die Abenteuerlust des Fünfzehnjährigen. Matthes schien nicht um zehn, er schien um zwanzig Jahre gealtert.

«Du musst hungrig sein», sagte sie.

«Weniger hungrig als durstig. Meine Wasserflasche ist leer.»

«Dann komm. Ich kenne eine behagliche Schenke, in der du auch dein Pferd unterstellen kannst.»

Es kostete Agnes einige Überredungskunst, bis der Torwächter ihren Bruder in die Stadt ließ. Matthes musste Waffen und Munition ablegen und sein Wort geben, sich nur in der Vorstadt aufzuhalten sowie rechtzeitig bei Torschluss zurück zu sein.

Beim Schellenwirt bestellten sie Bier, Brot und Käse. Matthes vertilgte alles blitzschnell, um anschließend noch ein Krüglein Branntwein zu ordern. Seine Züge entspannten sich.

«Wie geht es deinem Jungen?»

«Er ist gesund, kräftig und reichlich fürwitzig.» Agnes lachte. «Ich hoffe, er richtet heute Abend keine Dummheiten an, wo ich nicht bei ihm bin.»

«Ich möchte ihn sehen.»

«Es ist spät, und ich darf dich nicht ins Schloss mitnehmen. Wann musst du zurückreiten?»

«Morgen früh.»

«Dann komme ich morgen mit David zum Esslinger Tor. Gleich zur siebten Stunde. Ach herrje – und wo wirst du schlafen? Doch nicht etwa auf freiem Feld?»

Matthes lächelte zum ersten Mal.

«Darum musst du dir die geringsten Sorgen machen. Als Soldat bin ich –» Er unterbrach sich mitten im Satz. «Verzeih, ich wollte nicht damit anfangen. Wollte nicht über diesen Krieg reden. Erzähl mir von David. Was mag er am liebsten?»

Viel zu rasch verging die Zeit. Der Nachtwächter rief zur neunten Stunde, und so traten sie hinaus in die einbrechende Nacht.

«Bis morgen früh.» Agnes nahm seine beiden Hände und drückte sie fest. «Ich bin so froh, dass du gekommen bist.»

«Ich auch. Und ich freue mich, meinen Neffen kennen zu lernen.»

«Matthes?»

«Ja?«

«Falls du jemals Kaspar begegnen solltest – sag ihm, dass er einen Sohn hat. Und dass David oft von seinem Vater spricht.»

«Ich – ich bin ihm längst begegnet.»

Agnes ließ jäh seine Hände los. «Wann?»

«Das ist schon fünf Jahre her. Agnes, ich kann dir nur eins sagen: Du musst den Kerl vergessen.»

Die Sonne hatte sich noch nicht über die Hügel erhoben, da stand Matthes bereits am Graben vor dem Esslinger Tor. Der Wächter ließ ihn über die Brücke und begrüßte ihn um Einiges freundlicher als am Vortag.

«Ihr seid viel zu früh. Eure Schwester liegt sicherlich noch in seligem Schlaf. Habt Ihr Lust auf ein Spielchen?»

«Warum nicht?»

Matthes band sein Pferd an einen Mauerring und hockte sich zu dem Mann auf den Boden.

«Drei Kreuzer Einsatz?» Der Wächter schüttelte den Würfelbecher.

«Einverstanden.»

Matthes war nicht bei der Sache, und so hatte er seinen Einsatz bald verloren. Hätte er nur sein Maul gehalten wegen Kaspar. Er hätte seiner Schwester das alles liebend gern erspart. Andererseits

– war die Wahrheit in ihrer Lage nicht allemal besser als jede falsche Hoffnung?

«Guten Morgen!»

Agnes stand vor ihm, müde zwar, aber mit einem Lächeln im Gesicht. An ihrer Hand der achtjährige David, der jetzt verlegen grinste.

Matthes stand auf und reichte dem Jungen die Hand.

«Ich bin Matthes, dein Oheim.»

«Ich weiß. Du bist Soldat wie mein Vater. Stimmt es, dass du für unsere Feinde kämpfst?»

Matthes zuckte zusammen. Dann strich er David übers Haar. Im Äußeren glich der Junge seiner Mutter nur wenig, am ehesten noch um den Mund, dessen geschwungene Lippen wie bei Agnes einen kecken, leicht spöttischen Zug hatten. Das dichte, hellbraune Haar und die hellen Augen stammten eindeutig von seinem nichtsnutzigen Vater.

Matthes warf einen Seitenblick auf Agnes. «Der Kaiser ist nicht euer Feind. Möchtest du auf meinem Pferd reiten?»

«Ja!»

«Dann komm.»

Er nahm seinen Neffen bei der Schulter und führte ihn zu seinem Fuchs. Fachmännisch begutachtete David das Pferd, dem er gerade mal bis zur Brust reichte.

«Was für einen hübschen Kopf es hat. Und die vier weißen Stiefel zu dem hellroten Fell. Wie heißt es?»

Matthes sah ihn verdutzt an. Er hatte seine Pferde nie anders als nach ihrer Farbe benannt, Schimmel sein erstes, dieses hier mal Fuchs, mal Roter. Er hob David in den Sattel.

«David – er heißt David, nach dir.»

«Ist das wahr? *Maman*, hast du gehört? Das Pferd heißt David, genau wie ich!»

«Unglaublich.» Agnes zwinkerte ihrem Bruder zu. «Das wird doch kein Zufall sein.»

«Nein. Ich habe es nach deinem Sohn benannt.» Kein schlechter Name für dich, mein Schöner, dachte er und klopfte dem Pferd den Hals. Dann band er es los.

«Hier, nimm die Zügel und reite im Schritt neben uns her. Solange du nicht grob mit ihm bist, macht er alles, was du willst.»

Er wandte sich Agnes zu. «Es ist spät und ich muss allmählich aufbrechen. Begleitet ihr mich ein Stück durch die Obstwiesen?»

«Gern.» Ihre Stimme klang rau.

Der Torwächter schüttelte ihm zum Abschied grinsend die Hand. «Gebe Gott, dass ich niemals mein Tor gegen Euch verteidigen muss.»

«Das gebe Gott», erwiderte Matthes ernst.

Aufrecht und stolz wie ein Prinz ritt David neben ihnen her, während eine gleißende Sonne sich endgültig über die Berge schob und einen weiteren heißen Tag versprach.

«Wir werden uns so bald nicht wieder sehen, nicht wahr?», sagte Agnes.

«Weiß nicht. Aber ich werde dir schreiben, das verspreche ich dir.»

«Ich werde dir auch schreiben.»

«Das wird schwierig. Ich kann ja die Postreiter nutzen, die inzwischen viele große Städte verbinden. Und ich weiß, wo du zu finden bist. Aber ich bin mal hier, mal da. Es war wirklich großes Glück, dass ich in Wallensteins Hauptquartier war, als dein Brief in Memmingen eintraf.»

«Aber dienst du denn nicht in Wallensteins Regiment?»

«Wallenstein hat viele Regimenter, im Augenblick um die fünfzig, und die liegen über halb Deutschland verstreut. Da hätte der Generalissimus viel zu tun, wenn er die Post an seine Söldner verteilen wollte.»

«Dann müsste ich also wissen, in welchem Regiment du gerade dienst?»

«Genau. Doch das wechselt häufig.»

«Wo bist du jetzt?»

«Unter Oberst von Ossa.»

«Ossa?» Der Name kam wie ein spitzer Schrei über ihre Lippen, und sie blieb abrupt stehen.

Matthes sah sie verdutzt an. «Er ist einer von Wallensteins Vertrauten. Ja und?»

«Ja und?» Sie stampfte mit dem Fuß auf. «Dann gehörst du zu den römischen Bluthunden, die in dieses friedliche Land eingefallen sind und wegen ein paar alter Kirchen und Klöster sengen und morden?»

Ihre Stimme war so schrill geworden, dass das Pferd unruhig zu tänzeln begann.

«Ich dachte, du wüsstest – wir wollten doch nicht über den Krieg –»

«Hast dich womöglich aufgedrängt für diesen heldenhaften Feldzug, dich an vorderster Front gemeldet? Pfui Teufel, wenn das Vater wüsste!»

«Nicht so laut, Agnes. Bitte beruhige dich.» Er griff dem Pferd in die Zügel.

«Beruhigen?» Sie stampfte mit dem Fuß auf und stieß ihren Bruder gegen die Brust. David begann zu weinen.

«Ich bin kein Bluthund. Ich erfülle nur meine Pflicht gegenüber unserem Kaiser.» Er zog David aus dem Sattel und hielt ihn im Arm fest. «Euch wird nichts geschehen. Euch nicht und keinem anderen Menschen in Stuttgart. In dieser Sache geht es nur um die Kirchengüter, die der Mutterkirche einst widerrechtlich entrissen wurden.«

«O ja, ich habe davon gehört», höhnte sie. «Gebt dem Kaiser, was des Kaisers ist.»

«Nicht der Kaiser – die Geistlichkeit soll ihre Klöster und Kirchen zurückbekommen. Das sind Orte des Gottesdienstes und der Gebete.»

«Aber das ist hundert Jahre her, seit da zuletzt Mönche und Nonnen lebten!» Ihre Stimme zitterte noch immer, doch jetzt sprach sie leiser. «Aus den Klöstern sind längst Knabenschulen geworden. Die Bauern ringsum kennen keinen andern Herrn als unseren Herzog.»

«Unseren Herzog!» Matthes konnte nicht verhindern, dass sich ein verächtlicher Ton in seine Worte mischte. «Ich sehe, du hast längst eine neue Heimat gefunden. Hast du vergessen, dass du aus einer freien Reichsstadt kommst? Die über sich nur unseren Kaiser als Herrn anerkennt?»

«Und was ist das für ein Kaiser, der seinen Glauben mit blanker Gewalt durchsetzt? Der dafür Ströme von Blut vergießt, sein halbes Volk niedermetzeln lässt wie einst die Ritterorden die Heiden und Mohren? Nichts anderes als ein grausamer Herodes ist er. Und du als Lutheraner gibst dich dafür her, schlägst deine eigenen Glaubensbrüder hinterrücks tot.»

«Ich schlage überhaupt niemanden hinterrücks tot. Ich kämpfe auf dem Schlachtfeld für ein geeintes Reich. Ich kämpfe gegen Eindringlinge, die hier nichts zu suchen haben und gegen alle, die sich mit ihnen verbünden. Das hat doch schon längst nichts mehr mit dem Glauben zu schaffen.»

David befreite sich aus seinen Armen und rannte zurück in Richtung Stadt.

Agnes' dunkle Augen verengten sich zu Schlitzen. «Du bist ein elender Verräter, Matthes Marx, und verdienst es nicht, den Namen deines Vaters zu führen.»

Damit drehte sie sich um und folgte schnellen Schrittes ihrem Sohn.

Matthes sah ihr nach. In seinen Augen standen Tränen. Vielleicht bin ich ein Verräter, dachte er. Aber es gibt keinen Weg mehr zurück.

18

In diesem Sommer überschlugen sich die Ereignisse. Das war von zahlreichen beunruhigenden Himmelszeichen angekündigt worden: So hatten die Einwohner von Eger beobachtet, wie zwischen schwarzen Wolken Adler und Löwe miteinander kämpften und der Löwe den Sieg davontrug. Ganz Ähnliches war in Tübingen gesehen worden.

Während die Ossaschen Truppen sich kreuz und quer durch Württemberg wälzten, ohne Plan und Ziel, da von Wallenstein keine klaren Befehle einzuholen waren, braute sich auf dem Regensburger Kurfürstentag das Unwetter zusammen. Fünfundzwanzigtausend Gäste waren inzwischen in der Reichsstadt eingetroffen, darunter Diplomaten aller europäischen Herrscherhäuser ebenso wie Hunderte von Bittstellern aus protestantischen Gebieten.

Kaiser Ferdinand II. musste sich vor den Kurfürsten für seinen obersten Feldherrn rechtfertigen: Dass es nicht voranging mit der Rückgabe der Kirchengüter, lasteten die Katholischen Wallenstein an, den seine Majestät in ihrer Nachsichtigkeit viel zu mächtig und eigenwillig habe werden lassen. Am eindringlichsten ließ sich die Fistelstimme des mächtigen Bayernherzogs Maximilian vernehmen, Herr über Tilly und die ligistischen Truppen: Der Friedländer führe mittlerweile eine Hofhaltung, wie sie nicht einmal einem König zukomme. Er fröne dem Aberglauben, leihe sein Ohr lieber den Astrologen als dem Wort der Kirche. Am ärgsten aber: Er intendiere, sich an die Spitze des Heiligen Römischen Reiches zu setzen und dazu noch Frankreich zu erobern.

Dabei hatte der Kaiser, alt und kränkelnd, nichts anderes im Sinn als seine Nachfolge zu klären. Er wollte seinen Sohn, den König von Ungarn und von Böhmen, auf dem Kaiserthron wissen, doch die Kurfürsten waren zu keiner Wahl bereit, solange dieser eine, dieser böhmische Parvenu, im Heer das Sagen habe. Überdies weigerte sich das Kollegium, Wallensteins neues Herzogtum Mecklenburg anzuerkennen. Das alles trug sich zu in Wallensteins Abwesenheit, denn der Generalleutnant Tilly war geladen, der Generalissimus nicht.

Von diesen Dingen erfuhr Matthes, mal als nüchterne Meldung seitens seiner Befehlshaber, mal in wilden Gerüchten, die im Fähnlein kursierten, während sie sich in den Klosterländereien mit bewaffneten Bürgerwehren und rebellischen Bauern herumschlugen. Was sie in diesen Wochen erlebten, waren keine Gefechte Mann gegen Mann, Regiment gegen Regiment; es war ein zermürbender Kleinkrieg ohne Sieg oder Niederlage. Um sich vor Hinterhalten zu schützen, errichteten sie inzwischen ihre Feldlager fern größerer Ansiedlungen, oft genug in der ausgedorrten Ödnis der Alb, und so wurde die tägliche Beschaffung von Proviant und Ausrüstung zu ihrer schwierigsten Aufgabe. Immer häufiger rotteten sich Gruppen von Söldnern zusammen, um nachts heimlich zu fouragieren, sie brachten wehrlose Bauern um ihre letzten Vorräte, stahlen Pferde und Schafe aus den Ställen. Nicht weniger schlimm trieben es die Trossweiber und Trossbuben, die darin wetteiferten, vor aller Augen die Bauern, Mägde und Knechte auf dem Feld bis aufs Hemd auszuplündern. Mehr als einmal geriet Matthes in handfeste Händel mal mit dem Quartiermeister, mal mit dem Hurenweybel, da sie seiner Auffassung nach nicht rigide genug gegen diese Übergriffe vorgingen.

Wahrscheinlich hätte er bei diesen Querelen irgendwann selbst Kundschaft mit dem Knüppel des Rumormeisters gemacht, hätte Batista de Parada als Rittmeister seiner Kompanie nicht bedingungslos hinter ihm gestanden. So verfluchte Matthes jeden Tag aufs Neue diesen Feldzug, umso mehr, als er auf ganz unglückselige Weise den jungen Corporal Carl das Leben gekostet hatte: Beim Exerzieren war ihm die Muskete in der Hand explodiert.

Zu Matthes' Entsetzen über diesen so sinnlosen Tod kam in jenen Wochen die nicht enden wollende Hitze, die Marter ständigen Hungers und ständigen Durstes, die Streitsucht, die sich unter den Soldaten ausbreitete wie die Pestilenz. Sie machten hier die Drecksarbeit, während sich in Regensburg die Herren Deputierten und Geheimräte, die Kurfürsten und Bischöfe bei Kammermusik die Wänste voll schlugen und Tokaier aus Springbrunnen soffen.

Mitte August lagerten sie in einem schäbigen Dorf, irgendwo am nördlichen Rande des Herzogtums. Die Söldner hatten ihre Zelte und Strohhütten auf den niedergetrampelten Feldern errichtet, Matthes und die anderen Offiziere nahmen Quartier im Pfarrhaus. Oberst von Ossa hatte sich mit seinem Stab und seiner Leibgarde in einem nahe gelegenen Jagdschlösschen niedergelassen, was den meisten Männern nur recht war. So würde man unter sich sein die nächsten zwei, drei Tage.

Das Dorf schien von durchziehenden Heerhaufen bislang verschont geblieben zu sein, denn es fanden sich ungeahnte Schätze in den Kellern und Vorratskammern. Weniger bereitwillig denn verängstigt öffnete auch der Dorfpfarrer seine Kammer. Neben randvollen Obstkörben lagerten auf den Brettern Bleche über Bleche mit köstlichem Butterkuchen, Brotlaib stapelte sich auf Brotlaib, dazwischen eine mit Lorbeerblättern und bunten Beeren hübsch verzierte Geflügelpastete und ein gewaltiger Schinken.

Hauptmann Recknagel, Herr über ein Fähnlein Infanteristen und fett wie ein Kapaun, pfiff durch die Zähne: «Ich denke, das könnte ein wahrer Festschmaus werden.»

«Verzeiht, mein Herr, wenn ich etwas einzuwenden habe.» Der Pfarrer schlug die Augen nieder. «Das meiste hiervon ist für das Hochzeitsfest meines Neffen gedacht. Er wird sich morgen vermählen.»

Recknagels runder Kopf, der halslos auf dem schweren Leib klebte, versank noch tiefer zwischen den Schultern.

«Heißt das, Ihr wollt uns mit ein paar Äpfeln abspeisen?»

«Nun –» Der schmächtige Mann wand sich vor Verlegenheit. «Ich werde ausreichend Brot, Käse und Wein auftreiben, dazu noch ein Hühnchen aus meinem Stall –»

«Zum Teufel mit deinem Hühnchen! Was hier liegt, gefällt uns besser, dazu beschaffst du uns noch zwei Hammel. Dein Neffe soll im nächsten Sommer heiraten.» Er wandte sich um. «Oder was meinen die anderen Herrschaften?»

Matthes war der Einzige unter den zwanzig Männern, der nicht im Rang eines Rittmeisters oder Hauptmanns stand. Dass er nicht mit den anderen Unteroffizieren in einer der schäbigen Hütten untergebracht war, hatte er de Parada zu verdanken, dessen Günstling er inzwischen war. Immer häufiger hörte man munkeln, der Napolitaner wolle ihn bei Gelegenheit zum Leutnant machen. Doch in diesem Augenblick wäre er liebend gern an einem anderen Ort gewesen. Er sah hinüber zu seinem Rittmeister, der unschlüssig von einem Bein aufs andere trat und jetzt das Wort ergriff.

«Hört, guter Mann. Wir haben seit Tagen nichts Anständiges gegessen, mit Brot und Käse ist es also nicht getan. Aber wir werden Euch bezahlen.»

«Bezahlen?» Recknagel lachte meckernd. «Aus welcher Schatulle? Habt Ihr noch was im Beutel, de Parada? Ich, für meinen Teil, will jetzt was zu trinken. Hast du ein Fässchen Wein im Keller?»

Der Pfarrer nickte.

«Dein Glück. Marx, Ihr helft ihm beim Hochtragen. Rosa, komm her.»

Unwillig schlurfte die Gerufene heran. Rosa war nicht besonders hübsch, hatte aber einen prallen Busen, der ihr Mieder spannte. Recknagel behandelte sie wie eine Magd, dabei war sie seine Frau. Der Hauptmann war einer der wenigen Offiziere, die ihre Frauen auf diesen Feldzug mitgenommen hatten. In letzter Zeit indessen schien er das zu bereuen.

«Du trägst mit der Pfarrersfrau Gedeck und Becher auf. Los, beweg deinen fetten Arsch.»

Wenig später drängten sich alle um die Tafel. Gierig stopften sie sich mit Brot voll und stürzten den Wein die durstigen Kehlen hinunter, während draußen das Feuer für die Hammel angefacht wurde.

Matthes wusste, dass de Parada als einziger Geld für Kost und Losament hinterlassen würde. Es war nicht recht, was sie hier taten. Doch er wollte nicht darüber nachdenken, wie über so vieles, was ihm in diesen Wochen übel aufgestoßen war. Er hatte Hunger. Ohne auf die Reihenfolge zu achten, verschlang er, was auf den Tisch kam. Aß Pastete zu Butterkuchen, stopfte sich abwechselnd Speckseiten und Käsewürfel in den Mund, dazwischen Birnen und gebackene Eier, Süßkraut und gesalzenen Hering. Längere Zeit war am Tisch nichts als Schmatzen und Schlürfen zu hören, als Knacken, Knirschen, Kauen. Unterdessen stand die Pfarrersfrau in der dampfenden Küche, machte ihre sämtlichen Vorräte zunichte, bis endlich die ersten Bratenstücke von der Feuerstelle hereingebracht wurden. Matthes lag der Magen längst wie Blei im Leib, doch er konnte nicht aufhören. Er wischte sich den Bratensaft aus dem Gesicht und griff nach dem nächsten Stück Fleisch.

Einmal steckte ein junges Mädchen den Kopf zur Tür herein.

«Wen haben wir denn da?» Das feiste Gesicht Recknagels verzog sich zu einem Grinsen. «Immer hereinspaziert mit den schönen Frauen!»

Schüchtern trat das Mädchen näher. Sie zählte höchstens sechzehn Jahre, hatte eine Haut, so weiß wie Alabaster, hellrote Locken kringelten sich auf ihrer glatten Stirn.

«Ich suche meinen Vater.»

Recknagel wischte sich das Messer am Stiefelschaft sauber. «Der wird hoffentlich bald mit einem neuen Fass Wein auftauchen. Setz dich her.»

Er drängte Rosa zur Seite und zog das Mädchen neben sich. «Iss und trink!»

»Margret!» In der Tür zur Küche erschien die Pfarrersfrau, das Gesicht vor Entsetzen verzerrt. «Hab ich dir nicht gesagt, du sollst im Schuppen bleiben?»

«Hört, hört. Du solltest uns also vorenthalten werden. Das nenn ich nicht eben gastfreundlich.»

Ohne Rücksicht auf Rosa oder auf die Pfarrersleute tat Recknagel schön mit dem Mädchen, schenkte ihm Becher um Becher nach, tätschelte die Wangen, auf denen sich bald zartrosa Flecken zeigten. Der Fettwanst vermag tatsächlich zu parlieren, dachte Matthes dumpf und tauchte ein Stück Honigkuchen in den schweren, süßen Rotwein, den der Pfarrer inzwischen als Nachschub aufgetrieben hatte. Er kniff die Augen zusammen, um das Flimmern zu vertreiben. Die Gesichter um ihn herum begannen zu tanzen. Wie im Rhythmus einer trägen Musik schwangen sie nach rechts, nach links. Vom Hof her hörte er gelegentlich jemanden gottserbärmlich spucken und würgen, dann rückten Stühle, Türen schlugen, der junge Leutnant neben ihm krachte aus dem Stand quer über die Tafel, Glas klirrte, Rotwein lief in Lachen über die Tischplatte. Das Erstaunlichste aber war: Das Mieder der Pfarrerstochter stand halb offen und präsentierte die Furche zwischen zwei festen runden Brüsten. Dann fiel sein Kopf vornüber und er war eingeschlafen.

Als er am Morgen erwachte, lag er auf den dreckigen Dielen im Hausgang. Jemand hatte ihm seinen Mantel unter den Kopf geschoben. Langsam richtete er sich auf. Noch die kleinste Bewegung fand ihren Widerhall als schmerzhafter Schlag gegen die Schläfen. Er wankte hinaus in den Hof und erbrach sich.

In der Stube saß die Hälfte der Männer bereits bei Tisch, Rosa mittendrin, die Augen verheult. Ein beißender Dunst aus Alkohol, Schweiß und Süßkohl hing im Raum, der Fußboden klebte von verschüttetem Bier, überall lagen Essensreste und abgenagte Knochen herum. Stumm brachte Margret eine neue Schüssel Milchsuppe aus der Küche, ohne auf die anzüglichen Bemerkungen der Männer zu achten. Rosa warf ihr einen hasserfüllten Blick zu.

Matthes brockte sich Brot in die Suppe. Bei den ersten Bissen hob sich sein Magen, dann fühlte er sich besser. De Parada trat ein, mit ihm ein strahlender Hauptmann Recknagel.

«Potz hundert Gift, war das ein Festmahl letzte Nacht! Eben kam Nachricht vom Jagdschloss. Wir ziehen erst übermorgen los. Lasst uns also weiterschlemmen.»

Nach und nach füllte sich die Stube. Der Hauptmann winkte Margret heran und flüsterte ihr etwas ins Ohr, während seine fleischige Hand auf ihrem Hintern ruhte. Sie errötete. Kurz darauf kam sie mit zwei Krügen Wein zurück. Platten mit kaltem Braten, mit Hülsenfrüchten und gekochten Eiern wurden aufgetragen, einer der Leibdiener rollte ein Fass Bier herein. Das Gelage begann erneut.

Aus der Küche klang geschäftiges Klappern, es duftete nach gebratenem Speck. Recknagel befahl Rosa, der Pfarrersfrau zur Hand zu gehen.

«Es reicht!», kreischte Rosa auf. «Ich bin nicht deine Küchenmagd.»

Grob packte der Hauptmann sie am Arm und zerrte sie in den Hausgang. Sie hörten wüste Flüche, dazwischen Rosas Geschrei, zwei-, dreimal ein klatschendes Geräusch, lautes Schluchzen, dann Stille. Mit hochrotem Gesicht kehrte Recknagel zurück.

«Wo ist Rosa?», fragte Matthes.

«Weiß ich's?»

«Was habt Ihr ihr getan?»

«Seid Ihr hier der Inquisitor oder was? Zum Teufel gejagt hab ich sie.»

Matthes' Schädel schmerzte noch immer. Das war kein guter Moment, um einen Streit vom Zaun zu brechen. Dennoch erhob er sich und baute sich vor dem fetten Kerl auf, den er um Kopfeslänge überragte.

«So könnt Ihr nicht mit ihr umspringen. Sie ist Eure Frau.»

«Was Frau?», geiferte Recknagel. «Eine Hure ist sie. Willst du dich etwa zum Hurenwirt aufspielen? He, Diener, hol mir den Pfaffen und seine schöne Margret, sie sollen mit mir speisen. Aber auf der Stelle.»

«Benehmt Euch endlich wie ein Offizier, Recknagel.»

«Was erdreistest du dich, Matthes Marx? Soll ich dich karbatschen lassen?»

Matthes sah ihn kalt an. «Ihr verdient es nicht, in Wallensteins Diensten zu stehen.»

«Du dreckiger kleiner Feldweybel!» Recknagel versetzte ihm einen unerwartet heftigen Faustschlag gegen die Brust, der Matthes gegen den Kachelofen taumeln ließ. Er rappelte sich auf und wollte zurückschlagen, da stellte sich de Parada zwischen sie.

«Schluss jetzt. Sonst muss ich Meldung erstatten.»

Wortlos ging Matthes hinaus. Der staubige Kirchplatz lag verlassen in der Sonne. Aus den umliegenden Häusern drang das Gelächter der Söldner. Die Menschen hier würden drei Kreuze schlagen, wenn sie endlich weiterzogen. Halbherzig machte er sich auf die Suche nach Rosa, doch er konnte sie nirgends finden. Was soll's, dachte er, ich sollte mich nicht in jedes Weibergezänk einmischen. Da sah er über den Waldweg zum Jagdschloss drei Reiter preschen, die kaiserliche Standarte mit dem Doppeladler hoch über den Köpfen. Was hatte das zu bedeuten?

Als er in die Stube zurückkehrte, hockten rechts und links von Recknagel der Pfarrer und seine Tochter auf der Bank – der Pfarrer mit versteinertem Blick, Margret mit roten Wangen. Matthes sah auf den ersten Blick, dass sich hier ein Unglück anbahnte. Ein Teil der Männer war bereits wieder betrunken, der Hauptmann legte seinen Arm um Margrets Schultern. Dann hob er mit seiner freien Hand den Becher.

«Los, Männer, saufen wir auf das Wohl des Pfaffen. Dass er mit Gottes Segen dieses herrliche Weibsbild gezeugt hat.»

«Auf den Pfaffen!»

Recknagel drückte seinen feuchten Mund auf Margrets Lippen, die sich nach einem Augenblick der Erstarrung tatsächlich öffneten. Die Umsitzenden klatschten grölend Beifall. Matthes' Augen suchten nach de Parada, doch sein Rittmeister war nicht da.

Mit einem unterdrückten Schluchzer flehte der Vater: «Ich bitte Euch im Namen des Herrn: Verschont meine Tochter. Sie ist doch noch ein halbes Kind.»

Recknagels kleine runde Äuglein begannen zu flackern. «Ist sie nicht mehr. Los, mein kleines Täubchen, sag's deinem Vater.»

«Ihr lügt!» Der Pfarrer fuhr in die Höhe und ballte die Fäuste. Sofort war Recknagels Leibdiener hinter ihm und drehte ihm die Arme auf den Rücken.

«Warum diese Aufregung?» Recknagel leckte sich die Lippen. Dann hob er Margret in die Höhe, setzte sie vor sich auf den Tisch und öffnete ihr Mieder. «Sag ihm, dass ich dir große Lust bereitet habe. Hat nicht Gott Mann und Frau erschaffen, auf dass sie sich lieben? Ist das nicht dem Herren zum Wohlgefallen?»

Genussvoll entblößte er ihre Brüste, während der Pfarrer zu heulen begann wie ein geprügelter Hund.

«Bitte, mein Herr», flüsterte Margret, «lasst mich. Ihr seht doch, mein Vater –»

«Hat es dir in der Nacht denn nicht gefallen?» Recknagel schaute betrübt, dann grinste er. «Vielleicht müssen wir es einfach noch einmal versuchen. Bindet den Pfaffen fest, er soll der Lust seines Töchterleins zuschauen dürfen.»

Mit beiden Händen griff er nach ihren Fesseln und schob den Rock in die Höhe.

«Aufhören! Sofort aufhören!» Matthes hatte einen Holzscheit gepackt und drängte sich zwischen den Männern hindurch. In diesem Moment sprang die Tür auf.

«Fertig machen zum Appell bei Oberst von Ossa. Alle Kompanieführer zum Jagdschloss, es eilt. Eine Depesche aus Regensburg ist gekommen.»

Es war, als hätte ein unsichtbarer Meister die Szenerie zum Stillstand gebracht. Sekundenlang herrschte Totenstille, alle starrten zur Tür, in der eben noch der Kurier ihres Regimentsobristen gestanden hatte. Jetzt erschien de Parada im Türrahmen, und die Erstarrung löste sich.

«Was soll das?» Recknagel ließ das Mädchen los, das weinend zu seinem Vater stürzte. Die Männer umringten de Parada. Der zog seinen Hut von der Ofenbank, setzte ihn auf und sah verächtlich in die Runde.

«Eure Faxen haben ein Ende. Der Schwedenkönig ist in Pommern eingefallen.» Der Tumult wurde lauter, de Parada musste seine Stimme erheben. «Des Weiteren: Seine kaiserliche Hoheit hat Wallenstein entlassen. Wir unterstehen ab sofort dem Oberkommando des Grafen von Tilly. Und morgen früh geht es gegen das Kloster Maulbronn.»

Mitten in der Nacht schlich sich Matthes in die Scheune am Dorfrand, wo seine beiden Pferde untergebracht waren. Sein Rossknecht lag im Stroh und schnarchte. Matthes griff ihm in den Haarschopf.

«Wach auf», flüsterte er. «Pack die Taschen und sattle die Pferde. Aber leise.»

Wenig später führten sie ihre Pferde durch die mondlose Nacht hinüber zur Lagerwache am Ausgang des Dorfes. Ein junger Gefreiter stand neben dem Feuer, die Muskete auf der Gabel, die glimmende Lunte in der Hand. Matthes fragte sich, was der Mann in dieser Finsternis wohl zu treffen gedachte.

«Matthes Marx, Wachtmeister in de Paradas Reiterkompanie», meldete er dem Posten. Der musterte ihn im flackernden Schein des Feuers misstrauisch.

«Ich habe Auftrag, nach Memmingen zu reiten», fügte Matthes hinzu und hoffte, dass der Bursche keinen Freibrief von ihm sehen wollte.

«Lasst sie passieren.» Eine gedrungene Gestalt trat hinter den Palisaden hervor. Matthes Herz schlug schneller: Vor ihm stand Batista de Parada.

«Es tut mir Leid», murmelte Matthes. «Unter anderen Umständen hätte ich mich selbstverständlich von Euch verabschiedet.»

Der Rittmeister nickte nur. Dann wies er den Reitknecht an zu warten und führte Matthes weg in die Dunkelheit.

«Ich habe die Nacht nicht geschlafen, und so ist mir Euer Aufbruch nicht verborgen geblieben», erklärte er schließlich. «Warum habt Ihr mir nichts gesagt? Habt Ihr kein Vertrauen?»

«Ich wollte Euch nicht in Schwierigkeiten bringen. Mir ist bewusst, dass mein Aufbruch als Fahnenflucht ausgelegt werden kann.»

«Ihr wollt zu Wallenstein, hab ich Recht?»

Matthes nickte. «Ich kann es noch immer nicht glauben, dass ihn unser Kaiser ausgemustert haben soll wie einen alten Gaul. Wenn dem wirklich so ist, seh ich mich nicht mehr an meinen Eid gebunden.»

«Nicht der Kaiser steckt dahinter, sondern die Kurfürsten.»

«Dann will ich erst recht in Wallensteins Diensten bleiben. Und wenn es als Torwächter in seiner Residenz ist.»

De Parada seufzte. «Ich fürchte, Ihr seid nicht der Einzige, der so denkt. Selbst unter den Offizieren und Obristen ist die Unruhe groß. Gerade unter den besten Männern.»

«Und was ist mit Euch?»

«Ich bin nicht mehr der Jüngste. Hinzu kommt, dass ich mich auf nichts anderes verstehe als auf das Kriegshandwerk. Zumal der Kriegsbrand jetzt erst richtig auflodern wird. Die deutschen Protestanten haben auf Gustav Adolf gewartet wie die Juden auf den Messias.»

«Aber ich habe gehört, dass der Schwede nur lächerliche zwölftausend Mann befehligt.»

«Das wird nicht lange so bleiben, glaubt mir. Außerdem sagt man, über seine Soldaten besitze er eine solche Macht, dass es der Zauberei gleichkomme. Schade.» De Parada griff nach Matthes' Hand und drückte sie fest. «Du warst einer der Besten meiner Kompanie. Versprich mir, dass du auf dich Acht gibst, Matthes Marx.»

Matthes spürte, wie ihm die Kehle eng wurde. «Ja. Und Euch – Euch behüte Gott.»

Damit wandte er sich um und kehrte im Laufschritt zurück zum Wachtposten.

Die ersten Stunden kamen sie nur im Schritt voran. In der stockdunklen Nacht mussten sie mühsam ihren Weg suchen. Matthes hatte beständig seine Begegnung mit Agnes vor Augen. Verräter hatte sie ihn gescholten. Und nun? Machte er sich nicht tatsächlich zum Verräter, nach allen Seiten? Oder konnte er jetzt, da er dem Kaiser den Rücken kehrte, nicht ebenso gut sein Vagantenleben aufgeben und zu seiner Familie zurück? Warum irrte er hier durch die Nacht, mit einem schmächtigen Trossbuben, der vor ein paar Wochen vom Hof seines Vaters weggelaufen war und dessen Namen er nicht mal kannte? Ravensburg war nicht weit – warum ritt er nicht nach Hause? Weil er sich schämte?

Als im ersten Licht der Morgendämmerung die Türme der Reichsstadt Ulm zu erkennen waren, fragte Matthes seinen Begleiter: «Wie heißt du eigentlich?»

Der Junge grinste. «Matthes – wie Ihr. Aber Ihr könnt auch Mugge sagen. So nennen mich alle.»

Die Stadt Memmingen lag still, wie erstarrt, in der Nachmittagshitze. Nichts deutete auf dieses unerhörte, unglaubliche Ereignis, darauf, dass der mächtigste Mann im Reich, der siegreichste Feldherr aller Zeiten fortan nicht mehr zu sagen hatte als irgendeiner dieser Söldner, die im Schatten der Hauseingänge herumlungerten.

Noch unterwegs hatte Matthes erfahren, dass Ossas Truppen auf dem Weg nach Maulbronn, am Tage nach seiner Flucht, die württembergische Grenzfeste Knittlingen überfallen hatten. Es hieß, beim Plündern der Häuser und Ställe hätten sie etliche Bürger niedergemetzelt und hernach die Stadt in Brand gesetzt, dabei nicht einmal Kirche und Rathaus verschont. Matthes hatte es nicht glauben wollen, hatte plötzlich de Parada vor Augen, wie er abseits der tobenden Horden stand mit traurigem Blick. Wenn auch nur die Hälfte der Gerüchte wahr war, so dankte er dem Schicksal, dass er an dieser Gräueltat nicht mitschuldig geworden war.

Nachdem er die Pferde untergestellt hatte, meldete er sich beim Quartiermeister und ließ sich einen Schlafplatz zuweisen. Anschließend ging er zum Fuggerbau, der von Wallensteins Leibgarde streng bewacht wurde. Die Gesichter der Männer waren ernst.

«Ist er im Hause?», fragte er einen der Männer, den er flüchtig kannte.

«Ja. Die Herzogin ist eben eingetroffen.»

«Wisst Ihr, wie er sich befindet?»

Der Mann zuckte die Schultern. «Wer weiß das schon? Angeblich hat ihn die Botschaft nicht überrascht, sein Astrologus habe ihm die Entlassung vor Wochen schon aus den Sternen gelesen. Jedenfalls hat er das Palais seit Tagen nicht verlassen.»

«Kam es denn nicht zu einem Aufstand in der Garnison?»

«Wer nicht hinter Wallenstein steht, hat die Stadt längst verlassen. Wir anderen haben strenge Order, Ruhe zu bewahren. Er scheint es ungerührt hinzunehmen.» Der Mann lachte bitter. «Wisst Ihr, was er seinem Stab gegenüber verlautbart hat? Dank ungünstiger kosmischer Konstellation stehe der Kaiser unter dem Einfluss seines Schwagers Maximilian, und gegen Gesetze des Himmels könne man sich nicht wehren.»

«Ich muss zu ihm. Lasst Ihr mich durch?»

Der Gardist schüttelte den Kopf. Das dürfe er nicht. Für die Belange der Soldaten seien im Übrigen der Quartiermeister und der Obristleutnant zuständig.

Unschlüssig blieb Matthes stehen und beobachtete das stete Kommen und Gehen vor dem Hauptportal. Er erkannte den Leibarzt, den Oberhofmeister, dann de Witte, den treuen Finanzier des Herzogs. Und schließlich erschien Wallenstein selbst, den Arm um Elz, seinen Kanzler, gelegt. Er war noch hagerer als sonst, die Augen rot gerändert über den eingefallenen Wangen. Doch er lachte und schien angeregt mit Elz zu plaudern, bevor er wieder im Haus verschwand.

Matthes fragte sich, ob Wallenstein sich diesen unerhörten Akt wirklich so wenig zu Herzen nahm oder ob die zur Schau gestellte Gelassenheit Ausdruck seiner Willenskraft war. Er erinnerte sich an eine Bemerkung de Paradas: Wallensteins Inneres sei wie ein dunkles Wasser, dessen Grund niemals sichtbar würde. Außer Gott drang wohl niemand in die Tiefe dieser Seele.

Als die Sonne hinter den Dächern verschwunden war, kehrte Matthes in sein Quartier zurück. Er hatte sich Feder und Papier besorgt und verfasste in wohlgesetzten Worten das Gesuch, in Wallensteins Leibregiment dienen zu dürfen oder zu einer beliebigen anderen Aufgabe unter seiner Order herangezogen zu werden, denn er sehe keinen anderen Herrn über sich als den Herzog von Friedland.

Gleichwohl musste er noch etliche Tage warten, bis er Gewissheit über sein weiteres Fortkommen haben sollte. Inzwischen waren weitere Hiobsbotschaften durch ganz Memmingen geeilt. Das Finanzimperium de Wittes und damit auch des Herzogs sei zusammengebrochen, Wallenstein habe daraufhin einen heftigen Anfall von Podagra erlitten. Bald darauf die Bestätigung: De Witte habe sich im Brunnen seines Prager Gartens erhängt. Fortan durfte sich keiner dem Schweizerberg auf mehr als hundert

Schritt nähern. Dann endlich – es wurde bereits Herbst – rief der Herold mit seinen Trommeln die Soldaten zum Appell: Der Herzog von Friedland werde binnen acht Tagen mit seinem Gefolge und seinem Leibregiment aufbrechen. Alle nötigen Vorbereitungen seien umgehend zu treffen. Am selben Tag hielt Matthes seine Bestallung zum Wachtmeister im friedländischen Leibregiment in den Händen.

Ganz in Purpur und Schwarz gekleidet, auf einem glänzenden, mit Gold und Edelsteinen gezäumten Rappen, hielt Wallenstein Auszug durch das Spalier seiner ruhmreichen Regimenter. Von Zeit zu Zeit winkte er einen der Obristen heran, um ihm herzlich die Hand zu schütteln. Nach Nürnberg würde die Reise gehen, von dort über Eger nach Prag, in seinen Palast unterhalb des Hradschin, wo er sich erst einmal zu sammeln und zu besinnen gedachte. Danach wollte er heimkehren in sein blühendes Friedland, seine Terra Felix.

Und er, Matthes, war mit dabei, als einer von vierhundert Soldaten des herzoglichen Leibregiments. In aller Eile hatte er dies am Vortag niedergeschrieben, in zweifacher Ausführung: Einen Brief hatte er nach Ravensburg, einen nach Stuttgart aufgeben lassen. Als sie nun durch die menschengesäumten Gassen in Richtung Ulmer Tor zogen, hielt Matthes, mit Wehmut und Stolz zugleich, die silberne Partisane fest in der Faust. Vorbei die Zeit der Schlachten mit Geschützdonner und Kampfgetümmel – er war nun für Leib und Leben des Herzogs verantwortlich, der sich künftig dem Wohlstand und Gedeihen seines kleinen böhmischen Reiches widmen würde. Noch mehr Klöster und Schulen plante er, dazu Spitäler und Armenhäuser, den Bau von Straßen und Kanälen, eine Reiterschnellpost, die die kaiserliche Reichspost in den Schatten stellen würde. An nichts sollte es den Herren und Knechten in seinem Land fehlen.

19

Die Erfolge des Löwen aus Mitternacht gaben den Württembergern wieder Zuversicht. Gleich nach der Einnahme von Wolgast und Stettin in der nordöstlichen Ecke des Reiches verkündete der Schwedenkönig den wenigen Bauern, die in diesen verheerten und verwüsteten Landen ausgeharrt hatten, er sei über die Ostsee gekommen, um sie zu beschützen in ihrem Glauben und zu retten und erhalten ihr Augsburger Bekenntnis. Als Nächstes eroberte er das Herzogtum Mecklenburg, das der abgehalfterte Feldherr Wallenstein einst an sich gerissen hatte, und die Bewohner waren aufgefordert, Wallensteins Beamte und Ministerialen ohne Gnade totzuschlagen.

Dem Schwedenkönig ging der Ruf voraus, ein kluger, gerechter Regent zu sein und als Soldat ebenso streitlustig wie fromm. Sein Heer war klein, doch straff organisiert. Seite an Seite mit schwedischen Bauern und Handwerkern kämpften Livländer, Dänen und Kurländer, die kleinen, starken Finnen, die in ihrer Heimat mit bloßem Dolch Bären jagten, und die dunklen Lappen mit Pfeil und Bogen. Doch anders als Tillys zusammengewürfelte Landsknechtshaufen kämpften die nördlichen Völker allesamt mit Wagemut und hoher Disziplin für ihre Krone und ihren lutherischen Glauben. Obendrein hieß es, der französische Kardinal Richelieu mische inzwischen mit mächtiger Hand im Kriegstheater mit, gebe dem Schwedenkönig Gelder, verspreche Truppen. Ganz offensichtlich sah Richelieu mit den Schweden die Gelegenheit gekommen, am Thron der verhassten Habsburger zu sägen. Ob protestantisch oder katholisch, das war für den Kirchenfürsten zweitrangig.

Für die Menschen im Herzogtum Württemberg zählte etwas anderes: Mit einer erstarkten protestantischen Partei und mit Gustav Adolfs Hilfe mochte es gelingen, die fremden Kuttenträger wieder aus dem Land zu jagen. Ganz plötzlich nämlich hatte sich auch der Kurfürst von Sachsen wieder auf seinen lutherischen Glauben besonnen und die protestantischen Fürsten und Stände zu einem Konvent nach Leipzig einberufen lassen. Dort begrub man alle Streitigkeiten und verfasste eine Erklärung, in der der Verfall fürstlicher Rechte und die Missachtung der Verfassung seitens des Wiener Hofes beklagt wurden. Dem Kaiser seien Quartiere und Kontributionen künftig zu verweigern, jedem Landesherrn stehe es frei, zu seinem Schutz Truppen aufzustellen.

«Ich fürchte», sagte Rudolf mit besorgter Miene, «jetzt wird es ernst. Auch für uns hier.»

Er hatte in Agnes' Kammer ein Kaminfeuer entfacht, um die Kälte dieses unwirtlichen Apriltages zu vertreiben. Agnes sah ihn erstaunt an. Rudolf war nicht der Mann, der sich von jedem Gerücht gleich ins Bockshorn jagen ließ. Und nun redete er nur noch von Politik und sah schwarz. Plötzlich packte er sie am Arm.

«Lass uns heiraten, Agnes. Ich flehe dich an.»

Sie biss sich auf die Lippen. In letzter Zeit hatten sie mehr und mehr ihre freie Zeit miteinander verbracht, waren sich vertrauter denn je geworden. Außerdem kümmerte er sich rührend um David. Rudolf war ein guter Mann. Kaspar war es nicht gewesen.

Kaspar. Erst vergangene Nacht hatte sie wieder von ihm geträumt. Dabei verachtete sie diesen Feigling. Aber vergessen konnte sie ihn nicht.

Unsicher strich sie über Rudolfs Hand. «Gib mir Zeit.»

Leider Gottes sollte Rudolf Recht behalten. Der neue württembergische Regent Julius Friedrich, Bruder und Nachfolger des kürzlich verstorbenen Ludwig Friedrich, hatte die für ihn so fruchtlose Politik der Neutralität aufgegeben und ein Heer aufstellen lassen. Tausende junger und nicht mehr ganz so junger Burschen aus ganz Württemberg hatten daraufhin die Stuben der Werber gestürmt und ließen sich nun an Pike und Muskete ausbilden.

Agnes war bestürzt über diese Entwicklung, zumal der Gärtnerbursche Franz einer der Ersten war, die sich in die Musterrolle hatten eintragen lassen. Auch wenn offiziell verlautbart wurde, die Rüstungen seien ausdrücklich für den Verteidigungsfall gedacht und nicht gegen den Kaiser gerichtet, in dessen Devotion man getreulich verbleiben wolle, wurde das Kriegsgeschrei gegen die Katholischen landauf, landab immer lauter. Das kämpferische Feuer, das allenthalben aufflammte, das Geblöke und Geschrei in jeder Kaschemme, vor jedem Marktstand, widerte Agnes mehr und mehr an. Sie wagte sogar zu äußern, wenn auch nur gegenüber Antonia und Rudolf, man möge doch die Klöster in den Händen der Katholischen belassen, solange dies den Frieden im Land erhalte. Die einzig gute Nachricht in diesen Wochen war der knappe Brief von Matthes gewesen, den sie wie einen Schatz in ihrer Kleidertruhe aufbewahrte. Er wenigstens war zur Vernunft gekommen und hatte vom Kriegsdienst Abschied genommen.

Dann erschütterte die schreckliche Nachricht vom Fall Magdeburgs die Bewohner der Residenz. Agnes war gerade dabei, einen Riss im Bettlaken der Prinzessin zu stopfen, als Antonia in das Schlafgemach stürmte. Unter dem Arm hielt sie eine Ausgabe der «Wochen-Zeitung», die neuerdings in Stuttgart erschien.

«Rasch!» Sie zog Agnes neben sich auf den Fußboden, wo sie die Blätter auseinandergefaltet hatte. «Ich muss sie zurückbringen, bevor mein Onkel aus der Kanzlei zurück ist.»

Zum ersten Mal hatte Agnes eine der modernen Gazetten vor Augen. Eng bedruckt waren die Blätter, und anders als in den «Neuen Zeitungen» der Flugschriften lenkten weder reißerische Bildnisse noch Riesenlettern von den Nachrichten ab.

«Hier ist es.» Antonia deutete auf die Überschrift *Die Zerstörung Magdeburgs – Was sich in der ehrwürdigen lutherischen Stadt am mächtigen Elbstrom begeben und zugetragen hat.*

Über eine ganze Seite hinweg beklagte der Novellant, dass

es seit der Zerstörung Jerusalems kein solches Unglück mehr gegeben habe. Die feste und starke Stadt, *unseres Herrn Gottes Kanzlei*, sei am 10. Mai des alten Kalenders zu Asche verbrannt, das Flammenmeer habe man über Hunderte von Meilen hin sehen können. Außer Dom und Liebfrauenkirche stünden nur noch eine Handvoll Fischerhütten, von 30 000 Bewohnern hätten wohl kaum 5000 überlebt. Auf der blutroten Elbe trieben Knäuel von verkohlten Leibern, die Leichen in den Gassen würden von streunenden Hunden zernagt. Was noch irgend übrig blieb, sei von der Soldateska geplündert und zerschlagen. *Tillys Völker wüteten grauenhaft: Kleine Kinder wurden ins Feuer getrieben, Frauen auf Spieße gesteckt und gebraten, Männer auf der Gasse mit siedend Wasser überbrüht, kurz: schlimmer als die Türken und Barbaren …*

Agnes vermochte nicht weiterzulesen.

«Dieser Kaiser verkündet nicht Gottes Wort», sagte sie leise. «Er rottet es aus.»

Mit versteinertem Gesicht las die Prinzessin den Bericht zu Ende. Als sie aufsah, war sie blass, in ihrem dunklen Blick spiegelte sich Angst. «Warum hat der Schwedenkönig nicht eingegriffen? Hier steht geschrieben, er sei nur einen Tagesmarsch entfernt gewesen. Den Geschützdonner habe er hören können! Was, wenn so etwas uns geschieht?»

Dank Antonia wusste Agnes recht gut Bescheid um die Ereignisse im Reich. Jetzt, wo Gustav Adolf seine Verbündeten um sich scharte, deutete weniger denn je auf einen baldigen Frieden hin. Als schließlich ihr Regent sich anschickte, mit seinem neuen Heer die Klostergüter zurückzuholen, da er keinen nennenswerten Widerstand erwartete, befahl Kaiser Ferdinand seine Obristen Aldringen, Gallas und Piccolomini mit ihren Regimentern ins Württembergische. Sie kamen geradewegs von ihrem Italienfeldzug, gemächlich, satt und zufrieden. Beim Sturm auf die Festung

Mantua hatten sie ungehemmt ihrer Gier nach Reichtümern frönen dürfen und aus dem Feenpalast der Herzöge geschleppt, was auf ihre Packwagen ging: Gemälde und Statuen, Teppiche, Silberzeug, Juwelen. So ganz schien Seine Kaiserliche Hoheit ihrem Kampfeswillen aber nicht zu trauen, denn er setzte ihnen als General seinen getreuen Vasallen Graf Egon von Fürstenberg vor die Nase.

Und tatsächlich: Was Wallenstein, was dessen Oberst von Ossa nicht erreicht hatte, schaffte Fürstenberg mit seinen Völkern im Handumdrehen: Binnen zweier warmer, sonniger Sommerwochen des Jahres 1631 waren die württembergischen Truppen vernichtet, der Herzog-Administrator in einer letzten Schlacht bei Tübingen geschlagen, die Landstriche rundum verheert. Julius Friedrich musste sich dem Habsburger beugen und seine Truppen auflösen, musste sich bereit erklären, Einquartierungen hinzunehmen und Kontributionen zu zahlen. Sämtliche Klosterländereien gingen endgültig und auf ewig in Besitz der katholischen Ordensleute über, die ihre neuen Untertanen sogleich mit Eifer drangsalierten und zum Glaubenswechsel zwangen. Der Aufstand der Württemberger war zu Ende, bevor er richtig begonnen hatte, und wurde alsbald spöttisch als «Kirschenkrieg» verhöhnt, weil er kaum so lange gedauert hatte, wie die Kirschen reifen.

Schmachvoll kehrte Julius Friedrich heim in seine Residenz. Heim kehrte auch der Gärtnerbursche Franz, in einer schmucklosen Kiste, mit zerfetztem Leib. Er war nicht der Einzige, der noch im letzten Augenblick bei Tübingen sein Leben gelassen hatte. Drei Wagenfuhren voller Särge, mit schwarzen Tüchern bedeckt, rollten auf den Hoppenlaufriedhof draußen vor dem Büchsentor.

Agnes konnte es nicht fassen, dass der liebe, schmächtige Kerl nie mehr neben ihr in den Beetreihen kauern sollte. Sie zwang David, sie zur Bestattung zu begleiten, und als der Sarg ins Erdreich gesenkt wurde, sagte sie:

«Schau genau hin! Da unten liegt der Franz, der dir im Juni Erdbeeren geschenkt hat und im Herbst Äpfel und Birnen. Der jede Pflanze zum Blühen gebracht hat. Jetzt liegt er dort, totgeschossen für nichts und wieder nichts.»

Für den Rest des Sommers blieb es ruhig im Land. Dennoch sorgte sich Agnes um ihre Mutter und ihren Bruder. Viel zu lange hatte sie nichts mehr gehört von ihnen, und aus dem Oberschwäbischen flossen die Nachrichten spärlich, Sie wusste nur, dass eine kaiserliche Kompanie nach der anderen dort durch die Lande zog, mal waren es die Reiter Isolanis, mal kroatische Artillerie. Ihr blieb nichts übrig, als zu warten und zu beten, dass ihrer Familie nichts zugestoßen war. An Kaspar zu denken verbot sie sich dagegen. Nie wieder wollte sie an diesen elenden Windbeutel einen Gedanken verschwenden.

Es war ein trüber, windiger Tag Ende August, als sie von einem Botengang für die Prinzessin kam und auf dem Rückweg David von der Knabenschule abholte. Schon während sie beide die Dienstbotentreppe emporstiegen, hörten sie von oben gedämpfte Männerstimmen, die Tür zu ihrer Kammer stand offen.

Agnes erstarrte. Das konnte nicht wahr sein. Mit einem Aufschrei stürzte sie ins Zimmer.

«Jakob!»

Dann fiel sie ihrem Bruder in die Arme und begann vor Freude und Überraschung zu weinen.

«Wie geht es Mutter?», fragte sie, als sie sich gefasst hatte.

Jakob wischte sich über die Augen und grinste. «Sei leise, sie schläft.»

Sie fuhr herum und sah die Gestalt in Davids Bett.

«Mutter», flüsterte sie heiser und trat an das Bett.

Da räusperte sich Rudolf. «Verzeih mir, Agnes, dass ich die beiden einfach in dein Zimmer geführt habe. Sie waren so erschöpft von der langen Reise.»

Agnes gab ihm einen Kuss auf die Wange. «Das hast du recht getan. Danke!»

Dann wandte sie sich wieder ihrem Bruder zu. Das blonde Haar, jetzt nach den Sommermonaten noch heller als sonst, klebte ihm auf der verschmutzten Stirn, das schmale Gesicht sah müde aus. Doch Jakobs Augen leuchteten.

Noch immer konnte es Agnes nicht fassen.

«Wer sind die Leute?», fragte David leise.

Jakob lachte und ging vor dem Jungen in die Knie.

«Die Frau, die in deinem Bett schläft, ist deine Ahn. Und ich bin der Bruder deiner Mutter.»

«Dann bist du auch der Bruder von meinem Oheim Matthes», stellte David sachlich fest.

«Ganz recht.» Jakob strich ihm durchs Haar.

«Du siehst aber ganz anders aus. Mein Oheim Matthes ist ein richtiger Soldat, mit Waffen und Pferd, wenn auch bei den Papisten. Du bist kein Soldat, nicht wahr?»

«Nein.» Ein Anflug von Röte zog über Jakobs Wangen. «Ich bin Wundarzt.»

Er richtete sich wieder auf und blickte zu Agnes. «Können wir ein paar Schritte gehen und reden? Ich möchte Mutter nicht aufwecken.»

«Nicht nötig, ich bin schon wach.»

Marthe-Marie saß aufrecht auf der Bettkante. Ihr Haar, das ihr lang über die Schultern fiel, war inzwischen schlohweiß, doch mit ihren immer noch feinen Zügen strahlte sie Würde und Schönheit aus.

Agnes setzte sich neben sie und nahm ihre Hand. «Ich kann es nicht glauben, dass ihr hier seid.»

«Ich auch nicht.» Ihre Mutter lächelte. Doch es stand nicht nur Freude in ihren dunklen Augen. «David, komm einmal her zu deiner Großmutter.»

Scheu näherte sich der Junge ihr.

«Wie alt bist du jetzt?»

«Neun.»

«Gefällt es dir in der Schule?»

David verzog das Gesicht. «Nur Lesen und Schreiben. Das andere ist langweilig.»

«Aber du hast doch sicher viele Freunde in der Schule?»

«In der Schule nicht, aber hier im Schloss.»

«Und was willst du werden, wenn du groß bist?»

Die Antwort kam ohne Zögern. «Kammerdiener. Oder Kürassier.»

Rudolf lachte laut auf. «Der Diener zieht sich jetzt zurück. Soll ich im Frauenzimmer Bescheid geben, dass deine Mutter angekommen ist?»

«Nein, lass nur. Ich gehe später selbst hinüber.»

«Dann einen schönen Abend. Und Ihr erholt Euch noch recht gut, liebe Frau Mangoltin.»

Marthe-Marie sah ihm nach. «Was für ein liebenswürdiger Mensch.»

«Das ist er wahrhaftig. Aber jetzt bitte keine mütterlichen Ratschläge.» Agnes versuchte, ihre Worte scherzhaft klingen zu lassen, doch sie spürte, dass die Müdigkeit ihrer Mutter nicht nur von der langen Reise herrührte. Es lag noch etwas anderes in der Luft.

«David, geh hinunter in die Gesindeküche. Es wird Zeit für dich, zu Abend zu essen.»

Widerstrebend gehorchte er. Als sie unter sich waren, fragte Agnes: «Was ist geschehen?»

Ihr Bruder sah sie erstaunt an. «Dann hast du meine Post nicht erhalten?»

Agnes schüttelte den Kopf. «Nein.»

«Nun –» Ruhelos ging er zwischen Bett und Waschtisch auf und ab. «Es ist – Agnes, ich möchte dich bitten, Mutter aufzunehmen. Ich meine, du hattest ja selbst schon diesen Gedanken, und jetzt wäre die Zeit gekommen. Jetzt, wo ich –» Er verstummte.

Ihre Mutter starrte zu Boden. «Jetzt, wo du zur Armee gehst.»

«Was?» Agnes sprang auf. «Sag, dass das nicht wahr ist!»

«O doch», entgegnete Marthe-Marie an seiner Stelle. Ihre Stimme war leise, etwas wie unterdrückte Wut schwang darin mit. «Erst hat mir der Krieg den einen Sohn genommen, jetzt nimmt er mir den zweiten.»

«So ist es nicht.» Jakob blieb vor seiner Schwester stehen und sah sie beschwörend an. «Nicht um zu kämpfen, sondern um zu helfen, gehe ich zu den Soldaten. Als Feldscher, als Wundarzt. Hör zu, Agnes, es ist alles anders gekommen, als ich dachte. In Ravensburg hab ich kein Auskommen mehr. Gleich nach meiner Meisterprüfung ist Majolis gestorben. Es schien vollkommen klar, dass ich seine Nachfolge übernehme, zumal ich inzwischen die halbe Stadt behandelt habe.»

Er hielt einen Augenblick inne. «Dann plötzlich haben einige katholische Ratsherren, eine Minderheit nur, vorgebracht, um der Parität willen müsse der neue Stadtarzt katholisch sein. Schließlich sähen die Statuten unserer Stadt vor, dass jede Konfession gleichermaßen an den Ämtern beteiligt sei, und wo dies nicht möglich sei, wie beim Stadtarzt, müsse das eben im Wechsel geschehen. Dabei wurde bei der Ernennung des Stadtarztes bislang noch nie darauf geachtet. Und jetzt auf einmal –. Jedenfalls haben sich diese Idioten durchgesetzt. Bis zum Wiener Hof haben sie intrigiert.»

Agnes wurde wütend.

«Und schon siehst du keine andere Möglichkeit, als mit dieser Soldatenbrut durch die Lande zu ziehen? Weißt du nicht, was das für Mutter bedeutet?»

«Und ob ich das weiß.» Er warf einen Seitenblick auf Marthe-Marie. Doch die starrte noch immer regungslos vor sich hin.

«Aber was soll ich denn machen? Außerdem: Die Lage hat sich völlig verändert. Mit den Schweden werden jetzt mehr und mehr protestantische Fürsten gegen die Kaiserlichen ziehen. Das alles ist erst der Anfang, aber dafür kommt jetzt endlich etwas Neues auf die Bahn, wird dieses verrottete Reich endlich in eine andere Form gegossen. Der sächsische Kurfürst hat ein Heer aufgestellt, unter Hans Georg von Arnim, einstmals Wallensteins bester Feldherr. Der Mann ist nicht nur überzeugter Lutheraner, er will auch den Frieden in Deutschland.»

«Das ist doch Salbaderei. Wer kann Frieden wollen, wenn er Truppen rüstet?»

«Unter diesem Kaiser lässt sich Friede nur erreichen, wenn sich die deutschen Protestanten einig sind, wenn sie einen Führer, ein Programm haben. Und einen Feldherrn, der in der Lage ist, ihr Anliegen auch durchzusetzen.»

«Und nun fühlst auch du dich ausersehen, dieses hehre Anliegen zu unterstützen und dich dafür sogar ins Schlachtengetümmel zu stürzen.»

«Ach Agnes! Ich ziehe doch nicht in den Krieg, um zu töten, sondern um Menschenleben zu retten.»

«Du denkst doch nur an dich. Der Krieg ist die Hohe Schule der Chirurgie, das hast du selbst mal gesagt.»

«Hört endlich auf!» Marthe-Marie hob den Kopf. In ihren Augen standen Tränen.

Jetzt war es Agnes, die schwieg. Wie hatte sie sich gefreut über dieses Wiedersehen, darüber, dass ihre Mutter bei ihnen bleiben sollte, bei ihr und David. Und nun das.

«Wann also gehst du zu den sächsischen Truppen?», fragte sie Jakob schließlich.

«Morgen früh breche ich auf. Meine Bestallung hab ich schon in der Tasche.»

Marthe-Marie sagte leise: «Wenigstens hat Matthes dem Krieg den Rücken gekehrt. Er hat uns nach Ravensburg geschrieben.»

Agnes erkannte, dass bereits alles beschlossen war. Auch, dass ihre Mutter schon viele Tränen deswegen vergossen hatte. Sie ergriff Jakobs Handgelenk.

«Versprichst du mir etwas?»

Jakob nickte.

«Halte Ausschau nach Kaspar. Wenn er noch ein bisschen Anstand im Leibe hat, soll er ein Lebenszeichen geben. Nicht meinetwegen, sondern um seines Sohnes willen.»

Wieder nickte Jakob. Er wirkte mit einem Mal kreuzunglücklich, doch Agnes fühlte kein Mitleid. Sie zog ihre Mutter fest an sich. Wie schmächtig sie geworden war. Sie würde sie umsorgen, würde ihr die Geborgenheit geben, die sie verdient hatte. Dann dachte sie an Matthes. Dem Himmel sei Dank, dass Wallenstein aus dem Spiel war und damit auch Matthes. Gebe Gott, dass ihr Bruder auf den friedländischen Gütern eine neue Erfüllung gefunden hatte.

Drei Wochen später nur wurden Tillys Truppen auf dem Breiten Feld bei Leipzig vom Schwedenkönig und den mit ihm verbündeten Sachsen vernichtend geschlagen. Nachdem das Kriegsglück zunächst ganz auf Seiten der Kaiserlichen gestanden und ein Großteil der sächsischen Verbände bereits Reißaus genommen hatte, war Gustav Adolf in seiner neuartigen Schlachtordnung wie ein Sturmwind in Tillys schwerfällige Haufen gefegt, hatte dessen Reihen von allen Seiten aufgewirbelt und niedergemetzelt. Der alte Tilly musste sich, am Kopf schwer verwundet, nach Halle retten, zwölftausend seiner Männer blieben tot auf dem Schlachtfeld. Kriegskasse, sämtliche Geschütze sowie Tillys kunstvolle Standarten mit der Muttergottes von Altötting auf weiß-blauem Grund gingen an die Schweden, die Kaiserlichen flohen in versprengten Scharen.

Die Schweden hatten ihr Ziel erreicht: Die Kaiserlichen waren vernichtend geschlagen, die Ostseeküste gänzlich in schwedischer Hand. Jetzt hätte zu einem Frieden gefunden werden können, doch der Schwelbrand des Krieges fraß sich weiter nach Süden. Gustav Adolf bot dem württembergischen Regenten ein Bündnis an, in das Julius Friedrich nach anfänglichem Zögern einwilligte, während Oberst von Arnim mit seinem sächsischen Heer Prag befreite und die gebleichten Schädel der böhmischen Rebellen vom Brückenturm abhängen und endlich bestatten ließ.

20

Zu Prag, den 22. November
anno Domini 1631

Mein erster Tagebucheintrag: Habe in der Stadt zwölf Bogen Papier erstanden, sie zu Lagen gefaltet und mit Fäden zu einem Diarium gebunden. Künftig will ich hierin meine Gedanken sammeln.
Endlich kommt die protestantische Sache voran. Unser sächsisches Heer ist zwar nicht groß, dafür hat sich Oberst von Arnim in der Tat als genialischer Feldherr erwiesen. Der Anfang ist vollbracht: Vor drei Wochen erst hatten wir die Nordgrenze Böhmens überschritten, um das Land vom Joch der Katholischen zu befreien, zwei Wochen später schon haben wir Prag eingenommen und den kaiserlichen Kommandanten samt seiner Garnison in die böhmischen Wälder gejagt – das Ganze war fast eine Läpperei zu nennen. Inzwischen sind auch, nach elf langen Jahren, die böhmischen Exilanten in ihre Heimat zurückgekehrt und die Jesuiten vertrieben.
Dabei ging der Generalfeldmarschall bei diesem Feldzug äußerst umsichtig vor. Unnütze Schlachten hat er stets vermieden. So waren es weniger die Verletzten auf den Schlachtfeldern, denen ich zu helfen hatte, denn zu offenen Gefechten kam es nur selten. Für mich und unsere Soldaten kann ich nun nachträglich sagen: zu unserem Glück. Die Schlacht auf dem Breiten Feld war grausam genug.

Übler sind inzwischen die vielen ansteckenden Krankheiten im Heerlager, die die Söldner aus den Dörfern und über ihre Dirnen einschleppen, namentlich die rote Ruhr und die ungarische Krankheit. Dieser rücke ich statt mit Aderlass mit Gewürzwein und Confortancia zu Leibe und erziele damit große Erfolge. Auch gegen den Scharbock hab ich ein probates Mittel gefunden. Da er offenbar mit dem Mangel an frischem Obst und Feldfrüchten einhergeht, lasse ich an die Betroffenen Kresse, Sauerampfer und wilde Beeren verteilen. Das findet sich an jedem Wegesrand.
Ebenso bin ich auf dem Gebiet der Wundbehandlung erheblich weitergekommen. So hatte mich Majolis noch gelehrt, tiefe Verletzungen mit kochendem Holunderöl auszubrennen. Dabei sterben die Armen schier an den Schmerzen. Eine vorherige Betäubung mit Alrauneaufguss macht es auch nicht besser: Nur ein Quäntchen zuviel davon, und der Patient ist tot! Ich habe nun herausgefunden, dass eine Salbe aus Rosenöl, Terpentin und Eigelb, dick auf die Wunde aufgetragen, so wirkungsvoll wie ungefährlich ist. Und zur Kräftigung des Verletzten tut Wein mit Basilikum Wunder.
Es ist wie eine Offenbarung: Ich lerne jeden Tag Neues hinzu.

Während der Löwe aus Mitternacht siegreich durch die ‹Pfaffengasse›, die katholischen Territorien entlang von Rhein und Main jagte, sichteten Dorfbewohner an etlichen Orten in Süddeutschland bei Sonnenaufgang einen langen schwarzen Strom am Himmel. Panischer Schrecken packte die Menschen, denn sie erkannten die Erscheinung als ein Vorzeichen für schlimme Zeiten.

DRITTES BUCH

Durch verheertes Land
(Oktober 1633 – November 1638)

21

Schweidnitz, den 1. Oktober
anno Domini 1633

Ich beginne ernsthaft zu zweifeln, ob Oberst von Arnim der richtige Mann ist, die Sache der Protestanten durchzufechten. Schon bei der schrecklichen Schlacht von Lützen im letzten Herbst kam unser sächsisches Regiment buchstäblich zu spät, so zögerlich war Arnim dem Hilferuf des Schwedenkönigs gefolgt. Wer weiß, vielleicht hätte Gustav Adolf – Gott hab ihn selig! – bei rascherem Sukkurs erst gar nicht sterben müssen.

Und nun liegen wir seit Wochen mit unserer Garnison in der schlesischen Festung Schweidnitz ein und stehlen dem lieben Gott den Tag, anstatt zu kämpfen. Das Ärgste indessen: Während Arnim mit dem Wallensteiner verhandelt und traktiert, sucht dessen Feldmarschall Holk, dieser dänische Überläufer und Judasbruder, Sachsen heim und verbreitet dort nichts als Grauen und Tod. Meißen, Schneeberg, Hof und Plauen soll er bereits genommen haben. Sieht Arnim denn nicht, dass mit dem Friedländer nicht zu verhandeln ist? Dass dieser Mensch durch und durch unberechenbar und verkommen ist? Lieber noch würde ich gegen den alten Tilly antreten, aber da hat einmal mehr eine Kanonenkugel den Falschen zerschmettert.

Überhaupt – ich bin enttäuscht von meinen wetterwendischen

Sachsen. Als der Wallensteiner damals, nur eineinhalb Jahre nach seiner schmachvollen Entlassung, aus der Versenkung kam wie Phönix aus der Asche, mit seinem neuen gewaltigen Heer, da hat Arnim viel zu rasch klein beigegeben: Ehe wir uns versahen, waren wir aus Böhmen und Prag wieder vertrieben. Seither geht das Gerücht, Böhmen wolle den Friedländer zu seinem König machen, und Arnim rühre sich nicht, da er heimlich mit Wallenstein über einen separaten Frieden traktiere. Andere sagen, Arnim sei nahe dran, ins kaiserliche Lager zu schwenken, um sich dann gegen die Schweden zu wenden. Diesen ganzen Sommer über, den wir in Schlesien verbracht haben, kam es denn auch zu keinem einzigen Gefecht mit den friedländischen Truppen.

Ist diesem Arnim noch zu trauen? Ist diesen Sachsen zu trauen? Ja, wenn Kursachsen ein anderes Haupt hätte – fast könnte man sagen, es ist nur ein Rumpf, der hin und her wackelt wie ein geköpftes Huhn. Der Kurfürst soll im Rausch sogar geäußert haben, er habe das gefährliche Bündnis mit den Schweden satt und wolle lieber zurück ins warme Nest des Kaisers. Zu etwas anderem als Saufen, Fressen und Wildschweine jagen ist dieser Schleppsack wohl auch gar nicht mehr fähig. Bei seinen stundenlangen Gelagen pflegt er stumm wie ein Fisch krügeweise Bier in sich hineinzuschütten, um hin und wieder seinen Hofzwerg zu ohrfeigen oder seinem Diener den Bodensatz des Seidels über den Kopf zu leeren als Zeichen, dass er ein neues Bier braucht.

Dieser Kurfürst ist niemals aufrichtig schwedisch gewesen und wird es niemals sein. Überhaupt herrscht eine wunderliche Gewohnheit bei den protestantischen Fürsten, nämlich die Güte und Milde des Kaisers zu preisen und in seiner Devotion zu verharren, während der ihnen das Brot aus der Hand reißt und den Kopf vom Hals!

Schweidnitz, zwei Tage später

Etwas Ungeheuerliches ist geschehen – ich habe Matthes wiedergesehen! Einmal schon, als nämlich Wallensteins Regimenter Prag zurückerobert hatten, hatte ich geglaubt, ihn zu erkennen. In jenem

Reiter in blitzendem Kürass, nur drei Pferdelängen hinter Wallenstein, das Gesicht ernst, beinahe leblos. Damals zweifelte ich noch, zu kurz war der Augenblick, um mir Sicherheit zu verschaffen, da wir uns nach dem verlustreichen Kampf eiligst zurückziehen mussten. Wie viele Stoßgebete hatte ich zum Himmel geschickt, dass ich mich getäuscht haben mochte!

Doch nun ist es Gewissheit: Er gehört zu Wallensteins Leibregiment, hat sich diesem Bluthund wieder mit Haut und Haar ergeben. Gestern nämlich hat der Friedländer ganz überraschend unsere Festung angegriffen. Ich war eben dabei, einen Verletzten von der Stadtmauer zu holen, als ich unter mir, keinen Steinwurf entfernt, einen versprengten Reiter erblickte. Er sah ebenfalls zu mir herauf, die Pistole im Anschlag: Es war Matthes. Ich schrie wieder und wieder: Matthes! Er muss mich erkannt haben, denn seine Augen waren vor Entsetzen aufgerissen. Dann warf er sein Pferd herum und galoppierte davon.

Was gäbe ich darum, ihm von Angesicht zu Angesicht zu begegnen. Würde ihm ins Gewissen reden, bis er aus seiner Verbohrtheit herausfindet. Oder noch besser: Ihm gleich eine tüchtige Tracht Prügel anschmieren.

Matthes legte zwei Scheite Feuerholz nach. So langsam wich die feuchte Kälte aus der dreckigen, leergeräumten Kammer. Wenigstens hatten die letzten Plünderer nicht den Ofen zerschlagen. Er sah aus dem Fenster. Die Dächer und Gassen waren weiß, vor der Bartholomäuskirche spielten ein paar Kinder. Vollkommen friedlich sah das böhmische Pilsen unter der Schneedecke aus.

Dabei war der Krieg längst aus dem Ruder geraten. Das protestantische Deutschland stand in Waffen an Schwedens Seite, mit unerschrockenen Feldherren wie Bernhard von Weimar oder Hans-Georg von Arnim. Die Bauern waren allerorten in Aufruhr, die Bürger verschanzten sich in ihren Städten, Hunger und Pestilenz griffen um sich. An den deutschen Grenzgebieten im

Westen und Süden zerrten die Franzosen, im Osten waren die Türken und der Fürst von Siebenbürgen auf dem Sprung. In Oberschwaben und Bayern hatten die Bauern in Massen ihre Felder und Höfe im Stich gelassen und waren in die unzugänglichen Berge Tirols oder des Schwarzwalds geflüchtet, während die schwedisch gesinnten Württemberger ihre Klöster mit blanker Gewalt zurückholten. Je flehentlicher nach Frieden gerufen wurde, desto höher loderten allerorten die Flammen der Kriegsbrände.

Matthes musterte besorgt seinen Rossknecht, der sich neben dem Ofen unter einer Decke zusammengerollt hatte und hin und wieder aufstöhnte. Trotz der Hitze des Feuers schien er zu frieren. Matthes kauerte sich neben ihn und starrte in die Flammen.

Ja, er war wieder mitten dabei, seit bald zwei Jahren nun schon. Hatte an vorderster Front gekämpft, dicht an Wallensteins Seite, der trotz seiner Gebrechen den Zweikampf in der Schlacht nicht scheute. Hatte mit dessen Regiment die eitlen, herausgeputzten Sachsen mit ihren leuchtenden Halskrausen aus Prag gejagt, hatte vor Nürnberg einen Sommer lang den Schwedenkönig belagert, Wälle, Gräben und Redouten gebaut, bis er vor Erschöpfung umgefallen war. Dann der Feldzug nach Sachsen: Zerstreuung der Regimenter auf der Suche nach Winterquartieren, das Hauptquartier in der Ebene von Lützen, nicht weit von Leipzig. Der Schwedenkönig war näher gerückt, mit seinem Verbündeten Bernhard von Weimar. Was dann ausbrach auf den morastigen Wiesen, in Rauch und Nebel bis in finsterste Nacht, war kein Gefecht gewesen; das war ein gegenseitiges Abschlachten. In diesem Hauen und Stechen, diesem Blutrausch ohne Sieg oder Niederlage hatte er, Matthes, den Schwedenkönig sterben sehen.

Abgedrängt von seinem Regiment, zwischen Leichen, herrenlosen Pferden und brüllenden Schwerverletzten hatte er den kräftigen Reiter entdeckt, auf einem nussbraunen Hengst, der scheute und durchging. Weißer Filzhut mit grüner Feder, gelbes Lederkoller unter dem Mantel, der Bart rotblond, die kurzsichtigen Augen zusammengekniffen. Kein Zweifel, das war der Schwedenkönig höchstselbst. Sein linker Arm, blutgetränkt, hing leblos herab; vergeblich suchte der König sein Pferd in Gewalt zu bringen und raste dann mitten hinein in den Schwarm kaiserlicher Kürassiere. Aus nächster Nähe schossen die ihn in Kopf und Rücken, Blut strömte über das braune Fell des Hengstes, der sich noch einmal aufbäumte und seine Last zu Boden warf. Des Königs Page, so jung noch, warf sich schützend über ihn, andere Söldner stürzten herbei, zerstachen den Knaben mit ihren Dolchen, als wollten sie ihn in Stücke hauen, entrissen dem König Hut, Kleider und Stiefel, erbeuteten sein Schwert und die goldene Kette mit dem Türkis, dazwischen immer wieder Dolchstöße in den sterbenden königlichen Leib, bis sie von Schüssen auseinandergetrieben wurden. Nackt und blutüberströmt lag der Löwe aus Mitternacht auf der kalten Erde. Für ihn war der Krieg zum Ende gekommen.

Matthes lehnte sich an die warme Ofenwand und schloss die Augen. Über ein Jahr lag das Gemetzel von Lützen nun zurück. Was dann folgte, erschien ihm nicht besser und nicht schlimmer: Endlose, untätige Monate im Prager Winterquartier, wohin sich Wallenstein, krank und erschöpft, mit seinem Regiment nach der Schlacht zurückgezogen hatte. Trotz der Glückwünsche des Kaisers, der dröhnenden Siegesglocken in Wien schien er ein gebrochener Mann, abgemagert, verbraucht, am ganzen Körper leidend. Das Fleisch der offenen Beine eiterte und faulte, von der Gicht waren die Hände verkrümmt, Herzrasen und Muskelkrämpfe quälten ihn. An manchen Tagen spielte sein wachsgelbes Gesicht ins Schwärzliche, und er verbarg es hinter einem seidenen Tuch. Dann wieder litt er am Schiefer, an Melancholie, verweigerte selbst Gesandten des Kaisers die Audienz und überließ seinem Feldmarschall, dem einäugigen Grobian und Branntweinsäufer Holk, das Geschäft.

Er, Matthes, hatte die Monate in Prag mit Würfelspiel, Dirnen und Saufgelagen totgeschlagen, bis im Mai der Friedländer endlich sein Heer erneuert hatte und halbwegs wieder zum Leben erwacht war. Für Matthes hatte der angekündigte Aufbruch eine freudige Überraschung parat gehalten: Batista de Parada stieß mit seiner Kompanie zu ihnen. Er war mit einer Frau gekommen, einer tatkräftigen Blonden namens Dorothea, die samt ihrem gemeinsamen Kind im Tross mitfuhr und nun erneut guter Hoffnung war. Rührung hatte ihn überwältigt, als ihn der gedrungene, dunkle Mann für einen kurzen Moment in die Arme schloss, mehr noch: Zum ersten Mal seit seinem Wiedersehen mit Agnes so etwas wie Glück. Da war ihm die Einsamkeit bewusst geworden, in der er seit Jahren versponnen war wie die Raupe im Kokon.

Mit fünfunddreißigtausend Mann war es nach Schlesien gegangen, gegen die protestantischen Sachsen. Doch statt zu kämpfen, hatte der Generalissimus mit Arnim verhandelt, Wochen über Wochen, währenddessen sich die Offiziere beider Seiten gegenseitig zu ausschweifenden Festbanketten einluden und gleichzeitig Oxenstiernas schwedische Völker, in Allianz mit Frankreich, in den südlichen Landen mordeten und brandschatzten. Sie waren auch in Oberschwaben, das wusste Matthes, und so manche Nacht schreckte er aus bösem Traum, hatte Angst um seine Mutter und begann zu weinen wie ein dummes Kind.

Matthes hatte längst aufgegeben zu verstehen, wer in diesem maß- und endlosen Krieg mit wem paktierte und konspirierte, nach welchen Gesetzen Bündnisse und Fronten entstanden und wieder zerbrachen. Was ihn an Wallensteins Seite hielt, was ihn dazu gebracht hatte, wieder mit ihm in den Krieg zu ziehen, war der unerschütterliche Glaube, dass dieser Mann als Einziger nicht von Eigennutz und Habgier geblendet war, sondern mit dem Blick des Adlers aus luftiger Höhe das Ganze überschaute. Matthes war überzeugt, dass das Römische Reich nur mit Hilfe Wallensteins den Verheerungen und Wirrnissen entkommen und zu dauerhaftem Frieden finden konnte. Und er ahnte: Genau darum war es in den geheimen Unterredungen mit Arnim gegangen.

So war in Schlesien wiederum ein Monat nach dem anderen vergangen, ohne Herausforderung, ohne Aufgaben, die Ödnis unterbrochen nur von einem einzigen halbherzigen und damit misslungenen Angriff auf die Festung Schweidnitz. Wiederum hatte Matthes den Eindruck, dass der Generalissimus müde war, dass er nur kämpfte, wenn es denn unumgänglich war.

Im Herbst dann der Rückzug aus Schlesien, in quälend langsamem Marsch, der hinfällige Generalissimus in seiner rotgoldenen Sänfte, bis sie vor zwei Wochen nach etlichen Umwegen endlich Pilsen erreicht hatten, erschöpft und ausgehungert. Quer durch Wälder und Gebirge waren sie marschiert, mit notdürftigen Quartieren im Wald, auf freiem Feld oder in verlassenen Weilern, auch die Nacht hindurch, wenn es das Mondlicht erlaubte, mit Wasser, verschimmeltem Brot und Biersuppe als einzigem Proviant. Statt gegen den Feind kämpften sie gegen Erschöpfung, Hunger und Krankheit, der einzige Triumph war der angesichts eines trockenen Schlafplatzes oder eines Stücks frischen Brotes. Als sie schließlich hier in Pilsen ankamen, hatte sein Reiterbube hohes Fieber.

Zwei Zeitungen hatten sie auf ihrem Rückweg nach Böhmen erreicht: Zunächst der große Erfolg der Kaiserlichen, die sich in Oberschwaben mit den Spaniern vereinigt und erst Ravensburg, dann Konstanz und die Festung Breisach am Oberrhein von den schwedischen Eindringlingen befreit hatten. Die Spanier, so hieß es, hatten auf ihrem Weg zum Bodensee und von dort zum Hochrhein ganz grauenhaft gehaust. Was hätte Matthes darum gegeben zu erfahren, wie es um Ravensburg stand.

Zum Zweiten war der Hilferuf des bayerischen Kurfürsten eingetroffen: Bernhard von Weimar sei gegen die Feste Regensburg vorgerückt, das Tor zu Bayern und den Erblanden. Wenn Regensburg verloren sei, sei alles verloren. Bald darauf kam dann auch der Befehl des Kaisers: Die Regimenter des Herzogs von Friedland hätten sich ohne Verzögerung aufzumachen und Regensburg zurückzuerobern. Da geschah, was niemand erwartet hatte: Vor seinen versammelten Obristen und Generalspersonen hatte Wallenstein dem kaiserlichen Gesandten ein klares Nein als Antwort gegeben. Er denke nicht daran, im Winter gegen den Weimaraner zu ziehen, hatte der Friedländer an jenem Morgen verkündet, in weißem Pelzmantel auf seinen Krückstock gestützt. Die Festung Regensburg werde auch noch im folgenden Frühjahr stehen. Er habe nicht die Absicht, seine Soldaten durch Schnee und Eis zu jagen, nur um sie krepieren zu sehen.

Matthes war mehr als erleichtert, denn der Winter hatte sich längst mit klirrender Kälte übers Land gelegt. Und Mugge brauchte Ruhe und Wärme, wollte er wieder auf die Beine kommen. De Parada indessen hatte seine Bestürzung über Wallensteins offene Insubordination kaum verbergen können: «In Wien und in Bayern wird man das nicht einfach hinnehmen. Böse Folgen wird das haben.»

In der Tat: Der Generalissimus hatte seinem Herrn die Gefolgschaft verweigert – aus Rache für jenes Ränkeschmieden damals im Reichstag? Seither war nichts geschehen hier in Pilsen, alles ging seinen Gang. Wallenstein hatte sich im Bürgerhaus am Markt eingeigelt, die Soldaten wärmten sich in den Wirtshäusern. Matthes warf einen prüfenden Blick auf seinen Reiterbuben. Es schien ihm besser zu gehen. Jetzt war er eingeschlafen, sein Atem ging ruhig und gleichmäßig. Vielleicht würde er sich noch auf einen Krug Bier zu de Parada gesellen.

Ein Jahr lang hatte Wallenstein keinen Krieg geführt, in der Absicht, den Frieden zu gewinnen, den religiösen wie den weltlichen, und war diesem Ziel doch keinen Schritt näher gekommen. Matthes ahnte: Dieses Winterlager in Böhmen, es war die

Ruhe vor dem Sturm, wenn kein Blatt im Wind sich regt, keine Welle die Oberfläche des Wassers kräuselt, während das Wetter in der Ferne sich schwarz zusammenbraut. Das allein war es indes nicht, was ihn des Nachts nicht mehr schlafen ließ. Das Ungeheuerlichste, was er sich denken konnte, war geschehen. Beim Angriff auf die schlesische Festung Schweidnitz war er auf Jakob gestoßen. Sein kleiner, braver Bruder hatte sich dem Dienst im sächsischen Heer verpflichtet, hatte ihre Mutter schutzlos und allein zurückgelassen! Mit Jakob, so viel war nun klar, mit Jakob war er fertig.

Voller Unruhe schritt Marthe-Marie im Zimmer auf und ab.

«Wo der Junge nur bleibt?»

«Mutter! David wird bald zwölf, er ist kein Kleinkind mehr. Außerdem kommt er nach der Schule nie ohne Umwege nach Hause, du kennst ihn doch inzwischen.»

«Du hast ja Recht.» Sie setzte sich auf den Bettrand. «Was bin ich wieder müde. Wie ein kreuzlahmer Gaul.»

Agnes betrachtete ihre Mutter. Wie alt sie geworden war in den letzten Jahren. Doch dass Marthe-Marie sich oftmals so abgeschlafft, so ausgelaugt fühlte, konnte kaum an der täglichen Arbeit liegen; da hatte sie in ihrem Leben schon anderes mitgemacht. Prinzessin Antonia hatte damals ihr Versprechen wahr gemacht und veranlasst, dass ihre Mutter bei ihr einziehen durfte, bei freier Kost und Logis. Allerdings war vom Frauenzimmerhofmeister verfügt worden, sie müsse dafür den anderen Kammermägden zur Hand gehen. Es sei ohnehin zu wenig Personal im Schloss.

Zweieinhalb Jahre war das nun schon her. Verbittert und verstört war ihre Mutter hier angekommen, ohne Lebensfreude, ohne jegliche Zuversicht, dass das Schicksal auch für sie eines Tages wieder eine bessere Wendung nehmen könnte. Doch David hatte geschafft, was Agnes allein niemals vermocht hätte: Ihre Mutter, seine Großmutter, hatte wieder zu lächeln gelernt. Marthe-Marie liebte ihren Enkelsohn inzwischen abgöttisch, und David liebte sie ebenso. Ihm erzählte sie beim Einschlafen Sachen, von denen Agnes noch nie gehört hatte, kurze, drollige oder abenteuerliche Geschichten aus der Zeit als Gauklerin. Agnes tat dann immer so, als höre sie nicht zu; sie war sich unsicher, ob ihre Mutter wollte, dass sie von all diesen Dingen erfuhr. Vielleicht aber war genau das ihre Absicht, vielleicht brachte Marthe-Marie es nicht anders über sich, ihrer Tochter etwas von sich preiszugeben. Denn Agnes' Flucht mit Kaspar war immer noch etwas, das wie ein Fremdkörper zwischen ihnen stand, auch wenn sie ansonsten wieder zueinander gefunden hatten wie in früheren Zeiten.

«David wird gleich hier sein. Und sofort nach dem Abendessen legst du dich schlafen. Na also, ich hör ihn schon im Stiegenhaus trampeln.»

Mit verschwitztem Gesicht stürmte der Junge zur Tür herein.

«Einen Bärenhunger hab ich. Gehen wir gleich in die Küche runter?»

«Erst einmal guten Abend, mein Sohn. Und du hast schon wieder keine Mütze auf. Bei dieser Hundekälte!»

«Guten Abend.» Er drückte Agnes einen flüchtigen Kuss auf die Wange, dann hockte er sich neben Marthe-Marie und schlang seine Arme um ihre Schultern. Deren Gesicht hellte sich augenblicklich auf.

«Stell dir vor, Großmutter, der Schulmeister hat gesagt, ich darf ab Sommer in die Lateinschule. Er hat gesagt, ich bin in allen Disziplinen der Beste. Außer im Rechnen.» In gespielter Scham verzog er das Gesicht.

«Das ist ja wunderbar!» Marthe-Marie zog ihn an sich.

«Du kleiner Prahlhans», sagte Agnes. «Das glaube ich erst, wenn es mir der Schulmeister selbst verkündet.»

David schob die Unterlippe vor. «Dann frag ihn doch morgen. Und das mit dem Rechnen – das ist auch nicht so wichtig.»

«So? Findest du? Da könntest du ruhig ein wenig mehr in die Fußstapfen deiner Großmutter treten.»

«Sei nicht so garstig, Agnes, und freu dich lieber. Weißt du was, David? Wir werden die nächsten Tage und Wochen einfach ein wenig rechnen üben. Willst du?»

«Na ja, wenn es sein muss. Stimmt es wirklich, dass du einmal eine berühmte Rechenmeisterin warst?»

Jetzt lachte Marthe-Marie. «Wer hat dir denn das erzählt? Deine Mutter?»

«Du selbst. Du hast dich einmal verplappert. Bitte, Ahn, erzähl mir davon.»

«Ein andermal. Morgen vielleicht. Jetzt gehen wir essen, und dann möchte ich gleich zu Bett.»

Als sie aus der Gesindeküche zurückkehrten, lieferten sie David im Knabenzimmer ab, wo er seit Marthe-Maries Ankunft mit den anderen Buben des Gesindes schlief.

«Möchtest du noch einen kleinen Spaziergang machen, vor dem Schloss?», fragte Agnes.

«Heute nicht. Ich bin wirklich rechtschaffen müde.»

«Ist dir die Arbeit zu viel? Ich könnte mit Prinzessin Antonia reden.»

«Ach was. Das ist nur an manchen Tagen so, das vergeht wieder.»

Als sich Marthe-Marie in ihrer Kammer vor den Waschtisch stellte und bis auf ihr Unterkleid auszog, betrachtete Agnes den hageren Körper ihrer Mutter. Die Verköstigung hier im Schloss ist auch nicht mehr die von einst, dachte sie. Andererseits konnten sie Gott wirklich danken, dass nicht der Hunger Küchenmeister war, wie in so vielen Dörfern und Städten. Und sie dankte Gott ein weiteres Mal, dass ihre Mutter nicht mehr in Oberschwaben war, wo alles drunter und drüber ging. Schon damals, kurz nach dem Kirschenkrieg gegen die Katholischen, war ihre Reise von Ravensburg nach Stuttgart nicht ganz ungefährlich gewesen, und

Marthe-Marie und Jakob hatten sich einer bewachten Reisegruppe anschließen müssen, was wohl ein Vermögen gekostet hatte. Heutigentags wäre eine solch lange Reise eine Gefahr für Leib und Leben, ein Spießrutenlaufen zwischen Banden von Wegelagerern und marodierenden Söldnerhaufen.

Nachdem sich Marthe-Marie Gesicht und Hals gewaschen hatte, kämmte sie sorgfältig ihr weißes Haar. «Ich finde, David hat eine Belohnung verdient für seine guten Leistungen. Wir sollten uns etwas ausdenken.»

Agnes musste beinahe lachen. «Bei deinen eigenen Kindern warst du nicht so großzügig.»

«Nein?» Ihre Mutter blickte sie ehrlich erstaunt an. Dann lächelte auch sie. «Wie dem auch sei – machen wir ihm ein kleines Geschenk. Einverstanden?»

«Ja.»

Als Marthe-Marie unter der warmen Daunendecke lag, setzte sich Agnes zu ihr an den Bettrand. Sie wusste ja ganz genau, was ihre Mutter so müde machte. Es war die Sorge um ihre Söhne.

«Gute Nacht, Mutter.» Sie drückte die schmale Hand, die auf dem Saum der Bettdecke lag. «Ich bin jeden Tag aufs Neue froh, dass du hier bist. Und ich glaube ganz fest daran, dass eines Tages auch Jakob und Matthes wieder bei uns sein werden. Wir dürfen nur die Hoffnung nicht aufgeben.»

«Ach Agnes, was soll ich machen gegen die Angst, die mich jede Nacht aus dem Schlaf reißt? Die Angst, meine Söhne nie wieder zu sehen. Schau, ich bin alt, da verliert man schneller die Hoffnung. Allein der Gedanke, dass sie sich in diesem Krieg auf gegnerischen Fronten gegenüberstehen. Was, wenn sie in einer Schlacht aufeinander treffen?»

«Aber Jakob und Matthes sind Brüder! Niemals würden sie die Waffen gegeneinander erheben.»

«Bist du dir da so sicher?»

«Ja. Außerdem ist Jakob Feldscher. Er hat seinen Platz hinter den Verbänden und nicht auf dem Schlachtfeld.» Dabei wusste Agnes selbst, dass nach Gefechten oft genug auch der Tross mit den Frauen, Kindern und Kranken von den Siegern heimgesucht wurde.

Sie wartete, bis ihre Mutter eingeschlafen war. Dann entzündete sie das Öllämpchen am Waschtisch, öffnete leise die Truhe neben ihrem Bett und tastete nach dem Brief. Dabei fuhr ihre Hand über eine lederbezogene Schatulle. Sie enthielt Marthe-Maries Erlös aus dem Verkauf des Ravensburger Hauses. Agnes hatte nie gefragt, wie hoch die Summe sei, noch hätte sie sich erdreistet nachzusehen. Sie wusste nur, dass Jakob einen Teil des Geldes für neue chirurgische Instrumente erhalten hatte, ein anderer war für die Reise aufgebraucht. Dennoch schien noch einiges übrig zu sein, das Marthe-Marie für Zeiten der Not oder der Krankheit eisern zusammenhielt.

Agnes zog die Blätter hervor und hielt sie in den Schein der Lampe. Reichlich zerlesen und zerknittert war das Papier, so oft schon hatten sie und ihre Mutter Jakobs letzten Brief zur Hand genommen. Er war auf den 25. Oktober des Vorjahres datiert, und obgleich in Regensburg aufgegeben, erst im neuen Jahr hier eingetroffen. Seither hatten sie nichts mehr von Jakob gehört, und mittlerweile sangen die ersten Amseln ihr Morgenlied. Sie begann zu lesen.

Liebe Mutter, liebe Schwester,
wir haben uns in Ulm auf der Donau eingeschifft und werden in den nächsten Tagen unsere Truppen in Regensburg einlegen, dem Tor zu Bayern und den habsburgischen Erblanden. Mit zehntausend Mann sind wir unterwegs.
Ich habe den Dienst im sächsischen Heer quittiert und diene jetzt den Schweden unter Bernhard von Weimar, dem einzig verlässlichen Bundesgenossen unter den Protestanten.
Doch seid unbesorgt, Gott hat bisher immer die Hand über mich

gehalten. Und in Regensburg wird es keinen Widerstand geben, denn den protestantischen Bürgern sind die Kaiserlichen verhasst. Es heißt, sie warten nur auf die Schweden, um ihnen den goldenen Schlüssel der Stadt übergeben zu dürfen. Und Bernhard von Weimar, auch wenn er den Ruf eines zuweilen tollköpfigen Draufgängers hat, ist der fähigste und geschickteste Feldherr der Schweden. Unter ihm herrscht dieselbe Disziplin und Frömmigkeit wie einst unter Gustav Adolf. Zweimal täglich hält der weimarische Hofprediger Gottesdienst, Trosshuren werden im Lager ebenso wenig geduldet wie Duelle, Schwarzkünste oder Gewalt gegen Zivilpersonen. Auch führen wir Feldschulen für Kinder und ein eigenes Lazarett mit uns. Mir stehen hier vier Helfer zur Verfügung.

Doch nun zu etwas ungleich Wichtigerem. Ich habe lange gezögert, ob ich euch davon berichten soll. Doch was nutzt es, die Augen vor den Tatsachen zu verschließen. Ich bin Matthes begegnet, vor etwa drei Wochen im Schlesischen. Er ist tatsächlich in Wallensteins Leibregiment aufgestiegen. Es war bei einem Angriff auf unsere Festung, Matthes war keinen Steinwurf von mir entfernt, wir haben uns in die Augen gesehen. Diese Begegnung hat mich wie der Blitz getroffen.

Ich hatte immer geglaubt, Matthes sei einst aus Abenteuerlust in diesen Krieg gezogen und würde bald eines Besseren belehrt werden. Doch nun hat er sich, kaum dass Wallenstein wieder auf dem Kriegstheater erscheint, ein zweites Mal vor den Karren dieser papistischen Bluthunde spannen lassen. Pfui Teufel!

Glaubt mir – ich hätte alles darum gegeben, mit ihm zu reden, doch es gab keine Gelegenheit. Nun hoffe ich auf Regensburg, denn schon schreit der Bayernfürst um Hilfe, und wenn es sich Wallenstein nicht vollends mit den Mächtigen im Reich verderben will, wird er kommen müssen. Und mit ihm Matthes. Dann werde ich Gelegenheit finden, meinen Bruder aus seiner Verblendung zu reißen, sonst ist er mein Bruder nicht mehr.

Von ganzem Herzen hoffe ich nun, dass ihr alle wohlauf seid.

Und dass dieser Brief euch bald erreicht, denn den Postreitern wird es immer schwerer, ihre Routen einzuhalten. Versprecht mir, Stuttgart nicht zu verlassen, denn in der Residenz seid ihr so sicher wie nirgendwo im Augenblick. In Gedanken umarme ich euch. Euer Jakob.

Auch jetzt beschlich Agnes bei der Lektüre wieder eisiges Unbehagen. Aus den Zeilen sprach nicht mehr der Bruder, wie sie ihn gekannt hatte. Der sich nichts sehnlicher gewünscht hatte, als Menschen von ihren Leiden zu kurieren und sich in der Medizin zu vervollkommnen. Jetzt redete er nicht viel anders daher als Matthes, wenn auch aus anderer Richtung. Einer so verblendet wie der andere!

Überhaupt verfolgte sie den Siegeszug der Schweden, ihrer Glaubensgenossen, durchs Römische Reich inzwischen mit wachsendem Argwohn. Zwar waren die Württemberger mit Antonias Bruder Eberhard, der nun mit neunzehn Jahren endlich seine rechtmäßige Regentschaft angetreten hatte, treue Verbündete der Schweden, doch hatte sie immer im Ohr, was ihr Antonia von Doctor Löffler zugetragen hatte und worüber auch auf der Gasse mit vorgehaltener Hand immer öfter gesprochen wurde: Die Schweden unter Oxenstierna seien überaus furios und wild, ihre Heerscharen trieben es schlimmer als die Straßenräuber, und die deutschen Freiheiten bedrohten auch sie. Konnte man diese Soldateska noch als Kämpfer für den rechten Glauben ansehen? Wie heil- und sinnlos alles schien.

«Weißt du, woran ich in letzter Zeit oft denken muss?»

Agnes sah erstaunt auf. «Du schläfst nicht?»

«Was glaubst du, wie lang es braucht, bis ich in den Schlaf finde. Eben denke ich wieder an meine Kindheit zurück, wenn meine Mutter, also meine Ziehmutter Lene, des Abends neben der Lampe saß, gerade so wie du, und die Feldpost ihres Mannes las. Irgendwann löste sich ihr Blick vom Papier und ging in die

Ferne, wie eben bei dir. Wie schwer ums Herz muss ihr oft gewesen sein. Und wie viel schwerer ist es für eine Mutter, ihre Söhne im Krieg zu wissen.»

«Und du? Hattest du als Kind Angst um deinen Vater?»

«Angst vielleicht nicht, eher Sehnsucht, weil er so oft fort war. Ich konnte mir nichts Rechtes unter Krieg vorstellen, ich dachte ihn mir wohl ähnlich dem Spiel meiner Brüder, wenn sie und die Gassenbuben aufeinander losgingen. Erst später, als Vater mit einer schweren Verwundung nach Hause kam, hab ich's begriffen. Aber das waren andere Zeiten. Auch wenn mein Stiefvater als Hauptmann für die Habsburger kämpfte, fand der Krieg damals nicht vor der Haustür statt. Vor allem: Unter Kaiser Rudolf haben sich die Deutschen wenigstens nicht gegenseitig die Köpfe eingeschlagen. Es ist alles aus den Fugen geraten.»

Agnes faltete den Brief zusammen und schwieg. Sie musste plötzlich an David denken, der in letzter Zeit immer häufiger nach seinem Vater fragte. Der immer noch glaubte, Kaspar kämpfe im Großen Krieg auf Seiten der Protestanten. Wann sollte sie ihm die Wahrheit sagen?

Marthe-Marie richtete sich auf. «Denkst du, Matthes ist zum Papsttum konvertiert?»

«Ich weiß nicht. Aber ich habe gehört, dass Wallenstein sich gegen die kaiserliche Order stellt, nur Katholische zu rekrutieren. Die Hälfte seiner Obristen sollen Lutheraner sein.»

«Katholisch, lutheranisch – was hat das letztlich zu bedeuten? Wenn ich bedenke, dass ich selbst katholisch erzogen bin, ihr Kinder hingegen lutheranisch – glauben wir nicht alle an denselben gütigen Gott? Einmütig haben alle Christen miteinander gelebt, bis diese falschen Welschen, diese Jesuiten aus Spanien, gekommen sind, um den Kaiser aufzuhetzen. Die haben ihre mörderischen Prinzipien nach Deutschland eingeschleppt.»

«Mag ja sein. Aber wenn es einen gütigen Gott für alle gibt, wie kann er dem Morden so ungerührt zusehen?»

Drei Tage später war ganz Stuttgart in Aufruhr. Vor dem Rathaus krakeelte sich der Zeitungsträger die Kehle aus dem Hals.

«Neueste Zeitung! Des Kaisers Bluthund tot! Ermordet zu Eger!»

Die Leute rissen ihm die Blätter aus der Hand, manch einer machte sich im Gedränge davon, ohne zu bezahlen. An jeder Ecke, vor jedem Tor standen die Bürger, wer nicht selbst lesen konnte, lauschte seinem Gegenüber, vernahm die Ungeheuerlichkeit, die jede andere Nachricht in den Schatten stellte.

Albrecht Wenzel Eusebius von Wallenstein, Herzog von Friedland und oberster Feldherr des Kaisers, war ein für alle Mal abgetreten von der Bühne des Kriegstheaters. Der Mann, dessen Ruf düsterer und absonderlicher denn je geworden war, der seinen Obristen in seiner Gegenwart verboten hatte, Sporen und Stiefel zu tragen, der alle Hunde und Katzen in seiner Nachbarschaft hatte töten lassen, wenn er in eine Stadt einzog, der einen Diener vor den Henker geschickt hatte, nur weil der ihn aus Versehen geweckt hatte – dieser Mann war erstochen worden in seiner eigenen Schlafkammer, von seinen eigenen Leuten. Der Oberbefehl über das kaiserlich-ligistische Heer war fortan dem Kaisersohn Ferdinand III., König von Ungarn und Böhmen, übertragen. Nicht wenige Bürger feierten diese Nachricht mit einem Gelage von Branntwein und Bier.

Agnes wusste: Ihre Mutter schöpfte nun neue Hoffnung, dass Matthes nach Hause zurückkehren würde. Hatte er, damals bei Wallensteins Entlassung, nicht geschrieben, er habe seinen Treueid auf Wallenstein geleistet und nicht auf den Kaiser? Hatte er nicht verkündet, er wolle entweder an der Seite des Generalissimus kämpfen oder gar nicht?

Doch Agnes ahnte, dass Matthes niemals mehr zu einem friedlichen Leben als Handwerker zurückfinden würde. Dazu war er zu lange im Krieg gewesen. Männer konnten nicht über ihren Schatten springen, das hatte sie ihre Erfahrung gelehrt.

22

Sie standen auf dem Feldweg, die gesattelten Pferde bereit. Batista de Parada blickte auf seine linke Hand, die in einem blutverschmierten Verband steckte. «Also, kommst du jetzt mit mir?»

Matthes wandte sich um und blickte auf die Türme und Mauern von Eger, die sich über der Biegung des Flusses erhoben. Von hier war der Generalissimus vor neun Jahren mit seinem mächtigen Heer aufgebrochen, hierher war er zurückgekehrt, nur um von seinen eigenen Leuten abgestochen zu werden wie ein alter Hund. Und auch sein eigenes Leben als Soldat hatte hier begonnen. In dieser Stadt konnte es eigentlich auch zu Ende gehen.

Hätte er den Alten in jener Nacht nur nicht im Stich gelassen. Hätte man ihn doch gleich mit gemeuchelt. Er hatte doch geahnt, dass etwas im Busche war, hatten doch Butler, Leslie, Gordon, Deveroux und wie die Hundsfötter alle hießen, den ganzen Abend schon verschwörerische Blicke ausgetauscht. Dabei führten die Kleinen nur aus, was die Großen, was Gallas, Aldringen, Piccolomini beschlossen hatten.

Matthes schloss die Augen. Seit jeher hatte Wallenstein entschiedene Gegner in allen Fraktionen gehabt. Doch Todfeinde innerhalb seines eigenen Heeres? Hatten sich nicht noch im Januar alle Offiziere in einem einmütigen Beschluss zu ihrem Feldherrn bekannt? Oh, wie geschickt hatten sie es eingefädelt, diese Judasbrüder, nachdem der Kaiser seinen höchsten General in Acht und Bann erklärt hatte, nur einen Monat später, und der Friedländer aus Pilsen fliehen musste. Auf der Festung Eger, wo er auf Sukkurs Oberst von Arnims hoffte, ging er geradewegs in eine tödliche Falle. Denn der Egersche Stadtkommandant Gordon, einst Wallensteins Günstling, war längst auf Seiten der Feinde gewechselt, und so war es den Meuchelmördern ein Leichtes gewesen, ihren kaltblütigen Plan auszuführen. Hatten noch ein letztes Mal feierlich ihre Treue geschworen, mit Tränen der Ergriffenheit in den Augen, um anschließend Wallensteins engste Vertraute, darunter auch de Parada, zu einem Bankett auf die Kaiserburg einzuladen.

Matthes selbst stand an jenem Abend als Posten vor Wallensteins Quartier, im Innenhof des Pachelbelhauses am unteren Markt, weniger als Wachschutz, denn um für Stille zu sorgen. Ein nasser, stürmischer Wind fegte durch die Gassen, sonst war alles friedlich. Hin und wieder warf Matthes einen Blick hinauf zu dem hell erleuchteten Fenster. Der alte Feldherr hatte sich Ruhe ausbedungen, billigte nur seinen Kammerdiener, seinen Arzt und den Astrologen als Gesellschaft, während oben auf der Burg zügellos gefressen und gesoffen wurde.

Was sich dann nach dem Festmahl ereignete, hatte Matthes von de Parada erfahren. Gerade als das Konfekt zum Dessert gereicht wurde, stürzten Butlers Dragoner herein, schwer bewaffnet, und machten sich mit dem Schlachtruf: «Vivat Ferdinandus!» über die unbewehrten Gäste her. Graf Kinsky stießen sie noch bei Tisch den Degen durch den Hals, dem polnischen Freiherrn von Ilow gelang es, Leslie zu verwunden, dann fiel auch er. Die Übrigen versuchten zu fliehen, doch das Tor war verriegelt, die Zugbrücke aufgezogen. De Parada konnte einen Dolchstoß gerade noch mit der Faust abwehren, sah aus den Augenwinkeln, wie sie dem schwer verletzten jungen Terzschka das Gesicht zerschnitten, andere hackten und stachen auf Doctor Niemann, Wallensteins Sekretär, ein, der «Quartier! Quartier!» rief, die altvertraute Gnadenbitte der Soldaten. Da stürzten die Tische um und die Kerzen verloschen. De Parada nutzte die Gelegenheit und stolperte die Stiege zur Gesindeküche hinunter, schrie nach seinem Diener, eine schwere Eichentür öffnete sich einen Spaltbreit, schloss sich unmittelbar hinter ihm. Er war in Sicherheit, mit einer durchstochenen Hand davongekommen.

Währenddessen begab sich Matthes in eine dunkle Ecke des Innenhofs, um Wasser zu lassen, als er das Getrampel von Stiefeln auf dem Pflaster hörte, dazu lautes Grölen. Dann sah er sie durch den Torbogen in den Hof stürmen: Eine Schar Dragoner, vorweg Hauptmann Deveroux, die Partisane in den Fäusten. Sind die des Teufels, fuhr es ihm durch den Kopf, vor Wallensteins Haus solch ein Höllenspektakel zu veranstalten. Wollte sich ihnen in den Weg stellen und wurde sofort zu Boden gefegt. Als er sich aufrappelte, sah er sie die Treppe zum Portal hinaufstürmen, er stürzte hinterher, bekam einen Schlag mit einem Gewehrkolben gegen die Schläfe, fiel rückwärts die Stufen hinunter, schlug mit dem Hinterkopf aufs Pflaster und verlor kurzzeitig die Besinnung. Sein Schädel dröhnte, als er zu sich kam, ohne zu wissen, was eben geschehen war. Da hörte er Gebrüll, sah oben im Schein der Lampe Wallenstein mit dem Rücken zum Fenster stehen, im Schlafrock und mit erhobenen Armen. Plötzlich ein Schatten, eine schnelle Bewegung, ein erstickter Schrei, der mehr einem Gurgeln glich, dann spritzte etwas dunkel gegen die Scheiben und nichts war mehr zu erkennen. Matthes wollte aufstehen, nach seiner Partisane greifen, doch die Beine gehorchten ihm nicht mehr, und seine Glieder zitterten, als habe ihn die Fallsucht gepackt. Wie in einem Albtraum nahm er Wallensteins Kammerdiener wahr, der auf der Türschwelle in seinem Blut lag, dann wurde die Tür weit aufgestoßen, er hörte ein Getöse aus dem Stiegenhaus, zwei Männer schleiften einen zusammengerollten roten Teppich die Treppe herunter, der polternd auf jede Stufe schlug und eine Spur von Blutstropfen hinter sich ließ. Ihn, Matthes, beachtete niemand. Wie gelähmt lag er auf dem nassen Pflaster im aufkommenden Schneesturm, sah hilflos mit an, wie erst der Teppich mit Wallensteins Leichnam, dann der tote Kammerdiener zur Straße hinausgezerrt wurde, dann hörte er einen Pferdekarren davonfahren.

Gegen Mitternacht fand ihn sein Rossknecht und brachte ihn in ihr Quartier in der Vorstadt, wo er in fiebrigen Schlaf fiel. Am nächsten Morgen dann erfuhr er von Mugge, dass die Leiche des

Feldherrn neben den anderen Ermordeten vor der Kapelle der Burg im Schnee liege, bedeckt nur von einer dreckigen Pferdedecke. Kommandant Gordon warte auf die Ankunft Piccolominis, um zu entscheiden, wie mit Wallensteins sterblichen Überresten zu verfahren sei. Matthes wollte aufstehen und zur Burg, doch er war zu schwach.

Am Morgen des Aschermittwochs – de Parada hatte ihn inzwischen aufgesucht und ihm von dem Gemetzel in der Burg berichtet – war Matthes wieder auf den Beinen. Gerade noch rechtzeitig, um dem schäbigen Brettersarg, der auf dem Karren durch die Gassen rollte, das letzte Geleit zu geben. Es hieß, die Fahrt ginge in ein nahes Franziskanerkloster, und man habe der gefrorenen Leiche Wallensteins die Gliedmassen brechen müssen, damit sie in den viel zu kleinen Sarg passte. Welch ein erbärmliches Ende!

Seither quälten Matthes Fragen über Fragen: War der Befehl zu diesem Mord aus der Wiener Kanzlei gekommen, mit Billigung des Kaisers? Als Folge einer von den Wiener Beratern und dem bayerischen Kurfürsten eingefädelten Intrige? Oder hatte gar der Kaiser selbst diesen Befehl gegeben? Sollte er dem Aufruf Piccolominis folgen, alle in Eger anwesenden Soldaten hätten sich nach Pilsen zu begeben, wo in Kürze der Kaisersohn, als neuer Oberbefehlshaber, Revue über Wallensteins Regimenter halten wolle?

Auch er hatte schließlich seinen Buben angewiesen, zu packen und die Pferde zu satteln. Nun stand er hier mit Batista de Parada vor den Toren der Stadt und wusste nicht wohin.

«Jetzt ist auf Frieden kaum noch zu hoffen», sagte er leise.

Der Blick des Hauptmanns war warm und voller Zuneigung. «Das Leben geht weiter. Du bist noch jung.»

An Jahren vielleicht, dachte Matthes. Ansonsten fühlte er sich verbittert und verhärmt wie ein Greis.

«Denkst auch du, dass Wallenstein ein gottloser Mensch war?»

«Nein.» De Paradas Antwort klang sehr entschieden. «Ich

weiß, dass er gläubig war und regelmäßig zur Messe ging. Und denk an die vielen Klöster, die er gegründet hat. Er hielt nur nichts von der rigiden Gegenreformation, der sich der Kaiser verschrieben hat. Gegen Lutheraner habe er nichts, hab ich ihn oft sagen hören, seinetwegen könnten die Pfarrer hindostanisch oder türkisch predigen.» Er sah Matthes durchdringend an. «Komm mit mir nach Pilsen.»

Matthes schüttelte den Kopf. «Zu Aldringen, Gallas, Piccolomini? Ich will keiner dieser Bestien dienen.»

«Zuallererst dienen wir König Ferdinand. Ich habe gehört, dass er einige Regimenter direkt unter seinen Befehl stellen will. Seine Offiziere würden dich mit offenen Armen übernehmen. Schließlich stehst du mit deinem Wagemut in bester Reputation.»

Seit der Nachricht von Wallensteins Tod war Marthe-Marie von einer Unruhe befallen, die ihr Appetit und Schlaf raubte. Den ganzen Tag schien sie zu warten: Auf einen Kurier, einen Postreiter, einen württembergischen Gesandten, der ihnen Nachricht von Matthes bringen würde. Sie verrichtete ihre tägliche Arbeit fahrig und ohne Schwung, rechnete täglich aufs Neue nach, wie viele Tage oder Wochen ihr Sohn von Böhmen nach Stuttgart benötigen würde. Doch er kam nicht, und allmählich schwand ihre Hoffnung.

«Und wenn er sich nun nach Ravensburg aufgemacht hat? Er kann schließlich nicht wissen, dass ich hier bei dir lebe.»

«Dann wird er es dort erfahren», entgegnete Agnes. Sie wagte ihrer Mutter nicht zu gestehen, dass sie an Matthes' Rückkehr nicht mehr glaubte.

«Jonas und ich hätten niemals so streng sein dürfen mit dem Jungen.»

«Bitte, Mutter – mach dir nicht immer diese Vorwürfe. Matthes ist, wie er ist. Ihr hättet ihn auch nicht ändern können.»

Sie standen am Fenster und blickten hinunter auf den ‹Garten der Herzogin›. Vom Pavillon blätterte die Farbe, die Beete waren von Brombeerranken und Löwenzahn überwuchert. Der einstige Stolz Prinzessin Antonias bot einen erbarmungswürdigen Anblick. Dennoch, im ersten frischen Grün und milden Licht der Frühjahrssonne zeigte sich der Garten als ein Ort des Friedens und der Stille, während die Amtsstädte und Flecken rund um Stuttgart schwer unter den Einquartierungen und Übergriffen der verbündeten schwedischen Truppen litten. Inzwischen wimmelte das ganze Reich von Soldaten wie ein Stück faules Fleisch von Maden. Agnes war, als schirmten die hohen Mauern rund um die herzoglichen Gärten sie von Feindesland ab, als segelten sie hier auf einer Arche Noah inmitten eines unberechenbaren Ozeans. Doch wie lange noch waren sie sicher auf ihrem Schiff?

Inzwischen stand bald ganz Europa in einem einzigen kolossalen Krieg: die niederländischen Generalstaaten gegen Spanien, Spanien gegen Schweden, Frankreich gegen Spanien, Habsburg gegen Frankreich. Wallenstein selbst fand als Toter auf einmal zahlreiche Fürsprecher, wurde vom ermordeten Feind zum Freund. Vor allem Protestanten und Gelehrte sahen in dem, den sie als böhmischen Parvenu und papistischen Henker geschmäht hatten, plötzlich einen deutschen Helden, der Europas Wohltäter und Retter hätte werden können. Die kaiserliche Seite dagegen stellte ihren treuen Diener nun als Kopf einer ungeheuren Verschwörung dar, die das Heilige Römische Reich endgültig in Tod und Verderben hatte stürzen wollen. Dennoch hatte Kaiser Ferdinand, in seiner Großmut, für die Seelen der Gemordeten nicht weniger als dreitausend Messen im Land lesen lassen. Gleichermaßen großzügig erwies er sich allerdings gegenüber den Verschwörern und Mördern, die mit Gütern, Gold und Grafentiteln entlohnt wurden. Wallensteins Soldaten, von denen die meisten monatelang keinen Sold mehr gesehen hatten, durften sich immerhin ein paar Wochen lang im Herzogtum Friedland satt essen.

Dies alles war nachzulesen und auf Holzschnitten zu schauen in einer Flut von Gazetten und Flugblättern, die die Städte und Residenzen des Reiches überschwemmten. Darin entspannen sich auch ungeheuerliche Historien um Wallensteins Todesstunde. Es habe Rauch gegeben, wurde berichtet, und einen Knall, als die Klinge der Partisane seine Brust durchbohrte, gerade so, als sei der Teufel aus ihm gewichen. Man habe ihn dreimal durchstechen müssen, ehe er endlich fiel. Dazu verbreiteten sich Spottlieder, die die Kinder auf der Straße nachsangen: Hier liegt und fault mit Haut und Bein der große Kriegsfürst Wallenstein.

Agnes wandte ihren Blick vom Garten ab und sah zur Tür. Ihr machte in den letzten Wochen noch etwas anderes Kummer. David wurde zunehmend trotziger und aufmüpfiger. Die Großmutter tat das ab mit Worten wie: Der Bub komme in das Alter, wo die Jungen alles besser zu wissen glauben als die Alten, das sei der Lauf der Dinge und gehe vorüber. Irgendwann war sie mit ihrer Mutter darüber richtiggehend in Streit geraten, hatte ihr vorgeworfen, dass sie mit ihren eigenen Kindern niemals so nachsichtig gewesen sei, sonst wäre sie schließlich nicht eines Tages Hals über Kopf davon. Da war Marthe-Marie in Tränen ausgebrochen, und Agnes hatte sich wegen ihrer bösen Zunge bittere Vorwürfe gemacht und ihre Mutter um Verzeihung gebeten. Doch mit David durfte das so nicht weitergehen. Immer häufiger dachte sie, dem Jungen fehle die strenge Hand eines Vaters. Und genau das traf ihren wunden Punkt.

Erst heute Morgen wieder hatte er sich mit ihr angelegt, sich erst geweigert, seine Milchsuppe zu essen und dann seinen Schulbeutel zu Boden geschleudert. Mit geballten Fäusten hatte er sie angeschrien:

«Ihr behandelt mich wie ein kleines Kind! Ich weiß genau, dass ihr mir etwas verheimlicht. Warum schreibt mein Vater uns nie? Warum habe ich nie etwas von ihm gehört? Gebt doch zu, dass er gefallen ist.»

Dann war er hinausgestürmt.

Jetzt wartete sie auf seine Rückkehr. Sie wollte ihm die Wahrheit sagen.

«Ich gehe David ein paar Schritte entgegen», sagte sie und nahm ihren Umhang vom Haken. «Warte nicht auf uns mit dem Mittagessen.»

Die Sonne schien ihr warm ins Gesicht, als sie den Weg in Richtung Schulgasse einschlug. Auf dem Marktplatz tobten ihr ein paar Knaben entgegen, dann entdeckte sie David, der abseits für sich ging, die Mundwinkel mürrisch nach unten gezogen.

«Holst du mich jetzt auch ab wie ein kleines Kind?», fragte er, als er sie bemerkte.

«Nein, ich möchte mit dir reden. Setzen wir uns an den Brunnenrand.»

Die Marktleute rundum bauten ihre Stände ab, es stank nach Fisch und Gemüseabfällen. Agnes gab sich einen Ruck.

«Du bist jetzt zwölf Jahre alt, groß genug, um die Wahrheit zu wissen. Dein Vater ist weder gefallen noch ist er Soldat oder Offizier.»

David starrte sie an.

«Sag nicht, dass er ein Gaukler ist.»

Jetzt war es Agnes, die erstaunt die Augen aufriss. «Woher weißt du das?»

David starrte zu Boden. «Deshalb also nennen dich die Leute manchmal die Gauklerin.»

«Wer nennt mich so?»

«Ein paar Mägde in der Küche. Aber nur, wenn sie meinen, ich höre es nicht. Und ich dachte immer, es sei wegen meiner Ahn.»

«David.» Sie wollte seine Hand nehmen, doch er versteckte sie trotzig hinter dem Rücken. «Dein Vater war ein fahrender Sänger und Lautenspieler. Ihn hat es nicht gehalten in Stuttgart, irgendwann ist er mit den Soldaten im Tross mitgezogen. Er wollte wiederkommen, rechtzeitig zu deiner Geburt, doch dann wurde er schwer verletzt und ist fortgeblieben. Ich glaube, aus Scham traut er sich nicht mehr zurück.»

«Und daran tut er recht.» David sprang auf. «So einen gottverdammten Vater brauche ich nicht.»

«David!»

«Vielen Dank, dass du mir die Wahrheit gesagt hast. Jetzt weiß ich wenigstens, dass ich keinen Vater habe.»

Er warf sich seinen Schulbeutel über die Schulter und rannte los. Agnes sah ihm nach. Er würde darüber hinwegkommen, wenn auch nicht heute oder morgen. Denn sie wusste: Ihr Sohn war nicht nur gescheit, er hatte auch einen starken Charakter.

Statt einer Nachricht von Matthes traf Ende Juli ein weiterer Brief von Jakob ein, den ein alter Mann Agnes persönlich übergab.

Sie erbrach ungeduldig das Siegel und begann zu lesen.

Im Böhmerwald, den 9. Juli
anno Domini 1634

Geliebte Mutter, liebe Schwester, lieber Neffe!

Ich gebe diese Zeilen einem Nachrichtenhändler eurer Stuttgarter Wochen-Zeitung mit, da dies inzwischen der schnellste und sicherste Weg ist, Briefe zu verschicken (auch wenn diese Halsabschneider Unsummen dafür verlangen!). Ich bin wohlauf. Winter und Frühjahr habe ich mit einer Weimarschen Garnison aufs Angenehmste in Regensburg verbracht, ohne dass uns ein papistisches Regiment zu attackieren gewagt hätte. Die Bürger hier, fromme und redliche Leut, haben uns damals im November mit Jubel begrüßt, erst recht, als wir beim Siegeszug durch die Stadt Wein und Brot verteilen ließen. Sie zahlen getreulich ihre Kontributionen, ansonsten verläuft der Alltag hier ruhig, nahezu behaglich – fast wie zu Zeiten in Ravensburg, als ich für Doctor Majolis die Kranken versorgte.

Mit Anbruch des Frühjahrs hieß es für mich wieder marschie-

ren, und ich musste leider Abschied nehmen. Nicht nur von der schönen Stadt Regensburg, sondern auch von meinem lieben Mädel, das mir in diesen Monaten so recht ans Herz gewachsen war. Ihr könnt euch nicht vorstellen, wie heftig es mich noch immer schmerzt, dass ich meine Kathrin so allein zurücklassen musste.

Nun ist es allerdings so, dass Regensburg seit kurzem von den Kaiserlichen belagert wird, unter ihrem neuen Feldherrn, dem Kaisersohn. Doch wenn dieser Schnauzhahn denkt, uns würden die Knie weich und wir würden von unserem Feldzug abrücken, dann hat er sich getäuscht. So grün und unerfahren ist er mit seinen sechsundzwanzig Jahren, dass ihn keiner recht ernst nimmt, auch wenn er sich diese italienischen Generäle verpflichtet hat, den Verräter Piccolomini und Gallas, der sich dem Suff ergeben hat. Denn die Stadt hat Proviant auf Monate, und die braven Regensburger würden sich niemals ergeben. Über kurz oder lang wird der junge Ferdinand also mit blutiger Nase wieder abziehen. Ohnehin halten wir diese Belagerung nur für eine Finte, um uns von der Befreiung Böhmens und Bayerns abzuhalten.

Nach einigen kleinen Scharmützeln stehen wir nun an der böhmisch-bayerischen Grenze, um uns mit den Truppen Horns zu vereinigen. Danach soll es auf Landshut gehen. Auf dem Gebiet der Wundchirurgie bin ich derweil erheblich vorangekommen, und ich habe mein chirurgisches Arsenal um modernste Instrumente zum Entfernen von Geschossen erweitern können: etwa um eine Schere, deren Schneiden nach außen zeigen, um den Schusskanal zu weiten, eine Sonde zum Auffinden der Kugel und mehrere lange Fasszangen zum Entfernen. Meine neueste Errungenschaft ist ein winziger Bohrer: Stecken die Geschosse fest, so bohre ich sie damit an und ziehe sie dann vorsichtig heraus. Ich habe herausgefunden, dass das Entfernen von Geschossen leichter geht, wenn man den Verletzten in genau die Stellung bringt, die er im Augenblick der Verwundung innehatte.

Ohne prahlen zu wollen, kann ich sagen, dass ich im Heer inzwischen große Anerkennung erfahre, und so habe ich meine Entscheidung, als Feldscher zu gehen, bislang nicht bereut. Bernhard von Weimar hat sogar angedeutet, er wolle mich in sein Leibregiment übernehmen, was einer Beförderung gleichkommt.
Ihr in Württemberg könnt ja Gott danken, dass ihr die Schweden zur Seite habt. Nun wird es dringlicher denn je, auch die anderen Reichskreise zu befreien. Denn der Kaiser will sich ganz Deutschland unterwerfen, jede althergebrachte Selbständigkeit will er brechen: Die Privilegien der Städte, die Rechte der Stände, die Hausmacht der Fürsten – das ganze Reich hofft er unterzuzwingen unter seinen Glauben, unter sein Haus! Und das, obgleich mittlerweile sechsmal mehr Protestanten als Katholische im Reich leben. Er ist der wahre Störer des konfessionellen Friedens. Wäre ich nicht Arzt – ich glaube, auch ich zöge das Schwert, um mein Land gegen Spanier, Kaiserliche und Jesuiten zu defendieren.
Ihr Lieben! Ich denke jeden Tag an euch und schließe euch in all meine Gebete ein. Bleibt gesund und zuversichtlich, es werden auch wieder andere Zeiten anbrechen.
In inniger Liebe, euer Jakob.

Eingerollt in den Brief lag ein kleiner, mehrfach zusammengefalteter Zettel, auf dem ihr Name stand. Agnes hatte ihn noch vor dem Lesen des Briefes rasch in ihrer Rocktasche versenkt, denn sie ahnte, dass ihre Mutter ihn nicht zu Gesicht bekommen sollte.

Jetzt reichte sie das Schreiben zusammen mit der Lampe an Marthe-Marie weiter, die an diesem Abend früh zu Bett gegangen war.

«Ein Brief von Jakob. Er ist wohlauf.»

«Dem Herrn sei gedankt.» In Marthe-Maries Stimme lag ein Anflug von Enttäuschung. Sie richtete sich auf und begann zu lesen. Agnes beobachtete sie aufmerksam. Ob ihre Mutter sich auch vom Ton seines Briefes befremdet zeigen würde? Es war, als hätte Jakob sich eine Rolle auferlegt, die er für mannhaft hielt. *Wäre ich nicht Arzt, ich zöge das Schwert* – was war nur in ihn gefahren? Und dann: *Mein liebes Mädel, das mir ans Herz gewachsen war.* Kein Wort mehr als ihren Namen erwähnte er, stattdessen gab er ellenlange Berichte über das Kriegsgeschehen oder ließ sich über seine Gesinnung aus. Wahrscheinlich hatte er das arme Mädchen genauso leichtfertig sitzen lassen wie Kaspar einstmals sie selbst. Hatte dieser Krieg denn alle Menschen verbogen und verdorben?

Auch ihre Mutter runzelte die Stirn. Dann legte sie die Blätter zur Seite.

«Mein Gott, Agnes, wo führt das alles noch hin?»

Agnes wartete, bis die regelmäßigen Atemzüge ihrer Mutter verrieten, dass sie schlief, dann nahm sie den Zettel zur Hand.

Liebste Agnes!
Ich hoffe, dass Mutter diese Zeilen nicht sieht, denn ich will sie nicht unnötig ängstigen. Daher vernichte den Zettel, wenn du ihn gelesen hast. Matthes kämpft in Ferdinands Hauptarmee, bei seinen Leichten Reitern, und so ist es nur eine Frage der Zeit, bis ich mit Weimars Regiment auf ihn treffen werde. Das Furchtbarste aber ist: Ich habe ihm letzten März, nach Wallensteins Tod, ein Billett von Regensburg nach Pilsen überbringen lassen, da ich wusste, dass sich dort alle verbliebenen Truppen sammeln würden. Habe ihn darin angefleht, den Kriegsdienst aufzugeben, bevor er noch mehr Schuld auf sich lädt. Seine Antwort kam umgehend: Mit mir wolle er nichts mehr zu tun haben. Ich hätte unsere Mutter verraten und allein gelassen. In offener Schlacht würde er mich ohne Zögern erschlagen. Meine Güte, Agnes, unser Bruder scheint mir nicht ganz bei Sinnen. Ich fürchte, seine Seele ist nicht mehr zu retten!
Bitte, Agnes, gib auf unsere Mutter Acht! Gott schütze dich,
dein Bruder Jakob.

23

«Wie sich das Blatt doch wenden kann.»

De Parada lächelte, doch sein Blick blieb dunkel, wie immer, wenn er über den Krieg sprach. Er nahm seinen Krug und trank ihn in einem Zug leer.

Auch Matthes konnte über die Einnahme von Donauwörth keinen Triumph empfinden. Sie saßen in einem Wirtshaus nahe der Stadtkommandatur und versoffen ihren Sturmsold. In den düsteren Winkeln der niedrigen, holzvertäfelten Schankstube standen die Essenschwaden, und vom Nebentisch zog der Qualm des neumodischen Tabakkrauts herüber.

Dabei hatte es zunächst ausgesehen, als stünde Fortuna auf Seiten der Schweden, als die in einem Aufsehen erregenden Sturm auf Landshut nahezu die gesamte bayerische Reiterei vernichtet hatten. Dass dabei Feldmarschall Aldringen im Kugelhagel umgekommen war, berührte Matthes noch im geringsten. Es hieß sogar, seine eigenen Kroaten hätten ihn erschossen. Trotz dieser Niederlage hatte sich der König von Ungarn nicht von seinem Kurs abbringen lassen, die Verbindungs- und Versorgungslinien der Schweden entlang der Donau und im Schwäbischen zu durchbrechen. Nur zwei Tage nach der Niederlage von Landshut gelang es ihm, erst Regensburg einzunehmen und jetzt die schwedisch besetzte einstige Reichsstadt Donauwörth. Weimar und Horn waren ihnen wutschnaubend auf den Fersen, aber genau dies hatte König Ferdinand beabsichtigt: Er suchte die Entscheidungsschlacht. Er musste nur noch die Ankunft des mächtigen spanischen Heeres abwarten, das vom Schwarzwald her im Anmarsch war.

«Wenn nun die Schweden angreifen, bevor der Kardinalinfant uns erreicht hat?», fragte Matthes.

De Parada schüttelte den Kopf. «Bis Horn und Weimar mit ihren abgerissenen Truppen hier sind, haben wir uns längst drüben bei Nördlingen verschanzt.»

«Aber in Nördlingen sitzt eine schwedische Garnison ein.»

«Die soll ja eben ausgehungert werden. Wenn Nördlingen auch noch fällt, bricht die gesamte schwedische Versorgung zusammen wie ein Kartenhaus. Und angreifen werden die Schwedischen uns bei Nördlingen kaum. Bei dem hügel- und waldreichen Gelände dort wäre das Selbstmord.»

Matthes musste zugeben, der Schachzug des jungen Königs war klug bedacht. Überhaupt schien alle Welt Ferdinand unterschätzt zu haben: Nicht nur den schönen Künsten war er zugeneigt; auch in der Kriegführung hatte er bislang eine geschickte Hand bewiesen. Dabei war ihm ganz offensichtlich am rigorosen Katholizismus seines Vaters wenig gelegen, was Matthes einen Funken Hoffnung für die Zukunft gab – falls der junge Ferdinand denn jemals die Kaiserkrone übernehmen würde.

Matthes hob die Hand und winkte das Schankmädchen heran.

«Noch zwei Krüge. Aber diesmal weniger knauserig eingeschenkt.»

Das Mädchen grinste: «Sehr wohl, Herr General.»

De Parada winkte ab. «Für mich nichts mehr. Dorothea wartet sicher schon, und ich muss zuvor noch beim Generalwachtmeister vorbei. Bis morgen früh also.»

Er klopfte ihm auf die Schulter und schlenderte mit der ihm eigenen Ruhe hinaus. Matthes sah ihm nach. Der Rittmeister hatte sein Quartier im Baudrexlhaus aufgeschlagen, einem stattlichen Fachwerkhaus gleich am Rathausplatz, während er selbst bei seiner Kompanie am Fuße des Schellenberg, vor den Toren der Stadt, lagerte. Unter dem neuen Oberbefehlshaber herrschte eine weitaus striktere Hierarchie als unter Wallenstein – ob dies an den Generälen oder am König lag, vermochte Matthes nicht zu beurteilen. Jedenfalls wurden neuerdings nur die höheren Dienstränge in die noblen Stadtquartiere verteilt, er selbst musste, wie alle Wachtmeister oder Feldweybel, mit der Vorstadt oder dem freien Feld vorlieb nehmen. Allerdings hatte de Parada ihm angedeutet, dass Matthes, sofern er sich bei der nächsten Schlacht bewährte, zum Rittmeister befördert würde. Das habe er an höchster Stelle läuten hören.

Matthes musste unwillkürlich lächeln, als er daran dachte, mit welchem Stolz in den Augen de Parada dies verraten hatte. Der Napolitaner schätzte ihn sehr. Längst war ihr Verhältnis nicht mehr das zwischen Befehlshaber und Untergebenem, sondern eines unter Kameraden. Fast hätte Matthes de Parada als Freund betrachtet, wenn ihm bei diesem Wort nicht unweigerlich der grausame Tod Gottfrieds in den Sinn gekommen wäre.

Alles in allem war Matthes fast zufrieden mit seinem Entschluss, im Heer zu bleiben. Denn was Ferdinand anordnete, hatte Hand und Fuß und diente allein dem Ziel, die Schweden und ihren deutschen Vasallen Bernhard von Weimar ins baltische Meer zu jagen oder gleich in die Hölle. Doch der Preis der Stärke kaiserlicher Macht erschien, wenn er es recht betrachtete, doch zu hoch. Und was kam nach der nächsten Schlacht? Würde das Morden und Brennen weitergehen? Gegen die Franzosen womöglich? In seinen Jahren als Soldat hatte er genug Elend gesehen und erlebt, um nicht mehr wie ein Weib in Flennen auszubrechen angesichts der unzähligen Toten, Halbtoten und Verstümmelten, die er auf den Schlachtfeldern zu sehen bekam. Was er indessen auf dem Weg die Donau aufwärts erblickt hatte, war ein einziges Bild der Trostlosigkeit. Alle unbefestigten Dörfer und Weiler, an denen sie vorbeigezogen waren, standen ausgeraubt und niedergebrannt, verlassen bis auf ein paar wenige abgemagerte Frauen und Kinder, die ihnen mit toten Augen nachstierten. Die einstmals fruchtbaren Felder lagen verwüstet, die Frucht verdorrt oder verfault, die Weiden von Soldatenstiefeln und Pferdehufen zertrampelt, die Brunnen zugeschüttet. Zu oft war das Land beiderseits der Donau Durchzugsgebiet der Heere gewesen. Nun war es totes Land, das sich auf Jahre, auf Jahrzehnte vielleicht, nicht mehr erholen würde.

Matthes starrte in seinen Bierkrug. Und jetzt auch noch Jakob! Was hatte sein kluger, sanftmütiger Bruder in diesem Krieg zu suchen? Er sah ihn vor sich, auf den Mauern der Festung Schweidnitz, den erschrockenen Blick, sein Rufen – und dann dieser Brief, den er ihm nach Pilsen geschickt hatte. Warum war er nicht zu Hause geblieben, bei der Mutter, und verabreichte kranken Stadtbürgern Pillen und Tinkturen? Er, Matthes, hatte geheult, als er Jakobs Schreiben erhalten hatte. Wenn er jetzt nur an ihn dachte, mochte er gleich wieder schreien vor Wut und Enttäuschung.

Das Schankmädchen ließ sich am Nebentisch nieder und begann mit zwei jungen Söldnern zu poussieren. Matthes trank sein Bier aus. Hätte er Frau und Kinder, so wie de Parada, dann wäre wenigstens etwas Lebendiges um ihn. Wie es wohl Agnes ging? Längst schon hätte er ihr nach Stuttgart, seiner Mutter nach Ravensburg schreiben müssen, dass sie sich in Sicherheit bringen sollten, hinüber in die eidgenössische Schweiz. Doch dazu war es nun zu spät. Viel zu spät.

Er ließ den Kopf auf die Tischplatte sinken und begann lautlos zu weinen.

Agnes fand Prinzessin Antonia auf einer versteckten Bank im ‹Garten der Herzogin›. Das Gesicht der jungen Frau war tränennass.

«Ist die Lage denn so ernst, dass Ihr fliehen müsst?» Agnes merkte, wie heiser ihre Stimme klang.

«Ich weiß es nicht. Mir ist, als wäre mein Kopf ein aufgestöbertes Wespennest. Nördlingen ist belagert, zwanzigtausend Mann zählen die Kaiserlichen, und noch einmal so viele Spanier erwarten sie in den nächsten Tagen. An der Donau ziehen die Schweden ihre Truppen zusammen, mein Bruder marschiert morgen mit seinem Landesaufgebot los, um Bernhard von Weimar und den Rheingrafen zu unterstützen. Und im Osten des Herzogtums sind schon Tausende auf der Flucht.»

«Vielleicht ist es ja nur ein Kräftemessen. Vielleicht kommt es gar nicht zum Gefecht.»

Antonia schüttelte heftig den Kopf. «Der Kaiser will diese Schlacht. Und er will die württembergische Residenz einnehmen. Das haben unsere Kundschafter in sichere Erfahrung gebracht.» Wieder begann sie zu weinen.

Agnes setzte sich neben sie und trocknete ihr mit einem Spitzentuch aus Antonias Rocktasche die Wangen. «Beruhigt Euch doch, Prinzessin. Wie oft kam es in diesen Jahren schon anders, als wir alle dachten. Ihr dürft nicht gleich das Schlimmste befürchten.»

Dabei befürchtete Agnes selbst das Allerschlimmste.

Ein warmer Wind kam auf und ließ die Blätter des Weinlaubs über ihnen leise rascheln. Das Jahr versprach eine gute Ernte. Wer würde die Trauben im Land lesen?

«Vielleicht hast du Recht, Agnes. Der Herzog meint auch, unsere Reise nach Straßburg habe er nur vorsichtshalber angeordnet, er wolle uns Frauen eben in Sicherheit wissen. Straßburg sei eine reiche Stadt, friedlich, von Seuchen verschont und hinter den großen Festungswällen in höchstem Maße sicher. Eberhard ist sich gewiss, dass die vereinten protestantischen Truppen siegen werden. Und dann kehren wir zurück. So Gott will.»

«Ganz bestimmt. Und unserer schönen Stadt hier wird nichts geschehen.»

«Ach, ich mache mir große Sorgen um euch alle, die zurückbleiben. Jetzt, wo es hier rundum von Soldatenvölkern wimmelt. Wie gern würde ich euch mitnehmen. Aber du kennst ja die Order meines Bruders: Nur die Hofchargen und deren Kammerdiener dürfen mit. Übrigens: Hast du es schon erfahren?»

«Was?»

«Rudolf hat abgelehnt, er will hierbleiben. Ich glaube, er liebt dich wirklich.»

Agnes lehnte sich gegen die kühle Steinmauer. Vielleicht liebte sie ihn ja auch, diesen aufrichtigen, selbstlosen Mann. Waren nicht Verbundenheit und Treue eine allemal bessere Grundlage für ein Leben zu zweit als kopflose Leidenschaft?

«Hör zu, Agnes. Versprich mir, dass ihr die Stadt verlasst, sobald sich die Kaiserlichen nähern. Sie werden von Osten kommen, durch das Remstal. Da bleibt euch genug Vorsprung, um in den Schwarzwald zu entkommen. Geht nach Wildbad. Die Stadt ist mit Mauern und Toren gut befestigt. Mit meiner Empfehlung könntet ihr im Ulrichsbau Quartier nehmen. Oder noch besser: Geht nach Freudenstadt. So weit hinauf in die Berge werden die Truppen nicht kommen. Ich werde euch auf jeden Fall einen herzoglichen Geleitbrief ausstellen lassen, das wird mir mein Bruder nicht verwehren können. Damit kommt ihr zumindest an den protestantischen Verbänden unbehelligt vorbei.»

Sie hatte hastig gesprochen, als bliebe ihr keine Zeit mehr. Dabei würde es noch Tage dauern, bis der herzogliche Hofstaat zum Abmarsch bereit war.

In diesem Augenblick kam David angelaufen.

«Hier bist du, *maman*. Ich habe dich überall gesucht.» Er verneigte sich kurz vor der Prinzessin, dann fuhr er fort. «Der Ahn geht es sehr schlecht, sie liegt auf dem Bett und stöhnt ununterbrochen.»

«O Gott! Rasch, gehen wir.»

«Wird – wird Stuttgart fallen?», wandte der Junge sich unvermittelt an Antonia. «Ist deshalb der ganze Hof im Aufbruch?»

«Euch wird nichts geschehen, ich habe mit deiner Mutter alles besprochen. Rudolf wird auf euch Acht geben.»

Sie eilten zurück ins Schloss, vorbei an Bediensteten, die Truhen und Koffer, Hutschachteln und Geschirrkisten herumschleppten, Anweisungen wurden gebrüllt, Flüche ausgestoßen, irgendwo brach jemand in Schluchzen aus. Es herrschte ein unbeschreibliches Durcheinander. Als sie ihre Kammer betraten, lag Marthe-Marie ausgestreckt auf dem Bett, wie aufgebahrt, die

Augen starr an die Decke gerichtet. Selbst hier drinnen war das Geschrei der Diener und Mägde noch zu hören.

«Was ist mit dir?» Agnes setzte sich auf den Bettrand und streichelte die Hände der Mutter, die bleich und kalt in ihrem Schoß ruhten.

«Ich habe Schreckliches geträumt!» Marthe-Maries Augen waren weit aufgerissen. «Von zwei Hunden. Mitten in einem Heerlager. Haben sich ineinander verbissen, ein heller und ein dunkler Hund. Das Blut ist ihnen in Strömen über das Fell gelaufen. Und dann –», sie war plötzlich kreideweiß, «dann waren da plötzlich Jakob und Matthes. Sie sahen so verzweifelt aus. Dann krachte eine Büchse, und ich wurde wach. Agnes, ich hab solche Angst, dass sich die beiden Jungen gegenseitig umbringen.»

Agnes sah sie verstört an. Als dazumal, vor vielen, vielen Jahren, sich die beiden Hunde vor dem Ravensburger Rathaus bis aufs Blut gebissen hatten – da war ihre Mutter gar nicht dabeigewesen. Sie konnte davon nichts wissen. Gütiger Herr im Himmel, wenn dies nun ein Zeichen war?

«Wenn ich die Augen schließe, kann ich das Gemetzel sehen. Überall Blut und Leichen, und mitten in dieser Hölle sehe ich Jakob und Matthes.»

Vergeblich kämpfte Agnes gegen das Entsetzen an. «Du kannst nicht in die Zukunft sehen, niemand in unserer Familie kann das. Es sind nur deine Ängste, die dich quälen. Bitte, Mutter, steh jetzt auf. Du solltest etwas essen, hattest ja den ganzen Tag noch nichts. David, geh in die Küche und hol eine Schüssel Milchbrei.»

«Nein, er soll bleiben.» Unerwartet rasch hatte sich Marthe-Marie erhoben und begann in ihrer Truhe zu wühlen.

«David muss mit mir in den Garten. Du kennst doch dort jeden Winkel, mein Junge. Zeig mir ein Versteck für unsere Ersparnisse.» Sie zog die Lederschatulle aus der Truhe. «Die schwarzen Reiter werden nach Stuttgart kommen, die sollen unser Geld nicht finden.»

David warf seiner Mutter einen fragenden Blick zu. Agnes nickte.

«Nun komm. In diesem Tumult wird keiner auf uns achten.» Marthe-Marie nahm den Jungen bei der Hand. Sie wirkte wieder gänzlich klar. «Zeig mir dein bestes Versteck.»

Agnes folgte den beiden ins Stiegenhaus. Sie sah, wie ihre Mutter auf dem Absatz stehen blieb. Marthe-Marie blickte einen Augenblick lang auf die vielen Menschen hinab, die von links nach rechts, von oben nach unten rannten, dann gab sie sich einen Ruck und eilte los, so überhastet, dass sie auf der vierten oder fünften Stufe unversehens strauchelte, kopfüber die steile Stiege nach unten stürzte, sich einmal überschlug und rücklings im unteren Stockwerk liegen blieb. Mit einem Schlag herrschte Totenstille im Treppenhaus. Marthe-Marie rührte sich nicht.

Agnes schrie auf. «Mutter!»

Dann stürzte sie ihr nach. Ein alter Knecht kniete bereits neben der Verunglückten und befühlte Handgelenk und Stirn.

«Sie lebt. Tragen wir sie vorsichtig in ihre Kammer.»

Kurz darauf lag Marthe-Marie auf dem Bett, doch ihr Atem ging merkwürdig kurz und flach. Agnes öffnete ihr das Mieder, dann bat sie den Knecht, den Hofarzt zu holen.

«Der Herr Medicus wird keine Zeit haben. Die Herrschaften sind doch alle beim Packen.»

«Dann gehe ich eben selbst. Bleib bitte bei ihr.»

Endlich fand sie Doctor Schopf in der Hofapotheke. Es bedurfte eines lautstarken Zornesausbruchs von ihrer Seite, bis sich der alte Hofarzt endlich bequemte, nach ihrer Mutter zu sehen. Unwillig folgte er ihr die steilen Treppen hinauf, murrte, er habe schließlich in dieser Lage anderes zu tun, als der Dienerschaft Pflästerchen aufzulegen. Als er jedoch Marthe-Marie erblickte, wurde er still und begann sie gründlich und mit ernster Miene zu untersuchen.

«Äußerst kurios.» Er kratzte sich sein schütteres Haar. «Von den geprellten Rippen abgesehen, hat sie wohl keine ernsthaften Verletzungen, keine Brüche. Auch deutet nichts auf innere Blutungen. Aber diese graue Gesichtsfarbe, der kalte Schweiß, der kurze Atem – das gefällt mir nicht. War sie denn in letzter Zeit krank?»

«Nein, nichts. Das heißt, sie war vor dem Sturz auf eine sonderbare Art außer sich, hatte Albträume, dann im wachen Zustand Gesichte. Es ist, weil – ihre beiden Söhne sind im Krieg, und gestern kam die Nachricht von dem bevorstehenden Gefecht bei Nördlingen.»

«Nun, dann könnte es auch ein Schockzustand sein.» Er kramte in seiner Tasche und holte ein Fläschchen heraus. «Ich gebe ihr etwas zur Beruhigung. Im Allgemeinen klingen Schockwirkungen nach einigen Stunden wieder ab. Gebt ihr etwa jede Stunde fünf Tropfen hiervon auf die Zunge. Ich sehe gegen Abend nochmal nach ihr. Und lasst viel frische Luft herein.»

«Wie soll ich Euch nur danken, Doctor Schopf?»

Der Alte winkte ab. «Wüsste ich nicht, wie viel Prinzessin Antonia an Euch gelegen ist, so wäre ich sicher nicht gekommen.»

Die nächsten Stunden saßen David und Agnes stumm am Bettrand, verabreichten Marthe-Marie die Medizin und beobachteten, ob sich irgendeine Besserung zeigte. Es tat sich nichts.

Erst als es dämmerte, vermeinte Agnes ein Zucken ihrer Augenlider zu erkennen. Ging nicht auch Marthe-Maries Atem gleichmäßiger? Sie beugte sich über ihr Gesicht.

«Mutter? Hörst du mich? Wenn du mich hören kannst, gib mir ein Zeichen.»

Agnes nahm ihre Hand, um zu erspüren, ob sich die Finger bewegten. Da öffnete Marthe-Marie die Augen, die rotgerändert waren, mit verschleiertem Blick.

«Was machst du nur für Sachen?», flüsterte Agnes. «Hast du Schmerzen? Hast du Durst? David, rasch, einen Becher Wasser vom Waschtisch. Hier, Mutter, trink. Aber vorsichtig, in ganz kleinen Schlucken.»

Beim dritten Schluck rann das Wasser aus den Mundwinkeln. Auch hatte Marthe-Marie die Augen wieder geschlossen.

«Bitte, Mutter, sprich mit mir. Sag irgendetwas.»

Entweder war ihre Mutter eingeschlafen oder erneut in Ohnmacht gefallen. Wenn doch nur der Medicus wieder käme. Da bewegten sich die eingefallenen Lippen. Ein leises Zischen, dann ein Hauchen. Agnes hielt ihr Ohr dicht an Marthe-Maries Mund.

«Jakob? Willst du Jakob sagen?»

Sie spürte einen leisen Druck an der Hand. Im nächsten Moment verstand sie ganz deutlich: Matthes. Danach versank Marthe-Marie wieder in ihren Schlaf oder wie immer man ihren Zustand bezeichnen mochte.

Es klopfte, und David öffnete die Tür. Es war Antonia mit einer versiegelten Papierrolle in der Hand.

«Der Geleitbrief, Agnes.»

Dann sah sie die leblose Gestalt im Bett. «Gütiger Gott, was ist mit deiner Mutter? Ist sie krank?»

«Sie ist die Treppe hinabgestürzt. Seither kommt sie nicht mehr recht zu Bewusstsein. Ich fürchte, Prinzessin, der Geleitbrief wird mir nichts nutzen.»

«Sag nicht so was. Sie wird wieder auf die Beine kommen. War der Hofarzt schon da?»

Agnes nickte. «Er wollte vor der Nacht noch einmal vorbeischauen.»

«Dann bleibe ich so lange hier. In den Frauengemächern stehe ich ohnehin nur im Weg herum.»

«Wann brecht Ihr auf?»

«Übermorgen.» Sie unterdrückte ein Seufzen und strich ihren dunkelgrünen Brokatrock glatt.

In diesem Moment stürmte ohne Ankündigung Doctor Schopf herein.

«Oh, Euer Durchlaucht – verzeiht.» Er verneigte sich galant vor der jungen Frau, dann trat er ans Krankenbett.

«Ihre Konstitution hat sich ein wenig stabilisiert», sagte er, nachdem er Augen, Rachen und Brust untersucht hatte. Marthe-Marie blieb währenddessen weiterhin ohne Bewusstsein. «Aber da ist noch etwas anderes.»

Er bewegte nacheinander ihre Arme, ihre Beine, ihre Hände, knetete sie, hob sie hoch und ließ sie wieder fallen.

«Es tut mir sehr Leid.» Sein Gesicht wirkte niedergeschlagen. «Ihre Frau Mutter ist offenbar gelähmt. Ich kann da nichts tun.»

24

Zu Bopfingen, den 20. August
anno Domini 1634

Die Schelmereien im Lager werden immer ärger, vor allem das Auftreten von morbus gallicus. Wie Ekel erregend ein Mensch stinkt, wenn Mund- und Rachenraum verfaulen! Ist der Körper erst von eitrigen Geschwüren bedeckt, bleibt nichts mehr zu retten. In früheren Stadien der Lustseuche erziele ich inzwischen recht gute Erfolge mit einer Kur aus Quecksilber und tropischem Guajak-Holz. Der Soldaten glauben übrigens immer noch, man hole sich die «Franzosen» wie die Pest über faulige Ausdünstungen und Miasmen. Ich habe es aufgegeben, sie zu überzeugen, dass die weitaus größte Zahl der Ansteckungen über Kopulation erfolgt.

Doch all das Elend im Lager ist nichts gegen den Anblick der Schlachtfelder nach dem Gefecht. Wenn ich hinaus muss, um die Verletzten zu retirieren, ertrage ich dieses Grauen nur noch, wenn ich zuvor ein paar Krüglein Branntwein zu mir nehme. Ob ich mich je daran gewöhnen werde? An die aufgerissenen Leiber und gespaltenen Schädel, an das Lamento der Verwundeten um Hilfe oder um einen erlösenden Tod? Manchen ist das halbe Gesicht weggeschossen oder der Unterschenkel, und noch immer krauchen sie auf allen vieren zwischen den Kadavern umher. Doch das Ärgste folgt, wenn erst die Plünderer über den Kampfplatz herfallen wie die biblischen Heuschrecken. Manche schrecken nicht einmal davor zurück, den Toten oder Halbtoten die Haut vom Leib zu ziehen und ihnen die membra virilia abzuschneiden, um alles zu dörren und als kostbarste mumia an Quacksalber zu verscherbeln, die daraus Arznei machen.

O ja, ich vermag endlich ungehindert Sektionen durchzuführen, um den menschlichen Körper zu studieren. Nach jeder Schlacht bietet sich Gelegenheit zuhauf. Nun hat sich dieser mein Wunsch erfüllt – doch um welchen Preis?

Mittlerweile sind wir in Bopfingen angelangt, im Schwäbischen, und ich weiß, dass Weimar die entscheidende Schlacht sucht. Ich bete zu Gott, dass Matthes nicht dabei sein wird.

«Wann, sagtet Ihr, setzt sich das Landesaufgebot in Marsch?»

«Morgen früh.»

Agnes hatte eine schlaflose Nacht verbracht. Sie stand mit Prinzessin Antonia am Fenster, die tröstend ihre Hand hielt. Noch immer hallte ihr die Diagnose des Medicus wie ein Malefizurteil in den Ohren. David hatte sie nach draußen zu seinen Freunden geschickt, und ihre Mutter lag unverändert in ihrem Dämmerzustand. Nur einmal noch war sie zu sich gekommen und hatte die Namen ihrer Söhne gemurmelt. Agnes hatte plötzlich verstanden: Sie rief Matthes und Jakob zu sich.

«Wem aus der Truppe könnte ich eine Nachricht anvertrauen?»

«Hauptmann von Wolzogen», antwortete Antonia, ohne zu zögern. «Er ist der zuverlässigste Mann.»

Agnes glaubte eine Spur von Röte auf Antonias Wangen zu erkennen.

«Doch am besten gibst du die Nachricht mir. Ich werde den Hauptmann persönlich bitten, sie zu überbringen, komme was da wolle.»

Am nächsten Morgen stand Agnes mit Hunderten von Menschen auf dem Schlossplatz, um das Landesaufgebot zu verabschieden. Drei-, viertausend Soldaten mochten es sein, in blauen Zwilchkitteln und mit feierlichen Gesichtern, die sich zum Rühren der Trommeln formierten; manche nicht viel älter als David. Wie viele von ihnen würden ihre Eltern, ihre Geschwister, ihre Freunde wiedersehen?

Sie dachte an den Gärtnerburschen Franz, der längst unter der Erde lag, dachte an Jakob und Matthes, dachte an Kaspar. Der große Krieg dort draußen erschien ihr wie ein menschenfressendes Ungeheuer, das niemals zu sättigen war, dem unter Trommelschlag und Trompetenklang Mann für Mann in den aufgerissenen Schlund marschierte.

Vorweg, auf einem glänzenden Goldfuchs, trabte der junge Herzog die Reihen ab, in blitzendem Kürass, in der Rechten die Standarte mit dem viergeteilten Wappen der Württemberger. In seinem runden, gut geschnittenen Gesicht stand so etwas wie Trotz. Jetzt hob er die Hand und grüßte zu der blumengeschmückten Empore, wo Antonia mit ihren Schwestern und der Herzoginmutter am Geländer lehnten. Agnes entgingen nicht die Blicke, die die Prinzessin mit Hauptmann von Wolzogen austauschte. Ob Antonia ihr Herz verloren hatte, zum ersten Mal?

Agnes faltete unwillkürlich die Hände. Sie bat Gott, all diese Menschen zu beschützten und ihnen, wenn es denn nicht anders ging, ein gnädiges Ende zu schenken. Sie betete, dass der junge Hauptmann ihre Brüder finden möge, bevor es zum Gefecht kam. Beiden hatte sie denselben flehentlichen Brief geschrieben: Sie mögen nach Stuttgart kommen, die Mutter liege im Sterben.

Wenn sie ihr einen letzten Dienst erweisen wollten, dann sollten sie einmal wenigstens den Krieg Krieg sein lassen und sich von ihr verabschieden.

25

Zum ersten Mal seit Jahren packte Matthes so etwas wie Angst. Seine Kompanie hatte auf der weiten Hochfläche des Schönfelds Stellung bezogen, im Süden Nördlingens, und wartete mit Hunderten anderer kaiserlich-spanischer Verbände auf den Befehl, sich ins Gefecht zu stürzen. Es war früher Morgen, und Matthes wusste, die Entscheidungsschlacht stand unmittelbar bevor. Das, was am Vorabend und in der Nacht rundum in den Hügeln getobt hatte, war nur der Anfang gewesen.

Drei Wochen hatten sie auf diesen Augenblick gewartet. Drei endlose Wochen, während deren sie die Stadt belagert hatten, in der nicht nur die schwedische Garnison einlag, sondern auch Scharen von Bauersleuten aus dem Umland Zuflucht gesucht hatten. Alle miteinander hausten sie auf engstem Raum, Hungersnot und Pestilenz hatten sich in kürzester Zeit ausgebreitet, das Wasser wurde knapp, denn sie hatten den Zufluss der Eger abgedämmt.

Doch Hunger litten längst auch er und seine Kameraden, denn das verlassene Land rundum konnte ihr riesiges Heer nicht ernähren. Matthes hatte jedes Mal der Hass gepackt, wenn er den fetten Gallas, seit Wallensteins Ermordung der neue Herzog von Friedland, mit seinen Kumpanen prassen und saufen sah. Der Feldmarschall tat das ungeniert und mitten unter den Blicken seiner ausgehungerten Leute, wenn er sich nicht gerade im nahen Schlösschen zu Reimlingen vollfraß, wo der Ungarnkönig residierte. Tag um Tag hatten sie gewartet auf die Verstärkung durch König Ferdinands spanischen Vetter, um endlich losschlagen zu können. Hatten belagert und gehungert, während vom Galgenberg ihre Geschosse gegen die Stadtmauern krachten und der Türmer der Pfarrkirche mit der brennenden Pechpfanne seine Hilferufe an die anrückenden Schweden in den Nachthimmel schickte. Wie de Parada prophezeit hatte, wagten Horn und Weimar nicht, sie in dem unzugänglichen Gelände anzugreifen. Doch ebenso wenig waren die Schweden willens, ihre Nördlinger Garnison im Stich zu lassen.

Anfang September endlich war das Heer des spanischen Königssohnes eingetroffen. Unter Kanonendonner und dem Jubel der Söldner wurden die Welschen begrüßt, die allesamt gesund, wohlgenährt und bestens ausgerüstet waren. Jetzt war die Gelegenheit da, Horn und Weimar mit ihrem geschwächten schwedischen Heer in Grund und Boden zu hauen. Sollten sie nur kommen. Eiligst hatten sie ihre Einheiten in Formation, ihre Geschütze in der Ebene und auf der langgestreckten Hügelkette südlich der Stadt in Stellung gebracht.

Doch am vergangenen Abend dann, zu ungewöhnlicher Stunde, hatte Bernhard von Weimar von Westen her eine ebenso überraschende wie tollkühne Attacke gegen ihre Vorposten geritten und in erbittertem Kampf gegen die spanischen Kürassiere und Musketiere bis auf den Heselberg vorstoßen können. Noch in später Nacht waren die Schlachtrufe und Trompetenstöße zu hören gewesen. Matthes, dessen leichte Reiterei zu diesem Zeitpunkt den rechten Flügel sichern musste, hatte davon nur über die Meldereiter erfahren. Er selbst war bloß in kleinere Attacken verwickelt worden. Aber was immer die nächsten Stunden geschehen mochte, eines war ihm klar geworden: Der Gegner erwies sich als weitaus hartnäckiger als erwartet. Immerhin hatten ihre eigenen Leute in jener Nacht den Albuch sichern können, den höchsten und somit strategisch bedeutsamsten Hügel der Gegend.

Matthes fröstelte. Dort drüben, im dichten Gehölz des Heselbergs, lauerten die Weimaraner; die warteten nur darauf loszuschlagen. Er warf einen verstohlenen Blick auf seinen Freund und Rittmeister, dessen Ross vor ihren Reihen auf und ab tänzelte. In de Paradas klaren, dunklen Gesichtszügen war keine Regung zu lesen.

Da zerriss ein schrilles Trompetensignal die trügerische Stille. Horns rechte Flanke warf sich aus dem Schutz einer langgestreckten Hecke gegen den Albuch, von gänzlich unerwarteter Seite, als das Unglaubliche geschah: Die Geschütze der Schweden blieben im Schlamm stecken, Pulverwagen explodierten, ihre Kürassiere rammten sich beim Rückzug gegenseitig nieder. Das war das Zeichen zum Gegenangriff, endlich hatte das Warten ein Ende. Schon riss der Hagel ihrer Kanonen tödliche Schneisen in die Linien der Schweden. Noch ehe die Reihen über den Bahnen aus zerfetzten Leibern geschlossen werden konnten, stürmten die kaiserlich-spanischen Heerhaufen auf breitester Front, unter den Trommeln des Fußvolks, den Trompetenstößen der Reiterei, sowohl gegen Bernhard von Weimar als auch an der anderen Frontlinie zum Albuch gegen Horn.

Als Matthes seinem Pferd die Sporen gab, war die Angst verflogen. Überhaupt jegliches Gefühl. Eisige Ruhe ergriff ihn; sein Verstand war vollkommen auf de Paradas Befehle konzentriert. Vor ihnen preschten die kroatischen Reiter mit ihren gesenkten Lanzen zum Albuch hin und schlugen Breschen in die feindlichen Linien. Sie setzten nach, zügelten in kurzer Entfernung vor dem Gegner ihre Pferde, feuerten eine Salve ab, zogen das Schwert und gingen dann zur Attacke über. Mitten hinein warf sich Matthes, in das Geviert der Pikeniere und Handschützen. Dann weiter, durch die mit Kiefern bewachsene Schlucht, hinauf auf den kahlen Berg, in die nächsten Reihen geschlagen, mit dem Schwert Piken abgewehrt, sich frei gekämpft, ein brennender Schmerz im Unterarm, einfach nicht darauf achten und rasch die Büchse geladen, um damit eine Schwadron Dragoner in die Flucht zu jagen. Da war keine Zeit mehr nachzudenken, er war mit den anderen zu einem einzigen Körper verschmolzen, einem Ungeheuer, das seine Tentakel in alle Richtungen vorschnellen ließ, er musste nur auf de Parada achten, auf die Trompetensignale, auf die gebrüllten Befehle der Kommandeure, um die anstürmenden Rotten Horns eine nach der anderen zu dezimieren.

Fünf Stunden tobte die Schlacht um den Feldherrnhügel, über ein Dutzend Male setzten die Schweden vergeblich zum Sturm an, fluteten zurück, stürmten erneut. Bald ließen die Wolken von Staub und Pulverdampf nicht mehr die Hand vor Augen sehen. Aber Matthes' geschärfte Sinne nahmen alles wahr: das Krachen der Piken, das Klirren der Schwerter gegen die Rüstungen, das dumpfe Geräusch, wenn Pferdeleiber gegeneinanderprallen, dazwischen Detonationen und Todesschreie, Pulverdampf und der Geruch warmen Blutes, die heiseren Schlachtrufe der Spanier, ihr «Santiago!» und «Viva España!». Dazu immer wieder das Schmerzgebrüll der Schlachtrosse. Matthes wusste: Man musste die Pferde stechen, am besten in die Nüstern oder Flanken, um die geharnischten Reiter zu überwältigen. Doch Vorsicht: Waren die Reiter geschickt und schnell genug im Sturz, luden sie ihre Pistole und nahmen das sterbende Pferd als Deckung.

Fünf Stunden ein Inferno aus Blitz und Rauch, aus Geschrei, Trommeln, Lärmen und Trompetenstößen. Dann, als die Leibgardisten der Gelben Brigade auseinander sprengten, als Bernhard von Weimar verwundet, das Pferd unter ihm erschossen war und er in letzter Sekunde mit einem herrenlosen Pferd entfliehen konnte, als die letzten Hornschen Völker sich vom Albuch zurückzogen und mit den flüchtenden Weimaranern zusammenprallten, um sich gegenseitig niederzureißen, als Horn selbst schließlich gefangen war – da fand das Gemetzel ein Ende.

Zwischen den Hügeln hingen noch dick die Pulverschwaden, als das dreifache Siegesschmettern der Trompeten ertönte. Das schwedische Heer oder, besser, das, was von ihm übrig war, stob davon in südlicher Richtung, um eilends das Lager aufzulösen und die Bagagewagen anzuspannen. Matthes stand auf halber Höhe des Albuch. Er wusste: Noch während das Schlachtfeld geplündert wurde, würden Isolanis Kroaten den Feinden nachjagen, um Pferde und Bagage an sich zu reißen und dabei nicht zögern, die Fliehenden, Männer, Frauen und Kinder, niederzumetzeln.

Es war vorüber. Matthes stieg vom Pferd und wickelte sich umständlich einen Streifen Stoff um den blutenden Unterarm. Der Tod hatte schreckliche Ernte gehalten. Verkrümmte Körper hingen an den kahlen Flanken des Hügels, krallten sich in die eilig aufgeworfenen Schanzen, Leichen über Leichen deckten den Talgrund zu seinen Füßen, so weit der Blick reichte. Schwerverletzte versuchten unter Schreien, auf die Beine zu kommen, um ihn herum überzog schwarzrot glänzendes Blut wie eine Glasur den kargen Heideboden, auf dem sich die ersten Schmeißfliegen niederließen. Matthes spürte plötzlich, wie sich ihm der Magen hob. Er erbrach sich im Schutz eines Wacholderstrauchs.

«Braucht Ihr Hilfe?»

Ein Knecht des Feldschers kam den Hügel herunter, über der Schulter einen Bewusstlosen, dem das halbe Bein abgerissen war.

«Nicht nötig.» Verlegen trat Matthes aus dem Schatten des Busches. «Hab mich schon selbst verbunden.»

Ein vierschrötiger Kerl, Wachtmeister wie Matthes, stieß ihn in die Seite.

«Was ist, Oberschwab, gehst du nicht auf Partei?» Er rieb sich die Hände. «Ein Glück sind wir bei der Reiterei, jetzt, wo das Fußvolk nur noch Nachles halten darf, was wir beim Beutemachen übrig lassen.»

«Halt's Maul», gab Matthes zurück. Widerwillig nahm er seinen Fuchs beim Zügel und saß auf.

Er verabscheute das, was nun folgen würde. Aber er brauchte einen Ersatz für sein zweites Pferd, die alte Schimmelstute. Während eines Scharmützels am Vorabend hatte er dem verletzten Tier den Gnadenschuss geben müssen. Und herrenlose Pferde gab es jetzt zuhauf.

Einer zweiten Attacke gleich fielen die kaiserlichen und spanischen Söldner über die Walstatt her, im Siegestaumel, ausgehungert und voller Gier. Hier und dort begannen die ersten Raufereien um die fettesten Brocken, um die Habseligkeiten der blutenden, jammernden Menschenbündel. Matthes hätte gern die Augen verschlossen vor diesem Schauspiel, doch er war auf der Suche nach de Parada und nach einem Pferd. Er musste mitten hindurch durch die Massen von Kadavern, von Leibern ohne Arme oder Beine, mit weggeschossenen Gesichtern, mit aufgeschlitzten Bäuchen, musste vorbei an Rössern, die auf drei Beinen humpelten und denen die Gedärme aus dem Leib hingen, musste die Schreie der Halbtoten hören: «Mach mich tot! Stech mich doch tot!»

Am Rande eines Wäldchens fand er den Rittmeister, auf Knien neben einem keuchenden Jungen. Es war Hannes, ein begnadeter Reiter ihrer Kompanie, Sohn eines verarmten Landedelmannes und gerade einmal neunzehn Jahre alt. Sein halber Unterkiefer war weggerissen, die Zunge hing als blutiger Klumpen seitlich heraus. De Parada hielt die Hände des Verletzten fest, während er mit leiser Stimme auf ihn einsprach. Dann ging ein Aufbäumen durch den Körper des Jungen; sein Blick brach sich.

De Parada erhob sich, faltete die Hände und sprach ein Gebet in seiner Muttersprache. Dann fügte er auf Deutsch hinzu: «Gott gebe dir und uns allen am Jüngsten Gericht eine fröhliche Auferstehung und ewiges Leben. Amen.»

Auch Matthes zog seinen Hut, doch beten konnte er nicht. Das hatte er vor langer Zeit verlernt.

«Gehen wir zurück ins Lager», murmelte de Parada.

«Ich brauch noch ein Pferd.»

«Da hinten, am Waldrand. Der Braune scheint unverletzt.»

Matthes nickte. Wo sie standen, konnten sie den Lärm aus dem Lager der Schwedischen hören, das sich gleich hinter dem Gehölz befand. Sie mussten mitten im Aufbruch sein. Matthes wusste: Wer nicht schnell genug war, würde in der nächsten Stunde Pferd und Wagen, wenn nicht sein Leben verlieren. Plötzlich stockte ihm der Atem: Nur einen Steinwurf von dem hochbeinigen Braunen sah er einen Mann, mit der weißen Armbinde des Feldchirurgen, der dabei war, einen Verwundeten zu retirieren. Es war Jakob.

Matthes stieß einen Schrei aus. Jetzt würde er ihn zur Rede stellen. Blitzschnell lud er seinen Karabiner durch und gab dem Pferd die Sporen.

«Bleib stehen, Jakob Marx!» Er ließ sein Pferd um den verblüfften Bruder tänzeln. Jakobs Haar war dreckverkrustet wie sein Gesicht, seine Kleidung voller Blut. Doch in den hellen Augen stand keine Angst, nur ungläubiges Erstaunen.

«Hat der gottesfürchtige Lutheraner jetzt auch zum Kriegshandwerk gefunden? Wirst gut bezahlt dafür, was? Dafür lässt man die Mutter gerne im Stich.»

«Halt dein schändliches Maul, Matthes, und lass mich meine Arbeit machen.»

«Du sollst stehen bleiben, hab ich gesagt.» Matthes' Stimme überschlug sich. Er hob seine Büchse und zielte.

«Dann erschieß mich doch!»

Da prallte von der Seite de Paradas Pferd hart gegen das von Matthes. Der Rittmeister schlug ihm die Waffe aus der Hand.

«Bist du des Wahnsinns? Das ist ein Feldscher!»

«Das ist mein Bruder», schluchzte Matthes.

Dann ging alles ganz schnell. Im selben Augenblick, als Jakob den Verletzten in den Schutz der Bäume zog, krachte eine Büchse. Lautlos kippte de Parada vornüber auf den Hals seines Pferdes.

«Weg hier», schrie Matthes und packte de Paradas Zügel. Wieder knallte ein Schuss. «Halt dich fest, Batista. Halt dich um Himmels willen fest.»

Der nächste Schuss fegte Matthes den Hut vom Kopf. In Panik galoppierten ihre Pferde los, Matthes hatte Mühe, den Rappen neben sich nicht zu verlieren. Endlich waren sie außer Gefahr. Matthes parierte die Tiere durch.

«Halt durch, ich bring dich ins Feldlazarett.»

De Parada gab keine Antwort. Er hing wie ein aufgebundener Sack über dem Sattel, bei jedem Tritt schlug sein Kopf gegen die Mähne des Pferdes. Doch er lebte, schien sich mit letzter Kraft am Hals des Tieres festzukrallen.

«Bleib ganz ruhig, Batista, ganz ruhig, wir haben es bald geschafft. Sicher nur ein Streifschuss, wirst sehen. Im Lazarett werden sie dich verbinden, und dann gehen wir einen heben, wir beide.»

Ununterbrochen redete Matthes auf den Verletzten ein, machte ihm Mut, bettelte, nicht aufzugeben, jetzt wo er bald zweifacher Vater sein würde. Redete und schluchzte abwechselnd, bis sie die Hochfläche mit ihrem Lager erreicht hatten. Vor dem Zelt des Feldschers kauerten und krümmten sich Hunderte von Verletzten, es war kein Durchkommen.

Matthes sprang vom Pferd und packte den nächstbesten Mann am Arm. «Rasch, holt den Wundarzt. Rittmeister de Parada ist angeschossen.»

Der Mann stieß ein böses Lachen aus. «Unser Medicus hat nicht mal Zeit zum Luftholen. Das Zelt ist gestopft voll, und die hier warten auch alle schon.»

«Dann helft mir, ihn herunter zu heben.»

De Paradas Arme waren wie im Krampf um den Pferdehals geschlungen; es kostete sie einige Mühe, ihn seitlich herunter zu ziehen.

«Jesses Maria!»

Der Mann schlug sich die Hand vor den Mund. De Paradas

Bauch war ein einziger See von dunkelrotem Blut, das ihnen jetzt aus dem zerfetzten Lederwams entgegenquoll. Doch Matthes hatte sich schon den Rock vom Leib gerissen und presste ihn auf die Wunde. De Parada stöhnte auf. Immerhin, er lebte.

«Bleibt bei ihm», sagte der andere, «ich hole Hilfe.»

Aus dem dunklen Gesicht des Rittmeisters war jede Farbe gewichen. Jetzt bewegte er die Lippen.

«Nicht sprechen, Batista. Gleich wird jemand kommen und die Wunde versorgen.»

«Doro – Dorothea.»

«Ich lass sie holen.»

Matthes hielt Ausschau, wen er nach de Paradas Frau schicken konnte. Da entdeckte er seinen Reiterbuben, der ganz offensichtlich auf der Suche nach ihm war.

«Hierher, Mugge!»

«Was für ein Glück! Ihr seid unverletzt. Denkt Euch, ich habe zwei schwedische Pferde eingefangen.»

Rührung überkam Matthes, als sein Trossbube näher trat. Er würde ihm demnächst neues Schuhwerk schenken, das alte war nur noch von Schnüren zusammengehalten.

Mugge beugte sich über den Verletzten. «Himmel, das ist ja der Napolitaner.»

«Lauf schnell, hol seine Frau.»

Endlich erschien ein Knecht des Feldschers, mit frischem Verbandszeug und einem Beutel in der Hand. De Parada hatte inzwischen das Bewusstsein verloren. Zu seinem Vorteil, denn der Knecht musste rasch handeln und schnitt ihm ohne jede Behutsamkeit Hemd und Wams vom Leib, um ihn anschließend zu verbinden.

«Er hat große Mengen Blut verloren. Ein Wunder, dass er sich überhaupt auf dem Pferd hat halten können. Andererseits war das wohl seine Rettung – der Druck des Sattels hat verhindert, dass er verblutet ist.»

«Wird er durchkommen?» Dorothea ließ sich neben ihrem Mann zu Boden sinken und umklammerte dessen Hand. Ihre kleine Tochter vergrub sich in ihrem Rock und begann zu weinen.

«Schwer zu sagen. Euer Mann ist nicht gerade der Kräftigste.»

«Aber zäh», sagte Matthes barscher als beabsichtigt. «Batista de Parada ist nicht der Mensch, der sich einfach davonmacht.»

Nachdem der Knecht ihnen ein Elixier zur Stärkung, ein zweites gegen Fieber dagelassen hatte, schickte Matthes seinen Reitknecht, Stroh und Decken herzuschaffen. Die Nacht versprach trocken zu bleiben, und so würde es das Beste sein, den Verletzten an Ort und Stelle zu lassen und bei ihm zu wachen.

In dieser Nacht tat Matthes kein Auge zu. Er starrte in die sternenlose Finsternis, in der hier und da Lagerfeuer glimmten, hörte das Stöhnen der Verwundeten ringsum, das Wimmern von de Paradas Tochter im Schlaf, die leisen Atemzüge Dorotheas, die in eine Decke gehüllt neben ihm saß und ebenfalls wachte. Er fühlte sich schuldig. Er hätte wissen müssen, dass irgendwer Jakob Feuerschutz geben würde. Wäre er nicht auf seinen Bruder losgestürzt, würde Batista de Parada jetzt nicht wie tot auf dem Stroh liegen, mit aufgerissenem Bauch, sondern friedlich in den Armen seiner jungen Frau.

Immer wieder trieb die Erschöpfung ihm Bilder vor Augen, die sich nicht vertreiben ließen: Jakob am Rande des Schlachtfelds, er selbst, wie er die Waffe gegen den eigenen Bruder richtete, Agnes, die sich von ihm abwendete, die Umrisse von Gottfrieds kopflosem Leib unter dem blutigen Rock. Nur seine Mutter konnte er nicht sehen, ihr Gesicht schien im Sumpf der Vergangenheit entschwunden.

Erst bei Sonnenaufgang kam der Rittmeister zu sich. Er erkannte sie, und in seine Augen trat Glanz. Vergeblich suchten seine rissigen Lippen Worte zu formen. Dorothea gab ihm zu trinken, und Mugge brachte einen Kanten Brot. Während sie ihr karges Morgenmahl einnahmen, bemerkte Matthes die Röte auf de Paradas Wangen und Augenlidern. Er legte ihm die Hand auf die Stirn: Sie glühte.

Gegen Abend verkündeten Trompetensignal und Kanonendonner, dass Nördlingen, die ehemals freie protestantische Reichsstadt, eingenommen war. Matthes weckte Dorothea, die nach der durchwachten Nacht an der Seite ihres Mannes eingeschlafen war.

«Wir müssen ihn ins Spital bringen. Das Fieber steigt. Noch eine Nacht auf dem feuchten Boden hält er nicht durch.»

Nachdem sie eine Trage aufgestöbert hatten, machte er sich mit Mugge auf den Weg. Dorothea ging mit halb geschlossenen Augen nebenher, aufrecht trotz der Schwere ihres gewölbten Leibes. Mit der Rechten hielt sie die Hände ihres Mannes umschlossen, die Linke hatte sie ihrer Tochter gereicht. Immer noch lagen unzählige Tote im Gras, die meisten nackt bis aufs Hemd, ihrer Kleidung und Schuhe beraubt, die ersten Rabenvögel wagten sich heran. Die Habsburger Söldner hatten inzwischen ihre Kameraden geholt. Wer hier lag, gehörte zu den Feinden. Wer würde sie begraben?

Drei kaiserliche Musketiere bewachten das Vorwerk des Stadttores.

«Lasst uns durch», sagte Matthes unwirsch. «Einer von Isolanis Rittmeistern ist schwer verletzt.»

«Vivat Ferdinandus», gab der Mittlere ungerührt zurück, ohne den Weg freizumachen.

«Willst du erst Bekanntschaft mit meinem Schwert machen? Aus dem Weg.»

Gewaltsam drängte er die Wächter beiseite und schleppte die Bahre, die ihm schwerer und schwerer in den Händen lag, hinein in die Stadt, die in heillosem Aufruhr war. Überall wimmelte es von Soldaten, Menschen wurden aus Häusern gezerrt, vornehme

Damen auf der Flucht schleiften ihre Schleppgewänder durch den Straßenkot, andere Frauen schrien und klagten oder hielten ihre Kinder an sich gepresst, in einigen Gassen hallten Schüsse.

«Wo ist das Spital?» Matthes musste brüllen, um den Lärm zu übertönen.

Ein alter Mann zog den Hut. «Im Gerberviertel, am andern Ende der Stadt. Ich führ euch hin.»

Sie bahnten sich ihren Weg durch den Hexenkessel der eroberten Stadt. Ein spanischer Reiter galoppierte ihnen so knapp vor die Füße, dass sie ins Straucheln gerieten und der Verletzte ums Haar aufs Pflaster gestürzt wäre. Immer wieder wurden sie angerempelt; zwei Trossbuben versuchten, Dorothea ihr silbernes Kettchen vom Hals zu reißen. Die junge Frau behielt ihre stille Ruhe, auch als ihr Kind nicht mehr aufhören wollte zu brüllen. Endlich standen sie vor dem mächtigen Gebäude des Heilig-Geist-Spitals.

«Hier ist es.»

Matthes drückte dem Alten seinen letzten Kreutzer in die Hand. Der Schweiß stand ihm auf der Stirn. Dann drängte er sich durch die Meute von Vaganten, Bettlern und Verwundeten, schlug gegen das Portal, immer heftiger, bis endlich der Spitalknecht öffnete.

«Noch einer? Wir haben keinen Platz mehr.»

«Soll ich dich in Eisen vor den König von Ungarn schleifen, du Lump? Auf der Stelle nimmst du diesen Offizier auf.»

In der großen Säulenhalle im Erdgeschoss, die einem Kirchenschiff glich, lag ein Strohsack am anderen, und alle waren sie besetzt. In der Luft hing süßlicher Gestank.

«Kommt mit.» Müde schlurfte der Spitalknecht durch die Reihen der Kranken bis zu einem altarähnlichen Aufbau. Er wies auf die erhöhte Fläche davor. «Legt ihn dorthin. Ich hole den Wundarzt.»

Der Chirurgus war ein untersetzter, stiernackiger Mann mit

langem grauem Haar. Die tiefen Schatten unter den Augen verrieten, dass er die letzten Wochen kaum geschlafen hatte. Schweigend untersuchte er den Verletzten, beschmierte die Wundfläche mit einer stinkenden schwarzen Paste, legte einen neuen Verband an und flößte ihm einen Trank ein.

«Die Blutung scheint gestillt, bis auf die Austrittswunde im Rücken.»

Er reichte Matthes eine scharfkantige Bleikugel. «Die habe ich im Hosenbund gefunden. Vielleicht möchtet Ihr sie ja wieder verwenden.» Er sagte das ganz nüchtern und ohne Häme. «Die Wundränder am Bauch allerdings sind entzündet. Das sieht nicht gut aus.»

Er musterte Dorothea. «Seid Ihr die Frau des Offiziers?»

«Ja.»

«Dann geht zurück in Euer Quartier. Wir wissen nicht, ob die Leute hier die Pestilenz eingeschleppt haben. Geht, Euerm Kind und dem Ungeborenen zuliebe.»

Matthes durfte bleiben. Er kauerte sich auf die Stufe neben dem Verletzten und lauschte seinen ungleichen Atemzügen. Der Wundarzt hatte versprochen, regelmäßig nach ihm zu sehen, und Matthes vertraute ihm. Dennoch würde er nicht von de Paradas Seite weichen, so wie ihn Gottfried in seiner schweren Krankheit nicht verlassen hatte, damals, in jenem Winter im mährischen Olmütz. Er ballte unwillkürlich die Fäuste. Der Napolitaner war sein Freund geworden. Wer immer dort oben im Himmel regierte: Er durfte ihm nicht ein zweites Mal einen Freund nehmen.

Am nächsten Morgen schien das Fieber erstmals zu sinken. Mugge kam vorbei, um zu berichten, dass man in Kürze noch mehr Schwerverletzte ins Spital bringen würde. Ansonsten habe man bis in die Nacht ihren glänzenden Sieg gefeiert: Dreihundert Fahnen, siebzig Geschütze, viertausend beladene Trosswagen seien erbeutet, darunter zwanzig Wagenladungen Wein und Branntwein. Bis hinter Neresheim hätten Isolanis Kroaten die

Schweden gejagt und dabei Bernhard von Weimars kostbares Gepäck erbeutet. Sie selbst hätten zweitausend Mann verloren, ihre Gegner über zehntausend.

Da öffnete de Parada die Augen.

«Wo bin ich?» Das Sprechen fiel ihm schwer.

«In Nördlingen, im Spital.»

«Wir müssen zur Kompanie zurück!»

«Du bist schwer verwundet. Jetzt ruh dich aus, es wird alles gut.»

«Wo sind Dorothea und das Kind?»

«In Sicherheit. Unser Stadtkommandant hat ihnen ein Quartier in der Stadt zugewiesen. Du wirst sie bald wiedersehen.»

In de Paradas Augen schimmerten Tränen. Dann nickte er. «Und du, Matthes?»

«Ich bleibe bei dir, bis du über den Berg bist.»

26

Was für ein Feigling der junge Eberhard doch war, was für ein elender Feigling!

Agnes kehrte und wischte noch einmal durch die herzoglichen Frauengemächer, dann verstaute sie die Gerätschaften ordentlich in der Putzkammer, als wolle sie für den nächsten Morgen alles bereit stellen. Dabei würde sie wohl nie wieder den Kehrwisch durch diese Zimmer führen.

Nördlingen, das Tor zum protestantischen Württemberg, war gefallen. Als Herzog Eberhard von der vernichtenden Niederlage erfahren hatte, hatte er sich aus dem Staub gemacht, ohne irgendeine Verfügung bezüglich seiner Residenz zu treffen. Er hatte sich zum Zeitpunkt der Schlacht bei Göppingen befunden, sicher und wohlbehalten im Hauptquartier des Rheingrafen, während von den sechstausend Mann seines Landesaufgebots viertausend auf dem Schlachtfeld geblieben waren – darunter auch Antonias junger Hauptmann von Wolzogen. Als die unglückselige Post den Herzog erreichte, war der in panischer Eile nach Straßburg zu seiner Familie geflohen. Seinen Räten und Kanzleibediensteten hatte er freigestellt, zu bleiben oder sich auf eine der Höhenfestungen zurückzuziehen.

Die Mehrzahl hatte dann auch tatsächlich ihr Heil in der Flucht gesucht, sich nach Worms, Speyer oder Straßburg retiriert. Die einst so reiche und stolze Residenz Stuttgart trieb als führerloses Schiff auf den Wogen des Krieges, während der Herzog es sich im reichen Straßburg gut gehen ließ, sich wahrscheinlich die Zeit mit Jagen, Schießen und Gesellschaften vertrieb.

Wütend band sich Agnes die Schürze los und schleuderte sie zu Boden. Sie und alle anderen braven und getreuen Untertanen durften nun gesenkten Hauptes der Dinge harren, die das Schicksal für die Eroberten bereit hielt. Für diesen Abend nämlich waren alle Bewohner der Stadt, vom Patrizier bis zum Hintersassen und Taglöhner, zur siebten Stunde auf den Marktplatz einberufen, wo die Maßnahmen und Vorgehensweisen bezüglich der Übergabe ihrer bedauernswerten Stadt verlautbart würden.

Ohne Eile schlenderte Agnes hinüber in den Dienstbotenflügel, durch verlassene Hallen und gespenstisch stille Flure, vorbei an ausgeräumten Zimmern, deren Türen offen standen. In ihrer Kammer lag die Mutter auf dem Bett, stumm und mit geschlossenen Augen, während ihr David aus der Lutherbibel vorlas. Man hätte meinen können, sie ruhe sich nur aus, doch seit ihrem Sturz vor drei Wochen hatte sie sich nicht mehr gerührt, kein Wort mehr gesprochen. Dabei ging es ihr nicht besser und nicht schlechter als an dem Tag, als sich Prinzessin Antonia und mit ihr der Hofarzt verabschiedet hatten. Kein Fieber, keine Krämpfe der Muskeln, kein Ausdruck des Schmerzes. Mehrmals am Tag betteten sie sie um, damit sie sich nicht wund lag, flößten ihr

Hühnerbrühe und süße Milch ein, die sie auch willig schluckte, ansonsten gab sie kein Lebenszeichen von sich. Dennoch ließ es sich David nicht nehmen, ihr vorzulesen oder ihr von der Schule und seinen Freunden zu berichten, und auch Agnes hatte sich angewöhnt, mit ihr zu sprechen. Mit einer Antwort rechnete sie nicht mehr.

Denn sie wusste besser als jeder Medicus, was ihrer Mutter fehlte: Marthe-Marie konnte nicht in Frieden sterben, solange sie im Ungewissen über das Schicksal ihrer beiden Söhne blieb. Aber wahrscheinlich hatten Jakob und Matthes die Briefe nie bekommen.

Agnes strich David übers Haar, dann gab sie ihrer Mutter einen Kuss auf die kühle Stirn.

«Ich muss zu dieser Bekanntmachung in die Stadt. Gebt gut aufeinander Acht, ihr beiden.»

Gemeinsam mit Rudolf, der schon an der Türe wartete, machte sie sich auf den Weg zum Rathaus. Aus allen Gassen strömten die Menschen herbei, und so trafen sie auch Else und Melchert.

«Seht euch diese Leichenbittermienen an. Das schaut ja aus wie ein Trauerzug», krächzte die Alte. Sie hinkte stärker denn je.

«Sitzt uns nicht tatsächlich das Schwert im Nacken? Wie ist das Bündnis mit Schweden unserem Land doch zum Verhängnis geworden», sagte Rudolf niedergeschlagen. «Und doch hat es nie eine andere Wahl gegeben.»

«Und ob!» Agnes entzog ihm ihren Arm. Zum zweiten Mal an diesem Tag blitzte in ihren dunkelblauen Augen der Zorn. «Der Herzog hätte an der Neutralität festhalten sollen! Dann müssten wir jetzt nicht die Rache der Kaiserlichen fürchten.»

Auf der Treppe zum Rathausportal hatten sich bereits ein paar ernste, vornehm gekleidete Herren aufgestellt: der klägliche Rest einer Heerschar von Räten und Kanzleibeamten. Agnes fragte sich, ob diese Männer nun zu den Tapfersten ihres Schlages gehörten oder ob es die waren, die ihr Mäntelchen am entschiedensten nach dem Wind hängten. Der Ratsdiener bestieg sein hölzernes Podest und schwenkte die Glocke.

«Bürger und Bürgerinnen der Stadt Stuttgart! Angehörige des erlauchten herzoglichen Hofes zu Württemberg! Hiermit sieht sich der verbliebene Rat der Stadt sowie die ehrwürdige herzogliche Kanzlei veranlasst zu notifizieren, dass der Einzug Seiner Majestät des Königs von Ungarn unmittelbar bevorsteht.»

Es folgte eine schier endlose Reihe wohl gesetzter Erklärungsversuche, warum den Häuptern dieser Stadt und des Herzogtums Württemberg angesichts der Lage nichts anderes bleibe, als sich mit den Kaiserlichen zu arrangieren. Ihnen allen sei indes versichert, dass kein Leid drohe, denn nach ausgiebiger und verantwortungsvoller Beratung habe man sich erboten, die Tore zu öffnen und den königlich-kaiserlichen Truppen Quartier zu gewähren.

An dieser Stelle kam es zu ersten schrillen Pfiffen, zu Schmähungen wie «Verräter!», «Judasbrüder!». Nur mit Mühe gelang es dem Ratsdiener fortzufahren: Im Gegenzug habe der König versprochen, ihrer Stadt eine Salva Guardia auszustellen, sie zu schirmen und zu schonen. Nun stehe die Stuttgarter Ehrbarkeit in der Pflicht, in ihre ehrenwerten Häuser königliche Offiziere aufzunehmen. Des Weiteren hätten die noch verbliebenen herzoglichen Dienstboten ihre Kammern im Schloss zu räumen und in die Vorstadt zu ziehen. Dort sei jedes Haus verpflichtet, eine Familie aufzunehmen.

Else bleckte grinsend ihre mittlerweile fast zahnlosen Kiefer: «Da werd ich euch also bald wieder am Hals haben.»

In diesem Augenblick begann eine Gruppe Weingärtner den Ratsdiener lautstark niederzubrüllen, Rossäpfel flogen durch die Luft, dann Steine. Andere gingen mit Fußtritten und Geschrei gegen die Störenfriede vor, die wehrten sich mit Faustschlägen, bis binnen kurzem ein wüstes Handgemenge in Gang war und sich die ersten blutend im Dreck wälzten. Eiligst nahmen Agnes und Else Reißaus.

«Wo sind die Männer geblieben?», fragte Agnes, als sie den stillen Schlossplatz erreicht hatten.

«Lass sie doch raufen. Heute können sie vielleicht ein letztes Mal Dampf ablassen, ohne dass ihnen dafür der Kopf abgeschlagen wird.»

Nie war Kaiser Ferdinand mächtiger gewesen als nach dem Sieg bei Nördlingen. Das besiegte Herzogtum Württemberg betrachtete er nun als verwirktes Reichslehen, das es ohne Umschweife zu besetzen und zu rekatholisieren galt. So marschierte sein Sohn, der König von Ungarn, mitten hinein ins Herz des Landes, ohne auf Widerstand zu treffen, während das spanische Heer, Seite an Seite mit Piccolomini, auf den Rhein zuhielt. Wie reife Äpfel fielen ihnen die protestantischen Städte in den Schoß: Göppingen, Heilbronn, Rothenburg waren eingenommen, zuletzt Nürtingen und das nahe Waiblingen. Jetzt rückten die Kaiserlichen gegen Stuttgart vor.

Nur zwei Tage nach der Bürgerversammlung war es so weit: Am 20. September 1634 des gregorianischen Kalenders der Papisten, der künftig für sie alle gelten sollte, näherte sich König Ferdinand den geöffneten Toren der Residenzstadt, um ganz Württemberg der Gewalt des Kaisers zu unterstellen.

Agnes betrachtete die kahle Dienstbotenkammer, die jetzt, ohne Mobiliar, seltsamerweise noch kleiner wirkte. Bald acht Jahre war hier ihr Zuhause gewesen, hier war David zu einem selbstbewussten, stattlichen Burschen herangewachsen, hierher hatte am Ende ihre Mutter Zuflucht genommen. Selbst an die drei, vier heimlichen Nächte mit Rudolf erinnerte sie sich mit Wehmut. Nun stand sie hier, um sich von diesem Zimmer zu verabschieden, in aller Stille, denn sie wollte sich nicht von Degen schwingenden Söldnern hinausjagen lassen. Ein gutes Dutzend Mägde und Dienstboten hatte ausgeharrt, in der Hoffnung, die neuen Herren würden sie im Schloss wohnen lassen. Agnes konnte darüber nur den Kopf schütteln. Als Freunde würden sich die Kaiserlichen gewiss nicht gebärden.

Und dennoch gehörte sie zu den ganz wenigen – wenn es denn überhaupt sonst jemanden gab –, die nicht nur mit Furcht oder Schrecken die Einnahme der Stadt erwarteten. In all die Unwägbarkeiten, die seit Tagen die Menschen kaum schlafen ließen, hatte sich für Agnes mehr und mehr ein Hoffnungsschimmer geschlichen: Die Hoffnung, dass Matthes unversehrt das große Gefecht überstanden haben mochte und mit König Ferdinands Reitern in Stuttgart einziehen würde. Gemeinsam könnten sie dann Jakob ausfindig machen.

Die Trommelschläge, die zunächst nur wie fernes Donnergrollen hallten, wurden lauter. Agnes trat ans Fenster. Sie hatte von der unermesslichen Größe dieser Truppen und ihrer Bagage gehört. Doch was sie nun zu sehen bekam, übertraf all ihre Vorstellungen. Durch das Nesenbachtal wälzte sich ein Lindwurm aus Menschen und Pferden, aus Reitern, Trommlern und Trompetern, aus Fußvolk mit Piken und Hellebarden, Fuhrwerken, Ochsengespannen, Viehherden, Geschützen und noch mehr Reitern und Regimentern zu Fuß – eine Schlange, deren Ende sich zum Neckar hin im goldenen Dunst des Spätsommernachmittags verlor.

Unerbittlich schob sie sich auf das Esslinger Tor zu. Ihr Kopf war geschmückt mit bunten Fahnen und Standarten, dazwischen eine mächtige Heerpauke vor einem tänzelnden Schimmel mit geharnischtem Reiter. Am Tor, das ahnte Agnes, würden die Stuttgarter zu Hunderten warten, um Zeuge des Einmarsches zu sein, mit grimmigen Gesichtern, die Fäuste heimlich im Rock geballt.

Nun ist es so weit, dachte sie wie in einem trägen, müden Traum. Dann, ganz plötzlich, wurde ihr klar, was das bedeutete. In kürzester Zeit würde sich dieser breite Strom in ihre Stadt ergießen, in dieses Schloss, in die Vorstädte, in die Häuser und Höfe.

Sie stürzte aus dem Zimmer, die Stiegen hinab, quer durch den Hof, zum Seitenportal hinaus, wo zwei Wächter in der Einsamkeit des Schlosses auf verlorenem Posten zu stehen schienen und ihr mit trauriger Miene Platz machten. Als sie das Innere Tor zur Esslinger Vorstadt erreichte, war dort die Hölle los. Auf dem Krempelsmarkt und in der Esslinger Gasse gab es kein Durchkommen, also versuchte sie es durch die Metzgergasse. Sie musste Elses Häuschen erreichen, bevor die Soldaten einfielen, musste zu David und ihrer Mutter.

Vom Stadttor her hörte sie plötzlich Geschrei in fremder Sprache, Hufgetrappel auf Steinpflaster, gebrüllte Befehle, Trompetenstöße, dann Schüsse. Danach wurde es unerwartet still. Agnes drängte sich in Richtung Torplatz, der von bewaffneten Bütteln frei gehalten wurde, und tippte dem Mann vor ihr auf die Schulter.

«Was war das?»

«Die kroatischen Reiter. Sie wollten die Vorstadt stürmen und plündern.»

«Das haben wir nun von dem sauberen Schutzbrief», sagte ein anderer Mann und spuckte aus. «Das Wort dieses Königs ist keinen Hühnerschiss wert.»

«Freilich hält er sein Wort, du Faselhans. Oder siehst du hier irgendwo einen Krabaten?»

«Seht euch das an», rief eine Frau. «Unsere Ratsherren fallen auf die Knie. Was für Memmen sind das.»

Der Wind trug einige Wortfetzen herüber: «... übergeben wir die württembergische Residenz ... in Euren Schutz und Eure Gewalt ... bitten um Schonung für unsere Stadt und unsere Bürger ...»

Dann, unter Fanfarengeschmetter und in voller Rüstung, zog der Kaisersohn ein. Sein mächtiges Schlachtross tänzelte in verhaltenem Schritt. Wie ein Monstrum wirkt er nicht, dachte Agnes, mit seinem langen, dunklen Haar und dem sorgfältig geschnittenen Spitzbart. Eher wie ein ernster, höflicher Edelknabe. Resolut drängte sie sich durch die Menge, bis sie die schmale Sackgasse vor Elses Haus erreicht hatte.

«Wo ist David?»

Die Alte saß an Marthe-Maries Bett, das Agnes, wie die anderen Möbelstücke auch, hierher geschleppt hatte, ohne darüber nachzudenken, ob sie das Recht dazu hatte. Es war eng geworden in Steigers Häuschen. Nun, so würden sie wohl auch keine weiteren Einquartierungen hinnehmen müssen.

«Er ist am Tor, mit Melchert. Oder hast du geglaubt, die beiden lassen sich das Spektakel entgehen?»

Agnes setzte sich an den Küchentisch. «Es gefällt mir nicht, dass David jetzt den ganzen Tag herumlungert.»

«Ist es seine Schuld, wenn der Schulmeister Reißaus genommen hat? Aber keine Sorge, ich werde ihn schon zu beschäftigen wissen.»

«Tu das. Solange er sich nur von den Soldaten fernhält.»

«Ist – Matthes – gekommen?»

Erschreckt wandten die beiden Frauen sich zu Marthe-Marie um. Sie hatte gesprochen, drei deutlich zu verstehende Worte, zum ersten Mal. Nur ihre Stimme war eine andere. Agnes lief es kalt den Rücken hinunter.

«Matthes?», wiederholte Marthe-Marie leise.

«Dann weißt du also, dass die Kaiserlichen hier sind?» Agnes war an das Bett getreten. «Hör zu, Mutter. Morgen mache ich mich auf die Suche nach Matthes. Und wenn er hier in Stuttgart ist, bringe ich ihn zu dir.»

König Ferdinand und sein Gefolge hatten das Schloss in Beschlag genommen, während sich seine Obristen in den Bürgerhäusern am Markt und um den Schlossplatz breit machten. Draußen, auf den Wiesen vor den herzoglichen Gärten, hausten die Soldaten: Das tausend Mann starke Tiefenbacher Regiment, dazu noch einmal so viele Reiter, etliche davon mit Weib und Kind. Sie alle waren dabei, ihre Zelte und Strohhütten zu errichten. Frauen schleppten Wasser vom Nesenbach heran oder hängten Wäschestücke auf die gespannten Leinen, Hunde streunten zwischen Hühnern und schmutzigen Kindern herum, die ersten Betrunkenen torkelten durchs Gras.

All diese Menschen wird unsere Stadt nun ernähren müssen, dachte Agnes, während sie auf der Suche nach dem Kommandanten durch das Lager streifte. Und wenn es nicht mehr ausreicht, werden sie in unsere Häuser einfallen, um dort die letzten Vorräte zu plündern – königliches Ehrenwort hin oder her.

Schließlich fand sie das lang gestreckte Zelt, vor dessen Eingang geschäftiges Kommen und Gehen herrschte.

Ein Wächter, der in der Hocke seine Brotzeit verspeiste, sprang auf und stellte sich ihr in den Weg. «He! Du kannst hier nicht rein.»

«Ich muss zum Lagerkommandanten. Im Übrigen könntet Ihr ein wenig höflicher sein.»

«Halt's Maul, Metze, und verschwinde.»

Agnes wich zurück. Als sich der Mann wieder in die Hocke sinken ließ, machte sie einen Satz nach vorn und schlüpfte blitzschnell an dem verdutzten Wächter vorbei ins Zelt.

«Was soll das? Wie kommt Ihr hier herein?»

Der hoch gewachsene Offizier neben dem Stehpult musterte sie von oben herab.

«Ihr müsst Eurem Wachdienst eben mehr Disziplin beibringen. Der gute Mann war ganz mit seiner Brotzeit beschäftigt.»

«Saukerl!» In seinen Augen blitzte Belustigung auf. «Und was habt Ihr so Wichtiges auf dem Herzen, dass Ihr hereinstürmt wie ein Rammklotz?»

«Wenn Ihr der Lagerkommandant seid, könnt Ihr mir vielleicht sagen, ob mein Bruder hier ist. Matthes Marx – er dient bei den Leichten Reitern.»

«Dann kommt in drei Tagen wieder oder in fünf. Wir haben eben erst begonnen, die Lagerliste aufzusetzen. Bei über dreitausend Mann dauert das seine Zeit.»

«Aber – führt nicht jedes Regiment eine Musterrolle? Da müsste man ihn doch finden können.»

Der Offizier lachte. «Hast du gehört, Tintenfresser? Die gnädige Frau kennt sich aus.»

Da erst entdeckte Agnes den kleinwüchsigen Mann mit den kurzsichtig zusammengekniffenen Augen hinter dem Pult, der offenbar der Schreiber oder Secretarius des Kommandanten war. Der Zwerg nickte unterwürfig.

«Ich sag Euch ganz ehrlich: Unsere Musterrollen können wir ins Feuer werfen. Unsere Söldner kommen und gehen inzwischen, wie es ihnen einfällt. Und wenn einer stirbt, gibt er höchst selten Bescheid.» Der Kommandant strich seine leuchtend rote Schärpe glatt. «Aber wartet – Matthes Marx heißt Euer Bruder? So ein großer, schlanker, dunkel wie Ihr?»

«Ja.» Agnes' Herz schlug schneller.

«Aber natürlich – dieser Malefizkerl aus de Paradas Kompanie. Genau so ein Sturmwind, wie Ihr es seid. Tintenfresser, bring sie zu Isolanis Leutnant, der wird mehr wissen.»

«Habt vielen Dank», stotterte Agnes und beeilte sich, dem Schreiber zu folgen. Jetzt würde ihre Mutter wenigstens einen ihrer Söhne zurückbekommen.

Doch die Ernüchterung folgte wie ein Schwall eisigen Wassers. Der Leutnant, vor dem sie kurz darauf stand, beschied ihr mit mürrischem Gesicht, dass Matthes Marx nicht im Lager sei.

«War er denn nicht in Nördlingen dabei?»

«Doch. Er sollte auch hier sein. Ist er aber nicht.»

«Was soll das heißen? Ist er desertiert?»

«Der doch nicht. Der kennt nichts anderes als kämpfen. Nein, er wird in Nördlingen sein, dort haben wir die Schwerverletzten zurückgelassen. Und die Toten auch.»

27

«Agnes! Du bist vollkommen närrisch geworden!»

Auf Rudolfs Gesicht stand das blanke Entsetzen.

«Lass es mich wenigstens versuchen. Du bist doch ein Freund des Stallmeisters! Mit einem guten Pferd ist es in drei Tagesritten zu schaffen.»

«Nur über meine Leiche. Außerdem unterstehen die Pferde jetzt dem königlichen Hofstallmeister. Und die Tore sind verschlossen, solange sich der König in der Residenz aufhält.»

Agnes ging zur Tür. «Dann werde ich selbst mit deinem Freund reden. Gegen ein bisschen Silber findet er sicher Möglichkeiten, an ein Pferd zu kommen.»

«Warte.» Rudolf hielt sie am Arm fest. «Wenn es dir so ernst ist, wenn du dich unbedingt in Gefahr bringen willst, dann lass mich wenigstens mitreiten.»

«Wirklich?» Sie spürte, wie erleichtert sie war. «Um ehrlich zu sein – ich hatte schon daran gedacht, dich um Begleitung zu bitten. Aber ich will deine Freundschaft nicht ausnutzen. Und ich wollte nicht, dass du denkst –»

«Was?»

«Na ja, wir beide – ich möchte nicht, dass du irgendwelche Hintergedanken hegst.»

Er lächelte: »Hintergedanken hab ich keine. Die Hoffnung ganz aufgegeben allerdings auch nicht. Nur, was ist, wenn Matthes gar nicht im Nördlinger Spital ist? Wenn er –» Er brach ab.

»Du meinst, wenn er tot ist?» Agnes sah zu Boden. «Das gerade will ich herausfinden. Und wenn ich ihn tot finde, bringe ich ihn zum Bestatten hierher.»

«Hat denn das alles Sinn?»

«Wenn du jeden Tag meine Mutter auf ihrem Bett liegen sehen würdest, die Qualen in ihrem Gesicht, dann würdest du nicht so reden.»

«Schon gut, ich kümmere mich um zwei Pferde. Deinem Dickschädel ist ja ohnehin nicht beizukommen.»

An diesem Abend bat Agnes Else und ihren Sohn hinaus in den Hof. Aus dem Häuschen gegenüber drang lautes Gezeter. Dort hausten seit Ferdinands Einmarsch drei einander spinnefeinde Familien auf engstem Raum.

«Ich reite morgen früh fort. Rudolf wird mich begleiten. So lange müsst ihr auf Mutter Acht geben. Versprecht ihr mir das? Wenn alles gut geht, bin ich in ein, zwei Wochen zurück.»

Else kniff die Augen zusammen. «Was hast du vor?»

«Ich mach mich auf die Suche nach Matthes. Und nach Jakob vielleicht auch.»

«Da schwillt doch dem Bauern der Kamm – bist du jetzt übergeschnappt?» Die Warze unter Elses Nase bebte. «Weißt du, was da draußen los ist?»

«So schlimm wird es nicht sein. Das Remstal ist ganz von Kaiserlichen besetzt, die Kampfhandlungen sind vorbei.»

«Na gut, Frau Neunmalklug. Dann wünsche ich eine fröhliche Promenade. Und grüß mir den Herrn Bruder unbekannterweise.»

«Else, bitte. Ich habe lange drüber nachgedacht – es gibt keinen anderen Weg. Ich muss meiner Mutter doch helfen.»

«Und dein Junge? Denkst du an den vielleicht auch?»

«Komm mal her, David.» Agnes legte ihrem Sohn den Arm um die Schultern. Er war inzwischen fast so groß wie sie.

«Schau, du bist kein Kind mehr. Deine Ahn ist sehr krank, sie möchte nichts lieber als in Frieden sterben. Das kann sie aber nur, wenn sie weiß, was mit ihren beiden Söhnen ist. Verstehst du das?»

David nickte stumm.

«Um mich musst du keine Angst haben. Rudolf ist ja dabei, und wir werden vorsichtig sein. Ich lasse Mutter in deiner Obhut – versprichst du mir, dass du für sie sorgst, bis ich zurück bin?»

Wieder ein stummes Nicken.

«Hast du noch das Kästchen mit den Holzfiguren? Ja? Dann hol es her.»

Als David zurückkam, zog sie ein Pferdchen aus der Kiste. Die dunkelbraune Bemalung war abgegriffen.

«Erinnerst du dich, wie du als kleiner Junge damit gespielt hast? Meine Freunde bei den Gauklern haben sie mir geschenkt, als ich noch ein Kind war. Dieses Pferdchen war mir immer das Liebste. Ich werde es auf die Reise mitnehmen, als Talisman. Es wird mich zu dir zurückbringen, du wirst sehen.»

Sie verstaute die Figur in ihrer Rocktasche.

«Kannst du dich an die Zeit bei den Gauklern denn noch erinnern?», fragte er mit belegter Stimme. Agnes ahnte, dass er mit aller Kraft die aufsteigenden Tränen unterdrückte.

«Nein, nicht in aller Klarheit. Aber heute noch steigen manchmal Bilder in mir auf, da ist alles bunt und durcheinander, voller Musik und unerklärlichem Zauber. Dann sehe ich Wagen mit Pferden, Kinder, Affen und ein Kamel. Ich hatte eine Freundin, Lisbeth, die war wild wie ein Zigeunerkind. Es war wohl für mich alles recht aufregend. Und nun kommt, gehen wir wieder hinein. Zeit, schlafen zu gehen!»

Zum ersten Mal seit langem brachte sie David wieder zu Bett, betete mit ihm und wartete, bis er eingeschlafen war. Dann trat sie an das Lager ihrer Mutter.

«Hörst du mich?» Sie nahm Marthe-Maries Hände und hielt sie fest. «Ich werde einige Zeit fort sein. Ich bringe dir Matthes zurück. Und Jakob auch. Versprich mir, dass du auf mich wartest.»

In diesem Augenblick war sie fest davon überzeugt, dass sie Matthes und Jakob ausfindig machen würde. Doch es war noch etwas anderes, was sie forttrieb: Vielleicht konnte sie, nach all den Jahren, etwas über Kaspar in Erfahrung bringen. Vielleicht hätten dann ihre Träume in der Nacht ein für alle Mal ein Ende.

Marthe-Marie rührte sich nicht.

«Versprich mir, dass du auf mich wartest», wiederholte Agnes. Da glaubte sie einen leichten Händedruck zu spüren.

Else trat neben sie. «Ich habe dir einen Beutel mit Proviant gerichtet. Viel ist es leider nicht.»

«Danke.»

Sie umarmten sich, und Agnes erschrak, wie sehr ihre alte Freundin abgemagert war.

«Komm gesund wieder», flüsterte Else. «Da draußen ist es schlimmer, als du dir vorstellen magst. Diese Welt ist dem Untergang geweiht. Zum Glück werde ich das Ende nicht mehr erleben.»

Im Morgengrauen erwartete Rudolf sie in den Weingärten. Durch eine Pforte in der oberen Vorstadt hatte sie unerkannt die Stadt verlassen können. Rudolf war schon in der Nacht hinaus, er hatte den Nachtwächter des Siechentors bestochen.

Agnes betrachtete die beiden Füchse, die kräftig und gesund aussahen.

«Wie hast du die Pferde hierher bekommen, ohne die ganze Stadt zu wecken?»

«Überhaupt nicht. Die standen hier und haben auf mich gewartet.» Er zwinkerte ihr zu, und seine schwarzen Brauen traten noch stärker hervor. «Du glaubst nicht, was alles aus der Stadt geschafft wurde, bevor die Kaiserlichen hier eingefallen sind. Mindestens fünf Dutzend der besten Pferde wie diese beiden. Die sind alle auf die umliegenden Höfe verteilt. Übrigens reißt mir mein Freund den Kopf ab, wenn wir sie nicht heil zurückbringen.»

Er reichte ihr ein Bündel mit Kleidern.

«Hier. Zieh das an.»

«Das ist nicht dein Ernst.» Verdutzt blickte sie auf die derbe Hose und das Lederwams. «Ich soll mich als Mann verkleiden?»

«Ja, wenn du nicht willst, dass dich der nächstbeste Soldat vom Pferd zerrt.»

Wider Willen musste sie lachen. Warum nicht ein wenig Mummenschanz, wo sie doch eine Gauklersfrau war.

«Wahrscheinlich hast du Recht. Los, dreh dich schon um.»

Als sie in der Männerkleidung vor ihm stand, einen speckigen Hut auf dem hochgesteckten Haar, pfiff er durch die Zähne.

«Das steht dir gut. Solltest du öfter tragen. Und jetzt noch ein kleiner neckischer Schnurrbart.»

Er strich ihr mit einem Kohlestift über die Oberlippe, dann bückte er sich, griff in die feuchte Erde unter den Reben und rieb Fell und Mähne der Pferde damit ein.

«Hilf mir. Muss ja nicht jeder gleich von weitem sehen, von welch edlem Geblüt unsere Rösser sind.»

Eine Viertelstunde später saßen sie auf. Es war empfindlich kalt, unten im Nesenbachtal hing der Morgennebel. Solange sie sich auf halber Höhe der Hügel hielten, würden sie unbehelligt am Heerlager vorbeikommen. Sie umgingen jede Ansiedlung und erreichten schließlich ohne Zwischenfälle den Neckar, der unter ihnen wie ein silbernes Band in der frühen Sonne glitzerte.

«Jetzt gilt es, die erste Hürde zu nehmen», sagte Rudolf und zog die Adlernase kraus. «Die Brücke bei Cannstatt soll von Spaniern besetzt sein, die bei Esslingen von Kaiserlichen. Wir müssen schwimmen.»

«Kannst du überhaupt schwimmen?»

«Nein. Aber unsere Pferde doch hoffentlich.»

Agnes überkamen ernsthafte Bedenken. Rudolf war zwar ein hoch gewachsener, aufrecht gehender Mann, aber zu Pferd sah er aus wie eine dürre und krumme Holzlatte. Die Reiterei war seine Sache nicht, das hatte sie schnell gemerkt. Zu ihrem Glück führte der Neckar nach diesem warmen Sommer nicht viel Wasser.

Sie ritten ans Ufer hinunter und suchten eine Stelle mit möglichst wenig Strömung.

«Dann also – nichts wie hinein.»

Er schlug heftig mit den Unterschenkeln gegen den Pferdeleib, doch sein Fuchs stand da wie angegossen.

Agnes schüttelte den Kopf. «Entschuldige, Rudolf. Aber als Lakai machst du wirklich eine bessere Figur. Lass mich vorreiten.»

Geschickt lenkte sie ihr Pferd die Böschung hinunter. «Nun komm schon. Zieh ihm eins mit dem Stock über. Und halt dich immer schräg gegen die Strömung.»

Nass bis zur Hüfte erreichten sie das andere Ufer. Rudolf verzog das Gesicht. «Ich beginne, mein Angebot zu bereuen.»

Er trieb sein Pferd bergauf in die Weinberge, bis sie in den Schutz eines Wäldchens gelangten. Agnes hielt sich dicht bei ihrem Begleiter.

«Ich hoffe, du kennst den Weg.»

«Aber ja, geradewegs nach Osten, bis Waiblingen. Und dann die Rems entlang.»

Es ging gegen Mittag, und die Sonne gewann an Kraft. Ohne Rast ritten sie weiter, querfeldein, durch eine Landschaft endloser Felder und Weiden, die am Horizont von dunklen Bergen begrenzt wurde. Soldaten hatten sie bislang nicht zu Gesicht bekommen, und Agnes hätte den Ritt eigentlich genießen mögen, so lange schon war sie nicht mehr aus den Mauern Stuttgarts herausgekommen. Stattdessen wurde ihr immer beklommener zumute: Weit und breit sahen sie weder Bauern noch ein einziges Stück Vieh, auf den Äckern verfaulte die Frucht, das Korn stand überreif und ungeschnitten. Dafür fielen Scharen von Krähen über die Felder her.

«Verstehst du das?», fragte Agnes.

Rudolf schwieg.

Als sie die Landstraße erreichten, war unschwer zu erkennen, dass hier die Kriegsvölker König Ferdinands durchgezogen waren. Ihre Gespanne hatten tiefe Furchen in den Schotter getrieben, die Felder rechts und links der Straße waren zermalmt. Agnes beschlich ein Gefühl der Niedergeschlagenheit, das sich noch verstärkte, als sie einen abgebrannten Schafstall erreichten. Der Brandgeruch stand noch in der Luft, und auf dem verkohlten Gras lagen die verbrannten Kadaver, bis auf die Knochen abgenagt.

«Hier hat aber jemand mörderisch gehaust», murmelte Rudolf.

«Wenn wir nur schon in Waiblingen wären.»

«Es ist nicht mehr weit.» Rudolf deutete auf ein großes Dorf, das sich unterhalb eines mächtigen Weinbergs um eine Wehrkirche drängte. «Dort vorn, das muss Fellbach sein. Von dort sind es höchstens noch zwei Meilen.»

Agnes fühlte nach den Münzen, die sie im Rocksaum eingenäht hatte. Sie spürte die Umrisse des Spielzeugpferdchens. «Meinst du, die kaiserliche Besatzung wird uns für die Nacht in die Stadt lassen?»

«Warum nicht? Wir sind ja jetzt Untertanen König Ferdinands. Und protestantisches Geld ist nicht schlechter als katholisches.»

Bald darauf standen sie auf der Kuppe eines Hügels. Unter ihnen lag im Dunst die umfriedete Amtsstadt Waiblingen, in eine Schleife der Rems geschmiegt, die hier nach Norden hin zwischen steilen Hügeln verschwand. In der Talaue vor den Mauern waren deutlich die Zelte und Hütten eines Heerlagers zu erkennen.

Agnes kniff die Augen zusammen. «Das ist nicht nur Dunst und Kaminrauch über der Stadt.»

Je näher sie Waiblingen kamen, desto beißender wurde der Geruch nach verbranntem Holz. Und dann gab es keinen Zweifel mehr: Ein wahres Inferno musste hier stattgefunden haben. Alles, was sie von den Häusern hinter den wehrhaften Ringmauern sehen konnten, war rußgeschwärzt, die Dachstühle verkohlt, die Fenster blind, und von der mächtigen Kirche vor der Stadt standen nur noch die Mauern.

Im Trab durchquerten sie das Lager der Garnison, ohne auf das Zetern der Weiber und die Zurufe der zumeist betrunkenen Söldner zu achten. Als ein stämmiger Bursche Rudolf in die Zügel griff, zückte der seinen Dolch.

«He, he! Immer langsam, mein Freund.» Mit einem Ruck brachte der Mann Rudolfs Pferd zum Stehen. «Ich wollte nur mit Euch ins Geschäft kommen. Edle Rösser, die Ihr da spazieren führt. Was wollt Ihr dafür?»

«Frag ihn lieber, wie viel sein hübscher Begleiter kostet», brüllte ein anderer. «Der sieht mir doch sehr nach einem Weibsbild aus.»

«Verschwinde, oder ich schneid dir den Hals ab», schnauzte Rudolf. Im selben Moment versetzte Agnes mit ihrer Weidenrute dem Söldner einen Streich mitten ins Gesicht und trieb ihr Pferd in Galopp.

«Verhurtes Miststück!», hörte sie ihn noch fluchen, dann hatte sie den Stadtgraben erreicht, Rudolf dicht hinter ihr. Sie stiegen vom Pferd.

«Lass uns woanders ein Nachtquartier suchen», flüsterte Agnes.

«Woanders? Dafür ist es zu spät.» Das lange, dürre Gesicht ihres Gefährten war fahl. «Jetzt weiß ich, dass wir in unserer Residenzstadt auf einer Insel der Seligen leben inmitten der Hölle. Lass uns gleich morgen früh heimkehren.»

«Nein!»

Rudolf sah sie mit seinen klaren grünen Augen nachdenklich an. Dann zog er einen Batzen aus der Rocktasche und trat auf die beiden Wächter zu, die gelangweilt vor dem ausgebrannten Tor standen.

«Hier!» Er reichte ihnen das Geld. «Wir bitten um Einlass für eine Nacht.»

Der Jüngere fing schallend an zu lachen. Auch er wirkte, wie alle Soldaten hier, reichlich betrunken.

«Dann hinein in die gute Stube. Mal sehen, ob ihr ein kommodes Bettchen findet.»

Sie führten ihre Pferde durch das Tor und blieben stumm stehen. Der Anblick, der sich ihnen bot, war unfassbar: Einzig die Gasse zu ihrer Linken, die leicht bergan führte, war passierbar, Steinbrocken und verkohlte Balken versperrten die übrigen, hier und da schwelte noch Rauch. Die ganze Stadt lag in Schutt und Asche, ausgestorben und verwaist bis auf ein paar streunende Hunde, und über den Trümmerhaufen hing ein bestialischer Gestank.

Agnes zog sich ihr Schultertuch um die Nase und wandte den Blick suchend umher. Plötzlich schrie sie auf: Aus einem eingebrochenen Türsturz ragte, als bitte sie die Fremden um ein Almosen, eine verkohlte Hand.

«Ich will weg hier, Rudolf, bitte.»

«Du hast Recht. Kehren wir um.»

Das Poltern herabfallender Steine ließ ihre Pferde scheuen. Aus einem halb verschütteten Kellereingang schob sich der Lauf einer Jagdbüchse, dann folgte ein dunkles Gesicht mir wirrem Haar.

«Fort mit euch. Hier gibt's nichts mehr zu plündern!»

Agnes klammerte sich an Rudolfs Arm. Da tauchte hinter der Schulter des Mannes der Kopf eines kleinen Buben auf. Sein Gesicht war ebenfalls mit Ruß bedeckt, und in den Augen des Kindes stand nichts als Angst.

Agnes entspannte sich.

«Wir sind keine Plünderer. Wir kommen aus Stuttgart, sind auf dem Weg nach Nördlingen. Gibt es hier irgendwo eine Herberge?»

Der Mann sah sie maßlos erstaunt an. Dann wurde seine Miene freundlicher.

«Eine Herberge, so etwas werdet Ihr hier weit und breit nicht mehr finden.»

Er kam aus dem Kellereinlass und zerrte einen schweren Sack hinter sich her.

Rudolf sprang hinzu. «Wartet, ich helfe Euch.»

Nachdem der Mann noch etliche Pfannen, Töpfe und weitere Gerätschaften aus dem Loch zutage befördert hatte, trat er auf die Gasse und fuhr sich mit dem Ärmel durchs Gesicht.

«Das war einmal mein Haus», sagte er tonlos. Dann nahm er den Jungen bei der Hand.

«In der Stadt könnt Ihr nicht bleiben. Aber wenn Ihr mir schleppen helft, nehm ich Euch mit zu meinem Schwager. Dort braucht sich Eure Frau auch nicht als Mannsbild ausgeben.»

Schweigend banden sie den Pferden die Säcke auf und schulterten Töpfe und Pfannen, schweigend führte der Mann sie zwischen den Ruinen hindurch in die Vorstadt der Weingärtner. Dort schlüpften sie durch eine Bresche hinaus.

«Wir nehmen den Pfad durch das Wäldchen. Wenn uns jemand begegnet, verstecken wir uns. Sonst bin ich meinen Hausrat los, ehe ich Grüßgott sagen kann. Und Ihr Eure hübschen Pferdchen.»

Als sie die Stadt mit ihrem Heerlager weit genug hinter sich gelassen hatten, marschierten sie längs des Flusses, der sich hier in ein enges Tal fraß. Der Mann brach sein Schweigen.

«Ist die Residenz auch zerstört?»

Rudolf schüttelte den Kopf. «Nein, wir haben Glück. Der Sohn des Kaisers residiert im Schloss und hat Stuttgart einen Schutzbrief ausgestellt. Aber was, in Gottes Namen, ist Eurer Stadt widerfahren?»

«Unsere neuen Herren – sie haben ganze Arbeit geleistet.» Er griff nach der Hand des Jungen. «Dabei hatten uns ein paar versprengte Schweden sogar gewarnt. Die Kaiserlichen seien im Anmarsch, die würden alles niedermachen, was sich ihnen widersetzt. Am besten sollten wir ohne Umschweife den Stadtschlüssel übergeben. Aber als der Magistrat hiervon erfuhr, machten sich unsere Vögte und Bürgermeister und fast alle hohen Herren davon. Elende Bettseicher!»

«Und dann?»

«Nur ein paar wenige Ratsherren haben ausgeharrt. Ich selbst bin dann mit meinen Brüdern aufs Rathaus, um die friedliche Übergabe der Stadt zu erflehen. Doch sie haben uns als Feiglinge verlacht und hinausschleifen lassen.» Er sprach auf einmal hastig, die Worte drängten förmlich aus ihm heraus. «Als ich dann mit meiner Familie fliehen wollte, waren die Tore mit starken Mannschaften besetzt, die Order hatten, niemanden hinauszulassen. Bald erschien ein Trupp spanischer Reiter vor dem Fellbacher Tor und verlangte die Übergabe. Doch unsere Ratsherren saßen beim Zechen im Stadtkeller und kümmerten sich nicht drum. Als am Abend die Reiter zurückkehrten, mit Verstärkung, mussten sich alle Männer und Burschen auf dem Marktplatz sammeln, wir erhielten Waffen und bezogen Aufstellung. Mein Schwager, ein Bäckermeister und gerade erst aus Nördlingen zurück, wagte sich als Einziger hinaus, um über einen Akkord zu verhandeln, da geschah das Unglück: Einer unserer Torwächter feuerte in die Truppen, und die schlugen grausam zurück: Sie haben das Tor in Brand gesteckt und die gesamte Vorstadt gleich dazu. Dann drangen sie ein, während wir versuchten, über das Beinsteiner Tor zu fliehen. Für viele von uns war es zu spät.»

Er stockte in seinem Bericht und starrte vor sich hin.

«Und weiter?», fragte Agnes leise.

«Die Söldner waren wie von Sinnen. In Scharen zogen sie durch die Gassen, plünderten die Häuser, schändeten die Frauen, und wer sich dagegenstellte, wurde bestialisch niedergemetzelt. Dem Stadtsyndicus haben sie die Kehle mit Erde vollgestopft, bis er jämmerlich erstickte, dem Amtsschreiber bei lebendigem Leib das Fleisch von den Beinen geschabt, den Medicus mit einem Bratspieß erstochen. Andere haben sie im eigenen Haus gehenkt oder wie eine Fackel angezündet. Erst als gegen Mitternacht die ganze Stadt in Flammen stand, fand das Treiben ein Ende. Von meiner Familie haben nur ich und mein Junge überlebt.»

Tränen zeichneten jetzt helle Spuren in sein schmutziges Gesicht, und für den Rest des Marsches war Agnes die Kehle wie zugeschnürt. Was waren die Menschen nur für Bestien.

«Wir sind da.»

Sie standen am Tor zu einer Mühle. Über ihnen, auf einem Bergsporn, erhob sich ein Wehrdorf, gegenüber leuchteten die Mauertrassen eines steilen Weinbergs im Abendlicht. Alles schien so still und friedlich.

Nachdem sie die Pferde in einem Verschlag untergebracht hatten, betraten sie die Stube. Zwei Dutzend Männer, Frauen und Kinder lagerten auf Strohschütten und Bänken. Agnes nahm ihren Hut ab und rieb verlegen die Kohlespuren aus ihrem Gesicht.

«Die beiden hier bleiben über Nacht», beschied ihr Gastgeber, der sich unterwegs als Messerschmied Gallus Renz vorgestellt hatte. «Sie haben mir geholfen, den Hausrat herzuschaffen.»

Die anderen starrten die Fremden ausdruckslos an, nur eine Frau begann zu murren über die unnützen Esser. Ein Hüne von Mann, den linken Arm in einer Schlinge, trat auf Agnes und Rudolf zu.

«Seid willkommen für eine Nacht. Brot kann ich Euch nicht anbieten, alle Getreidevorräte haben sich die Besatzer geholt, nicht mal Kleie und Mehlstaub sind uns geblieben. Aber unser Quellwasser ist sauber.»

«Ein Bäcker ohne Getreide», kicherte eine Alte, der das strähnige Haar offen ins Gesicht hing, «ist wie ein Mannsbild ohne Schwengel.»

Dann rückte sie zur Seite und winkte Agnes heran. «Setz dich neben mich, du schöner Engel. Sieh, wir leben hier wie Gott Bacchus», sie wies auf die reifen und halbreifen Trauben, die sich in einer Ecke häuften, «die schenkt uns der Weinberg gegenüber, denn lesen wird die ohnehin keiner mehr. Nimm dir also, so viel du essen kannst. Bacchus wird es dir mit der schnellen Kathrin vergelten, die plagt uns alle.»

Widerstrebend drückte sich Agnes neben die Alte ins Stroh. «Dann seid Ihr der Bäckermeister, der bei Nördlingen dabei war?», wandte sie sich an den Hünen.

«Ja. Warum fragt Ihr?»

«Ich bin auf der Suche nach meinen Brüdern, die ebenfalls in Nördlingen waren. Der eine bei den Kaiserlichen, der andere als Feldscher unter Bernhard von Weimar.»

«Was für eine Posse.» Die Alte kicherte nun noch hemmungsloser. «Kain und Abel auf dem Schlachtfeld. Dafür haben wir hier Sodom und Gomorra, als gerechte Strafe für unser sündenvolles Leben. Da ließ der Herr Schwefel und Feuer regnen vom Himmel herab auf Sodom und Gomorra und vernichtete die Städte und die ganze Gegend und alle Einwohner der Städte und was auf dem Lande gewachsen war. Und Lots Weib –»

«Jetzt schweig endlich, Mutter», fuhr der Bäcker sie an. «Ein Feldscher, sagt Ihr? Wir waren in Bernhards Regiment eingegliedert. Dort hat ein junger Feldchirurg meinen Arm verarztet.»

Agnes' Herz machte einen Sprung.

«Hieß er Jakob Marx?»

«Das weiß ich nicht. Aber er war trotz seiner Jugend bereits ein hervorragender Wundarzt. Ein schmaler Bursche mit blondem Haar und hellblauen Augen.»

«Hast du gehört, Rudolf? Das ist Jakob, das ist mein Bruder!»

«Das mag sein. Aber –», der Bäcker kratzte sich an seinem verletzten Arm, «als wir auf dem Rückzug waren, wurde der Feldscher gefangen genommen, wie so viele von uns. Er hatte sich uns nicht schnell genug angeschlossen, weil er im Lazarett zu Gange war.»

«Und wisst Ihr, wohin die Gefangenen verschleppt wurden?»

«Mit Sicherheit kann ich das nicht sagen. Aber ich habe gehört, die wichtigsten Männer hätten sie nach Stuttgart gebracht. Und einen guten Feldchirurgen wird sich kein Obrist durch die Lappen gehen lassen.»

Agnes konnte es nicht fassen. «Dann ist Jakob jetzt in Stuttgart? Herr im Himmel, ich danke dir.»

«Ob es Euer Bruder ist, müsst Ihr selbst herausfinden. Und das mit Stuttgart weiß ich, wie gesagt, nur vom Hörensagen. Ich will Euch keine falschen Hoffnungen machen.»

Sie lächelte. «Es wird schon alles so sein, wie Ihr sagt. Es muss so sein. Jetzt brauchen wir nur noch Matthes ausfindig zu machen.»

In dieser Nacht schlief sie tief und traumlos an Rudolfs Schulter. Als ihr Gefährte sie am nächsten Morgen weckte, standen die Pferde schon bereit. Gallus Renz begleitete sie bis zum Weg.

«Geht dort hinauf nach Neustadt.» Er deutete auf einen steilen Weg, der zu dem Dorf führte. «Dort bleibt auf der Höhe, haltet Euch genau nach Südosten, bis Ihr wieder auf das Tal der Rems stoßt. Auf diese Weise umgeht ihr Waiblingen. Die Landesfestung Schorndorf meidet am besten ebenfalls. Da hat sich ein Regiment Schweden eingenistet. Ich fürchte, die schießen jeden nieder, der sich ihnen nähert, egal, ob Freund, ob Feind.»

Sie schüttelten sich zum Abschied die Hände. Da kam die Alte ihnen nachgelaufen.

«Hier, mein Engelskind.» Sie überreichte Agnes einen Kanten Brot. «Den hab ich heimlich genommen für dich.»

«Was für ein gütiges Geschenk – aber ich darf es nicht annehmen.»

«Freilich.» In ihren Augen blitzte der Schalk. «Ich bin nämlich hier die Meisterin. Ich habe zu bestimmen. Und dieses kleine Stückchen Brot wird uns nicht vom Verhungern abhalten, da kannst du Gift drauf nehmen. Denn nach dem Morden kommt der Hunger. Dort oben im Dorf», sie zeigte mit ihrem knochigen Finger auf den Bergsporn, «haben wir gestern unsere Toten begraben. Und wir werden ihnen bald folgen, einer nach dem andern. Nur», sie strich lächelnd über Agnes' Wange, «wer begräbt den Letzten?»

Rudolf räusperte sich. «Habt vielen Dank, Gevatterin, aber wir müssen jetzt los.»

«Dann rasch fort mit euch. Auf das Gebirge rettet euch und seht nicht hinter euch. Denn Lots Weib sah hinter sich und ward zur Salzsäule.»

Sie trieben ihre Pferde in Trab. Als sie die Hochebene erreicht hatten, sagte Agnes: «Die arme Alte! Sie hat sicher Grauenhaftes erlebt.»

Eine Wegstunde später lichtete sich der Wald, und sie erblickten unter sich den Fluss in einem lieblichen, breiten Tal, das auf ihrer Seite von Weinbergen, auf der anderen von dunkel bewaldeten Bergen gesäumt war. Wie Perlen an einer Schnur reihten sich Dörfer und Weiler entlang den Flanken der Weinberge. Doch das, welches ihnen am nächsten lag, war nichts als ein verlassener Haufen Trümmer. Kein Viehzeug regte sich, keine menschliche Stimme durchbrach die Stille.

«O Gott!» Agnes umklammerte ihre Zügel. «Ist denn hier alles verwüstet?»

«Das Handwerk der Söldner ist nun mal das Brennen, Sengen und Morden», murmelte Rudolf. «Willst du immer noch weiterreiten?»

«Ich kann jetzt nicht mehr zurück.»

Rudolf zuckte die Schultern.

«Wenn du meinst. Bleiben wir am besten hier oben am Waldsaum, auch wenn der Weg mühsam ist. Womöglich treiben sich immer noch Marodeure im Tal herum.»

Die nächsten Stunden ritten sie dicht hintereinander her, jeder in seinen Gedanken versunken. Was Agnes bisher auf ihrer Reise gesehen hatte, lag wie eine schwere Last auf ihr. Was für eine über die Maßen erbärmliche Zeit! Zugleich stieg eine unbestimmte Angst in ihr auf, dass dies nur ein Vorgeschmack auf weitaus Schlimmeres sein mochte.

Als sie die Landesfestung Schorndorf hinter sich hatten und

die Schatten lang wurden, beschlossen sie, zum Fluss zu reiten, denn die Pferde mussten getränkt werden. Zudem hofften sie, irgendwo auf Menschen zu treffen, bei denen sie ein wenig Brot und Bier erstehen konnten, vielleicht gar für eine Nacht aufgenommen wurden, denn nun hatte auch noch Regen eingesetzt.

Agnes wusste, das würde nicht ungefährlich sein. Einige Male schon hatten sie von weitem umherziehende Scharen beobachtet – ob flüchtende Bauern oder versprengte Söldner, war nicht auszumachen gewesen.

«Dort hinten scheint ein Bach zu sein.» Rudolf wies auf einen Weiler im Seitental der Rems. «Versuchen wir da unser Glück.»

Als sie näher kamen, sahen sie, dass auch dieser Flecken verlassen war. In den Pfützen zwischen den zerstörten Häusern lagen nasse, aufgedunsene Tierkadaver, Ratten flohen vor ihrem Hufschlag. Alles, was irgendwie zu gebrauchen war, schien geraubt: die hölzernen Türen und Fensterrahmen, Zaunlatten, Gartenpforten, selbst die Strohbündel der Dächer.

«Hier ist keine Menschenseele», sagte Rudolf.

Agnes hob den Kopf. «Irgendwer versucht, hier Feuer zu machen. Riechst du es nicht? Es kommt von dort hinten, bei der Scheune.»

Sie lenkten ihre Pferde zur der Scheune am Dorfrand. Als sie um die Ecke bogen, sahen sie inmitten eines Haufens Gerümpel eine Frau. Sie stand mit dem Rücken zu ihnen, barfuß, in der Hand einen brennenden Kienspan. Was sie auf dem Leib trug, waren nurmehr Fetzen.

Agnes glitt vom Pferd und reichte Rudolf ihre Zügel.

«Lass mich das machen», flüsterte sie.

Vorsichtig näherte sie sich der Fremden. Dann rief sie leise: «Grüß Euch Gott, gute Frau. Habt Ihr für uns etwas Brot und Wasser?»

Da wandte sich die Frau um, und Agnes setzte für einen Moment der Herzschlag aus. Die offenen, vor Dreck starrenden

Locken umrahmten ein Gesicht voller Schorf, die Augen blickten wie aus einer Maske. Vor ihr stand Luise, das boshafte alte Klatschmaul aus der Residenz. Mit einem Mal erinnerte sich Agnes, dass die Spülmagd ihre Heimat hier im Remstal hatte.

Luise schien nicht minder überrascht; ihr Mund öffnete und schloss sich wieder. Dann ging alles rasend schnell. Luise rannte mit ihrem brennenden Kienspan auf sie zu, schrie: «Zu Hilfe! Die Hexe ist gekommen. Die Hexe aus Stuttgart.» Wie auf Kommando sprangen zwei verwahrloste Gestalten aus der Scheune, ein Mann und eine junge Frau, und packten Agnes bei den Armen, Luise hörte nicht auf zu brüllen: «Ins Feuer mit der Hexe!», immer wieder schrie sie es. Agnes spürte die Hitze des Kienspans vor ihrem Gesicht, zischend ging ihre Stirnlocke in Flammen auf, die Beine sackten ihr unter dem Körper weg, sie wurde zu der Feuerstelle geschleift, die jetzt trotz des Nieselregens munter flackerte, aus der Ferne Pferdewiehern, Luises Augen voller Hass und Wahnsinn, dazu ihr schallendes Gelächter, dann ein gellender Schrei, der aus ihr selbst zu kommen schien, als ihre Beine durch die zuckenden Flammen streiften.

«Rudolf!»

Im nächsten Augenblick kippte sie nach hinten weg und schlug schmerzhaft mit dem Hinterkopf gegen etwas Hartes. Aus dem Augenwinkel sah sie den Mann zu Boden gehen, über ihm Rudolf, der ausholte und ein weiteres Mal zuschlug, um seinen Prügel dann gegen die Brust der jungen Frau zu schleudern. Mit einem Gurgeln klappte die zusammen, und damit herrschte Stille. Nur das Knistern des Feuers war zu hören.

Agnes hob langsam den Kopf. Rudolf starrte auf die zusammengekrümmten Leiber am Boden, Luise stand zehn Schritte entfernt und zerrte an ihren Haaren. Dann stieß sie ein Wolfsgeheul aus, das Agnes durch Mark und Bein ging.

«Verschwinde, sonst erschlag ich dich auch noch.» Rudolf umklammerte seinen Schlagstock.

«Sie wird dem Feuer nicht entgehen, ich hab's Gott dem Allmächtigen geschworen.» Luises Stimme überschlug sich. «Und alle hier im Tal wissen, was für eine sie ist, allen habe ich es erzählt. Sie hat das Fräulein von Württemberg verhext.»

Mit einem letzten Fluch drehte sie sich um und stürzte davon, den Hang hinauf, bis sie im Wald verschwunden war.

Rudolf kniete sich neben Agnes. «Bist du verletzt?»

«Ich weiß nicht.»

Mühsam richtete sie sich mit Rudolfs Hilfe auf. Ihr linker Knöchel oberhalb des Schuhs brannte, ihr Kopf schmerzte.

«Das schöne Kleid.» Sie betrachtete den angesengten Saum ihres Rockes.

«Kannst du gehen?»

«Ja.»

An der Seite ihres Gefährten humpelte sie bis zum Ufer des Baches, wohin sich die beiden Pferde geflüchtet hatten und jetzt gierig tranken. Sie setzten sich unter eine Weide, und Rudolf streifte ihr behutsam die Schuhe von den Füßen. Agnes schrie auf, als das kalte Wasser ihre Knöchel umfloss. Dann schloss sie erschöpft die Augen.

«Das war doch nur ein böser Traum, oder?»

«Nein. Ich fürchte, ich habe den Mann und die Frau erschlagen. Ich will nachsehen, ob die beiden noch am Leben sind. Warte hier.»

«Bitte nicht!» Agnes klammerte sich an ihn. Sie begann zu zittern. «Ich habe solche Angst. Lass uns weiterreiten.»

«Einverstanden.»

Es hatte aufgehört zu regnen. Unter dem dunklen Wolkenband verschwand eine glutrote Sonne hinter den Hügeln. Sie fanden einen verfallenen Unterstand in den Weinbergen, in dem sie zusammengekauert gerade eben Platz fanden.

«Es – es war furchtbar, Rudolf. Wenn du nicht gewesen wärst.»

«Sprich nicht davon, Agnes. Bitte.» Er drückte sie fest an sich. «Und jetzt iss etwas, das wird dir gut tun.»

Er reichte ihr das letzte Stück Trockenfleisch, doch Agnes schüttelte den Kopf.

«Es klang wie ein Fluch, den Luise über mich verhängt hat», sagte sie leise. «Was, wenn sie zauberische Kräfte hat?»

«So ein Unsinn. Jetzt fängst du selber schon so an. Du musst das alles vergessen. Die Wirrnisse dieses Krieges haben sie verrückt gemacht, genau wie die Alte aus Waiblingen.»

«Nein, Rudolf, Luise hat ja nicht nur wirr dahergeredet. Man sagt immer, niemand könne dem Erbe seiner Väter entkommen. Und ich trage eben an dem Erbe meiner Mütter. Vielleicht bin ich ja wirklich dazu verdammt, niemals Ruhe zu finden.»

«Aber was redest du da?»

«Du weißt so wenig von mir.»

«Dann ändere das. Sag mir, was dich bedrückt.»

Agnes lauschte dem Ruf eines Käuzchens. Zögernd begann sie zu erzählen. Wie ihre Großmutter vor vielen, vielen Jahren als Hexe verurteilt und verbrannt worden war, ohne sich jemals im Leben der Zauberei oder Schwarzmagie verschrieben zu haben. Wie dann Jahre später ihre eigene Mutter nur um ein Haar diesem teuflischen Wahn entkommen war und mit ihr, als kleinem Mädchen, hatte fliehen müssen, im Schutze einer Truppe fahrender Leute und verfolgt von einem Wahnsinnigen, der ihr, als vermeintlicher Hexentochter, nach dem Leben trachtete.

Rudolf nahm in der Dunkelheit ihre Hand. «Du siehst doch, wie lange das alles zurückliegt. Gut, diese närrische Luise hat alles wieder aufgerührt. Aber es ist vorbei. Was hat das noch mit dir zu schaffen? Ich glaube jedenfalls nicht an Unholde und Hexenverschwörung.» Und als Agnes schwieg: «Du etwa?»

«Ich weiß nicht. Ich frage mich oft, was hinter dem steckt, was wir sehen. Da müssen Welten existieren, die unser Auge nicht wahrnehmen, unser Verstand nicht begreifen kann. Wie sonst lassen sich Wunder erklären? Und wenn Menschen zu geheimnisvollen guten Kräften Zugang haben, gibt es wohl auch andere, die das Böse in ihren Dienst nehmen können.»

«Mag sein. Aber was Hexerei betrifft, so weißt du selbst doch am besten, dass weder deine Mutter noch deine Ahn damit zu tun hatten. Also kann auch kein unheilvolles Erbe der Hexerei auf dir lasten.»

«Aber vielleicht liegt der Erbfluch ja darin, der Hexerei verdächtigt zu werden. Wenn Luise nun tatsächlich überall ihre Lügen über mich verbreitet hat? Ihre ganze Sippschaft lebt hier. Wohin Leichtgläubigkeit und Niedertracht der Menschen führen können, das weiß ich nur zu gut.»

«Jetzt vergiss doch einfach mal diese boshafte Närrin Luise. Morgen früh reiten wir weiter, und für die Reise zurück nehmen wir einen anderen Weg. Von Hexenprozessen hat man nun wirklich schon lange nichts mehr gehört. Heute braucht es als Sündenböcke eben keine Hexen mehr, heute darf man seinen ungeliebten Nachbarn ohne viel Federlesens gleich selbst erschlagen.»

In dieser Nacht fand Agnes keine Hand voll Schlaf. Nicht nur, dass ihr Unterschlupf unbequem und kalt war – jeder Lufthauch, jedes Knacken und Rascheln ließ sie auffahren. So war sie froh, als endlich der Morgen dämmerte und sie ihre beschwerliche Reise fortsetzen konnten. Zum ersten Mal bezweifelte sie, dass sie den richtigen Entschluss gefasst hatte.

28

Sie hatten es geschafft. Am Abend des vierten Tages erreichten sie das Ries vor Nördlingen, verdreckt, müde und ausgehungert.

Auf Agnes' Wunsch hin hatten sie jede Ansiedlung umgangen und sich ihren Weg durch verlassene Weinberge und später durch lichte Wälder gesucht. Hunger und Durst hatten sie notdürftig mit wilden Beeren, Kräutern und Quellwasser gestillt, bis sie endlich, kurz vor Aalen, auf einen Bauern gestoßen waren, der bereit war, ihnen gegen gutes Geld Brot und Käse zu verkaufen.

«Wir müssen unseren Proviant auffüllen, geht das in Eurer Stadt, oder droht dort Gefahr?», hatte Rudolf den Mann gefragt.

Der hatte laut gelacht. «Gefahr nicht, aber Brot werdet ihr wohl auch nicht bekommen. Nach der Schlacht vor Nördlingen ist auf dem Marktplatz ein schwedischer Pulverwagen explodiert. Der hat die halbe Stadt in die Luft gesprengt.»

Daraufhin hatten sie eilig ihren Ritt fortgesetzt.

Die letzte Wegstunde sprach Agnes kein Wort. Was würde sie in Nördlingen erwarten? Würde sie überhaupt etwas in Erfahrung bringen? Sie kamen von Westen, und darüber war sie froh, denn das Schlachtfeld des tausendfachen Todes lag im Süden der Stadt.

Am Tor ließ man sie und Rudolf unbehelligt passieren, nachdem sie sich als Agnes Marxin, Schwester eines kaiserlichen Feldweybels namens Matthes Marx, ausgegeben hatte. Sie sah nicht nach rechts und nicht nach links, als sie sich durch das Gedränge in den Gassen schob, durch die Massen ausgemergelter und zerlumpter Menschen und waffenstarrender Soldaten, vorbei an der mächtigen Kirche aus hellgrauem Stein, die wie ein stummes Mahnmal in den Himmel ragte. Diese Stadt schien noch überfüllter zu sein als Stuttgart, ein Fuhrwerk hätte hier kein Durchkommen gefunden. Hin und wieder erblickte sie, jedes Mal erneut mit Schrecken, an Haustüren das Pestzeichen. Doch wenigstens lag diese Stadt nicht in Schutt und Asche.

An der Pforte zum Spital mussten sie über Bettler und Krüppel hinwegsteigen, die sie mit flehenden Händen und Wehklagen bedrängten. Doch war das ein Geringes im Vergleich zu dem, was sie im Innern des Krankensaales erwartete. Die Siechen und Verwundeten lagen auf schmutzigem Bettstroh, manche auch auf dem blanken Holzboden, ihre nackten Arme und Beine waren von Läusen angefressen, eben wurde ein Toter hinausgeschleppt, es stank nach Branntwein, Eiter und Verwesung.

Der Spitalknecht, der sie hereingeführt hatte, wies auf die linke Seite des Saales.

«Hier liegen die Kriegsverletzten.»

Der Zustand der meisten war beklagenswert. Mit schmutzigen Tüchern verbunden, etliche mit amputierten Gliedmaßen, stöhnten sie im Fieberwahn oder vor Schmerz, andere jammerten oder fluchten in allen erdenklichen Sprachen vor sich hin. Agnes blieb stehen und griff nach Rudolfs Hand.

«Schaut Euch nur um.» Der Knecht winkte sie näher heran. Auf seiner Miene lag ein Ausdruck von Resignation. «Hier gibt sich ganz Europa ein Stelldichein, Ihr findet Welsche aus Frankreich und Italien, Ungarn und Holländer, Eidgenossen und Mähren, Siebenbürger und Sachsen. Und sie alle hoffen auf Hilfe. Ob Euer Bruder dabei ist, dass müsst Ihr selbst herausfinden. Ich hab's aufgegeben, sie zu unterscheiden.»

Agnes glaubte ihren Herzschlag zu hören, als sie die Reihen durchschritt. Sie zwang sich, nur in die Gesichter der Männer zu sehen, doch das war schlimm genug. Mehr als einer schien über dem Erlebten den Verstand verloren zu haben.

Schließlich kehrte sie zurück zu Rudolf und dem Spitalknecht, die am Eingang gewartet hatten.

«Er ist nicht dabei.» Sie fühlte Enttäuschung und Erleichterung zugleich.

Der Knecht zuckte die Schultern. «Wenn Ihr mir die Art der Verletzung beschreiben könntet, würde ich mich vielleicht erinnern. Aber so? Vielleicht war er auch nie hier. Oder er liegt längst in der Grube. Tut mir Leid. Aber wartet, da kommt der Wundarzt. Der weiß vielleicht mehr.»

Er hielt den kleinen, grauhaarigen Mann, der achtlos an ihnen vorbeiging, am Arm fest.

«Meister, einen Augenblick bitte. Diese Frau hier sucht ihren Bruder.»

Unwillig blieb der Chirurgus stehen. «Also sprecht, ich habe wenig Zeit.»

«Er heißt Matthes Marx, ein paar Jahre jünger als ich, groß und dunkel.» Agnes' Stimme zitterte. «Er dient bei den kaiserlichen Reitern, als Wachtmeister oder Rittmeister – so genau kenne ich mich da nicht aus.»

«Ein kaiserlicher Rittmeister war bis gestern hier, aber der war klein und dunkel, ein Welscher. Aber – der hatte einen Freund bei sich, Tag und Nacht, auf den trifft Eure Beschreibung zu. Matthes Marx, sagt Ihr? Ich glaube, das war sein Name. Der Junge hatte sich rührend um seinen Rittmeister gekümmert, zwei-, dreimal hab ich mich mit ihm unterhalten. Er ist aus Oberschwaben, nicht wahr?»

Mit einem erstickten Laut fiel Agnes Rudolf um den Hals. «Wir haben ihn gefunden!»

Der Chirurgus schüttelte den Kopf. «Er ist gestern weitergezogen, mit der Nachhut von Piccolominis Regiment.»

«Und wohin?»

«Richtung Aschaffenburg, glaube ich. Oder war es Rothenburg? Auf jeden Fall sollte er sich diesem Piccolomini anschließen, das weiß ich sicher. Denn er war darüber gar nicht erfreut. Überhaupt wirkte er reichlich schwarzgallig auf mich.»

«Herzlichen Dank, Meister. Ihr wisst gar nicht, wie glücklich Ihr mich macht.» Sie schüttelte dem Wundarzt die Hand. «Ihr habt mir eine große Last vom Herzen genommen. Ach ja – was war mit dem verletzten Freund?»

«Der ist gestern dem Wundbrand erlegen. Ich fürchte, für Euren Bruder war das ein böser Schlag.»

Sie ritten über den Graben des Baldinger Tors. Zum Nachtquartier hatte ihnen der Spitalarzt einen Weiler gleich nördlich der

Stadt anempfohlen, da Nördlingen keine Fremden mehr aufnehme.

Agnes lenkte ihr Pferd dicht neben das ihres Freundes. «Ich kann es noch immer nicht glauben.»

Rudolf runzelte die Stirn. «Sicher ist, er lebt. Aber wir haben ihn noch nicht gefunden. Und da wir heute nicht weiterkönnen, hat er zwei Tage Vorsprung.»

«Was sind schon zwei Tage?» Agnes' Augen leuchteten. In ihre Freude über diese gute Nachricht mischte sich noch etwas anderes: Sie hatte in der Stadt einen Anschlag gesehen, demzufolge eine Komödiantencompagnie Sonntag kürzlich vor Nördlingen gastiert hatte. Konnte es sein, dass zwei Truppen gleichen Namens durchs Reich zogen? Oder handelte es sich tatsächlich um ihre Freunde aus Kindertagen? Auf jeden Fall waren die Gaukler gestern durch dieses Tor gezogen, wie sie eben vom Wächter erfahren hatte.

Bald erreichten sie den Weiler, der inmitten fruchtbarer Felder lag. Der Anblick war für sie wahrlich nicht neu; doch immer wieder schnitt es Agnes ins Herz: Brandspuren und herausgerissene Türen und Fenster bezeugten, dass auch dieses Dorf verheert worden war. An der einen Stelle lag das Korn verbrannt, an anderer von mutwilliger Hand niedergehauen. Dennoch herrschte überraschende Geschäftigkeit. Unter dem Schutz einiger Wachsoldaten richteten die Menschen ihr Dorf notdürftig wieder her, und auf den Gemüseäckern waren die Frauen und Kinder bei der Arbeit.

Einer der Wachhabenden wies ihnen einen Schlafplatz in der Zehntscheuer zu, die allerdings so überfüllt war, dass sie kaum noch ein freies Eckchen fanden. Ein ganzer Silbergroschen wurde ihnen dafür abverlangt.

«Das sind doch Halsabschneider», schalt Rudolf «Wenn es wenigstens den Dorfbewohnern zugute käme.»

«Dafür gibt es eine warme Suppe und für unsere Pferde Heu.

Lass gut sein, Rudolf, so sicher wie in diesem Flecken hab ich mich auf der ganzen Reise nicht gefühlt.»

Nachdem sie die Pferde versorgt hatten, schlenderten sie zur Essensausgabe, die sich hinter einer Kapelle befand. Sie reihten sich in die schier endlose Schlange ein. Plötzlich zuckte Agnes zusammen.

«Hörst du das?» Sie lauschte. «Da hinten, bei den Obstwiesen. Das sind Fideln und Schellentrommeln. Komödianten! Lass uns gleich hinübergehen.»

«Darf ich vorher noch einen Happen essen? Mich wundert, dass dir nach all diesen Anstrengungen noch nach Possenspiel und Akrobatik zumute ist.»

«Warum nicht? Jetzt, wo wir bald am Ziel sind. Lass uns nach dem Essen nachsehen, was es dort gibt.»

Ungeduldig wartete sie, bis Rudolf endlich seinen Napf ausgelöffelt hatte. Der Abend war mild und trocken, und es dämmerte bereits, als sie zu der Wiese hinübergingen. Vor einer Ansammlung schäbiger Karren zeigten drei Artisten in schreiend bunten Kostümen ihre bescheidenen Künste. Agnes kannte sie nicht. Ihre Freundin Lisbeth konnte sie auch nirgends entdecken. Enttäuschung machte sich in ihr breit, als die Akrobaten sich unter dem verhaltenen Applaus verneigten, und eine Stelzenfrau herumstakste, um den Obolus einzusammeln.

«Vom Feinsten sind diese Darbietungen nicht gerade», murrte Rudolf. «Sollen wir da überhaupt etwas geben?»

Agnes antwortete nicht. Sie starrte auf die weiß geschminkte Frau. Plötzlich stieß sie einen Schrei aus.

«Lisbeth!»

Die Gauklerin hob den Kopf, vollkommen überrascht, dann ließ sie sich von den Stelzen gleiten und rannte herüber. Im nächsten Moment lagen sich die beiden Frauen in den Armen.

«Meine Güte, Agnes. Ich kann es nicht glauben. Was machst du denn hier? Und wer ist das? Dein Mann?»

«Das ist Rudolf, ein – ein sehr guter Freund. Der beste, den sich eine Frau wünschen kann.»

Lisbeth reichte Rudolf die Hand. «Ich gebe rasch den andern Bescheid, schminke mich ab, und dann können wir uns zu einem Krug Bier zusammensetzen.»

Wenig später hockten sie abseits der Truppe unter einem Apfelbaum und berichteten gegenseitig, warum sie hier waren und wie es ihnen in den letzten Jahren ergangen war. Zu ihrer Bestürzung musste Agnes erfahren, dass Leonhard Sonntags Compagnie nur noch dem Namen nach existierte. Nach der großen Schlacht von Wimpfen hatten die Bayerischen den Tross überfallen und geplündert, Leonhard Sonntag und noch ein paar Männer seiner Truppe waren dabei ums Leben gekommen.

«Und Marusch?», fragte Agnes.

«Meine Mutter hat Vaters Tod nie verwunden. Sie ist nur ein halbes Jahr später der ungarischen Krankheit erlegen. Da hatte sich der Rest der Truppe vollends aufgelöst: Meine Brüder und Antonia sind in den Norden gezogen, und ich – ich hab mein Herz an einen Akrobaten verloren. An Magnus, du hast ihn vorhin gesehen. Magnus und sein Freund wollten den protestantischen Heeren folgen, und so bin ich mit ihnen – kreuz und quer durch das Reich. Die beiden hatten übrigens auch den Einfall, den alten Namen der Truppe zu übernehmen.»

«Und – habt ihr Kinder?»

«Nein, leider. Aber mitunter denke ich, das ist auch besser so.»

Agnes betrachtete ihre Freundin. Das kräftige dunkelrote Haar hatte sie mit einem bunten Tuch zusammengebunden, genau wie einst ihre Mutter. Zwar waren Lisbeths blassem Gesicht mit den Sommersprossen auf der spitzen Nase die Entbehrungen der letzten Jahre deutlich anzusehen, doch ihre Augen leuchteten wie eh und je.

«Wart ihr denn in Nördlingen dabei? Eure Compagnie wirkt recht –»

Lisbeth lachte. «Schäbig und abgerissen, sprich es nur aus. Ja, wir waren bei dem Feldzug mit dabei, leider einmal mehr auf der falschen Seite, bei den Schwedischen. Bevor wir uns nach der Niederlage davonmachen konnten, waren die Trossweiber und Buben der Katholischen schon in unserem Lager. Sie haben uns sämtliche Maultiere geklaut und etliche Karren und Requisiten zerschlagen. Zwei von unseren Musikanten haben es nicht überlebt – jetzt liegen sie mit schwedischen Söldnern in der Grube.»

Lisbeth biss sich auf die Lippen.

«Aber warum zieht ihr den Kriegsvölkern denn hinterher, wenn das so gefährlich ist?»

«Ach Agnes, du hast wirklich keine Ahnung. Seit diesem vermaledeiten Krieg werden Fahrende nicht mehr in die Städte gelassen. Wo sollen wir unser Brot verdienen, wenn nicht bei den Soldaten? Aber jetzt bist du wieder dran. Du bist also auch einem Komödianten hinterher und deinem Sänger Hals über Kopf nach Stuttgart gefolgt.»

Agnes warf einen Seitenblick auf Rudolf. Der lächelte. «Ich denke, ich sehe nochmal nach der Vorstellung. Offenbar geht es jetzt weiter.»

Versonnen sah Agnes ihm nach. «Er ist ein guter Mann. Ich verstehe manchmal selbst nicht, warum ich ihn nicht heiraten mag.»

Dann erzählte sie in groben Zügen von ihren Anfangsjahren in Stuttgart und wie sie an den herzoglichen Hof gekommen war. Aufmerksam hörte Lisbeth ihr zu. Als die Rede auf Marthe-Maries Sturz kam, nickte Lisbeth.

«Es ist arg, wenn man nicht sterben kann. Eigentlich müsste ich dich für tollköpfig halten, hier durch die Kriegslandschaft zu ziehen und deine Brüder zu suchen. Aber ich kann dich verstehen. Und ein bisschen liegt dir das Herumvagabundieren ja auch im Blut, oder? Nur – was hast du jetzt vor, wo dir Matthes sozusagen entwischt ist?»

«Er kann nicht weit sein. Er ist der Nachhut irgendeines Regiments zugeteilt, Rudolf hat sich hoffentlich den Namen gemerkt. Dort werde ich ihn finden.»

«Und was ist mit deinem Gaukler? Hast du von dem je wieder gehört?»

«Kaspar? Der war wohl zu feige dafür. Er –» Agnes stockte. «Matthes ist ihm einmal begegnet, in seinem Tross, vor Jahren. Da hatte er eine neue Frau.»

«Dreckskerl! Am Ende hat er sich damals wegen diesem Weibsbild aus dem Staub gemacht. Hat eine hübsche junge Dirne seiner schwangeren Ehefrau vorgezogen.»

«Nein, so kann es nicht gewesen sein.» Agnes schüttelte entschieden den Kopf. »Die Frau hatte ihn nach einem Überfall gesund gepflegt und ist dann bei ihm geblieben. Die Marodeure haben ihm einen Fuß abgeschlagen.»

«Was?» Lisbeth riss die Augen auf.

«Nun ja, ich habe gehört, dass so etwas beim Beutemachen vorkommt.»

«Das – das meine ich nicht.» Lisbeth wirkte sichtlich verstört. «War dein Mann ein guter Lautenschläger?»

«Und ob. Dazu eine Stimme, die jede Frau verzaubert hat. Als Kaspar Goldkehl ist er aufgetreten. Ein ausnehmend schöner Mann, das war er.»

«Kaspar Goldkehl», wiederholte Lisbeth leise. «Der traurige Sänger, der niemals seinen Sohn gesehen hat. Seinen kleinen David.»

«Lisbeth, was redest du da? Du kennst meinen Mann?»

«Ich kenne Kasimir Vogelsang. Er war vor Jahren zu uns gestoßen. Hatte seine Frau im Kindbett verloren, worauf wir seine Schwermut zurückgeführt hatten. Später erfuhren wir dann, dass da noch etwas anderes war, dass er einen Sohn in Stuttgart hatte, den er niemals kennen gelernt hat. Doch er wollte nicht darüber reden. O mein Gott, Agnes –»

«Was ist?»

«Agnes, meine Liebe.» Lisbeth ergriff ihren Arm. Von der Obstwiese her drang schallendes Gelächter. «Kasimir Vogelsang ist einer der beiden Musikanten, die hier zu Tode kamen. Und er hatte unserem Prinzipal ein Päckchen übergeben für den Fall seines Todes. Ein Päckchen, das wir dann seinem Sohn David in Stuttgart überbringen lassen sollten. O mein Gott!»

Agnes brachte kein Wort heraus. Versuchte den Sinn der Worte zu verstehen, die sie eben gehört hatte. Sah plötzlich den liebevollen Blick aus Kaspars hellbraunen Augen vor sich, die Wärme in seiner Stimme, wenn er sie ‹Prinzessin› nannte. Dann verschwand das Gesicht wieder in grauem dichtem Nebel.

«Erzähl mir mehr von ihm», sagte sie schließlich tonlos. In ihren Augen standen Tränen.

«Ein merkwürdiger Mann. Hilfsbereit und großzügig, doch sehr verschlossen. Oft hatte ich den Eindruck, dass er die Todesgefahr geradezu gesucht hat. So auch hier in Nördlingen, als das Lumpenpack aus dem kaiserlichen Tross über uns herfiel. Jeder von uns hat die Beine in die Hand genommen, um wenigstens seine Haut zu retten. Er dagegen sprang wie ein Berserker vor unseren Karren herum, brüllte und schrie und schlug jeden der Angreifer, den er treffen konnte. Und das mit seinem Holzbein. Das konnte nicht gut gehen. Unser Trompeter, sein einziger Freund, wollte ihm zu Hilfe kommen. Sie wurden beide erschlagen. Es tut mir sehr Leid», fügte sie hinzu.

Agnes hob den Blick. Wie friedlich sich der Sternenhimmel über diese heillose Welt spannte. Er schien ihr wie ein Versprechen, dass es noch einen anderen Ort gab, an dem alles seine Ordnung hatte.

«Kann ich dieses Päckchen sehen?»

«Gewiss, wenn du es möchtest. Warte hier, ich rede mit Magnus' Freund. Der ist hier der Prinzipal.»

Als Lisbeth zurückkehrte, hatte sie einen hageren Mann bei

sich, in dessen Gesicht noch Reste von Schminke glänzten. Sein Händedruck war energisch.

«Agnes Marxin?»

Er reichte ihr ein kleines, in dunkelroten Stoff gebundenes Päckchen. «Das hat mir Kasimir übergeben, nachdem er seinen Kontrakt unterschrieben hatte. Für seinen Sohn David in Stuttgart, im Falle seines Todes. Nun übergebe ich es Euch als seiner Witwe.»

Bei diesen Worten schossen Agnes endlich die Tränen in die Augen. Wie ein Orkan, der den Baum schüttelt und zu Boden zwingt, kam der Schmerz über sie. Wie nahe war sie Kaspar gekommen, und jetzt war er tot. Der einzige Mann in ihrem Leben, für den sie brennende Liebe empfunden hatte, hatte sie ein zweites Mal verlassen, für immer. Und David hatte endgültig seinen Vater verloren.

«Weine nur», flüsterte Lisbeth, «weine nur.» Sie hielt Agnes, die immer wieder von Neuem zu schluchzen begann, fest im Arm.

Die Vorstellung der Gaukler ging zu Ende, und das Volk zerstreute sich. Agnes hob den Kopf und atmete tief durch.

«Es geht schon wieder.»

Sie faltete das Päckchen auseinander. In einem Beutel lag eine Halskette mit silbernem Kreuz, auf dessen Rückseite Davids Name eingraviert war, dazu ein Brief.

Lieber David!
Es gibt Dinge im Leben, die wir nicht verstehen. Du wirst nicht verstehen, dass du niemals deinen leiblichen Vater um dich gehabt hast, einen Vater, der dich umsorgt und heranwachsen sieht. Und dennoch hast du einen Vater, wenn er auch schwach ist und, mag sein, ein Feigling. Meine einzige Hoffnung ist, dass du eines Tages ohne Zorn an mich denkst und ohne Verachtung.
Deine Mutter habe ich geliebt bis zum letzten Augenblick unseres Abschieds, und danach vielleicht noch mehr. Doch ich musste

fliehen; mir drohte der Galgen für eine große Dummheit, die ich um unserer Familie willen begangen habe. Schließlich solltest du nicht aufwachsen mit der Geißel, einen Halunken zum Vater zu haben. So hab ich beschlossen, erst wieder zu euch zurückzukehren, wenn Gras über die Sache gewachsen sein würde. Dann aber kamen böse Kriegswirren dazwischen, ich wurde schwer verwundet, war fast schon tot, und eine Frau, die der Krieg selbst eben erst zur Witwe gemacht hatte, hat mich gerettet. Da konnte ich nicht mehr zurück.
Es vergeht kein Tag, an dem ich nicht an dich gedacht hätte. Jetzt, wo ich diese Zeilen schreibe, weiß ich, dass du neun Jahre alt bist und wahrscheinlich mit deinen Freunden durch die Gassen tobst. Vielleicht hast du dir gestern die Knie aufgeschlagen und trotz Schmerzen die Zähne zusammengebissen. Oder du hattest einen Streit mit deinem besten Freund und bist deswegen traurig. Solche Dinge stelle ich mir vor, um dich bei mir zu haben.
Nie wieder habe ich seit meiner Flucht aus Stuttgart jemanden betrogen oder bestohlen. Ich ziehe als fahrender Sänger durch die Lande, bin also ein Gaukler und damit in den Augen der meisten Menschen ein Mann ohne Recht und Ehre. Falls du dich dafür schämen solltest, kann ich das verstehen. Dann denk dir einfach etwas aus, wenn dich jemand fragt, was dein Vater für ein Mann ist. Vielleicht aber hat dir deine Mutter, meine geliebte Agnes, ja ein wenig mehr über das Leben der fahrenden Leute erzählt, und dann weißt du, dass wir unsere eigene Ehre und unseren eigenen Anstand besitzen.
Die Kette mit dem silbernen Kreuz habe ich in Ulm erstanden. Sie soll dir Glück bringen und dich beschützen. Ich selbst habe die große Hoffnung, dass ich dich wenigstens nach meinem Tode kennen lernen werde, denn ich weiß, dass die Seelen der Verstorbenen immer in der Nähe der Lebenden sind, die sie lieben.
Gott schütze und behüte dich wie deine Mutter. In Liebe,
dein Vater.

Jetzt erst bemerkte Agnes, dass Rudolf zurück war und sich neben sie gesetzt hatte.

«Was ist mir dir?»

«Kaspar ist tot», flüsterte sie. «Er hat David einen Brief hinterlassen. Und ein silbernes Kettchen.»

Sie wischte sich die Tränen aus dem Gesicht und blickte den Prinzipal an. «Ich werde es meinem Sohn überbringen. Wann brecht Ihr auf?»

«Morgen früh. Wir wollen versuchen, zum Tross Piccolominis aufzuschließen.»

«Piccolomini? War das nicht der Name, von dem der Chirurgus gesprochen hat?»

«Ja, ganz recht», entgegnete Rudolf.

«Dann muss ich mit euch.» Sie überlegte einen Moment und wandte sich mit entschlossener Miene an Rudolf. «Hör zu, du gehst nach Stuttgart zurück.» Sie hielt ihm Beutel und Brief hin. «Bring das zu David. Und such Jakob auf, falls er noch in Gefangenschaft ist. Lös ihn aus, bring ihn zu Mutter. Geld für eine gute Ranzion findest du in unserer Kleiderkiste. Das reicht allemal. Und sag Mutter, dass ich weiß, wo Matthes ist, dass ich mit meiner Freundin Lisbeth gezogen bin. Sag ihr, dass alles gut wird. Und David soll wieder die Schule besuchen, auf dich hört er. Sag ihm von mir –»

«Agnes, hör auf! Jetzt ist Schluss. Vielleicht hatten wir hier in Nördlingen ja noch eine gewisse Aussicht, Matthes zu finden. Aber nun? Die Kaiserlichen sind über ganz Süddeutschland verstreut, niemand weiß mit Sicherheit wo. Du kannst meinetwegen Lisbeth eine Nachricht mitgeben, für den Fall, dass sie auf Matthes trifft. Aber du reist nirgendwo mehr hin, und schon gar nicht ohne mich. Wir kehren morgen nach Stuttgart zurück. Wir beide.»

29

Der Trupp, der da durch die herbstliche Landschaft zog, bot einen jämmerlichen Anblick: Nur vor dem Bühnenwagen trottete ein mageres Maultier, ansonsten spannten sich die Fahrenden abwechselnd selbst vor ihre klapprigen Karren und quälten sich über holprige Landsträßchen und Feldwege. Rudolf hatte ihnen zwar Agnes' Reitpferd angeboten, doch Lisbeth hatte mit einem gerührten Lächeln abgelehnt: «Das sind edle Rösser, Paradepferde – für den Karren taugen die nicht.» Rudolf schien darüber fast erleichtert. Agnes gegenüber hatte er indessen seinen Zorn und seine Enttäuschung nicht verbergen mögen.

«Ich bin für dich auf dieser Reise verantwortlich. Wenn dir etwas zustoßen sollte, werde ich mir mein Leben lang Vorwürfe machen.»

«Nein, Rudolf, nur ich selbst bin für mich verantwortlich. Und ich gebe dir mein Wort: Wenn ich bis Rothenburg nicht auf Matthes' Spuren gestoßen bin, such ich mir eine Begleitung und kehre umgehend nach Stuttgart zurück.»

Beim Abschied dann hatte Rudolf ungehemmt zu weinen begonnen. Und Agnes hatte sich einmal mehr gefragt, ob es unverzeihlicher Hochmut war, dass sie diesen getreuen und verlässlichen Mann niemals hatte ehelichen wollen.

«Oben auf dem Hügel machen wir Rast.» Lisbeth hatte sich neben Agnes in die Sielen gespannt. «Wahrscheinlich bereust du deinen Entschluss bereits.»

Agnes nickte finster. «O ja, bei jedem Aufstieg, das kannst du mir glauben.»

Sie waren nun den dritten Tag unterwegs, hatten des Nachts auf freiem Feld übernachtet, von ihren Pferdedecken notdürftig gewärmt und von zwei Männern im Wechsel bewacht. Auf Agnes' Frage, wann sie wohl Piccolominis Nachhut erreichen würden, hatte der Prinzipal spöttisch gelacht. «Das weiß nur einer», er hatte gen Himmel gedeutet, «und der verrät es uns nicht.»

Ohnehin war der Prinzipal nicht begeistert gewesen, dass sie mit ihnen zog. Es hatte großer Überredungskünste von Seiten Lisbeths und ihres Mannes bedurft, bis der Prinzipal endlich knurrend eingewilligt hatte.

«Sie wird uns nicht zur Last fallen, im Gegenteil: Sie wird mit Hand anlegen wie wir alle. Das ist eine von uns: Ihr Mann war schließlich Gaukler, und als kleines Mädchen ist sie in der Truppe meines Vaters mitgezogen.»

Immer haben sie mich die Gauklerin genannt – jetzt bin ich tatsächlich eine, dachte Agnes, als sie endlich die Anhöhe erreicht hatten. Ihre Freundin deutete auf ein Dorf in der Ferne, dessen Kirchturm in den trüben Himmel ragte.

«Vielleicht finden wir dort ein kommoderes Nachtquartier als bisher», sagte sie. Kurz darauf versammelten sie sich um ein Feuer, und alle schleppten an, was sie unterwegs gefunden hatten: Fallobst, ein Säckchen Mehlstaub aus einer verlassenen Mühle, eine Schürze voll Waldbeeren oder Pilze. Magnus' jüngerer Bruder brachte eine tote Katze ans Feuer, der er bereits das Fell abgezogen hatte.

«Er hat sie erschlagen, nicht wahr?», flüsterte Agnes. «Sag es nur frei raus.»

Lisbeth zuckte die Schultern. «Wo liegt der Unterschied zwischen einem erlegten Feldhasen und einer Katze?»

Agnes musste ihr Recht geben. Dennoch verspürte sie keinen Appetit, als die Frau des Prinzipals ihr die winzige Portion Fleisch in die Hand drückte. Nach dieser kargen Mahlzeit beeilten sie sich weiterzuziehen, denn von Westen her zogen schwarze Wolken auf. Das Dorf war bereits in Sichtweite, als sie an eine Ölmühle gelangten. Die Fenster des stattlichen Wohnhauses waren zerschlagen, kein Hund gab Laut, kein Huhn gackerte. Nur das Rascheln des Windes in den Zweigen einer Erle war zu hören.

Der Prinzipal ließ seinen kleinen Tross anhalten und betrat mit der geladenen Büchse im Anschlag den Hof.

«Heda! Ist hier jemand?»

Als sich nichts rührte, gab er den anderen einen Wink, und Agnes folgte Lisbeth und Magnus durch die nur angelehnte Türe. Augenblicklich schlug ihnen beißender Verwesungsgeruch entgegen. Im nächsten Moment schrie Agnes auf und stürzte an den anderen vorbei ins Freie: In der Schlafkammer lagen zwei Tote, von denen niemand mehr zu sagen vermochte, ob Mann oder Frau. Die Ratten hatten sie bis auf die Knochen zernagt.

Agnes lehnte an ihrem Karren und rang keuchend nach Luft.

«Geht es wieder?», fragte Lisbeth, die ihr nachgelaufen war.

«Ich will weg hier.»

«Beruhige dich. Wir ziehen weiter, ins Dorf.»

Wie gelassen Lisbeth wirkte! Als habe dieser Anblick sie kaum berührt. Agnes richtete sich auf, als der Prinzipal das Zeichen zum Weitermarsch gab.

«Müssen wir sie denn nicht begraben?», fragte sie.

Lisbeth schüttelte den Kopf. «Da hätten wir viel zu tun in diesen Zeiten. Und ich fürchte fast, im Dorf drüben werden wir es nicht besser vorfinden. Wer in dieser Mühle geplündert und gemordet hat, wird das Dorf kaum ausgelassen haben.»

Auf unsicheren Beinen schritt Agnes neben ihrer Freundin her, vorbei an verwüsteten Äckern und Gärten, hin zu dem Dutzend Häuser, die ihnen aus blinden Fensterlöchern entgegenstarrten. Dennoch marschierten sie weiter mitten hinein, trotz Brandgestanks und eines anderen, leicht süßlichen Geruchs, der sich immer stärker darunter mischte. Offensichtlich hoffte ihr Prinzipal, noch Reste an Vorräten zu finden.

Agnes machte sich auf das Schlimmste gefasst. Doch was sie dann auf dem Kirchplatz zu sehen bekam, stellte an Grauen alles, was sie bisher erlebt hatte, in den Schatten: Ein riesiger Schwarm Rabenvögel stieg aus dem welken Laub einer Linde in die Luft und gab den Blicken frei, was in den Ästen hing: nackte, verstümmelte Leichen, mit leeren Augenhöhlen, abgeschlagenen Händen und Füßen, manche mit aufgerissenen Bäuchen, aus denen das Gedärm hing – ein gutes Dutzend mindestens, darunter Frauen und Kinder.

Agnes stürzte zur Mauer des Kirchhofs und übergab sich in heftigen Krämpfen. Auch die anderen rangen sichtlich um Fassung. Stumm starrten sie auf dieses Zeugnis menschlicher Barbarei, regungslos, ein verlorener Haufen in einem weiteren verheerten, namenlosen Dorf.

Agnes begann lautlos zu schluchzen. «Was sind diese Kaiserlichen nur für Blutsauger und Ungeheuer», hörte sie Lisbeth sagen, «hat ihnen denn ihr Sieg nicht gereicht?» – «Das waren Protestantische.» Magnus spuckte aus. «Dort, auf dem Kirchenportal. Das Zeichen der Hornschen Truppen.»

Mit einem Mal stieg eine gewaltige Wut in Agnes auf, gegen den Kaiser, gegen die Schweden, gegen alle Kriegsvölker dieses Reiches und vor allem gegen ihren Bruder Matthes. Dem seine Abenteuerlust mehr bedeutete als alles andere, der sich, wie es schien, für immer aus dem Staub gemacht hatte. Und der sie, Agnes, dazu gebracht hatte, ihr halbwegs sicheres Zuhause samt ihrem eigenen Sohn zu verlassen, nur um den Hundsfott von Bruder mitten in dieser Hölle zu suchen.

So standen sie schweigend in dem Dorf, das still und tot darniederlag, von den Schwärmen ekliger Schmeißfliegen abgesehen. Plötzlich horchte Agnes auf. Träumte sie oder ertönte da wirklich eine Melodie? Sie schien aus einer anderen Welt zu stammen. Zunächst leise und zart wie ein Windhauch, wurde sie allmählich kräftiger und schwang sich voller Schwermut über diesen Ort des Grauens. Die Welt lag im Sterben, und jemand spielte dazu die Begräbnismusik.

«Das ist eine Fidel», flüsterte Lisbeth. Agnes hob den Kopf und lauschte. Die Fidel weinte und klagte, es war wie eine menschliche Stimme, die sie zu sich lockte. Ihre Angst war verflogen. Schritt vor Schritt ging sie an den Toten im Geäst vorüber, dann um den Chor der rußgeschwärzten Kirche herum, bis sie auf einem buckligen, kleinen Platz stand. Inmitten der schwelenden Trümmer eines Wohnhauses an dessen Rande stand ein Mann, groß und breitschultrig, doch mit dem Gesicht eines Knaben. Er hielt die Augen geschlossen, während er spielte, und schien Agnes nicht zu bemerken. Sein Aufzug wirkte äußerst befremdlich: Zu den bloßen Füßen trug er die vornehme Schaube eines Ratsherren und einen Landsknechthut; sein schmutziges weißes Hemd starrte vor Dreck und Blutflecken.

Leise trat Agnes bis auf wenige Schritte heran, dann schloss auch sie die Augen und überließ sich dem Zauber der wehmütigen Musik. Sie schien das Böse, das Grauen dieser Welt zu bannen, um endlich der Trauer der Menschen Raum zu geben.

Als der letzte Ton verhallt war, musste sie sich zwingen, die Augen zu öffnen. Der Junge glotzte sie mit offenem Mund an.

«Wer bist du?», fragte sie ihn.

Der Junge antwortete nicht. Er mochte achtzehn, neunzehn Jahre zählen. Jetzt glaubte sie, Furcht in den hellen Augen des kindlichen Gesichts flackern zu sehen. Sie wandte sich um: Hinter ihr hatte sich die gesamte Truppe versammelt. Der Prinzipal kam näher.

«Sag uns, wie du heißt. Wir tun dir nichts.»

Doch der Junge war längst hinter einen verkohlten Balken gesprungen und kauerte sich unter seinem Umhang zusammen. Ein leises Wimmern war zu hören.

«Ich glaube, das ist ein Unsinniger», sagte der Prinzipal. «Wahrscheinlich der Dorfnarr. Auf, Leute, wir verschwinden von hier.»

«Nein, wartet.» Entschlossen kletterte Agnes über die Trümmer zu dem Burschen und sprach leise auf ihn ein. Das Wimmern verstummte. Schließlich gelang es ihr, seine Hand zu fassen und ihn aus dem Trümmerhaufen zu ziehen. Sie trat vor den Prinzipal.

«Wir dürfen ihn nicht hier lassen. Er hat alles verloren.»

«Lass ihn los, und komm jetzt endlich.»

«Agnes hat Recht», mischte sich Magnus ein. «Und dann sieh dir seine Muskeln an. Der zieht uns die Karren durch jedes Schlammloch. Musikant ist er obendrein – auch wenn er gottserbärmlich nach Ziegenmist stinkt.»

«Ach macht doch, was ihr wollt.» Der Prinzipal stapfte davon.

Jetzt erst ließ Agnes die Hand des Jungen los. «Möchtest du mit uns kommen?»

Wiederum erhielt sie keine Antwort.

«Nun gut. Wenn du mit uns kommen möchtest, dann folg uns einfach. Ich heiße übrigens Agnes, das hier sind Lisbeth und ihr Mann Magnus.»

Als sie wenig später mit ihren Karren und Bündeln das Dorf verließen, sah Agnes sich um. Einen Steinwurf hinter ihnen ging der Junge. Er hielt den Kopf gesenkt und presste seine Fidel an die Brust wie eine Mutter ihr Neugeborenes.

Der seltsame Bursche fügte sich in ihre Truppe, als gehöre er seit Urzeiten dazu. Er arbeitete und gehorchte, gehorchte und arbeitete ohne eine Spur von Widerwillen. Nur in einem zeigte er sich stur wie ein Maulesel: Als einer der Kräftigsten sollte er vorn an der Spitze marschieren, doch nicht einmal die Rutenstreiche des Prinzipals brachten ihn davon ab, in unmittelbarer Nähe von Agnes zu bleiben. Bald spotteten die anderen über ihn als Agnes' neuen Bräutigam. Ihr selbst war die nahezu hündische Ergebenheit anfangs unheimlich. Zumal der Junge auch am zweiten Tag in ihrer Gesellschaft kein Wort sprach und sich des Nachts neben sie bettete. Er schien tatsächlich stumm zu sein. Dass er auch blöde sei, glaubte sie indessen nicht. Noch nie hatte sie jemanden so ausdrucksvoll Fidel spielen hören.

«Hör zu», hatte sie ihm gleich zu Anfang gesagt. «Ich weiß nicht, ob du nicht sprechen willst oder nicht kannst. Aber einen Namen brauchst du auf jeden Fall. Ich werde dich Andres nennen. Das passt zu dir. Und es passt zu Agnes.»

Da war ein Leuchten über das traurige Gesicht gegangen.

Am fünften Tag endlich stießen sie auf Spuren durchziehender Truppen. Sie waren einem Firstweg oberhalb der Jagst gefolgt, bis sie in der Abenddämmerung auf einer Lichtung Halt machten und ihr Nachtlager richteten. Unten am Fluss, etwa eine Wegstunde entfernt, sahen sie auf einmal ein Lagerfeuer aufleuchten, dann noch eins.

Der Prinzipal befahl, die Lichtung nicht zu verlassen. Morgen früh wolle er herausfinden, was für Volk dort unten lagerte.

«Hoffen wir, dass das ordentliche Truppenverbände sind und keine Marodeure», murmelte Lisbeth.

«Ich denke, das ist tatsächlich Piccolominis Nachhut», entgegnete Magnus. «Für versprengte Söldner ist das Lager viel zu groß.»

Tatsächlich flackerten bald an die dreißig Feuerstellen in der Dunkelheit. Agnes' Herz begann schneller zu schlagen. Morgen würde sie am Ziel ihrer Reise sein.

Bis zu de Paradas letztem Atemzug war Matthes bei seinem Freund geblieben. Als es so weit war, hatte er Batista die Augen geschlossen, den Spitalsarzt holen lassen und den Knecht gegen ein gutes Handgeld zu Dorothea geschickt, denn er selbst war zu feige gewesen, ihr die Trauerbotschaft zu überbringen. War stattdessen in die Abenddämmerung hinaus, vor die Tore der Stadt, und hatte sich im Tross bei einem Schankwirt mit Starkbier voll gesoffen. Anschließend war er zu dem Platz am Rand des Heerlagers gewankt, wo die Söldner auf ausgebreiteten Mänteln beim Glückspiel ihr letztes Hemd verschacherten, jede Nation für sich, da ein Wallone einem Kroaten, ein Deutscher einem

Polen allzu schnell den Schädel einschlagen würde, und hatte sich schließlich bei einem Stellmacher eingefunden, mit dem er binnen zweier Stunden sein bestes Pferd verspielte – jenen jungen kastanienbraunen Hengst, den Mugge ihm vom Schlachtfeld geholt hatte. Der Junge war darüber noch in der Nacht in Tränen ausgebrochen.

Mit wüstem Kopfschmerz hatte sich Matthes dann am nächsten Morgen beim kaiserlichen Stadtkommandanten gemeldet. Da er sich nach de Paradas Verwundung nicht ordnungsgemäß hatte vom Dienst befreien lassen, wurde er nun zum sträflichen Exempel zum Corporal degradiert. Damit war er nichts anderes mehr als ein besserer Fußknecht, ein Doppelsöldner mit lächerlichen zwölf Gulden auf den Monat. Doch Matthes focht das nicht an – wie oft schon war sein Sold gänzlich ausgeblieben. Seinem Reiterbuben hatte er jedoch freigestellt, sich einen neuen Herrn zu suchen, da er ihn über freie Kost hinaus nicht mehr würde entlohnen können. Zu seiner Erleichterung beschloss Mugge zu bleiben, trotz der Enttäuschung, die er ihm zugefügt hatte.

Die Corporalschaft, die man Matthes unterstellt hatte, bestand aus zwei Dutzend Söldnern, die eben erst das Krankenlager verlassen hatten. Etliche von ihnen, das sah Matthes gleich, würden kaum in der Lage sein, länger als eine Stunde am Stück zu marschieren. Schon am folgenden Morgen sollten sie sich vor dem Berger Tor sammeln und sich in das neuformierte Fähnlein der Infanterie einreihen. Das wird ein schönes Schelmenstück geben, hatte Matthes gedacht, als er seine Leute aufmarschieren ließ und ihnen mitteilte, sie hätten zu Piccolominis Regimentern aufzuschließen, um dann die protestantischen Garnisonen südlich des Mains zu sprengen und Bernhard von Weimar hinter die Rheinlinie zu treiben. «Das wird nicht weiter schwer sein», hatte er den Männern Mut zu machen versucht. «Oxenstjernas Bund befindet sich in Auflösung, die Schweden fliehen ohne Sinn und Verstand in alle Richtungen.»

Das alles lag erst wenige Tage zurück, doch Matthes war, als sei eine Ewigkeit seither vergangen. Schweigend ritt er neben seinem Trossbuben durch den dichten Nebel, Mugge auf einem dürren Klepper, er selbst auf seinem hübschen polnischen Fuchs, den er, wie er sich plötzlich entsann, nach seinem Neffen David benannt hatte.

Was er auf dem Weg von Nördlingen hierher zu sehen bekommen hatte, zerriss ihm, der im Zweikampf jeden Gegner schonungslos mit dem Schwert niederzustoßen vermochte, schier das Herz. Nun also war eindeutig Schwaben als Schlachtfeld auserkoren. Die Soldateska hatte das als Kornkammer bisher gnädig geschonte Land mit unglaublichem Furor überrollt. Wohin die Kriegsvölker auch kamen, wurde alles Vieh geschlachtet, wurden die Saatvorräte geraubt, die Siedlungen zerstört. Matthes war, als würden die Fronten immer zahlreicher und unüberschaubarer, ihre eigenen Regimenter waren zersplittert und zerstreut, ihre Gegner, wenn sie sich nicht dem Kampf stellten, vagabundierten und marodierten kreuz und quer durch die Lande. Dazu bevölkerten hungernde Bauern und heimatlose Flüchtlinge die Straßen. Vier seiner Männer hatte er tot am Wegesrand zurücklassen müssen, er konnte nur hoffen, dass der Rest bis zum Abend durchhalten würde.

Das war nicht mehr das Heer, dessen Fahnen er einst Treue geschworen hatte. Unter den neuen Heerführern tat jeder, was ihm beliebte, da wurde nur noch gesoffen und gehurt, gespielt und geprügelt, gebrandschatzt und geplündert.

Wie satt er diese Welt hatte, in der Häuser zu Gräbern wurden und der Tod allerorten durch die leeren Gassen tanzte. Längst hatte er den Krieg zu hassen begonnen, diesen Krieg, der ihm seine beiden einzigen Freunde genommen hatte und in dessen Fängen er klebte wie die Mücke im Spinnennetz. Vermochte die Heilige Kirche nur auf Leichen und Wüsten ihre Triumphe zu feiern? War er hierfür konvertiert, damals, nach Wallensteins

Tod, als er sich der Fahne König Ferdinands unterstellt hatte? Um an diesem blutigsten aller Kreuzzüge teilzunehmen? Schon längst wagte er keinen Blick mehr zum Himmel, aus Scham, dort irgendwo der gramvollen Seele seines Vaters zu begegnen. Dieselbe Scham erfüllte ihn, wenn er an seine Heilige Erstkommunion zurückdachte, an das großmütige Gebaren des Priesters, der ihn als verlorenen Sohn willkommen hieß, als einen, der rechtzeitig in den Schoß der Mutter Kirche zurückgekehrt war.

Zu allem Übel ritten sie nun auf Schorndorf zu, die östliche Grenzfestung Württembergs, nur einen guten Tagesritt von Stuttgart entfernt. Im letzten Augenblick war seine Corporalschaft abkommandiert worden ins Remstal, wo der schwedische Oberst von Taupadel die Landesfestung hielt und sie die kaiserlichen Belagerer unter Generalleutnant Gallas stärken sollten. Der Befehl war eindeutig: Sie sollten Schorndorf entsetzen, koste es, was es wolle. Und das Lagerkommando der Besatzer führte kein Geringerer als Oberst Butler. Der Mann, der Albrecht von Wallenstein hatte morden lassen.

«Kennen wir uns nicht irgendwoher?»

Hauptmann Deveroux blieb mit seinem Bierkrug in der Hand stehen. Er schwankte leicht. Von Kopf bis Fuß war er in Samt, Seide und Atlas gekleidet, die Beine steckten in Stiefeln aus weichem Rinderfeinleder, und über dem goldverbrämten Wams prangte die kaiserliche Gnadenkette.

Dein feiger Dolchstoß hat sich also bezahlt gemacht für dich, dachte Matthes hasserfüllt. Dann erhob er sich, wie es sich für einen Untergebenen gehörte.

«Ja, wir sind uns mehrmals begegnet. Ich denke, zuletzt in Nördlingen.»

Deveroux hörte nicht auf, ihn misstrauisch zu mustern. «Und in Eger auch?», fragte er schließlich. «Ich habe doch Recht, oder? Du bist ein Wallensteiner.»

Matthes nickte. «Dem Generalissimus und dem Kaiser hab ich einst den Eid geschworen. Ihr etwa nicht?»

«Die Fragen hier stelle ich. Hast du verstanden, Kerl?»

«Jawohl.»

«Und nun sprich mir nach.» Er hob den Krug und brüllte: «Vivat Ferdinandus!»

«Vivat Ferdinandus.»

«Lauter!»

«Vivat Ferdinandus!»

«Für heut will ich's gelten lassen, du Fatzvogel. Aber gib Acht, ich halt ein Aug auf dich.»

Damit schlurfte er davon. Matthes sah ihm nach. Hätte er jetzt ein Messer, er hätte es ihm mit Vergnügen zwischen die Schulterblätter gerammt. Er musste diesem Hundsfott künftig aus dem Weg gehen. Matthes spuckte aus, dann warf er seinen Pferden einen Arm voll Heu vor die Hufe und ging hinüber zu Mugge, der zusammen mit ein paar anderen Trossbuben und Söldnern am Lagerfeuer Bleikugeln goss.

«Lass gut sein für heute und komm mit. Ich gebe einen Krug Bier aus.» Er nahm die Kugelzange entgegen und verstaute sie in seinem Beutel. «Ich frag mich ohnehin, ob Gallas jemals zum Sturm blasen lässt.»

Vier Wochen war er nun schon mit seinen Männern hier, und der Winter nahte. Mehr und mehr kaiserliche Truppen waren nachgerückt, bis sich schließlich der Belagerungsring um Schorndorf geschlossen hatte. Niemand konnte jetzt mehr in die Stadt hinein oder hinaus. Und noch immer weigerte sich Taupadel, den angebotenen Pardon anzunehmen. Stattdessen hatte er die Gerbervorstadt abbrennen lassen, die offen zur Rems hin lag, und alle Bäume in und vor der Stadt niedergehauen, um freies Schussfeld zu schaffen und Mauerwerk zur Verstärkung des Festungswalls zu erhalten. Zudem habe er, hieß es, von Magistrat und Bürgern hohe Geldsummen abgepresst, um Vorräte für seine

Soldaten anzulegen. Doch die würden über kurz oder lang zu Ende gehen. Und die Weiber und Buben aus dem Tross waren längst angehalten, die Felder rundum abzubrennen und niederzutrampeln – wer sich weigerte, den trieb der Hurenweybel mit der Peitsche hinaus.

Aushungern des Gegners lautete die Strategie. Ausgehungert wurden indessen auch die eigenen Leute, denn der Nachschub mit Proviant war ins Stocken geraten, und Beute war im Umland nicht mehr zu machen. So wurde seit letzter Woche kein Fleisch mehr ausgegeben, nur noch ein Pfund dunkles Brot und ein Maß Bier pro Mann. Die Preise bei den Marketendern und Schankwirten stiegen ins Uferlose. Am Tage wurden streunende Katzen erschlagen, des Nachts die Hunde der Nachbarn, Rinder- und Pferdehäute aus der nahen Abdeckerei wurden zerschnitten, aufgeweicht und gekocht. Immer häufiger fielen Soldaten auf Posten vor Hunger in Ohnmacht. Fast alle einfachen Söldner litten an Scharbock, und die ersten Opfer von Bräune, Fleckfieber und Roter Ruhr waren zu beklagen. Das Einzige, was es im Überfluss gab, waren Ungeziefer und Ratten, auf die die Kinder Jagd machten. Der Gestank der überquellenden Latrinen war kaum noch zu ertragen.

Matthes bemerkte, wie bedächtig Mugge Schritt vor Schritt setzte.

«Du hast Hunger, nicht wahr?»

Der Junge nickte.

«Das Bier wird dir gut tun.»

Sie hatten die Stroh- und Laubhöhlen der Fußknechte hinter sich gelassen und kamen an den Zelten der Offiziere vorbei. Selbst die Pferde waren hier in Zelten untergebracht. Matthes schnaubte verächtlich, als ihm der Duft von frischem Butterkuchen in die Nase stieg. Ganz gleich, wie elend es im Lager zuging: Die hohen Herren wussten sich immer ihre Köstlichkeiten zu verschaffen.

Vor dem Bierwagen ließ sich Mugge auf die nasse Erde sinken. Sein Gesicht war bleich. So stellte sich Matthes selbst in die Schlange und kam bald darauf mit einem Krug Starkbier und einem Kanten Brot zurück. Zwanzig Kreuzer hatte ihm der Wirt für das Maß abgeknöpft.

«Das Brot ist für dich.» Er reichte Mugge Brot und Krug. «Wenn du mir nur von dem Bier ein Schlückchen übrig lässt.»

Nur langsam kam wieder Farbe in Mugges Gesicht. Matthes sah ihn besorgt an.

«Dass du mir nur nicht krank wirst.»

Der Junge schüttelte den Kopf und lächelte. «Es wird nicht mehr lange dauern, und wir erobern die Stadt. Und dann werde ich für uns große Beute machen, das könnt Ihr mir glauben.»

30

Die bange Frage, ob sie in diesem Lager unten am Fluss endlich auf Matthes treffen würde, verfolgte Agnes bis in den Schlaf. Mal träumte sie von ihrem Bruder, der auf dem Schlachtfeld um sein Leben kämpfte, mal von ihrer Mutter, die lautlos nach ihren Söhnen schrie. Noch vor Sonnenaufgang erwachte sie. Das Lager aus Laub und Zweigen neben ihr war leer.

«Andres?», rief sie leise. Im Osten färbte sich der Himmel grau, einer schwarzen Wand gleich erhob sich der Wald gegen die kleine Lichtung. Die Luft war kalt und feucht, sie roch nach Schnee.

Agnes griff nach ihrem Mantel und erhob sich. Am Rande ihres Nachtlagers sah sie die regungslosen Silhouetten dreier Männer. Sie erkannte Magnus' schlanke Gestalt, daneben die breitschultrige von Andres. Sie schienen zu lauschen, Magnus mit dem Handrohr im Anschlag.

Irgendetwas stimmte nicht. Angespannt näherte sich Agnes den Männern. «Was gibt es?»

«Bleib bei den andern.» Das war der Prinzipal.

In diesem Augenblick knackte es im nahen Gehölz. Zehn, fünfzehn Männer stürzten aus dem Dunkel, schwangen Schwerter und Dolche, einige gar Reiterpistolen, die Frauen fuhren aus dem Schlaf und schrien, das Maultier wieherte, und Agnes sah noch, wie Magnus seine geladene Büchse zündete und Andres einen Angreifer mit der bloßen Faust niederschmetterte. Wieder fielen Schüsse. Da rannte sie los. Stürzte hinüber zum Fahrweg, auf der anderen Seite den dichten Wald hinauf, immer weiter, immer steiler empor, sie musste sich an Wurzeln und Ästen festkrallen, rutschte immer wieder weg, verlor einen Schuh. Schmerzhaft peitschten Zweige ihr Gesicht. Nur weg von hier, weg, hinein in den Schutz des Waldes.

Irgendwann – sie hätte nicht sagen können, wie viel Zeit vergangen war – wurde das Gelände flacher, der Wald lichter. Sie hielt keuchend inne. Ihr Herz pochte bis in die Schläfen. Erschöpft schleppte sie sich weiter, in die Morgendämmerung, die langsam erkennen ließ, dass sie in einem Buchenhain auf einer Art Hochebene herumirrte. Sie ließ sich auf einen umgestürzten Baumstamm sinken und starrte in die Einsamkeit des Waldes. Jetzt war geschehen, was sie niemals für möglich gehalten hatte. Was war sie nur für ein Dummkopf, dass sie das Wagnis dieser Reise auf sich genommen hatte. Wenn sie nicht zu den anderen zurückfand, war sie verloren. Das Wort begann in ihrem Schädel zu hämmern: Verloren, ich bin verloren, endgültig verloren. Weiß nicht einmal, in welche Richtung, alles sieht hier gleich aus.

Sie sprang auf, zog sich die Kapuze über den Kopf. Ihr bloßer Fuß begann vor Kälte zu schmerzen. Das Flusstal musste sie wiederfinden. Irgendwo in der Nähe des Flusses waren die anderen. Lisbeth und Magnus, ihr stummer Beschützer Andres. Sie tastete nach dem Pferdchen, das sich noch immer an seiner Stelle im Rocksaum befand. Bring mich zurück, flüsterte sie.

Als sie den Waldrand erreichte, breiteten sich vor ihr nichts als feuchte Wiesen und brachliegende Felder aus. Kein Hof, kein Dorf, wo sie hätte nach dem Weg fragen können. Da begannen vor ihrer Nase die ersten Schneeflocken zu tanzen, erst eine nach der anderen, wie in einem lustigen Fangespiel von Kindern, dann immer mehr, bis ein dichter weißer Schleier ihr die Sicht nahm. Nie zuvor hatte sie sich so schutzlos und allein gefühlt.

Sie hätte schreien mögen vor Verzweiflung, stattdessen presste sie die Lippen aufeinander und schritt vorwärts, setzte einen Fuß vor den anderen und schien doch keinen Deut voranzukommen.

Plötzlich vernahm sie Stimmen, gedämpft und undeutlich, dann sah sie schemenhafte Gestalten hinter dem weißen Flockennebel näher kommen, eine ganze Gruppe, und in ihrer Mitte ein Pferd oder Maultier.

«Magnus? Andres?», rief sie.

«Hoho, ein Frauenzimmer! Das schnappen wir uns.» Die Stimme klang gierig. Ein anderer antwortete in unbekannter Sprache.

Marodeure! O Gott, sie war auf Marodeure gestoßen! Womöglich dieselben, die ihren Trupp überfallen hatten. Sie stürzte zurück in den Wald, hörte Gelächter hinter sich, Rufe, die näher kamen, fühlte, wie ihre Kraft nachließ. Wenn sie jetzt stolperte, war das ihr Ende. Da rutschte sie ab, rutschte in eine schmale Schlucht, einen Tobel, wie man in ihrer Heimat sagte, schrammte sich dabei den Arm auf, schlug sich den Kopf an einem überhängenden Fels an – und blieb mit einem Bein plötzlich in einem Erdloch stecken. Bis über das Knie steckte sie fest. In dem dichten Schneegestöber konnte sie kaum etwas erkennen, doch der dunkle Fleck zwischen den mächtigen Baumwurzeln verriet ihr, dass das Loch wohl tief war. Von oberhalb der Schlucht hörte sie die Männer fluchen. Und dann, während sie nach ihrem schmerzenden Knie tastete, brach sie auch mit dem anderen Bein ein.

Für einen Augenblick setzte ihr Herz aus, und die Zeit blieb stehen. Dann erst erkannte sie, dass dieses elende Loch ihre Rettung bedeutete: Als sie sich zusammenkauerte, war nicht einmal mehr ihr Kopf zu sehen. Sie war tatsächlich vom Erdboden verschluckt.

Sie saß im Loch, saß, fror und wartete, dass die Stimmen verstummen würden. Doch stattdessen stieg ihr nach einiger Zeit Brandgeruch in die Nase, deutlich hörte sie das Zischen und Knallen von nassem Holz. Es gab keinen Zweifel: Diese Banditen hatten am Rande des Tobels ihr Lager aufgeschlagen. Und sie hockte hier wie die Maus in der Falle. Ihre Beine begannen, taub zu werden, lange würde sie es in ihrem engen Gefängnis nicht mehr aushalten. Vorsichtig versuchte sie, ihre Stellung zu verändern. Da griff sie mit der linken Hand ins Leere. Tatsächlich – knapp unterhalb ihrer Schulter war unendlich viel Raum. Sie streckte den Arm aus: Ein Gang zog sich hier durchs Erdreich, tief in den Abhang hinein. Das musste eine Dachshöhle sein. Es kostete sie erhebliche Mühe, bis sie sich in den Gang gezwängt hatte, dann jedoch war es ein Leichtes, auf dem Bauch voranzurobben. Ihre Hände griffen in feuchte Erde und Wurzelwerk, ihre Augen erblickten nur tiefstes Schwarz, als sei sie erblindet. Ein kindisches Kichern entfuhr ihr: Was, wenn am Ende des Ganges der Dachs lauerte, erwartungsvoll und mit gefletschten Zähnen? Zwei, drei Ellen weiter verbreiterte sich der Gang zu einer niedrigen Höhle, die immerhin genug Raum bot, dass sie sich mit angezogenen Beinen auf die Seite legen konnte. Der Boden war mit Laub und kleinen Zweigen bedeckt und überraschend trocken. Sie zog sich ihren Umhang fest um den Leib und kauerte sich zusammen. Nur wenig später war sie eingeschlafen.

Als Agnes erwachte, war nichts als Stille und Finsternis um sie. Erschrocken fuhr sie hoch und schlug mit dem Kopf gegen einen

Wurzelstrang. Dann war das also kein böser Traum gewesen. Sie lag tatsächlich in dieser Höhle, mitten im Wald. Die Schramme an ihrem Unterarm brannte, und ein quälender Durst zwang sie zum Eingang zurück. Draußen herrschte Nacht, es schneite noch immer. Gierig griff sie mit beiden Händen in den Schneehaufen, der unterhalb des Einstiegslochs lag. Dann lauschte sie. Ganz schwach hörte sie mehrstimmiges Schnarchen. Die Männer waren also noch immer dort oben. Ihr wurde plötzlich eiskalt. Lisbeth und ihre Freunde waren tot, erschossen und erschlagen, dessen war sie sich nun sicher. Und sie selbst würde in diesem Erdloch langsam erfrieren, würde ihren Sohn niemals mehr in den Armen halten. Ob ein solcher Tod wohl schmerzhaft war? Ob ihr Leichnam hier jemals gefunden wurde? Wieder brach dieses überspannte Kichern aus ihr hervor. Kein Stückchen Fleisch würde von ihr übrig bleiben, die Tiere des Waldes warteten sicher schon auf diese unverhoffte fette Beute. Nein, sie musste zurück in die Höhle. War es dort nicht wärmer gewesen?

Sie nahm noch eine Hand voll Schnee, dann kroch sie zurück auf ihr Lager, das sie fast schon als vertraut empfand. Morgen früh, ganz sicher, würden die Männer weiterziehen, und sie konnte sich wieder auf die Suche machen.

In der zweiten Nacht kam der Hunger. Zunächst nur als ein Gefühl der Leere, doch bald mischte sich bohrender Schmerz darunter, der sich immer häufiger in Krämpfen entlud. Dann musste sie an sich halten, nicht in lautes Stöhnen auszubrechen. Mit steifen Fingern zerrte sie schließlich an den Wurzeln, die wie Adern die Höhlendecke durchzogen, und kaute sie ab.

An die Finsternis hatten sich ihre Augen inzwischen gewöhnt, immerhin drang bei Tage so viel Licht durch das Eingangsloch, dass sie bald jedes Fleckchen ihres Kerkers kannte. Und es war ein Kerker, denn die Männer oben machten keine Anstalten zu verschwinden. Offenbar hatten sie sich vorgenommen, in diesem

Wald ihre Vorräte mit Wild aufzustocken, denn hin und wieder knallten Schüsse. Die Luft in diesem elenden Loch war stickig, Schwindel und Kopfschmerz quälten sie, wenn sie wach lag.

In der dritten Nacht schließlich beschloss sie zu sterben. Sie dämmerte vor sich hin, fühlte weder Arme noch Beine mehr, alles war kalt und taub. Doch wenn sie die Augen schloss, konnte sie warme Farben sehen, schimmernde Lichter, die sie umkreisten, die sich bewegten nach einer zarten Melodie. Die Kälte konnte ihr nichts mehr anhaben, Hunger und Durst quälten einen Körper, der weit entfernt von ihr in einem Erdloch lag und nichts mit ihr zu schaffen hatte.

Es gab keinen Tag mehr und keine Nacht, nichts mehr, was sie fürchten musste. Sie überließ sich ganz den tröstlichen Farben und Klängen, die sie einhüllten wie ein warmer Mantel. Jetzt war es ein Wiegenlied ihrer Kindheit, leise summte sie die Worte mit, ihr Vater rief nach ihr, lockte mit zärtlicher Stimme, dann spürte sie einen Druck an der Schulter, einen leichten Schlag. Das musste Jakob sein, der sie weckte. Nein, murmelte sie, lass mich schlafen. Der zweite Schlag war heftiger. Sie begann zu schluchzen. Warum ließ er sie nicht einfach schlafen? Erneut ein Schlag, diesmal schmerzhaft. Sie tastete nach Jakobs Hand, erfasste stattdessen einen hölzernen Prügel, schrie verwirrt auf. Der Prügel verschwand, und dann hörte sie deutlich die Töne einer Fidel, sie kamen von draußen, jetzt hörte sie auch die klagende Stimme, die das Wiegenlied sang, dann leise ihren Namen rief.

Die Welt war zu ihr zurückgekehrt. Langsam, ganz vorsichtig, wälzte sie sich zum Einstiegsloch, sie musste blinzeln, so grell fiel das Tagslicht in die Augen. Ein riesiger Schatten erhob sich über dem Loch, jetzt beugte er sich zu ihr herab, sie sah ein Gesicht unter dem breitkrempigen Hut, ein junges Gesicht mit zerschlagener Stirn und geschwollener Wange.

«Andres!»

Er streckte ihr beide Arme entgegen und zog sie aus dem Loch. Dann verlor sie das Bewusstsein.

Als sie wieder zu sich kam, lag sie unter einem Felsvorsprung, umschlungen von Andres' wärmendem Körper. Nach und nach kehrten die Erinnerungen und damit auch ihre Kräfte zurück. Sie war gerettet. Was auch immer geschehen war: Andres hatte sie gefunden. Sie hob den Kopf. Der Junge schien zu schlafen, sein Atem ging tief und gleichmäßig.

«Andres?»

Er öffnete die Augen. Auf seinem geschundenen Gesicht breitete sich ein Lächeln aus.

«Alles ist gut», flüsterte er. Dann gab er sie hastig aus seiner Umarmung frei, als sei er bei etwas Schamlosem ertappt worden.

«Du hast mich gefunden.» Sie versuchte sich aufzurichten, doch gleich kehrten die Schmerzen in ihren Körper zurück. Sie stöhnte auf.

«Bleib liegen», sagte er.

Agnes starrte ihn an. «Du sprichst!»

Er nickte. «Ich habe für dich gesungen. Jetzt kann ich wieder sprechen.»

Dann schnallte er seinen Lederbeutel vom Rücken und zog eine Wasserflasche hervor.

«Trink.»

Nachdem Agnes in winzigen Schlucken getrunken hatte, sagte sie: «Dann habe ich das Lied nicht geträumt?»

«Ich habe dich mit meinen Liedern gesucht. Und du hast mir geantwortet.»

«Das hast du gehört?»

«Ich höre besser als die meisten Hunde. Schon immer.» Er zog seinen Mantel aus und hüllte ihn um Agnes, die zu zittern begann.

«Wo sind die anderen?»

«Weiß nicht. Bin dir nach, als du wegliefst und einer der Männer dir hinterher.» Er blickte auf seine Hände «Ich hab ihn totgemacht.»

Agnes sah die Verwirrung in seinen Augen. Sie wollte etwas Tröstliches sagen, doch ihr fiel nichts ein.

«Und dann?»

«Bin in den Wald. Hier, hab ich gefunden.»

Er nahm den Schuh aus seinem Beutel und zog ihn ihr behutsam über den zerrissenen Strumpf.

«Bin allen Spuren gefolgt. Ich kann das. Vier Tage und vier Nächte lang. Bis ich das Loch gefunden habe.»

«Die Männer oben an der Schlucht – sind sie weg?»

«Ja. Das hier haben sie zurückgelassen. Iss.»

Aus seiner Rocktasche holte er ein paar Fetzen hartes, trockenes Fleisch. Fast widerwillig nahm es Agnes und begann zu kauen. Es schmeckte bitter und nach Erde. Sie musste sich zwingen, es zu schlucken. Einen Moment lang krampfte sich ihr Magen zusammen, und sie glaubte, sich übergeben zu müssen. Dann war ihr wohler.

«Wir müssen die andern suchen.»

«Später. Erhol dich erst.»

«Aber es geht schon wieder.»

Sie erhob sich mühsam, doch bereits im nächsten Augenblick knickten ihre Beine ein, und sie fiel zu Boden. Tränen schossen ihr in die Augen.

Andres schüttelte den Kopf. Dann begann er, ihre steifen Gliedmaßen zu klopfen und zu kneten, zu biegen und zu beugen. Zunächst war ihr das äußerst unangenehm, denn er berührte ihre bloßen Arme und Beine, und er war doch ein Mann. Indessen schien er in ihr nur die Versehrte, nicht die Frau zu sehen, und so überließ sie sich schließlich der angenehmen Empfindung der Wärme, die in ihren Körper zurückkehrte.

«Besser?»

Sie nickte.

«Dann komm.»

Agnes fühlte sich wie eine Greisin, als sie an seiner Seite und gestützt auf einen Stock durch die Schneereste und Laubhaufen schlurfte. Jede Bewegung schmerzte, doch sie biss die Zähne zusammen. Am schlimmsten war der Weg aus dem Tobel heraus, denn streckenweise kamen sie nur mitten durch das Bachbett voran. Endlich standen sie auf einer kleinen Lichtung, die von einer Seite durch einen felsigen Hang begrenzt wurde. Es begann zu regnen.

Der Junge deutete auf eine Nische im Fels. «Hier bleiben wir.»

Schweigend machte er sich daran, ein Lager aus Moos und Zweigen zu bereiten. Agnes hatte längst gemerkt, dass er nicht gewillt war, mehr als das Nötigste zu reden. Zwar hatte er die Sprache wiedergefunden, doch erschien er ihr sonderlicher denn je. Wie ein zu groß geratenes Kind. War er tatsächlich nicht recht bei Sinnen? Der Gedanke, auf ihn angewiesen zu sein, beunruhigte sie.

Es war bereits Nacht, als sich Agnes endlich erschöpft auf ihrem Lager unter dem Felsvorsprung ausstrecken konnte. Andres hatte es sogar geschafft, ein kleines Feuer zu entfachen.

«Andres?»

«Ja?»

«Ich danke dir.»

Im Feuerschein sah sie die Verlegenheit auf seinem Gesicht. Dann senkte er den Blick. «Du hast mich ins Leben zurückgeholt», sagte er.

«Was war in deinem Dorf geschehen?»

Der Junge schüttelte den Kopf und schwieg. Sie wollte ihn nicht bedrängen, vielleicht würde er ihr irgendwann aus freien Stücken erzählen. Im Halbschlaf nahm sie wahr, wie er sich neben sie legte, diesmal zu ihrer Erleichterung mit geziemendem Abstand.

«Wie heißt du in Wirklichkeit?», flüsterte sie.

«Andreas.»

«Als ob ich es gewusst hätte.»

Am nächsten Morgen hatte sie Fieber, und ihr Kopf dröhnte. Immer wieder überfiel sie unruhiger Schlaf, aus dem sie mal schweißgebadet, mal zitternd vor Kälte auffuhr. Es dauerte jedes Mal endlose Momente, bis sie wusste, wo sie sich befand. Ab und an flößte ihr Andres eine heiße Suppe ein, die nach Gras und verfaulten Beeren schmeckte. Manchmal erwachte sie, und Andres war nicht da. Dann weinte sie wie ein kleines Kind.

So dämmerte sie Tage um Tage dahin wie ein waidwundes Tier, ohne zu wissen, wie viel Zeit vergangen war. Einmal hörte sie, als sie allein war, in ihrer Nähe einen Wolf heulen. Sie begann aus Leibeskräften zu schreien, so lange, bis Andres neben ihr kniete, das Gesicht gerötet vom Laufen.

«Keine Angst», sagte er. «Ich bin immer in deiner Nähe.»

Eines Morgens dann weckte sie ein Sonnenstrahl, der durch den Felsspalt auf ihr Gesicht fiel. Vor dem Eingang sah sie den Jungen sitzen. Er schnitzte an einem Stück Holz.

«Guten Morgen, Andres.»

Überrascht wandte er sich um. Dann kroch er neben ihr Lager und legte ihr die Hand auf die Stirn.

«Kein Fieber», beschied er.

Agnes nickte. »Ich denke, ich bin wieder gesund.»

«Gut. Du musst nach Hause. Ich bringe dich nach Stuttgart.»

31

Stuttgart, den 1. Dezember
anno Domini 1634

Habe heute endlich erreicht, dass man mir Papier und Feder beschafft und ich meine Aufzeichnungen fortführen kann. Außerdem habe ich dem Stadtkommandanten meine Dienste als Wundarzt angeboten, wenn ich im Gegenzug dazu nach Mutter sehen darf. Gestern Abend nun war ich zum ersten Mal bei ihr, in dem verkommenen Häuschen dieser alten Vettel, wo sie nun alle hausen müssen. Es hat mir das Herz zerrissen, Mutter in ihrem elenden Zustand zu sehen. Aber wie unbeschreiblich war ihre Freude, als sie mich erkannt hatte. Ich weiß jetzt, wie sehr sie sich quält vor Sorge um Agnes und Matthes. Wie seltsam steht es doch um unsere Sprache: Wir sagen, ich sterbe vor Angst, indessen ist das völlig verkehrt. Denn Mutter würde nichts sehnlicher tun als sterben, allein die Angst hindert sie daran. Und wenn ich an meine Schwester denke, packt mich die blanke Wut: Sie hat vollkommen den Verstand verloren. Mit ihrem unsinnigen Entschluss macht sie mich noch rasender als Matthes, der als mein eigener Bruder die Waffe gegen mich erhoben hat. Dennoch bete ich für ihn, denn ich habe von meinen Bewachern gehört, er liege verwundet im Spital.
Ich danke Gott, dass ich diesem Inferno vor Nördlingen entronnen und in Sicherheit bin – wenn auch nicht in Freiheit. So hab ich es noch glimpflich getroffen, auch wenn diese eklen Trossweiber mir alles geräubert haben bis auf meine Aufzeichnungen und meine kostbare Instrumententasche, die ich in einem Erdloch versteckt hatte.
Es erscheint mir täglich mehr als ein Wunder, dass mich der Krieg noch nicht verschlungen hat. Ab und an beschleicht mich der blasphemische Gedanke, dass Gott mich ausersehen hat, das Leben in diesem Trümmerfeld neu zu entdecken. Dann wieder wünsche ich

mir nichts sehnlicher, als mit dieser Welt unterzugehen. Was ich nämlich, gefesselt und zu Fuß auf dem Weg nach Stuttgart, mit ansehen musste, übertraf jedes Maß an Grausamkeiten.

In ihrem Siegestaumel hatte sich die kaiserliche Soldateska zu einem Monstrum gewandelt, das mit der menschlichen Species nichts mehr gemein hat. Gleich hinter Nördlingen sind sie über ein Landstädtchen hergefallen. Obschon sich keiner der Bewohner zur Wehr setzte, obgleich alle bettelten, flehten, heulten, fielen sie wie Teufel über sie her, schossen, hauten und stachen ihre Opfer zu Boden, um ihnen dann mit Hämmern und Äxten die Knochen und die Schädel zu zertrümmern, bis das Blut aus Ohren, Nase und Mund schoss und das Gehirn aus dem gespaltenen Schädel. Das alles, um auch noch das geheimste Versteck an Gold und Silber herauszupressen. Ich habe mit ansehen müssen, wie sie einem Bauern den Mund mit einem Keil spreizten und Jauche eingossen, dann auf seinen berstenden Leib sprangen, bis die stinkende Brühe wieder herausschoss. Wie sie einen anderen in die Augen stachen, wie Weiber, selbst Alte, Schwangere und Kinder, so oft hintereinander geschändet wurden, bis sie den Geist aufgaben.

Das also ist die Rekatholisierung unseres Kaisers, und alles ad maiorem Dei gloriam, zum höchsten Ruhme Gottes! Oder um mit den Habsburgern zu sprechen: Grausamkeit gegen Andersgläubige ist der höchste Grad der Frömmigkeit.

Es war bereits Anfang Dezember. Da Taupadel zu keinen Verhandlungen bereit war, gab Gallas schließlich den Befehl zum Beschuss der Festungsstadt Schorndorf. Die Kanonade begann vom Ottilienberg und vom Ziegeleigraben her. Doch die Festungsmauern hielten stand, ihre Granaten und eisernen Kugeln vermochten keine Breschen zu schlagen, durch die sie hätten eindringen können. Diese Stadt musste mit dem Teufel im Bunde sein.

Matthes stand bei seiner Fußtruppe in Bereitschaft. Der Geschützdonner hatte nachgelassen, als sich ihnen ein mit Weinfässern beladenes Fuhrwerk näherte. Auf dem Bock saß der Proviantmeister mit seinen beiden Knechten. Jetzt blies er in sein Horn und brachte den Wagen zum Stehen.

«Alle Mann in Dreierreihen anstellen», brüllte er. «Befehl vom Lagerkommandanten. Jeder bekommt eine halbe Maß Wein.»

Die Soldaten brachen in Jubel aus. Matthes erlebte nicht zum ersten Mal, dass vor einem besonderen Einsatz Wein ausgegeben wurde, um die Kampfmoral zu stärken – meist schwerer Tokaier, der kurzzeitig die Sinne benebelte und die Angst betäubte. Ungewöhnlich war die große Menge, denn für den gemeinen Söldner gab es im Lager schon lange keinen Wein mehr. So fragte er, als die Reihe an ihm war: «Was ist der Anlass für diese großzügige Gabe?»

«Wir machen den Schweden gleich Feuer unterm Arsch. Haltet Eure Leute bereit. Es wird keine drei Vaterunser dauern, und Ihr könnt stürmen.»

Dazu sollte es indes an diesem Abend nicht kommen, denn obwohl die mit Pulver gefüllten Brandkugeln ihre Wirkung taten und bald die ersten Häuser in Flammen standen, blieb die schwedische Garnison unbeugsam. Bei Einbruch der Nacht dann kam eine kräftige Brise auf und fachte die Flammen erneut an. Gebannt beobachtete Matthes das Schauspiel: Ein Brandherd nach dem anderen loderte auf, bis der rote Feuerschein über der Stadt die Nacht zum Tage machte. Als am Morgen endlich die Schweden die Tore öffneten, gegen freien Abzug ihrer Besatzung, bot Schorndorf ein Bild der Zerstörung: Lediglich das Burgschloss, der Chor der Stadtkirche und zwei, drei Bürgerhäuser hatten das Feuer unbeschädigt überstanden, der Rest war eingeäschert. Die einst nach Stuttgart reichste Stadt im Herzogtum Württemberg war dem Erdboden gleichgemacht.

Matthes eilte mit seinem feuchten Halstuch vor dem Gesicht durch die schwelenden Trümmer in Richtung Burgschloss. Seine Männer hatte er aus den Augen verloren, ohnehin gehorchte jetzt, wo die Stadt zum Plündern freigegeben war, niemand mehr einem Befehl. Ein Horde Trossweiber drängte ihn zur Seite, die Handwagen übervoll bepackt mit Geschirr, Kerzenständern und Bettwerk, ihre Blagen stürmten in die zerstörten Häuser, um immer noch mehr Beute zu erhaschen, aus dem Keller einer ausgebrannten Schenke wuchteten Soldaten Bierfässer auf die Gasse, andere zerrten am Strick und unter Schlägen einen nackten Greis hinter sich her. Ein Pferdekadaver versperrte ihm den Weg, umringt von hungrigen Menschen, die dem Tier das Fleisch in Streifen vom Leib schnitten. Nur Kopf und Hals waren noch unversehrt, und Matthes sah die im Todeskampf verdrehten Augen, sah das glänzende Fell, das im selben hellen Rotbraun schimmerte wie das Fell seines eigenen Pferdes. Rasch wandte er sich ab und schlug einen anderen Weg ein. Hier, in dieser schmalen Gasse, schlugen noch immer Flammen aus den Häusern, es stank nach verbranntem Fleisch. Plötzlich krachte unmittelbar vor ihm eine Hauswand ein. Mit einem Sprung zur Seite rettete er sich noch eben vor den herabstürzenden Dachbalken – brüllte da nicht jemand um sein Leben, inmitten der Trümmer? Eine Frauenstimme? Er presste die Hände gegen die Ohren und rannte weiter, wollte nicht daran denken, wie viele Menschen vor ihnen in Keller und Häuser geflohen waren, nur um dort elendig zu ersticken oder zu verbrennen oder von den einstürzenden Trümmern erschlagen zu werden.

Er gelangte auf einen kleinen Platz hinter der Stadtkirche, deren Turm noch immer wie eine Fackel brannte.

«Au! Na warte, du Luder!»

Matthes fuhr herum. Ein Kaiserlicher, herausgeputzt wie ein Pfau und mit der roten Schärpe der Offiziere, hielt ein Mädchen bei den Handgelenken, das wild um sich trat und seinen Angreifer zu beißen versuchte. Sie zählte höchstens zwölf Jahre. Leibchen und Hemd waren zerrissen, die noch zarten Rundungen ihrer Brüste den Blicken preisgegeben. An ihr Kleid klammerte sich ein kleiner Bub, der jämmerlich nach der Mutter heulte.

«Komm mit. Und du verschwinde, du Bastard!»

Der Offizier, in dessen Augen die blanke Gier stand, gab dem Jungen einen Tritt, der ihn aufs Pflaster schleuderte.

«Gebt sie sofort frei.» Matthes stellte sich dem Mann in den Weg. «Sie ist doch noch ein Kind.»

«Potz Strahl! Was fällt Euch ein, Euch einzumischen?»

«Bei Eurer Ehre als Mann und Offizier: Lasst das Kind laufen.»

«Hör mal, Bürschchen, was glaubst du eigentlich, wer du bist?»

Matthes reckte trotzig das Kinn. «Ich bin zwar nur Corporal, doch mein Vetter ist der Hauptmann Deveroux.»

In den Augen des Mannes flackerte Unsicherheit auf. Er zögerte, dann ließ er das Mädchen los. Es rannte zu dem Jungen, der immer noch am Boden lag, und schloss ihn in die Arme.

«Falls du mir einen Bären aufgebunden hast, lass ich dich aufhängen.» Wütend spuckte der Offizier aus und ging seiner Wege.

Matthes trat zu den beiden Kindern.

«Wo sind eure Eltern?»

«Vater haben sie erschlagen.» Das Mädchen sprach leise, er konnte es kaum verstehen. «Und unsere Mutter hat sich in die Kirche geflüchtet.»

«Ich bringe euch hin. Habt keine Angst, ich tu euch kein Leid.»

Widerstrebend erhob sich das Mädchen. Dann nahm sie den Jungen an der Hand und folgte ihm über den Platz. Für einen flüchtigen Moment glaubte Matthes, hinter dem Kirchturm Mugge verschwinden zu sehen, mit einem Hündchen am Strick und einem dicken Bündel unter dem Arm. Was soll's, dachte er, warum sollte nicht auch er seinen Anteil bekommen. Er fasste nach der freien Hand des Mädchens. Sie war eiskalt.

Im Hauptchor der Kirche drängten sich die Menschen, es stank nach verbranntem Holz und menschlichen Exkrementen. Vor dem Altar stand der Pfarrer und las mit fester Stimme aus der Bibel:

«Du aber sei nüchtern allenthalben, leide willig, tu das Werk eines Predigers –»

Das Mädchen riss sich los und lief zu einer Frau in zerrissenem Rock. In diesem Augenblick stürmte ein Trupp Soldaten herein, Dragoner, nach der Art ihrer Bewaffnung. Ihr Anführer rief: «Schluss mit diesem Ketzergeschwätz. Ab morgen wird hier die Heilige Messe gefeiert. Und wenn wir euch für die Hostie das Maul mit Zangen aufsperren müssen!»

Die Stimme des Pfarrers wurde lauter: «Ich habe den guten Kampf gekämpft, ich habe den Lauf vollendet, ich habe den Glauben gehalten.»

Der Schuss krachte ohrenbetäubend. Polternd fiel die Bibel zu Boden, die aufgeschlagenen Seiten glänzten tiefrot. Der kopflose Leib des Pfarrers kippte rücklings auf den Altar.

Matthes starrte mit aufgerissenem Mund auf die Leiche, auf die entsetzten Gesichter um ihn herum, auf das Mädchen in den Armen seiner Mutter. Dann begann er zu brüllen: «Herr im Himmel, wo bist du? Herr im Himmel, wo bist du?» Er drängte sich durch den Tumult, flüchtete hinaus auf den Kirchplatz, keuchte und rang nach Luft, spuckte und würgte.

Als er nicht einmal mehr Galle speien konnte, schleppte er sich durch die Ruinen der Stadt, deren Gassen sich jetzt mit trunkenen Soldaten und Trossbuben füllten. Stolperte über verkohlte Leichen, über misshandelte, verlassene Kinder, die nur noch wimmerten, über die nackten Körper geschändeter Frauen und alter Weiber, über Leichname ohne Arme oder Beine oder mit zerschmetterten Schädeln, Leichname von Bürgern, die ihr Letztes nicht hatten herausgeben wollen.

Vor dem Graben des Burgschlosses hatten die Karren der Marketender und Schankwirte Aufstellung bezogen.

«Der erste Branntwein ist frei», lockte einer von ihnen. Matthes ließ sich den Becher randvoll füllen, kippte ihn hinunter, einen zweiten und dritten gleich hinterher.

«He, Oberschwab, lass den Kerl sein Gesöff selbst trinken und komm.» Einer der Corporale seines Fähnleins, ein junger, lustiger Kerl, dessen Namen Matthes vergessen hatte, schlug ihm auf die Schulter. «Wir haben was Besseres. Echten Wacholder.»

Matthes wankte hinter ihm her zu einer Bresche in der Bastion, wo bereits zwei seiner Kameraden, ein junger Gefreiter und ein Rottmeister, auf dem Boden hockten und munter beim Zechen waren. Der Wacholder brannte in der Kehle, doch sein Atem wurde freier, und eine angenehme Wärme breitete sich in seinem Innern aus. Irgendwann begann sich die Welt vor seinen Augen zu drehen. Sie sangen und soffen, umarmten sich und fluchten auf den Krieg. Dann schleppte der junge Corporal aus dem Nichts ein Mädchen an, ein zierliches, bildhübsches Ding mit schwarzen Locken, in die bunte Bänder geflochten waren. Ihr Gesicht mit dem trotzigen dunklen Blick war ihm auf seltsame Weise vertraut. Erst beim zweiten Hinsehen wurde Matthes gewahr, dass sie an den Handgelenken gefesselt war.

«Was soll das?» Seine Zunge ging schwer. «Bindet sie los. Sie soll mit uns trinken.»

«Mit uns trinken – das ist gut», lachte der andere. «Habt ihr das gehört?»

Bis auf Matthes brachen alle in schallendes Gelächter aus. Der Junge setzte ihr den Krug an die Lippen, sie trat ihm heftig gegen das Schienbein.

«Misthure!»

«Lass gut sein, Wilhelm, die will eben was anderes.»

«Genau wie wir.» Matthes sah, wie der Rottmeister die Kordel an seiner Hüfte löste und die Hose abstreifte. Seine pralle Rute ragte steil in die Höhe. «Vier gestandene Mannsbilder, die dir zeigen, wo der Bartel den Most holt. Ist es das, was du willst?»

Die junge Frau spuckte ihm verächtlich vor die Füße. «Das Maul voll nehmen vor einer wehrlosen Frau – was seid ihr nur für Helden.»

Matthes rappelte sich auf. «Sie hat Recht. Lasst sie in Ruhe.»

«Und du», sie warf Matthes einen eisigen Blick zu, «bist hier der große Menschenfreund, was?»

Mit einem Mal wusste Matthes, an wen ihn das Mädchen erinnerte. Du bist wohl unschuldig wie eine Klosterfrau, die keinen Pfaffen abbekommen hat, dröhnte es ihm in den Ohren. Er sah Josefa vor sich, wie sie ihn kalt lächelnd vor seinen Kameraden zum Gespött gemacht hatte.

Er gab ihr einen Stoß vor die Brust, der sie ins feuchte Gras fallen ließ, und stellte sich breitbeinig über sie. «So nicht», stieß er hervor. «So redest du nicht mit mir.»

«Recht so, Oberschwab. Zeig ihr, wie ein bockiges Pferd geritten wird.» Wilhelm zerrte sich den Mantel vom Leib und band sich ebenfalls die Hose auf. «Du zuerst und dann wir. Bis zur fröhlichen Auferstehung.»

Hilflos lag das Mädchen am Boden, doch aus ihren Augen sprühte Hass, nicht Angst.

«Du erbärmlicher Feigling», zischte sie.

In Matthes' Ohren begann es zu rauschen, das Blut schoss ihm in die Lenden, er glaubte zu zerbersten: vor Wut, vor Verzweiflung, vor Ekel. Rasend schnell hatte er sich die Hose heruntergerissen und war in sie eingedrungen. Das Mädchen schrie auf, so heftig stieß er zu, vier-, fünfmal nur, dann mischte sich in ihr Schreien sein eigenes Gebrüll. Seine Hände krallten sich in ihre nackten Schultern, Tränen schossen ihm in die Augen, dann war es vorüber und er kippte zur Seite. Er grub sein Gesicht in die nasse Erde, hörte das Keuchen und Lustgestöhn der anderen, einer nach dem andern machten sie sich über das Mädchen her, das keinen Laut mehr von sich gab. Dann nahm ihm eine eiserne Faust die Luft, und ihm wurde schwarz vor Augen.

Als er erwachte, war es still um ihn herum. Aus der Ferne hörte er leises Schnarchen. Jemand hatte seinen Mantel über ihn gebreitet. Er öffnete die Augen und beobachtete, wie sich Wolkenfetzen vor den runden Mond schoben. Morgen schon würde das alles ein Ende haben, morgen würde er desertieren. Nach Hause wollte er, zurück in sein Elternhaus, zu seiner Mutter, an das Grab seines Vaters.

Agnes wehrte sich nicht gegen Andres' Drängen, nach Stuttgart zurückzukehren, bevor der Winter endgültig käme und Schnee und Eis die Reise unmöglich machen würden. Schließlich konnte Matthes mit seinem Regiment inzwischen überall in Deutschland sein, und so musste sie es dem Schicksal und Gottes Fügung überlassen, ob sie ihren Bruder jemals wiedersehen würde. Sie spürte, dass sie einfach nicht mehr die Kraft hatte, in diesem verheerten Land umher zu vagieren. Alles in ihr drängte heim zu ihrer Familie, ihrem Sohn und zu ihrer Mutter. Dass auch Jakob inzwischen in Stuttgart war, darauf setzte sie ihre ganze Hoffnung.

Der erste Schnee war längst geschmolzen, als sie sich aufmachten. Sie marschierten die kurze Spanne von Sonnenaufgang bis Sonnenuntergang ohne Rast, zunächst immer entlang der Jagst in Richtung Süden. Ab Aalen würde sie den Weg kennen, dessen war sie sich sicher. Sie mussten nur der Rems aufwärts folgen.

Gegen den Willen des Jungen hatte sie durchgesetzt, noch einmal das letzte Nachtlager der Gaukler aufzusuchen. Sie hatten es auf Anhieb gefunden, denn Andres war tatsächlich ein hervorragender Spurenleser. Das Bild, das sich ihnen auf der Lichtung bot, bestätigte ihre schlimmsten Befürchtungen: Die Handkarren lagen zerschlagen im Gras, abgebrochene Äste und Zweige deuteten auf Kämpfe hin, einer der Hunde hing halbverwest im Gebüsch.

Andres bückte sich und zog einen Dolch aus dem Gestrüpp.

«Gehen wir», sagte er und schlug den Saumpfad oberhalb des Flusses ein.

Nachdem sie am dritten Morgen ums Haar von einer Horde zerlumpter Männer entdeckt worden wären, mieden sie fortan die Flusstäler. Sie wussten längst: Entlang der Täler zogen nicht nur die Soldatenvölker, sondern auch die Marodeure. So wanderten sie bergauf, bergab, mal in Sorge, den Flusslauf aus den Augen zu verlieren, mal, ihm zu nahe zu kommen. Vor jeder Menschenansammlung waren sie inzwischen auf der Hut. Der Mensch war gefährlicher als der Wolf, der in den Wäldern heulte. Doch auch die langen Nächte lasteten wie ein Alb auf Agnes. Dann fielen die Einsamkeit über sie her und die Zweifel, jemals wieder nach Hause zu finden. Stundenlang lag sie wach im Schutz eines Felsvorsprungs oder Buschwerks, von Andres' Körper notdürftig gewärmt, halbe Nächte lang, trotz ihrer Erschöpfung.

Auch der Hunger ließ sie nicht schlafen. Jetzt, zum Jahresende, boten Wald und Feld kaum noch Nahrung, und an Häuser wagten sie sich nur noch heran, wenn sie einzeln und abgeschieden lagen. Andres schlich dann jedes Mal voraus, um zu erkunden, ob Gefahr drohte. Wenn sie sich erdreisteten, um Brot zu betteln – denn Geld hatten sie längst keines mehr –, wurden sie nicht selten mit Stockhieben verjagt. Zweimal indessen trafen sie auf mitleidige Seelen: Andres spielte die Fidel, sie tanzte dazu und im Gegenzug wurden sie mit frischem Brot und Buttermilch entlohnt. Das waren Festtage, wie Agnes sie nie zuvor genossen hatte.

Nachdem sie acht Tage umhergeirrt waren und längst bei Aalen hätten angelangt sein müssen, packte Agnes die Verzweiflung. Nichts erinnerte an den Hinweg damals mit Rudolf, alles schien ihr fremd. Die Berge waren steiler, die Wälder dunkler. Zudem schien die Gegend hier vollkommen menschenleer, kein Einödhof, keine Waldbauernkate, wo sie hätten nach dem Weg fragen können. Und der eisige Wind, der neuerdings wehte, verhieß nichts Gutes.

Da endlich stießen sie auf einen Weiler, der inmitten von Weiden in eine Mulde gebettet lag. Andres kniff die Augen zusammen. «Nicht verlassen und nicht zerstört», murmelte er.

Jetzt sah auch Agnes die dünne Rauchsäule, die aus einem der Häuser in den Himmel stieg. Wie schön musste es sein, jetzt in einer warmen Stube am Kachelofen zu sitzen.

«Lass es uns versuchen», sagte sie. «Vielleicht bekommen wir ein Nachtlager. Oder sogar eine heiße Suppe.»

Weder Viehzeug noch Menschen waren zu sehen, als sie den Dorfanger erreichten, um den sich vier kleine Anwesen gruppierten. Verunsichert blieb Agnes stehen. Nur in einem der Häuser, dem größten, wurde geheizt, die winzigen, mit Häuten bespannten Fenster ließen jedoch keinen Blick ins Innere zu. Die anderen Häuser, ebenso wie die Stallungen, standen offensichtlich leer. Dabei wirkte alles zwar ärmlich, aber unversehrt. Zumindest waren Plünderer hier ganz sicher nicht durchgezogen.

Auch Andres schien nachzudenken. Dann zog er seine Fidel aus dem Beutel und begann leise zu spielen. Während seines zweiten Liedes öffnete sich die Haustür einen Spaltbreit und ein bärtiges Männergesicht mit verfilztem Haar kam zum Vorschein, dann eine Hand, die sie heranwinkte.

«Wir sind Musikanten auf dem Weg nach Stuttgart», rief Agnes. «Wisst Ihr die Richtung?»

«Kommt nur herein.» Der Mann erschien in seiner ganzen Gestalt im Türrahmen. Er war stiernackig und untersetzt und in seinem schmutzigen, geflickten Kittel eine nicht gerade Vertrauen erweckende Erscheinung. Doch jetzt lächelte er freundlich. Agnes blickte zu ihrem Gefährten, der müde nickte.

In der düsteren Stube verbreitete ein Eisenofen in der Ecke wohlige Wärme. Dort saß in einem zerschlissenen Lehnstuhl ein zweiter Mann, schmutziger als der andere, mit jungem, bartlosem Gesicht.

«Gott zum Gruß.» Agnes versuchte freundlich zu klingen. Der

Jüngere nickte zur Antwort nur, seine Augen blickten traurig an ihr vorbei.

«Setzt Euch.» Ihr Gastgeber wies auf die Eckbank.

«Seid Ihr die Einzigen im Dorf?», fragte Agnes.

«Ja.» Die Augen des Älteren musterten Agnes eindringlich, verengten sich zu schmalen Schlitzen. Plötzlich bereute sie, dieses Haus betreten zu haben. So blieb sie kurzerhand mitten im Raum stehen.

«Außer uns werdet Ihr weit und breit niemanden finden. Seitdem diese Dorfhure uns die Pest angeschleppt hat. Jetzt sind sie alle tot.»

«Das tut mir Leid», murmelte Agnes.

«Die Dorfhure», ließ sich der Jüngere aus der Ecke vernehmen, «war seine Tochter und eigentlich eine Soldatenhure.»

«Nun denn, wir wollen nicht weiter stören». Agnes ging zur Tür. «Wenn ihr uns nur sagen würdet, welche Himmelsrichtung uns nach Stuttgart führt?»

«Nach Stuttgart? Da war ich mein Lebtag noch nicht. Wir sind hier auf der Alb.»

«Stuttgart liegt im Westen, etliche Tagesmärsche entfernt.» Der Jüngere erhob sich. «Ich mache Euch ein Angebot. Erfreut uns mit Eurer Musik, dafür dürft Ihr mit uns essen und trinken, und Platz für ein Nachtlager haben wir auch.»

«Was für ein guter Einfall, Brüderchen. Schenk uns allen kräftig ein, und bring Brot und Käse aus der Kammer. Derweil soll der junge Bursche neues Feuerholz aus dem Schuppen holen.»

Andres sah Agnes fragend an, deren Magen nur bei der Erwähnung von Essen zu knurren begonnen hatte.

«Geh schon», nickte Agnes. «Ich denke, wir sollten diese großzügige Einladung annehmen. Habt vielen Dank.»

Als Andres mit dem Korb unterm Arm zur Tür hinaus war, stellte der Jüngere, der hager und kränklich wirkte, einen Krug Wein mit vier Bechern auf den Tisch. Dann verschwand er in der Speisekammer. Agnes blickte ihm nach. Plötzlich krachte es hinter ihr. Erschreckt drehte sie sich um und sah, dass der Ältere den Türriegel vorgelegt hatte.

«Was soll das?» Agnes wich zurück.

«Frag nicht so dumm.» Sein Grinsen entblößte eine Reihe breiter gelber Zähne. Er war mit zwei Schritten bei ihr, packte sie bei den Handgelenken und schob sie rückwärts gegen den Tisch. «Wenn du schreist, sticht dich mein Bruder ab.»

Aus den Augenwinkeln sah Agnes jetzt den anderen Kerl mit einem Messer in der Hand, einem Küchenmesser, das ihr in diesem Moment so bedrohlich erschien wie ein tödlicher Degen. War es so weit? Würde ihr nun geschehen, was in diesen Kriegsjahren den Frauen allerorten tausendfach und immer wieder zugefügt wurde? Einem Eisenpanzer gleich erstarrten ihre Muskeln, dass es schmerzte.

Von draußen krachte es gegen die Tür. «Macht sofort auf!»

Der Untersetzte fuhr ihr mit seinen dreckigen Fingern über die Wange. «Geduld, mein Junge», rief er in Richtung Tür. «Ein halbes Stündchen nur, dann sind wir hier fertig.»

Mit einem Knall zersplitterte die Tür. Agnes duckte sich und sprang zur Seite, ihr Angreifer fuhr herum, ein Holzscheit prallte ihm mitten ins Gesicht und ein Schwall Blut schoss aus der gebrochenen Nase. Mit einem Schrei war Andres bei dem anderen, er schlug ihm das Messer aus der Hand, um ihm gleich darauf mit einem gezielten Stoß den Dolch ins Herz zu rammen. Grausig röchelnd, die Augen ungläubig aufgerissen, sank der Mann zu Boden, unendlich langsam, dann brach sein Blick.

«Gnade, habt Gnade», wimmerte sein Bruder. «Das war doch nur ein Scherz, ein kleiner Spaß.»

Zur Antwort stieß Andres auch ihm den Dolch in den Leib, immer wieder, außer sich vor Raserei.

«Andres! Hör auf!»

Überall war Blut, auf dem Dielenboden, an ihrer Kleidung,

an Tisch und Stühlen – die ganze Stube glänzte rot. Sie stürzte hinaus.

Als ihr Herz endlich wieder ruhiger schlug, stand Andres neben ihr, die Fidel in der einen, einen prall gefüllten Beutel in der anderen Hand.

«Das reicht als Proviant für die Reise», sagte er finster.

«Du hättest sie nicht töten müssen.»

«Nein. Aber ich wollte es.»

Da näherten sich auf dem Feldweg Reiter. Andres drückte ihr die Fidel in die Hand. «Lauf, so schnell du kannst. Zu den Bäumen dort.»

Sie flüchteten hügelaufwärts in die bewaldeten Berge, immer höher hinauf. Bald wurde der eisige Wind zum Sturm, tobte in den Wipfeln über ihnen, bis der ganze Wald zu ächzen und zu stöhnen begann. Dann kam der Schnee und fuhr ihnen mit eisigen Nadeln ins Gesicht. Agnes blieb stehen.

«Ich kann nicht mehr!»

«Lauf weiter, um Himmels willen», schrie Andres. «Wir müssen eine Höhle finden.»

«Aber es wird schon dunkel.»

«Komm schon. Hier gibt es überall Höhlen, ich weiß das.»

Mit dem Schneesturm an jenem Nachmittag war endgültig der Winter eingebrochen. Die Alraunhöhle, wie Andres sie nannte, wurde zu ihrem Zuhause. Sie saßen fest in diesem großen, dunklen, kalten Loch, auch wenn Agnes es zunächst nicht hatte wahrhaben wollen.

«Heißt das, wir werden den ganzen Winter hier verbringen?»

Andres nickte.

«Wir werden verhungern.»

«Nein.»

Die Bestimmtheit seines Tonfalls ließ sie wieder Hoffnung schöpfen. Nun, sie hatten ja noch den Proviantsack aus dem

Haus der verfluchten Brüder. Und gleich am ersten Morgen, nach einer schlaflosen, bitterkalten Nacht, zog Andres los, um Zweige und Moos für ein Lager zu sammeln. Es hatte nicht aufgehört zu schneien, doch unermüdlich kroch er hinaus durch den schmalen Einlass, um jedes Mal klatschnass zurückzukehren, die Arme voller Gestrüpp. Er hat etwas von einem Tier, dachte Agnes und sah wieder vor sich, wie er auf die beiden Männer losgegangen war.

Erst als es dunkel wurde, blieb er bei ihr. Agnes hatte inzwischen herausgefunden, dass es an einer Seite der Höhle einen weiteren Gang gab, der steil nach oben führte. Von dort drang ein schwacher Lichtschein herein und frische Luft. An dieser Stelle schichtete Andres halbwegs trockene Zweige auf und schlug ein Feuer. Agnes atmete auf, als kurz darauf die ersten Flammen ihre Wärme verbreiteten. Am liebsten hätte sie sich mitten hinein gelegt, so klamm waren ihre Glieder.

«Wenn es nicht mehr schneit», sagte der Junge, «musst du mir helfen, Holz zu sammeln. Die Glut darf nicht ausgehen, ich hab kaum noch Zunder. Außerdem –»

«Was?»

«Wir könnten im Schlaf erfrieren.»

Tatsächlich war Agnes dankbar über die Schufterei, mit der sie die nächsten Tage verbrachten, denn das hinderte sie, allzu viel über ihre Lage nachzudenken. Bis zu den Knien versank sie bei ihrer Suche nach Brennholz im Schnee, jeder Schritt war unendlich mühsam, und bald hatten sie den ganzen näheren Umkreis ihrer Zufluchtsstätte abgegrast. Damit wurden die Wege weiter und noch beschwerlicher, immer wieder setzte neuer Schneefall ein und begrub ihre festgetrampelten Pfade unter einer weißen Decke.

Agnes fragte sich, wie lange sie diese Mühsal durchhalten würde und vor allem: Woher würden sie etwas zu essen bekommen?

Nach acht Tagen – oder waren es neun? – beruhigte sich das

Wetter, durch den verschleierten Himmel schob sich sogar für Stunden eine fahle Sonne. Andres beschloss, die Umgebung zu erkunden. Er wollte wissen, ob Höfe oder Dörfer in der Nähe waren.

«Bleib in der Höhle», befahl er. «Bin am Abend wieder zurück.

Aber er kam nicht.

Sie lauschte auf jedes Geräusch, sah immer wieder nach draußen, bis in der einbrechenden Dunkelheit nichts mehr zu erkennen war. Mit der Nacht kam die Angst. Bei jedem Knacken, jedem Rascheln schrak sie auf in der Erwartung, dass Wegelagerer über sie herfallen würden, sie glaubte fremde Stimmen zu hören, dann wieder drang Wolfsgeheul an ihr Ohr, immer näher kam es, ein ganzes Rudel musste das sein. Sie kauerte sich dicht ans Feuer, zitterte trotz der wärmenden Glut unter ihren Händen.

Ihr wurde bewusst, dass dieser Junge, von dem sie nichts wusste als seinen Namen und der sich ihr angeschlossen hatte wie ein treuer Hund seinem Herrn, das Einzige war, das ihr noch blieb. Wenn er nicht mehr wiederkam, wenn ihm etwas zugestoßen war, bedeutete das ihr Ende.

Dann sah sie den Tod. Er stand plötzlich vor ihr als ein riesiger Schatten, umlauerte sie in stummer Bedrohung, schien es kaum erwarten zu können, sie mit sich zu nehmen. Die Angst nahm ihr die Luft zum Atmen, sie begann zu schluchzen, wollte nicht sterben, nicht in dieser schrecklichen Höhle, nicht in dieser kalten Einsamkeit. Ihr Sohn, ihr David, für ihn musste sie weiterleben, er hatte doch niemanden außer ihr. Wie eine riesige eiserne Faust hielt die Angst sie in den Klauen, bis sie sich selbst nicht mehr fühlte. Die Angst vor dem Tod ist eine größere Qual als der Tod selbst. Wer hatte das gesagt? War es Rudolf gewesen? Matthes? Ihre Mutter? Dann hörte sie Antonias Stimme, sah das liebe, großmütige Gesicht der jungen Prinzessin vor sich, wie sie versuchte, sich Mut zu machen angesichts ihrer überstürzten Flucht aus der Residenz. Es sei unchristlich, sich der Verzweiflung hinzugeben, hörte sie ihre Worte, wie Gott es füge, so sei es recht.

Agnes begann zu beten, erst still für sich, dann mit lauter Stimme. Achtete nicht auf den Lichtstrahl über ihr, der das Ende der Nacht verkündete, hörte nicht das Knirschen der Schritte durch den trockenen Schnee. Schrak erst auf, als die Gestalt in die Höhle kroch. Es war Andres. Sein struppiges Haar war zu Eis gefroren, die Wangen gerötet im Schein der Glut. Sie begann wieder zu weinen. Rasch legte der Junge Holz nach, dann zog er sich die steifgefrorene Schaube von den Schultern und nahm sie in die Arme.

«Lass mich nie wieder allein», stammelte sie.

Wenig später waren sie eingeschlafen, eng aneinander geklammert wie zwei Schiffbrüchige auf einem Floß.

Die Zeit spielte keine Rolle mehr. Auf einen Morgen folgte ein Tag, auf einen Abend eine Nacht. Frischer Schnee fiel auf den alten, Stürme folgten frostigen Sonnentagen, der Mond nahm zu und wieder ab. Andres plagte sich wie ein Ochse, damit sie es warm hatten und nicht verhungerten. Einmal erschlug er einen Marder, tagelang hatte er ihn belauert, bis er ihn mit seinem Ast erwischte. Er zog ihm das Fell ab und fertigte daraus eine warme Mütze für Agnes. Aus den Sehnen bespannte er seine Fidel neu. Während das Festessen über den Flammen garte, spielte er ihr die schwermütigen Lieder der Zigeuner vor.

An den meisten anderen Tagen litten sie Hunger. Im Windschatten eines Felsens hatten sie die Schneedecke weggescharrt. Dort gruben sie nach Wurzeln, Würmern und Schnecken, die sie auf der Klinge ihres Dolchs im Feuer brieten – ein klägliches Mahl, über das sich ihr Magen nur noch mehr verkrampfte. Mit Sicherheit wären sie elend verhungert, hätte Andres nicht einmal eine verwilderte Ziege aufgestöbert und ein andermal ein Reh in einer Schlinge gefangen.

Eines Tages schleppte er zwei mächtige flache Steine an.

«Mahlsteine», sagte er nur, und Agnes beobachtete erstaunt, wie er begann, in die halbgefrorene Erde ein Loch zu graben. Den ganzen Nachmittag brauchte er dazu.

«Morgen suchen wir Eicheln.»

Da verstand sie, dass er einen Backofen gebaut hatte. Agnes bezweifelte, dass sie auf diese Weise würden Brot backen können, doch sie fügte sich seinen Anweisungen, mahlte am nächsten Tag die Eicheln zu klumpigem Mehl, bis ihr die Arme taub wurden, während er aus der lächerlich geringen Ausbeute mit geschmolzenem Schnee einen Teig knetete. Doch Stunden später hielt sie einen steinharten, warmen Fladen in den Händen, der annähernd nach Brot schmeckte.

«Wo hast du all das gelernt?», fragte sie.

Er zuckte nur mit den Schultern, wie meist, wenn sie ihn etwas fragte.

Sie waren ein seltsames Paar. Jede Nacht verbrachten sie eng aneinander gedrängt an der Feuerstelle, doch niemals trat er ihr zu nahe. Er achtete und verehrte sie, erriet ihre Wünsche wie ihre Ängste mit einem einzigen Blick, doch wenn es um die täglichen Handreichungen und Entscheidungen ging, gab er unmissverständlich den Ton an.

Agnes hatte sich angewöhnt, jeden Morgen und jeden Abend zu beten. Anfangs hatte sie ihn aufgefordert mit zu beten, doch er hatte jedes Mal den Kopf geschüttelt. Da begriff sie, dass es niemanden gab, um dessen Wohlergehen er hätte beten können.

Sie selbst dachte anfangs immerfort an ihre Familie. Wie sehr mussten sie sich quälen vor Sorge, wie gern hätte sie ihnen zugerufen: Ich lebe. Ich habe Andres bei mir, er bringt mich zurück, wenn es Frühjahr wird. Dann, eines Abends, als der Schlaf sich näherte, erschien ihr die Mutter. Sie lag auf weißem Linnen, die Haare sorgfältig frisiert, und hob den Kopf. Gib auf dich Acht, meine Kleine. Ich warte auf dich. In jenem Augenblick erwuchs etwas in ihr, das stärker war als alles, was sie bisher gekannt hatte, stärker als Hunger und Frieren, stärker noch als jede Angst: der Wille zu überleben.

Ein andermal wurde sie mitten in der Nacht wach, da sie fror. Das Lager neben ihr war leer. Sie kroch zum Eingang und sah Andres, bei eisiger Kälte und sternenklarer Nacht, vor der Höhle sitzen, den Kopf nach oben gewandt. Wie schwarzer Samt, mit glitzernden Diamanten bestickt, umspannte der Himmel ihre kleine verschneite Welt.

«Ist dir nicht kalt?» Sie hockte sich neben ihn.

Er schüttelte den Kopf. Seine Hände waren ineinander gefaltet. Da legte auch sie den Kopf in den Nacken und überließ sich dem kühlen, funkelnden Zauber dieser Nacht.

«Siehst du das Bild mit den sieben Sternen dort hinten?» Seine Stimme war nur ein Flüstern.

«Ja. Das ist der Große Wagen.»

«Die Sterne da, das ist meine Familie. Meine ganze Familie. Dort oben ist sie für immer bei mir.»

Im Zwielicht der Nacht betrachtete sie sein junges Gesicht. Sie fand darin weder Trauer noch Verzweiflung, vielmehr eine Art Gelassenheit, wie sie sie bei alten Menschen beobachtet hatte, die spürten, wie sich der Tod ihnen näherte.

«Erzähl mir von deiner Familie», bat sie schließlich.

«Da ist zuerst meine Mutter, ganz vorn an der Deichsel, siehst du?» Er beschrieb das Sternbild mit seinem ausgestreckten Arm. «Sie war als Erste tot, denn sie wollte uns schützen. Der Stern rechts davon ist mein Vater, er wollte ihr zu Hilfe kommen. Dann war unsere alte Ahn an der Reihe, und schließlich – dort der kleine Stern – meine jüngste Schwester Klara. Dann meine Geschwister Margrit und Michael.»

«Und der helle Stern, oben am Heck des Wagens? Wer ist das?»

«Der wartet auf mich.» Er lächelte. Dann begann er leise zu summen:

«Bet, Kindchen, bet,
Morgen kommt der Schwed.
Morgen kommt der Oxenstern,
Der wird's Kindchen beten lehrn.
Bet, Kindchen, bet.»

Agnes lehnte sich an seine Schulter. Die Schweden haben dir deine ganze Familie genommen, dachte sie. Wie sollte sie ihm nur Trost spenden? Sie schluckte. Gab es dafür überhaupt Worte oder Gesten?

«Komm, lass uns wieder hinein, das Feuer anfachen. Du musst halb erfroren sein.»

Als sie neben dem aufflackernden Feuer lagen, begann er zu sprechen. Mit tonloser Stimme, als erzähle er von Dingen, die ihn nichts angingen.

«Wenn nichts mehr zu holen ist, fängt das Massakrieren an. Mein Vater war Dorfschultes, wir hatten den Schweden schon alles gegeben, doch es war nicht genug. Da haben sie meine Mutter hergenommen, sieben Mann hoch, haben ihr die Kleider vom hochschwangeren Leib gerissen und sie geschändet. Als mein Vater dazwischenfuhr, haben sie ihn bäuchlings über einen Balken gebunden und aufgespießt. Von hinten, wie Männer Männer schänden. Er starb schnell, Gott war ihm gnädig. So musste er nicht mit ansehen, wie meine alte Ahn, seine Mutter, verblutete, nachdem sie ihr die Brüste abgeschnitten hatten, und wie erst der Wahnsinn über meine Mutter kam und dann der Tod, als sie ihr aus dem geöffneten Bauch das Ungeborene rissen. Wie sie, nachdem die Frauen tot waren, meine beiden Schwestern schändeten und zuletzt den Kleinsten, der nicht aufhörte zu schreien, mit dem Kopf voran gegen die Hauswand schmetterten, wieder und wieder, bis der Schädel platzte.»

Agnes klammerte sich an ihn, mit tränenüberströmtem Gesicht, hätte ihn am liebsten zum Schweigen gebracht, doch sie wusste: Einmal musste es heraus.

«Und du selbst?»

«War versteckt im Misthaufen und konnte nicht schreien, weil Gott mich stumm gemacht hatte.»

Agnes trat hinaus in den Morgen. Etwas hatte sich verändert. Noch immer herrschte winterliche Kälte, und der Wald lag unter einer dichten Schneedecke. Und dennoch – dieser Tag war anders als die unzähligen Tage zuvor. Dann hörte sie es: Die Vögel sangen. Sie weckte Andres.

«Rasch, komm hinaus. Es wird Frühling.»

Andres erhob sich verschlafen und ließ sich von ihr zum Eingang ziehen. Er streckte die Nase in den Morgenwind.

«Du hast Recht.»

«Hörst du die Vögel? Und das Licht – es ist viel klarer. Die Nächte sind auch schon kürzer.» Sie umarmte ihn, dann tanzte sie durch den Schnee. «Jetzt geht der Winter zu Ende, und wir können bald aufbrechen, du wirst sehen.»

Andres lachte. Er holte seine Fidel, und sie tanzte zu seiner Musik, bis ihr der Atem wegblieb.

Einige Tage sollte es noch dauern, bis Tauwetter einsetzte. Sie nutzten die Zwischenzeit, um das Geringe, das der Wald bot, für ihre Wegzehrung zu sammeln, Eichelfladen zu backen und ihr Schuhwerk auszubessern. Dann brachen sie auf, nach Westen, die milde Frühjahrssonne zeigte ihnen den Weg. Indessen hatte sich Agnes' Aufbruchsfreude rasch ins Gegenteil verkehrt. Sie wusste, es würde ein beschwerlicher Marsch werden, und über kurz oder lang waren sie auf die Mildtätigkeit der Menschen angewiesen, wollten sie nicht verhungern. Doch sie, Agnes, würde sich keinem Dorf, keinem Hof mehr nähern, denn die Menschen fürchtete sie inzwischen mehr als jedes Unwetter.

«Wir werden es schaffen», hatte Andres ihr Mut zu machen versucht. «Es gibt Städte, hinter deren Mauern und Gräben die Menschen geschützt sind. Und dort geht das Leben weiter.»

32

Wären sie nicht so erschöpft gewesen, hätten sie vielleicht die Spuren, die die Männer hinterlassen hatten, rechtzeitig wahrgenommen. Doch sie hatten nur Augen für die kleine befestigte Stadt, die da am Fuße eines Berges vor ihnen aufgetaucht war.

Es war am vierten Tag ihrer Reise. Schon von weitem hatten sie die Reste der mächtigen Burg erblickt, die auf einem Bergvorsprung über dem Albaufstieg thronte, jetzt erkannten sie auch das zweifach ummauerte Städtchen an dessen Flanke. Friedlich lag es in der Vormittagssonne, als sie aus dem dichten Wald auf den Feldweg traten.

«Vielleicht lässt man uns dort musizieren», sagte Agnes. Sie hatten seit dem Vortag nichts mehr gegessen, und ihr Magen begann zu schmerzen.

Andres nickte.

«Weißt du, Andres, wonach mir auch der Sinn steht? Ich möchte einmal wieder an einem Gottesdienst teilnehmen.»

Der Junge spuckte aus. «In was für einen Gottesdienst denn? Willst du mit Hunden in die katholische Messe gehetzt werden? Oder lieber mit ansehen, wie sie mich mit Stockschlägen in eine lutherische Predigt zwingen? Um dann nichts anderes als das Gebrüll der Pfarrer und Priester, ihre stundenlangen Hetztiraden anhören zu müssen? Nein, das sind keine Zeiten, um in die Kirche zu rennen. Gott findest du, wenn überhaupt, unter freiem Himmel. Zumindest fragt da keiner, welcher Art du getauft bist.»

Erstaunt sah Agnes ihn an. Nur selten legte Andres seine Gedanken in solcher Ausführlichkeit dar.

Weder er noch Agnes hatten auf die Geräusche geachtet, die aus der Lichtung zu ihrer Linken drangen. Agnes sah sie zuerst: eine Frau mit offenem, verfilztem Haar und einer frischen Narbe über der Stirn, hinter ihr drei kräftige Burschen. Mit schnellen Sprüngen stellten sie sich ihnen in den Weg.

«Was ist das für eine Stadt, gute Frau?», fragte Agnes, sah gerade noch die Knüppel, die die Burschen schwangen, dann traf sie ein Schlag gegen die Schläfe, und ihr wurde schwarz vor Augen.

Als sie wieder zu sich kam, fand sie sich im Gras liegend, nahe einer großen Feuerstelle. Sie hob den Kopf. Langsam nur wurde das Bild vor ihren Augen klarer: Mindestens hundert zerlumpte Gestalten lungerten um die Feuerstelle, am Waldrand grasten ein paar Pferde und Maultiere, schäbige Karren standen herum, das Stimmengewirr und Gelächter klang fremd in ihren Ohren. Wo war Andres?

Sie versuchte aufzustehen. Da erst bemerkte sie, dass ihre Füße zusammengebunden waren. Sie war gefangen!

«Andres!»

Ein zahnloses altes Weib beugte sich zu ihr herunter und brabbelte unverständliches Zeug. Auf ihrem grindigen Schädel trug sie Agnes' Marderfellmütze. Wieder schrie Agnes nach ihrem Gefährten.

«Hier bin ich.»

Mühsam wandte sie sich um. Andres stand bei einem der Karren und lud Fässer auf, wobei ihm ein hoch gewachsener Mann mit gelber Schärpe und Federhut zuschaute. Die gelbe Brigade, fuhr es ihr durch den Kopf, sie waren in die Fänge versprengter Schweden geraten. Deshalb also verstand sie kein Wort. Was hatten die mit ihnen vor? Sie besaßen doch nichts als ihre zerfetzte Kleidung am Leib. Ihr Herz raste. Sie musste an Andres' Dorf denken, wo die Schweden in blinder Raserei alle Bewohner niedergemetzelt hatten, nachdem nichts mehr zu holen gewesen war. Andererseits waren sie noch am Leben, und so dreckig und grob diese Leute hier wirkten, von Raserei war doch nichts zu spüren.

Das Wichtigste aber: Auch Andres schien unverletzt, dem Himmel sei Dank. Jetzt wollte er auf sie zulaufen, doch auch er war an den Füßen gefesselt und stürzte der Länge nach hin. Die Umstehenden lachten.

Lieber Gott, betete sie, gib ihnen die Güte, uns freizulassen. Ich will nichts anderes als nach Hause.

Der Mann mit der Schärpe, ganz offensichtlich der Anführer der Horde, kam auf sie zu. Er war nicht viel älter als sie selbst, das blonde Haar reichte ihm bis über die Schulter, sein unrasiertes, kantiges Gesicht mit den stahlblauen Augen und der hohen Stirn signalisierte unnachgiebige Härte.

«Steh auf», befahl er barsch.

Agnes rappelte sich auf.

«Bist du verletzt?»

«Nein.»

Kopfschüttelnd betrachtete er sie. «Da haben meine Leute wahrlich einen formidablen Fang gemacht. Zwei noch größere Habenichtse, als wir es sind.»

Ein winziger Funken Hoffnung keimte in ihr auf. Dieser Mann war kein Schwede. Er sprach im Gegenteil das klare Kanzleideutsch eines Mannes von Adel.

«Dann lasst Ihr uns frei?»

«Warum sollte ich?» Jetzt spielte so etwas wie ein Lächeln um seine Mundwinkel.

«Weil wir nichts haben, was Euch nützen könnte. Außerdem – wir sind Württemberger, Verbündete der Schweden.»

«Verbündete!» Sein Lachen war so kalt wie sein Blick. «Euer feiger Herzog war der Erste, der das Hasenpanier ergriffen hat. Das schwedische Heer ist aufgerieben, in alle Winde verstreut. Aber der Krieg ist wie eine Kinderschaukel: Bald ist man oben, bald unten. Und wir sind bald wieder oben.»

«Habt Erbarmen. Mein Bruder Jakob hat auch bei den Schweden gedient, als Feldscher unter Bernhard von Weimar. Jakob Marx – vielleicht kennt Ihr ihn?»

«Glaubst du etwa, ich kenne jeden Quacksalber beim Namen?» Er strich ihr eine Haarsträhne aus der Stirn. «Du könntest dich wieder einmal waschen.»

Er sagte etwas zu dem alten Weib in einem Kauderwelsch aus Deutsch und der spitzen, hell klingenden Sprache der Schweden. Die Alte streckte Agnes die Zunge heraus, dann schlurfte sie davon. Auch der Obrist wandte sich ab.

«So wartet doch. Bitte!»

«Keine Zeit. Du wirst noch Gelegenheit genug haben, mit mir zu reden.»

Damit eilte er davon.

Fassungslos blickte sie ihm nach. Sie würden tatsächlich gefangen bleiben. Schauergeschichten kamen ihr in den Sinn, über Bürger und Bauern, die von Soldaten verschleppt waren – die Bauern als Arbeitssklaven, die Bürger als ortskundige Führer oder Geiseln, um im nächsten Ort gegen gutes Geld wieder ausgelöst zu werden. Während ihrer Gefangenschaft wurden sie misshandelt, viele auch umgebracht. Unzählige solcher Geschichten hatte sie gehört, immer jedoch handelten sie von gnadenlosen schwedischen Völkern oder von barbarischen Kroaten und Polen. Von einem deutschen Offizier hatte sie Ähnliches nicht gehört.

Die Alte kehrte zurück und knallte ihr mit grimmiger Miene einen gefüllten Wassereimer vor die Füße. Agnes bückte sich und wusch sich Gesicht und Hals. Das klare, kalte Wasser erfrischte sie. Plötzlich hob ihr das Weib den Rock in die Höhe.

«He! Was soll das?»

Die Alte deutete auf das Wasser, dann auf Agnes' Unterleib. «Sauber. Für Obrist.»

Da fiel es Agnes wie Schuppen von den Augen. Sie sollte zur Hure des Anführers gemacht werden.

Eine Stunde später waren sie unterwegs in Richtung Mittag. Das Städtchen hinter ihnen verschwand im Dunst.

Zum Marschieren hatte man ihnen die Fußfesseln gelöst, dafür waren nun ihre Hände an den Sattelknauf zweier Packpferde gebunden. Agnes gelang es nur mit Mühe, im Gleichschritt neben ihrem Pferd herzulaufen. Schon nach einer Viertelmeile geriet sie ins Straucheln und wurde der Länge nach über den staubigen Feldweg geschleift. Zu ihrem Glück blieb das gutmütige Tier nach wenigen Tritten von selbst stehen. Ein unsanfter Schlag mit einem Gewehrkolben trieb sie schnell wieder in die Höhe.

«Trampelige Metze! Das nächste Mal jag ich das Pferd in Galopp.» Der Bursche des Offiziers, der als einer der wenigen Deutschen im Tross zu ihrer Bewachung abgestellt war, lenkte sein Pferd dicht neben sie. Wie alle Männer hier war er bewaffnet. Agnes musste beinahe lachen. Wenigstens würde niemand wagen, sie anzugreifen.

«Was grinst du so blöd?» Ärgerlich verzog der Bursche sein rotes, aufgedunsenes Gesicht.

«Ich dachte nur daran, wie ich mich vor einer Stunde gewaschen habe und dass das völlig umsonst war.»

Jetzt lachte sie tatsächlich laut auf.

«Das Lachen wird dir noch vergehen.»

«Verzeiht.» Sie biss sich auf die Lippen. Ihr war eher nach Heulen zumute. «Bitte sagt mir: Wohin marschieren wir?»

«Geht dich einen Kehricht an.»

«Und die Stadt vorhin? Was war das für eine Stadt?»

«Halt's Maul und lauf weiter.»

Da drehte sich Andres, der vor ihr marschierte, zu ihr um. «Das war Geislingen. Von dort führt eine Handelsstraße bis nach Stuttgart.» In seinen Augen standen Tränen. «Hätte ich nur besser auf uns Acht gegeben.»

Ohne Rast ging es bis zur Abenddämmerung weiter. Auf einer Viehweide schlugen sie das Nachtlager auf – der deutsche Offizier in einem halb verfallenen Unterstand, die anderen unter freiem Himmel. Ihr Bewacher brachte Agnes zu seinem Herrn.

«Bind ihr die Hände los», befahl der, «und leg die Fußfesseln an. Aber so, dass sie in kleinen Schritten gehen kann.»

«Keine Fesseln», bat Agnes. «Ich schwöre Euch, dass ich nicht weglaufe.»

«Und das soll ich dir glauben?»

«Ich schwöre es bei meiner Seele.»

Er zögerte, dann gab er seinem Burschen einen Wink, zu verschwinden.

«Gut. Wenn du wegläufst, erschlag ich eigenhändig deinen Bruder. Er ist doch dein Bruder?»

Agnes rieb sich die brennenden Handgelenke. «Ja, Andres ist mein Bruder.»

«Und wie heißt du?»

«Agnes. Agnes Marxin. Und Ihr?»

Sein bärtiges Gesicht verzog sich zu einem spöttischen Lächeln. «Gestatten: Rittmeister von Steinhagen. Du bist eine bemerkenswerte Frau. Angst scheinst du nicht zu kennen.»

Agnes gab keine Antwort. Nein, es war nicht Angst, was sie erfüllte, eher Ekel vor dem, was in den nächsten Stunden folgen würde. Doch sie würde sich nicht wehren, denn sie hatte nur noch ein einziges Ziel: mit dem Leben davonzukommen.

«Wie lange – wie lange wollt Ihr uns gefangen halten?»

«Kommt darauf an, wie ihr euch anstellt, du und dein Bruder.»

«Wobei?»

«Als Knecht und Magd. Dein Andres ist ein bärenstarker Kerl, von dieser Sorte bräuchte ich mehr – hättest sehen sollen, wie der sich gewehrt hat. Und du wirst mir die Haushaltung führen. Den Fraß der Trossweiber hab ich nämlich satt. Ab morgen kochst du für mich und meine Freunde.»

«Das ist meine Aufgabe?»

«Und nachts bist du meine Frau.»

Agnes holte Luft. «Ich flehe Euch an: Lasst uns gehen. Ich habe in Stuttgart einen Sohn und eine todkranke Mutter. Ich muss zu ihnen.»

«Nein, du bleibst. Und jetzt geh zu den andern Weibern, Wasser und Feuerholz holen.»

Bis zum Nachtmahl schleppte sie Holz und Wasser, hackte Rüben, häutete Ratten und Wildkaninchen. Der Hunger quälte sie inzwischen mehr als der Gedanke an die bevorstehende Nacht. Andres sah sie nur von weitem, sein Gesicht war finster, und er ging gebückt wie unter einer schweren Last.

«Schnell, schnell, rapido.»

Ein junges Mädchen stieß sie grob in die Seite, als sie beim Wasseraufgießen innehielt. Die Frauen und Kinder im Tross behandelten sie wie eine Aussätzige, doch das störte sie weniger. Viel widerwärtiger waren die Blicke und Pfiffe der Soldaten. Einige von ihnen erdreisteten sich gar, im Vorbeigehen nach ihrem Hintern oder ihren Brüsten zu fassen.

Endlich trommelte einer der Männer zum Essen. Aus den Kesseln roch es verführerisch nach Gemüse und Fleisch. Ihr wurde ein Platz neben dem alten Weib, das noch immer ihre Mütze trug, zugewiesen, weit weg von Andres und weit weg von Rittmeister Steinhagen. Der hatte sie bisher noch keines Blickes gewürdigt.

Sie musste warten, bis die Alte sich satt gegessen hatte, dann erhielt sie deren Napf. Als sie sich damit an das Dreigestänge stellte, schöpfte ihr die Kochmagd nur Brühe mit Rübenstücken.

«Fleisch», forderte Agnes. Die Frau grinste und schüttelte den Kopf.

«Elende Metze», entfuhr es Agnes. Da goss ihr die Frau von der kochend heißen Brühe über den Arm. Agnes schrie auf und ließ den Napf fallen.

«Kruzitürken!» Der Rittmeister war mit einem Satz auf den Beinen. «Was ist das für ein Gezänk?»

Agnes zeigte ihren Unterarm. Auf der blassen Haut zeichnete sich ein purpurroter Fleck ab.

«Sie wollte mir kein Fleisch schöpfen.»

Steinhagen verpasste der Kochmagd eine Maulschelle, dann hob er den Napf auf und füllte ihn dick mit Gemüse und Fleischbrocken.

«Iss dich satt. Du wirst Hunger haben.»

Er kehrte zu seinen Freunden zurück, die unterdessen ein Fässchen Branntwein angestochen hatten. Dann winkte er Andres herbei.

«Los, spiel für uns auf deiner Fidel.»

Andres schüttelte den Kopf.

«Wird's bald?»

Sei nicht dumm, flehte Agnes innerlich. Tu, was er sagt. Doch Steinhagen hatte sich bereits vor Andres aufgebaut, bedrohlich nah. Sie waren beide gleichermaßen groß und kräftig. Wie zwei Hengste im Wettstreit um ihre Herde belauerten sie sich, Auge in Auge, jeder Muskel angespannt. Doch Andres würde nicht kämpfen können, denn seine Fußgelenke waren gefesselt.

«Spielst du also?»

Wieder schüttelte Andres den Kopf. Steinhagen ballte die Faust. Für einen Moment sah es so aus, als wolle er seinen Herausforderer niederschlagen. Stattdessen rief er seinen Burschen heran.

«Binde ihn an den Baum dort. Er wird die Nacht im Stehen verbringen. Vielleicht hat er dann morgen mehr Lust, für uns zu spielen.»

Wenig später durchdrang lauter Gesang die Einsamkeit der Hochebene, der bald in Grölen überging. Agnes bat Steinhagen, schlafen gehen zu dürfen.

Er nickte. «Nimm die Lampe mit, und lass sie brennen. Ich komme bald.»

Auf dem Weg zu ihrem Unterstand blieb sie bei Andres stehen.

«Spiel morgen für sie. Mir zuliebe.»

Der Junge schwieg wie ein trotziges Kind.

«Steinhagen hätte dich erschlagen können. Ich glaube, er ist ein vergleichsweise anständiger Mensch.»

«Anständig», stieß Andres hervor. «Und heute Nacht macht er dich zur Hure. Findest du das anständig?»

«Hör zu, Andres. Du bist nicht mein Ehemann und nicht mein Sohn. Also mach es mir nicht unnötig schwer.»

«Aber ich bin dein Bruder. Du selbst hast das behauptet.»

«Ja, du bist mir wie ein Bruder. Und deshalb möchte ich, dass dir nichts geschieht.»

Bedrückt ging sie hinüber in den verfallenen Schuppen. Im schwachen Schein der Tranlampe sah sie, dass in einer halbwegs trockenen Ecke bereits ein Strohsack ausgebreitet lag. Sie legte nur ihren Mantel und ihr enges Mieder ab, dann schlüpfte sie unter die schwere Decke. Zum ersten Mal seit so vielen Wochen hatte sie es zum Schlafen weich und warm, sie hatte sich satt gegessen und musste keine Furcht vor Schnapphähnen und Wegelagerern haben. Sie hätte wohlig die Augen schließen können, wäre da nicht dieses bange Warten auf den Rittmeister gewesen. Jeder Schritt, der sich näherte, ließ sie zusammenzucken, steigerte ihre Unruhe, bis sie schließlich fast darauf hoffte, dass er käme. Denn dann hätte sie wenigstens für den Rest der Nacht ihren Frieden.

Sie tastete nach dem Pferdchen im Rocksaum. Es war verschwunden! Sie fuhr auf. Der Saum war aufgeschnitten, das verdammte alte Weib hatte auch ihren Talisman gestohlen.

«Schläfst du?»

Agnes sah Steinhagen im Türrahmen stehen. Er lächelte.

«Nein.» Sie war wütend. «Diese zahnlose Vogelscheuche hat mir meinen Glücksbringer gestohlen. Ich werde nicht eher Ruhe geben, bis ich ihn wiederhabe.»

«Ist es das hier?»

Er zog das Pferdchen aus seiner Rocktasche. «Ich habe es an mich genommen. Dachte mir schon, dass dieses Pferdchen dir wichtig ist.»

«Gebt es mir zurück.»

«Irgendwann vielleicht. Einstweilen behalte ich es. Als Pfand.»

Sie ließ sich auf ihr Lager zurücksinken und schloss die Augen. Mochte kommen, was wollte – sie war mit einem Mal nur noch zutiefst müde.

Es dauerte unendlich lange, bis der Rittmeister sich entkleidet hatte und zu ihr unter die Decke kroch. Aufmerksam betrachtete er ihr Gesicht. Eisige Kälte durchströmte plötzlich ihren Körper.

«Du frierst ja.»

Er strich über ihre Schulter. Agnes zog sich die Decke bis zum Hals.

«Du musst keine Angst haben. Ich tu dir keine Gewalt an.»

«Löscht das Licht, ich bitte Euch.»

«Gut, wenn du unbedingt möchtest.»

Er drehte die Flamme aus. Jetzt, im Dunkeln, fiel es Agnes leichter, Leib an Leib mit diesem fremden Mann unter einer Decke zu liegen. Den Rest würde sie auch noch überstehen.

«Bist du verheiratet?», flüsterte er.

«Nein. Ich bin Witwe.»

«Das ist gut. So wirst du dir keine Gedanken machen müssen wegen des sechsten Gebotes.»

«Als ob Euch das stören würde.»

«Nun sei nicht so störrisch.» Seine Hand tastete unter der Decke nach ihrer Hüfte. Sie zuckte zusammen. «Übrigens: Deinen Bruder Jakob habe ich wirklich flüchtig gekannt. Der hatte fast schon den Ruf eines Wunderheilers. Hab sogar einige Nächte mit ihm durchzecht, bevor ich ihn nach Nördlingen aus den Augen verloren habe. Und den schönen Frauen war er ebenfalls zugeneigt. So manches Herz hat er gebrochen.»

«Das glaube ich nicht. Jakob ist nicht solch ein Taugenichts.»

Steinhagens Lachen ergoss sich in die Stille der Nacht. «Ach Agnes, was weißt du schon vom Leben der Männer im Krieg? Nichts. Meine Leute zum Beispiel hatten dich und Andres umbringen wollen, so enttäuscht waren sie über ihren schäbigen Fang. Jetzt rate, warum ich sie daran gehindert habe. Christliche Nächstenliebe war es jedenfalls nicht.»

«Weil Andres so stark ist und Ihr eine Frau als Sklavin brauchtet.» Sie war froh, dass er in der Dunkelheit nicht ihre Tränen sehen konnte.

«Nein. Weil du so schön bist.»

Seine Lippen näherten sich ihren Lippen. Sie drehte brüsk den Kopf weg.

«Das nicht. Macht mit mir, was Ihr wollt – aber das nicht.»

«Du weinst ja!»

Er drückte sich fest an sie, und sie spürte, wie sich sein Glied an ihrem Schoß aufrichtete. Was dann folgte, ließ sie über sich ergehen wie ein Zahnkranker den Besuch beim Barbier. Er war behutsam, beinahe zärtlich und machte keinen Versuch mehr, sie zu küssen. Daher wehrte sie sich nicht, öffnete irgendwann die Schenkel, ließ ihn eindringen, wartete mit geschlossenen Augen, bis seine Bewegungen schneller wurden und er sich schließlich mit einem unterdrückten Schrei entlud. Dann schob sie ihn von sich und rollte sich zur Seite. Jetzt war sie eine Soldatenhure.

In rasantem Marsch zogen sie weiter nach Süden, Tag für Tag, eine schwer bewaffnete Vorhut immer vorweg. Nach wie vor waren sie und Andres tagsüber an die Packpferde gebunden, doch die anderen im Tross hatten es nicht viel leichter: Die Soldatenweiber schleppten den gesamten Hausrat auf ihren gebeugten Rücken, dazu körbeweise Stroh und Feuerholz, ihre barfüßigen Kinder trugen im Arm ein mageres Huhn oder halbverfaulte Feldfrüchte und zerrten am Strick ihr Hündchen hinter sich her. Die Männer hingegen ritten bequem auf Pferden oder Maultieren einher. Nachmittags suchten sie nach einem geschützten Lagerplatz oder unbefestigten Dorf, Städte umgingen sie in großem Bogen. Sobald das Nachtlager errichtet war, begann für Agnes die eigentliche Arbeit. Sie schleppte Holz und Wasser für Steinhagens Feuerstelle, ließ sich von ihm Proviant für ihre Mahlzeiten zuteilen, kochte, putzte, wusch und besserte die Wäsche aus. Die anderen Männer ließen sie in Ruhe. Steinhagen hatte ihnen wohl unmissverständlich deutlich gemacht, dass Agnes ihm allein gehörte.

Einmal hatte ihr die zahnlose Alte aus der Hand gelesen. Linie für Linie hatte sie mit ihrem schmutzigen Zeigefinger nachgefahren, dabei unverständliches Zeug gemurmelt und schließlich über das ganze faltige Gesicht gestrahlt.

«Bei dir immer große Glück. Aber nur ein Kind in Leben, arme Frau. Dafür Heirat mit große, starke Mann.»

«O Gott! Nicht Steinhagen!»

Die Alte wiegte den Kopf hin und her und grinste.

«Und langes, langes Leben. Gut so?»

Sie streckte fordernd die Hand aus.

«Ich habe nichts, was ich dir geben könnte.»

Das Grinsen wich augenblicklich einer bösen Grimasse. «Gut so?», wiederholte die Vettel drohend.

«Morgen. Morgen geb ich dir was von meinem Essen.»

Erst da ließ die Alte von ihr ab.

Die Nächte verliefen meist ruhig. Um den Anschein zu erwecken, dass hier ein ansehnlicher Truppenteil unterwegs war, wurden jeden Abend Dutzende kleiner Feuerstellen rund um das Lager entfacht. Dennoch war es einige Male zu nächtlichen Schusswechseln gekommen, und im Morgengrauen hatte Agnes die Angreifer tot im Gras liegen sehen. Fast immer waren es ausgehungerte Bauern gewesen, die sich im Lager Beute erhofft hatten.

Steinhagen forderte fast jede Nacht sein Recht. Lediglich wenn er zu viel getrunken hatte, was selten geschah, ließ er sie schlafen. Ihr anfänglicher Ekel und Widerwillen gegen seine Zärtlichkeiten schwand allmählich und wich einer merkwürdigen Art von

Gewöhnung, die allerdings ohne jeden Anflug von Lust oder Begierde ihrerseits blieb. Zu ihrer Erleichterung gebrauchte er niemals Gewalt oder verlangte Absonderliches von ihr. Mitunter hatte sie sogar den Eindruck, dass es ihm, vor allem anderen, um Nähe und Wärme ging. Tagsüber wirkte er weiterhin abweisend und unnahbar. So erging es ihr nicht schlecht. Als Buhlin des Anführers bekam sie ausreichend zu essen, und gleich am zweiten Tag hatte Steinhagen ihr neue, warme Kleidung geschenkt. Zur größten täglichen Sorge wurde ihr, kein Kind zu empfangen. Sie betete jede Nacht, dass Gott sie vor dieser Schande verschonen möge, und zwang sich, an die Prophezeiung der Alten zu glauben.

Sorgen machte sie sich auch zunehmend um Andres. Er fügte sich zwar inzwischen jeder Anweisung, war aber schweigsamer denn je. Sie ahnte, dass es mit ihr und Steinhagen zu tun hatte. Sein Blick war voller Hass, wenn er dem Rittmeister begegnete.

Inzwischen war endgültig das Frühjahr übers Land gekommen, und Agnes spürte, wie die Wärme ihr neue Kraft verlieh. Nun kannte sie auch das Ziel ihrer Reise: Zürich in der eidgenössischen Schweiz. Dort sollten sich die versprengten schwedischen Truppen sammeln, um auf weitere Anweisungen von General Banér zu warten. Spätestens dort, sagte sich Agnes immer wieder, würden sie und Andres die Flucht wagen, um nach Stuttgart zurückzukehren.

In sicherer Entfernung hatten sie die Reichsstadt Ulm passiert, nun zogen sie die Donau aufwärts. Das breite Tal wirkte verwüstet und entvölkert. Als sei einer mit einem riesigen Besen hindurchgefegt, dachte Agnes. Auf der Alb hatten sie sich auf den Dörfern und Höfen holen können, was sie zum Leben brauchten – zu Agnes' Entsetzen stets ohne Bezahlung und unter Androhung roher Gewalt. Die verängstigten Bauern hatten ihnen gegeben, wonach sie verlangten, ob Furage, Geld oder Reittiere, nur damit sie rasch weiterzögen. Mitunter hatten sie gar Boten mit

Wein oder Silberstücken geschickt, die darum baten, man möge einen Bogen um ihr Dorf, ihren Hof machen. Zu Gemetzeln war es bislang zum Glück nicht gekommen. Dennoch hatte Agnes sich geschämt, das Brot zu essen, das man anderen weggenommen hatte.

Was sie nun allerdings im Tal der Donau erwartete, ließ ihre Reise über die Alb im Nachhinein fast wie eine Kavalierstour erscheinen. Bereits zwei Tagesmärsche hinter Ulm machte sich der Hunger bemerkbar, da ihren Weg nur ausgebrannte, restlos geplünderte Weiler säumten, in denen nicht einmal mehr Feuerholz zu holen war. Zudem kamen sie hier, im Durchzugsgebiet aller erdenklichen Truppen, nur wie die Schnecke im Weinberg voran: Zum Schutz gegen nächtliche Angriffe feindlicher Heeresteile schufteten sie jeden Tag ab der Mittagsstunde beim Schanzen und Ausheben von Gräben, nur um ihr befestigtes Lager am nächsten Morgen wieder aufzugeben.

Die Kinder begannen zu quengeln und zu jammern, die Männer und Frauen aus den nichtigsten Anlässen Händel zu suchen. Kein Tag verging ohne handfeste Raufereien, bis Steinhagen eines Morgens zwei Mannschaften zusammenstellte: eine kleinere, die er auf die Jagd schickte, und eine größere für Ausrüstung und Verpflegung. Doch statt die brachliegenden Felder zu durchkämmen, statt Frösche und Schnecken zu sammeln, Kräuter und Beeren, bekam jeder ein Pferd zugeteilt. Anschließend verschwand die Meute zusammen mit Steinhagen hinter den Hügeln.

«Wohin reiten die?», fragte Agnes ihren Bewacher, den rotgesichtigen Burschen des Rittmeisters.

«Sie gehen auf Partei. Vielleicht erlaubt dir ja dein Bettschatz beim nächsten Mal mitzukommen. Musst ihn halt recht ordentlich bedienen in der Nacht.» Er warf ihr einen lüsternen Blick zu.

«Darauf pfeif ich.»

Keine drei Stunden später kehrte Steinhagen zurück. Der Beutezug schien erfolgreich gewesen zu sein, die Kochtöpfe waren zum Abendessen wohl gefüllt. Auch trugen einige der Männer und Frauen neue Kleidung. Agnes begriff, dass nun die Siedlungen abseits des Tals an der Reihe waren, geplündert zu werden. Kein Fleckchen Erde schien dieser Krieg auslassen zu wollen.

Von jenem Tag an schwärmte jeden Morgen eine Gruppe aus, stets in anderer Zusammensetzung, da alle, ob Kind oder Greisin, darauf brannten, zum Zuge zu kommen. Längst war sich jeder selbst der Nächste, geteilt wurde nur noch unter Zwang. Um nicht ganz die Kontrolle über diese Meute zu verlieren, waren Steinhagen oder sein Bursche immer mit dabei. Andres weigerte sich als Einziger standhaft, auf Beutefang zu gehen. Der Rittmeister hätte ihn wohl auch kaum mitgenommen, aus Angst, der Junge würde ihm bei solcher Gelegenheit davonlaufen.

An manchen Tagen waren die Plünderer nur kurze Zeit fort, an anderen stießen sie erst gegen Abend wieder zu ihrem Tross, immer häufiger mit gänzlich leeren Beuteln und wütender Miene. So blieben bald die ersten Frauen und Männer am Wegesrand zurück, krank und entkräftet. Keinen schien es zu kümmern, was aus ihnen wurde. Und zugleich fanden sie Tag für Tag mehr Tote beiderseits der Landstraße, ausgeraubt, verstümmelt, halb verwest.

Ein einziges Mal nur keimte in Agnes wieder Hoffnung auf. Es war an einem warmen Maientag, als sie bemerkte, wie der Rittmeister eine zunehmende Unruhe an den Tag legte. Er ließ seinen Trupp enger beieinander marschieren, verstärkte Vorhut und Nachhut mit Munition, trabte beständig vom Kopf des Zuges ans Ende und wieder zurück.

«Was hat das wohl zu bedeuten?», fragte sie Andres, der vor ihr mit gesenktem Kopf neben seinem Maultier trottete.

Der wandte sich um und sagte mit gleichmütiger Miene: «Wir werden verfolgt. Hoffentlich zum Schaden der Schweden und zu unserem Vorteil.»

«Halt dein Maul!» Steinhagens Bursche stieß ihm vom Pferd aus die Fußspitze in den Rücken.

Schließlich ließ der Rittmeister den Zug anhalten, und sie mussten sich hinter einem Erdwall sammeln, der einen gewissen Schutz bot. Tatsächlich näherten sich eine halbe Stunde später zwei Reiter. Als sie auf Sichtweite heran waren, sprang Steinhagen plötzlich aus seinem Versteck und ging mit ausgebreiteten Armen und lachendem Gesicht auf sie zu.

«Verdammt!», entfuhr es Andres.

Steinhagen führte die beiden Reiter in den Schatten eines Uferwäldchens, wo er den halben Nachmittag mit den Fremden verbrachte und sie üppig bewirten ließ. Als sie weiterzogen, war sein Gesicht ernst, und er trieb seine Leute zu ungewohnter Eile an.

Voller Ungeduld wartete Agnes an diesem Abend, dass Steinhagen sich neben sie legte.

«Wer waren die Männer?», fragte sie.

«Geheime Boten.» Steinhagen zog sie an sich, strich ihr über den Rücken. «Wir müssen nach Zürich.»

«Weshalb? Was hatten sie für Nachrichten?»

Statt einer Antwort bedeckte er ihren Hals und ihre Schultern mit Küssen. In diesem Augenblick erklang aus zwei Richtungen zugleich Glockengeläut durch die einbrechende Nacht.

Unwillig hob Steinhagen den Kopf. «Das voreilige Friedensgebimmel wird die Katholischen noch reuen», knurrte er.

Agnes fuhr auf. «Was soll das heißen? Ihr sagt mir jetzt sofort, was für eine Zeitung die Männer überbracht haben, sonst –»

«Sonst?»

«Sonst könnt Ihr mich totschlagen, bevor ich Euch noch einmal zu Diensten bin.»

Steinhagen lachte bitter. «Nun gut, wenn du mir so fürchterlich drohst: Die Glocken verkünden den Prager Frieden.»

«Frieden?» Agnes brachte das Wort vor Aufregung kaum heraus.

«So schimpft es der Kaiser.» Wieder lachte Steinhagen. «Dabei ist das Abkommen so viel wert wie ein Sack Flöhe.»

Agnes konnte es immer noch nicht fassen. «Wenn der Krieg vorbei ist, müsst Ihr mich freilassen, mich und Andres. Oder habt Ihr gar keine Soldatenehre mehr?»

«Was weißt du schon von Soldatenehre? Ich selbst zum Beispiel, als Deutscher in feindlichem Dienst, soll mich nun beim kaiserlichen Heer einfinden, sonst drohen mir Konfiskation meiner Güter und die Hinrichtung. Und weißt du was? Da scheiß ich drauf. So viel zu meiner Soldatenehre. Aber bitte», er räusperte sich, «nimm deinen wunderlichen Bruder bei der Hand und mach dich auf den Weg. Du wirst schon sehen.»

«Was – was meint Ihr damit?»

«Erstens treibt sich hier in der Nähe ein Trupp Kroaten herum, der nur darauf brennt, im Rudel mit einer hübschen Frau zu kopulieren. Und zum andern gilt dieser Frieden nicht für dich. Der Kaiser hat die Württemberger ausdrücklich ausgenommen. Genau wie Baden und die Pfalz.»

«Das glaube ich nicht.»

«Glaub, was du willst.»

«Es ist sicher nur eine Frage der Zeit – Württemberg wird mit dem Kaiser in Verhandlungen stehen. Niemand im Herzogtum hat diesen Krieg gewollt.»

«Es wird überhaupt keinen Frieden geben. Ich habe nämlich erfahren, dass die spanischen Freunde des Kaisers nach den Niederlanden abgezogen sind. Der Kaiser war so dumm und hat seine Rechnung ohne den Franzosen gemacht. Meinst du, der Kardinal Richelieu, der alte Fuchs, schaut tatenlos zu, wie die Habsburger ihre Macht in Europa ausweiten? Gewaltige französische Truppenverbände haben bereits das Kraichgau und den Schwarzwald erreicht. Mit ihrer Hilfe und dem schwedischen Heer im Norden werden wir dem Kaiser das Zepter aus der Hand schlagen, dass ihm die Ohren wackeln.»

33

Über das Reisen hatte Matthes ihr mal als halbwüchsiger Bursche gesagt: Gott habe den Bäumen Wurzeln gegeben, die Menschen aber beweglich gemacht, damit sie das Gute und Nützliche an allen Orten sammeln. Wie er heute wohl darüber dachte? Agnes jedenfalls lernte nach und nach das Abscheulichste kennen, dessen Menschen fähig waren. Ihre Reise führte sie immer tiefer in die Hölle.

Es war an einem milden Morgen, wenige Tage nachdem die Kuriere aufgetaucht waren. Über das schmaler werdende Tal spannte sich ein wolkenloser Himmel.

«Heute kommst du mit uns», befahl Steinhagen. «Du brauchst ein Reitpferd.»

Seit kurzem durfte sich Agnes wieder frei bewegen, als wolle er ihr tatsächlich freistellen zu gehen, während Andres noch immer mal an den Füßen, mal an den Handgelenken gefesselt war.

«Es macht mir nichts aus, zu Fuß zu gehen», entgegnete sie. Doch ein Blick auf Steinhagens Miene genügte, um zu erkennen: Jeglicher Widerspruch würde zwecklos sein. So beachtete er sie auch nicht weiter, während er den übrigen Trupp für den Beutezug zusammenstellte. Außer ihr waren, bis auf die zahnlose Alte, keine weiteren Frauen dabei.

«Habt Ihr ein Ziel ausgekundschaftet?», fragte sie, als sie hinter ihm aufsaß. Steinhagen trieb sein Pferd in verhaltenen Trab.

«Ein kleines Kloster. Nahezu unbewacht.»

Die Sonne stieg gegen Mittag, als hinter den Hügeln erst die Turmspitze der Kapelle auftauchte, dann eine Handvoll Wohn- und Wirtschaftsgebäude, die von einer lächerlich niedrigen Steinmauer umgeben waren. Agnes zog es das Herz zusammen: Wie friedlich lag das Kloster inmitten der Wiesen, und wie wehrlos.

Der Rittmeister ließ im Schutz eines Wäldchens Halt machen und saß ab.

«Du wartest hier mit den andern, bis ich euch ein Zeichen gebe. Und du hältst dich immer an der Seite von Kristin, verstanden? Du machst, was die Alte verlangt.»

Gebückt schlich er über die mit Löwenzahn leuchtend gelb besetzte Wiese. Jetzt erst bemerkte Agnes die Gestalten, fünfzehn, zwanzig an der Zahl, alle in dunkles Grau gehüllt, die auf der anderen Seite des Klosters bei der Feldarbeit waren. Gott stehe ihnen bei, dass ihnen kein Leid geschehe, dachte sie. Zugleich spürte sie, wie die Gier in ihr erwachte, nach frischen Vorräten, nach eingemachtem Obst, nach kräftigem Klosterbier und Brot.

Immer noch lag das Kloster vor ihnen in der Sonne, als sei nichts geschehen, kein Schuss, kein Geschrei verriet, dass in die friedliche Wohnstätte der Mönche ein Plünderer eingedrungen war. Dann aber begannen die beiden Pferde auf der Weide erst zu schnauben, dann zu wiehern, in die Gruppe der Mönche kam unruhige Bewegung. Steinhagen war wohl entdeckt worden. Da zerriss auch schon sein gellender Pfiff die Stille, und sie preschten los – zehn Reiter nur, doch mit dem Kriegsgebrüll eines ganzen Regiments. Agnes galoppierte dicht neben der Alten, die ihre Zügel an sich gerissen hatte, fast warf es sie aus dem Sattel, während sie quer über die Wiesen auf das große Hoftor zurasten, dessen beide Flügel jetzt offen standen, mitten hinein in den Hof, wo die Ordensbrüder kreuz und quer durcheinander rannten, mit Wehklagen und erhobenen Armen. Da blieb Agnes fast das Herz stehen: Die Mönche waren in Wirklichkeit Nonnen, waren allesamt wehrlose Frauen!

Agnes schrie auf. «Nein!»

Steinhagen, der breitbeinig, mit seiner Büchse im Anschlag mitten im Hof stand, warf ihr einen bösen Blick zu, dann befahl er der Alten etwas in deren fremder Sprache. Die zerrte Agnes vom Pferd und verpasste ihr eine Maulschelle. Aus dem Augenwinkel sah Agnes, wie ein paar der Männer die Nonnen zusammentrieben, andere verschwanden in den Gebäuden. Mit erstaunlicher Kraft hielt Kristin ihr Handgelenk umklammert und zerrte sie in das Halbdunkel des Stalls. Dort wies sie mit einer Kopfbewegung zur Wand, wo Sättel und Zaumzeug hingen. Agnes begriff: Sie sollten die Pferde von der Weide holen und bereit machen. Angewidert schüttelte sie Kristins Hand ab und lud sich einen der Sättel auf die Schulter. Kristin nahm den anderen, drückte ihr das Zaumzeug in die Hand und schob sie durch die Hintertür hinaus auf die kleine Weide.

Agnes blinzelte gegen das grelle Sonnenlicht. Die beiden Pferde trabten aufgebracht am Zaun entlang. Sie war keine Kennerin, doch sie mochte Pferde und sah auf den ersten Blick, dass der schwerfällige helle Fuchs kaum zum Reiten taugte, der Dunkelbraune hingegen aus einer edlen Zucht stammte.

In ihrem Kauderwelsch sprach Kristin auf die Tiere ein, bis die sich tatsächlich beruhigten. Dann gab sie Agnes einen Stoß in Richtung des Fuchses: «Hopp, hopp. Bissel schnell.»

Mit zitternden Fingern legte Agnes dem Pferd die Zügel über den Hals, schob ihm die Trense ins Maul und wuchtete den schweren Sattel hinauf. Immer wieder hielt sie inne und lauschte hinüber in Richtung Hof, wo mal wütendes Brüllen, mal lautes Gelächter aufbrandete. Als die Riemen und Gurte festgeschnallt waren, hielt sie es nicht mehr aus: Sie musste wissen, was den armen Frauen widerfuhr. Voll böser Vorahnungen zog sie den Fuchs hinter sich her in Richtung Gatter, band ihn dort fest, schlüpfte durch die Latten und bog um die Ecke des Stalls.

Das Bild, das sich ihr bot, verschlug ihr den Atem. Auf dem Pflaster lag, gefesselt und geknebelt, ein Mann, offensichtlich der Küster, wand sich und wimmerte. Hinter ihm reihten sich entlang der Hauswand wie Perlen an einem Rosenkranz die Nonnen – doch in welch erbarmungswürdigem Aufzug! Ihre Tracht war vom Gürtel an nach oben umgeschlagen und über dem Kopf mit den Händen zusammengebunden. Wie große, graue Tulpen mit geschlossenen Blütenkelchen standen sie da, von der Hüfte abwärts nackt, Hintern und Scham schutzlos den Augen und Händen der Angreifer ausgeliefert. Einer von ihnen, ein Bursche von höchstens sechzehn Jahren, der noch kaum einen Bart ums Maul hatte, schritt die Reihe ab, griff hier mit kräftiger Hand in eine Hinterbacke, drückte dort seine schmatzenden Küsse auf behaarte Dreiecke, immer unter dem Beifall der anderen, bis der Nächste vortrat, den Gürtel löste und sein angeschwollenes Glied aus dem Hosenlatz zerrte. Unter dem schweren Tuch über den Köpfen der Nonnen drang die inbrünstige Litanei ihrer Gebete hervor, ihr Flehen und Heulen.

Herr im Himmel, das durfte nicht geschehen. Wo war Steinhagen? Er musste dem Einhalt gebieten. Da sah sie ihn ein Stück weit entfernt aus dem Haupthaus treten, beladen mit Silbertellern und Tüchern. Vollkommen ungerührt ob des Treibens seiner Männer packte er einen Karren voll.

«Rittmeister, bitte!» Agnes fiel ihm in die Arme. «Ruft die Männer zurück. Verschont die Nonnen.»

«Darüber habe ich keine Macht», gab er barsch zurück. «Geh zurück in den Stall und halt dir die Ohren zu, wenn du das nicht aushältst.»

Agnes starrte ihn mit offenem Mund an. «Ihr habt ein Herz aus Eisen.»

Wie von Sinnen rannte sie über den Hof, sah für den Bruchteil einer Sekunde, wie sich auch die anderen Männer die Hosen abstreiften, wie eine der Nonnen schon rücklings auf dem Pflaster lag, der junge Bursche mit viehischem Gestöhn der Länge nach auf ihr, sie rannte in das schützende Halbdunkel des Stalles, die Hände an die Ohren gepresst, doch die Schmerzensschreie der Frauen, die sich jetzt mehrstimmig erhoben, durchdrangen alles, übertönten sogar ihr eigenes verzweifeltes Schluchzen.

Sie hätte nicht sagen können, wie lange sie dort auf dem kalten Stallboden gekauert hatte. Irgendwann jedenfalls war Steinhagen erschienen, hatte sie mit sanfter Gewalt hinausgeführt, ihr auf den Karren geholfen, vor den das gesattelte Ackerpferd gespannt war. Dort hockte sie zwischen Mehlsäcken, Fässern und Hausrat. Am Hoftor warteten bereits die Männer zu Pferde. Alles lag still und verlassen, als sei nichts geschehen, nur an der Stelle, wo der Küster gelegen hatte, glitzerte eine riesige, dunkle Lache, an der sich in diesem Moment ein mageres Hündchen zu schaffen machte.

«Was haben sie mit ihm gemacht?», stieß sie hervor. Kristin trat neben den Karren und kicherte.

«Eier – Schwanz – alles ab!»

Blitzschnell kletterte die Alte auf den Rücken des Zugpferds, während der Rittmeister auf dem hübschen Braunen herangetrabt kam. Er bemerkte Agnes' fassungslosen Blick und zuckte die Achseln.

«Ich konnte es nicht verhindern.»

Agnes' Magen zog sich zusammen, ihre Kehle brannte, doch es gab keine Tränen mehr, die sie hätte weinen können. Jetzt erst begriff sie, was Andres durchgemacht hatte, als vor seinen Augen seine gesamte Familie geschändet und gemeuchelt wurde. Ein Wunder, dass er darüber nicht gänzlich den Verstand verloren hatte. Was war eigentlich schlimmer: Jener eisige Winter in ihrer Alraunhöhle oder dieser Marsch als Soldatenhure und Gefährtin von Plünderern, Schändern und Mördern?

Zurück im Lager, wich sie Andres' fragenden Blicken aus. Zum ersten Mal stieß sie in dieser Nacht den Rittmeister von sich weg.

Dort, wo sich die Donau ihr Bett durch den weichen Kalkstein der Alb gefressen und eine bizarre Felsenlandschaft geschaffen hatte, wo Höhlen und steile Schluchten sich über ihr blaugrünes Band erhoben, gerieten sie an einem der ersten heißen Tage in einen Hinterhalt. Sie hatten drei Tage gerastet, in einem wildreichen Wald südlich von Sigmaringen, nun sollte es zügig weitergehen auf ihrer letzten Etappe hin zur eidgenössischen Grenze.

Andres hatte es vorausgesehen.

«Das alles bleibt nicht ungesühnt», hatte der Junge die letzten Tage ein ums andere Mal prophezeit. Nach wie vor weigerte er sich, auf Beutefang zu gehen. Ansonsten tat er alles, was man von ihm verlangte, willig und ohne Widerworte. Diese scheinbare Sanftmut wurde in der Truppe nicht selten zur Zielscheibe des Spottes, doch auch wenn die anderen ihren Schabernack mit ihm trieben, blieb er gelassen. Er sprach nur noch, wenn eine Antwort gefordert war, ansonsten schwieg er den ganzen Tag. Nur mit Agnes wechselte er hin und wieder ein Wort. Es war, als habe er mit der äußeren Welt abgeschlossen und lebte nur mehr ganz für sich, in seinem stillen, friedlichen Inneren. Abends aber, wenn er seine Fidel nahm, brach er sein Schweigen. Dann begann er zu erzählen in der Sprache der Musik, und nur Agnes verstand ihn. Er erzählte von seiner Familie, die am sternenbesäten Himmel über ihn wachte, vom Bösen und Guten in dieser Welt, von Liebe und Hass, Leben und Tod. Dann trieb es sogar den schlimmsten Teufeln unter den Männern die Tränen in die Augen.

«Es bleibt nicht ungesühnt», hatte er auch an diesem Morgen wieder gesagt, als sie ihren Marsch auf dem schmalen Wiesenstreifen oberhalb des Flusslaufes fortsetzten. «Doch nicht Gott wird strafen», setzte er diesmal hinzu, «Gott hat sich von den Menschen zurückgezogen.»

Bald brannte die Mittagssonne erbarmungslos in das enge Tal, die wenigen Bäume geizten mit Schatten. Agnes wischte sich den Schweiß von der Stirn. Vor ihr stolperte Andres müde neben seinem Packpferd her, und einmal mehr schämte sie sich dafür, dass Steinhagen ihr eines seiner Reitpferde überlassen hatte.

Da geriet der Zug ins Stocken. Agnes trieb ihr Pferd an die Spitze, wo der Rittmeister vor einem umgestürzten Baum stand, der den gesamten Fahrweg versperrte. Der mächtige Stamm sah aus, als liege er hier schon länger, ein notdürftig aufgeschütteter Schotterweg führte rechter Hand weg in ein Seitental.

«Verdammter Hurenscheiß», entfuhr es Steinhagen. «Hätten wir nur den Weg auf der anderen Flussseite genommen.»

Er betrachtete angestrengt das Seitental, das eng und recht steil nach oben auf die Hochebene zu führen schien, ritt ein paar Schritte voraus, dann lud er seine Reiterpistole und winkte den anderen zu folgen.

Agnes beeilte sich, zu Steinhagen aufzuschließen.

«Sollten wir nicht besser umkehren? Ich habe kein gutes Gefühl.»

Steinhagen sah sie erstaunt an. Es kam höchst selten vor, dass Agnes ihn untertags ansprach. Die Spur eines Lächelns umspielte seine Lippen.

«Hast du etwa Angst? Dann bleib nur dicht bei mir, dann geschieht dir schon nichts.»

Der Schotterweg, obgleich er stetig bergan führte, war selbst für ihre Karren erstaunlich gut befahrbar. Plötzlich aber hörte er hinter einer Kurve auf, als habe jemand ein Band durchschnitten. Vor ihnen ragte eine steile Felswand auf.

Steinhagen erbleichte.

Im nächsten Augenblick stürmten von allen Seiten die Angreifer auf sie ein. Agnes riss ihr Pferd herum, versuchte den Stößen der Heugabeln, Hämmer und Äxte zu entkommen, sah noch, wie Steinhagen um sich schoss, wie die meisten ihrer Truppe versuchten, über die steilen Waldhänge zu entkommen, da strauchelte ihr Pferd und sie landete im Gestrüpp. Sie musste zum Fluss, sie war eine gute Schwimmerin, nur so würde sie sich retten können. Vorbei an den aufeinander einschlagenden Männern und Frauen rannte sie zu Fuß weiter, ein pockennarbiger Kerl, das Gesicht zur hasserfüllten Fratze verzerrt, sprang ihr in den Weg, da traf ihn ein Dolchstoß mitten in die Kehle, sein Blut spritzte ihr ins Gesicht. Es war Steinhagen, der sie jetzt bei der Hand nahm und mit sich riss, er schien denselben Gedanken zu haben, drängte sie hinunter ans Ufer, hieb mit seinem Dolch wütend um sich, bis sie den rettenden Fluss erreicht hatten.

«Kannst du schwimmen?», schrie er.

«Ja.»

Im nächsten Moment warfen sie sich in die trägen Fluten der Donau.

Als ihre Füße festen Grund fanden, wagte Agnes aufzutauchen.

«Hierher», zischte Steinhagen. Er stand bis zum Kinn im Wasser, im Schutz überhängender Zweige einer Weide. Selbst hier am Ufer hörten sie das Wutgebrüll der Bauern, die Todesschreie der Sterbenden, als seien sie mitten unter ihnen. Endlich verstummte der Lärm, und sie sahen die Angreifer mit ihren Pferden und Maultieren davontraben. Steinhagen kletterte aus dem Fluss, dann half er ihr die Böschung hinauf.

«Warte hier», sagte er.

«Nein. Ich muss Andres finden.»

Auf halbem Wege versagten Agnes die Beine, und sie sank auf die Knie. Was sich ihnen vor der Felswand darbot, war ein Bild unvorstellbaren Grauens: Die leeren Karren lagen zerschlagen am Wegrand, dazwischen die Körper Dutzender Frauen und Männer. In ihrer Raserei hatten die Bauern es nicht beim Plündern belassen – manchen der Opfer waren Ohren und Nasen abgeschnitten, anderen Hände und Füße abgehackt oder die Augen ausgestochen. Aber das Schlimmste: Sie hatten die Verstümmelten in ihrer qualvollen Pein einfach liegen gelassen, ihnen nicht einmal die Gnade des Todes gewährt. Nackt und blutüberströmt wanden sie sich nun wie Würmer im Dreck, stöhnten, ächzten, röchelten.

Steinhagen lief auf dem Kampfplatz hin und her, bis er fand, was er gesucht hatte – eine Sturmbüchse samt Pulverhorn.

«Verschwinde, Agnes, geh hinunter zum Fluss!»

Doch Agnes war wie gelähmt. Mit aufgerissenen Augen sah sie zu, wie der Rittmeister in fieberhafter Eile die Büchse lud und an den ersten Schwerverletzten herantrat, dessen Unterleib im Blut schwamm. Es war der Bursche, der sich als Erstes an die Nonnen herangemacht hatte. Sie hatten ihm das Geschlecht herausgeschnitten.

«Jetzt hau endlich ab», brüllte Steinhagen und zielte auf den Jungen.

In dem Moment, als der erste Schuss fiel, entdeckte Agnes nur wenige Schritte vor sich Kristin. Auf allen vieren kroch die Alte auf sie zu, aus ihrem Bauch quoll eine blutige Masse.

Da sank Agnes in sich zusammen. Wie aus weiter Ferne hörte sie die Schüsse aus Steinhagens Büchse, viele, viele Male krachten sie durch den Wald, verdichteten sich zu einem einzigen Höllenkonzert. Dann herrschte Stille.

Sie hob den Blick. Steinhagen stand mit gesenktem Kopf inmitten der Leichen. Plötzlich begann er zu brüllen:

«Ihr Hundsfötter, kommt endlich heraus.»

Sein Reitbursche erschien als Erster. Er zitterte am ganzen Leib. Steinhagen sprang auf ihn zu und schüttelte ihn.

«Du elender Feigling! Du verdienst einen schlimmeren Tod als die hier alle.»

«Gnade», wimmerte der Bursche. «Bitte verschont mich.»

Derweil schlichen nach und nach die anderen Geflohenen aus dem Unterholz, die Hand voll Kinder des Trosses mit verstörten Gesichtern. Ganz offensichtlich hatten die Bauern sie laufen lassen, denn es fehlte keines von ihnen.

Steinhagen ließ seinen Burschen los. «Helft mir, die Verletzten zu verbinden. Dann sucht zusammen, was sie uns gelassen haben. Wir müssen so schnell wie möglich verschwinden.»

«Ihr könnt verschwinden, aber ohne Agnes und mich.»

«Andres!»

Agnes rannte auf ihn zu und schloss ihn in die Arme.

«Dem Herrgott sei Dank – du bist unverletzt.»

Ihr Freund stieß ein gequältes Lachen aus. Dann rieb er seine Handgelenke, auf denen noch immer die Abdrücke der Fesseln zu erkennen waren. «Sie haben mich sogar befreit.»

«Pfoten weg von Agnes!» Der Rittmeister hob seine Büchse. «Sie gehört zu mir.»

Andres schob den Lauf der Waffe zur Seite. «Du hast keine Kugeln mehr. Ich hab es gesehen. Den Letzten hast du erschlagen müssen. Komm, Agnes, gehen wir.»

«O nein!» Steinhagen packte Agnes am Arm und riss sie an seine Seite. «Ich habe sie gerettet, nicht du. Los, Agnes, sag es ihm. Ich habe doch dein Leben gerettet, oder etwa nicht?»

«Ja, das habt Ihr. Aber nicht mich habt Ihr gerettet, sondern Euren Besitz.»

Steinhagens Gesicht verzerrte sich zu einer Maske des Schmerzes. «Agnes. Du bist das Teuerste, was ich habe», flüsterte er.

Da zog Andres einen Dolch aus dem Gürtel. Die Klinge blitzte herausfordernd im Sonnenlicht.

«Du hast sie zur Hure gemacht», sagte er ruhig. Sein Gesicht hatte alles Jungenhafte verloren. «Dafür bringe ich dich um.»

Sofort scharten sich die restlichen Männer und Frauen der Truppe, etwa zwanzig an der Zahl, um Steinhagen. Der spuckte aus.

«Pah! David gegen Goliath. Du machst dich lächerlich.»

«Du machst dich lächerlich, wenn du den Schutz deiner Leute brauchst.»

«Du willst mich also zum Zweikampf rausfordern? Das kannst du haben. Los, geht zur Seite», herrschte er seine Gefährten an.

Agnes stellte sich zwischen sie. «Hört auf! Wollt ihr noch mehr Unheil?»

Andres schob sie beiseite. Seine hellen Augen hatten sich dunkel verfärbt. «Faust oder Dolch?», fragte er seinen Kontrahenten.

Einer der Männer reichte Steinhagen einen Dolch, doch der schlug ihn weg. Dann stellte er sich breitbeinig vor dem Jungen auf.

«Los, fang an. Du hast den ersten Schlag.»

Doch statt die Faust zu erheben, hebelte Andres mit einem schnellen Tritt dem Rittmeister die Beine unter dem Leib weg. Dann warf er sich auf ihn. Was folgte, war ein verbissener Kampf zwischen zwei gleich starken Gegnern. Mal war der eine, mal der andere im Vorteil, ihre Körper wälzten sich auf dem dunklen Waldboden, kaum bekamen sie ihre Arme frei, um einen Treffer zu landen. Irgendwann schien Steinhagen zu ermüden, Andres rammte ihm sein Knie in die Magengrube, schlug ihm die Stirn blutig, dann die Nase, das Gesicht in rasender Wut verzerrt. Ohne einen Laut von sich zu geben, umklammerte er mit seinen kräftigen Händen Steinhagens Hals. Der Rittmeister begann zu röcheln, seine Arme ruderten hilflos über den Boden. Immer langsamer wurden seine Bewegungen, bis plötzlich sein rechter Arm hochfuhr und Andres mit voller Wucht an der Schläfe traf. Er hielt einen Stein in der Hand. Mit einem heiseren Krächzen rollte der Junge zur Seite, Agnes schrie laut auf, und Steinhagen schlug ein weiteres Mal zu. Leblos lag der Junge da, als Agnes sich über ihn warf.

«Andres! Andres! Sag etwas.»

Andres öffnete die Augen und sah sie an, erstaunt und zärtlich zugleich. «Du – musst – nach Hause.»

Dann brach sein Blick.

Es brauchte die Kraft dreier Männer, um Agnes von dem Toten wegzuzerren. Mit einem Mal sprang sie auf und lief zu Steinhagen.

«Du Mörder», brüllte sie und schlug in sein geschundenes Gesicht, wieder und wieder.

«Es war ein Kampf Mann gegen Mann», murmelte der Rittmeister, ohne sich zu wehren. Dann wandte er sich ab.

Eine Stunde später, die Sonne stand bereits schräg am Himmel, waren sie bereit zum Aufbruch. Agnes kauerte noch immer an Andres' frischem Grab, das Steinhagen eigenhändig nahe der Uferböschung ausgehoben hatte. Sie betrachtete das kleine Holzkreuz, das sie ihrem Freund und Weggefährten gebunden und in die Erde gesteckt hatte. «Andres, gestorben im Jahr des Herrn 1635» war kaum lesbar hineingeritzt. Nun war sie ganz und gar allein. Dieser Krieg nahm ihr nach und nach alles, was Bedeutung hatte. Ebenso gut konnte sie sich nun in den Fluten der Donau ertränken oder von einem der Felsen stürzen. Denn aus diesem Inferno der Gewalt würde wohl nie mehr ein Weg herausführen. Vielleicht war dies die Buße, die Gott ihr auferlegt hatte für den Irrweg, den sie als junge Frau eingeschlagen hatte in ihrer Verblendung und trotzigen Eigensucht.

An diesem Tag kamen sie nicht mehr weit, da nicht nur den Verwundeten das Marschieren Mühe machte. Sie nahmen Zuflucht in einer Waldarbeiterhütte, je fünf der Männer hielten abwechselnd die Nacht über Wache.

Wie eine Schlafwandelnde war Agnes schließlich Steinhagens Aufforderung gefolgt mitzukommen. Jetzt lag sie neben ihm auf dem Holzboden der Hütte, machte nicht einmal den Versuch einzuschlafen und lauschte den Geräuschen der Nacht. Steinhagens kurze Atemzüge verrieten ihr, dass auch er keinen Schlaf fand.

Sie erhob sich.

«Wo willst du hin?»

Ohne Antwort zu geben, trat sie hinaus auf die kleine Lichtung, über die sich silbrig das Mondlicht ergoss. Die Wächter schritten am Waldrand auf und ab. Agnes ließ sich ins feuchte Gras sinken und betrachtete das Sternbild des Großen Wagens. Verse kamen ihr in den Sinn, Verse aus einem Gedicht des schlesischen Poeten Martin Opitz, das sie mit Prinzessin Antonia kurz vor deren Flucht wieder und wieder gelesen hatte:

Ihr Heiden reicht nicht zu
Mit eurer Grausamkeit,
Was ihr noch nicht getan,
Das tut die Christenheit.

Ob Andres' Seele wohl schon bei seiner Familie angelangt war, dort oben, an seinem Stern? Sie wusste, dass es kein Fegefeuer gab, dass dieser qualvolle Übergang zum ewigen Leben eine Erfindung der papistischen Kirchenväter war. Außerdem war Andres bereits auf Erden durch Höllenqualen gegangen, dachte sie bitter. Jetzt hatte er ganz sicher Ruhe gefunden.

34

In der Tat deutete hier im Süden des Reiches nichts auf einen baldigen Frieden hin. Die gebrandschatzten Dörfer waren verlassen, diejenigen Bewohner, die den Plünderern entkommen waren, wagten nicht, ihre Zuflucht in den Wäldern, Höhlen und Ruinen aufzugeben.

Eine Woche nach Andres' Tod tauchten vor ihnen zwischen bewaldeten Berghängen die Mauern von Tuttlingen auf, dem südlichsten Amt des württembergischen Herzogtums. Einige der Verwundeten litten an Fieber, sie benötigten dringend frisches Verbandszeug und vor allem etwas Nahrhaftes zu essen. Ausgehungert und erschöpft machten sie in sicherem Abstand zur Stadt Halt.

«Wahrscheinlich haben selbst hier die Kaiserlichen längst eine Garnison einquartiert», sagte Steinhagen zu Agnes.

Sie gab keine Antwort. Seit jenem tödlichen Duell an der Donau sprach sie nurmehr das Nötigste mit dem Rittmeister und verweigerte sich ihm des Nachts. Der zögerliche Respekt, den sie diesem Mann entgegengebracht hatte, war in eisige Kälte umgeschlagen. Auch Steinhagens Verhalten ihr gegenüber hatte sich verändert: Er umwarb sie inzwischen wie ein verliebter Bräutigam seine Auserwählte.

«Doch selbst wenn», fuhr er fort und sah sie besorgt an, «wir müssen hinein, wollen wir nicht in den nächsten Tagen allesamt krepieren. Du siehst aus, als könntest du dich keine Stunde mehr auf den Beinen halten.»

Scheinheiliger Lump, dachte Agnes nur. Du bist doch froh, dass ich dir nicht davonlaufen kann.

Dann bat er sie, ihn beim Erkunden der Lage zu begleiten. Stumm lief sie ihm hinterher.

Als sie sich der Stadt näherten, erkannte sie zu ihrem Erstaunen, dass die Tore unbewacht und offen waren. Niemand hielt sie auf, niemand fragte nach Namen und Herkunft noch nach ihrem Begehr. Die Häuser standen wie tot, mit leeren Fensterhöhlen und zerschlagenen Türen, Söldner lungerten auf den staubigen Gassen herum, schmutzig und in Lumpen gehüllt, starrten sie an, ohne sich zu rühren. Manche hatten sich Erdlöcher unter die Stadtmauer gegraben und hausten darin wie die Tiere.

«Seid Ihr Kaiserliche?», fragte Steinhagen einen, der auf einem Stock herumkaute wie ein Hund am Knochen. Der zuckte die Schultern und gab keine Antwort. Dafür humpelte ein anderer auf sie zu, halbnackt, mit ausgestreckten Händen, die Augen im hohlwangigen Gesicht weit aufgerissen.

«Brot! Brot!»

«Wir haben selbst nichts», gab Steinhagen zurück. «Zu welcher Einheit gehört ihr?»

«Brot! Brot!» Der andere fiel auf die Knie. «Brot! Brot!»

Steinhagen schüttelte den Kopf und zog Agnes weiter. «Man könnte meinen, wir sind im Tollhaus gelandet.»

Da entdeckte Agnes einen kleinen Jungen, der sie, hinter einem Dreckhaufen halb verborgen, beobachtete. Er wirkte in dieser trostlosen Umgebung wie eine Erscheinung: Sein Gesicht war sauber, die Haare sorgfältig gescheitelt und gekämmt. Steinhagen hatte ihn ebenfalls entdeckt.

«Der Kleine da ist nicht von schlechten Eltern», murmelte er und ging einen Schritt auf ihn zu.

«He du, wo finde ich hier einen Bader oder Wundarzt?»

Statt eine Antwort zu geben, stürzte der Junge davon.

«Los, hinterher.»

Bei der Stadtkirche verloren sie ihn kurzzeitig aus den Augen, dann tauchte er in einer Seitengasse wieder auf und verschwand in einem prächtigen Bürgerhaus.

«Was habe ich gesagt? Da sind wir am richtigen Nest gelandet.»

Agnes blieb abrupt stehen. «Und nun? Wollt Ihr die Letzten, die hier noch was haben, auch ausräubern?»

Er legte ihr begütigend die Hand auf den Arm. «Ich bin weder auf Tafelsilber noch auf Goldmünzen aus. Nichts weiter als Verbandszeug und ein wenig Proviant will ich. Und ein Losament für meine Leute, bis die Verwundeten wieder auf den Beinen sind. Und jetzt komm.»

Agnes schüttelte seine Hand ab, folgte ihm aber dennoch. Denn der Hunger ließ es inzwischen vor ihren Augen flirren und flimmern.

Steinhagen schlug den Löwenkopf aus Messing mehrmals gegen die Tür. Vergeblich.

«Wenn ihr nicht öffnet, werfe ich euch die Fenster ein», brüllte er. Da ging die Tür einen Spaltbreit auf, und ein hageres Gesicht mit Augengläsern und schütterem Haar erschien.

«Was wollt Ihr?» Die Stimme klang müde.

«Einen Becher Wasser für meine Frau.»

Der Mann musterte Agnes, dann ließ er sie eintreten in eine dunkle, angenehm kühle Diele.

«Wartet hier.»

Er wollte die Treppe hinauf, doch Steinhagen hatte ihm schon mit der Linken unsanft den Arm auf den Rücken gedreht, in der Rechten hielt er seinen Dolch. Agnes unterdrückte einen Schrei.

«Und jetzt führt mich in Eure gute Stube. Wollen mal sehen, ob Ihr mehr zu bieten habt als einen Becher Wasser.»

Kaum hatten sie die Stube betreten, sah Agnes, dass hier nicht mehr viel zu holen war: Bis auf den schweren, mit kunstvollen Schnitzereien versehenen Tisch, eine Eckbank und eine einfache Truhe war der Raum leer. Helle Flecken an der holzvertäfelten Wand verrieten, dass noch unlängst zahlreiche Bilder die Stube geschmückt hatten.

Als sie die Tür hinter sich schlossen, entdeckte Agnes die verhärmte Frau mit ihren vier Kindern, die sich voller Angst in die Ecke drängten. Eines magerer als das andere, waren sie doch sauber und ordentlich gekleidet, auch wenn ihre Röcke und Beinkleider schon sichtlich bessere Zeiten gesehen hatten. Agnes versuchte zu lächeln.

«Wir tun euch nichts zuleide. Wir haben nur Hunger.»

«Wir haben selbst nichts zu beißen», knurrte die Frau böse.

«Das werden wir ja sehen.» Steinhagen stieß den Mann in die Mitte des Raums, die Dolchspitze inzwischen bedrohlich dicht an dessen Hals. «Agnes, mach die Truhe auf.»

«Was seid Ihr nur für ein Scheusal», zischte Agnes und hob den Deckel. Sie fand aber lediglich ein paar sorgfältig zusammengelegte Kleidungsstücke. In der Ecke begannen die Kinder zu heulen.

«Bitte verschont uns», stammelte der Mann. «Wir besitzen nichts mehr als das, was Ihr hier seht.»

«Zu essen und zu trinken werdet Ihr ja wohl im Haus haben. Und saubere Tücher als Verbandszeug.»

Der Mann schüttelte den Kopf.

«Ihr wollt uns wohl am Narrenseil herumführen? Aber wartet, ich werde mit meinen Leuten zurückkommen und das Unterste zuoberst kehren. So schnell werdet ihr uns jedenfalls nicht los.»

«Eure – Leute?»

«Ganz recht. Ein halbes Fähnlein Schweden samt Bagage.»

Die Frau schrie auf. «Schweden? Mann, so gib ihm doch, was wir noch haben.»

Steinhagen lachte auf. «Na also. Euer Weib scheint mir mit mehr Vernunft gesegnet.»

«Niemals!» Die Stimme des Mannes war so leise wie bestimmt. «Das ist die Brotration unserer Kinder. Unser Jüngstes mussten wir bereits zu Grabe tragen. Letzte Woche ist es verhungert.»

«Dann wollt Ihr doch nicht Eure übrigen Kinder zu Waisen machen?» Steinhagen ritzte ihm einen Daumen breit die Haut am Hals auf. Hellrotes Blut perlte hervor.

In diesem Augenblick sprang der größte der Buben zwischen die beiden Männer, der, dem sie gefolgt waren.

«Bitte, gnädiger Herr, verschont den Vater. Morgen früh ist Markt, da gibt es Fleisch und Brot. Bitte! Wir haben doch nichts mehr.»

Verwirrt sah Steinhagen den Jungen an, dann fauchte er: «Geh mir aus dem Weg!»

Doch da umringten ihn auch die übrigen Kinder, baten und bettelten um Schonung. Das Kleinste, das gerade zu laufen und zu sprechen vermochte, zupfte Steinhagen am Rock. In der geöffneten Hand hielt es einen blank geputzten Dreier.

«Für dich. Brot kaufen.»

Die runden blauen Augen strahlten.

Steinhagen blickte von einem Kind zum anderen, dann ließ er den Dolch sinken.

«Was habt Ihr für feine Kinder.» Er strich dem Kleinen übers Haar. «Gebt nur immer gut auf sie Acht.»

Ohne ein weiteres Wort schritt er zur Tür.

«Wartet.» Die Frau zog ein linnenes Tischtuch aus den Kleidungsstücken hervor und reichte es ihm. «Nehmt das für Eure Verwundeten.»

«Danke.»

«Werdet Ihr wiederkommen?»

Zu Agnes' Erleichterung schüttelte Steinhagen den Kopf. «Wie ich gesehen habe, finden sich genug leere Häuser zur Unterkunft.»

Aus weiter Ferne hörte Agnes seine Worte, sie hallten in ihren Ohren wie ein Echo. Dann gaben ihre Knie nach, und ihr wurde schwarz vor Augen.

Als sie wieder zu sich kam, lag sie auf der Eckbank, den Kopf auf einem zusammengerollten Umhang. Die Frau hielt ihr einen Becher Wasser an die Lippen.

In kleinen Schlucken trank Agnes den Becher leer, dann nahm sie dankbar den Kanten Brot entgegen und richtete sich auf.

«Es geht wieder, habt vielen Dank.» Sie erhob sich. «Was ist mit Euch und Eurer Stadt eigentlich geschehen?»

«Fast alle sind geflohen, ins Eidgenössische, nach Schaffhausen. Der Vogt als Erster.» Die Frau strich sich eine graue Strähne aus der Stirn. «Aus Furcht vor den Kaiserlichen. Jetzt liegen die Felder brach, kein Bäcker ist mehr da, um Brot zu backen, kein Metzger, kein Handwerker, niemand mehr. Alle fort. Mein Mann ist der einzige Ratsherr hier.»

«Warum seid Ihr geblieben?»

«Weil unser Vater oben krank zu Bett liegt.»

«Und Euer Hausrat? Seid Ihr geplündert worden?»

«Nein. Wir haben Stück für Stück gegen Essen eingetauscht. Geld hat hier längst keinen Wert mehr.»

Agnes spürte ein Gefühl aufkommen, das sie längst verloren geglaubt hatte: ein tiefes Mitgefühl mit dieser Familie. Sie dankte Gott dafür, dass Steinhagen nicht noch mehr Leid über sie gebracht hatte.

«Was ist mit den Soldaten in der Stadt? Sind das die kaiserlichen Besetzer?»

Jetzt ergriff der Ratsherr das Wort. Er lächelte bitter. «Arme

Schweine sind das. Ein Fähnlein Fußvolk, das donauabwärts versprengt wurde. Ihren Hauptmann und Leutnant haben sie verloren. Jetzt warten sie kopf- und führerlos in dieser verlassenen Stadt auf Verstärkung und werden doch nur vor Hunger sterben, wie wir alle. Das ruhmreiche kaiserliche Heer hat sie wohl einfach vergessen. Tuttlingen ist eine Geisterstadt, mit einer Geistergarnison.»

Fünf Tage und vier Nächte blieben sie in Tuttlingen, in einem großen Haus nahe dem Marktplatz. Und es war eine Geisterstadt. Kein Lachen, kein Kindergeschrei auf den Gassen, nicht mal das Grölen betrunkener Söldner. Und ähnlich wie in ihrer Höhle auf der Alb war auch hier die Zeit abhanden gekommen. Es gab keine Turmuhren, keine Glocken, die den Tageslauf bestimmten, denn die Uhren waren zerschossen, die Glocken eingeschmolzen. Welcher Handwerksmeister, welcher Amtsschreiber, welche Waschfrau hätte sich auch nach dem Stundenschlag richten sollen? Bis auf fünf, sechs Familien und die zerlumpten Fußknechte lebte niemand mehr hinter diesen Mauern. Auf dem Markt, der jeden Tag stattfand und seinen Namen als solchen nicht verdiente, bot jedermann an, was er gefunden hatte: Eicheln und Schnecken, das Fleisch verendeter Pferde, Hunde und Katzen oder gekochte Tierhäute. Und im Tausch hierzu alles, was in den Häusern nicht niet- und nagelfest war.

Zwei der Verwundeten starben Steinhagen unter den Händen weg. Er ersuchte den Ratsherrn, den er in Ermangelung eines Pfarrers holen ließ, um eine Bestattung auf dem protestantischen Kirchacker, da es sich bei seinen schwedischen Soldaten um gläubige Lutheraner handle. Als der Ratsherr sofort einwilligte und beim Begräbnis obendrein die Leichenpredigt hielt, nahm Steinhagen dies so hoffärtig hin, als sei er der Obervogt dieser Stadt. Agnes hingegen war beschämt angesichts der Güte dieses Mannes und aufgebracht über die Selbstgefälligkeit des Rittmeisters.

In dieser Nacht, ihrer letzten in Tuttlingen, nahm sie ihre Decke und wanderte in eine andere Kammer. Steinhagen, den sie schlafend gewähnt hatte, lief ihr nach.

«Agnes! Warum hasst du mich?»

«Hass!» Sie schob verächtlich die Unterlippe vor. «Das wäre ein viel zu großes Gefühl, als dass Ihr es verdient hättet.»

«Hast du denn vergessen, dass ich dich bei dem Überfall gerettet habe?»

«Nein. Aber inzwischen wäre mir lieber, Ihr hättet mich meinem Schicksal überlassen.»

«Begreifst du denn nicht, dass ich dich lieb gewonnen habe? Dass – dass ich dich liebe?»

Im Mondschein, der durch das Fenster drang, sah sie, dass seine Augen glänzten.

«Liebe! Ihr beschafft Euch Frauen wie ein neues Pferd. Daraus kann niemals Liebe werden.»

«Was ist daran verkehrt? So wie mir ein gutes Pferd ans Herz wächst, so kann mir auch eine Frau ans Herz wachsen.»

«Ich bin also nicht mehr wert als ein Pferd?»

Er schüttelte den Kopf. «Du verstehst mich falsch.»

Doch Agnes glaubte, ihn ganz richtig zu verstehen. Dies war seine Art von Liebe, zu mehr war er nicht fähig.

«Wenn Ihr auch nur einen Funken Achtung für mich empfindet, dann lasst mich künftig nachts in Ruhe.»

Sie zogen weiter durch den strahlenden Hochsommer. Mühsam schleppten sie sich voran, ein jämmerlicher Haufen von zwei Dutzend Männern, Frauen und Kindern, so gut wie unbewaffnet und jeder Bande von Heckenkriegern schutzlos ausgeliefert. Irgendwann tauchte vor ihnen eine Reihe steiler Bergkegel auf, die wie Kaminschlote in den Dunst ragten.

«Wie weit ist es noch bis Zürich?», fragte sie Steinhagens Reitburschen, obwohl der Rittmeister neben ihr herging.

«Acht, neun Tage vielleicht?» Der Bursche warf einen unsicheren Blick auf seinen Herrn.

Der nickte. «Wir sind erst in der Nähe der Festung Hohentwiel.» Dann zog er seinen Burschen an sich heran und flüsterte ihm etwas ins Ohr.

Bald darauf zweigte ein ausgefahrener Feldweg ab. Steinhagen rief seinen Leuten etwas in dieser seltsamen Sprache zu, die, wie Agnes inzwischen wusste, ein Kauderwelsch aus Schwedisch, Italienisch und Französisch war. Die meisten nickten. Steinhagen zog aus seinem Beutel die Reste einer zerfetzten schwedischen Fahne, befestigte sie an einem Stock, dann schlugen sie den Weg ein, der auf einen der Bergkegel zuführte. Auf seiner Spitze, in Schwindel erregender Höhe, klebte eine so mächtige Burganlage, wie sie Agnes noch nie gesehen hatte.

«Ihr wollt zu der Festung?», fragte sie erstaunt.

«Ja.» Steinhagen wich ihrem Blick aus. «Vielleicht erweist sich der Kommandant als generös und stattet uns mit Waffen und Proviant aus.»

Bald führte der Weg erst zwischen Weingärten, dann durch moosbesetzte Wiesen stetig bergan. Eine Herde Schafe, die im Schatten einer Kapelle graste, beäugte sie neugierig. Die ungeheuren Ausmaße der Anlage waren nun immer deutlicher auszumachen. Auf einem Felsvorsprung lag hinter dicken Mauern die untere Festung, von da führte entlang nackter Felswände, durch drei starke Tore und über mehrere Brücken, ein Weg steil nach oben. Dort, auf dem abgeflachten Gipfel des Bergkegels, thronte das von einem mächtigen Bollwerk umgebene Burgschloss. Man musste kein Festungsbauer sein, um zu erkennen, dass diese Burg wohl unbezwingbar war.

Steinhagen ließ halten. Zu Agnes' Erstaunen begannen die anderen, Feldsteine aufzuklauben.

«Du nicht, Agnes. Der restliche Aufstieg wird beschwerlich genug.»

«Wozu soll das gut sein?»

«Jeder Gast muss einen Stein mitbringen, für den Ausbau der Festung.» Der Rittmeister wuchtete sich einen besonders schweren Brocken auf den Rücken. «Zum Lohne lässt uns Widerhold aus dem goldenen Herzogsbecher trinken, auf das Wohl deines württembergischen Herrn.»

«Konrad Widerhold? Der herzogliche Major?»

«Eben der. Er ist Kommandant der Landesfeste Hohentwiel. Du wirst sozusagen heimatlichen Boden betreten, eine Insel der Seligen inmitten der Habsburger Vorlande. Oder ich könnte auch sagen: den Stachel im Fleisch der Kaiserlichen. Freust du dich?»

Er lächelte sie an. Doch in seinen Augen stand so etwas wie Wehmut.

35

Konrad Widerhold hob den Becher.

«Auf die Freiheit der Religion und das Augsburger Bekenntnis! Auf Herzog Eberhard im fernen Straßburg!»

Steinhagen nahm einen tiefen Schluck, dann gab er den großen goldenen Becher an Agnes weiter. Der Rotwein war süß und schwer. Sie standen im unteren Burghof in der Abendsonne, umringt von Widerholds Leibwache, einem guten Dutzend schwerbewaffneter Reiter in halbem Harnisch.

«Nun», Widerhold warf einen anerkennenden Blick auf den Haufen Steine zu seinen Füßen, dann lächelte er, «was also führt Euch den beschwerlichen Weg hier herauf? Sprecht frei heraus.»

Der Kommandant war ein imposanter Mann, wie Agnes fand, ein wenig älter als sie selbst. Obschon nicht sonderlich groß und eher untersetzt, wirkte er kraftvoll wie ein Bär. Sein braunes welliges Haar, das er akkurat seitlich gescheitelt hielt, fiel bis über die Schultern, die Enden des gestutzten Schnauzbarts waren nach oben gezwirbelt. Sein heller, klarer Blick verriet Entschlossenheit und eine gewisse Strenge. Agnes wusste: Konrad Widerhold hatte in Stuttgart den Ruf eines zähen Haudegens, der in Treue zum Fürstenhaus hielt.

«Ihr seht selbst», begann Steinhagen, «in welchem Zustand meine Leute sind. Wir wurden in Nördlingen versprengt, Isolanis Kroaten haben uns in den Süden gejagt, etliche von uns sind dabei umgekommen. Jetzt sind wir auf dem Weg nach Zürich, um uns mit anderen schwedischen Truppenteilen aus Schwaben zu vereinen und weitere Befehle abzuwarten.» Er verzog das Gesicht zu einem Lächeln. «Wir Ihr sicher wisst, sind unsere französischen Verbündeten im Anmarsch – dieser infame Friede von Prag, von dem Euer Herzog so schändlich ausgeschlossen ist, wird also keinen Bestand haben, dafür werden wir schon sorgen. Der Kaiser soll sich wundern, es ist noch nicht zu spät zur Remedur.»

Steinhagen hielt inne, als erwarte er Beifall. Als Widerhold ihn nur stumm ansah, fuhr er fort: «Zu unserem großen Unglück sind wir unterwegs in einen Hinterhalt geraten, ein rasendes Bauernpack hat uns geplündert und zur Hälfte hingemetzelt. Seither besitzen wir nichts, als was wir am Leib tragen. Und so bitten wir Euch inständigst um die Gnade einiger Feuerrohre und etwas Wegzehrung.»

«Ihr seid sicher fromme und redliche Leut – doch ich habe zweihundert Mann zu versorgen, und das ist hier auf diesem Felsennest nicht eben einfach. Warum also sollte ich Euch von meinen Waffen und meiner Furage abgeben?»

«Zum einen, um uns als verbündeten Schweden aus der Not zu helfen.»

Der Kommandant begann zu lachen, und seine Wangen legten sich in tiefe Falten. «Verbündete? Das Bündnis der Protestanten hat sich aufgelöst wie Nebel an einem Sommermorgen.»

«Wartet ab, es wird sich erneuern. Zum anderen hab ich noch ein paar Silberlinge bei mir zur Bezahlung – gewiss nicht genug. Indessen erhoffe ich mir eine kleine Anerkennung dafür, dass ich diese Frau hier, Agnes Marxin, aus den Kriegswirren gerettet habe. Sie ist Stuttgarterin, also eine Untertanin Eures gnädigen Herrn, und hat in der Residenz gedient. Halb verhungert habe ich sie auf der schwäbischen Alb aufgelesen, wo sie den Winter in einer Höhle verbracht hat. Um sie bei Euch in Sicherheit zu bringen, haben wir eigens einen Umweg auf uns genommen.»

Agnes traute ihren Ohren nicht. Steinhagen wollte sie gegen Ausrüstung eintauschen wie ein Stück Vieh!

«Da habt Ihr Euch wahrlich als tapferer Ritter erwiesen.» In Widerholds Augen blitzte Spott auf. Dann wandte er sich an Agnes: «Bevor ich etwas entscheide, sagt Ihr mir selbst: War dem so? Ihr wurdet nicht etwa als Geisel oder Gefangene mitgeführt?»

Der Rittmeister errötete leicht, und Widerhold beeilte sich fortzufahren: «Nicht, dass ich Euch solche Dinge unterstellen will. Nur hört man allzu oft von Entführungen, und es sind nicht immer nur die Leute der Kaiserlichen. Also, verehrte Frau Marxin, sagt ohne Furcht die Wahrheit. Als Württembergerin seid Ihr so oder so willkommen auf unserer Burg.»

Agnes biss sich auf die Lippen. Ganz offensichtlich war Steinhagen ihrer überdrüssig geworden, seitdem sie sich ihm verweigerte. Wollte sie loshaben und zugleich noch einen Vorteil herausschlagen. Der Kommandant indes schien ihr ein rechtschaffener Mann zu sein. Würde sie die wahren Umstände berichten, würde das für den Rittmeister mit Sicherheit übel ausgehen. Der Augenblick der Rache wäre hiermit gekommen – wenige Worte nur, und sie könnte Steinhagen ans Messer liefern.

In diesem Moment der Stille waren aller Blicke auf sie gerichtet. Sie sah in die mageren Gesichter der schmutzigen, abgerissenen Leute, in deren Gesellschaft sie die letzten Monate verbracht hatte. Oft genug war sie von ihnen gedemütigt und geschurigelt worden, dennoch hatte keiner ihr ernsthaft Leid angetan, und sie hatten das Wenige mit ihr geteilt. Durfte sie ihnen die so dringend benötigte Hilfe verwehren, nur weil es sie danach drängte, Steinhagen zu strafen und Andres' Tod zu rächen?

Sie warf dem Rittmeister einen verächtlichen Blick zu, dann sagte sie mit fester Stimme:

«Es ist, wie der Rittmeister sagt. Ich danke Euch untertänigst für die Gnade und Güte, mir Zuflucht zu gewähren.»

Während sie ihren Hofknicks andeutete, hörte sie förmlich den Seufzer der Erleichterung neben sich.

«Gut. Ihr anderen – ihr könnt für diese Nacht euer Lager hier im Hof aufschlagen. Der Torwächter wird euch Decken und frisches Stroh bringen, das Abendessen werdet ihr mit der unteren Wache einnehmen. Morgen früh erhaltet ihr fünf Büchsen samt Pulver und Kugeln. So möget ihr dann weiterziehen mit Gottes Segen. Ihr aber, Agnes Marxin, begleitet mich auf meine Burg. Wenn Ihr Euch verabschieden wollt, so tut dies jetzt, denn Ihr werdet Eure Begleiter wohl nicht wieder sehen.»

Steinhagen streckte ihr unsicher die Hand entgegen, in der er das kleine geschnitzte Holzpferd hielt. Sein kantiges, energisches Gesicht hatte alle Härte verloren, in den eisblauen Augen glitzerten sogar Tränen.

«Leb wohl, Agnes. Komm wohlbehalten nach Stuttgart zurück.»

Sie nahm die Figur an sich und flüsterte: «Gott möge mir helfen, dass ich Euch so schnell wie möglich vergesse.»

Dann drehte sie sich brüsk um und folgte dem Kommandanten über den Burghof. Er zog sie hinter sich auf den Sattel, und sie machten sich an den Aufstieg. Ein letztes Mal wandte sie sich um. Steinhagen stand unverändert an derselben Stelle und starrte hinter ihr her.

Die Entbehrungen der letzten Monate hatten sie geschwächt, und so war sie froh, nicht zu Fuß gehen zu müssen, denn der

Weg zog sich schier endlos hin. Dennoch: Sie hätte diesen steilen Aufstieg selbst mit einem Stein auf dem Rücken bewältigen mögen, denn mit jeder Pferdelänge, die sie höher stiegen, wurde ihr leichter ums Herz, entfernte sie sich weiter von den Gefahren der Landstraße, von der verwahrlosten Meute des Rittmeisters. Der heftige Schwindel, der sie packte, als sie das erste Mal über Widerholds Schulter nach unten sah, war schnell vorüber, und sie fühlte sich wie ein Adler, der hoch durch die Lüfte segelt. Spielzeugklötzen gleich lagen die Häuser eines Landstädtchens unter ihnen, die Felder, Hügel und Wälder bildeten ein anmutiges Muster, das hier und da von den langen Schatten der umliegenden Bergkegel unterbrochen war. Dann aber, als der Weg nach einem der Tore eine scharfe Wendung nahm, verschlug es ihr den Atem: In der Ferne schimmerte im Abendlicht ein riesiger See, den schneebedeckte Bergzacken überragten, so nah und scharf gezeichnet, als seien sie mit Händen zu greifen.

«Wie herrlich», entfuhr es ihr.

Der Kommandant wandte sich um. «Es freut mich, dass Ihr diesen Ausblick genießt. Leider habe ich mich schon allzu sehr daran gewöhnt, als dass ich ihn gebührend bewundern könnte. Stattdessen empfinde ich immer nur die Beschwernisse des Aufstiegs. Doch man kann sich sein Zuhause nicht immer aussuchen, nicht wahr?»

Agnes überlegte noch, was sie entgegnen sollte, da sprach er bereits weiter: «Vielleicht ist Euch nicht entgangen, dass ich wider jede Etikette gehandelt habe. Ich hätte Euren Rittmeister, als Offizier, ebenfalls auf meine Burg einladen müssen. Doch, um ehrlich zu sein, glaube ich ihm kein Wort, zumindest was Euch betrifft.»

Er suchte ihren Blick, doch Agnes schlug die Augen nieder. Niemals würde sie ihm erzählen, in welcher Weise sie an Steinhagens Seite gelebt hatte.

Widerhold räusperte sich. «Nun, das hat jetzt auch keine Bedeutung mehr. Hier seid Ihr in der ältesten Feste unseres Schwabenlandes, und sie ist uneinnehmbar. Ihr seid also in Sicherheit. Eines jedoch müsst Ihr mir verraten: Warum habt Ihr in diesen unglückseligen Zeiten Stuttgart verlassen, dazu als Frau und ganz allein? Immerhin steht die Residenz unter dem Schutz des Kaisersohns.»

«Ich war gar nicht allein, zumindest anfangs nicht.»

In wenigen, nüchternen Worten berichtete Agnes, wie sie ihrer sterbenden Mutter zuliebe auf die Suche nach ihren beiden Brüdern gegangen war, die dieser Krieg zu Gegnern gemacht und die sie in Nördlingen zu finden gehofft hatte.

Widerhold pfiff durch die Zähne. «So eine Unternehmung kann nur einer Frau einfallen.»

Sie vermochte nicht einzuschätzen, ob in dieser Bemerkung Bewunderung oder Missbilligung überwog.

«Es war nichts als kopflos und töricht», entgegnete sie beschämt. Dann schwieg sie und war erleichtert, als sie kurz darauf das mächtige Tor der oberen Festung erreichten. Es dämmerte bereits. Nachdem der letzte Reiter ihres Trupps den Graben überquert hatte, schloss sich hinter ihm mit lautem Ächzen und Rasseln die Zugbrücke. Plötzlich traf sie die Erkenntnis wie ein Blitzschlag: Sie war schon wieder gefangen, sie war Konrad Widerhold mit Haut und Haar ausgeliefert. Dabei machte sie sich nichts vor: So freundlich und höflich ihr der Kommandant bislang begegnet war – er war auch nur ein Mannsbild, den es in dieser Männerwelt nach Frauen dürstete. Hatte sie in Steinhagens Tross zumindest noch die Hoffnung hegen dürfen, eine Gelegenheit zur Flucht zu finden, so war ihr diese jetzt vollkommen genommen. Mutlosigkeit überkam sie.

Widerhold half ihr vom Pferd. Dann stutzte er.

«Was ist mit Euch? Weint Ihr?»

Sie schüttelte den Kopf. «Ich bin nur erschöpft.»

«Und hungrig sicher auch. Ihr werdet sehen, mit vollem Magen sieht die Welt gleich anders aus.»

Vor dem Hauptportal des Burgschlosses erwartete sie ein Mann, der weder Waffen noch Harnisch trug. Von der Statur her glich er Rittmeister Steinhagen, fast war er noch größer und kräftiger. Damit hörte die Ähnlichkeit aber auch auf. Seine Züge waren weich, die dunkelgrünen Augen unter den fein gezeichneten schwarzen Brauen blickten ihr offen entgegen, und die geschwungenen vollen Lippen hatten fast etwas Weibliches. Ohne die etwas zu groß geratene leicht gebogene Nase und die Narbe auf dem Kinn wäre sein bartloses Gesicht makellos schön zu nennen gewesen.

«Endlich wird meine Neugier belohnt.» Der Fremde strich sich die widerspenstigen dunklen Locken aus der Stirn. «Gestatten – Sandor Faber, Adjutant des Festungskommandanten. Ich habe Euch vom Burgfried aus beobachtet. Dass unser Ehrengast allerdings eine Frau ist, noch eine so anmutige dazu, hätte ich nicht zu erwarten gewagt.» Er verneigte sich. «Seid herzlich willkommen auf Hohentwiel.»

Selbst seine Stimme war weich, wenngleich seiner Statur entsprechend tief und kräftig. Mit einem Mal schämte sich Agnes für ihr verwahrlostes Äußeres.

«Agnes Marxin aus Stuttgart.»

«Aus unserem Ländle? Der Überraschungen werden ja immer mehr. Ihr müsst wissen, ich bin zwar von Mutterseite her Ungar, doch Stuttgart halte ich für die schönste Residenz im Reich. Zumal ich dort geboren bin.»

«Jetzt hör auf mit deinem Süßholzgeraspel.» Widerhold schlug ihm auf die Schulter. «Sag uns lieber, ob das Abendessen bereit ist. Unser Gast stirbt gleich vor Hunger. Oder möchtet Ihr Euch lieber erst ein wenig frisch machen, bevor wir Euch zu Tisch bitten?»

«O ja, gern.» Beinahe geriet Agnes ins Stottern. Sie war vollkommen verwirrt von dem Empfang auf dieser Burg. Wie lange schon war man ihr nicht mehr mit Höflichkeit und Anstand begegnet. «Nur – verzeiht – mir wäre es ehrlich gesagt lieber, in der Küche zu essen. Ich sehe aus wie eine Vagantin, außer diesem zerrissenen Rock besitze ich nichts mehr.»

«Darum sorgt Euch nicht», entgegnete der Kommandant. «In Eurer Unterkunft findet ihr eine ganze Auswahl von Damenkleidern. Wenn auch nicht gerade nach der neuesten Mode.»

Faber bot ihr den Arm. «Dann kommt.»

Er führte sie die Treppe hinauf in eine große Eingangshalle. Von dem hohen, schmucklosen Raum, der selbst jetzt im Hochsommer Kälte ausstrahlte, gingen mehrere Eichenholztüren ab.

«Die linke Tür dort hinten führt in unser Speisezimmer. Kommt einfach herunter, sobald Ihr gerichtet seid.»

Im Treppenhaus, das von winzigen Mauerdurchlässen nur notdürftig erhellt war, stiegen sie drei Stockwerke höher. Der Adjutant entriegelte eine schmale Tür und reichte ihr den Schlüssel.

«Voilà, die Kemenate.» Er entzündete eine Öllampe. «Bei Licht besehen leider nur eine schlichte Kammer, wir leben halt anspruchslos auf unserer Burg. Ich hoffe, Ihr fühlt Euch dennoch wohl.»

Der Adjutant untertrieb maßlos. Der Raum war bestimmt zweimal so groß wie ihre Kammer im Stuttgarter Schloss. In der Mitte erhob sich ein riesiges Bett mit dunkelblauem Himmel, der auf zierlich gedrechselten Säulen ruhte, dahinter stand ein breiter Waschtisch aus Kirschbaum mit einem Spiegel in silbernem Rahmen. Ein blank geputzter Kachelofen verhieß Wärme für die Wintermonate, und die beiden mächtigen Truhen hätten das Gepäck einer Gräfin aufnehmen können. Nur die kahlen grauen Steinmauern, schmucklos bis auf ein schlichtes Holzkreuz, ließen nicht vergessen, dass man sich auf einer Festung befand. Was Agnes hingegen nahezu rührte, war die Sauberkeit ihrer Unterkunft, eine Sauberkeit, die sie inmitten einer von Männern unterhaltenen Burg niemals erwartet hätte. Kein Stäubchen fand sich auf dem Waschtisch, auf dem neben der strahlend weißen

Wasserkanne Kamm und Bürste bereitlagen, keine Schliere störte den Glanz der Spiegelfläche.

«Es ist wunderschön», sagte Agnes leise. Viel zu schön, dachte sie, denn sie fühlte sich wie eine Gänsemagd, die in einen Tanzsaal geraten war.

«Und hier: die Ankleidekammer.»

Er öffnete die Tür neben dem Waschtisch und ging mit der Lampe voraus. An einer eisernen Stange hingen Dutzende von Kleidungsstücken: Röcke, Mieder, Hemden, Leibchen, Reisekleider, Mäntel und Umhänge, in allen Stoffen, Größen und Farben.

«Wie kommt Ihr in dieser Abgeschiedenheit zu solch einer Menge von Frauenkleidern?»

«Geschenke und Gefälligkeiten.» Er zwinkerte ihr zu. «Nun sucht Euch das Schönste heraus. Wir sehen uns dann später.»

Er schenkte ihr noch ein strahlendes Lächeln, dann zog er sich zurück. Agnes trat an den Waschtisch, streifte ihre schmutzigen Kleider ab und betrachte sich im Spiegel. Ihr Körper war nur noch Haut und Knochen, das Gesicht bis hin zum Hals von hässlicher Sonnenbräune. Eine Bemerkung Jakobs fiel ihr ein, nämlich dass in Hungerszeiten eine Frau kein Kind empfangen könne. So hatte also beinah jedes Übel auch sein Gutes, dachte sie und musste beinahe lachen. Vermutlich war sie mit ihren bald vierunddreißig Jahren ohnehin zu alt zum Kinderkriegen. Nur ihr schwarzes, gelocktes Haar war noch immer kräftig und ohne eine einzige graue Strähne.

Nachdem sie sich sorgfältig gewaschen und gekämmt hatte, wählte sie ein dunkelrotes Kleid aus leichtem Taft. Es hatte einen weiten Rock und an den Ellbogen enge Ärmel, die zum Handgelenk weit und mit Spitzenmanschetten besetzt waren. Ein zierlicher Spitzenkragen säumte den Halsausschnitt. Auf eine Haube verzichtete sie, stattdessen band sie ihr Haar im Nacken zu einem kunstvollen Knoten. Dann ging sie mit klopfendem Herzen hinunter. Was würde sie hier noch erwarten?

Als sie das Speisezimmer betrat, saßen Widerhold und Faber bereits an der Tafel, neben ihnen zwei weitere Männer. Das Essen war noch nicht aufgetragen, nur einige Karaffen mit Wasser und Wein standen bereit. Die Männer erhoben sich augenblicklich.

«Das ist Agnes Marxin aus Stuttgart», stellte der Kommandant sie vor. «Leutnant Althaus und Doctor Burmeister, unser Garnisonsarzt.»

Die Männer deuteten eine Verbeugung an, der Leutnant mit ungerührter Miene, der Arzt mit einem neugierigen Lächeln. Leutnant Althaus war ihr vom ersten Augenblick an zuwider. Das Gesicht des hageren Mannes war von aschgrauer Farbe, mit schmalen Lippen und nach unten gezogenen Mundwinkeln, und die Iris seiner Augen glänzte in so hellem Grau, dass sie sich kaum vom Weiß der Augäpfel unterschied. Wie ein Gespenst, fuhr es Agnes durch den Kopf. Der Arzt hingegen, bullig und untersetzt, mit leuchtend roten Wangen, hatte etwas von einem Hanswurst. Sein Mund schien unablässig zu grinsen, und aus seinen runden Äuglein blitzte der Schalk.

«Was für eine Überraschung! Eine wahre Helena in der trüben Ödnis unserer Burg.» Burmeister schenkte ihr ein Glas schwarzroten Weines ein. «Trinken wir auf das Wohl unseres unerwarteten Gastes und auf die Schönheit der Frauen.»

Sie setzten sich, Agnes zwischen Widerhold und seinem Leutnant, ihr gegenüber Sandor Faber und der Arzt. Während Agnes in winzigen Schlucken den schweren Wein kostete, entging ihr nicht, wie Faber sie musterte.

«Was für eine gute Wahl Ihr getroffen habt», sagte er schließlich leise. «Das Kleid, meine ich. Diese burgunderrote Farbe zu Eurem schwarzen Haar.»

«Mein Freund, der Kommandant», unterbrach ihn der Arzt, «hat bereits berichtet, in welch abenteuerlicher Odyssee Ihr hierher gelangt seid. Ein wahres Rührstück. Indessen mit gutem

Ausgang, wie Ihr nun seht. Man wird Euch hier fürstlich verwöhnen.»

Agnes versuchte zu lächeln. «Ich bin Euch unendlich dankbar für diese Gastfreundschaft. Nur – für mich ist das Abenteuer noch nicht zu Ende. Mein einziger Wunsch ist, nach Stuttgart heimzukehren, zu meiner Familie.» Sie schluckte. «Aber das wird wohl nicht so einfach sein.»

«Da mögt Ihr Recht haben. So, wie keiner ungebeten hier hereinkommt, so kommt auch keiner hinaus. Es sei denn, unser Kommandant öffnet die Tore. Stellt Euch also gut mit ihm.»

Der Arzt kicherte, als er Agnes' erschrockenes Gesicht sah. «Verzeiht, gnädige Frau, ich wollte Euch nicht verunsichern. Was ich sagen wollte: In der Tat würden wir Euch niemals ohne Schutz und Begleitung ziehen lassen. Ist es nicht so, *mon capitaine*?» Er blinzelte dem Kommandanten zu. «Bis sich eine günstige Gelegenheit ergibt, müsst Ihr Euch also unsere Gesellschaft gefallen lassen. Doch jetzt spannt uns nicht länger auf die Folter und erzählt von Euch.»

«Einspruch, mein lieber Medicus.» Widerhold schwenkte eine Tischglocke. «Zuerst soll unser Gast sich satt essen dürfen.»

Eine Frau und ein junger Bursche brachten das Abendessen herein: eine dampfende Schüssel mit Gerstenbrei, der nach Kräutern und Knoblauch duftete, eine Platte mit kaltem Braten und knusprig gebratenen Rebhühnern, von gedünsteten Birnen umgeben, dazu eine große Schale mit Äpfeln und Mandelmilch. Allein beim Anblick dieser Delikatessen zog sich Agnes schmerzhaft der Magen zusammen. Doch mehr noch als die Aussicht auf diese üppige Mahlzeit freute und erleichterte es Agnes, dass sie nicht das einzige weibliche Wesen auf dieser Burg war. Die Frau indessen bedachte sie mit einem äußerst misstrauischen Blick.

«Das ist Käthe, die Wirtschafterin und heimliche Meisterin der oberen Burg», sagte Widerhold. «Käthe, das ist Agnes Marxin aus Stuttgart.»

«Das haben die Spatzen bereits von den Dächern gepfiffen», knurrte die Frau und zog sich ohne ein weiteres Wort der Begrüßung zurück. Schade, dachte Agnes, dabei sprach die Frau so schön Oberschwäbisch.

Der Kommandant sah Käthe nach, dann zuckte er die Schultern.

«Lasst uns beten.»

Sie falteten die Hände und lauschten mit gesenktem Kopf Widerholds Worten. Agnes warf einen verstohlenen Blick auf ihr Gegenüber: Sandor Faber war völlig in sein Gebet versunken, seine schönen Gesichtszüge drückten Ernst, fast Schwermut aus.

«Amen!»

«Amen», kam es mehrstimmig zurück.

Faber sah auf, und ihre Blicke trafen sich. Er lächelte wieder.

«Und nun», forderte der Kommandant Agnes auf, «greift ungefragt zu.»

Während des Essens erfuhr sie, dass Burg Hohentwiel eine der letzten württembergischen Landesfestungen war, die den Kaiserlichen noch trotzte. Konrad Widerhold hatte sie kurz nach der Nördlinger Schlacht übernommen und auf Gott und sein Leben geschworen, die Festung niemals an jemand anderen zu übergeben als an ihren rechtmäßigen Herrn, Herzog Eberhard von Württemberg.

Sie erfuhr noch mehr: Nicht nur die beiden Tübinger Bibliotheken, die von unschätzbarem Wert waren, auch die Stuttgarter Bibliothek, das Archiv und die Kunstkammer seien von Offizieren geraubt und nach München und Wien überführt worden.

«Selbst die Wandvertäfelungen der herzoglichen Gemächer haben sie herausgerissen», berichtete Faber. «Kein Wunder – residiert doch inzwischen dieser Grobian und Trunkenbold Gallas im Schloss.»

«Wie gut, dass Prinzessin Antonia dies alles nicht mit ansehen musste», murmelte Agnes.

«Sie sollte der Residenz ohnehin besser fern bleiben, wie Ihr selbst im Übrigen auch», sagte Burmeister. Faber warf dem Arzt einen warnenden Blick zu.

«Wie meint Ihr das?», fragte Agnes.

«Das Soldatenvolk hat die Pest eingeschleppt. Es sind wohl schon über tausend Tote zu beklagen. Kapellmeister Froberger und seine Frau sind auch unter den Opfern. Den berühmten Baumeister Schickhardt hingegen hat die Soldateska zu Tode gestochen, als er sein Haus verteidigen wollte.»

«O Gott!» Agnes erbleichte.

Jetzt begannen Fabers Augen zornig zu funkeln. «Hör auf, unseren Gast zu ängstigen. Über das genaue Ausmaß wissen wir doch gar nichts, das sind alles nur Gerüchte. Fest steht, dass es die Residenz im ganzen Herzogtum noch am besten getroffen hat.» Er sah Agnes beruhigend an. «Schließlich ist sie von Zerstörung und Brandschatzen verschont geblieben. Macht Euch also nicht unnötig Sorgen.»

«Dein Wort in Gottes Ohr», brummte Burmeister und schenkte sich nach.

«Mein Adjutant hat Recht», ergriff Widerhold das Wort. «Der Kaisersohn hat sich Stuttgart wohl als Zentrum der Rekatholisierung gedacht und wacht daher mit Argusaugen über die Einhaltung des Schutzbriefs. Außerdem scheint er mir von etwas freiheitlicherer Gesinnung als sein Vater.»

«So freiheitlich, dass seine Jesuiten die Grabsteine unserer Geistlichen aus der Stiftskirche geworfen haben.» Burmeisters Worte kamen schon nicht mehr ganz deutlich.

«Zumindest dürfen wieder protestantische Gottesdienste abgehalten werden.»

«Ja, unser Herrgott hält die Hand über unsere kleine Residenz.» Burmeister wollte Agnes nachschenken, doch sie wehrte ab. Der ungewohnte Wein stieg ihr zu Kopf. «Er hat sogar den Ersten dieser Patres zu sich geholt. Ein wenig zu laut hatte der nämlich von der Goldenen Kanzel gewettert, der schwarze Tod sei die Gottesstrafe für unser ungläubiges Ketzertum! Drei Tage später ist er selbst an der Pest krepiert. Kann man sich da einer gewissen Schadenfreude erwehren?»

Agnes ertappte sich, wie ihr Blick den des Adjutanten suchte, der sie unablässig beobachtete. Dabei stand ihr Urteil fest: Der Mann war ein Schmeichler, ein Frauenheld. Sie schob ihren Teller zurück. In ihrem Kopf schwirrte es von all den Eindrücken.

«Woher wisst Ihr das alles?»

«Seid Ihr auf Eurer Reise niemals Kurieren begegnet?» Fabers Stimme war tief und warm, wie der Mittagswind an einem sonnigen Frühlingstag.

Agnes schüttelte den Kopf. «Ein einziges Mal nur. Bei Rittmeister Steinhagen.»

«Seht Ihr!» Jetzt lächelte Faber wie ein Schulbub, der die Lösung einer Aufgabe parat hatte. «Dabei wimmelt es im Land von Kundschaftern und geheimen Boten. Das sind die wahren Helden eines Krieges, nicht die Schlächter und Feldherren. Unter Lebensgefahr schmuggeln sie Nachrichten in winzigen Briefen noch durch den dichtesten Belagerungsring. Machen sich unsichtbar, wenn es die Umstände fordern, und geben sich zu erkennen, wenn sie an ihrem Ziel angelangt sind. Wir zum Beispiel, auf unserem Berggipfel inmitten des Feindeslands, erhalten alle drei, vier Wochen Zeitung aus der Residenz und vom Straßburger Hofstaat.»

«Leider war die letzte nicht so erbaulich», sagte der Kommandant und erhob sich. «Verzeiht, wenn ich mich zurückziehe», er verneigte sich leicht gegen Agnes, «auch wenn mir dieser Abend mit Euch der angenehmste seit langem war. Doch mein Leutnant und ich müssen nach der Wache sehen.»

Jetzt erst wurde Agnes gewahr, dass Leutnant Althaus sich an den Gesprächen mit keinem Wort beteiligt hatte. Auch in diesem Moment nickte er ihr lediglich zu, mehr finster als höflich, und ging zur Tür.

«Dann möchte ich mich ebenfalls verabschieden.» Müdigkeit und Erschöpfung schlugen wie eine Welle über Agnes zusammen, und sie spürte, wie ihre Beine zitterten, als sie sich erhob. «Nur noch eine Frage, Herr Kommandant: Wann kann ich nach Stuttgart zurückkehren?»

«Mit dem nächsten württembergischen Kurier. Seid versichert: Unter dem Schutz der Kuriere gelangt Ihr sicher nach Hause. Mein Adjutant hat Euch übrigens nicht umsonst so von deren Fähigkeiten vorgeschwärmt.» Er grinste. «Er muss es ja wissen. Schließlich war er lange Zeit selbst einer. Und nun schlaft wohl. Ach ja: Leider war der letzte Bote erst vor wenigen Tagen hier, Ihr müsst Euch also noch einige Zeit gedulden.»

36

Agnes erwachte erst zur Mittagszeit. In ihrem herrschaftlichen Bett fühlte sie sich so satt, sauber und geborgen, als habe es die Strapazen der letzten Monate nie gegeben. Dann aber schoss ein einziges Wort in ihr vom langen Schlaf noch wohlig umnebeltes Bewusstsein: Pest. In Stuttgart wütete die Pest, und sie hatte keine Möglichkeit zu erfahren, wie es um ihre Familie, ihre Freunde stand. Sie musste heraus aus dieser Festung, in der sie wie in einem goldenen Käfig gefangen saß.

Sie öffnete das Fenster und lehnte sich hinaus. Der Blick ging nach Morgen hin, über den riesigen See, der jetzt silbern in der Sonne lag, die Berge waren im Dunst nur zu erahnen. Makellos schön und friedlich bot sich die Landschaft dem Auge dar, keine Trümmer und Ruinen, keine zerfetzten Leiber waren von dieser himmelhohen Bergspitze zu sehen, keine Schmerzensschreie zu hören. War vielleicht auch der Herrgott selbst droben im Himmel zu weit entfernt, um all das Elend zu erkennen? Sofort schämte sie sich für diesen blasphemischen Gedanken und faltete die Hände.

Energisches Klopfen unterbrach ihr Gebet.

«Ja, bitte?»

Käthe trat ein, mit einem Krug, aus dem es nach warmer Milch duftete. Freundlich wünschte ihr Agnes einen guten Morgen.

«Euer Morgenmahl», entgegnete die Frau mürrisch.

«Herzlichen Dank. Ihr meint es wirklich gut mit mir.»

«Der Herr Obrist, wollt Ihr wohl sagen.»

Am Vorabend hatte Agnes die Frau nicht näher beachtet, doch jetzt fiel ihr auf, was für eine Schönheit sie einst gewesen sein musste, mit ihrem langen Hals und den ebenmäßigen Zügen. Jetzt wirkte sie wie eine im Verwelken begriffene Rose und obendrein sehr verbittert.

«Seid Ihr schon lange auf der Burg?»

«Allzu lange.» Sie wandte sich zur Tür. «Der Adjutant bittet Euch ins Kabinett, sobald Ihr gerichtet seid.»

Wenig später stieg Agnes die Treppen hinab in die kühle Eingangshalle. Bevor sie sich fragen konnte, wo sich das Kabinett wohl befand, hörte sie Fabers und Widerholds Stimmen. Sie trat an eine mit Leder gepolsterte Tür, die nur angelehnt stand.

«Der Kerl ist vernagelt wie ein Maulesel. Kein Sterbenswort kommt über seine Lippen», hörte sie Widerhold sagen, dann seinen Adjutanten: «Auf jeden Fall scheint mir geboten, in Alarmbereitschaft zu bleiben. Bis auf Eure Leibgarde sollten wir alle Soldaten auf die untere Burg verlegen.»

«Gleichwohl müssen wir aufhören, diesen Maulwurf mit Samthandschuhen anzufassen.» Das klang nach Leutnant Althaus. «Schließlich habe ich noch ganz andere Pfeile im Köcher.»

Agnes klopfte laut gegen den Türrahmen. Augenblicklich wurde die Tür aufgerissen, und Faber stand vor ihr. Sein Gesicht strahlte.

«Habt Ihr gut geschlafen?»

«Wunderbar.»

«Wie wäre es dann mit einem Rundgang durch die Burg?»

«Sehr gern.»

Als sie auf den Burghof traten, schlug ihnen hochsommerliche Hitze entgegen, obwohl es bereits September war. Faber zog die Augenbrauen hoch. «Das sieht mir nach Gewitter aus.» Er bot ihr seinen Arm. «Ein Gewitter hier oben ist ein unvergleichliches Schauspiel. Die liebe Käthe versteckt sich dann immer in unseren unterirdischen Gängen.»

«Vielleicht zeigt Ihr mir die zuerst. Ich hab nämlich ebenfalls Angst vor Gewitter.»

«Das glaube ich Euch nicht. Eine so mutige Frau wie Ihr.»

Er sah ihr einen Moment zu lange in die Augen, und sie spürte, wie sie errötete. «Ihr wolltet mich herumführen!»

«Ja, selbstverständlich. Nun – dort hinten seht Ihr das Wirtschaftsgebäude mit den Stallungen und dem Zeughaus. Auf der Burg sind neun Geschütze verteilt, dafür haben wir einen Vorrat von fünftausend Eisenkugeln. Im Zeughaus lagern dreißig Zentner Blei und je zweihundert Zentner Salpeter und Pulver. Dazu zweihundertfünfzig Musketen, Handrohre und Sturmbüchsen, tausend Spieße, über hundert Feldharnische.»

«Da ist ja eine Windmühle», unterbrach sie ihn. Faber lachte.

«Verzeiht mir. Wie konnte ich vergessen, dass eine Frau an meiner Seite ist und kein Generalmajor. Kommt, ich zeige Euch die Mühle. Wir machen hier nämlich unser Mehl selbst.»

Zu Agnes' Erstaunen fand sich hier oben fast alles, was auch in einem Dorf oder Landstädtchen zu finden gewesen wäre. Es herrschte dieselbe rege Betriebsamkeit: Vor der Mühle wurden Getreidesäcke auf einen Karren geladen, aus der Schmiede drangen Rauch und der helle Schlag auf den Amboss, an der Wasserpumpe ließen zwei Männer große Bottiche volllaufen, und aus dem Backhaus verbreitete sich verführerisch der Duft frischen

Brots. Ungewöhnlich war einzig, dass sie fast nur Männer zu sehen bekam, vermutlich allesamt Soldaten.

«Eine kleine Welt für sich», sagte Agnes, als sie sich unter dem lichten Geäst einer jungen Linde auf eine Bank setzten.

Sandor Faber nickte stolz. «Und das hier ist unsere Dorflinde, wo sich die Männer abends zum Schwatz einfinden. Ihr müsst wissen, dass wir die Festung in äußerst verwahrlostem Zustand vorgefunden hatten. Munition und Lebensmittel für die Besatzung fehlten gänzlich, und so musste erst einmal vom Feinde das Nötigste beschafft werden. Vor allem aber mussten die umliegenden Burgen, welche der Festung gefährlich werden konnten, zerstört werden, was manch langwierigen Kampf erforderte. Danach erst konnten wir uns an die Instandsetzung machen. Was Ihr hier also seht, ist Widerholds Werk. Alles zwar schlicht und schmucklos, jedoch äußerst funktional und durchdacht. Im Augenblick sitzt er an den Plänen für eine Kirche, die hier oben errichtet werden soll.»

Ein Wasserträger kam die Mauer entlang.

«Wartet. Ihr habt sicher Durst.»

Mit großen Schritten eilte Faber zu dem Mann und kehrte mit einem gefüllten Becher zurück, den er ihr vorsichtig reichte. Ihre Hände berührten sich.

«Danke.»

Ohne abzusetzen, trank sie den Becher halb leer. Das kühle Wasser schmeckte herrlich, als sei es geradewegs einer Bergquelle entsprungen.

«Wie kommt Ihr eigentlich zu Euren Vorräten? Ich meine, Ihr bewirtschaftet doch sicher keine Felder, oder?»

«Nun, versteht mich nicht falsch – wir holen uns, was wir brauchen, im feindlichen Umland. Oder wir nehmen unter den kaiserlichen Soldaten Geiseln, um sie gegen Lösegeld freizulassen.»

«Ihr geht also auf Beute, wie jeder andere Soldat auch», sagte

Agnes leise. «Getreu dem Grundsatz, dass Plündern dem Geplündertwerden vorzuziehen sei.»

Faber biss sich auf die Lippen.

«Wir müssen nun mal diese Festung halten und unsere Leute versorgen.» Er griff nach ihrer Hand. «Glaubt Ihr mir, wenn ich Euch versichere, dass wir die Menschen stets unbehelligt lassen? Dass Widerhold jede Gewalttat streng ahndet?»

Sie zog ihre Hand zurück. Doch von dem Blick aus seinen dunkelgrünen Augen konnte sie sich nicht lösen. Ein leichter Schauer fuhr über ihren Nacken.

Schließlich sagte sie: «Ich glaube Euch.»

«Darf ich nun meinerseits Euch etwas fragen?»

Sie nickte.

«Ihr wart die Gefangene dieses Rittmeisters, habe ich Recht?»

Wieder nickte sie.

«Hat er – hat er sich Euch gegenüber wie ein Ehrenmann betragen?»

Sie betrachtete erst ihre staubige Schuhspitze, dann das schwere Gewölk, das von Westen her aufgezogen war. «Ich denke, wir sollten ins Burgschloss zurück. Das Unwetter kommt näher.»

Faber schob sich das Haar aus der Stirn. «Verzeiht mir, das war wenig feinsinnig. Erzählt mir lieber von Stuttgart. Wie erging es Euch als Prinzessin Antonias Kammerfräulein?»

«Kammerfräulein ist zu viel gesagt, ich habe alles Mögliche gearbeitet. Aber wir waren sehr vertraut.»

«Widerhold kennt die Prinzessin gut. Sie soll ein ganz außergewöhnlicher Mensch sein.»

«Ja. Das ist sie.»

«Genau wie Ihr, Agnes.»

Wieder spürte sie diesen Schauer. Sie erhob sich brüsk. «Ich fürchte, Ihr habt ein ganz falsches Bild von mir. Ich bin weder mutig noch außergewöhnlich. Und statt mich hier wie ein Burgfräulein verwöhnen zu lassen, sollte ich zu Hause sein, bei meiner

Familie. Bitte, legt ein Wort beim Kommandanten für mich ein, dass er mich bald gehen lässt.»

«Ohne Schutz könnt Ihr nicht fort. Ihr wisst doch selbst am besten, wie gefährlich das ist.»

«Aber ich muss nach Stuttgart.» Sie kämpfte gegen die Tränen an. «Ich habe einen Sohn, der mich braucht und den ich schmählich im Stich gelassen habe. Und jetzt ist dort auch noch die Pest ausgebrochen. Ich hätte die Residenz nie verlassen dürfen. Gott mag mich für diesen Frevel strafen.»

«Geht nicht so hart mit Euch ins Gericht.»

Sandor Faber war ebenfalls aufgestanden. In diesem Moment ließ ein gewaltiger Donnerschlag sie zusammenzucken, und es begann unvermittelt wie aus Kübeln zu gießen.

«Rasch, dort hinüber.»

Er zog sie in den Schutz einer Mauernische. Sie drängten sich an die von der Sonne aufgeheizten Mauersteine, um nicht nass zu werden.

»Wie heißt Euer Junge?»

«David. Er ist jetzt –» Sie rechnete nach. «Er ist jetzt dreizehn.»

Der Schatten, den sie schon beim Abendgebet bemerkt hatte, legte sich wieder über sein offenes, fein gezeichnetes Gesicht.

«Das ist ein schöner Name für einen Buben», sagte er leise.

Sie nickte und sah David vor sich, wie er verschwitzt und außer Atem nach der Schule ins Zimmer stürmte. Verstohlen wischte sie sich über die Augen. «Was war das für eine Nachricht, von der der Kommandant gestern gesprochen hat? Droht Gefahr?»

Wohlweislich verschwieg sie, was sie durch den Türspalt aufgeschnappt hatte.

«Ihr dürft nicht erschrecken – es steht wohl eine Belagerung durch die Kaiserlichen bevor. Das haben unsere Kundschafter vor einigen Tagen herausgefunden. Am selben Tag kam eine Depesche aus Straßburg, von Herzog Eberhard. Der Kaiser habe ihm angeboten, Württemberg in den Prager Frieden einzubeziehen, wenn er die vierzehn Mannklöster und zuallererst die Festung Hohentwiel herausgebe. Dann dürfe der Hofstaat auch nach Stuttgart zurückkehren.»

«Und?»

«Der Herzog weist diesen Vorschlag entschieden zurück. In der Depesche gibt er Widerhold die Ermahnung, sein auf Mannesehre gegebenes Wort getreulich zu halten.»

«Dann heißt das, Württemberg hat keine Aussicht auf Frieden? Nur weil Herzog Eberhard so – so stur ist?»

«Was ist ein Frieden wert, wenn das halbe Land dabei verloren geht? Widerhold wird diese Burg niemals aufgeben, selbst wenn der Kaiser höchstselbst vor den Toren steht.»

Agnes seufzte. «Warum können Männer immer nur entweder an Sieg oder an Niederlage denken? Das, was dazwischenliegt, wäre die Rettung für so viele Menschen hier im Land.»

«Vielleicht habt Ihr Recht. Aber so sind die Dinge nun mal.»

Ein Blitz durchzuckte die Regenwand und tauchte die Festungsanlage in gespenstisch grelles Licht. Der Donnerschlag folgte fast unmittelbar.

«Wir müssen ins Schloss», rief Faber durch das laute Grollen, das nur langsam verhallte. «Das Gewitter ist direkt über uns. Ich gehe Euch einen Umhang holen.»

«Nein, lasst nur, ich komme gleich mit.»

Da nahm er ihre Hand, und sie rannten los. Mitten durch den Wolkenbruch, dessen Ströme ihnen der aufbrausende Sturm ins Gesicht peitschte. Von allen Seiten zuckten nun Blitze durch den schwarzen Himmel.

«Schnell, da hinein», schrie Faber durch das Tosen.

Im Dunkel des Stalls schnaubten unruhig die Pferde. Er ließ ihre Hand los. «Ihr seid vollkommen durchnässt. Irgendwo liegen hier Decken herum.»

Kurz darauf war er wieder bei ihr und brachte ihr eine Decke.

«Euer Haar – es ist ganz nass.» Behutsam strich er ihr eine Strähne aus der Stirn. «Ihr zittert ja.»

Er zog die Decke enger um ihren Körper und kam ihr dabei näher, als es schicklich war. Ihr Kopf ruhte an seiner Brust, sie konnte seinen rasenden Herzschlag hören. Oder war es ihr eigener? Was tat sie hier, um Himmels willen, in den Armen eines wildfremden Mannes? Ihr Körper zitterte zwar noch immer, doch in ihrem Innern stieg eine Wärme auf, die sie schon vergessen geglaubt hatte, eine Wärme, die immer stärker wurde und in ein heftiges Verlangen überging.

Brüsk hob sie den Kopf. «Es hat aufgehört.»

Durch die schmalen Stallfenster drang wieder Licht. Sie spürte seinen brennenden Blick und riss sich los.

«Gehen wir.»

Den Rest des Weges schritten sie stumm nebeneinanderher. Er brachte sie bis ins Stiegenhaus.

«Käthe soll einen heißen Kräuterwein bereiten und hinaufbringen.»

«Das ist nicht nötig.» Agnes schüttelte den Kopf und eilte die Stufen hinauf. Über die Schulter rief sie zurück: «Wir sehen uns beim Abendessen.»

«Wann, schätzt Ihr, wird der nächste herzogliche Bote hier eintreffen?», fragte Agnes den Kommandanten.

Widerhold wischte sich den Bratensaft aus dem Mundwinkel. «Schwer zu sagen, vielleicht nächste Woche. Es wäre auf jeden Fall gut, wenn Ihr aufbrecht, bevor –» Er brach ab.

«Bevor die Kaiserlichen uns belagern?»

Widerhold starrte Agnes verblüfft an.

«Woher wisst Ihr?»

Sandor Faber räusperte sich. Während der ganzen Mahlzeit hatte er kaum gesprochen. «Ich habe es ihr gesagt.»

Die Männer warfen ihm missbilligende Blicke zu. Schließlich meinte Widerhold: «Nun gut, dann können wir ja offen sprechen. Ihr müsst Euch jedenfalls nicht ängstigen. Wir sind ausgezeichnet gerüstet, falls sich die Vermutungen unserer Kundschafter bewahrheiten sollten. Die Burg ist unbezwingbar. Dennoch hoffe ich natürlich, dass Ihr schon vorher heimkehren könnt. Auch wenn das der eine oder andere hier Anwesende möglicherweise bedauert.» Wieder sah er seinen Adjutanten unfreundlich an.

«Wenn wir nur Genaueres über den Zeitpunkt und die Truppenstärke wüssten.» Der Medicus bohrte sich in den Zähnen.

«Verdammt, wir müssen diesen Hundsfott endlich zum Reden bringen.» Die Stimme des Leutnants wurde schneidend. «Ich bitte Euch, Kommandant, billigt endlich eine weitere peinliche Befragung.»

Nun konnte sich Agnes nicht länger zurückhalten. «Ich weiß, dass meine Neugier sich nicht schickt, aber – von wem ist hier die Rede?»

«Wir haben zwei Gefangene.»

«Gefangene?»

«Ja.» Widerhold kratzte sich am Nacken. »Unsere Kundschafter haben nicht nur Nachricht über verdächtige Truppenbewegungen mitgebracht, sondern auch gleich noch zwei leibhaftige kaiserliche Soldaten. Wobei sich rasch herausgestellt hat, dass der Jüngere nur ein Trossbube ist.»

«Aber warum haltet Ihr sie gefangen?»

«Wir vermuten, dass sie zur Vorhut der Belagerungstruppen gehören und von ihrer Einheit versprengt wurden. Und dass sie genauestens Bescheid wissen über die Strategie der geplanten Belagerung, zumindest der Ältere. Doch bis jetzt haben wir noch nicht mal Namen oder Dienstgrad aus ihnen herausbekommen.»

«Im besten Fall», wandte der Arzt ein, «können wir bei den Kaiserlichen ein Lösegeld erpressen. Denn dass der Ältere ein Offizier ist, seh ich dem an der Nasenspitze an. Wenn er ein Leutnant ist», er kicherte, «dann bringt er immerhin fünfzig Reichstaler ein.»

Sandor Faber verzog spöttisch die Lippen. «Unser Herr Leutnant beißt sich seit Tagen die Zähne an den beiden aus. Und Käthe muss nur einen Eimer Wasser bringen, und schon weiß sie, dass der Kerl aus Oberschwaben ist.»

«Aus Oberschwaben?»

«Ja. Ein Büchsenmacher aus Ravensburg.»

37

Agnes fröstelte, als Leutnant Althaus das schwere Eisentor zu dem unterirdischen Gang aufsperrte. Ihre Reaktion beim Abendessen hatte bei den Männern erhebliche Verwirrung gestiftet: Sie war aufgesprungen, das Rotweinglas in ihrer Hand war in Scherben zerborsten, dann hatten ihre Beine unter ihr nachgegeben, und sie war zu Boden gesunken.

Burmeister hatte ihren blutenden Daumen verbunden und ihr ein Riechfläschchen unter die Nase gehalten, bis ihr Atem sich wieder beruhigt hatte. Als die Männer bestätigt hatten, dass der Gefangene ein Muttermal am rechten Schulterblatt hatte, waren ihre letzten Zweifel ausgeräumt: Sie hatte Matthes gefunden!

«Geht es Euch wieder besser?», fragte Sandor Faber besorgt.

Agnes nickte und folgte dem Leutnant und Widerhold die schmale Treppe hinab. Gegen Althaus' Widerstand hatte sie erreicht, dass sie unverzüglich zu den Gefangenen geführt wurde. Hier unten war es kühl und modrig. Im schwachen Schein der Tranlampe sah sie, dass der Gang, den sie nun erreicht hatten, immer wieder von Quergängen und schmalen Türen unterbrochen war. Sie bogen mal links, mal rechts ab, bis sie vollkommen die Orientierung verloren hatte. Ohne ihre Begleiter wäre sie in diesem Labyrinth rettungslos verloren gewesen.

«Ihr bleibt hier stehen», bestimmte Althaus in barschem Tonfall. Er entriegelte eine weitere Eisentür und verschwand mit Widerhold durch den Spalt.

«Los, wischt eure Gesichter sauber, ihr habt Damenbesuch», hörte Agnes ihn schnauzen, dann folgte undeutliches Flüstern. Dicht neben ihr stand Faber, der jetzt unbeholfen ihre Hand drückte.

«Erschreckt nicht», sagte er leise. «Kriegsgefangene sind kein angenehmer Anblick. Aber ich versichere Euch, sie sind den Umständen entsprechend wohlauf.»

«Ihr könnt eintreten», rief der Kommandant von der anderen Seite der Tür. Agnes holte tief Luft, dann stieß sie die Tür auf. Die Lampe erhellte notdürftig einen großen, rechteckigen, vollkommen kahlen Raum, knapp unter der Decke befand sich ein winziges vergittertes Fenster. Und auf den Strohschütten kauerten, in großem Abstand und an den Handgelenken an die Wand gekettet, zwei Männer. Es dauerte einen Augenblick, bis Agnes in dem dunklen Mann mit dem verfilzten langen Haarschopf und Vollbart ihren Bruder erkannte. Sie brachte kein Wort heraus.

«Ich kenne die Frau nicht.» Matthes' Stimme klang heiser.

«Matthes!» Der Name ihres Bruders entfuhr ihr als ein lauter Schrei. Sie stürzte auf ihn zu, packte ihn bei den Schultern und flüsterte ein weiteres Mal: «Matthes.»

Dann brach sie in Tränen aus.

«Was haben sie mit dir gemacht?»

Sie deutete auf seine verbundenen Hände. Matthes glotzte sie nur entgeistert an. Die Wangen in seinem von Schmutz und Blut verkrusteten Gesicht waren eingefallen, die Augenlider gerötet, als leide er unter Fieber. Plötzlich straffte sich sein Körper.

«Agnes! Wie kommst du hierher?»

«Das ist eine lange Geschichte.» Sie lachte und schluchzte

gleichzeitig und bedeckte seine Stirn mit Küssen. «Ich habe dich gefunden. Ich habe dich endlich gefunden.»

Der Kommandant räusperte sich. «Wir holen Euch in einer halben Stunde wieder ab.»

Leutnant Althaus erstarrte. «Es scheint mir nicht eben ratsam, die beiden ohne Aufsicht zu lassen.»

«Darüber bin ich ausnahmsweise anderer Meinung, Althaus. Kommt jetzt.»

Als die Tür hinter den Männern wieder verriegelt war, flüsterte Agnes: «Ich hol dich hier raus. Und dann gehen wir nach Hause, zu Mutter. Sie wartet auf uns.»

«Nach Hause.» Er schloss die Augen.

«Nicht schlafen, Matthes. Bleib jetzt wach. Was haben sie mit deinen Händen gemacht?»

«Kiensplitter», entgegnete er, ohne die Augen zu öffnen. «Brennende Kiensplitter – unter die Nägel – nicht mehr so schlimm.»

Agnes streichelte zärtlich sein verschrammtes Gesicht. Dann wischte sie sich die Tränen aus dem Gesicht und sagte:

«Hör zu. Sie behaupten, du wüsstest etwas über eine geplante Belagerung durch die Kaiserlichen. Du musst ihnen alles sagen, versprichst du mir das?»

Endlich öffnete er wieder die Augen. «Sie glauben mir ohnehin kein Wort. Ich bin längst nicht mehr beim Heer, ich bin desertiert. Kurz vor Ravensburg sind wir kaiserlichen Reitern ausgewichen und dabei diesen Kurieren in die Arme gelaufen.»

«Ravensburg? Du wolltest nach Ravensburg?»

Er nickte. «Zu Mutter.»

«Sie ist schon lange in Stuttgart, bei mir zu Hause. Sie liegt im Sterben.» Wenn sie nicht schon tot ist, dachte sie und wieder schossen ihr die Tränen in die Augen. «Du darfst nicht länger schweigen. Du musst alles dafür tun, dass sie dich freilassen.»

«Es ist meine Schuld», hörte sie eine junge Stimme sagen.

«Sei still, Mugge.»

«Doch, es ist einzig meine Schuld. Hätte ich nicht verplappert, dass Ihr als Wachtmeister in Nördlingen dabei wart, hätten die Kuriere uns nicht hierher geschleppt.»

«Wer ist der Junge?» Agnes sah nur die magere Gestalt, das Gesicht war im Halbdunkel kaum zu erkennen.

«Das ist Mugge, mein Reitbursche. Und mein Freund. Bitte, Agnes, komm morgen wieder. Ich bin so hundemüde.»

«Ihr habt meinen Bruder gefoltert!»

Voller Zorn schüttelte Agnes Sandor Fabers Arm ab, als er ihr die steilen Stufen heraufhelfen wollte. Er hatte sie eine Stunde später aus dem Verlies geholt.

«Ihr verkennt die Lage, Agnes. Wir sind im Krieg, und die Kaiserlichen wollen unsere Festung stürmen. Da ist es nur folgerichtig, wenn wir einen feindlichen Soldaten gefangen nehmen und verhören. Mein Gott, wenn ich geahnt hätte, dass Ihr seine Schwester seid.»

«Verhören! Gequält und gepeinigt habt Ihr ihn. Um etwas herauszupressen, was er gar nicht weiß.»

«Ich gebe zu, dass Althaus nicht eben zimperlich vorgegangen ist. Doch Widerhold hat eine neuerliche Tortur vorerst untersagt. Und schließlich – Himmel, wir haben Krieg, da gelten andere Gesetze.»

«Und du? Warst du auch dabei? Hast du dir das blutrünstige Schauspiel mit angesehen?» In ihrer Wut war sie ins Du übergegangen.

«Nein, ich war nicht dabei», sagte er leise. «Ich geb dir mein Wort: Ich werde alles unternehmen, um deinem Bruder zu helfen.»

«Dann red mit dem Kommandanten. Er muss Matthes und diesen Jungen augenblicklich freilassen. Herrgott, die beiden sind doch schon lang in keiner Armee mehr. Und auf eure Kundschafter brauchen wir dann auch nicht zu warten, wir kommen gut allein durch bis Stuttgart. Sag deinem Kommandanten, dass wir uns morgen auf den Weg machen wollen.»

Er wirkte plötzlich traurig. «Gut. Ich werde tun, was ich vermag.»

Schweigend begleitete er sie bis zu ihrer Zimmertür. Als er keine Anstalten machte zu gehen, fragte sie: «Gibt es noch etwas?»

«Falls Widerhold deinen Bruder wirklich freigibt – wirst du dann tatsächlich morgen gehen?»

«Ja. Und jetzt bitte ich Euch: Lasst mich allein.»

Am nächsten Morgen brachte Käthe wieder einen Krug Milch. Sie war nun wesentlich freundlicher als am Vortag, blieb sogar einige Zeit bei ihr, um zu plaudern. Zwei Stunden später klopfte es erneut. Es war der Adjutant.

«Habt Ihr mit dem Kommandanten gesprochen?»

«Ja. Leider sind es schlechte Nachrichten.»

Agnes lehnte sich gegen die Wand. Sie hatte die ganze Nacht kaum ein Auge zugetan.

«Die beiden bleiben gefangen. Aber du – Ihr könnt sie jeden Tag aufsuchen. Bei Gelegenheit sollen sie gegen Ranzion den Kaiserlichen ausgeliefert werden.»

«Warum nur? Habt Ihr denn nicht vorgebracht, dass mein Bruder desertiert ist? Dass er längst kein Soldat mehr ist?»

«Das habe ich. Aber heute Morgen war Euer Bruder störrischer denn je. Widerhold und Althaus wollten es aus seinem eigenen Mund erfahren, und sie wollten Beweise. Stattdessen hat er am Ende den Leutnant bös beleidigt. – Er macht alles nur noch schlimmer», fügte er hinzu.

«Dann möchte ich jetzt zu ihm.»

«Aber der Kommandant erwartet Euch zum Mittagsmahl.»

«Ich werde nicht mit Euch essen. Bringt mich jetzt bitte zu Matthes.»

Ihr Bruder wirkte heute noch erschöpfter, aber immerhin

steckten seine Hände in neuen Verbänden, und die Strohschütte roch frisch.

«Warum redest du nicht?», fragte sie.

«Lass mir einfach ein wenig Zeit. Und sorg dich nicht, sie werden mich nicht mehr anrühren. Jetzt erzähl mir alles, was du erlebt hast.»

So berichtete sie von ihren Ängsten um die beiden Brüder, ihrem Wunsch, sie ans Krankenbett der Mutter zu holen, einem Wunsch, der schließlich zur Besessenheit geworden war und sie zu ihrer Reise durch das kriegsverheerte Land getrieben hatte. Von ihrem treuen Begleiter Rudolf, ihrer Begegnung mit Lisbeth und den Gauklern, von Kaspars Tod und dem Überfall durch marodierende Söldner, von ihrem Versteck in der Erdhöhle. Erzählte in mageren Worten, wie sie dort den Tod erwartet hatte und wie Andres, ihr stummer Beschützer, sie wieder ins Leben zurückgeholt hatte. Berichtete von ihrem Kampf gegen den Winter auf der Alb, ihrer Gefangennahme durch die Schweden, der Plünderung des Nonnenklosters. Nur Rittmeister Steinhagen erwähnte sie mit keinem Wort. Zu tief steckte noch die Scham über diese Zeit in ihr. Als schließlich einer der Leibgardisten sie holen kam, war sie mit ihrem Bericht eben zu Ende gekommen, und Matthes weinte wie ein kleiner Junge. Von ihm selbst, seinem Leben als kaiserlicher Soldat, hatte sie nichts erfahren.

Für den Rest des Tages blieb sie auf ihrem Zimmer, selbst als Käthe erschien und ihr ausrichtete, die Herren Offiziere würden sie gern zum Abendessen sehen. Mal stand sie am Fenster und sah hinunter auf das Land, das sich mit goldenen Herbstfarben zu schmücken begann, dann wieder ging sie unruhig auf und ab. Ein ungeheuerlicher Gedanke hatte von ihr Besitz ergriffen: Hatte Sandor Faber womöglich gar nichts unternommen, um Matthes' Freilassung zu erwirken? Sie spürte noch seine warme Nähe im Stall, als seien sie eben erst auseinander gegangen. Sie holte tief Luft. Sandor war ein gut aussehender Mann, ein Mann, der die Frauen betörte und sich dessen bewusst war, ein Mann wie Kaspar, ein Windbeutel. Nein, noch einmal würde sie sich nicht in diesen verhängnisvollen Strudel kindischer Verliebtheit reißen lassen. Zu viel hatte sie inzwischen erlebt und erfahren.

Sie beschloss, den Kommandanten einfach selbst zur Rede zu stellen. Denn Sandor, dessen war sie sich nun sicher, hatte nur das eigene Ziel vor Augen: sie auf Hohentwiel zu halten, mit der Aussicht auf ein wenig Abwechslung im alltäglichen Gleichmaß, auf eine amüsante Liebelei, mit der er vor den anderen auf der Burg renommieren konnte.

Als sie den Speisesaal betrat, war das Abendessen bereits aufgetragen. Der Duft von gebratenem Speck stieg ihr beinahe qualvoll in die Nase. Sichtlich erfreut sprang Widerhold auf und bot ihr den freien Stuhl neben sich.

«Habt Ihr es Euch also doch anders überlegt. Wie schön.»

Der Höflichkeit halber setzte sie sich, Glas und Teller schob sie aber gleich von sich.

«Verehrter Herr Kommandant, ich bin nur gekommen, um zu erfahren, warum Ihr meinen Bruder immer noch gefangen haltet. Hat Euch Euer Adjutant nicht gesagt, dass er längst kein Soldat mehr ist?»

«Doch, das hat er in der Tat.»

Der Arzt grinste bis zu den Ohren. «Man hätte geradezu meinen können, unser Freund wolle Euch loswerden, so vehement hat er sich für Euern Herrn Bruder eingesetzt. Dabei hätte ich das Gegenteil beschwören mögen.»

«Ihr trinkt zu viel, Burmeister», stutzte Sandor Faber ihn mit eisiger Miene zurecht.

Irritiert mühte Agnes sich, ihre Gedanken beisammenzuhalten und ihrer Stimme einen entschiedenen Klang zu geben. «Matthes Marx ist demnach eine Zivilperson geradeso wie ich, und soweit ich weiß, ist das, was Ihr tut, dann nichts anderes als Geiselnahme und verstößt gegen das Kriegsrecht.»

«Wir haben eingenäht in seinem Hemd ein Dokument gefunden», entgegnete Widerhold. «Die Bestallungsurkunde zum Wachtmeister der herzoglichen Leibgarde Wallensteins.»

«Was soll das beweisen? Wallenstein ist lange tot.»

«Wer so etwas aufbewahrt, ist kein Deserteur, sondern Soldat und Parteigänger mit Leib und Seele.»

«Oder ein gefühlvoller Dummkopf», entfuhr es Agnes.

Widerholds Blick wurde weich. «Es ehrt Euch und Euren Familiensinn, doch die Sache ist entschieden. Wir werden ihn bei den Kaiserlichen auslösen. Danach mag Euer Bruder tun und lassen, was er will.»

«Dann holt ihn wenigstens aus diesem grässlichen Verlies, ihn und seinen Rossknecht. Ihr sagt doch selbst, dass keiner hinter Eurem Rücken diese Festung verlassen kann.»

Leutnant Althaus schlug die Faust auf den Tisch.

«Nein!» Sein sonst so wachsbleiches Gesicht war rot angelaufen. «Ich lasse meine Anordnungen nicht durch fremde Weibspersonen untergraben. Sind wir hier auf dem Jahrmarkt oder in einer Garnison?»

Schweigen breitete sich in der Tischrunde aus. Endlich erhob sich Agnes. «Dann ist das Euer letztes Wort?»

«Ja.» Widerhold nickte. «Ihr könnt allerdings jederzeit zu ihm, ich werde der Wache entsprechende Anweisung geben. Und nun bitte ich Euch: Esst mit uns zu Abend.»

Sie schüttelte den Kopf: «Ich habe nur noch eine letzte Frage: Was bekommen die beiden zu essen und zu trinken?»

«Einen Napf voll Getreidemus und einen Krug Wasser», antwortete der Kommandant verwundert.

«Und wie oft?»

«Jeden Morgen.»

«Dann werde ich Käthe sagen, dass sie mit mir ebenso verfahren soll. Und ich werde für den Rest der Zeit auf meinem Zimmer bleiben. Eine gute Nacht, die Herren.»

«Wartet, Agnes, ich bringe Euch hinauf.» Sandor war aufgesprungen.

«O nein, auf Eure Begleitung kann ich verzichten. Geht lieber Eurer Pflicht nach als Kerkerwächter meines Bruders.»

Agnes hielt ihre selbst gewählte Gefangenschaft stoisch durch. Nach drei Nächten und zwei Tagen schließlich wurden Matthes und Mugge aus ihrem Verlies geholt und bezogen eine kleine Kammer gleich neben Agnes.

«Ihr seid aus demselben Holz geschnitzt wie Euer Bruder», sagte Sandor Faber, nachdem er die beiden Männer in ihre neue Wohnstatt geführt hatte. Die Morgensonne zauberte helle Lichter auf den Dielenboden in Agnes' Kammer.

Faber hatte die letzten achtundvierzig Stunden zigmal gegen ihre Tür geklopft, hatte gebettelt und gefleht, ihn einzulassen, doch Agnes hatte nicht einmal geantwortet. Jetzt lachte er glücklich und fügte hinzu: «Derselbe Querkopf.»

«Vielleicht», entgegnete sie leise. «Doch leider nicht immer zu meinem Vorteil.» Sie wusste von dem geschwätzigen Medicus, dass sie Matthes' Freilassung allein Sandor zu verdanken hatte. Wie falsch hatte sie ihn doch eingeschätzt.

«Ich weiß nicht, wie ich Euch danken soll.» Sie reichte ihm die Hand.

«Hätte ich Euch verhungern lassen sollen?» Er wandte den Blick nicht von ihr ab. «Noch nie bin ich einer Frau begegnet, wie Ihr es seid.»

Agnes spürte die Wärme seiner Hand, sah den Glanz in seinen Augen, in denen sie sich plötzlich wiederfand als eine Frau, die liebte und begehrte. Alle Vorbehalte gegen diesen Mann fielen von ihr ab. Sie wich nicht zurück, als Sandor sie an sich zog. Dann schloss sie die Augen, um sich seinem zärtlichen Kuss hinzugeben. Sie erwiderte ihn behutsam, bis es in ihr aufloderte, als sei ein Windstoß in eine schwelende Glut gefahren. Voller

Leidenschaft umschlang sie ihn, küsste ihn, fuhr ihm durch das dichte Haar, über das weiche und doch männliche Gesicht, hörte ihn flüstern: «Wir gehören zusammen, Agnes.»

Da polterte es unbarmherzig gegen die Tür. Widerstrebend ließen sie einander los, Sandor öffnete: Ein Soldat bat ihn unverzüglich zu einer Besprechung ins Kabinett, es sei äußerst dringlich.

«Ich bin gleich wieder zurück», sein Blick glühte noch immer, «warte auf mich.»

Doch statt Sandor erschien zwei Stunden später ein weiteres Mal der Soldat, um sie und Matthes ebenfalls ins Kabinett zu beordern. Während sie die Treppen hinunterstiegen, musterte Agnes verstohlen ihren Bruder: Er trug nun saubere Kleidung, war gewaschen, rasiert und gekämmt, doch noch immer wirkte er sehr schwach, und sein Blick war stumpf.

Außer den Offizieren standen zwei Fremde um den runden Tisch, auf dem eine Karte ausgebreitet lag. Ihre Reisemäntel waren staubig, ihre Stiefel schlammbespritzt.

«Agnes, meine Liebe!» Widerhold schüttelte ihr kräftig die Hand, als habe er sie lange Zeit nicht gesehen. Sie warf einen verlegenen Blick auf Sandor, der sehr ernst, beinahe bedrückt schien. Ob er das, was zwischen ihnen geschehen war, am Ende bedauerte?

«Die beiden Herren hier», die Fremden nickten ihr kurz zu, «sind Kuriere unseres Herzogs, auf dem Weg nach Stuttgart und Straßburg. Ich habe sie über Euch – und auch über Euren Bruder – unterrichtet. Zwei Dinge in aller Kürze: Von Norden nähern sich zwei Kompanien kaiserlicher Reiter der Burg, gefolgt von einem Regiment zu Fuß. Sie werden den Hohentwiel morgen, spätestens übermorgen erreicht haben. Euch, Matthes Marx, und Euren Burschen werden wir, sobald die Kaiserlichen in Verhandlung mit uns treten, übergeben. Zum Zweiten: Ihr, Agnes, solltet Euch rasch entscheiden, ob Ihr in Begleitung der

Kuriere nach Stuttgart reisen wollt. Morgen bei Sonnenaufgang werden sie aufbrechen, bevor die Belagerer ihre Truppen in Stellung bringen. Dabei rate ich, bei all meiner Sympathie für Euch: Geht mit ihnen. Es könnte die letzte Gelegenheit vor Wintereinbruch sein, und im Winter lasse ich Euch nicht gehen. Ich erwarte Euren Entschluss bis zum Abendessen», er blickte sie ernst an, «und hoffe von Herzen, dass Ihr Euch richtig entscheidet.»

Dann bat der Kommandant Matthes in die Küche zu gehen, wo Käthe für ihn und Mugge eine Mahlzeit gerichtet habe. Agnes begleitete ihren Bruder. In der Schlossküche duftete es herrlich nach gebackenen Eiern.

«Nun esst Euch erst einmal satt, Ihr seid ja beide völlig vom Fleisch gefallen.»

Käthe schöpfte zwei Teller randvoll, dann sah sie Agnes fragend an.

«Wenn es Euch nichts ausmacht», sagte Agnes, «würde ich die Mahlzeiten künftig gern mit Matthes und Mugge hier bei Euch einnehmen.»

«Den Herren Offizieren wird das nicht gefallen», murmelte die Frau, holte aber sogleich einen dritten Teller vom Küchenbord.

Agnes entging nicht die Fürsorglichkeit, die Käthe für die beiden an den Tag legte. Von Mugge erfuhr sie, dass die Wirtschafterin ihnen statt des Wassers heimlich oft warme Milch in ihr Gefängnis gebracht hatte.

«Dafür danke ich Euch von Herzen», sagte Agnes.

Die Frau zuckte die Schultern. «Wir Oberschwaben müssen halt zusammenstehen.»

Als sie nach dem Mittagsmahl auf ihre Kammern zurückkehrten, hielt Matthes seine Schwester am Arm fest.

«Ich bitte dich, Agnes: Geh mit den Kurieren.»

Sie schüttelte heftig den Kopf. «Wie kann ich ohne dich zurückkehren, jetzt, wo ich dich gefunden habe?»

«Ich komme nach Stuttgart, sobald Gelegenheit zur Flucht ist. Du darfst nicht hier bleiben. Was, wenn die Kaiserlichen die Festung einnehmen? Du stehst auf Feindesseite.»

«Diese Festung ist unbezwingbar.»

«Nichts ist unmöglich in diesem Krieg.» Er sah sie beschwörend an. «Glaub mir, Agnes, ich weiß, was geschieht, wenn eine Stadt oder eine Festung erobert wird. Nicht nur die Not, auch der Sieg kann die Menschen zu Teufeln machen.»

Sie kniff die Augen zusammen. «Und du? Was hast du getan als siegreicher Eroberer?»

Matthes ließ ihren Arm los und ging wortlos hinüber zu seiner Kammer. Agnes sah ihm nach. Sie fragte sich, wie es in seinem Innern aussah. Wie fremd ihr der Bruder geworden war.

Noch vor dem Abend stand ihr Entschluss fest: Sie würde bleiben. Und sie würde den Kurieren ein Schreiben an David und ihre Mutter mitgeben, dass sie Matthes gefunden habe und bald mit ihm zurückkommen werde. Sosehr das Heimweh in ihr brannte, die Sehnsucht nach ihrem Jungen, nach ihrer Mutter, so verlockend die Möglichkeit schien, halbwegs sicher nach Hause zurückzukehren – so hatte doch Matthes selbst zu ihrer Entscheidung beigetragen. Sie würde sich mit ihm ausliefern lassen, um dann mit ihm gemeinsam einen Weg zur Flucht zu suchen. Nur das ergab einen Sinn nach all dem, was sie an Schrecken erlebt und erfahren hatte. Am schwersten war ihr bei diesen Überlegungen gefallen, Sandor Faber aus ihren Gedanken zu verbannen. Das, was zwischen ihnen an diesem Morgen geschehen war, durfte keine Bedeutung erhalten.

Mit fester Stimme teilte sie wenig später dem Kommandanten und seinen beiden Gästen mit, dass sie auf der Burg bleiben werde.

«Verzeiht meine offenen Worte – aber ich hatte Euch für klüger gehalten.» Widerhold wirkte müde. «Doch kann ich Euch nicht zwingen.»

Doctor Burmeister zwinkerte ihr zu und hob sein Glas. «Das weibliche Denken war schon immer höchst geheimnisvoll.»

«Glaubt ja nicht, dass wir im Falle einer Belagerung für Eure Sicherheit sorgen können», knurrte der Leutnant.

«Von Euch habe ich das auch keinesfalls erwartet», gab Agnes scharf zurück. «Und nun bitte ich Euch, mich zu entschuldigen. Ich möchte mit meinem Bruder in der Küche zu Abend essen.»

Sie löschte das Licht und sah hinaus auf den Sternenhimmel. Ihr Blick fand das Sternbild des Großen Wagens.

Wann hat das alles ein Ende?, fragte sie Andres in Gedanken. Du weißt sicher mehr, dort oben, wo kein Blut vergossen wird und kein Geschützdonner die Ruhe stört. Aber ich geb nicht auf.

Leises Klopfen ließ sie aufschrecken.

«Lass mich bitte ein, ich muss dich sprechen.»

Es war Sandors Stimme.

Agnes zögerte, dann öffnete sie die Tür. Der Adjutant wirkte wie im Fieber. Rasch trat er ins Zimmer, stellte seine Lampe auf den Waschtisch und schloss die Tür hinter sich.

«Du musst fort von hier. Die Kaiserlichen werden alles dransetzten, diese letzte Festung Württembergs zu erobern. Nur in Stuttgart bist du sicher.»

«Niemand kann mich von meinem Entschluss abbringen.»

Sandor sah zu Boden. «Was ich dir heute Morgen gesagt habe, ist mir ernst. Ich – ich liebe dich und könnte es nicht ertragen, wenn dir etwas zustößt.»

Agnes schwieg. In ihrem Kopf hallten Sandors Worte, deren Sinn zu begreifen sie sich verbot. Jetzt sah er sie an aus seinen dunklen, grünen Augen, um die Lippen spielte ein wehmütiges Lächeln.

«Vom ersten Augenblick an, als du so erschöpft und verhungert im Burghof standest, wusste ich: Das Schicksal hat mir diese

Frau gesandt, die ich lieben werde. Und jetzt schon liebe ich dich mehr als alles auf der Welt, mehr als mein eigenes Leben.»

«Sandor, du darfst solche Dinge nicht sagen. Das ist doch alles Unsinn. In diesem Krieg ist keine Zeit für die Liebe.»

«Für Liebe ist nie die Zeit und ist immer die Zeit.»

Seine Lippen berührten ihre Stirn, ihre Wangen, ihren Hals. Dann zog er sie mit sich auf den Bettrand. Sie fand keine Kraft, sich zu wehren.

«Ich kannte dich nicht und war doch wie rasend vor Eifersucht auf diesen Mann neben dir», flüsterte er und küsste sie wieder und wieder. «Auf diesen Rittmeister, der mit seinen Blicken an dir klebte.» Seine Hand wanderte ihren Rücken entlang. «Der dich gefangen gehalten hatte. Ich hätte ihn erschlagen mögen.»

Sie erwiderte seinen Kuss, ließ sich von seiner Leidenschaft mittragen wie ein führerloses Boot von den Wellen, schmiegte sich an seinen warmen, kräftigen Körper, spürte wieder dieses Feuer in sich aufflammen. Wollte plötzlich nichts anderes mehr als diesen Mann lieben.

«Agnes?» Er hielt inne. Seine Hand ruhte auf ihren bloßen Brüsten.

«Ja?»

«Möchtest du meine Frau werden?»

Sie spürte, wie ihr Herz noch heftiger schlug, und schloss die Augen. Hatte nicht auch sie sich von Anbeginn zu diesem Mann hingezogen gefühlt?

«Warum willst du dann, dass ich gehe?», fragte sie schließlich mit brüchiger Stimme.

«Weil ich dich in Sicherheit wissen will. Und wenn das alles hier vorbei ist, komme ich zu dir, und wir heiraten. Das schwöre ich vor Gott.»

Sie nahm seine Hand von ihrer Brust und richtete sich auf. «Dasselbe hat der Vater meines Kindes einst zu mir gesagt. Dann ist er gegangen, und ich habe ihn nie wiedergesehen. Wie soll ich dir glauben, wenn doch der Krieg immer das letzte Wort hat?»

«Die Liebe hat das letzte Wort.»

«Du weißt so wenig über mich. Sonst könntest du mich nicht wirklich wollen.»

«Es kann nichts geben, was mich davon abhielte.» Er näherte sich ihren Lippen zu einem Kuss.

«Auch nicht, wenn ich dir sage, dass ich gebettelt und geplündert habe? Dass mich –», sie stockte, «dass mich der Rittmeister zur Soldatenhure gemacht hat?»

Jetzt war es heraus. Niemals hätte das zwischen ihnen stehen dürfen, auch wenn die Scham darüber noch so quälend war. Wenn Sandor jetzt aufstünde, so würde sie das verstehen.

«Agnes, Liebste, das ist vorbei, das ist Vergangenheit. Auf uns beide wartet die Zukunft.»

«Sandor, ich kann nicht mehr nur im Warten leben. Ich bin über dem Krieg alt geworden. Zu alt, um Kinder zu bekommen.»

«Du bist nicht alt. Du bist schön.» Er küsste sie. Dann sah er auf, und in seinen Augen schimmerten Tränen.

«Noch schlimmer, als keine Kinder zu haben», er sprach so leise, dass sie ihn kaum verstand, «ist es, wenn sie einem genommen werden. Ich hatte drei, und sie sind alle tot.»

«Gütiger Gott.» Sie strich ihm die Tränen von den Wangen.

«Es waren alles Mädchen, das Jüngste erst zwei. Wir erwarteten das vierte, und wäre es ein Junge geworden, so hätten wir ihn David – wir hätten ihn David getauft.» Er unterdrückte ein Schluchzen.

Agnes zog ihn an sich. Als sein Atem ruhiger wurde, fragte sie: «War das auch der Krieg?»

«Der Kirschenkrieg, vielleicht erinnerst du dich. Der lächerliche kurze Kirschenkrieg. Ich war damals Widerholds Leutnant. Bei Tübingen sind wir von den Fürstenbergischen Truppen aufgerieben worden. Der Tross wurde geplündert, meine Frau und die Kinder haben sie hingemetzelt. Wäre Widerhold nicht gewesen – ich hätte den Verstand verloren. Er hat mich gefunden, als ich mich gänzlich irre geworden in den Wäldern herumtrieb.»

«Und dann?»

«Da ich nicht mehr kämpfen wollte, hat er mich als Kurier eingesetzt. Als er dann im letzten Herbst diese Festung übernahm, bin ich mit ihm gegangen.»

Seine Hände waren eiskalt, und er zitterte. Sie streifte ihm das Hemd über den Kopf und zog ihn unter die Decke, streichelte seinen Rücken und seine Arme, wärmte ihn mit ihrem Körper, bis er sie über sich zog und voller Zärtlichkeit liebte. Erst im Morgengrauen ließ ihre Leidenschaft nach, und als Sandor sie erneut fragte, ob sie seine Frau sein wolle, antwortete sie ihm ohne Zögern mit Ja.

38

Zwei Tage später meldete der Mann im Burgfried, dass Reiter im Anmarsch seien. Bis auf die Frauen, zwei Wächter, sowie Matthes und Mugge war die gesamte Garnison auf die untere Festung verlegt worden, wo die Geschütze bereits in Stellung gebracht waren. Vom Burgfried aus beobachteten sie, wie sich die Kaiserlichen formierten. Der Schlag der Trommeln hallte bis zu ihnen herauf.

«Verdammt großer Aufmarsch.» Der Turmwächter spuckte aus. «Diese Bluthunde scheinen es ernst zu meinen.»

Es sind weit mehr, als sie erwartet haben, dachte Matthes und mühte sich, seine Unruhe zu verbergen. Dabei sorgte er sich allein um Agnes, die jetzt bleich und angespannt neben ihm am Ausguck stand. Für sich selbst hatte er alle Hoffnung aufgegeben. Bereits als die württembergischen Kuriere ihn und Mugge aufgelesen und gefangen genommen hatten, so kurz vor dem Ziel, war ihm klar geworden, dass das Schicksal ihm kein gutes Ende ausersehen hatte. Waren nicht die letzten Jahre ein einziges Übel gewesen, ein Übel, das über ihn gekommen war, um ihn heimzusuchen und zu prüfen? Näher denn je fühlte er sich dem Herrn, denn er sah sich vor ihm in großer Schuld. Zugleich war er diesem Gott unendlich dankbar, dass er ihn zu Agnes geführt hatte. Und dass er ihm die Augen geöffnet hatte. Auch wenn die Katholischen zu diesem, die Protestanten zu einem anderen Gott beteten, so war doch über allem, was sie erkannten und glaubten, Gott immer ein und derselbe. In der dunklen Kälte des Burgverlieses, in Erwartung seines Todes, hatte er zu Gott zurückgefunden, seinen Frieden mit ihm gemacht.

Die erste Kanonade der Belagerer erfolgte am späten Nachmittag. Widerholds Leute reagierten nicht. Ganz offensichtlich hatten sie vor, ihre Vorräte an Pulver und Munition zu schonen. Als es zu regnen begann, wollte Matthes sich schon auf seine Kammer zurückziehen, da hörten sie Trompetensignale und Geschrei, dann das Krachen von Musketen.

«Diese Tollhäusler», sagte Matthes verächtlich. «Sie versuchen einen Ausfall gegen das untere Tor.»

Er sah, wie sich Agnes' Hände zu Fäusten verkrampften. Von ihrer Warte aus hatten sie keine Sicht auf das untere Tor, doch hinter den eilig gegrabenen Schanzen der Kaiserlichen stürmten immer wieder Reiter und Handschützen hervor gegen das kleine Vorwerk des Tores.

«Und wenn die Angreifer eine Bresche ins Tor schlagen?», flüsterte sie.

Matthes zuckte nur die Schultern.

«Ist dir denn alles gleichgültig?» Ihre Stimme zitterte.

Er schüttelte den Kopf. Sie konnte nicht wissen, dass er fest mit dem Tod rechnete. Ausgeliefert würde er so oder so werden, ob die Kaiserlichen nun diese Festung zu stürmen vermochten oder nicht. Und nur ein einziger Soldat, ein einziger Trossbube musste in ihm den fahnenflüchtigen Matthes Marx erkennen, damit der Profos ihm kurzen Prozess machte.

Als die Dunkelheit einbrach, wurde es plötzlich still.

«Komm.» Matthes fasste seine Schwester am Arm. «Es wird Zeit, etwas zu essen und schlafen zu gehen.»

Am nächsten Morgen half Matthes, die Verpflegung für die Männer auf der unteren Burg auf Karren zu laden. Dann bestieg er mit Agnes den Turm. Bis auf ein paar kurze Schusswechsel war der Vormittag friedlich verlaufen, entspannt lehnte der wachhabende Soldat an der Brüstung der Schießscharte. Plötzlich kniff er die Augen zusammen.

«Sie schicken eine Abordnung in die Burg. Diese Bettseicher! Glauben tatsächlich, Widerhold würde aufgeben, nur weil sie ein paar Mal gegen die Mauer gespuckt haben.» Er wandte sich an Matthes. «Ich schätze aber, dich und deinen Burschen sind wir in Kürze los.»

Es war also so weit. Matthes fragte sich, warum er keine Angst verspürte. Er sah zu Agnes, in deren Augen Tränen standen.

«Ich komme mit dir», sagte sie.

«Du bist ja irre. Weißt du, was geschieht, wenn ich dort unten im Lager auftauche? Sie knüpfen mich an den nächstbesten Baum!»

«Dann lass ich dich erst recht nicht allein gehen.»

Matthes biss sich auf die Lippen. «Weiß dein großer Beschützer, was du vorhast?»

«Nein.»

Keine Stunde später kam ein einzelner Reiter den steilen Weg von der unteren Festung heraufgeprescht. Zu ihrer Überraschung war es der Adjutant. Er rief nach Matthes.

«Nun denn», grinste der Turmwächter und schlug Matthes gegen die Schulter, «auf Nimmerwiedersehen.»

Als sie den Burghof betraten, war Sandor abgesessen und blickte suchend umher. Matthes sah deutlich den Ausdruck von Verlegenheit in seinem Gesicht, als er Agnes entdeckte.

«Agnes, es tut mir Leid. Dein Bruder –» Er brach ab.

Agnes stellte sich vor Matthes. «Ich gehe mit ihm.»

Sandor sah erst sie, dann Matthes verstört an. «Das sagst du nicht im Ernst.»

Matthes stieß ein bitteres Lachen aus.

«Ihr kennt meine Schwester nicht. Sie ist sturer als jeder Maulesel.» Matthes winkte seinen Burschen heran, dann sagte er ruhig und mit eisiger Stimme: «Glaubt nicht, dass mir entgangen sei, was zwischen Euch und meiner Schwester vorgefallen ist. Falls Ihr irgendwas für sie empfindet, haltet sie zurück.»

Doch Sandor hatte längst Agnes' Hände ergriffen. «Das darfst du nicht tun. Du darfst dich nicht diesem Soldatenpack ausliefern.»

«Warum nicht? Vielleicht bekommt dein Kommandant für mich obendrein noch ein Lösegeld.»

Während der Torwärter Matthes Handfesseln anlegte, hörte er Sandor sagen: «Soll jetzt alles zu Ende sein? Und ich Esel hatte gedacht, du bleibst mir zuliebe auf Hohentwiel.»

«Wenn Gott es fügt, wird er uns zusammenbringen.» Ihre dunkelblauen Augen glänzten. «Doch jetzt bleibt mir keine andere Wahl, als mit meinem Bruder zu gehen.»

«Und wenn sie euch töten? Weil dein Bruder fahnenflüchtig ist?»

Sie gab keine Antwort.

«Gehen wir endlich?», fragte Matthes.

Der Adjutant schluckte. «Gut, ich bringe euch jetzt hinunter. Ich kann nicht verhindern, dass du uns begleitest. Aber ich schwöre dir, Agnes, wenn du nur einen Schritt auf diesen fetten kaiserlichen Obristleutnant zugehst, werde ich mich dazwischenwerfen.»

Schweigend machten sie sich an den Abstieg, Agnes zwischen

Mugge und ihrem Bruder, Sandor hinter ihnen. Als sie sich dem Tor zur unteren Festung näherten, ging rasselnd die Zugbrücke herunter und gab den Blick frei auf eine Gruppe von Männern, die ihnen erwartungsvoll entgegenblickten. Matthes stockte der Atem, als er Recknagel erkannte, seinen einstigen Hauptmann, den widerlichen Fettwanst. Das war sein Verderben – oder war es seine Rettung?

Auch Recknagel hatte ihn erkannt und verzog seine feisten Wangen zu einem Grinsen.

«Potzschlapperment! Mein braver Feldweybel Matthes Marx!»

Dann brach er in schallendes Gelächter aus. «Für diesen Schelm wollt Ihr dreißig Reichstaler? Für den würd ich nicht mal einen Hund satteln lassen. Geschweige denn, dass ich einen Lumpenpfennig für ihn zahlen würde. Für das prächtige Weibsbild allerdings würde ich schon einiges springen lassen.»

Sandor stieß ihn vor die Brust. «Zügelt Euer loses Mundwerk.»

Widerhold schob seinen Adjutanten zur Seite. «Ich denke», sagte er, «damit ist unsere Verhandlung beendet. Richtet Eurem Obristen aus, dass wir diese Festung nie und nimmer aufgeben.»

Die Belagerung währte weitaus länger als erwartet. Die Kaiserlichen setzten auf Aushungern, doch die Keller und Vorratsräume der Burg waren gut gefüllt.

Tagsüber bekam Agnes Sandor nicht zu Gesicht, da er stets an Widerholds Seite blieb. Wenn sie von unten die Schüsse knallen, die Kanonen donnern hörte, zerriss es ihr jedes Mal das Herz, und sie zitterte um diesen Mann, der niemals mehr hatte kämpfen wollen. Ihre Angst schwand erst, wenn er des Nachts in ihre Kammer trat. Dann folgten Stunden, da malten sie sich aus, wie ihr Leben in Friedenszeiten aussehen könnte, und sie liebten sich jedes Mal aufs Neue, als sei es das letzte Mal.

Matthes und sein Bursche galten nicht länger als Gefangene.

Es stand ihnen frei, die Burg zu verlassen, sobald es die Lage erlaubte. Es brauchte nicht lange, und jeder schätzte und achtete Matthes, der sich mal in der Schmiede, mal in der Mühle oder in der Rüstkammer zu schaffen machte, um alles Notwendige am Laufen und die Waffen in Schuss zu halten. Doch bei allem, was er tat, wirkte er verschlossen. Niemals kam ein Lächeln über seine Lippen. Vergeblich versuchte Agnes zu erfahren, was er dachte, was er fühlte, vergeblich bat sie ihn immer wieder, von seinen Jahren als Soldat zu erzählen. Irgendwann erkannte sie: Matthes' Seele war verfinstert.

Als die Herbststürme längst die letzten Blätter von den Bäumen gefegt hatten, forderte eine Abordnung der Kaiserlichen abermals die Übergabe, diesmal mit einem Schreiben Seiner Kaiserlichen Majestät, das allerlei Zugeständnisse enthielt: so der freie Abzug in voller Bewaffnung, mit Gepäck, Pferdewagen, persönlichem Hab und Gut, unter Geleit bis zur Rheinbrücke nach Schaffhausen. Alles Übrige sei mit der Festung dem Kaiser zu übergeben. Widerhold kannte nur eine Antwort: «Niemals!»

So brach der Winter an, die Vorräte wurden knapp und mussten rationiert werden. Weitaus schlimmer war jedoch, dass Pulver und Munition zur Neige gingen. Da gelang Widerhold ein wahres Bubenstück. Als eines Morgens der gesamte Hegau unter einer dicken Schneedecke lag, schlichen sich der Kommandant, sein Leutnant und Sandor, begleitet von drei erfahrenen Soldaten, aus der unteren Festung. Sie hatten sich weißes Leinenzeug über ihre Kettenhemden und Köpfe gezogen, und während Widerholds Musketiere die Belagerer in ein Scharmützel vor dem unteren Tor verwickelten, konnten die sechs Männer unbemerkt den Belagerungsring durchbrechen und ins nahe Singen gelangen, wo sie sich Pferde beschafften. Agnes, die an jenem Morgen mit klopfendem Herzen auf dem Burgfried stand, hatte sie tatsächlich nicht ausmachen können in der schneeverhangenen Landschaft. Dennoch fand sie keine Ruhe, vermochte weder zu schlafen noch zu essen, bis die Männer am nächsten Abend zurückgekehrt waren. Plötzlicher Lärm hatte sie aus der warmen Küche gelockt, aufgeregte Schreie, dann einzelne Schüsse.

Sie rannte im bloßen Kleid hinaus in die eisige Dunkelheit zur Burgmauer, wo zwischen den Maueröffnungen Männer an den Seilzügen hingen. Auch Matthes und Mugge waren dabei, zogen mit den anderen unter Fluchen und Stöhnen erst schwere Säcke mit Pulver und Munition herauf, dann eine gespenstische weiße Gestalt nach der anderen. Aus dem Tal knallten Schüsse durch die Nacht.

Als Letzter schwang sich endlich Sandor mit letzter Kraft über die Mauer, die nassen dunklen Locken wirr in der Stirn. Das helle Leintuch über seiner linken Schulter war blutgetränkt.

Mit einem unterdrückten Schrei hastete Agnes die steile Stiege zum Wehrgang hinauf.

«Sandor! Du bist verletzt.»

Doch seine Augen strahlten, als er sie sah. «Sollen sie nur ihr Pulver verschießen», lachte er. «Wir haben jetzt genug auf Monate.»

«Aber du blutest!»

«Ein Streifschuss, nichts weiter.»

Endlich war auch Burmeister zur Stelle. Der Bratensaft klebte ihm noch im Bart, als er mit seiner Fackel in der einen, seiner Arzttasche in der andern Hand auf dem Wehrgang erschien.

«Hierher, Doctor, der Adjutant hat eine Schusswunde.»

Mit Burmeisters Hilfe streifte Agnes dem Verletzten Leintuch und Kettenhemd vom Leib.

«Sauberer Fehlschuss, könnte von mir sein.» Burmeister zog seine Fackel zurück. «Verehrte Agnes, bringt ihn in die Küche und wascht die Wunde warm aus. Dann einen sauberen Leinenstreifen drumherum, fertig. Ich bin mir sicher, Ihr leistet in diesem Fall bessere Dienste als ich.» Er zwinkerte Sandor zu. «Ich muss weiter, ein ausgekugeltes Gelenk wartet.»

Eine Stunde später lag Sandor, in frischem Hemd und die Schulter verbunden, in seinem Bett.

«An dir ist eine Heilkundige verlorengegangen.» Er streckte den Arm aus und zog sie neben sich. «Dieser Sauschneider von Burmeister sollte bei dir in die Lehre gehen. Au!» Er fuhr zusammen bei dem Versuch, Agnes in die Arme zu nehmen.

«Siehst du – das ist die gerechte Strafe für solch tollkühne Ausflüge.»

«Dafür haben wir jetzt alles, was wir brauchen. Die Kaiserlichen werden sich wundern.»

«Woher habt ihr die Munition?»

«Aus dem Waffenarsenal in Engen, einem Städtchen nicht weit von hier.» Er lachte leise. «Als Handwerker verkleidet haben wir uns Zutritt zur Torstube verschafft und dann die völlig verblüfften Wächter überrumpelt. Völlig unbehelligt sind wir dann bis vor die Pforte des Zeughauses gelangt. Das Arsenal zu stürmen war nur noch eine Kleinigkeit mit unseren Handgranaten. Bis sich die Verwirrung gelegt hatte, waren wir längst wieder über alle Berge. Dieser Widerhold ist immer noch derselbe Malefizkerl.»

«Hat es in Engen Verletzte gegeben – oder Tote?»

«Ich weiß es nicht. Aber so ist halt der Krieg.» Mit einem Mal stand ihm die Erschöpfung ins Gesicht geschrieben.

Agnes strich zärtlich über seine zerschrammte Stirn.

«Ich hatte solche Angst um dich.»

«Ich weiß.» Er küsste ihre Hand.

«Wie wird das erst sein, wenn wir getrennt sind? Wenn ich Jahr um Jahr auf dich warten muss, nichts höre und nichts weiß von dir.»

«Ich werde jedem Kurier einen Brief an dich mitgeben. Und eines Tages werde ich vor dir stehen.»

«Wann wird das sein? Wenn dieser verfluchte Krieg vorbei ist, in fünf Jahren vielleicht oder in hundert?»

«Nein, Agnes, so lange werde ich nicht warten. Ich glaube fest, dass sich das Blatt schon früher wenden wird.» Er räusperte sich. «Ich hab dir etwas mitgebracht. Drüben am Waschtisch, an meinem Gürtel, da hängt ein kleiner Lederbeutel.»

Sie stand auf und holte den Beutel.

«Warte», sagte er. «Mach die Augen zu und gib mir deine linke Hand.»

Agnes spürte, wie er ihr einen Ring auf den Finger steckte. Das Metall fühlte sich angenehm kühl an.

«Jetzt darfst du die Augen öffnen.»

Ein zierlicher Ring aus gedrehtem Silber glänzte im Schein der Lampe, darin eingefasst ein glutroter Rubin.

Agnes brachte kein Wort hervor.

«Gefällt er dir nicht?»

«Er ist – wunderschön!»

«Mit diesem Ring will ich dir geloben», er zog sie an sich heran, «dass ich bald zu dir nach Stuttgart komme und dich zur Frau nehme. Dass wir auf immer zusammengehören.»

Zum Jahresbeginn ging das Brennholz aus, und sie mussten alle auf einem einzigen großen Strohlager in der Küche nächtigen, wo sie das Herdfeuer mit abgeschlagenen Brettern vom Schuppen und von der Scheune anfachten. Mit Wehmut dachte Agnes an ihre hübsche Kammer zurück, wo sie so viele Nächte mit Sandor verbracht hatte. Hier, in der Öffentlichkeit dieses Massenlagers, traute sie sich nicht einmal, ihn des Nachts in den Arm zu nehmen, obwohl ihre Liebschaft längst ein offenes Geheimnis war.

Dann kam der Hunger. Zwar hatte ein Teil der Belagerungstruppen Winterquartier in Singen und Engen genommen, doch wagte Widerhold kein zweites Mal, den Ring zu durchbrechen. So wurden die Essensrationen von Tag zu Tag winziger. Die Männer schienen noch mehr darunter zu leiden als die Frauen; einer nach dem anderen wurde von Fieber und Katarrh gepackt.

Endlich, nachdem tagelang Schnee- und Eisstürme gewütet und die Zelte und Planen der Belagerer zerfetzt hatten, gaben die Kaiserlichen auf. Für den Rest des Winters zumindest würden sie ihre Ruhe haben.

Der Alltag auf der Festung kam langsam wieder in Gang. Sie schlugen Holz am Fuße des Berges, brachten die Pferde auf ihre Weide, und Widerhold und seine Leute brachen zu ihren Streifzügen in die Umgebung auf, in der es letztendlich nichts mehr zu holen gab, geschunden, wie das Land war. So fiel die Ausbeute auch erbärmlich gering aus, wenn die Männer nach zwei, drei Tagen zurückkehrten. Agnes zerriss es jedes Mal das Herz, wenn sie daran dachte, dass das Wenige, was sie nun hatten, anderen Menschen fehlte, vielleicht zu deren Verderben.

Die Menschen auf der Festung erwarteten nichts sehnlicher als das Frühjahr, gierten nach den ersten wärmenden Sonnenstrahlen, nach langen, hellen Tagen. Agnes hingegen dachte voller Bangen daran, denn sie und Matthes würden, sobald es die Witterung zuließ, heimkehren. Sie machte sich nichts vor: Vielleicht würde der Abschied von Sandor ein Abschied für immer sein.

39

Stuttgart, den 20. Februar
anno Domini 1636

Ich bin sehr glücklich: Dank meiner Verdienste als Feldscher habe ich erwirken können, dass ich nun täglich zu Mutter in die Vorstadt darf, auf eine Stunde in den frühen Abendstunden. Sie sieht sehr elend aus, und ich bin immer wieder nahe daran, ihr zu sagen, dass Agnes und Matthes tot seien. Wenn für sie damit das Warten ein Ende hat – vielleicht vermag sie dann zu sterben.

Nicht einmal die Pest hat ihr etwas anhaben können. Ach, ich werde es ihr doch sagen, es ist das Beste, ich glaube ja selbst nicht mehr an ihre Rückkehr. Im Herbst hat der Bote vom Hohentwiel die Nachricht gebracht, sie würden bald heimkehren, und nun haben wir fast März.
Von diesem Widerhold hört man hier in der Residenz die unglaublichsten Dinge: Mit seinen waghalsigen Beutezügen im Umland und seiner Standhaftigkeit gegenüber Angriffen wie Verhandlungsangeboten der Kaiserlichen hält er die Burg noch immer, wo doch alle übrigen Landesfestungen längst gefallen sind. Er soll sogar den Herzog in seinem Exil unterstützen, indem seine Leute, als Bettler verkleidet, in ihre Bettelstäbe Goldstücke nach Straßburg schmuggeln. Wenn dem so ist, würde ich Widerhold dafür allerdings liebend gern ins Gesicht spucken. Denn während dieser saubere junge Herzog mit seinem Hofstaat schlemmt und säuft und die Zeit mit Jagen und Tanzen totschlägt, lässt er seine Untertanen ohne jede Hilfe und Trost.
Dabei ist das Elend hier unermesslich. Obwohl das letzte Jahr sehr fruchtbar war, ist wegen der herumstrolchenden Kriegsvölker die Ernte nicht eingebracht worden – im zweiten Jahr nun schon. Brot und Getreide sind unerschwinglich, die Menschen leben von Eicheln aus den Wäldern, von Brennnesseln, Schnecken und Ratten. Der Kaisersohn und dieser Branntweingeneral Gallas haben sich längst davongemacht. Ja, die Ratten verlassen das sinkende Schiff. Aus meinem Fensterchen sehe ich jeden Morgen den Totengräber durch die Gassen gehen und die Leichen der Verhungerten aufsammeln. Und des Abends schleicht er in die Häuser und holt die Pesttoten ab, inzwischen an die fünfzig jeden Tag! Die Stuttgarter haben sich wahrlich zu früh gefreut. Was ihnen an Zerstörung durch die Soldaten erspart geblieben ist, haben nun Hungersnot und Pest übernommen: Jede Woche wird ein neues Massengrab ausgehoben.
Beinahe hätte ich vergessen: Gestern hat Stadtkommandant Ossa

mich offiziell zum Garnisonsarzt bestallt, nachdem sich mein bisheriger Herr und Meister heimlich mit der Schatulle des Lazaretts aus dem Staub gemacht hat. Ossas lobende und höchst salbungsvolle Worte haben mich zum Lachen gebracht – ein Garnisonsmedicus, der nichts anderes ist als ein erbärmlicher Gefangener! Erneut hat er mich gefragt, ob ich nun endlich dem falschen Glauben abschwören und mich unter die kaiserliche Fahne stellen würde, und wieder hab ich mich geweigert. So darf ich zwar weiterhin das Schloss nur unter Bewachung verlassen, bei der Erfüllung meiner Pflichten indessen lässt man mir nun freie Hand. Endlich kann ich mich nach den Empfehlungen der Tübinger Professoren richten, die sie in ihrem Büchlein gegen die Pestilenz vor einigen Jahren niedergeschrieben haben. So werde ich veranlassen, dass die Häuser der Pesttoten vom Keller bis zum Dachboden gereinigt werden müssen und an alle Bewohner Rauchpulver und Rußpflaster verteilt werden sowie ätherische Öle zum Ausstreichen der Arme.

So viel für heute, es dämmert bald, und ich muss zu unserer Mutter. Wie schwer ist mir jedes Mal ums Herz, wenn ich diesen Gang in die Vorstadt antrete.

Als Agnes erwachte, war der Platz neben ihr leer. Enttäuscht stand sie auf. Sie hatte gehofft, an diesem ihrem letzten Morgen gemeinsam mit Sandor aufzuwachen, mit geschlossenen Augen noch ein wenig zu träumen, seiner Stimme zu lauschen, seine Haut zu spüren.

Nachdem sie sich in aller Hast gewaschen und angekleidet hatte, nahm sie ihren Reisebeutel, den sie am Vortag gepackt hatte, und ging hinunter in die Küche. Matthes und Mugge saßen am Tisch beim Essen.

«Hat jemand Sandor gesehen?»

Käthe stellte ihr einen Napf voll Milchbrei hin. «Er war schon in aller Herrgottsfrühe hier. Ich glaube, er wollte noch zum Kommandanten. Jetzt stärkt Euch erst mal, Ihr werdet es brauchen.»

«Ach Käthe, ich bringe keinen Bissen hinunter.»

Nicht nur der Schmerz des Abschieds von Sandor schnürte ihr die Kehle zu, es war auch die Angst vor den Gefahren auf der Reise. Sie tastete nach dem Holzpferdchen, das sie wieder in ihren Rocksaum eingenäht hatte. Halte Wort und bring mich zurück zu David, dachte sie. Auch wenn ich die Hälfte meines Herzens zurücklassen muss.

Die Wirtschafterin legte ihr für einen Augenblick die abgearbeitete, rissige Hand auf den Arm.

«Denkt nicht an den Abschied. Denkt daran, dass Ihr bald zu Hause sein werdet.»

«Wenn es nur schon so weit wäre. Zehn Tagesritte werden es wohl sein, hat der Kommandant gemeint. Und das auch nur, wenn nichts dazwischen kommt.»

«Es wird nichts dazwischenkommen.» Käthe ging wieder zum Herd. «Nicht, wenn Euer Herr Bruder und sein tapferer Bursche dabei sind.»

«Das will ich meinen.» Mugge grinste. «Zumal uns der Adjutant ausführlichst unterrichtet hat, was geboten ist und was nicht auf solch einer Reise.»

«Er hält uns eben für Waschweiber», knurrte Matthes.

«Seid nicht ungerecht.» Agnes dachte daran, wie sich Sandor am Vorabend zu ihnen in die Küche gesetzt und aus seinem Erfahrungsschatz als reitender Kurier erzählt hatte. Es gebe ein paar schlichte und doch lebensnotwendige Regeln, um unbehelligt zu reisen. Handels- und Fahrstraßen seien zu meiden, ebenso dichte Wälder, da dort keine Flucht zu Pferde möglich sei. Am besten reite man querfeldein und richte sich wie ein Seefahrer nach Sonne und Sternen. «Um Höfe und Siedlungen macht einen großen Bogen.» – «Und wenn wir Proviant brauchen?» – «Es gibt Geheimzeichen, Hinweise von Schnapphähnen und Wegelagerern, die verraten, ob ein Ort besetzt ist oder verlassen. Mitunter täuschen die Bewohner auch vor, dass ihr Dorf unbewohnt ist. Sie heben Türen und Fenster aus den Angeln und verstecken ihr Vieh mit verbundenem Maul in Erdlöchern.»

Sandor hatte nicht aufgehört zu reden und zu reden; es war, als wolle er mit seinen Worten das Unvermeidliche aufhalten.

«Machen wir uns auf den Weg.» Matthes erhob sich. «Höchste Zeit.»

Im Burghof standen ihre Pferde schon bereit. Es waren herrliche Tiere, gepflegt und trotz des vorangegangenen Winters gut im Futter. Nahe bei Stuttgart sollten sie sie bei einem Müller abgeben, der für die herzoglichen Kuriere arbeitete. Neben dem Pferdeknecht warteten Widerhold und der Arzt. Von Sandor war nichts zu sehen. Warum wich er ihr aus? Wie konnte er sie allein lassen an diesem letzten Morgen?

«Ich muss Sandor finden.» Sie drückte ihrem Bruder den Beutel in die Hand und wollte eben zum Portal des Burgschlosses laufen, da sah sie ihn aus den Stallungen treten, ein gesatteltes Pferd am Zügel.

«Was hast du vor?», fragte sie verwirrt, als er vor ihr stand, mit geröteten Wangen und lachendem Gesicht.

«Ich begleite euch bis Stuttgart. Heute Morgen endlich hat Widerhold mir die Erlaubnis hierzu gegeben.»

Eine Stunde später ritten sie durch das erste zarte Grün dieses Frühjahrs. Der Tag versprach sonnig und mild zu werden, und Agnes hatte alle Angst vor der Reise verloren. Sie konnte es noch immer nicht fassen, dass Sandor neben ihr ritt.

Sie kamen stetig voran, zogen geradewegs nach Norden, quer über die Schwäbische Alb. Das Wetter erlaubte, dass sie bis weit in die Nacht reiten konnten, um dann für ein paar wenige Stunden auf ihren Fellen unter freiem Himmel zu schlafen. Nun, da sich die schwedischen Truppen hinter die Grenzen des Reichs zurückgezogen hatten, war es zumindest hier im Süden ruhig geworden. Mit der Sicherheit eines Blinden, der jeden Winkel seines Hauses kennt, führte Sandor sie quer durch die Lande. Dabei gab es Tage, an denen sie keine Menschenseele zu Gesicht bekamen. Nur wenn es nicht zu vermeiden war, kreuzten sie eine der großen Landstraßen. Dann sahen sie Scharen von zerlumpten Gestalten, auf der Flucht vor Plünderern oder auf der Suche nach Beute oder auch beides zugleich. Wer von ihnen Bauer, Bürger oder versprengter Soldat war, war nicht mehr zu unterscheiden, Hunger und Elend hatten alle gleich gemacht. Je weiter sie nach Norden kamen, in die Nähe der größeren Städte, desto häufiger begegneten sie Krüppeln und Gebrandmarkten, ausgemusterten Soldaten, die sich armlos oder auf ihren Holzbeinen den Weg entlang schleppten, Männern, denen man die Nase abgeschnitten hatte oder die Ohren.

Sie hielten sich stets in Deckung vor den Menschen, warteten im Schutz von Unterholz oder Felsen, bis die anderen vorüber gezogen waren. Einmal trafen sie auf einer Lichtung völlig unvorbereitet auf eine junge Frau, die allein und völlig selbstvergessen die ersten Frühlingsblumen pflückte. Sie schreckte auf, als sie das gedämpfte Hufgetrappel hinter sich hörte.

Sandor sprach sie an, entgegen seinen Grundsätzen, da ihr Proviant zur Neige ging.

«Gibt es hier ein Dorf, wo wir was zu essen bekommen?»

Sie lachte fröhlich und deutete auf einen Hügel, hinter dem eine Kirchturmspitze aufragte: «Mein Dorf. Ein schönes Dorf. Nachts kommen die Wölfe und Füchse. Das ist das Zeichen.»

Wieder lachte sie. Agnes lief ein Schauer über den Rücken.

«Was für ein Zeichen?», fragte sie.

«Dass das Ende der Welt bevorsteht. Hier, das ist für Euch, schöner Mann.»

Sie reichte Sandor den Blumenstrauß. Der schüttelte den Kopf. «Behaltet ihn nur.»

«Danke.» Sie führte den Strauß zum Mund und verschlang die Blumen mit gierigen Bissen.

«Lass uns rasch weiterreiten», flüsterte Agnes. Sie fühlte wieder dieses Entsetzen aufsteigen, das Entsetzen darüber, was der Krieg aus den Menschen gemacht hatte. Sie wollte in kein Dorf mehr, in keine fremde Stadt. Lieber den bohrenden Schmerz des Hungers ertragen als den Jammer dieser Menschen, den ewig gleichen Anblick zerstörter und ausgebrannter Häuser. Erst vor zwei Tagen hatten sie beobachtet, wie zwei Männer auf dem Kirchacker einer Dorfkirche ein frisches Grab geöffnet hatten. Sie wusste längst, dass die Menschen in ihrer Verzweiflung nicht mehr nur verendete Tiere aßen. Man hörte sogar noch Grausigeres: dass Eltern ihre verstorbenen Kinder, Kinder ihre getöteten Eltern brieten. Gelähmt vor Grauen, hatten sie noch gesehen, wie die Männer mit großen Messern an dem Leichnam herumzuschneiden begannen, dann hatten sie ihre Pferde herumgeworfen und waren davongaloppiert. Matthes hatte plötzlich zu schluchzen begonnen.

«Das ist nicht mehr unser Krieg», hatte er immer wieder hervorgestoßen.

«Unser Krieg!», hatte Agnes ihn irgendwann angebrüllt. «Das war noch nie unser Krieg.» Dennoch ahnte sie, was er meinte.

So kämpften sie sich ohne Proviant weiter, ernährten sich von Gräsern und Wurzeln und auf Steinen gerösteten Kröten, die sie am Wegesrand bei ihrem Liebesspiel überraschten. Doch Agnes wusste, noch zwei, drei Tage, dann wären sie am Ziel. War sie zunächst überglücklich gewesen, dass Sandor sie begleitete, so spürte sie nun, dass ein Abschied auf dem Hohentwiel ihr leichter gefallen wäre. Mit jeder Stunde, mit jedem Huftritt, der sie Stuttgart näher brachte, wurde der Gedanke quälender, ihre eben erst erblühte Liebe wieder aus der Hand geben zu müssen. Das einzig Tröstliche: Ihre Mutter war ihr erschienen in einer dieser Nächte, mit zufriedenem Lächeln und den Worten: Ich freue mich. Sie war noch am Leben, dessen war sich Agnes sicher. Nur Jakob hatte sie in diesem Traum nicht erkennen können.

Bereits am achten Tag erreichten sie die weitläufige Ebene der Fildern südlich der Residenz. Keiner sprach ein Wort an diesem kühlen, windigen Apriltag, jeder schien mit seinen eigenen Gedanken beschäftigt. Matthes wirkte regelrecht verstört, und Agnes bemerkte, dass ihn noch etwas anderes als die Aufregung peinigte: Immer häufiger zuckte er zusammen, seine linke Hand hielt er unter dem Mantel verborgen.

«Was ist mit dir?», fragte sie.

«Meine Hand. Es hat sich entzündet. Unter den Nägeln.»

Sandor lenkte sein Pferd neben das von Matthes. «Zeig her.»

Die Fingerkuppen der linken Hand waren aufgesprungen und vereitert. Sandor fluchte.

«Dieser Hundsfott von Leutnant! Sieht das schon lange so aus?»

Matthes zuckte die Schultern. «Die Linke hat nie recht verheilen wollen.»

«Warum bist du damit nicht zu unserem Medicus?»

Als Matthes schwieg, sagte Agnes: «Wir brauchen heißes Wasser und einen Verband.» Sie konnte deutlich den Schrecken in Sandors Augen lesen.

«Wenn wir uns beeilen», sagte er, «erreichen wir die Mühle am Nesenbach noch heute Abend. Hältst du das durch?»

«Ja, sicher.»

Es war bereits dunkel, als sie das lang gestreckte, mit einer Mauer umgebene Gebäude erreichten. Sandor stieß einen leisen Pfiff aus. Ein Fenster ging auf.

«Wer da?»

«Sandor Faber.»

Kurz darauf öffnete sich das Tor und ein alter Mann, weißhaarig und mit krummem Rücken, ließ sie ein.

«Danke, Gevatter. Bin mal wieder unterwegs, nach langer Zeit.

Meine drei Freunde müssen weiter nach Stuttgart, ihre Pferde lasse ich dir hier.»

Der Alte nickte nur und führte sie in die Küche. Das Feuer war schon am Erlöschen, doch auf dem Herd stand noch ein Kessel mit Suppe.

«Esst und trinkt. Schlafen könnt ihr nebenan. Du kennst dich ja aus, mein Junge.»

Er schlurfte zur Tür.

«Wartet, Gevatter. Dieser Mann hier hat eine böse Hand. Wir brauchen saubere Tücher.»

Der Alte hielt sich Matthes' Finger dicht unter die Augen. «Wascht die Hand im warmen Wasser dort. Dann mach ich Euch einen Umschlag aus Arnika und Beinwell. Ob das viel hilft, kann ich nicht sagen. Womöglich hat der Brand hat schon hineingeschlagen.»

Während der alte Müller die Wunde versorgte, zog Sandor Agnes zum Fenster.

«Morgen vor Sonnenaufgang werde ich fort sein.» Er strich über den Ring an ihrem Finger und küsste zärtlich ihre Lippen. «Versprich mir eins: Zweifle nie daran, dass wir zusammenkommen.»

40

Agnes konnte es nicht fassen: Sie stand mit Mugge und ihrem Bruder vor dem verwitterten Lattenzaun, der inzwischen vollkommen von Brombeeren überwuchert war. Stumm betrachtete sie das verwahrloste Häuschen ihrer alten Freundin Else. Vor undenkbar langer Zeit war sie hier schon einmal gestanden, als junge Frau, um an der Seite Kaspars ihr eigenes Leben zu beginnen. Nun war sie heimgekehrt, der Kreis hatte sich geschlossen.

«Gehen wir hinein?», fragte sie mit belegter Stimme. Matthes nickte.

Als sie sich der Haustür näherten, vernahm sie Stimmengewirr. Eine fremde, tiefe Männerstimme war deutlich herauszuhören. Jetzt hörte Agnes sie voller Zorn rufen: «Raus mit euch, alle miteinander!» Da öffnete sich schon die Tür, und ein gutes Dutzend zerlumpter Weiber drängte keifend und schimpfend an ihnen vorbei, zuletzt die Wallnerin, ihre einstige Nachbarin. Ungläubig starrte die Magd sie an, und bevor Agnes fragen konnte, was das zu bedeuten hatte, war die Wallnerin auch schon durch das Hoftörchen verschwunden.

Agnes spürte ihren Herzschlag bis in die Schläfen, als sie das Halbdunkel des Raums betrat, in dem es seltsam nach Weihrauch roch. Mehr als ein Dutzend teurer Wachskerzen flackerte auf Fensterbrettern, Stützbalken und in den Ecken der Stube. Vor ihr stand ein junger Mann, der sie um einen ganzen Kopf überragte, mit kurz geschnittenem hellbraunem Haar und hellem Flaum auf der Oberlippe.

«David!»

Sie warf sich ihm in die Arme, lachte, weinte, bedeckte sein Gesicht mit Küssen, drückte ihn immer wieder fest an sich, wie um sich zu vergewissern, dass ihr Sohn leibhaftig vor ihr stand. Dann entdeckte sie das kleine silberne Kreuz an Davids Hals, und ihr Herz tat einen Sprung. Rudolf war also wohlbehalten zurückgekehrt, und David trug das Andenken seines Vaters. Sie würden einander so viel zu erzählen haben.

«Mutter», murmelte David immer wieder. Über sein Gesicht liefen die Tränen. Dann hob er den Kopf und sah zu Matthes, der mit seinem Reitknecht regungslos im Türrahmen verharrte.

«Du bist tatsächlich gekommen. So wie die Ahn es gesagt hat.»

Agnes ließ ihren Sohn los. Wie fremd, wie erwachsen seine Stimme geworden war. Sie zitterte, vor Freude und Anspannung. «Wo ist sie?»

David deutete auf den zugezogenen Vorhang. «Sie schläft.»

«Und Else? Wo ist Else?»

David senkte den Blick «Die Pest. Erst hat es Melchert getroffen, dann sie selbst. Aber sie hat nicht lange leiden müssen. Das Häuschen hat sie dir vererbt. Willst du die Urkunde sehen?»

«Nein.» Agnes ließ sich auf die Bank sinken. Plötzlich brachen Erschöpfung und Hunger über sie herein, und sie konnte sich kaum mehr aufrecht halten. Ihr Blick fiel auf einen Haufen Münzen mitten auf dem Tisch und einen gefüllten Weidenkorb, der vor dem Tisch auf dem Boden stand.

«David, mein Junge, bring uns Wasser und etwas Brot, wenn du welches hast.»

David zog ein Fläschchen Wein aus dem Korb und einen mächtigen Kanten Graubrot.

«Das ist von den Weibern», sagte er verächtlich. Dann setzte er leise hinzu: «Ich kann es immer noch nicht glauben.»

Matthes hatte sich aus seiner Erstarrung gelöst und trat mit seinem Burschen an den Tisch. Während er, ohne sich zu setzen, von dem Brot aß, warf er immer wieder unruhige Blicke auf den Vorhang. «Wie geht es ihr?»

«Sie ist sehr schwach.» David wischte sich die Tränen aus dem Gesicht. «Wie gut, dass du zurück bist – dass ihr zurück seid. Wer ist der Junge? Er soll sich setzen und essen und trinken.»

Verlegen hockte sich Mugge auf den äußersten Rand der Bank. Agnes schob ihm die Flasche Wein hin und wollte eben fragen, was die Wallnerin und diese Frauen hier zu schaffen hatten, als hinter dem Vorhang ein Husten zu hören war.

«Sie ist wach!» David sprang zur Tür. «Ich laufe ins Schloss und hole Jakob.»

«Jakob?», riefen Agnes und Matthes gleichzeitig.

«Ja. Hoffentlich lassen sie ihn her. Er ist immer noch Gefangener der Kaiserlichen.» Er rannte hinaus.

Agnes sah ihren Bruder an. «Dann hat also gestimmt, was

dieser Bäcker in Waiblingen gesagt hat.» Sie begann lautlos zu weinen. «Jetzt sind wir alle beisammen. Es ist wie ein Traum, der sich endlich erfüllt hat. Aber warum hat Rudolf ihn nicht freigekauft?»

«Komm.» Matthes nahm sie bei der Hand. Sie spürte die Hitze, die von seinem Körper ausging, er hatte Fieber. Langsam zog er den Vorhang zurück. Vor ihnen lag, wie eine überirdische Erscheinung, ihre Mutter, bleich und abgemagert bis auf die Knochen, die Augen geschlossen, das offene Haar wie frisch gefallener Schnee um ihr eingefallenes Gesicht gebreitet.

«Mutter?» Agnes kniete vor das Bett und streichelte ihre Wangen. Die Haut war wie Pergament. «Hörst du mich? Matthes ist gekommen. Er ist aus dem Krieg zurück.»

Marthe-Marie rührte sich weder, noch öffnete sie die Augen. Da kniete sich Matthes an die andere Seite des Bettes und legte seinen Kopf auf ihre Schulter. Die Hand ihrer Mutter zuckte, dann tasteten die Finger nach Matthes' dunklem Haar. So fand Jakob sie kurze Zeit später. Wortlos nahm er seine Schwester in die Arme, so fest, dass Agnes fast die Luft wegblieb. Bald fünf Jahre hatten sie sich nicht gesehen, und nun war aus dem schmächtigen kleinen Bruder ein kräftiger Mann geworden, mit gesunden roten Wangen und gepflegtem Äußeren. Matthes und ich sehen dagegen aus wie hergelaufenes Lumpenpack, fuhr es ihr durch den Kopf. «Willst du nicht Matthes begrüßen?», flüsterte sie ihm ins Ohr.

Stumm nickte Jakob seinem Bruder zu, dann setzte er sich neben Matthes auf den Bettrand. In seinen Blick trat der nüchterne Ernst des Arztes. «Du scheinst Fieber zu haben. Was ist mit deiner Hand?»

«Später. Sag mir erst, wie es um unsere Mutter steht. Kann sie nicht sprechen?»

«Doch. Aber es strengt sie sehr an.»

In diesem Moment bewegte Marthe-Marie die Lippen. Kaum hörbar kamen ihre Worte: «Der Herrgott hat mich erhört.»

Sie saßen zusammen bis in den Abend. Tisch und Bänke hatten sie neben das Bett gerückt, um Marthe-Marie ganz nah zu sein, immer wieder setzte sich einer von ihnen an ihre Seite, um mit ihr zu sprechen oder ihre Hand zu halten. Jakob hatte seinem Bruder einen Aufguss gebraut, um das Fieber zu senken, und bereits nach kurzer Zeit wirkte Matthes' Blick klarer. Ansonsten hatten die beiden kaum ein Wort gewechselt.

Agnes erfuhr, dass Rudolfs Rückkehr ohne sie für helle Aufregung gesorgt hatte. Sein Versuch, Jakob freizukaufen, war übrigens daran gescheitert, dass ihr Bruder sich geweigert hatte, auch nur einen Pfennig von ihren Ersparnissen anzunehmen.

«Mir erging es ja bei den Kaiserlichen von Anfang an recht gut, als angesehener Arzt», erklärte Jakob. «Oberst Ossa war und ist auf meine Dienste angewiesen. So war mir wichtiger, dass Mutter und David versorgt sind.»

Dann erzählte David, dass er jeden Morgen in die deutsche Schule hinüber ging, um an der Stelle des geflohenen Schulmeisters zu unterrichten. Der Stuttgarter Pfarrer hatte ihm diese Aufgabe übertragen, und Agnes erfüllte Stolz auf ihren Sohn.

«Nach Elses Tod hatte sich die Wallnerin erboten, die Ahn zu pflegen, solange ich außer Haus bin», berichtete der Junge. «Ich war natürlich froh darum, doch dann hörte ich irgendwann die Leute auf der Gasse davon reden, Großmutter habe übermenschliche Kräfte. Sie zähle bereits neunundneunzig Jahre, und wer sie berühre, der werde ebenso alt wie sie. Gerade heute wollte ich der Sache auf den Grund gehen und bin früher als sonst nach Hause gekommen. Ihr glaubt nicht, was ich für ein Affenspektakel vorgefunden habe. Bei Kerzenlicht haben sie Weihrauch geschwenkt und Sprüche gemurmelt. Die Wallnerin hat sich das alles gut bezahlen lassen.»

«Dann gehört das Geld hier also der Magd.»

«Nein.» Jakobs Stimme war eine Spur zu laut, wie Agnes fand. «Es gehört Mutter. Und dieser Spuk hat jetzt hoffentlich ein für alle Mal ein Ende.» Er zog die zweite Flasche Wein aus dem Korb. «Den guten Wein allerdings sollten wir nicht verschmähen, oder was meint ihr?»

Agnes war längst aufgefallen, dass Jakob schnell und hastig trank. Ihr fiel Steinhagens Bemerkung ein, er habe einige Nächte mit Jakob durchgezecht. Wie sehr sie sich alle verändert hatten.

«Trinken wir also darauf», Jakob hob die Flasche, «dass das Schicksal unsere Familie wieder zusammengeführt hat.»

Er nahm den ersten Schluck und reichte den Wein an Matthes weiter, der den Blick abwendete. Agnes sah zu ihrer Mutter. Ihre Atemzüge waren tief und gleichmäßig, sie schien zu schlafen. Ihre zuvor so wachsbleichen Wangen hatten Farbe bekommen, als sei sie ganz plötzlich auf dem Weg zur Genesung.

«Und auf David», sagte Matthes leise, «der auf unsere Mutter Acht gegeben hat.»

Agnes nahm ihren Sohn liebevoll in den Arm. «Dein Oheim hat Recht. Ich danke dir. Es scheint mir wie ein Wunder, dass sie sich wieder bewegen und hören und sprechen kann.»

«Sie war niemals gelähmt oder stumm», gab David leise zurück. «Sie wollte nur nicht mehr am Leben teilhaben. Doch sterben konnte sie auch nicht. So habe ich jeden Tag mit ihr gebetet, dass all ihre Kinder gesund zu ihr zurückkehren. Als dann vom Hohentwiel die Nachricht kam, dass ihr bald in Stuttgart sein würdet, war sie schon so schwach, dass ich fürchtete, ihr kommt zu spät. Da habe ich begonnen, ihr vorzulesen.»

«Vorzulesen?»

«Ja, stundenlang. Um ihr die Zeit zu verkürzen, sie abzulenken. Erst unsere Bibel, vom ersten bis zum letzten Wort, dann habe ich nach und nach die wenigen Bücher geholt, die unser Schulmeister dagelassen hatte. Nun ja, und schließlich –» Er stockte. «Irgendwann bin ich heimlich ins Schloss, in den Lustgarten.»

«Du bist ja vollkommen närrisch.» Jakobs helle Augen blickten schon ein wenig glasig.

David unterdrückte ein Grinsen. «Ich wusste, dass Prinzessin Antonia immer ein paar Bücher in ihrem Pavillon versteckt hielt. Die habe ich geholt, in einer stürmischen Nacht. Selbstredend nur geliehen.» Er wurde wieder ernst. «So habe ich ihr jeden Tag aus den Schriften der Rosenkreuzer und des Paracelsus vorgelesen, seit gestern lesen wir Arnds ‹Vier Bücher vom wahren Christentum›. Trotz ihrer Müdigkeit und Schwäche hat sie aufmerksam zugehört. Als habe ihr», fügte er leise hinzu, «jeder Herzschlag, jeder Atemzug gesagt: Halt aus! Halt aus! Und sie hat ausgehalten.»

Gerührt betrachtete Agnes das blasse Gesicht ihres Sohnes. Erst jetzt fiel ihr auf, wie müde er wirkte.

Jakob erhob sich: «Ich muss in die Garnison zurück. Zeig mir nun endlich deine Verletzung, Matthes.»

Unwillig öffnete Matthes den Verband. Augenblicklich stand das blanke Entsetzen in Jakobs Augen. «Die Hand ist vollkommen brandig. Ich muss – ich muss amputieren. Gleich morgen früh, nach dem Kirchgang.»

Der nächste Tag war ein Sonntag. Bis auf Matthes, der bei Marthe-Marie blieb und es vorzog, im Stillen zu beten, besuchten sie den evangelischen Gottesdienst in der nahen Leonhardskirche. Dann bereitete Jakob draußen im Hof alles für die Operation vor.

Matthes stand mit kalkweißem Gesicht daneben, in der Hand ein Fläschchen mit Selbstgebranntem. «Erinnerst du dich, wie Vater immer sagte, ich hätte zwei linke Hände?»

Jakob nickte und nahm selbst einen kräftigen Schluck.

«Jetzt werde ich gleich nicht mal mehr eine haben.»

«Die Handfläche und den Daumen wirst du behalten, das versprech ich dir. Aber mit dem Kriegshandwerk ist's trotzdem vorbei.»

«Das ist es ohnehin. Ich bin es längst müde geworden.»

Jakob wies auf die Bank, die er neben die Schuppenwand gestellt hatte. Auf dem Stuhl daneben lagen saubere Tücher und die Amputiersäge. «Trink jetzt aus. Ich muss dich festbinden.»

Gehorsam legte sich Matthes auf die Bank. Seine Glieder fühlten sich eiskalt an, die Hitze des Fiebers war wie weggefegt. In seinem Kopf begann es sich zu drehen.

«Leg deine Linke auf den Holzklotz.»

Dann winkte Jakob seine Schwester heran, die unschlüssig im Türrahmen stand. «Ich brauche Hilfe dabei.»

«Niemals!» Agnes riss vor Schreck die Augen auf. «Das kann ich nicht.»

Sie rannte ins Haus.

«Ich helfe Euch.» Mugge trat neben die Bank. «Was muss ich tun?»

«Das sag ich dir dann. Zunächst einmal setzt du dich auf seine Brust und hältst den linken Arm fest.»

«Bist ein braver Kerl, Mugge», murmelte Matthes und schloss die Augen. Er wusste, dass bei Amputationen der Schock des unermesslichen Schmerzes die meisten augenblicklich in die Ohnmacht trieb. Aber eben nicht alle. Er zuckte zusammen, als Jakob auf seine aufgeplatzten Finger eine brennende Flüssigkeit auftrug. Dann wurde ihm ein Tuch vor die Augen gebunden.

«Damals in Nördlingen», hörte er seinen Bruder fragen, «hättest du mich da tatsächlich getötet, wenn der andere nicht gewesen wäre?»

«Ich weiß es nicht. Vielleicht.» War das die Wahrheit? Hätte er es über sich gebracht, auf den eigenen Bruder zu feuern? Er war froh, dass er Jakobs Gesichtsausdruck nicht sehen konnte. «Ich war so außer mir vor Wut und Enttäuschung», fuhr er fort. «Darüber, dass auch du in diesen gotterbärmlichen Krieg gezogen warst und Mutter allein gelassen hattest. Dass du denselben Fehler begangen hattest wie ich. Dabei warst du doch immer der Klügere und Vernünftigere von uns beiden.»

Das Sprechen und Denken fiel Matthes mit einem Mal schwer, der Branntwein schien seine Wirkung zu tun. Dennoch kam jetzt die Angst über ihn – dumpf, gewaltig und unaufhaltsam.

«Das Leder. Mach den Mund auf.»

«Warte noch.» Matthes' Stimme bebte. «Hattest du gedacht, ich würde dich erschießen?»

«Ja.» Die Antwort kam ohne Zögern. «Dein Blick hat verraten, dass es dir ernst war. Und ich hatte eine grauenhafte Angst.»

«O Gott! Das wirst du mir niemals verzeihen können.»

Jakob schwieg.

«Du könntest mich jetzt töten, Jakob. Statt meine Finger abzusägen, könntest du mich töten. Und du hättest Recht. Ich bin nur ein Geschmeiß, ein überflüssiges Ungeziefer, das zertreten gehört.»

«Hör auf!», brüllte Jakob ihn an. «Du bist mein Bruder. Ich will dein Leben retten, nicht nehmen. Du elender Hundsfott – ich liebe dich doch.» Seine letzten Worte waren in Schluchzen übergegangen.

Dann fühlte Matthes den ledernen Knebel zwischen den Zähnen, den Druck von Mugges Gewicht auf seiner Brust. Hörte das Geklapper von Metall, ein Rascheln.

«Es geht los.» Das war Jakobs Stimme, jetzt wieder ruhig und gefasst. «Lass dich in den Schmerz hineinfallen, er ist bald vorbei.»

Was dann folgte, war die Hölle. Flammen und Eisen schlugen in seinen Körper, sein Inneres zerbarst in einer gewaltigen Explosion, Blitze sprengten sein Gehirn, er hörte noch einen gellenden Schrei, dann fiel er in die Tiefe, schneller und schneller, bis die Höllenglut ihn verschlang und endlich das erlösende Schwarz des Nichts ihn umfasste.

Als er zu sich kam, lag er auf einem Strohsack neben dem Bett der Mutter. Er war nicht tot. Nein, er war keineswegs tot. Konnte sogar seinen linken Arm heben.

«Jakob?»

Das Gesicht des Bruders erschien über ihm, mit einem stillen Lächeln, daneben das von Agnes, das von Mugge und David.

«Es ist vorbei.» Agnes strich ihm den kalten Schweiß von der Stirn. «Du hast es geschafft.»

«Mutter?»

Da spürte er eine kühle Hand an der Wange, zart und leicht wie ein Vogel. Mühsam wandte er den Kopf, sah Marthe-Maries Gesicht über sich am Bettrand, ihre Augen waren offen.

«Mein Junge», flüsterte sie.

Erleichtert schloss er die Augen. Endlich war er zu Hause angekommen.

Draußen dämmerte es, als er erneut erwachte. Die anderen saßen um den Tisch und sprachen leise miteinander. Ein Krug Bier machte die Runde. Jemand lachte. Es war Mugge, er hatte wohl seine Scheu vor den anderen verloren. Ja, mehr noch: Er schien sich mit David angefreundet zu haben. Die beiden saßen eng beieinander und grinsten sich an. Das war gut so. Matthes lächelte. Mugge musste bald auf eigenen Beinen stehen. Und sein Neffe würde ihm dabei vielleicht eine Hilfe sein.

«Matthes, du bist ja wach!»

Agnes stand auf und brachte den Krug an sein Lager. Das kühle Bier schmeckte herrlich.

«Wie geht es deiner Hand?»

«Welcher Hand?», versuchte er zu scherzen. «Wie lange war ich ohne Bewusstsein?»

«Nur einige Stunden. Und du hast kein Fieber mehr.»

«Was bist du nur für ein zäher Kerl.» Jakob kniete sich neben ihn, und Matthes tastete nach der Hand seines Bruders.

«Jakob – ich danke dir.»

«Danke nicht zu früh. Der halbe Daumen musste auch weg. Es ist nicht mehr viel übrig von deiner Linken.»

«Sag – verzeihst du mir?»

Jakob strich ihm ungelenk durchs Haar. «Ja. Aber jetzt sprich nicht mehr so viel. Du musst dich erholen.»

Matthes nickte. Er zog sich die Decke über die Schulter und drehte sich vorsichtig zur Seite. Er spürte seine Hand leise pochen, die Hand, die nicht mehr da war. Noch immer fühlte er sich erschöpft und unsagbar müde. Doch jetzt war etwas hinzugekommen: eine warme, tröstliche Geborgenheit. Er lauschte noch einige Zeit dem Stimmengemurmel, hörte Agnes irgendwann schelten: «Du trinkst zu viel», dann Jakobs lachende Antwort: «Das hilft gegen die Pest. Es ist noch nie ein Besoffener an der Pest gestorben.»

Schon am nächsten Morgen kam Matthes tatsächlich wieder auf die Beine. Sie saßen um eine Schüssel mit Brei aus Eichelmehl und verdünnter Milch, als er sich schwankend erhob.

«Ich habe Hunger.»

Agnes hätte tanzen mögen vor Glück. Zumal auch ihre Mutter wieder etwas zu Kräften zu kommen schien. Sie half ihrem Bruder auf die Bank neben sich und schob ihm die halb volle Schüssel hin.

«Iss dich satt.»

«Mugge bleibt doch bei uns, oder?» David blickte erst Matthes, dann die anderen an.

Jakob wischte sich den Mund ab. «Wenn er ordentlich Essen und Trinken herbeischafft, warum nicht?»

«Ich will ihm nämlich Lesen und Schreiben beibringen.»

Jakob klopfte ihm auf die Schulter. «Du trittst ja ganz in die Fußstapfen deines Großvaters. Vater wäre stolz auf David, nicht wahr, Mutter?»

Agnes sah mit Freude das Leuchten, das über das Gesicht ihrer Mutter fuhr, und ihr Nicken.

Matthes hielt im Essen inne und blinzelte Mugge zu. «Ein

Rossknecht, der sich zum Gelehrten bildet – ob das wohl das Richtige ist?»

«Besser als ein Rossknecht ohne Ross», gab David prompt zurück.

Da lachte Matthes schallend, und Agnes sah ihn verdutzt an. Zum ersten Mal sah sie ihn lachen. Er wischte sich eine Träne aus dem Augenwinkel. «Da ist wohl einiges geschehen, während ich hier scheintot herumlag.»

Dann stutzte er. Sein Blick fiel auf Jakob.

«Musst du nicht mehr ins Lager zurück?»

«Ich bin frei. Bernhard von Weimar hat mich losgekauft.»

«Was?»

Jakob zuckte die Schultern. Er wirkte verunsichert. «Wie das zustande kam, weiß ich selbst nicht. Zumal Weimar weit weg ist, irgendwo in Lothringen.»

Matthes kniff die Augen zusammen: «Weimar ist nicht der Wohltäter, der aus seiner Schatulle eine Ranzion springen lässt, nur um seinem Feldscher die Freiheit zu schenken. Was hast du vor?»

Jakob warf einen Blick hinüber zum Bett und senkte die Stimme. «Herrgott, ich weiß es nicht. Immerhin ist Weimar der einzige protestantische Fürst, der noch gegen die päpstliche Tyrannei ficht.»

«Jetzt sag bloß, dieser Freibeuter hat wieder ein Heer auf die Beine gestellt.»

«Fünfunddreißigtausend Mann», platzte David dazwischen. «Hier in der Stadt wird von nichts anderem geredet. Er will Gallas eine gewaltige Schlacht liefern und dann den Süden von den Kaiserlichen befreien. Mit Hilfe der Franzosen.»

Matthes sprang auf. Sein Gesicht war dunkelrot angelaufen. «Hier! Sieh dir meinen Arm an. Im letzten Moment hast du verhindert, dass der Wundbrand meinen Körper zu Tode frisst. Das ist deine Aufgabe.»

«Aber – gerade im Krieg –» Jakob begann zu stottern.

«Jakob!», brüllte Matthes. «Geh fort aus Deutschland, geh in ein Land, wo du nicht von Schlachtfeld zu Schlachtfeld stolperst. Studiere, werde ein berühmter Medicus, aber verschwinde von hier, das ist nichts für dich!»

«Gerade du redest wider den Krieg, der du dein Leben lang durch nichts anderes dein Brot verdient hast!»

«Ebendarum.» Matthes ließ sich wieder auf die Bank sinken. «Ebendarum», wiederholte er tonlos.

Marthe-Marie hatte bei diesem lauten Wortwechsel zu stöhnen begonnen.

«In diesem Haus will ich nie wieder etwas über den Krieg hören, habt ihr verstanden?», sagte Agnes schneidend und eilte an die Seite ihrer Mutter, um sie zu beruhigen. «Nicht in meinem Haus», fügte sie hinzu und musste plötzlich lächeln. Ihr Haus – was für einen Klang diese Worte hatten. Sie gab ihrer Mutter einen Kuss auf die Wange.

«David, hast du noch deine Flöte? Mach ein bisschen Musik, wir haben unser Wiedersehen noch gar nicht richtig gefeiert.»

«Den Selbstgebrannten hab ich gestern leider leer gesoffen.» Matthes grinste schief.

«Ich wüsste, wo ich ein Fässchen Bier auftreiben könnte», sagte Jakob.

«Darauf hätte ich wetten können.»

«Spotte du nur, Schwesterherz. Aber in diesen Zeiten gibt es nur eines, und das solltet ihr euch alle zu Eigen machen: Carpe diem.»

Damit war er zur Tür hinaus.

«Was bedeutet das?», fragte Matthes.

«Nutze den Tag.» Alle blickten erstaunt zu Marthe-Marie, die klar und deutlich, wenn auch sehr leise, gesprochen hatte. Um ihre dünnen Lippen spielte ein Lächeln.

«David, weißt du, wo Rudolf wohnt?», fragte Agnes.

Der Junge nickte.

«Dann lauf und hole ihn. Es wird Zeit, dass ich ihn wiedersehe.»

Wenig später kehrte erst Jakob, dann David zurück. Rudolf brachte zu ihrer Überraschung eine junge Frau mit, die Agnes flüchtig von früher kannte. Trotzdem fiel Agnes ihm um den Hals, als seine lange, hagere Gestalt im Türrahmen erschien.

«Ach, Rudolf – ich bin so froh, dass dir nichts zugestoßen ist.»

«Was soll ich da erst sagen.» Er strahlte. «Ich habe mir Tag und Nacht Vorwürfe gemacht, dass ich dich hab gehen lassen. Bis heute jedenfalls, denn wie ich sehe, hast du wieder mal dein Ziel erreicht.» Sein Blick fiel auf ihren Fingerring, doch er sagte nichts. Stattdessen trat er auf Matthes zu.

«Ich nehme an, Ihr seid Matthes Marx.»

«Ja. Matthes, der Einhändige.»

Erschrocken sah Rudolf auf dessen verbundenen Arm, doch Matthes winkte ab. «Besser als einbeinig. Ist das Eure Frau?»

Rudolf errötete. «Meine Braut. Sie heißt Mariann.»

Jetzt erinnerte sich Agnes. Mariann war eine Winzertochter und bereits vor ihrer Reise nach Nördlingen Kriegswitwe geworden, nach gerade einem halben Jahr Ehe. Eine etwas schüchterne, zerbrechliche junge Frau, die aber, wie es hieß, das Herz auf dem rechten Fleck habe. Agnes freute sich aufrichtig für Rudolf. Jetzt hatte er ein Mädchen, das er beschützen und umsorgen konnte.

Sie feierten bis weit in die Nacht, musizierten und tanzten, sangen und lachten, vergaßen für diesen einen Abend die hässliche Fratze des Krieges, die Gräuel, die jeder von ihnen erlitten hatte. Einen Vorteil hatten die Zeiten denn doch: Früher hätte längst der Nachtwächter gegen die Tür gehämmert, aber nun schien ein bisschen fröhlicher Lärm zur Nacht niemanden zu stören.

Hin und wieder hatte Agnes Marthe-Marie gefragt, ob ihr das laute Treiben zu viel würde, doch die hatte jedes Mal nur gelächelt. So lag ihre Mutter inmitten der Feiernden, mal mit offenen, mal mit geschlossenen Augen, und schien das Fest zu genießen. Einmal winkte sie Agnes zu sich und fragte, ob Rudolf sie nicht mehr zur Frau wolle.

«Nein, Mutter. Er hat jetzt eine neue Braut. Und ich habe Sandor gefunden. Er kommt bald nach Stuttgart. Er wird dir gefallen.»

Auch am nächsten Tag blieben sie alle beisammen, nur hin und wieder verließ einer von ihnen das Häuschen, um etwas zu essen aufzutreiben. Die fröhliche Stimmung vom Vorabend wollte indessen nicht wieder aufkommen. Es war, als ahnte jeder von ihnen, dass Marthe-Maries Zeit gekommen war. Dabei wirkte sie zufriedener und aufmerksamer denn je, als wolle sie jeden Augenblick auskosten.

Gegen Abend bat sie David und ihre Kinder ans Bett.

«Es ist so weit», sagte sie nur.

Matthes schickte Mugge nach dem Pfarrer von Sankt Leonhard, dann kniete er sich neben das Bett seiner Mutter.

«Wirst du wieder mit den Soldaten ziehen?», fragte sie ihn.

Matthes sah auf seine Hände. Betrachtete erst den Verband über dem Stumpf der Linken, dann seine unversehrte Rechte mit solchem Widerwillen, als klebe immer noch Blut daran. Er schüttelte den Kopf: «Nein, Mutter.»

«Was hast du vor?»

«Ich weiß es nicht. Aber diesmal wird Gott mir den Weg zeigen.»

«Und du?» Sie nahm Jakobs Hand.

«Ich gehe fort, in die freien Niederlande. Matthes hat Recht, ich sollte mir meinen Traum erfüllen und Medizin studieren.»

«Wer gibt auf dich Acht, Agnes? Eine Frau darf im Krieg nicht allein sein.» Ihre Worte kamen langsamer und bedächtiger.

«Ich bleibe bei ihr, bis ihr Bräutigam kommt», antwortete Matthes rasch. Die Tränen liefen ihm über die Wangen. «Und

David ist auch noch da. Komm näher zu uns, David, und zu deiner Großmutter.»

«Das ist schön. Haltet zusammen, dann kann ich ohne Sorgen gehen.»

Der Pfarrer erschien und stellte sich an die andere Seite des Bettes. Mit ruhiger Stimme erteilte er Marthe-Marie das Heilige Abendmahl, segnete sie und betete mit ihr. Sie starb mitten im Gebet, den Blick ihren Kindern und ihrem Enkel liebevoll zugewandt, bis der Glanz ihrer Augen erlosch.

«Gott der Allmächtige helfe uns im ewigen Leben wieder zusammen. Amen», sprachen sie die Worte des Pfarrers mit, dann legte Agnes den Kopf auf Marthe-Maries Brust, in der das Herz nie wieder schlagen würde, und weinte, wie sie es seit langer Zeit nicht mehr über sich gebracht hatte. Erst als der Pfarrer seine Utensilien zusammengepackt hatte, erhob sie sich, löschte die Sterbekerze und schlug die Fensterflügel auf.

Draußen stimmten die Vögel ihr Abendkonzert an. Heute sangen sie nur für ihre Mutter, deren letzter Wunsch in Erfüllung gegangen war – zu sterben in Frieden mit sich und umgeben von ihrer Familie. Auch für Agnes war etwas in Erfüllung gegangen: Sie war nicht länger auf der Suche. Sie wusste endlich, wohin sie gehörte, und selbst wenn dieser Krieg noch ewig währen würde – sie würde diesen Ort nicht mehr verlassen. Und Sandor würde bald an ihrer Seite sein.

41

Die Jahreszeiten kamen und gingen. Auf einen kurzen, warmen Sommer folgte ein langer und windiger Herbst. Sooft es möglich war, besuchte Agnes mit Matthes und ihrem Sohn das Grab ihrer Mutter. Es lag auf dem Kirchacker eines kleinen Dorfes im Westen der Residenz. Gegen ein hohes Bestechungsgeld hatten sie damals den Leichnam aus der Stadt geschafft, denn der kaiserliche Statthalter hatte Einzelbestattungen und Trauergefolge verboten.

Matthes hielt Wort und blieb bei Agnes. Sobald seine Hand verheilt war, ließ er sich einen Lederschutz anfertigen und machte sich mit Mugge daran, ihr Häuschen auf Vordermann zu bringen, Stück für Stück, mit dem Wenigen, was sie hatten. Rechtzeitig zum Wintereinbruch hatten sie alle Ritzen und Spalten gestopft, um mit möglichst wenig Brennholz über die kalte Jahreszeit zu kommen.

Der Winter brachte eine neue Pestwelle über die Stadt, von der der Kreis um Agnes jedoch wie durch ein Wunder verschont blieb. Und er brachte die erste Nachricht von Jakob: Er habe sich in Utrecht und an der dortigen jüngst gegründeten Universität wohl eingerichtet, als Famulus eines namhaften Medizinprofessors sei er sowohl auf dem Feld der Lehre als auch der Forschung tätig; ein unermesslicher Reichtum an Wissen und neuen Erkenntnissen würde sich ihm Tag für Tag erschließen. Auch sonst lerne er das Leben zu genießen, habe sogar eine hübsche und liebe Bürgerstochter gefunden, die er vielleicht eines Tages zur Frau nehmen wolle.

Von Sandor brachten die geheimen Kuriere alle drei, vier Monate einen Brief, den Agnes des Abends wieder und wieder las, bis dann der nächste eintraf. Sie zweifelte keinen einzigen Tag, dass er kommen würde, und wenn sie bis zum Ende dieses Krieges warten sollte. Der tobte zunächst im Lothringischen und in Burgund, allzu bald aber wieder auf deutschem Boden, wenn auch fernab, im Norden und Osten. Längst hatte der Krieg die scheinheilige Maske eines Kampfes um den wahren Glauben abgelegt und war zu einem europäischen Staatenkrieg geworden, mit Deutschland als Schlachtfeld. So wurde Sachsen von schwedischen Haufen heimgesucht, und die Franzosen breiteten sich beutegierig längs des Rheinstroms aus.

Nach wie vor war man vor der marodierenden Soldateska nur in der Abgeschiedenheit der Berge und Wälder halbwegs sicher oder in den befestigten großen Städten. So waren zwar die Bewohner der württembergischen Residenz weiterhin Hunger und Elend ausgesetzt, und wer noch etwas besaß, ächzte unter der erdrückenden Steuerlast auf alle Waren und Güter, die an die kaiserliche Kriegskasse abzuliefern war – doch von Plünderung und Brandschatzung blieben sie verschont. Als schließlich der alte Kaiser Ferdinand starb und der junge Ferdinand seine Nachfolge übernahm, schöpfte man in Stuttgart neue Hoffnung.

Dann, im Oktober anno Domini 1638, nach einem brütend heißen Sommer, geschah das Unfassbare: Herzog Eberhard kehrte mit seinem Gefolge nach Stuttgart zurück. Nach langwierigen Verhandlungen hatte ihm der neue Kaiser sein Land zurückgegeben, um die Hälfte vermindert, hoch verschuldet, verwüstet und entvölkert. Dennoch: Es war ein Neubeginn.

Seit Tagen schon regnete es in Strömen, doch die Stuttgarter ließen es sich nicht nehmen, ihren Herzog und dessen Familie mit Jubelchören, Fahnenschwingern und Musikanten zu empfangen. Nicht zuletzt war es die Neugier, die die Menschen bei diesem Hundewetter auf die Straßen trieb: Hatte sich der Herzog doch vermählt, ein Jahr nachdem er in Straßburg seine Mutter hatte zu Grabe tragen müssen. Jeder hoffte, einen ersten Blick auf die junge Anna Catharina zu erhaschen.

Agnes wartete, bis sich der Trubel um des Herzogs Ankunft gelegt hatte, dann machte sie sich mit David auf den Weg zum Haus der Landschaft, wo die herzogliche Familie ihr neues Quartier bezogen hatte. Es lag schutzlos inmitten der verwahrlosten, verdreckten Stadt, doch das von den Besatzern aufgegebene Schloss war nun endgültig heruntergewirtschaftet und geplündert.

Es kostete Agnes einige Mühe, sich Zutritt zu verschaffen, aber einer der alten Diener erkannte sie schließlich und führte sie und ihren Sohn in Antonias Schlafgemach, wo die Reisekisten noch mitten im Raum standen. Die Prinzessin lehnte am Fenster, und wandte sich erst um, als der Diener verkündete, wer seine Aufwartung mache.

«Agnes! Herr im Himmel, ist das eine Überraschung! So oft habe ich an dich gedacht. Und du – du bist doch nicht etwa David? Wie erwachsen du geworden bist. Nun setzt euch doch, vielleicht dort auf die Kiste. Was für eine Unordnung hier herrscht. Doch jetzt erzählt, wie es euch ergangen ist.»

Vor Aufregung hatte die Prinzessin rote Flecken auf den Wangen. Sie wirkte längst nicht mehr so mädchenhaft, wie Agnes sie in Erinnerung hatte, auch ein wenig müde und vergrämt, doch jetzt strahlten ihre dunkelbraunen Augen.

Verlegen reichte ihr David das Paket, das er die ganze Zeit im Arm gehalten hatte.

«Eure Bücher aus dem Pavillon. Ich hatte Großmutter daraus vorgelesen, während Mutter verschollen war. Verzeiht mir bitte, dass ich sie einfach genommen habe.»

Antonia lachte laut auf. «Und ich dachte schon, die Soldaten hätten selbst meine geliebten Bücher gestohlen. Stattdessen waren sie in allerbesten Händen. Ach David, du glaubst nicht, wie mich das freut. Und jetzt berichtet.»

Bis zum Abendgeläut der Glocken saßen sie zusammen, bei süßem Wein und Kuchen – Köstlichkeiten, an deren Geschmack sich Agnes schon gar nicht mehr hatte erinnern können. Der Prinzessin waren die Tränen in die Augen getreten, als sie erzählte, wie sie auf dem Weg hierher durch verwüstete Felder und verlassene Höfe gefahren seien, durch ausgebrannte Dörfer und Weingärten, in denen jeder Rebstock mutwillig niedergehauen worden sei.

«Und dann unser schöner Lustgarten: von Dornen und Brennnesseln überwuchert, all unsere kostbaren Züchtungen verdorben. Im Schloss haben sie alles herausgerissen, kein Möbelstück, kein Gemälde uns gelassen, die Kutschen und Pferde aus dem

Marstall sind gestohlen. Die Pracht unserer Residenz ist dahin und die Staatskasse leer. Vorbei sind die Abendspaziergänge im Garten, die Konzerte, die schönen Ausflüge und Reisen. Doch was rede ich? Euch allen ist es noch viel schlimmer ergangen.» Sie lächelte tapfer. «Aber wir werden dieses Land wieder aufbauen, mit der Hilfe jedes Einzelnen, nicht wahr? Obendrein mit unserer neuen Herzogin – sie ist vielleicht nicht übermäßig hübsch oder begabt, aber eine gute Seele und voller Tatkraft. Ihr werdet sehen.»

«Was denkt Ihr», fragte Agnes. «Wird es bei uns wieder zu Kriegshandlungen kommen?»

Die Prinzessin blickte zum Fenster, als könne sie draußen eine Antwort finden. Schließlich sagte sie: «Der Herzog hat alles getan, um Frieden mit dem Kaiser zu schließen. Sämtliche Klostergüter hat er übergeben, auf einige weitere weltliche Ämter und Herrschaften verzichtet.»

«Dann – sind die Festungen auch übergeben?» Agnes konnte nicht verhindern, dass ihre Stimme zu zittern begann.

«Ja. Bis auf den Hohentwiel, und daran wäre unsere Rückkehr beinahe gescheitert. Die Burg ist umkämpfter denn je, aber Widerhold weigert sich hartnäckig, sie aufzugeben. Und das, obwohl Eberhard ihn dazu angewiesen hat. Was für ein Starrkopf.» Sie schüttelte den Kopf. «Er und seine Leute riskieren Leib und Leben für eine einzige lächerliche Burg inmitten von Feindesland.»

Agnes sah all ihre Hoffnungen begraben. Zugleich packte sie eine furchtbare Angst um ihren Geliebten. Mitfühlend wie eine gute Freundin ergriff Antonia ihre Hand.

«Es ist wegen Widerholds Adjutanten, nicht wahr?»

«Woher –?»

Antonia lächelte. «Manches hat sich sogar bis nach Straßburg herumgesprochen.»

Eine Woche später öffnete Agnes auf ein heftiges Klopfen hin die Tür: Vor ihr, im stürmischen Herbstregen und nass bis auf die Haut stand Sandor.

Wortlos sahen sie sich an. Das Wasser rann Sandor über die Hutkrempe, über Stirn und Wangen. «Darf ich hereinkommen?»

Da fiel Agnes ihm um den Hals, küsste ihm den Regen aus dem Gesicht, umarmte ihn, bis sie ebenso nass war wie er.

«Du bist am Leben», flüsterte sie wieder und wieder. «Dem Herrgott sei Dank, du bist am Leben!» Schließlich zog sie ihn ins Haus.

«Ist der Hohentwiel übergeben?»

Er schüttelte den Kopf.

«Dann – dann musst du wieder zurück?»

«Ich weiß es nicht. Aber ich weiß, dass ich ohne dich nirgendwo hingehe.» In seine grünen Augen trat ein Strahlen, das auf sein ganzes Gesicht überging. «Das heißt – wenn du mich noch willst.»

Statt einer Antwort zog sie ihm den Hut vom nassen Haar, streifte ihm Mantel und Lederwams von den Schultern und nahm ihn bei der Hand.

«Komm. David und Matthes sind erst gegen Mittag zurück.»

Sie führte ihn hinauf auf den Dachboden, wo sich ihre Schlafstelle befand. Dort liebten sie sich, erst scheu und behutsam, als fänden sie zum ersten Mal in dieser Nähe zueinander, dann immer leidenschaftlicher und voller Lust.

Als sie endlich Ruhe fanden, schmiegte sich Agnes in seine Armbeuge und schloss die Augen. Sie hatte gewusst, dass er sein Versprechen wahr machen würde, und doch konnte sie immer noch nicht glauben, dass dies kein Traum war. Sie erinnerte sich an die Dachshöhle, damals als sie nach ihrem Kampf gegen den Tod den Lichtschimmer durch den Eingang fluten sah. Auch wenn der Krieg noch nicht zu Ende war: Vor ihnen lag ein heller, verheißungsvoller Lichtschein.

Sandor küsste ihren Hals. «Woran denkst du?»

«Dass Träume manchmal wahr werden. Sogar in solchen Zeiten.» Plötzlich stutzte sie. «Du bist doch nicht desertiert?»

Sandor lachte leise. «Nein. Widerhold hat mich gehen lassen. Besser gesagt, er hat mich nach Stuttgart geschickt. Er hat wohl meine Trauermiene nicht mehr ertragen.»

Er beugte sich über sie und sah sie an.

«Ich bin schon den zweiten Tag hier. Sei mir nicht böse, wenn ich jetzt erst gekommen bin, doch ich musste noch zwei Dinge hinter mich bringen. Auch wenn ich es kaum ausgehalten habe.»

«Und – was war das?»

«Ich hatte eine Audienz beim Herzog, um meine Dienste anzubieten. Es war Widerholds Einfall. Allerdings –», jetzt lag Unsicherheit in seinem Blick, «hat sich unser Regent sehr bedeckt gehalten. Er schätze zwar meine Fähigkeiten, aber angesichts der leeren Schatullen könne er mir kaum Hoffnung machen.»

«Was ist, wenn der Herzog ablehnt?»

Er lachte. «Dann geh ich als Tagelöhner in die Weinberge.»

«So ernst ist es dir mit uns?»

«Bitterernst. Du wirst mich nicht mehr los. Heute früh war ich in der Stiftskirche.»

«Um zu beten?»

«Aber Agnes! Um das Aufgebot zu erstellen! Für unsere Hochzeit.»

Sie schwankte zwischen Schluchzen und Lachen, als sie ihn an sich zog und sie sich trotz ihrer Erschöpfung ein weiteres Mal liebten. Schließlich hörten sie von unten Männerstimmen. Matthes, David und Mugge waren heimgekommen.

Agnes erhob sich und zog ein trockenes Kleid über. Alle sollten diese wunderbare Nachricht erfahren. Aber dann zögerte sie. Sie öffnete die Dachluke und sah hinaus. Der Sturm hatte sich verzogen.

Mit einem Mal fühlte sie sich hin und her gerissen zwischen unaussprechlichem Glück und Trauer. Wie viele hatte dieser Krieg in seinen unersättlichen Schlund gezerrt – den Küchenjungen Franz, ihre erste Liebe Kaspar, Matthes' beide Freunde, die alte Else, Lisbeths Eltern, dann Lisbeth selbst mit ihrem Tross, den treuen Gefährten Andres und letztendlich auch ihre Mutter. Nur Andres hatte eine Spur hinterlassen, ihn konnte sie immer sehen, wenn der Sternenhimmel sich über ihr auftat.

Sandor war neben sie getreten. «Freust du dich nicht? Du bist so still.»

«Dort draußen», sagte Agnes leise, «sind Tausende und Abertausende, die leben in Angst und Elend. Der Krieg hat dieses Land und seine Menschen auf immer gezeichnet.»

Er nickte und nahm ihre Hand. «Ihnen bleibt nur zusammenzuhalten, bis Gott bessere Zeiten schickt.»

«Ich werde mit Antonia reden. Sie muss bei ihrem Bruder ein gutes Wort für dich einlegen.» Sie schmiegte sich an ihn. «Weißt du, Sandor, was ich fest glaube? Für uns beide haben sie bereits begonnen.»

EPILOG

Trotz des Friedensschlusses mit dem Kaiser fand das Herzogtum Württemberg noch lange keine Ruhe. Wehrlos ausgeliefert, wurde es zum bevorzugten Aufmarschgebiet der kaiserlichen, bayerischen und französischen Truppen, weiterhin überschwemmten die Söldnerheere das Land, die Scharen von Franzosen, Spaniern und Schweden, Polen, Wallonen, Italienern, Schotten, Flamen, Kroaten, Kosaken, Griechen und Türken. Sie versetzten die Menschen in Angst und Schrecken, brachten neue Sterbensläufe und Hungersnöte.

Natur- und Himmelserscheinungen kündeten allerorten vom Zorn Gottes über die sündige Menschheit, so das große Erdbeben im Herzen Schwabens an einem kalten Novembertag anno Domini 1642, der Blutregen bei Vaihingen wenig später, dann ein feuerroter Sonnenaufgang im ganzen Land: Die Sonne wurde zu einem Geschütz und feuerte gelbe, blaue, schwarze, rote Kugeln ab. In Tübingen und Wildberg kamen scheußliche Missgeburten zur Welt, in Münsingen wurde den Bauern die Milch zu Blut.

Die Staatsoberhäupter waren indessen nicht dumm. Längst hatten sie erkannt, dass der Krieg den Krieg nicht mehr ernähren konnte, dass auf verbrannter Erde kein Korn zu finden war und in den geplünderten Schlössern keine Schätze, und so einigten sie sich in weiser Voraussicht schon einmal auf die Orte künftiger Verhandlung: auf das katholische Münster und das protestantische Osnabrück.

Doch den Großen Krieg zu beenden schien eine ungeheuer

schwierige Aufgabe, und so brauchte es noch einmal sieben Jahre, bis die Postreiter ins Reich ausschwärmen durften, um die «gute Post und neue Friedenszeit» zu verlautbaren, sieben lange, harte Jahre, in denen der Krieg der Einfachheit halber weiterging und siegreiche wie fliehende Kriegsvölker die restlichen Landstriche verheerten.

So war denn alles verwüstet, als die gekrönten Häupter im Herbst des Jahres 1648 die Instrumenta pacis nach langem Ringen endlich unterzeichneten, am selben Tag nebenbei, an dem im niederländischen Utrecht ein Doctor Iacobus Marx feierlich zum Professor der medizinischen Fakultät habilitiert wurde. Im württembergischen Herzogtum lag die Hälfte der Häuser in Trümmern, die Äcker und Weinberge, Weiden und Gärten waren wüst, nur ein Drittel der Menschen – ein Drittel! – hatte überlebt. In der benachbarten Kurpfalz, am Oberrhein und im Breisgau sah es, wie in unzähligen anderen Gebieten des Heiligen Römischen Reiches Deutscher Nation, nicht besser aus.

Als Kanonensalven und Glockengeläut, Trompeten und Heerpauken überall im Reich vom deutschen Frieden kündeten, strömten die Menschen in die Kirchen und auf die Gassen. Auch die Stuttgarter Stiftskirche war überfüllt. Dankbar lauschten die Menschen der Friedenspredigt von der goldenen Kanzel, voller Inbrunst sangen sie ihr Bekenntnis «Ein feste Burg ist unser Gott». Nur der herzogliche Hofstallmeister Sandor Faber und dessen Frau Agnes hatten es eilig heimzukehren ins Marschallenhaus, denn dort lag Davids junge Frau Beate in den Wehen. Noch am frühen Abend sollte sie einen gesunden Jungen zur Welt bringen. Des Herzogs Schwester Antonia, noch immer ledig und in bescheidensten Verhältnissen lebend, kam persönlich als eine der ersten Gratulanten.

Auch in einem kleinen Dorf in den Wäldern oberhalb Stuttgarts läuteten die Friedensglocken. Nach dem letzten Vers des Dankliedes der Erlösten brachten die Überlebenden des Dörfchens einem noch Ärmeren Brot und Wein in den Wald. Die Älteren begegneten dem frommen Einsiedler mit ängstlichem Respekt, doch die Kinder liebten Bruder Matthes, diesen seltsamen Mann mit dem schiefergrauen Bart bis über die Brust und der verkrüppelten Hand. Denn er konnte unermüdlich erzählen, fröhliche und traurige Geschichten aus einer Zeit lange vor ihrer Geburt, da es noch keinen Krieg gab, und hoffnungsfrohe Geschichten, wie es künftig werden könnte: In einer Welt ohne brennende Dörfer und ohne Soldaten, wo jeder von ihnen, ob Bauer oder Bürger, friedlich seinem Tagewerk nachgehen würde.

Weitere Titel

Das Mädchen und die Herzogin

Der Hexenjäger

Der Pestengel von Freiburg

Der Ruf des Kondors

Der Turm aus Licht

Die Bettelprophetin

Die Himmelsbraut

Die Räuberbraut

Die Vagabundin

Henkersmarie

Unter dem Banner des Kreuzes

Wie der Weihnachtsbaum in die Welt kam

Die Hexe von Freiburg

Die Hexe von Freiburg

Die Tochter der Hexe

Die Gauklerin

Serafina

Das Aschenkreuz

Hostienfrevel

Das Siechenhaus

Tod im Höllental

Die Tote in der Henkersgasse